#씬

#씬

ⓒ정지민 2015

초판1쇄 인쇄   2015년 3월 21일
초판1쇄 발행   2015년 3월 26일

지은이   정지민

펴낸이   박대일
편집   이문영 · 임유리 · 박현주 · 신지연
교정   최민석
마케팅   송재진
표지디자인   이매진

펴낸곳   파란미디어
출판등록   2004년 9월 14일 제313-2004-00214호

주소   121-897 서울시 마포구 성지1길 32-36 (합정동)
전화   02.3141.5589(영업부) 070.4616.2012(편집부)
팩스   02.3141.5590
전자우편   paranbook@gmail.com
카페   http://cafe.naver.com/paranmedia
트위터   @paranmedia

ISBN   978-89-6371-181-2(03810)

정지민 장편소설

파란

차 례

※ 외래어 표기법에는 '신'이 맞지만 작가의 의도와 작품의 분위기에 맞추어 '씬'으로
  표기합니다.

프롤로그

봄기운이 가득한 4월. 창 안으로 따뜻한 기운이 스며들어 오고, 말없이 푸릇한 테라스의 식물들은 생기가 넘쳤다. 그 식물들 곁에 쪼그려 앉은 스물세 살의 준희가 있었다.

"서준희. 이런 차림으로 테라스에 나오지 말랬지."

뒤에서 음흉하게 들려오는 낮은 목소리에 준희는 식물들의 잎사귀를 소중하게 쓸어내리다 제 옷을 쳐다봤다. 허벅지를 절반밖에 가려 주지 않는 티셔츠 한 장뿐이지만 속살이 보일 만큼 위태로운 차림은 아니었다.

"송진후, 이 잔소리쟁이. 은근히 고지식하다니까. 조금만 더. 조금만 더 있다가 들어갈게."

진후는 오늘도 뒤늦은 후회를 했다. 이럴 줄 알았더라면 테라스를 화분으로 채우지는 않았을 텐데.

준희는 식물을 지독히도 좋아했다. 학교 수업이 없는 날이면 식물 앞에서 한 시간이든 두 시간이든 하염없이 시간을 흘려보냈다. 이런 그녀를 막으려면 단호한 대처가 필요했다.

"셋 센다. 셋 세기 전에 일어나."

하나, 두울. 셋.

진후는 꼼짝도 하지 않는 준희를 결국 들쳐 안았다. 옆구리를 살짝 건드리기만 해도 간지럼을 타는 준희가 꺼억꺼억 넘어가는 웃음을 터트리며 자지러졌다.

"진후야 미안! 내가 잘못했어! 놔줘! 제발!"

진후는 침대 곁에 다다라서야 준희를 내려놓았다.

"송진후, 너."

준희가 얄밉다는 듯 눈을 흘겼다. 진후는 침대 위로 올라가 그녀의 얼굴에 바싹 얼굴을 들이밀었다.

"식물 말고 나. 나 봐. 식물보다 내 얼굴이 더 잘생겼잖아."

진후의 능청스러움에 준희는 웃어 버렸다.

하여간. 못 당하지. 송진후.

준희는 진후의 얼굴을 빤히 바라보다 이마, 눈, 코, 입을 차례대로 만져 보았다. 피부에서 온기가 느껴지지 않았더라면, 입술을 어루만지는 손을 진후가 잡아 주지 않았더라면, 살아 있는 사람이 맞을까 의심하게 만드는 외모였다. 하얀 피부 결은 영롱하게 빛이 났고, 깊은 눈엔 고집이 서려 있어 진중했다.

"아무리 생각해도 작가 하긴 너무 아까운 외모야. 배우로 진로 바꿀 생각 없어? 내가 잘 찍어 줄게."

"꼭두각시는 취미 없어."

"하여튼. 글 쓰는 것밖에 관심 없는 거 아는데 그렇게 차갑게 말하지 마. 다른 사람 같아."

스물세 살, 동갑내기.

3년 전, 딱 이맘때 준희는 학교 영화 동아리에서 진후와 처음 만났다. 훤칠한 기럭지와 빛나는 외모 때문에 입학식 때부터 진후는 유명세를 탔지만 사실 준희는 그에게 별 관심이 없었다. 남자라면 일단 인상부터 쓰게 되는 고질병 때문이기도 했지만, 가장 큰 이유는 어딘가 겉도는 진후의 이미지 때문이었다.

언제나 많은 사람들에게 둘러싸여 있지만 쉽게 곁을 내주지 않는 남자.

진후는 항상 그랬다. 동아리 방의 구석진 자리가 지정석마냥 늘 그곳에 앉아 책을 읽거나 시나리오를 읽었다. 다른 이와 어울리기보단 자신의 세계에 고립되길 원했다. 그런 진후를 동아리 부원들은 거북하게 생각하지 않았다. 분위기 있어 보인다는 둥, 한 폭의 그림이 따로 없다는 둥 온갖 칭찬의 말을 다 쏟아 냈지만 준희는 달랐다. 진후가 항상 불편했다. 그리고 지금도 차가운 진후를 만날 때면 동아리 방 구석진 자리에 앉아 보이지 않는 바리케이드를 치고 있던 그를 떠올리곤 했다.

준희는 진후의 허리에 팔을 두르고 가슴에 얼굴을 묻었다. 진후는 익숙한 손길로 준희의 머리카락을 쓰다듬었다.

"신기해."

"뭐가?"

"서로에게 별 관심 없던 우리가 이렇게 서로를 만지고 있다는 게."

"난 우리가 이렇게 될 줄 알았어."

"알았어? 언제?"

"1년 전, 광화문 시어터에서 2년 만에 우리가 다시 만났던 그날."

살아온 인생 중 가장 비참하고 외로웠던 그날.

광화문의 독립영화관 심야 영화 시간, 단둘밖에 없었던 매표소 앞에서 영화에서나 나올 법한 운명처럼 군복을 입은 진후를 만났다. 그리고 대여섯 사람이 전부였던 상영관 안에 멀찍이 떨어져 앉았던 서로를 끊임없이 의식했다.

늘 혼자이기를 원했던 진후가 의식하고 있다는 걸 드러냈던 이유는 알 수 없었다. 다만 준희의 이유는 눈물을 흘리고 있다는 걸 들키고 싶지 않았기 때문이었다. 하지만 진후는 영화가 끝날 때까지 끊임없이 시선을 보내왔다. 영화를 눈앞에 두고 진후가 다른 것에 눈을 돌리는 걸 본 건 그때가 처음이었다.

"그때, 왜 그렇게 쳐다봤어?"

사실 몰라도 그만인 의미 없는 물음.

"……비밀."

역시 깊지 못한 대답. 어색한 정적이 흘렀다. 준희는 진후의 품에서 빠져나와 몸을 둥글게 말고 창밖으로 테라스에 놓인 식물들을 바라보다 자리를 털고 일어났다.

"배고프다. 뭐 만들어 먹자. 뭐 먹고 싶어?"

"준희야."

낮고 고요한 부름. 준희는 아무것도 듣지 못한 것처럼 분주하게 움직여 냉장고에서 갖은 재료들을 다 꺼냈다.

"햄, 계란, 당근, 양파, 맛살. 김밥 말까? 아, 단무지가 없어서 안 되겠다. 볶음밥 만들자. 괜찮지?"

재료들을 품에 가득 안고 싱크대로 돌아설 때였다. 몸이 돌아가며 재료들이 바닥으로 곤두박질쳤다.

"잠시만 이대로 있자……."

따뜻한 진후의 온기와 애절한 속삭임이 느껴지지도, 들리지도 않았다. 준희는 영화관 매표소 앞에 서 있었다. 엄마에게 세 번째 버림을 받았던 1년 전 그날, 마음이 무척이나 시렸던 매표소 앞에.

한 번, 두 번 상처를 받고 세 번째 상처를 받을 땐 덤덤할 줄 알았는데 아니었다. 세 번째 버림받을 땐 아무것도 몰랐던 첫 번째보다, 한 번만 더 믿어 보자 희망을 가졌던 두 번째보다 더 아팠다. 좀 긴 여행을 떠날 뿐이라고, 착하게 기다리면 반드시 다시 돌아오겠다는 엄마의 말을 이제 더 이상은 믿어 줄 수가 없어서. 10년 전과 똑같은 엄마의 변명을 믿어 주기엔 스물두 살의 서준희는 몸도 마음도 너무 자라 있었다.

그것을 체감한 순간, 어리고 순수했던 서준희와의 이별이 임박했음을 깨달았다. 지난 10년간 엄마를 기다렸던 서준희는 이제 사라지고 만다는 상실감이 엄마가 또 떠난다는 사실만큼이나 슬펐다. 엄마에 대한, 순수했던 그 시절에 대한 질기고 질긴 미련이었다.

"진후야."

"응."

"너랑 난 언제까지 함께할 수 있을까?"

"너만 변하지 않으면 평생."

"멋진 영화감독과 시나리오작가가 되어서?"

"응."

준희는 진후의 품에서 빠져나왔다. 까만 진후의 동공 속에 생기를 잃은 서준희의 얼굴이 비쳤다. 그리고 조금은 불안한, 조금은 서글픈 진후의 눈이 박혀 들어왔다.

진후의 뜨거운 입술이 준희의 입술에 막 내려앉으려는 순간이었다.

"감독님, 감독님. 이제 일어나셔야 해요."

스물세 살의 서준희와 송진후가 사라지고 세상이 새하얗게 변했다. 익숙한 목소리와 어깨의 흔들림에 살며시 눈을 뜬 준희는 두어 번 눈을 깜빡였다. 지긋지긋한 수면실의 풍경과 혹처럼 붙어 다니는 조감독 3년차, 종우의 얼굴이 또렷하게 보였지만 꿈과 현실의 경계선에 있는 정신이 아직 흐리멍덩했다.

"종아 올해가 몇 년도지?"

"네?"

별 희한한 걸 다 묻는다는 듯 종우의 얼굴에 의아함이 서렸다.

"올해가, 몇 년도냐고."

"2014년이요."

2014년. 꿈⋯⋯이었구나⋯⋯.

준희는 난감한 표정으로 질끈 틀어 묶은 머리를 긁적였다. 그 시절의 꿈을 꾼 건 실로 오랜만이었다. 10년이 지나 이제는 조각조각 단편밖에 남지 않은 희미한 기억.

짧은 시간을 함께했던 서준희와 송진후는 평생을 함께하지 못했다. 아마도 그럴 거라는 걸 스물세 살의 서준희 역시 예상하고 있었다. 핏줄이었던 엄마에 대한 사랑이 짝사랑이었다는 걸 실감한 스물두 살 그 봄, 평생 누군가와 함께한다는 건 거의 불가능에 가까운 일이라는 걸 알아 버렸으니까.

그럼에도 불구하고 서준희는 송진후를 사랑했고, 시간을 공유했다. 그리고 그 시간은 서준희의 인생을 통틀어 가장 아름답고 사치스러운 시간이었다.

"몇 월 며칠인지도 알려 드려요?"

쓴웃음을 짓던 준희는 종우의 딴지에 정신을 차리고 침대 위에서 몸을 일으켰다.

"까분다. 나 씻을 시간 있어?"

"세면 정도는요. 10분 후엔 로비로 내려오셔야 해요."

준희는 담담히 고개를 끄덕였다. 길게는 세 시간, 짧게는 30분씩 토막잠을 자고, 하루의 끼니를 빵과 우유 하나로 때우는 나날엔 이미 이골이 나 있었다. 준희는 잡동사니가 어지럽게 늘어져 있는 책상 위에서 치약과 칫솔, 수건을 찾아 분주히 손을 놀리며 말했다.

"조명감독님께 반사판 관리 좀 잘해 달라고 해. 저번처럼 찌그러뜨려서 여배우 얼굴 반쪽 선탠 시키는 불상사 없게."

"이미 신신당부 드렸습니다."

"버스 와 있으면 나 기다릴 거 없이 스태프들 먼저 태워. 1분이라도 더 자게. 인원 체크 끝나면 너도 좀 자고."

"네."

종우의 대답을 듣는 둥 마는 둥 하며 준희는 책상을 홀랑 엎을 기세로 물건들을 들어냈다. 치약은 찾았는데 아무리 뒤적거려 봐도 칫솔이 보이지 않았다.

"대체 어디 있는 거야."

책상 위에서 찾지 못해 서랍을 열려 할 때였다. 종우가 손을 불쑥 내밀어 무언가를 들어 올렸다.

"찾으시는 게 칫솔이라면 여기 있는데요."

서랍을 거칠게 열던 준희의 움직임이 급작스럽게 멈췄다. 칫솔도 사람을 가리나. 서준희의 눈엔 안 보이더니 박종우의 눈엔 잘도 띈다.

"늘 볼펜 통에 꽂아 두시잖아요. 역시 나이는 못 속이나 봅니다."

준희는 농담 반 진담 반으로 이죽거리는 종우의 얼굴을 차갑게 바라보며 칫솔을 거칠게 빼앗았다.

"시간이 남아돌아? 내가 요새 잘 시간을 너무 줬지?"

웃음기는 순식간에 사라지고 종우의 얼굴이 하얗게 질렸다.

감독이 세 시간을 자면 조감독은 그 절반밖에 못 자는 게 숙명이었다. 종우는 폭탄이 날아오기 전에 피하려는 듯, 뒷걸음을 치다 바람처럼 사라졌다.

칫솔에 치약을 묻혀 양치질을 하며 수면실을 나선 준희는 화장실에 도착하자마자 거품을 뱉고 입을 헹궈 냈다. 폼클렌징도 사치라 비누로 대충 세수를 하고 수면실로 돌아오자 그제야 대본이 눈에 들어왔다.

연출 : 도정주, 서준희

이제까지 살면서 딱 세 가지를 욕심냈었다. 엄마와 송진후, 그리고 유일한 꿈이었던 영화감독…… 하지만 서른세 살의 서준희는 어느 것 하나 손에 넣지도, 이루지도 못했다.

꿈을 꿔서일까. 오늘따라 그 사실이 더욱 아프게 다가왔다. 쓴 한숨을 토해 낸 준희는 미련을 끊어 내듯 총 대신 너덜너덜한 대본을 들고 수면실을 나섰다.

배우, 촬영 스태프 포함 80여 명이 기다리고 있는 전장을 향해.

#씬 1

"서준희! 서준희 어디 있어! 당장 나와!"

오전 8시. K방송국 드라마 제작국에 준희를 찾는 정주의 목소리가 쩌렁쩌렁 울려 퍼졌다. 벽에 붙은 시청률 표를 확인하고 있던 드라마국 사람들의 시선이 일제히 정주를 향했다. 정주의 분위기가 심상치 않아 다들 눈치만 보고 있던 중, 주말극의 대가라 불리는 18년차 감독 규동이 파티션 안 국장실에서 얼굴을 내밀었다.

"서준희는 왜 찾아?"

준희를 찾아 이리저리 고개를 돌리며 드라마 제작국 내를 샅샅이 훑던 정주의 움직임이 우뚝 멈췄다. 규동은 맡은 작품마다 20퍼센트가 넘는 시청률을 내면서도 프리로 전향하지 않고 방송국 월급쟁이로 남아 있는, 후배들에겐 전설 같은 존재였다. 아무리 화가 나 있는 상태라도 규동의 말은 차마 무시할 수가 없어 정주는 정중하게 인사부터 했다.

"아침부터 소란 피워 죄송합니다. 선배님."

막창에 소주를 즐기는 식성처럼 규동이 털털하게 손을 내저었다.

"아니, 그거 말고. 서준희는 왜 찾냐고."

정주는 쉽게 대답하지 못하고 마른 입술을 축였다. 어디까지나 내부적인 문제였다. 밖으로 새어 나가면 제 얼굴에 먹칠만 하는 꼴이라 좋을 게 하나 없는. 하지만 묻는 사람이 규동이다. 정주는 차마 대답을 피할 수가 없어 마지못해 입을 열었다.

"제 스태프한테 손을 댔습니다."

"맞았어? 스태프 누가."

"······작가요."

"가만있자. 너네 작가가 누구지? 아, 오미영 작가. 서준희가 주먹으로 팼을 리는 없고 말로 팼단 소린데, 상태가 얼마나 심각한데? 머리 싸매고 누웠어?"

"······병원에 링거 꽂고 누웠어요. 대본 못 쓰겠답니다."

정주의 참담한 표정을 보며 규동이 코웃음을 쳤다.

"방송 중에 8년차 작가가 3년차 병아리 감독한테 당하고 병원에 드러누워? 서준희를 찾을 게 아니라 오 작가한테 가야겠고만. 가서 병아리 감독한테 당하지 않는 법, 특강이라도 해주고 와. 도정주 능력 있잖아."

치켜세워 주는 것 같지만 규동은 무심한 척 준희를 감싸고 있었다. 정주는 규동에겐 차마 토를 달지 못하고 구석에서 불안하게 상황을 지켜보는 종우를 째렸다. 눈에 띄게 움찔한 종우가 화살이 날아올 걸 미리 대비한 듯 빠르게 준비한 대사를 읊었다.

"전 어디 계신지 모릅니다. 세 시간 전에 촬영 끝나고 못 봤습니다. 진짭니다."

24시간 중 20시간 이상을 붙어 다니는 조감독이 감독의 거취를 몰라? 이놈도 저놈도 다 서준희 편이지.

조감독 시절, 서준희는 3년이나 규동 밑에 있었다. 그리고 박종우는 서준희의 입봉 작품 때부터 조감독을 도맡아 해 온 녀석이었다. 오래 생각하지 않아도 서준희의 아군이 득실한 이곳에서 그녀를 찾아 봤자 혈압만 높아지는 꼴이라는 결론이 너무 명백했다.

분을 삭이며 드라마국을 나가는 정주를 보던 종우는 휴대폰을 꺼냈다. 빈말이 아니라 정말로 준희가 어디 있는지 몰랐다. 혹시 방송국 내부에서 어슬렁거리고 있다면 어서 피신하라고 일러 줘야 했다.

"서준희한테 거는 거면 걸지 마."

바삐 번호를 누르는데 규동이 툭 내던졌다. 자초지종을 설명해도 준희는 피하지 않을 성격이라 걱정인데 아예 일러 주지도 말라니.

"정주 선배 상태 보셨잖습니까. 죄송합니다, 선배님."

하늘 같은 선배의 명이었지만 종우는 준희의 안위가 더 중

18

요했다. 한 줌이나 겨우 될 작은 체구로 정주의 언어폭력을 감당해 내는 준희의 모습은 상상만으로도 안쓰러웠다.

종우는 태연히 바라만 보고 있는 규동을 살짝 피해 전화를 걸었다. 그런데 준희의 목소리 대신 어디선가 익숙한 음악 소리가 들려왔다. 몇 년째 유지하고 있는 올드 팝, 준희의 휴대폰 벨 소리였다. 휴대폰을 귀에서 살짝 떼고 진원지를 찾던 종우는 놀란 눈으로 파티션이 쳐진 국장실 쪽을 바라보고 규동을 바라봤다. 방금 규동 선배가 국장실에서 나온 것 같은데……?

"그러게 내가 걸지 말랬잖아. 왜 선배 말을 안 들어?"

규동은 멍한 얼굴의 종우를 뒤로하고 국장실로 들어갔다.

"다 들었지? 나눠서 열 내지 말고 한꺼번에 열 내라. 2절까지 하면 노망났다고 애들 수군대."

규동과 명석은 감독과 국장 사이이지만 그 이전에 입사 동기이자 절친이었다. 거리낌 없이 규동의 말을 받아들인 김 국장은 들어올 때와 마찬가지로 심드렁하기만 한 준희를 바라보며 미치겠다는 듯 머리를 뜯었다.

"야 이 자식아, 왜 남의 작품 작가한테 감 놔라 배 놔라야? 이게 네 작품이야!"

"공동 연출도 제 작품이라셨잖아요. 국장님 말씀대로 인터넷에 제 이름 석 자 검색하면 이력에 이번 작품 나올 거잖아요."

두 달 전 B팀 감독으로 들어가라 했을 때, 싫다는 준희를 저렇게 설득했었다. 토씨 하나 빼놓지 않고 그대로 돌려준 준희의 발언에 김 국장은 말문이 막혔다.

"그, 그래서. 대체 뭐라고 팼는데?"

"별말 안했어요. 새로운 거 쓰라는 것도 아니고 소설에 있는
거 대본으로 만들라는 건데 왜 핵심을 못 짚냐. 대본 재미없다
밖엔."

준희가 덤덤한 어투로 한마디 한마디 내뱉을수록 김 국장의
얼굴이 벌게졌다. 수 초의 시간이 수 시간처럼 흐르고 마침내
준희가 입을 다물었을 때, 김 국장은 뒷목을 잡았다.

왜 팼는지는 물어보지 않아도 뻔했다. 오 작가는 칭찬은 고
래도 춤추게 한다라는 말의 나쁜 예다. 단순히 칭찬을 좋아하
는 게 아니라 칭찬이 안 나오면 닦달을 해서라도 얻어 내고야
마는 타입. 오 작가는 끈질기게 물었을 거고, 빈말 못 하기로
둘째가라면 서러울 서준희는 줄줄이 제 속마음을 다 얘기했을
터다.

똑똑한 애가 이럴 땐 왜 약지 못한지.

"서준희, 너 작가들 단체로 우리 방송국 보이콧하게 만들려
고 작정했냐? 작가한테 제일 치명적인 말이 대본 재미없다라는
말인 거 몰라 그런 말을 해!"

"입 아프게 괜히 팬 거 아니에요. 원작 안 본 사람들이야 재
밌다 최고다 그러지, 본 사람들은 원작 망쳐 났다 시청자 게시
판에 온갖 욕설이 난무해요. 저도 괜한 트집이다 생각 안 하고
요. 작가도 알 건 알아야죠."

말엔 가시가 잔뜩 돋아 있는데 준희의 어투와 얼굴은 잔잔
했다.

그녀는 항상 그랬다. 세상만사 다 관심 없는 듯한 태도로 잘도 핵심을 찔렀다. 이런 그녀가 김 국장은 한참이나 어린 후배임에도 어려웠다. 하지만 이번엔 김 국장도 세게 나가리라 단단히 마음먹은 터였다.

"그래, 네 말 다 맞아. 8년차 작가가 있는 원작 가지고도 대본 재밌게 못 뽑으면 두드려 맞아야지. 근데 그 대본, 네가 했던 드라마보다 시청률 잘 나와. 그럼 너 팰 자격 없는 거야. 알아?"

그제야 준희의 얼굴이 굳었다. 시청률 하나로 그동안의 모든 노력들이 싸잡힌 게 억울한지 입술을 깨물면서도 반박은 하지 못했다. 준희는 한참이나 침묵을 유지했다.

"입 얼어붙었어? 왜 대답이 없어? 알아! 몰라!"

"……이해했어요. 오 작가한테 미안하다 경솔했다 사과하고 안 되면 무릎이라도 꿇어서 대본 나오게 할게요."

상황 판단이 빠르고 대처 능력도 빠른 아이다. 종종 사고를 쳐서 골치 아프게는 해도 무조건 자존심을 내세워 물불 안 가리는 타입은 아니었다. 준희의 그런 성향을 알면서 몰아쳤다. 김 국장 역시 편한 마음은 아니었다.

"누가 너더러 사과하래? 멋대로 교통정리하고 끝낼 생각 마."

"그럼 어떻게 하길 바라세요. 처분, 주세요."

바닥으로 축 처진 준희의 앙상한 어깨와 수면 부족으로 초췌한 얼굴에 반항의 의지가 전혀 없었다.

"내려와, B팀 감독. 다른 애 박을 테니까."

축 처져 있던 준희의 고개가 서서히 들렸다.

"진심, 이세요?"

"그럼 내가 비싼 밥 먹고 헛소리하냐? B팀 감독 싫다고 날세웠잖아. 원대로 해 줄 테니 내려오라고. 이것도 불만이야?"

준희의 얼굴이 미묘하게 가라앉았다. 싫어한 건 사실이라 내려오라는 게 나쁜 명령은 아니지만 시작한 일을 중간에 팽개치는 게 영 찜찜한 모양이었다.

"그냥 제가 마무리할게요. 방송 겨우 네 개 남았는데 이제 와서 B팀을 누구한테 땜빵 시켜요. 누가 반긴다고."

"그걸 아는 놈이 사고를 쳐? 그리고 너 드라마 제작국 어제 들어왔어? 도정주 몰라? 네 개가 남았든 네 씬이 남았든, 세 시간 안에 쫓아와서 교체해 달라 방방 뜰 거야, 걔."

준희가 다시 입을 다물었다. 제 말대로 마무리만 남았는데 사고 아닌 사고를 쳐 이런 사태를 초래한 것에 대한 책임은 느끼고 있는 모양이었다. 이쯤 되면 왜 작가를 팼는지 변명을 할 만도 한데 준희는 입도 벙긋 안 했다.

서준희는 그런 아이였다. 입바른 소리나 자기변호는 할 줄 모르는. 그래서 더 마음이 쓰였다. 하지만 그래도 어쩌랴. 작가, 배우, 스태프에게 문제가 생기면 늘 깨져야 하는 건 월급쟁이 PD인 것을. 김 국장은 씁쓸한 마음을 감추며 애꿎은 빈 종이컵만 구겼다.

"도정주가 어떻게 방방 뜰지 대사도 읊어 줘?"

"……아니요. 작가 찾아 미니 기획안 준비할게요."

김 국장은 구겨진 종이컵을 쓰레기통에 버리다 힐끔 준희를 바라보곤 덤덤하게 말했다.

"아래층 공동 작가실 가서 찾아. 날도 더운데 괜히 땀 뺄 거 없이."

"공동 작가실……이요?"

김 국장의 의도를 완벽하게 파악하지 못한 준희의 미간에 미세한 주름이 잡혔다. 방송국 공동 작가실은 아직 입봉을 하지 못한 신입 작가들이 주로 머무는 곳이었다. 요즘엔 중박 작가들도 편성 받기가 하늘에 별 따기인데, 신입 작가는 왜……?

"너 최소 1년은 미니 편성 없어. 쓸 만한 작가 골라서 단막 들어가."

"국장님!"

준희가 의자를 박차고 벌떡 일어났다.

"제가 잘했다는 거 아니에요. 그래도 이건 납득 못 해요. 두 달 전에 국장님 B팀에 저 꽂으시면서 이번 건 끝나면 미니 주신다 그러셨잖아요. 저 그 약속 믿고 B팀 갔는데 이러시는 법이 어디 있어요."

"여기 있어. 왜."

"국장님!"

"편성? 준다 치자. 너랑 같이 하겠다는 작가 있을 거 같아?"

"왜 없어요. 찾을게요. 시간 주세요."

보기 드물게 준희가 전투적이었다. 김 국장은 이 순간을 기다렸다는 듯 데스크 위에서 종이 몇 장을 들어 준희에게 던졌다.

"눈 있으면 봐. 보고도 작가 잡아 올 수 있단 말 나오는지."

준희는 종이를 집어 들었다. 종이는 방송심위위원회로부터 온 경고 조치였다. 반년 전 끝난 세 번째 드라마, 〈바람이 너에게 묻다〉 14부 중의 일부가 선정성이 짙어 관람 등급에 적절치 못했으니 시청자에게 공고하라는 내용이 담겨 있었다. 냉기가 돌던 준희의 눈이 차분하게 가라앉았다.

"이게 왜요."

"이게 왜요?"

"음료수 이름 노출돼도 받고. 칼에 모자이크 처리 안 해도 받고. 키스 씬에 혀만 얽혀도 날아오는 종인데 편성 못 받을 만큼 중죄 아니잖아요. 편성 주세요. 상여금 감봉 받고 시말서 쓸게요."

"더 까먹을 상여금이나 있고? 시말서엔 뭐라고 쓸 건데. 죄송합니다. 앞으로 주의하겠습니다? 넌 죄송과 주의를 작품 할 때마다 하냐? 입봉작부터 〈바람이 너에게 묻다〉까지 서준희 너 3연타석 스리런이야! 양심 좀 있어라, 이 자식아!"

그런 날이 있다. 아슬아슬하게 덜덜거리던 하나의 단추가 떨어져 나가면 나머지 단추도 줄줄이 떨어져 나가는 그런 속수무책인 날이. 오늘이 그런 날인가 보다.

입봉작 때는 시간에 쫓겨 조연이 든 흉기에 모자이크 처리를 못 했고, 두 번째 작품 때는 극의 상황을 살리려다 보니 욕설을 순화시키지 않았다. 그리고 〈바람이 너에게 묻다〉 때는 주제가 불륜이다 보니 흘러가는 정사신이 등장했다. 그게 하필 이 타이밍에 문제가 될 줄은 몰랐다.

"있어야 하는 씬이었어요. 시청률만 잘 뽑으라 하셨잖아요. 시청률 잘 나오면 경고 조치 100장 날아와도 안 무섭다고 하신 거 국장님이세요."

"그래, 너 말 잘했다. 내가 경고 조치 안 무섭다고 했지, 작가 칼 가는 거 안 무섭다고 했냐?"

"그래서 오 작가 일은 무릎을 꿇어서라도 책임지고……."

"이 자식 이거 눈치를 삶아 처먹고 왔나. 경고 조치가 오 작가 때문이야? 〈바람이 너에게 묻다〉 때 여배우 옷 네가 벗겼다며. 작가가 쓰지도 않은 씬을 왜 멋대로 추가해서 여배우를 벗겨!"

"그건, 멋대로 추가한 거 아니에요. 권 작가랑 상의해서……."

"다 찍어 놓고 전화로 툭. 넌 그게 상의냐? 통보지! 그 얌전한 권 작가가 얼마나 자존심이 상했으면 서준희 이름 석 자만 나와도 깡소주 한 병을 다 비운대. 그 소문이 동네방네 다 퍼져서 제작비만 겨우 세이브하는 작가들도 서준희랑은 안 하겠대. 근데 무슨 수로 작가를 잡아 올 거야? 방법 있으면 나도 좀 알자."

며칠 전 촬영을 나가다 엘리베이터에서 만난 동기 박병호가 이죽거리던 말이 생각났다.

'권 작가 12월 편성 받아 M국으로 갔다더라. 5년 동안 그저 그렇다 20퍼센트 넘겨 몸값 확 올렸으면 예의상이라도 널 먼저 찾아왔어야 하는 거 아닌가? 시청률 아무리 높게 나와도 혼자 다 해 먹으려는 감독이랑은 못 하겠다는 거지. 쫀심 상해서.'

그때는 박병호의 말을 대수롭지 않게 생각했다. 여자가 겁도 없이 드라마국에서 설친다고 눈엣가시처럼 여기는 놈이기에 그냥 건수 하나 잡아 또 소설을 쓰는구나, 했다. 그런데 그게 소설이 아니었고, 서준희만 몰랐던 이야기라니.

조감독으로 6년, 감독으로 3년. 9년의 세월을 통틀어 아무것도 모르고 그저 발발거리기만 했던 조감독 1년차 때보다 지금이 더 막막했다. 드라마는 스토리가 없으면 불가능하고, 작가가 붙지 않는 감독은 살아남을 방법이 없으므로.

"그래도 꼭 미니를 해야겠다면 방법이 아주 없진 않아."

그렇다고 명령대로 좌천되듯 단막으로 내려가고 싶진 않아 오기를 부리고 서 있던 때였다. 툭 던지듯 꺼낸 김 국장의 말에 준희가 고개를 들었다.

"송진후, M국이랑 네 번쩬 안 한다고 못 박았대. S국에선 송진후 잡으러 진즉에 달려들었대고. 우리가 한발 늦었는데 정미니가 하고 싶음 잡아 와 보든가. 그럼 미니가 아니라 50부작을 달래도 줄 테니까."

선심 쓰듯 무심하게 말한 김 국장은 준희의 반응을 살폈다. 얼굴이 살짝 굳은 듯도 하고 불편한 듯도 하지만 예상을 그렇게 했기 때문일지도 몰랐다. 객관적으로 보자면 현재 서준희의 상태는 평소와 크게 다를 것이 없었으므로.

"나가 보겠습니다."

얼마간 침묵을 유지하고 있던 준희는 긍정도 부정도 없이 파티션 밖으로 사라졌다.

"저게 지금 잡아 오겠다는 거야, 말겠다는 거야?"

겉으론 태연한 척했어도 속을 졸였던 김 국장은 혼잣말처럼 중얼거리고 물 한 컵을 다 비웠다. 그리고 구석에서 흥미롭게 상황을 지켜보고 있던 규동을 바라봤다.

"너 감 떨어진 거 아니냐? 서준희 반응이 없잖아, 반응이."

사실 K국에서도 S국과 비슷한 시기에 정보를 입수하고 송진후를 잡으려 움직였었다. M국 공모전에서 입상한 후, 입봉을 해 연달아 세 작품을 대히트시킨 송진후는 K국에서도 반드시 잡아야만 하는 카드였다. 그래서 김 국장은 젊은 감독들 대신 방송 3사의 감독, 작가, 그리고 대부분의 배우들이 인정하는 규동을 보냈었다. 그런데…….

"내년에 데스크로 올린다 어쩐다 위에서 말들 많아도 나 아직 현역이야. S국에 여자 감독이 어디 있어. M국에 하나, 우리한테 하나. 방송 3사 통틀어 여자 감독 둘뿐인데. 근데 여자 감독이 좋다잖아. M국에 네 번째 같이 안 한다 못 박아 놓고. 이름 석 자만 안 꺼냈지 서준희랑 하겠다는 거랑 뭐가 달라? 둘이 뭐 있어, 분명."

규동은 나흘 전 다짜고짜 송진후를 잡아 오란 김 국장의 등쌀에 못 이겨 그의 작업실을 찾았던 때를 떠올렸다.

넓은 거실 삼면을 채운 각종 서적과 영화 DVD들. 짙은 드립커피의 향. 그가 커피를 내리는 동안 눈으로 책장을 살피던 규동은 보았다. 수많은 DVD들 중, 유일하게 드라마 DVD였던 서준희의 작품들을.

"그래서 둘이 대체 뭐가 있냐고."

"살가워 좋아 죽는 사이면 송진후가 뭐하러 밑밥을 깔아, 골 아프게. 진즉에 둘이 의기투합해서 기획안 만들어 왔겠지. 철 천지원수거나 그 반대거나."

"그 반대?"

"서준희 여자야. 너, 나 포함 여자 취급들을 안 해서 그렇지."

인상을 쓰고 규동의 말을 곱씹던 김 국장이 잠시 후 코웃음 을 쳤다.

"그러니까, 송진후가 서준희를 여자로 본다? 드라마 찍냐? 둘이 안면이나 있고?"

"내가 거기까지 알면 돗자리를 폈지, 감독질 하고 있냐? 다 음 생에 태어나면 내 절대 감독질 안 하지. 박봉에 제대로 먹지 도 못해, 자지도 못해. 변비를 달고 살아 싸지도 못해요. 근데 서준희 쟨 여자라 곱절은 힘들겠네."

신세 한탄도 모자라 새끼손가락으로 귓속을 후비는 규동의 태평한 태도에 김 국장은 속에서 천불이 났다.

"야, 조규동. 넌 데스크 아니다 이거야? 듣자 하니 송진후 네 번째 시놉도 잘 빠졌다던데. 송진후 뺏기면 맞편성 붙는 우리 껀 잘해야 2등이야. 광고 완판은 어림도 없고!"

김 국장이 생각만 해도 답답하다는 듯 넥타이를 끌러 셔츠 의 윗단추를 풀었다. 규동은 매섭게 노려보는 김 국장의 시선 에 머쓱하게 뒷목을 긁었다.

"아, 자식 성질은. 티 안 나게 코너로 몰았으니까 물어 오겠지, 서준희가."

"안 물어 오면. 꿈쩍도 안 하면. 쟤 고집 있어."

"있지, 고집. 근데 욕심도 있어. 지 밥 딴 녀석한테 뺏기듯 갖다 바치고 순순히 단막 할 애 아냐. 좀 기다려 봐."

영인대학병원.

주차장에 차를 댄 준희는 영인대학병원 본관으로 향했다. 아직 이른 아침이지만 한여름이라 일치감치 동이 터 벌써부터 더위가 느껴졌다. 손으로 차양을 만들며 본관으로 들어선 준희는 곧장 8층으로 올라갔다.

"오셨어요?"

일반외과 병동에 막 들어서자 스테이션을 지키고 있던 수간호사가 살갑게 알은체를 해 왔다. 준희는 본체만체 가볍게 목례로만 답하곤 복도에 늘어서 있는 스테인리스 식기대를 바라봤다.

"아침 시간이잖아요. 할머님 오늘은 많이 드셨어요."

잔뼈가 굵어 눈치도 빠른 수간호사가 준희의 생각을 재빠르게 캐치하고 덧붙였다. 준희의 시선이 그제야 수간호사를 향했다.

"그래요?"

"네. 한 그릇 거의 다 비우셨어요. 손녀 분 오실 줄 아셨나 봐요. 어서 들어가 보세요."

준희는 가볍게 고개를 끄덕이고 병실로 향했다.

807호.

손잡이를 잡고 문 앞에 걸린 호실의 숫자를 바라보며 준희는 크게 심호흡을 했다. 하루 이틀이 아닌데도, 오늘은 식사도 잘했다는데도 병실 앞에선 늘 떨렸다. 혹시라도 온기가 식어 가는 할머니가 눈을 마주쳐 주지 않을까 봐.

한참이 지나서야 준희는 살짝 열린 문 안으로 시선을 주었다. 척추 보호대를 찬 할머니는 6인실 맨 끝자리 침대에 비스듬히 기대 앉아 있었다. 그리고 그 곁에서 간병인이 할머니의 손을 닦아 주고 있었다. 준희는 병마에 지쳐 괴로운 잠을 청하고 있는 다른 환자들을 배려해 최대한 조용히 할머니의 침대로 다가갔다.

"주세요, 제가 할게요."

"어, 왔어요?"

준희는 허공에 멈춘 간병인의 손에서 수건을 빼냈다.

"아침 안 드셨죠. 아침 드시고 오세요. 두 시간은 제가 있을게요."

"두 시간은 무슨. 밥만 먹고 얼른 올게요. 드라마 찍느라 바쁜 사람 시간 뺏으면 안 되지."

"아뇨. 천천히 드시고 좀 쉬다 오세요. 저 안 바쁘니까."

할머니의 머리를 살가운 손길로 정리해 주던 간병인이 의아한 시선으로 준희를 바라봤다.

"안 바빠요? 드라마 들어가서 두 달은 오기 힘들 거라고……."

정주의 드라마에 B팀 감독으로 들어가기 직전, 병실에 들러

했던 얘기였다. 준희는 입을 꾹 닫고 할머니의 손을 꼼꼼하고 세심하게 닦았다. 그 모습을 잠시 바라보던 간병인은 분위기를 파악했는지 더 말을 붙이지 않고 손가방을 챙겨 병실을 나갔다.

왼손을 다 닦고 오른손에 수건을 올릴 때였다.

"왜 안 바빠. 드라마 안 끝났잖어. 짤렸어?"

준희는 고개를 들어 할머니를 바라봤다.

"그런 말도 알아?"

"왜 몰라. 다 늙어 병들었어도 감독 선생님 할민데."

준희는 피식 웃고는 다시 손을 닦으며 따뜻하게 말했다.

"감독은 선생님이라고 안 불러. 그냥 감독님이라 그러지."

오가는 말 없이 한동안 침묵이 이어졌다. 준희는 환자복 속으로 손을 넣어 몸까지 닦아 내고 수건을 빨아 왔다. 빤 수건을 탁탁 터는데, 할머니의 시선이 느껴졌다.

"왜 그렇게 그윽하게 봐? 가슴 떨리게."

"진짜…… 짤렸어……?"

아까와는 다르게 조심스러운 물음이었다. 준희는 병실 창문 난간에 수건을 널며 대수롭지 않게 대답했다.

"응. 건방진 너 같은 건 필요 없다네."

"뭐야? 어떤 놈이 감히 우리 아가한테 그딴 말을 지껄여? 내 이것들을!"

할머니는 당장 방송국으로 쳐들어갈 기세로 환자복 소매를 걷어붙였다. 준희는 웃으며 침대에 걸터앉아 할머니의 허리를 끌어안고 배에 얼굴을 묻었다.

"우리 할머니 아침 많이 먹었다더니 힘이 펄펄 넘치네. 항암 치료 잘 받으면 이번엔 진짜 금방 퇴원하겠다."

두 번의 수술. 몇 번인지 셀 수도 없는 항암 치료.

딸이 낳아 방치한 손녀의 뒷바라지를 위해 칠순이 넘어서도 시장에서 야채를 팔고, 폐지를 주워 팔던 할머니는 9년 전, 고질병이었던 허리 디스크가 손쓸 수 없을 만큼 악화되어 대수술을 받았다. 그러나 결과는 참담했다. 할머니는 타인의 도움 없인 거의 거동이 불가능한 장애를 얻고 말았다.

24시간 할머니를 보필해 줄 사람이 필요했고, 할머니의 병원비를 댈 수 있는 안정적인 직업이 필요했다. 스물네 살의 서준희는 그렇게 영화를 포기하고 방송국으로 들어갔다.

그러나 고행은 거기서 끝이 아니었다. 1년 전, 할머니는 대장암 3기 진단을 받고 치료를 시작했으나 이미 간에 전이가 된 상태였고, 두 번의 수술에도 암세포는 다 걷어 내지 못했다.

항암 치료로 겨우 연명하고 있는 목숨이었지만, 월급의 80퍼센트 이상이 병원비로 쓰였지만, 그래도 준희는 감사했다. 살아 있어 줘서. 혼자 남겨 두지 않아 줘서.

앙상하지만 따뜻한 손으로 머리를 쓰다듬어 주는 할머니의 손길에 준희는 눈을 감았다.

"할머니."

"응?"

"나 드라마 그만할까."

머리를 쓰다듬어 주던 할머니의 손길이 멈췄다. 준희는 고개를 살짝 들어 할머니를 바라봤다. 할머니의 얼굴은 하나밖에 없는 손녀가 꿈을 포기한 게 당신 때문이라는 죄책감으로 얼룩져 있었다.

"또 또 그런 얼굴 한다. 영화 못 해서 꿩 대신 닭으로 드라마 하는 거 아니라니까. 예능이나 교양으로 갈 수도 있었는데 재밌어 보여서 드라마 택한 거라고 몇 번을 말해. 재밌어. 하나도 안 힘들어. 진짜야. 하나도 안 힘……."

부정이 강해질수록 할머니의 얼굴이 더 무겁게 내려앉았다. 준희는 한숨을 쉬고 다시 할머니의 배에 얼굴을 묻었다.

"차라리 귀신을 속이지. 실은…… 힘들어. 많이는 아니고 조금. 근데 영화 못 해서 힘든 거 아냐. 이건 진짜야."

"그럼 뭐 때문에 힘들어. 드라마 짤려서 속상해서 그래?"

"그것도 좀 속상한데, 그것보다……."

"더 힘든 게 있어? 할미한테 말해 봐, 아가."

하지만 준희는 아무 말도 할 수가 없었다. B팀 감독에서 잘리고 김 국장한테 물 먹은 것보다 더 속 쓰린 게 있다는 걸 지금에서야 알았기 때문에.

'송진후, M국이랑 네 번째 안 한다고 못 박았대. 정 미니가 하고 싶으면 잡아 와 보든가.'

타인의 입을 통해 듣는 송진후란 이름 석 자는 무척이나 낯설게 다가왔다. 생전 모르는 사람처럼, 현실감각도 없이 그렇게. 그래서 싫은 내색도 좋은 내색도 할 수가 없었다. 그런데 이제야 알겠다. 서준희에게 송진후는 삶에 찌들어, 세월에 묻혀, 봉인되어 있던 낡은 상자였다는 것을.

　10년이나 지난 지금까지 그를 엄청 사랑하고 있다거나, 미련이 남은 건 아니다. 다만 꿈이 있고 사랑을 하고 있던 스물세 살의 서준희는 웃고, 울고, 슬퍼하고, 기뻐하고, 반짝반짝 빛이 났었다. 반짝임을 잃고 하루하루 현실과 타협하며 살고 있는 서른세 살의 서준희와는 달랐다. 그를 통해 스물세 살의 서준희를 만나고, 지금 자신의 모습을 새삼 깨닫게 되는 게 싫었다. 쓰리고, 아팠다. 지금의 서준희가 초라해 보여서.

　"할머니, 나 이뻐?"

　"뭐가 속상하냐니까 뜬금없이 뭔 소리야."

　"이뻐, 안 이뻐."

　"이쁘지. 할미 눈엔 우리 아가가 세상에서 제일 이쁘지."

　"그럼 됐어. 이제 안 속상해. 나 머리 만져 줘. 조금만 자게."

　"커다란 게 어리광은……. 할미 손은 약손. 할미 손은 약손. 다친 마음 빨리 나서라, 우리 아가. 할미 손은 약손. 할미 손은 약손."

　가만가만 머리를 쓰다듬어 주는 할머니의 손길에 준희는 눈을 감았다.

　엄마에게 버림받고, 온 맘을 다했던 사랑을 잃고, 꿈을 포기했어도 서준희는 괜찮다. 성한 데 없이 반평생을 바쳐 큰 사랑을 주고, 이렇게 마음까지 만져 주는 단 하나의 버팀목이 남아 있으니까. 그러면, 됐다.

　설핏 잠이 들려던 참이었다. 주머니에서 휴대폰이 요란하게 울렸다. 준희는 눈을 감은 채로 손만 더듬어 휴대폰을 꺼내 할머니의 얼굴 쪽으로 들이밀었다.

"누구야?"

"국장님이면 높은 분 아니야? 얼른 받아 봐."

인상을 구긴 준희는 억지로 몸을 일으켜 전화를 받았다.

"네, 국……."

— 너 B팀 신한철이한테 넘겼다며. 그 얘기 들은 게 언젠데 왜 아직 소식이 없어? 단막을 하든, 송진후를 잡아 오든 둘 중 하나는 해야 할 거 아냐. 월급 꽁으로 먹을 거야!

"단막 할게요."

고래고래 소리를 지른 지 네 시간 만에 얼굴을 내민 준희의 폭탄선언에 김 국장은 제 귀를 의심했다.

"뭐? 뭘 하겠다고?"

"꽁으로 월급 안 먹어요. 3일만 더 주세요. 공모전 입상작 샅샅이 훑어서 쓸 만한 대본 찾을게요."

김 국장은 뻐근해진 뒷목을 잡고 제 집마냥 태평하게 커피를 홀짝이는 규동을 째리다 다시 준희를 바라봤다.

"왜. 곧 죽어도 미니라며. 이러는 게 어디 있냐, 바락바락 대들더니 왜."

병원을 나서며 상상해 보았다. 서른세 살의 서준희와 송진후가 10년 만에 마주하는 장면을. 찜찜하고 구질구질했다. 10년이 지난 지금, 스물세 살의 서준희와 송진후가 서로에게 등을 돌렸던 그 순간은 And가 아니라 End였다.

송진후의 기억 속에서 예뻤고, 반짝반짝 빛났던 스물세 살의 서준희를 굳이 변질시키고 싶지 않았다. 송진후를 사랑했던 그 시간, 반짝거렸던 스물세 살의 서준희는 그냥 그 자리에 남겨 두고 싶었다.

"송진후 트렌디 쓰는 작가 아니잖아요. 첩보물, 한 우물 깊게 파는 전문 드라마 저 못해요. 어려워서."

김 국장이 어이없다는 듯 헛웃음을 터트렸다.

"너 지금 그게 드라마국 연출부가 할 소리냐? 어려워서 못해? 단막 하랬다고 개기냐? 시위해!"

"송진후, 입봉 땐 첩보물로 40 찍었고, 두 번째 법정물로, 세 번째 정치물로 35, 42 나왔던 작가예요. 이번 꺼 시청률 안 나오면 대본은 좋았는데 잘 못 찍어서 그렇다 독박 써야 하잖아요."

"무슨 그런 말 같지도 않은, 씌운다고 네가 얌전히 쓸 놈이야?"

"얌전히 쓰든 시끄럽게 쓰든 결국 쓰잖아요. 애국가 시청률 나와도 수고했다, 잘했다, 미니 편성 주실 거예요? 그럼 하구요."

"애, 애국가 시청률에 잘했다, 수고했다, 미니 편성? 아이고, 골이야. 야, 조규동."

네가 어떻게 좀 해 보라는 듯 김 국장이 고개를 모로 틀며 규동에게 턱짓을 했다. 규동은 심드렁한 표정으로 귓속을 후볐다.

"만만한 게 나지. 꼭 저 불리하면 화살을 돌려요. 내가 뭐라 그래, 서준희 말 틀린 거 하나 없는데. 막장 소리 들어도 시청률만 잘 나오면 장땡이라는 이 바닥에서 쟤도 살아야 할 거 아냐. 시청률 말아먹어도 미니 또 줄 거야? 준다면 한다잖어."

"너, 너……!"

얼굴이 시뻘게진 김 국장은 이를 앙다물고 씹듯이 작게 읊조렸다.

"누가 너더러 서준희 말 리플레이하래?"

"가재는 게 편이야. 나 아직 현역이라니까. 현역은 현역 편이지."

김 국장은 벌떡 일어나 냉수를 벌컥벌컥 들이켰다. 빈말이 아니라 정말 속이 까맣게 타 들어갔다. 20년 넘게 의지한 친구 놈이나, 잘만 키우면 싹수 있다 믿은 아랫놈이나. 믿는 도끼에 발등을 찍혀도 정도가 있지.

"일단 알았으니까 나가. 휴대폰 재깍 받고."

꼴 보기 싫다는 듯 손을 휘휘 젓는 김 국장의 손짓에 준희가 나가고 나자, 규동이 화통하게 웃음을 터트렸다.

"저거 물건이야, 물건. 서준희가 똑똑하긴 해."

"똑똑 좋아하시네. 어려운 거 못 찍는다는 놈한테. 넌 웃긴 왜 처웃어? 이게 지금 남 일이냐? 이제 어쩔 거야!"

"어쩌긴 뭘 어째. 처음부터 송진후는 너였다, 미안하다, 납작 엎드려 빌든가. 아님 까내든가 둘 중 하나지."

김 국장이 기막혀 죽겠다는 듯 연신 씩씩댔다.

"국장 체면에 새파랗게 어린 아랫놈한테 비냐? 까내는 건 무슨 명분으로 까낼 건데? 내 입으로 단막 하래놓고 미니 안 할 거면 방송국 나가라 미친놈처럼 길길이 뛰어? 서준희 욕심 있다며. 지 밥그릇 딴 놈 주고 단막 안 할 거라며!"

속사포로 말을 쏟아 내던 김 국장은 이러지도 저러지도 못하는 상황에 갈증이 나 정수기에서 다시 냉수를 받았다. 막 들이켜려는 찰나, 뒤에 바짝 붙어 선 규동이 작게 속삭였다.

"질러."

컵을 든 손이 허공에 멈춰 서고, 김 국장이 느릿하게 고개를 돌렸다.

"뭐?"

"지르라고. 서준희 준다고 송진후 불러서 둘이 붙여 놔. 송진후 네 번째 꺼, 트렌디야."

#씬 2

자료실의 빈 카운터 앞에서 바닥에 운동화 앞코를 톡톡 두드리고 있던 준희는 묵직한 구두 굽 소리에 고개를 들었다. 빼곡히 자리한 책장과 캐비닛 사이에서 12년째 자료실을 지키고 있는 정혜가 얇은 종이 뭉치 몇 개를 들고 오고 있었다.

"여기."

준희는 정혜가 떠넘기듯 건넨 종이 뭉치를 카운터에 올려놓고 확인하다 고개를 들었다.

"작년 공모전 입상작, 이게 다예요?"

"작년엔 대상작 없었잖아. 대신 우수작만 다섯 편."

한숨이 절로 나왔다. 대상이 없었다는 건 만 부가 넘는 응모작들 중, 그만큼 쓸 만한 대본이 없었단 소리였다. 그런 대본을 가지고 단막극 만들 생각을 하니 벌써부터 머리가 지끈거렸다.

"혹시 모르니까 재작년 입상작들도 주세요."

"괜찮은 건 다른 감독들이 이미 했을 건데?"

"잘 쓴 작품 있으면 작가 찾아가서 새거 하나 하자 해 봐야죠."

정혜가 아, 하며 고개를 끄덕였다.

"고생한다. 노가다가 따로 없네."

안됐다는 표정을 지은 정혜가 다시 캐비닛들 사이로 사라졌다.

"여기."

아까보다 빨리 자료를 찾아 나온 정혜가 '2012 공모전 입상작'이라고 적힌 뭉치를 건넸다. 다행히 2013년도 것보다 무게가 묵직했다.

"고마워요."

"너도 참 취향 별나다. 차석으로 입사해서 왜 드라마국이야. 이제라도 예능이나 교양으로 가. 미니 세 개나 한 감독한테 단막이나 하라는 드라마국 때려치우고."

왜 하필 드라마국이냐, 그것도 계집애가. 10년간 방송국 밥을 먹으며 수도 없이 들었던 얘기였다. 준희는 늘 그랬듯 씁쓸한 웃음 한번 지어 주고 발길을 돌렸다. 자료실을 빠져나와 긴 복도를 걷던 준희는 지친 얼굴로 묵직한 입상작들을 바라보다 문득 걸음을 멈추고 자료실 쪽을 돌아봤다.

"그러게요. 나 진짜 왜 이러고 있니."

"뭘 왜 이러고 있어. 사춘기야?"

익숙한 목소리가 들려옴과 동시에 갑자기 팔이 가벼워졌다.

느릿하게 고개를 돌리자, 머리 하나는 더 큰 현욱이 말끔한 차림으로 웃으며 서 있었다.

"웬일이야, 이 시간에?"

"출근길에 너 보러. 점심이나 같이 먹을까 하고."

현욱이 초밥 집 로고가 프린팅 된 쇼핑백을 흔들었다. 준희는 피식 웃고는 걸음을 옮겼다.

현욱과는 대학 동기였고, 소속 국은 다르지만 같은 방송국에서 한솥밥을 먹고 있는 사이였다. 그리고 서준희가 할머니를 제외하고 유일하게 마음 한 자락쯤은 내보이는 사람이었다.

"나 드라마국 PD야. 방송국에 없을 때가 더 많은데 뭘 믿고 연락도 없이 와."

"서준희 사고 쳐서 B팀 짤렸단 얘기, 우리 라디오국까지 왔어."

준희가 걸음을 멈추고 현욱을 바라봤다.

"벌써?"

"비행기보다 빠르잖아. 이 바닥 소문이."

준희는 질린다는 듯 고개를 젓고 다시 발걸음을 옮겼다.

"그래서. 지금 이거 병문안이야? 오렌지주스 대신 초밥이고?"

"나 아니면 누가 챙겨. 드라마국 미운 오리 서준희를."

휴게실로 들어선 준희는 빈자리를 찾아 앉으며 능청스러운 현욱을 흘겨보았다. 그러다 이내 못 말린다는 듯 피식 웃었다.

"빈손 아니라 봐줬다. 풀어 봐, 빨리."

현욱이 어깨를 으쓱거리고는 군말 없이 뚜껑을 열었다. 준희는 초밥 하나를 입에 집어넣고 입상작 하나를 들어 첫 페이지를 넘겼다. 한 줄을 채 읽기도 전에 조용했던 휴게실이 갑자기 부산스러워졌다.

"야야, 제작비 생각 안 하고 배우한테 맞춰 스케줄 짠 무개념 조연출한테 소리 한번 지른다고 애가 겁을 먹냐? 서준희처럼 6년 동안 단막 하나 못 하고 조연출만 하게 만들어 준다 그래야 겁을 먹지."

"오우, 그건 너무 세지. 그러고 보면 그 계집애도 독해? 6년 동안 조연출로 뺑이 치면서도 결국 버텼잖……."

동기 사랑을 외치고 다니면서 여자라는 이유로 서준희에겐 예외를 적용하는 박병호와 구정식이었다. 막 휴게실로 들어서던 구정식이 준희와 눈이 마주치자마자 입을 다물고 박병호의 옆구리를 찔렀다.

"말을 하다 말어. 왜. 뭐."

구정식이 턱짓으로 가리킨 방향으로 고개를 돌린 박병호는 준희를 발견하고는 똥 씹은 표정으로 거칠게 의자를 뺐다.

"대낮부터 재수 없게."

박병호는 구정식의 만류에도 테이블에 비닐봉지를 소리 나게 올렸다. 거기까지 지켜보던 준희는 황당하다는 얼굴이 된 현욱에게 시선을 돌렸다.

"나 미운 오리 맞나 보다. 먹어."

준희는 현욱의 입에 초밥을 억지로 구겨 넣어 주고 제 입에도 하나 넣고는 대본에 시선을 줬다.

"저런 말을 듣고도 대본이 읽히고 초밥이 먹혀? 뭐냐. 드라마국은 이래? 애도 아니고 21세기에 여자 남자 편 갈라서."

준희는 다시 현욱을 바라봤다. 속상하고, 분하고. 속으로 구겨 넣지 못한 감정들이 얼굴에 고스란히 드러나 있었다. 말 한마디에 부르르, 대체 누가 누구더러 애란 건지.

"열 내지 말고 먹어. 쟤네들 애야. 너도 이제 보니 애고."

"뭐?"

얼빠진 표정을 짓던 현욱은 이내 이해했는지 피식 웃었다. 그 모습을 아니꼽게 보고 있던 박병호가 거칠게 테이블을 내리쳤다.

"누군 좋겠네. 저 때문에 작가가 대본을 쓰네 마네 해도 국장님이 오냐오냐 이뻐해서 송진후랑 작품도 하고. 나라에선 남녀평등을 외치며 군 가산점도 없앴는데 여성 우대가 존재하는 드라마국, 말이 되냐? 더러워서, 진짜. 야, 밥맛 떨어진다. 나가자."

송진후라는 이름이 나오자마자 현욱의 얼굴이 굳었다. 진후와도 대학 동기였던 현욱은 영화 동아리의 같은 기수이기도 했다. 그리고 서준희와 송진후의 과거를 아는 몇 안 되는 사람들 중 하나였다. 박병호와 구정식이 휴게실을 나가자마자 현욱이 차갑게 물었다.

"방금 그 말 사실이야?"

준희는 대수롭지 않게 대본에 시선을 두고 대답했다.

"사실이면. 너 아직도 송진후 싫어해? 왜 그렇게 싫은지 모르겠지만 세월이 10년이야. 그만 좀 풀지? 걔는 너 별로 안 싫어했어. 아니다, 싫어했던가."

"말 돌리지 말고. 사실이야?"

준희는 대본을 다음 장으로 넘기고는 종이 뭉치 앞표지를 톡톡 두드렸다.

"2013년 공모전 입상작이라고 써 있는 거 안 보여? 안 할 거야."

"왜. 다시 보면 또 좋아질까 봐?"

천천히 고개를 든 준희는 그 어느 때보다 진지한 현욱의 얼굴에 웃어 버렸다.

"넌 내가 그렇게 순정파 같아? 과대평가야. 내가 못생겨 보일까 봐. 서준희의 자격지심."

더 이상은 묻지도, 말하지도 말라는 뜻으로 손을 내저은 준희는 본격적으로 대본을 훑었다. 초밥을 집어 먹으며 하나의 대본을 거의 다 읽었을 무렵이었다.

"안 못생겼어. 그때도 지금도 너, 송진후한테 안 꿀려."

준희는 조금 멍한 얼굴로 고개를 들었다. 대본을 보는 사이에 현욱은 계속 말의 의미에 대해 생각하고 있었는지 진지한 표정이었다. 준희는 테이블에 턱을 괬다.

"아직 애 모드야? 편들어 줘?"

현욱의 얼굴이 살짝 찡그려졌다.

"뭔 소리야."

"팔은 안으로 굽어서 네 눈엔 내가 아까우니 송진후랑은 하지 말아라. 나 진짜 개 싫다, 그 말이잖아."

"쓸데없는 수식어는 왜 달아. 베베 꼬지 마. 그런 거 아……."

"감독님! 감독님!"

진지한 현욱의 목소리가 묻힐 만큼 커다란 외침이 휴게실 안을 파고들었다. 준희의 고개가 외침을 따라 돌아갔다. 이 한여름에 어디서부터 뛰어온 건지 땀범벅이 된 종우가 문 앞에서 숨을 고르며 서 있었다.

"뭐야. 전쟁이라도 났어?"

"그, 그게 아니라. 구, 국장님이……."

"국장님이 뭐."

"가, 감독님 전화 안 받으신다고. 5분 안에 안 찾아 오면 죽인다고."

인상을 구긴 준희는 주머니에서 휴대폰을 꺼냈다. 부재중전화 다섯 통. 자료실 들어가기 전에 무음으로 바꿔 놓은 휴대폰이 제 기능을 못 해 애먼 사람을 잡은 모양이었다.

"나 왜 찾으시는……."

말이 끝나기도 전에 휴대폰이 다시 깜빡였다. 준희는 종우에게 됐단 표시로 손을 내밀고는 전화를 받았다.

"네, 국장님."

— 너 내 말 무시하냐? 전화 재깍재깍 못 받아? 어디야, 지금!

소리가 얼마나 큰지 한순간 귀가 먹먹해졌다. 준희는 휴대폰을 멀찌감치 떨어뜨렸다 다시 귀에 붙였다.

"휴게실이에요. 공모전 입상작 지금 막 자료실에서 넘겨받아 검토 중……."

— 다 스톱하고 지금 당장 커피 넉 잔 사서 5층 회의실로 와. 자판기에서 뽑지 말고 뚜껑 있는 커피로 사 와. 10분 준다.

허망하게 끊긴 전화를 보고 있던 준희는 한숨을 쉬며 자리를 털고 일어났다.

"좀 전에 내가 너한테 애냐 그랬던 말 취소. 난다, 화. 내가 동네북이야? 왜 가만히 있는 나한테 여성 우대네, 뭐네. 하다 하다 이젠 커피 심부름까지."

준희는 잠시 말을 멈추고 숨을 몰아쉬고 있는 종우를 바라보다 고개를 숙였다.

"이게 죽인다는 소리까지 하면서 애를 잡을 일이냐구."

"준희야……."

"미안. 오늘은 날이 아닌가 보다. 다음에 시간 맞춰 제대로 보자."

준희는 휴게실을 빠져나가려다 종우 앞으로 다시 돌아갔다. 그리고 주머니를 뒤적거려 5천 원짜리 한 장을 내밀었다.

"음료수 사 먹어. 대본들 내 자리에 가져다 놓고."

"제가 먼저 읽어 보고 1차로 쓸 만한 거 추릴게요. 걱정 말고 다녀오세요."

종우는 5천 원 짜리 한 장을 받으며 더위에 벌겋게 달아오른 얼굴을 해 가지고서도 헤헤 웃었다. 그런 종우의 얼굴을 바라보는 준희의 눈이 복잡하게 일렁였다.

"하지 마."

"네?"

냉기가 흐르는 어투에 종우가 의아한 시선으로 준희를 바라봤다.

"하지 말라고. 조연출 3년차가 미니 놔두고 단막에 왜 달라붙어. 너도 나처럼 6년 동안 단막 하나 못 해 보고 조연출만 줄창 하고 싶어? 정주 선배나 박병호 밑으로 가. 너, 이 시간 이후로 내 조연출 해고야."

"감독님……."

"너 해고라는 뜻 몰라? 내 스태프도 아닌데 감독님은 무슨 감독님! 앞으로 국장님이든 누구든 너한테 서준희 찾으면 이제 그딴 놈 모른다 그래."

아무도 조연출로 들어오려 하지 않았던 입봉작 때, 박종우는 유일하게 서준희 밑으로 들어가겠다고 자원한 녀석이었다. 다른 이들 말마따나 여자 감독 밑에서 시다바리 노릇 하기가 배알이 꼴렸을 법도 한데 천성이 착하고 순한 박종우는 현장에서 소리를 지르고, 쪼인트를 까도 군말 없이 제 할 일을 해냈다.

그렇게 두 번째, 세 번째 작품을 같이하며 자연스레 서준희 붙박이가 된 박종우는 다른 선배들이나 동료들에게 배척당하기 일쑤였다. 그래도 박종우는 투정 한 번을 부리지 않았다. 서준희 밑에 있다간 너도 망한다고 주변에서 아무리 윽박질러도 박종우는 그저 사람 좋게 웃었다.

그걸 다 알면서도 이제껏 외면했었다. 작가와의 소통, 캐스팅, 의도치 않은 사건이 뻥뻥 터지는 현장 상황. 스태프 문제가 아니더라도 버거운 일이 너무 많은 드라마 제작 현실 속에서 하나라도 짐을 덜고 싶어서. 그런데 이젠 정말 보내줘야겠다. 더 늦기 전에.

착잡한 심정으로 마른 얼굴을 쓸어내리던 준희는 카페테리아 직원의 얼굴을 마주하고서야 상념에서 헤어 나왔다.

"아이스 아메리카노 넉 잔 주세요."

5층 회의실 앞.

준희는 커피 넉 잔이 든 컵 캐리어를 들어 올려 보며 쓴웃음을 지었다. 스스로 생각해도 자신의 꼴이 한심했다. 먹고살기 위해 방송국에 들어왔고, 대단한 예술을 하기 위해 드라마국을 선택한 건 아니었지만 커피 심부름이나 하는 꼴이라니.

"갈 데까지 다 갔네, 서준희."

씁쓸하게 읊조린 준희는 미련을 끊어 내듯 힘차게 회의실 문을 두드렸다.

"들어와."

문을 열고 들어가자 김 국장과 규동이 나란히 붙어 앉아 있었다. 준희는 규동과 김 국장의 맞은편으로 가 테이블에 커피를 올렸다.

"넉 잔이라고 하셨잖아요. 나머지 한 분은요?"

"일단 앉아."

커피를 한 잔씩 가져간 김 국장과 규동은 빨대를 입에 물고 서로의 옆구리를 툭툭 치며 눈빛을 교환했다. 어쩐지 낌새가 이상했다. 준희는 찜찜한 기분으로 의자를 끌어다 앉았다. 하지만 김 국장과 규동은 말문을 열지 않고 서로서로 눈빛으로 미루기만 했다. 뭐야, 대체.

"하실 말씀 뭔데요. 입상작 훑으러 가 봐야……."

"이게 오냐오냐하니까. 계집애라고 예뻐해 주니까 너 김 국장이 우습냐?"

합의가 끝난 건지, 밀린 건지, 포문을 연 건 규동이었다. 준희는 평소와는 다른 모습의 규동을 놀라움 반, 이상함 반으로 빤히 바라만 봤다.

"보긴 뭘 봐. 서준희 너 군말 말고 미니 준비……."

근엄하게 말을 잘 이어 가던 규동이 불현듯 말을 멈추고 김 국장을 바라봤다. 김 국장은 규동의 옆구리를 찌르며 어서 빨리 마저 얘기하라는 듯 턱짓으로 준희를 가리켰다. 규동은 난감한 얼굴로 머리를 긁적였다.

"아니, 야, 암만 생각해도 이 말은 국장이 해야지 어떻게 내가 하냐. 봐, 애도 이상하게 보잖어."

김 국장은 입을 떡 벌리고 기가 막힌다는 표정으로 가슴을 쾅쾅 내리쳤다.

"널 믿은 내가 미친놈이다, 미친놈이야! 몰라, 자식아. 네가 하란 대로 한 거니까 수습도 네가 해!"

김 국장은 벌떡 일어나 커피를 들고 회의실을 나가 버렸다. 준희는 요점을 파악하지 못하고 난감한 표정인 규동만 바라봤다.

"준희야."

한참 만에 입을 뗀 규동의 낯선 부름에 준희의 어깨에 힘이 들어갔다. 언제나 서준희, 너, 라는 호칭만 쓰는 규동이었는데……

"네, 선배님."

"3년 전에 말이다. 김 국장이 국장 자리 앉자마자 제일 먼저 한 게 뭐였는지 너 기억하냐."

3년 전 봄, 어리바리한 신입들이 입사를 했고, 6년 동안 조연출이었던 서준희가 7년째에도 입봉을 하지 못하고 조연출로 남을 게 거의 확실시되던 때였다.

새 국장으로 발령이 난 김명석 국장은 처음 국장실로 입성을 하고 드라마국 전 직원을 소집했다.

'드라마국에서 지겹게 살 부비던 사이들이니까 낯간지러운 인사는 생략하자. 하던 대로만 해, 하던 대로만. 서준희만 빼고. 서준희 넌 오늘부로 조연출 하차하고 단막 두 개 연달아 들어간다. 단막 끝나면 편성 줄 테니까 지금부터 차근차근 입봉 준비해.'

전前 국장이었던 최 국장은 여자가 드라마국에 입성하는 것 자체를 반대했던 사람이었다. 준희가 입사했던 그해부터 4년차 때까진 언제 나자빠질지 모른다며 딴지 걸기 일쑤였고, 5, 6년차 땐 남자 하나 물면 사표를 쓸지 모른다는 억지로 기회를 주지 않았다.

박병호와 구정식의 고리타분한 사고방식은 최 국장의 영향이 컸다. 그리고 당시 현역이었던 김 국장 역시 굳이 최 국장의 사상에 반기를 들지 않았었다. 그래서 김 국장의 입봉 발언은 준희로서는 생각지도 못한 일이었다.

"제 앞가림하기도 버거운 월급쟁이라 김 국장이 티는 안 냈어도 술만 먹으면 나한테 네 얘기 했었어. 아무리 드라마국이 남자가 득실대는 곳이라지만 여자 금지 구역도 아닌데 그만큼 버텼으면 인정해 줘야 하는 거 아니냐고. 그렇게 노래를 부르더니 국장 자리 앉자마자 너 입봉부터 시키더라."

그날 처음으로 서준희는 영화 대신 드라마 하길 잘했다고 생각했다. 묵묵히, 열심히 제 할 일을 해내다 보면 누군가는 알아 줄 날이 있을 거라는 다짐이 빛을 본 날이었기에. 그 벅찼던 순간은, 그 감격적이었던 순간은 지금도 가슴에 생생하게 남아 있었다.

"국장님께는 감사하게 생각하고 있어요. 진심으로."

"그냥 감사하게만? 살가운 말을 못 해서 그렇지 김 국장, 너 아껴. 너도 김 국장 좀 아껴 줘."

"……네?"

"사고 쳤으니 그 벌로 단막 하라고 큰소리 뻥뻥 쳤는데 라인업이 꼬였단다. 미니 자리 하나가 빵구났대. 근데 그 성격에 너한테 아쉬운 소린 못 하고. 김 국장 네가 한번 봐줘."

처음부터 단막보단 미니를 원했었다. 오히려 감사하다고 해야 할 판에 봐주고 말고 할 게 어디 있다고. 의문을 꺼내 놓으려던 그때, 화가 나서 국장실로 내려간 줄 알았던 김 국장이 살며시 문을 열고 고개를 내밀었다.

"왔으면 들어오지 왜 도둑놈처럼 얼굴만 디밀고 있어?"

"……다 했냐?"

준희의 눈치를 보던 규동은 자리에서 일어나 김 국장의 고개를 밀어 회의실 밖으로 내보내고 자신도 뒤이어 나갔다. 본의 아니게 회의실에서 쫓겨난 김 국장은 씩씩거리며 규동을 째렸다.

"했어, 안 했어? 너 안 했지?"

"했어."

"했어? 근데 쟤 왜 저렇게 조용해."

난감한 얼굴로 머리를 긁적이던 규동은 김 국장의 어깨에 팔을 올렸다.

"야, 명석아. 애들이 너랑 날 뭐라고 부르는 줄 아냐?"

"뜬금없이 뭔 소리야. 팔 못 치워?"

"넌 채찍 전문이고 난 당근 전문이란다. 국장이라고 만날 무게 잡고 소리만 지른다고 다가 아냐. 그럴듯한 뻥까지 쳐서 네 체면 내가 대신 살려놨으니까 들어가서 딱 두 마디만 해. 송진 후, 내가 연락해서 미리 불렀다. 미안하다, 이렇게 두 마디만."

미, 미안하다? 김 국장이 기가 차다는 듯 헛웃음을 터트렸다.

"너 미쳤냐?"

"강자한텐 강하고 약자한텐 약한 게 서준희야. 그래서 난 통하는데 넌 안 통하는 거야. 기라면 좀 기어. 가, 자식아."

규동은 무작정 회의실 문을 열고 김 국장을 밀어 넣었다. 제대로 된 반항 한번 못 해 보고 허망하게 닫힌 문을 바라보던 김 국장은 후, 숨을 몰아쉬고는 준희의 앞자리에 앉았다.

"서준희."

"네, 국장님."

"미……, 미…….."

한참 동안 '미'만 반복하던 김 국장은 고개를 돌리고 혼자 중 얼거렸다.

"에이씨. 송충이가 솔잎을 먹어야지. 김명석이 조규동 흉내 가 갑자기 내겨?"

그러고는 다시 준희를 바라봤다.

"서준희, 너 미니 해. 무조건 해. 명령 불복종. 반항은 금 한다."

큰소리 땅땅 쳐놓고도 속으론 애가 타 죽겠는 김 국장은 초 조하게 준희를 바라봤다. 나이도 어린 게 표정을 어찌나 잘 숨 기는지 준희의 얼굴에선 여전히 아무것도 읽을 수가 없었다. 잠시 후, 그녀의 입이 느릿하게 열렸다.

"할게요. 작가 잡는 거 도와주세요."

한다는 말에 좋아했던 것도 잠시, 김 국장은 한숨을 쉬었다. 산 넘어 산이구만. 그러나 매도 먼저 맞는 게 나은 법이었다.

"이미 하나 섭외해서 불렀어."

"누구, 요?"

예감이 좋지 않았다. 과거의 얘기까지 꺼낸 규동도, 늘 당당 한 김 국장이 불안한 기색을 내보이는 것도.

그때였다. 철커덩, 문이 열리는 소리가 난 것은.

김 국장과 준희의 고개가 동시에 문 쪽을 향했다. 서서히 열린 문 안으로 제일 먼저 반짝이는 검은색 구두가 보였다. 긴 다리와 단정한 셔츠, 힘줄이 도드라진 목선. 준희는 마침내 진후와 시선을 마주했다.

"죄송합니다. 차가 막혀서 좀 늦었습니다."

미치게 사랑했던 때가 있었다.

늘 서준희만 바라봐 주던 저 올곧은 눈동자를.

손을 올리면 따뜻한 온기가 느껴지던 저 하얀 피부를.

언제나 손만 뻗으면 포근하게 안아 주던 저 가슴을.

시린 겨울, 코트 주머니 속에 따뜻한 캔 커피 하나를 넣어 두고 손을 집어넣어 주던 저 부드러운 손을.

준희야, 라고 사랑스럽게 불러 주던 저 목소리를.

희미해진 기억에 힘을 잃고 낡은 상자 속에서 겨우 살아 숨 쉬고 있었던 스물세 살의 송진후와 서준희는 이렇게 되살아났다.

서른세 살, 드라마 감독과 드라마 작가가 되어.

#씬 3

찰나의 시간이 영원처럼 흘러갔다. 벌떡 일어나 진후를 맞는 김 국장의 모습은 뿌옇게 흩어져 보이지 않았다. 오직 서로에게만 붙들려 있는 시선 속에서 두 사람은 무의식적으로 스물세 살의 서로를 더듬었다. 순수했던, 그래서 더 예뻤던.

그 시간 속에서 준희가 먼저 빠져나갔다. 준희가 시선을 돌림과 동시에 뿌옇던 주위가 선명하게 살아나고 진후를 현실로 돌려놓았다.

"여의도가 원래 한낮에도 휴가철 고속도로 같아요. 날도 더운데 여기까지 오느라 고생했어요, 송 작가."

"아닙니다. 불러 주셔서 감사합니다."

대답은 하는데 진후의 시선은 여전히 준희에게 향해 있다. 김 국장은 힐끗 준희를 살폈다. 작가 앞에서 위아래도 없이 길길이 뛰진 않더라도 미약한 반항은 할 줄 알았던 준희는 의외로 차분한 모습이었다.

"서서 이럴 게 아니라 일단 앉아요, 앉아."

김 국장은 진후에게 자리를 권하고 빠르게 준희의 뒤로 다가가 속삭였다.

"송진후 이번 꺼 트렌디래. 너 할 수 있는 쉬운 거 한다니까 얘기 잘해서 확실하게 구두 계약 받아 와. 다 된 밥에 재 빠뜨리지 말고."

준희는 이번에도 반응이 없었다. 줄곧 커피에만 머물러 있던 시선이 잠깐 진후를 향했다는 것 외에는.

"인사는 두 사람끼리 나눠요. 난 회의가 있어서. 또 봅시다, 송 작가."

김 국장은 다시 일어나 인사를 하려는 진후에게 그럴 거 없다는 손짓을 하고 준희의 어깨를 잡았다 놓았다.

"믿는다, 서준희."

김 국장이 나가고 회의실엔 정적이 찾아왔다. 진후의 시선은 준희에게 가 있었고, 준희의 시선은 더위에 얼음이 녹아 컵 표면을 타고 흘러내린 물방울에 가 있었다.

"난 넌 줄 알았는데. 넌 난 줄 몰랐나 보다."

"넌 알았는데 왜 나야."

"보기 싫은 얼굴이라 화내려면 제대로 내. 당당하게 얼굴 들고 눈 맞추면서."

준희는 천천히 고개를 들었다. 하얀 피부 속에 유난히 검게

도드라져 보이는 진후의 눈동자가 올곧게 부딪쳐 왔다.

"안 보고 싶었던 건 맞는데 화는, 안 난다."

잔잔하고 덤덤한 준희의 얼굴에 진후는 씁쓸한 웃음을 지었다.

"별로 좋은 뜻 아닌 거 같다."

"나쁜 뜻도 아냐. 뭘 가지고 화를 내. 과거 연인이었던 너랑 내가 어떻게 드라마를 하냐고 화내? 10년 전 일을 가지고? 근데 드라마는 딴 감독이랑 해. 트렌디 말고 심도 있는 그런 드라마. 안 어울려, 너랑 트렌디는."

"넌 왜 싫은데? 화 안 난다며?"

"왜 난데. 멋대로 대본 뜯어고쳐 권혜란 작가 거품 문다는 소리 못 들었어? B팀 감독한테 대본 재미없다는 소리 듣고 오미영 작가 병원에 드러누웠다는 소리 못 들었어? 이 바닥 소문 빠른 거 아는데 왜 나냐구. 말로는 드라마 하자 해 놓고 너 지금 감독 서준희 만나러 온 거 아니잖아."

진후는 아무 말이 없었다. 겉으론 덤덤함을 가장하고 있지만 한층 짙어진 눈동자의 색이, 반박을 하지 못할 때면 살짝 좁아지는 미간이 이미 답을 말해 주고 있었다.

"드라마는 작가랑 감독, 스태프랑 배우가 만드는 거야. 헤어진 옛 연인이 다시 만나 하는 추억 놀이가 아니라. 국장님 또 연락하실 거야. 그럼 딴 감독 붙여 달라……."

"내가 뭐로 왔든 서준희가 제일 잘 찍을 대본이야. 서준희 아니면 의미 없는 대본이고. 너 아니면 K국에서 드라마 할 이유 없어."

진후의 눈에 물러서지 않을 거라는 고집이 서려 있었다. 옛날부터 진후는 그랬다. 한 번 마음먹은 건 절대로 뜻을 굽히는 일이 없었다. 마음대로 하라고 소리를 지르려던 준희는 한숨으로 턱 끝까지 차오른 말을 억눌렀다.

'믿는다. 서준희.'

힘들어서 드라마를 포기하고 싶었을 때, 김 국장은 손을 내밀어 준 유일한 사람이었다. 그런 분의 은혜를 한순간의 감정으로 무너뜨리고 싶진 않았다.

"나 아니면 안 되는 그 대본, 시놉 뭔데. 들어나 보자."

"스물세 살 서준희와 송진후의 이야기. 서른세 살 서준희와 송진후의 이야기."

커피를 집어 들던 준희의 손이 허공에 멈췄다.

"심심해? 인지도 쌓을 만큼 쌓고, 돈도 벌 만큼 버니까 드라마가 장난 같아? 미니 하나에 최소 20억이고, 100명 넘는 스태프들이 밥 굶고 쪽잠 자 가며 만들어. 그런 드라마가 넌 우스워?"

"안 우스워. 어려워. 돈, 인력이 얼마나 들어가는지도 잘 알고."

"아는데. 작품 세 개 연달아 히트 치고 나니까 소재가 바닥이야? 그래서 지금 지나간 사랑 우려먹으려는……."

불현듯 말을 멈춘 준희는 입술을 깨물며 진후를 바라봤다.

"하나도 안 변했다, 서준희."

그날은 무척이나 하늘이 파랬고, 3개월 동안 아르바이트를
해서 번 돈으로 새 캠코더를 장만한 날이었다.

　'여기 봐, 진후야. 여기, 여기.'

　'이런 거 어색해서 싫은데. 딴 거 찍어. 풍경 같은 거.'

　'무슨 소리! 제일 먼저 우릴 남겨야지. 아무 말이라도 좀
해 봐.'

　'음……. 감독으로 데뷔해서 처음 메가폰을 잡게 되면 어떤
이야기를 찍고 싶어?'

　'〈인디아나 존스〉 같은 스펙터클한 이야기?'

　'누가 초짜 감독한테 그런 대작을 줘.'

　'쳇. 그러는 넌. 어떤 시나리오를 제일 먼저 극장에 걸고 싶
은데?'

　'애틋한 거. 그치만 따뜻한 거. 사랑스러운 거.'

　'오, 사랑 이야기? 우리 같은?'

　'응. 우리 같은. 언젠가 만들자, 우리 얘기. 독립영화로라도.'

　'관객이 보면 작가가 소재 바닥나서 자기 연애 우려먹었다
그러겠다. 갈등도 없이 무조건 알콩달콩한 이야기를 누가 봐?'

　'서준희랑 송진후가.'

　'관객 두 명은 확보네. 만약에 우리가 헤어지면? 그래도 만
들어?'

　'만약에라도 그럴 일은 없어.'

　'그래도 만약에, 만약에, 만약에.'

　'그래도 할 거야. 그땐 모른 척하지 마.'

새까맣게 잊고 있던 기억이었다. 10년이란 세월에 묻혀 다 지워지고 겨우 연필 자국만 남아 있던. 준희는 멍하고 아득한 눈으로 진후를 바라봤다. 진후는 그저 웃었다. 씁쓸하고, 아프게.

"괜찮아, 넌 잊었어도. 내가 기억하니까. 넌 계속 여기 있었는데 내가 너무 오래 걸렸다. 미안해."

화창했던 어느 날 갑자기 소나기를 맞은 듯, 몸도 머리도 어지러웠다. 준희는 둔해진 감각을 살려 보려 주먹을 쥐었다 펴고, 카페인을 한 모금 들이켰다.

"독립영화랑 드라마는 달라. 제작사 차려서 네 돈으로 드라마 만들 거 아니잖아. 그저 그랬던 지나간 연애 이야기, 전파 낭비야."

"우리가 헤어지지 않았다면 그랬겠지."

"무슨, 뜻이야?"

"송진후한텐 서준희가 버거웠는데, 서준희한텐 송진후가 버거웠대. 근데 난 아직도 서준희가 날 버거워했던 이유를 몰라. 넌 내가 왜 널 버거워했는지 알아?"

……모른다. 고성이 오갔고, 서로가 서로에게 버겁다며 끝을 냈던 10년 전 그해 겨울. 서준희는 이별의 열병을 앓을 틈도 없이 할머니의 병원비를 마련해야 했고, 취직을 해야 했었다. 그래서 서준희에겐 나한텐 네가 버겁다는 진후의 말을 생각할 여유도, 시간도 없었다. 그때의 서준희가 유일하게 알 수 있었던 건, 서준희와 송진후의 연애가 끝이 났다는 사실뿐이었다.

"10년 동안 매일을 생각했어. 그래도 난 모르겠더라. 너한테

나의 뭐가 그렇게 버거웠는지. 전파 낭비 아니야. 남녀도 있고
갈등도 있어. 못 할 이유 없어."

"스토리만 이어지면 드라마를 다 해? 재미, 시청률 다 상관
없이? 억지 부리지 마."

"먹힐지 안 먹힐지는 너나 내가 결정하는 게 아니야. 데스크
에서 결정하고, 시청자가 판단할 몫이지."

말문이 막혔다. 진후의 말이 맞았다. 스토리의 방향을 잡고
만들어 가는 건 작가 감독의 영역이지만, 그 작품이 가능성이
있을지 없을지 판단하는 건 기획팀과 드라마 제작국 데스크의
역할이다. 그리고 그 작품이 어떤 작품으로 남을지는 시청자에
게 달려 있다. 데스크와 시청자의 역할에 작가나 감독이 개입
을 하는 건 엄연한 월권이었다.

진후는 가방에서 파일 하나를 꺼내 내밀었다. 투명한 파일
속에 들어 있는 종이의 겉표지엔 '그해 겨울'이라 적힌 커다란
타이틀과 기획안이란 자그마한 글자가 쓰여 있었다.

스물세 살, 서준희와 송진후의 짧았던 연애의 압축어, '그해
겨울'.

준희는 타이틀을 바라보다 진후를 노려봤다.

"끝까지 이거라구?"

"읽어 보고 연락 줘. 내 번호, 안 바뀌었어."

"기억 안 나. 지웠어, 10년 전에."

가방을 들고 일어서던 진후의 행동이 멈췄다. 빤히 시선을
주던 것도 잠시, 진후는 이내 완전히 허리를 폈다.

"기획안 읽는 데 하루하고 반나절이면 충분하지. 내일 밤 10시, 내가 걸 테니까 받아."

번호는 바뀌었지만 작가 송진후가 감독 서준희의 전화번호를 알아내는 건, 밥 한 숟갈을 뜨는 것만큼이나 쉬운 일일 것이다.

나쁜 자식.

분하고 서러웠다. 뭐가 그렇게 분한지, 뭐가 그렇게 서러운지 정체도 불명확한 감정들이 소용돌이 친다.

회의실을 나가려던 진후는 준희에게 등을 돌린 채 손잡이를 잡고 멈춰 섰다.

"난…… 보고 싶었다, 서준희."

진후가 나가고 먹먹한 얼굴의 준희가 혼자 남은 회의실엔 오래도록 적막이 흘렀다. 중천에 떠 있던 해가 점점 서쪽으로 기울고, 완전히 어둠이 내려앉을 무렵까지.

밤 9시가 넘은 시각. 환하게 불이 켜진 드라마 제작국에는 의자에 앉지도 못한 채 수화기를 들고 스케줄을 전달하는 조연출이 있고, 작가가 보내 준 대본을 검토하는 PD가 있었다. 그리고 한구석에서 늦은 저녁을 먹는 박병호와 구정식이 있었다.

김 국장이 보던 송진후의 기획안을 몰래 입수해 읽어 내려가던 구정식은 짬뽕 면발을 입에 문 채로 무릎을 탁, 쳤다.

"그래! 이렇게 가야지! 이야, 시놉 죽인다!"

갑작스러운 감탄사에 구정식의 입속에 있던 면발과 국물이 사방으로 튕겨 나갔다. 박병호는 인상을 쓰며 짬뽕 그릇을 들고 벌떡 일어나 안전지대로 피신했다.

"아, 진짜 드러. 다 먹고 말해!"

"어? 어, 미안. 내가 너무 심취했다. 우리 정 작가는 왜 이런 스토리를 못 쓰지? 만날 그놈의 불치병 타령. 아으, 아으."

생각만 해도 지겹다는 구정식의 표정에 박병호는 피식 웃으며 다시 자리에 앉았다.

"차라리 불치병이 낫지. 제일 마지막에 터트리고 죽으면 끝이잖아. 우리 고 작가는 두 씬 걸러 한 씬씩 주인공들을 울리신다."

면발을 이빨로 끊고 구정식이 눈을 동그랗게 떴다.

"왜 울려?"

"이복 남매인 줄 모르고 사랑한 애들이 이복 남매인 거 알고 나면 우는 거밖에 할 게 더 있어?"

"걔네들 이복 남매야? 어쩐지 초반이 너무 잘 간다 했어. 아, 올드하다, 올드해. 그런 걸 트렌디라고 우기는 시대는 이제 지났는데. 왜 작가들만 그걸 모르지?"

"몰라서 쓰겠냐? 알아도 시청률이 잘 나오니까 쓰지."

구정식은 입 모양으로 아, 하며 격하게 고개를 끄덕였다.

"근데 불치병에 이복 남매, 심지어 재벌과 신데렐라도 안 나오는데 송진후 시놉은 재밌잖아."

"난 트렌디도 품격 있게 한다는 거지, 이름값. 서준희 이 계집애는 무슨 복을 타고 나서 송진후 같은 작가랑. 아오, 아까워."

"확실히 둘이 한대?"

"지명이라잖아, 송진후의. 지가 뭐 잘난 게 있다고 송진후를 거절해? 단막으로 내려갔다 미니 하게 생긴 판에. 아, 아, 아!"

신랄하게 서준희 뒷담화를 해 주고 짬뽕 국물을 들이켜려는데, 갑자기 손이 날아와 뒤통수를 세 방이나 휘갈겼다. 짬뽕 국물이 사방으로 튀길 만큼 거칠게 그릇을 내려놓은 박병호는 뒤통수를 감싸며 휙 뒤를 째렸다.

"아이씨, 어떤 자식……! 구, 국장님. 퇴근 안 하셨습니까?"

김 국장의 얼굴을 확인한 박병호는 벌떡 일어나 공손하게 차렷 자세를 취했다.

"내가 너 같은 자식들 때문에 정시 퇴근을 못 해. 사무실에서 중국요리 처먹지 말라는데 말도 드럽게 안 들어 처먹어요."

"아, 국장님. 그 처사는 너무하십니다. 끼니도 제때 못 챙기는데 복도에 서서 먹을 수는 없잖습니까."

"대한민국 드라마는 너 혼자 다 찍냐? 이 자식은 만날 지만 바쁜 척이야. 구정식! 넌 뭘 국물까지 처먹고 있어!"

엉덩이를 소파에서 떼고 반쯤 일어선 자세로 국물을 마시던 구정식은 갑자기 날아온 김 국장의 화살에 깜짝 놀라 그릇을 내려놓고 입을 손등으로 쓱쓱 문질렀다.

"아, 안 먹었습니다."

거의 비어 있는 그릇이 빤히 보이는데도 안 먹었다 발뺌하는 구정식의 태도에 김 국장은 기가 차 헛웃음을 뱉었다.

"내 참. 이렇게 덜떨어진 것들이 무슨 드라마를 만든다고.

박병호, 구정식."

"네."

"네!"

"억울하면 니들도 A급 작가 잡아 와. 사내새끼들이 쪼잔하게 남 잘되는 거 배 아파 깽알깽알 대지 말고. 확 불알 떼 버리기 전에!"

중심을 바라보는 김 국장의 시선에 구정식이 지레 놀라 다리를 오므리고 그곳을 가렸다. 그 모습을 힐끔 보던 박병호는 한심하다는 표정으로 인상을 쓰다 김 국장을 바라봤다.

"솔직히 송진후도 서준희가 잡아 온 거 아니잖습니까. 국장님이 서준희한테 송진후 붙여 주신 거지. 말이 나왔으니 하는 말인데, 서운합니다. 저희나 서준희나 다 국장님 새끼들인데 왜 매번 서준희만 싸고 도십니까."

김 국장이 어이없다는 표정으로 헛웃음을 내뱉었다.

"이 자식 이거 아주 나사가 풀렸네. 너 저번 드라마 시청률 바닥 긁고 위에서 단막도 아깝다고 길길이 뛸 때, 내가 나서서 방패 돼 줬어, 안 돼 줬어?"

불과 5개월 전의 일이었다. 한 자릿수의 시청표를 받아 들고 화가 머리끝까지 난 본부장을 김 국장이 나서서 설득한 일. 할 말이 없는 박병호는 입을 다물었다. 김 국장은 절인 배추가 된 박병호의 모습을 보며 달래듯 덧붙였다.

"조용히 좀 살자, 조용히 좀. 서준희가 니들한테 돈을 달랬어, 밥을 달랬어? 심보 좀 곱게 써, 자식들아. 서준희 보기 전에 기획안 당장 치우고!"

우렁찬 김 국장의 호령에 놀란 구정식이 테이블에 놓여 있는 기획안을 챙겨 돌아설 때였다. 귀신처럼 소리도 없이 나타난 서준희의 모습을 보고 놀란 구정식이 히익, 소리를 내며 기획안을 떨어뜨렸다.

"아오, 저 덜떨어진 자식."

김 국장이 차마 못 보겠다는 듯 고개를 돌렸고 박병호의 얼굴이 다시 구겨졌다. 준희는 바닥에 떨어진 〈그해 겨울〉의 기획안을 보다 얼굴이 하얗게 뜬 구정식을 표정 없이 바라봤다.

"구, 궁금해서. 국장님이 보시던 거 내가 졸라서……. 시놉죽이더라. 시놉만으로도 벌써 대박의 냄새가 폴폴 나. 축하한다, 서준희."

준희는 구정식을 뒤로하고 박병호를 바라봤다.

"왜. 나한테도 재밌다는 말 듣고 싶냐?"

박병호의 딴지를 무시하고 준희는 김 국장에게 시선을 옮겼다.

"……너 따라 들어와."

폭풍이 불어닥치기 직전의 바다처럼 고요해도 너무 고요했다. 준희의 상태에 어딘가 불길함을 느낀 김 국장은 등을 돌렸다.

준희는 김 국장을 따라 국장실로 들어갔다. 국장실에는 규동이 지정석과 같은 소파 끄트머리에 앉아 기획안을 보고 있었다. 규동이 김 국장 뒤에 가려진 준희를 보지 못하고 입을 놀렸다.

"송진후가 인물은 인물이다. 얘네 왜 헤어졌을까? 벌써부터 막 궁금증이 이는 게. 트렌디도 이런 트렌디면 찍을 맛 나지. 서준희가 끝까지 안 한다면 송진후한테 삼고초려를 해서라도 내가 할……."

눈으로 아무리 신호를 줘도 규동이 알아채지 못하자 김 국장은 옆으로 몸을 비켜섰다. 그제야 표정 없이 서 있는 준희를 발견한 규동이 입을 꾹 다물었다. 김 국장은 규동을 째리고 소파에 앉아 준희에게 눈짓했다.

"앉아."

준희가 소파에 앉은 뒤로 한참 동안 침묵이 이어졌다. 위험을 느끼고 입을 꽉 다문 조개처럼 입을 굳게 닫은 준희는 날이 새도록 입을 열지 않을 것 같았다. 결국 김 국장이 준희를 채근했다.

"해, 안 해. 그 한마디가 뭐 그렇게 어려워서 뜸을 들여?"

준희는 이번에도 대답이 없었다. 생각이 많은 것 같기도 하고, 아무 생각 없는 것 같기도 한 아리송송한 얼굴로 앉아 있을 뿐이었다.

"꿀 먹었냐? 꿀 먹었어? 왜. 송진후가 맘 바꿨어? 안 한대?"

"아니요."

"그럼 왜. 뭐. 뭐 때문에 침묵시위야. 끝까지 하기 싫다는 소리 할 거면 입 열지 마. 그냥 밤새 그러고 있어."

또다시 적막이 흘렀다. 정말 밤을 샐 기세로 앉아 있는 준희를 보며 김 국장이 가슴을 쾅쾅 때렸다.

"그래, 그래. 내가 다 계획하고 너한테 송진후 붙였다. 기획안 미리 받아 기획팀, 본부장님께도 이미 돌렸고. 근데 나도 좋고 본부장님도 좋고 기획팀도 좋대. 벌써 제작사들은 냄새 맡고 공동제작 하자 여기저기서 콜이고. 너만 오케이 하면 만사가 형통인데 뭐가 문제야?"

김 국장을 빤히 바라보던 준희의 입이 막 열리던 순간이었다. 요란하게 울리는 김 국장의 휴대폰 벨 소리에 준희의 입이 다시 닫혔다. 짜증스럽게 휴대폰을 바라보던 김 국장의 얼굴이 발신인을 확인하자마자 환하게 바뀌었다.

"아이고, 송 작가. 이 밤에 무슨 일로."

가만히 진후의 말을 듣고만 있던 김 국장의 얼굴이 다시 돌변했다. 차가운 표정으로 준희를 노려보던 김 국장은 그러겠다는 한마디를 남기고 통화를 마쳤다. 그리고 소파에 휴대폰을 던지듯 내려놓으며 벌떡 일어났다.

"야, 이 자식아! 내가 믿는다는 소리까지 했는데, 송 작가한테 휴대폰 번호도 안 줘서 나한테 묻게 만들어? 네 번호가 뭐가 그렇게 비싸서! 넌 날 똥으로 보……."

"할게요."

고래고래 소리를 지르며 열을 내던 김 국장은 멍한 얼굴이 되었다.

"뭐?"

"할게요, 이번 드라마. 송 작가랑."

"지, 진짜야?"

"네. 해요. 송 작가 번호 주세요. 제가 연락할게요."

포스트잇에 진후의 번호를 적으면서도 김 국장은 준희에게 보내는 의심의 눈초리를 거두지 못했다. 그러나 번호를 적어 건넬 때까지도 준희에게선 맘이 바뀌었단 말이 들려오지 않았다.

"나가 보겠습니다."

포스트잇에 적힌 진후의 번호를 잠시 바라보던 준희는 국장실을 나와 구석에 서서 드라마국을 바라봤다. 조금 휑했던 드라마국엔 어느새 정주의 드라마를 시청하는 사람들로 붐비고 있었다. 휴대폰을 꺼내 포스트잇을 보며 키패드에 하나하나 숫자를 눌러 가던 준희는 마지막 네 자리를 남겨 두었을 땐 더 이상 포스트잇을 보지 않았다.

"나야."

— ……서준희?

예상치 못했다는 듯 진후의 대답이 한 템포 느리게 터졌다.

"해. 하자."

— …….

"싫어?"

— 그렇게 싫다더니 왜 벌써 마음이 바뀌었는데.

"재밌대. 데스크에서도, 기획팀에서도. 시청자나 다름없는 다른 PD들도."

— 그 이유가 다야?

준희는 남자 주인공이 여자 주인공에게 헤어짐을 고하는 씬을 보며 손톱을 물어뜯고 있는 조연출, 상진을 바라봤다.

"이건 아니지. 저렇게 둘이 헤어지면 어떡해. 맘 아프게."

그리고 구정식을.

"왜. 재밌고만. 쟤넨 헤어져야 해."

박병호를.

"재밌긴 뭐가 재밌어? 내가 감독이면 저 대본 픽스 안 했다. 왜 헤어져. 결혼해서 잘 먹고 잘 살아야지. 야, 채널 돌려."

한우영 선배를.

"씨발. 더럽게 신파네."

드라마의 같은 장면을 보고도 어떤 이는 눈물을 글썽이고, 어떤 이는 깔깔거리며 웃고, 어떤 이는 리모컨을 돌리려 하고, 어떤 이는 욕을 한다.

"우리의 지난 연애가 남들에겐 아무리 대단해 봤자 드라마 더라. 트렌디고, 신파가 될 수도 있고, 재밌다, 재미없다밖에 안 되는."

송진후에겐 가슴에 새겨진 그리움이었고, 서준희에겐 가장 예뻤던 그 시절이 다른 이들에겐 그저 흥미로운 남의 연애사밖엔 되지 않는 것처럼.

"하자, 드라마."

서준희와 송진후의 지나간 연애란 그런 의미가 되어 버렸다.

#씬 4

방송국이야. 밥 먹으면서 얘기 좀 하자.

　이야기의 종류에도 여러 가지가 있다. 오랜만에 만난 친구끼리는 지난날에 대한 안부를 묻고, 부모와 자식 간엔 오늘의 반찬 얘기부터 내일의 반찬 걱정, 돌아서면 기억나지 않을 사사로운 얘기들이 오간다. 그리고 작가와 감독 사이엔 각자 머릿속에 구상해 왔던 작품의 이미지를 관철시키기 위한 공방이 오간다.

　하지만 10년 만에 다시 만난 헤어진 옛 연인과는 무슨 이야기를 나눠야 하는 걸까. 친구도, 완전한 작가와 감독도, 그렇다고 연인도 아닌 우리 사이에. 알 수 없지만 한 가지는 확실하다. 지금 이 문자가 적어도 작가 송진후가 감독 서준희에게 보내는 문자가 아니라는 것은.

문자 창을 닫고 휴대폰 액정을 끄는데, 즐거움이 가득 담긴 휘파람 소리가 들려왔다. 소리에 이끌려 저도 모르게 고개를 돌려 보니 김 국장이었다.

"뭐 좋은 일 있으신가 봐요?"

김 국장 옆을 지나치던 한우영 선배가 알은체를 했다.

"어? 어. 있지, 있어."

현역 시절, 드라마를 사랑하는 것만큼 술을 사랑했던 대가로 얻은 풍만한 배를 씰룩씰룩대며 김 국장이 준희에게 다가갔다. 그리고 준희의 얼굴 앞에 노란 서류 봉투 하나를 흔들었다.

"너 이게 뭔 줄 아냐?"

의아한 준희의 시선이 김 국장을 향했다.

"송진후 계약서. 넌 이제 빼도 박도 못 한다는 증거물. 마음 바뀌어서 다시 안 한다 펄펄 뛰어도 소용없어. 알았냐, 서준희?"

"……네."

각오는 했지만 그렇다고 마음이 완전히 편치만은 않았다. 10년이 지난 지금, 오롯이 서준희와 송진후만 공유하고 있던 그 시간을 드라마로 만든다 한들 어떠한 의미도 되지 못한다는 걸 알았음에도 불구하고.

대답이 흡족했는지, 다시 휘파람을 불며 국장실로 들어가던 김 국장이 뒷걸음질을 쳐 돌아왔다.

"참참, 송진후 말로는 너랑 스토리 방향만 일치 보면 대본은 빨리 나올 거라던데. 12월 중순 어때?"

"12월, 이요?"

지금이 무더운 한여름의 끝, 8월 말이니 12월 중순까진 넉 달도 채 남지 않은 셈이다. 게다가 마음에 걸리는 건 그뿐만이 아니었다.

'권 작가, 12월 편성 받아 M국으로 갔다더라.'

작품을 하는 내내 방향이 완전히 일치가 되지 않아 보이지 않는 신경전이 있었고, 잠시나마 단막으로 내려가게 한 사람이지만 불과 반년 전까지 같이 호흡을 맞추던 작가였다. 그런 작가와 시청률을 놓고 대결을 벌일지도 모른다는 게 마음에 걸렸다.

"왜. 뭐 문제 있어?"

그러나 이 바닥은 언제나 보이지 않는 혈투가 이어지고, 누군가는 반드시 희생된다. 이런 곳에서 살아남으려면 방법은 오직 하나, 피하지 않고 칼을 맞대는 것뿐이다. 준희는 가만히 고개를 저었다.

"아니요. 문제없어요."

"좋아, 좋아. 전폭적으로 지원해 줄 테니 대박 한번 터트려 보라고. 그럼 이제 팀을 꾸려야 할 건데, 나머진 네 입맛에 맞게 고르고. 내가 해 줄 건 조연출뿐인데……. 퍼스트는 박종우가 한다 그럴 거고……."

"네, 네! 국장님 저 여기 있습니다!"

제 이름이 나오자마자 맞은편에서 초조하게 상황을 지켜보던 박종우가 벌떡 일어나 소리치며 손을 들었다.

"아 자식, 시끄러. 그래, 너, 너. 세컨드는……."

"다른 애 붙여 주세요."

세컨드를 찾아 드라마 제작국 전체를 훑던 김 국장이 나지막한 준희의 반기에 다시 시선을 돌렸다.

"어?"

"박종우 말고 다른 애 붙여 주세요. 1년차도 상관없고, 2년차도 상관없어요. 세컨드 없이 퍼스트 하나로만 가도 되니까 다른 애로 주세요."

김 국장은 어리둥절한 표정으로 준희와 종우를 번갈아 봤다. 하지만 끝끝내 준희는 말을 번복하지 않았고, 박종우는 풀죽은 배추가 되어 자리에 앉았다. 김 국장은 허리를 숙여 준희에게 속삭이듯 물었다.

"왜 그래? 박종우가 뭐 잘못했어?"

"박종우 3년차예요. 들어와서 지금까지, 단막이든 미니든 제것만 했잖아요. 다른 연출도 경험해 봐야죠."

"그렇긴 한데, 쟤만큼 손발 잘 맞을 조연출도 없을 거 아냐. 이번 것까진 하고 다음번에……."

"그렇게 차일피일 미루면 쟤 내 밑에만 있다 끝나요. 다른 애 주세요."

단호한 준희의 모습에 김 국장은 난감하다는 듯 머리를 긁적이다 허리를 폈다.

"자자, 주목. 12월 중순, 연출 서준희, 극본 송진후. 〈그해 겨울〉 조연출로 들어갈 놈, 선착순 딱 한 놈이다."

드라마국 내에 제 할 일을 하고 있던 조연출들이 일제히 김 국장의 시선을 외면하며 수군댔다.

"뭐야. 송진후 물어 대박이 눈앞에 보이니까 지금 박종우 짜른 거야?"

"다른 연출도 경험해 봐야 한다, 말은 번지르르하네. 3년 동안 써먹을 만큼 써먹었으니 더 빠릿빠릿한 애로 물갈이하겠단 거 아냐?"

"조연출을 무슨 일회용으로 아나. 그래도 의리는 있는 줄 알았는데."

"밥맛이다, 진짜. 기죽을 거 없어, 박종우. 드라마국에 연출이 서 선배 하나만 있는 것도 아닌데."

종우에겐 위로의 시선이, 준희에겐 따가운 경멸의 시선이 쏟아졌다. 준희는 차분하게 윈도우를 종료시켰다. 그 모습을 바라보던 김 국장이 나서서 사태를 진정 시키려던 때였다.

"아무것도 모르면서 말들 함부로 하지 마십쇼!"

책상을 쾅 치고 벌떡 일어난 박종우가 수군대던 조연출들을 노려봤다.

"야, 왜 그래. 우린 다 너 생각해서……."

"서 감독님 그런 분 아닙니다! 절 욕하시는 건 괜찮지만 서 감독님은 욕하지 말란 말입니다!"

박종우는 소리를 지르고도 분함이 가시지 않는지 눈가에 촉촉이 차오른 눈물을 짜증스럽게 문지르며 드라마국을 나가 버렸다. 준희는 담담히 가방을 챙겨 일어나 김 국장에게 고개를 숙였다.

"먼저 들어가겠습니다."

"어? 어. 촬영 들어가면 바빠질 텐데. 그래. 쉬어. 조연출 문
젠 좀 더 생각해 보는 걸로 하고."

"네."

아니꼬운 눈초리를 무시하고 드라마국을 빠져나온 준희는
화장실로 들어갔다. 물을 틀어 놓은 채로 거울을 보니 화장기
가 없어 더욱 초췌해 보이는 얼굴이 비쳤다. 그리고 축 늘어진
어깨를 하고 드라마국을 나가던 종우의 뒷모습이 잔상으로 아
른거렸다. 준희는 무거운 마음을 씻어 내리듯 찬물로 세수를
하고 곧장 1층 로비로 향했다.

엘리베이터에서 내려 출입구에 사원증을 찍으려던 때였다.
로비 구석에 마련된 의자에 앉아 고개를 숙이고 있는 종우의
모습이 보였다. 다행스럽게도 종우는 혼자가 아니었다. 종우와
거의 동시에 드라마국을 나섰던 한우영 선배가 그에게 음료수
를 건네고 있었다.

"박종우."

종우는 뺨에서 느껴지는 차가운 감촉에 고개를 들었다.

"선배님……."

"마셔. 인마."

종우는 힘없이 미소 지으며 캔을 받고는 두 손에 들고만 있
었다. 그 모습을 가만히 지켜보던 우영이 직접 뚜껑을 따 종우
의 손에 쥐어 주며 가볍게 물었다.

"박종우, 너 혹시 서준희 여자로 좋아하냐?"

"네?"

종우가 놀라 눈을 동그랗게 떴다.

"그렇잖아. 남들은 안 가려고 발악인데 서준희 밑에서 3년씩이나 구른 것도 그렇고. 서준희 욕하는 소리만 들리면 부르르 하는 것도 그렇고."

"남자와 여자 사이면 좋아하고 사랑하고 그런 것밖에 없습니까? 그런 거 아닙니다. 전 서 감독님 인간 대 인간으로 존경합니다."

진지한 종우의 대답에 우영이 코웃음을 쳤다.

"서준희가 부처야, 간디야. 무슨 존경씩이나."

"저에겐 부처보다 간디보다 더 존경스러운 선배님입니다."

"뭐가 그렇게 존경스러운데? 이유나 좀 들어보자."

우영은 흥미로운 눈빛으로 아예 종우 앞에 쪼그려 앉았다. 종우는 우영을 보며 한숨을 쉬고는 품 안에서 낡고 낡은 수첩 하나를 꺼냈다.

"뭐냐, 이게?"

"방송국 처음 들어왔을 때 썼던 제 수첩입니다."

"근데?"

종우는 어느 페이지를 열어 우영에게 내밀었다. 우영은 수첩을 넘겨받아 내용을 들여다봤다.

"30기 민동욱, 명신오. 31기 김호윤, 주진혁. 32기 최창동……, 넌 무슨 사내놈이 글씨를 이렇게 예쁘게 쓰냐?"

"제가 쓴 거 아닙니다."

"수첩 네 거라며?"

"서 감독님이 써 주신 겁니다, 제 수첩에."

3년 전 봄, 김 국장이 처음 국장으로 취임을 하고 준희의 조연출 생활이 막을 내리던 해였다. 청바지와 면 티가 기본 복장인 드라마국에 유난히 차림새가 돋보이는 남자가 들어섰다.

'시, 신입 사원 바, 박종우입니다! 잘 부탁드립니다, 선배님들!'

검정색 정장, 넥타이까지 완벽하게 갖춰 입은 종우의 첫인사에 선배들이 키득거리며 웃기 시작했다.

'야, 야. 신입 사원이시란다. 여기가 무슨 책상머리에 앉아 고고하게 펜대 굴리는 덴 줄 아나. 딱 보니 현장은 쥐뿔도 모르고 책만 들입다 파서 방송 고시 합격한 범생이시구만. 핑크 넥타이는 계속 매고 계실 겁니까, 신입 사원님?'

'어, 어머니가 합격 기념으로 사 주신 거라 일주일은 매고 다녀야……'

신입들 사이에서도 유독 어리바리했던 박종우는 그날부터 선배들의 놀림 대상이 되고 말았다.

'신입 사원님. 신입 사원님의 첫 번째 본분은 선배들의 기수와 이름을 정확히 파악하는 겁니다. 나는 몇 기, 누구?'

'사, 삼십기, 기, 김하윤…… 선배님이십니다!'

종우의 머리로 호윤의 매서운 손이 날아들었다.

'김하윤 아니고 김호윤. 30기 아니고 31기. 빠졌네, 이거. 내

일 또 물어본다. 똑바로 외워라, 응?'

그날 퇴근 후 종우는 문방구에서 수첩 하나를 구입해 선배들의 기수와 이름을 빼곡하게 적었다.

다음 날 아침, 새벽부터 출근을 해 드라마국 복도에서 선배들의 기수와 이름을 달달 외우고 있을 때였다. 어깨너머로 작고 하얀 손이 날아들었다.

'여기 틀렸다. 도정주 선배는 29기 아니고 28기. 나는 28기 아니고 29기.'

무뚝뚝하지만 조곤조곤한 준희의 목소리에 깜짝 놀란 종우는 수첩을 떨어뜨리고 말았다. 그 수첩을 준희가 주워 내용을 살펴보곤 손을 내밀었다.

'펜 줘 봐.'

종우는 얼떨결에 준희에게 펜을 내밀었다. 그리고 벽에 수첩을 대고 기수와 이름을 막힘없이 적어 내려가는 준희를 멍하니 바라봤다. 준희는 몇 분 지나지 않아 수첩을 다시 종우에게 건넸다.

'기죽지 마라, 신입.'

그다음, 준희가 홀연히 드라마국으로 사라졌다는 얘기까지 전해 들은 우영은 의외라는 표정을 지었다.

"서준희한테 그런 인간적인 면이 있었어? 몰랐네."

본의 아니게 조금 먼발치에서 그들의 얘기를 들은 준희는 복잡한 표정이 되었다.

처음.

누구에게나 처음은 있다. 그게 조금 능숙한 처음이든, 된장인지 고추장인지 구분도 못 하는 어수룩한 처음이든, 누구에게나 처음은 버겁다. 서준희 역시 그 시절을 겪었다. 여자이기 때문에 눈총을 받았고 외면을 받았었으나 버텨 냈기 때문에 인정해 주는 사람도 만날 수 있었다. 종우도 그러길 바랐다. 남들보다 조금 더 가혹한 처음을 잘 견뎌 내길. 그게 종우에게 큰 의미가 되어 있을 줄은 몰랐다.

"쟤 짤라라. 조연출 절대 시키지 마."

상념에 빠져 있는 사이, 뒤에서 갑자기 들려오는 익숙한 목소리에 준희가 고개를 돌렸다.

"왜 아직 여기 있어?"

"얘기 좀 하자는 문자에 서준희가 답변이 없어서. 퇴근길? 잘됐네. 얘기 좀 하자. 밥 먹으면서."

문자 내용을 아무렇지도 않게 그대로 읊는 진후의 태도에 준희의 인상이 구겨졌다.

"할 얘기 없어."

"왜 없어. 하자며, 드라마. 나 방금 계약서에 도장 찍고 왔어. 작품 얘기 안 해?"

치사한 놈.

"다음부턴 작품 얘기 하자, 이렇게 보내. 밥 먹잔 빼고. 어디 가서 할 건데, 작품 얘기."

한 차로 움직이자는 진후의 제안에 두 사람은 그의 차로 움직였다. 중간에 잠시 도시락 집에 들러 포장을 한 후, 다시 달리기 시작한 진후의 차가 이내 완전히 멈춰 섰다.

고개를 창밖으로 돌리고 눈을 감고 있던 준희는 사이드브레이크를 당기는 소리에 눈을 떴다. 어느새 어둠이 내려앉아 있어 주위를 한 번에 가늠하지 못한 준희는 이내 위치를 파악하고 차갑게 진후를 바라봤다.

"미쳤어?"

"그래 보여?"

"어."

"안 미쳤어. 여기보다 더 조용한 곳 있으면 말해 봐. 작품 얘기 할 거니까 물론 보안도 철저해야 하고."

"차라리 호텔을 가."

"그런 마음이면 됐네. 내려."

쓸데없는 감정 소모는 더 이상 하기 싫다는 듯 진후가 매몰차게 내려 버렸다. 뒷좌석에 놓아 둔 도시락을 챙겨 나무 문 안으로 들어가는 진후를 노려보던 준희는 차 밖으로 나왔다.

빗물에 젖고, 바람에 쓸려 색은 많이 바랬지만 여전히 아담한 아치 형태의 나무 문. 고개를 조금 올리면 진하게 맡아졌던 식물들의 냄새. 10년 전, 서준희와 송진후의 전부가 담겨 있는 진후의 집은 모든 것이 그대로였다.

준희는 작은 정원에 외롭게 홀로 있는 그네도, 그네 옆에 세워진 자전거도 모두 외면하고 집 안으로 들어섰다. 진후는 10년 전과 같은 투박한 나무 테이블에 도시락을 다 펼쳐 놓고 젓가락을 쪼개 내밀었다. 준희는 진후의 손을 지나쳐 소파에 앉았다.

"안 먹어?"

"배 안 고파. 작품 얘기나 해."

"진부하게 굴지 마, 서준희. 화 안 난다고 쿨했던 애가 왜 이 제 와서 날을 세워. 트렌디고, 재밌다, 재미없다밖에 안 된다 며. 여기서 밥 한 끼 먹는다고 지나간 너랑 내 연애가 다시 특 별해져?"

"안 특별해져. 난 안 특별해지는데, 너는? 이제 네 마음도 좀 들어 보자. 10년 전 약속 운운하며 지나간 우리 연애 드라마로 만들자는 제안부터 여기로 데려온 것까지, 넌 무슨 마음인데. 무슨 마음이면 이 집에서 아직 살고 있고, 무슨 마음이면 이 낡 아 빠진 탁자부터 저 테라스까지 전부 그대로일 수 있는데!"

화가 났다. 진후가 아닌 자신에게.

엄마는 안아 주고 다독여 주는 것엔 인색했지만 장난감엔 인색하지 않았다. 밥은 가정부에게 먹이도록 시켜도 장난감만 큼은 꼭 제 스스로 사서 안겨 줬다. 그래서 어렸을 적, 방엔 마 론 인형이 가득했다.

그러던 어느 날, 방으로 불쑥 들어온 엄마가 그 인형을 쓰레 기봉투에 담아 버려 버렸다. 울며불며 쓰레기봉투를 다시 끌어 안고 집 안에 들어섰을 때 엄마가 소리쳤다.

'이딴 인형을 대체 어디서 주워 와 가지고! 네가 거지야? 네 가 거지냐고!'

인형의 개수가 엄마의 사랑이라고 믿었던 열한 살의 서준희는 그때 처음 알았다. 그 인형이 엄마의 사랑이 아니었음을. 나에겐 소중한 기억이 다른 이에겐 아무것도 아닌, 이미 지워진 기억이 될 수도 있다는 것을.

서로의 동의하에 끝낸 10년 전 연애에 있어서, 가해자가 된 기분이었다. 10년 동안 이곳에서 하루하루 서준희를 기억하고 있었을 송진후에게 너와 나의 지난날은 그저 트렌디일 뿐이라고, 재밌다, 재미없다밖에 되지 않는다고 상처를 낸.

"먹어. 하루 종일 굶은 얼굴이다."

준희는 진후가 다시 내민 젓가락을 확 빼앗아 잡고 도시락을 들었다.

"난 먹는데, 넌 먹지 마. 네 마음 다 말하고 먹어."

"어."

진후는 모락모락 김이 나는 불고기가 다 식어 기름이 굳을 때까지 젓가락을 들지 않았다. 준희는 진후의 도시락을 빤히 보면서도 일부러 느리게 먹었다.

"물도 마셔. 체할라."

준희는 진후가 건넨 물까지 한 번에 들이켜고 깨끗하게 도시락을 비웠다. 그리고 도시락을 쾅 내려놓으며 진후를 바라봤다.

"인정해. 너한텐 우리 연애가 나보다 더 특별했다는 거 알겠어. 근데, 거기까지야. 난 너랑 다시 뭐 안 해. 작가와 감독, 그것만 할 거야."

진후는 대답 없이 일어나 작은 방으로 들어갔다. 10년 전엔 컴퓨터가 놓여 있던 방이었으니, 아마 변하지 않았다면 진후의 작업방이 되어 있을 거였다. 잠시 뒤, 방에서 나온 진후는 들고 나온 종이 뭉치를 건넸다.

"뭐야?"

"4부까지의 대본."

준희는 당혹스러운 얼굴로 진후를 바라보다 대본을 받아 들었다. 한 장, 한 장. 액션 지문 하나하나까지 정독하던 준희는 4부 대본 중간을 보다 다음 장, 그다음 장을 넘겨 보고 황당하다는 얼굴로 진후를 바라봤다.

"뭐야. 4부까지의 대본이라며. 왜 중간 중간 씬이 비었어? 뒷부분은 아예 백지고."

"우리가 처음 만났던 것부터 헤어지는 것까지가 4부까지의 내용인데 나 모른댔잖아. 너한테 내가 왜 버거웠는지."

"픽션으로 가. 팩트로 가지 말고. 지난 우리 연애가 소재긴 해도 전부 똑같이 할 수는 없……."

"아니. 그거 알아야겠다는 마음으로 너 찾았어. 나한테 서준희가 왜 버거웠는지 알려 주려고 너 찾았어. 서준희한텐 과거가 된 우리 연애, 현재로 돌리려고 너 찾았어. 내가 알기 전엔 4부 뒷부분도, 5부, 6부도 없어."

조금 더 일찍 알았어야 했다. 작가와 감독의 관계는 갑과 을의 관계가 아니지만, 작품이 시작되면 그렇게 변해 버린다는 것을. 조금 더 똑똑하게 굴었어야 했다. 마치 처음인 것처럼,

잊어서는 안 되는 거였다.

　오전 9시. 한숨도 자지 못한 얼굴로 1부부터 4부까지의 대본을 옆구리에 낀 준희가 드라마국에 들어섰다.

　"의외로 인간적인 서준희, 굿모닝. 모닝커피 한잔?"

　1년차 때부터 겁도 없이 선배에게 까불대다 눈 오는 날 개패듯 두드려 맞았는데도 지 버릇 개 못 줬다고 소문이 자자한 우영이 생글거리며 준희를 맞았다. 준희는 쌩하니 우영을 무시하고 지나쳤다.

　"저 저, 싸가지. 선배가 커피를 권하는데. 박종우는 저런 걸 뭘 존경씩이나. 오늘부로 때려치우라 그래야지. 아무래도 3년 전 그때가 서준희에게 남은 마지막 인간미였던 거 같으니까."

　우영이 혀를 차며 중얼거리자 그의 주위에 있던 몇몇이 동조를 하듯 고개를 끄덕였다. 준희는 모두 무시하고 규동을 찾아 두리번거렸다.

　"누가 찍었는지 수십 번을 봐도 잘 찍었어. 이런 명작을 어떻게 벌써 잊어? 나한테도 편성만 줘 봐. 트렌디든 뭐든 젊은것들보다 더 끗발 날리게 찍지."

　조언을 구할 참이었다. 감독의 의견은 절대적으로 무시하고 무작정 제 뜻대로 하겠다고 우기는 작가는 어떻게 구슬려야 하냐고. 과거의 연인이었던 두 사람이 작가 감독으로 만난 특수한 상황이라 별 도움은 안 되겠지만 지푸라기라도 잡아 보려는 심정이었다. 그런데 때를 잘못 선택한 것 같다.

찬란한 시절을 그리워하며 과거에 자신이 찍었던 드라마들을 볼 때면 규동은 아무 소리도 듣지 못했다. 그저 드라마에 심취해 마치 현장에 있는 것처럼 실수와 잘한 일을 몇 번이고 되새김질하곤 했다.

규동의 뒷모습을 보며 한숨을 내쉰 준희는 이내 발걸음을 돌려 6층으로 내려갔다.

창문엔 암막 커튼이 쳐져 있고, 불도 켜지 않아 어두침침한 어느 편집실. 문을 열자마자 펼쳐진 광경에 준희는 그대로 굳어 버렸다.

"어, 서 PD님 오셨어요?"

스크립터인 혜연이 콘솔 위에 산같이 쌓아 놓은 새 과자의 봉지를 뜯다 준희를 발견하고 인사를 건넸다.

"어……, 애들 왜 이래?"

반 쯤 넋이 나간 준희의 얼굴을 바라보던 혜연이 편집실을 한 바퀴 훑어보고 과자를 오물거리며 대수롭지 않게 말했다.

"애들 누구요? 이상해 보이는 사람이 한둘이어야지요."

준희는 수학 공식을 중얼거리며 『수학의 정석』을 풀고 있는 의상의 민선부터 턱으로 가리켰다.

"얘부터."

"5년 적금 부은 거 엄마가 명품 옷, 백, 구두 산다고 한 큐에 홀라당 해 드셨대요."

민선의 꿈은 어렸을 때부터 줄곧 의상 디자이너였다고 한다. 옷이라면 바지든 티셔츠든 심지어 속옷까지 가리지 않고 무조건 좋았었단다. 그러나 민선의 부모님은 민선이 의사나 판검사가 되길 바랐었다고 한다. 그래서 어렸을 때부터 민선은 꿈을 맘껏 드러내지도 못하고 각종 고액 과외에 시달리다 그저 부모님의 뜻대로 법학과에 입학까지 했다.

그러던 어느 날, 참고 참았던 디자이너에 대한 민선의 본능이 폭발했다. 나이 들고 하는 반항이 더 무섭다고 부모의 동의도 없이 학교를 자퇴하고 의상 디자인 학원을 다니던 민선은 얼마 못 가 어머니께 꼬리를 잡히고 말았다. 그때 어머니가 민선의 머리채를 잡고 흔드시며 그러셨단다.

'좋아하는 일만 하면 돈 없이도 행복할 수 있을 것 같다고? 에라이, 이 미친년아! 그래! 좋아하는 일 실컷 하고 돈 없이 살아 봐, 어디!'

민선의 어머님은 일관성과 뚝심이 있으신 분이었다. 민선이 방송국 의상팀에 취직을 한 이후로 어머님은 꾸준히 명품 쇼핑을 해 대시며 그녀의 주머니를 탈탈 털어 가셨다. 처음 1, 2년은 저러다 말겠지 하던 민선도 3년, 4년, 5년……, 해를 거듭할수록 점점 미쳐 갔다. 그리고 그때마다 민선은 눈 밑이 퍼레질 때까지 『수학의 정석』을 풀고 또 풀었다.

"경옥 언닌."

준희는 테이프 뭉치를 꼭 끌어안고 눈을 감고 있는 편집의 경옥을 턱짓으로 가리켰다.

"시간에 쫓겨 부랴부랴 몽타주 만들다 컷 두 개 순서를 바꿨대요. 티는 많이 안 났는데 찍은 사람은 아니까. 도 PD님이 꼼

짝 말고 기다리라고 전화로 노발대발. 초조하게 깨질 거 기다
리느니 자겠대요."

준희는 의심스럽다는 표정으로 고개를 살짝 갸웃했다.

"테이프 끌어안고 바뀌어라, 바뀌어라, 중얼거리면서? 자는
거, 맞긴 해?"

혜연은 알 길 없다는 표정으로 어깨를 으쓱거리며 끊임없이
과자를 먹었다.

"애는. 애는 왜 이러는데."

준희는 이불을 폭 덮어쓰고 그 안에서 정체불명의 록을 열
창하는 미용의 진영을 턱짓으로 가리켰다.

"오디션 또 떨어졌대요. 쉰두 번째라 그랬나, 쉰세 번째라
그랬나."

진영의 꿈은 초지일관 가수였다고 한다. 그러나 진영은 그
녀의 노래를 들어 본 사람이라면 모두가 인정하는 음치 중의
음치였고, 미용실을 운영하던 어머니를 따라 먹고살기 위해 헤
어와 메이크업을 배웠다. 학원에서도 특출한 실력을 인정받아
방송국까지 들어온 진영은 아직까지도 가수의 꿈을 포기하지
못한 채였다. 그래서 오디션에 떨어질 때마다 상처를 받고 저
상태가 되곤 했다.

진영에게서 시선을 돌린 준희는 이번엔 스크립터인 혜연을
뚫어지게 바라봤다.

"넌."

"저요?"

내가 뭐가 이상하냐는 눈으로 바라보던 혜연은 제 손에 들린 과자 봉지를 보며 아, 하고 준희를 바라봤다.

"전 언니들이랑은 달라요. 현실을 잊기 위한 처절한 몸부림, 그런 거 아니에요. 내일부터 3박 4일 산골짜기로 촬영 가거든요. 가면 분명 빵, 우유, 빵, 우유일 거 뻔하니까 미리 먹어 두는 거예요."

준희는 혜연 뒤로 수북한 과자 더미를 바라보며 고개를 설레설레 저었다. 혜연은 그녀들과 자신은 다르다고 말했지만 준희가 보기엔 별로 달라 보이지 않았다. 차이라면 현실을 잊기 위한 처절한 몸부림을 일이 벌어진 후에 하는 것과 벌어지기 전에 한다는 정도랄까.

"근데 여긴 웬일이세요? 아, 송진후 작가랑 새 미니 하신다는 얘긴 들었는데. 그거 때문에 오셨어요?"

"어."

준희는 혜연에게 3부까지의 대본을 건넸다. 혜연은 손에 묻은 과자 부스러기를 탁탁 털고 대본을 받았다. 앞표지만 훑은 혜연이 다시 준희를 바라봤다.

"1, 2부면 1, 2부지. 3부까지만 있는 이 애매한 대본은 뭐예요? 월화드라만데 월요일만 방송 나가고 화요일은 쉴 거래요?"

"……그렇게 됐어."

뭔가 수상하다는 듯 뚫어지게 준희의 얼굴을 바라보던 혜연이 흐음, 하며 고개를 끄덕였다.

"전 해요. 저 데려가 주세요. 언니들은……. 경옥 언닌 깨우면 일어날 것 같은데. 깨울까요?"

"내버려 둬. 오죽 죽겠으면 저래. 다시 올게."

안쓰러운 눈빛으로 민선, 경옥, 진영을 바라보던 준희는 혜연에게 대본을 받아 이내 등을 돌렸다. 손잡이를 잡고 나가려던 준희는 고개만 살짝 돌려 다시 혜연을 바라봤다.

"과자 적당히 먹어. 촬영 가기 전에 배탈 날라."

팀에서 거의 막내인 혜연은 매일 꾸중만 듣다 퉁명스러운 걱정도 그저 좋은지 히죽 웃었다.

"네."

준희는 편집실을 빠져나와 드라마국으로 갔다. 자리에 앉아 창밖을 보니 뒤늦게 온다는 태풍 때문인지 하늘이 꾸물꾸물했다. 옆구리에 끼고 있었던 대본을 책상 위에 올린 준희는 4부를 제일 맨 위로 올리고 중간부분을 펼쳤다.

#씬38. 진현의 집. 밤.

주변엔 팝콘이며, 아이스크림이며 먹을거리들 깔려 있고.

진현, 연서 독립영화 〈엄마의 방〉 보고 있는.

연서; (입 헤벌리고, 팝콘 입으로 막 넣으며) 정말 잘 찍었다. 각도며, 배우들 표정이며, 시나리오도 직접 썼다는데 스토리도 끝까지 환상일까?

진현; (영화 안 보고 연서만 보고, 옷소매로 입 닦아 주며) 뭘 이렇게 다

묻히고 먹어. 칠칠이.

연서; (기분 좋은, 진현 보고 웃고, 다시 영화 보는)

(시간 경과)

영화 중반부, 짐을 싸고 있는 엄마를 발견한 딸, 엄마의 바짓가랑이 잡으며 매달리는 부분.

진현, 심각한 얼굴로 영화 보고 있고.

연서, 간식거리들 손 안 대고 그늘진 얼굴로 영화 보다 고개 돌리는.

연서; (덤덤하게) 그만 보자.

진현; (영화만 보는)

연서; (조금 화나지만 누르며) 그렇게 재밌어? 어디가 재밌는데?

진현; (연서 보고)

연서; 넌 이 영화가 이해가 가? 어느 쪽이? (조금 격양돼서) 젊은 남자한테 홀려서 딸자식 버리고 집 나가려는 엄마? 아님, 처자식 두고 젊은 여자랑 바람난 저 아빠?

진현; (조금 슬프게) ……엄마. 원인 없는 결과가 아니잖아.

연서; (화난, 진현 째리며) 그럼 딸은? 딸은 투명인간이야? 저럴 거면 낳지를 말든가!

진현; (얼굴 어두운) 왜 그래?

연서; (진현 무시하고, 일어나 주방으로 가서 물 마시고, 소파에서 가방 챙겨 들고) 갈래.

진현; (화난, 현관 열려는 연서 잡으며) 너 지금 이상해. 왜 그러는지 말하고 가.

연서; (화나. 가방 집어 던지며) 짜증 나! 짜증 난다구! 저런 얘기 구질구질해!

진현; (연서 참담하게, 슬프게 보다, 혼잣말하듯) ……버겁다, 정말.

연서; (어이없고) 뭐? (하는데 가방에서 휴대폰 울리는, 진현과 가방 번갈아 보다 휴대폰 받고) 네, 여보세……. (사이) 네. (사이) 금방 갈게요. (끊고 진현 보면.)

진현; (씁쓸하지만 담담하게) 버거워.

연서; (진현 한참 보다, 차분하게) ……나도. 나도 버겁다. (눈물 그렁해서) ……끝낼까?

진현; (원망스럽게, 눈물 그렁해서) 가려면 지금 가. 이 문 나서면 너랑 난 끝인 거야. 그거 똑똑히 기억하고 가. (매몰차게 뒤돌아서 가면)

연서; (진현 뒷모습 아프게 보다 눈물 흘리며 집 나가는)

사람들에겐 누구에게나 각자만의 도피처가 있다. 현역 은퇴를 앞둔 규동에겐 지난날 찍었던 드라마들이, 0이 몇 갠지 세기도 싫은 카드 명세서 앞의 민선에겐 『수학의 정석』 문제집이, 오디션에 낙방한 진영에겐 이불과 록 음악이, 지방 촬영의 고달픔을 안은 혜연에겐 과자가, 일에서 치명적인 실수를 저지른 경옥에겐 잠이 도피처인 것처럼.

행상을 나갔던 할머니가 무거운 바구니를 들다 허리를 다

쳐 당장 수술을 받아야 한다는 전화를 받았던 그 시간 직전까지 스물세 살 서준희의 도피처는 송진후였다. 진후 앞에서만큼은, 따뜻하고 식물이 가득했던 그 집에서 만큼은, 남자에게 미쳐 세 번이나 딸을 버렸던 엄마도, 행상을 나가고 폐품을 팔아 손녀에게 차비라도 쥐여 주려는 할머니도, 장학금을 놓치지 않으려고 매일 밤 코피를 쏟으며 공부했던 서준희도 모두 사라지고 무조건 행복한, 무조건 예쁘기만 한 아이가 될 수 있었다.

그런데 현실과 너무 동떨어진 그 행복이 결국 현실과 맞물리며 목을 쥐었다. 그래서 버거웠다. 지키고 싶은데 이 이상은 무리라는 사실을 깨달아 가는 게. 두려웠다. 한 꺼풀, 한 꺼풀 벗겨지는 서준희의 실체를 진후가 보게 되는 게.

'아니. 그거 알아야겠다는 마음으로 너 찾았어. 나한테 서준희가 왜 버거웠는지 알려 주려고 너 찾았어.'

스물세 살의 서준희에게 송진후는 현실을 잊기 위한 도피처였다는 걸 안다면 넌 어떤 얼굴로 날 바라볼까. 그래도 넌 그때로 되돌리겠다고 말할까.

다 식어 빠진 불고기 도시락을 데우지도 않고 입속으로 밀어 넣던 진후의 모습을 기억 속에서 더듬던 준희는 휴대폰을 들었다.

— 어, 준희…….

"쓰지 마. 3부까지만 찍어 내보내자. 4회 펑크 나면 난 사표 쓰고 넌 이 바닥에서 추방될 거고. 그래. 그래 보자. 나, 너한테 안 휘둘려."

스물세 살, 서준희의 도피처가 송진후였다는 사실을 그가 알게 되는 것보단 차라리 이편이 나은 것 같다. 적어도 불순물 0퍼센트의 사랑이라고 믿었던 진후만 피해자가 되지는 않을 테니까. 조금 잔인해도 이편이 덜…… 아플 테니까.

　일방적으로 통화를 종료시키고 휴대폰을 던지듯 책상에 내려놓는데 조용했던 드라마국이 갑자기 소란스러워졌다.

　"언제나 찾아오는 부두의 이별이 아쉬워 그대 손 꼭 잡았나."

　"이 미친 자식, 정신 안 차려? 국장님이라도 마주치면 어쩌려고. 야, 서준희! 어떻게 좀 해 봐!"

　어제 입었던 옷차림 그대로 고주망태 취해 노래를 불러 재끼는 건 종우였고, 종우를 부축하며 앓는 소리를 내는 건 뜻밖에도 동기인 구정식이었다.

　"어? 서준희? 서 감독님? 어디. 어디요. 이별이 아쉬우니 손이라도 한번 잡아 봐야……."

　정식을 밀친 종우는 이 책상 저 의자에 몸을 부딪쳐 가며 준희에게 다가갔다. 준희는 수전증 환자처럼 덜덜 손을 떨며 제 손을 꼭 잡는 종우를 표정 없이 바라봤다.

　"감독님……. 저는요, 진짜 감독님 존경했습니다. 죽으라면 죽는 시늉도 할 수 있을 만큼 존경했습니다. 전 다 압니다. 다 저 잘되라고 매몰차게 저 내치시는 거……. 그래도, 그래도 전……, 전……."

　남들보다 가혹했던 처음, 한 줄기의 빛을 찾아 서준희를 도피처로 삼았던 박종우에게 서준희는 그러면 안 된다고 말할 자격이 있을까. 스물세 살, 송진후를 도피처로 삼았던 서준희가?

나는, 이 아이를 내칠 자격이 없다.

"셋 셀 동안 정신 차려. 안 그럼 너 진짜 내 조연출 해고야. 하나, 두울……."

"차, 차렸습니다! 정신 차렸습니다!"

제대로 서 있지도 못하던 종우가 허리를 곧게 펴고 우렁차게 대답했다. 그 모습을 바라보던 우영이 어이가 없다는 얼굴로 중얼거렸다.

"박종우한텐 서준희가 부처고 간다 맞네. 저 정도면 거의 광신도 수준 아니야? 몸도 못 가누던 애가 서준희 말 한마디에 벌떡. 어떻게 저게 돼?"

드라마국 내에 있던 몇몇의 연출부들이 킥킥대는 소리가 들렸다. 종우도 이제야 본인이 한 짓이 민망한지 어깨를 수그렸다. 준희는 책상 위에 있던 1, 2부 대본을 종우의 품에 떠넘기듯 안겼다.

"다섯 시간 안에 술 냄새 말끔히 지우고 캐스팅 디렉터 연락해서 약속 잡아 놔. 내가 보잔다고. 약속 잡히면 송 작가님한테도 연락해서 시간 알려 주고."

"네, 네! 알겠습니다!"

"여깁니다, 감독님! 여기요, 여기!"

엘리베이터에서 내리자마자 다다다 뛰어간 종우가 복도로 접어들자마자 회의실 앞에서 손을 흔들었다. 준희와 나란히 걷던 진후가 그런 종우를 바라보며 인상을 썼다.

"쟤 짜르랬지. 맘에 안 든다고. 거슬려."

"대본도 네가 쓰고 찍는 것도 네가 하게? 그러든가 그럼. 국장님께 말씀드려 줘?"

표정 하나 바뀌지 않고 태연하게 받아치는 준희의 모습에 진후가 고개를 설레설레 저었다.

"됐다, 됐어. 쓰지 말라고 소리 지르더니, 그래도 찍긴 찍을 건가 보다? 캐스팅 디렉터 미팅까지 잡은 거 보면. 배우 누구 생각하는데."

"원빈, 김태희."

"내가 원빈이랑 닮았나? 근데 넌 김태희랑 안 닮았……."

"원빈, 김태희 정도면 몸값 어마어마할 거 아냐. 4부부터 줄줄이 방송 펑크 나서 억 소리 나게 돈을 날려야 너, 나 이 바닥에서 제대로 생매장당하지."

진후의 걸음이 우뚝 멈췄다. 준희는 아랑곳 않고 걸어가다 회의실 앞에 가서야 뒤를 돌아보았다.

"걱정 마. 너 혼자 매장당하게 두진 않을 테니까."

준희는 무덤덤하게 그 한마디를 남기고 회의실로 들어가 버렸다. 진후는 닫힌 문을 바라보며 피식 웃다 쓰게 중얼거렸다.

"저게 지금 병이야, 약이야. 분간 못 하겠으니까 나 좋을 대로 해석한다. 작품은 망해도 넌 내 옆으로 다시 오겠다는 뜻으로. 응?"

말이 끝나자마자 닫혔던 문이 다시 열렸다. 진후는 기대 반,

설렘 반으로 문을 바라봤다. 그러나 고개를 내민 사람은 준희
가 아닌 종우였다.

"뭐하세요? 빨리 들어오시랍니다."

허탈하게 종우를 바라보던 진후는 쓰디쓴 알약을 입에 문
얼굴로 회의실에 들어갔다.

"아이고, 어서 와요. 송 작가."

준희가 먼저 캐스팅 디렉터와 인사를 나누고 있는 사이, 김
국장이 진후를 발견하고 반갑게 알은체를 했다. 진후는 김 국
장이 내민 손을 맞잡았다 떼었다.

"송 작가 오기 전에 캐스팅 디렉터랑 잠깐 얘기 나눴는데 칭
찬이 아주 자자해요. 대본 재밌다고. 앞으로도 계속 그렇게만
부탁해요."

작가의 상상력도, 창작에 대한 고민도 없이 과거의 기억을
대본으로 옮겼을 뿐이다. 사실을 말할 수도 없고, 계속 재밌게
쓰겠다고 능청을 떨 수도 없어서 진후는 그저 웃었다. 그때, 캐
스팅 디렉터와 인사를 마친 준희가 이쪽으로 건너왔다.

"국장님은 여기 어쩐 일이세요?"

"어쩐 일은 뭐가 어쩐 일이야. 드라만 배우발이 반인데 궁금
해서 왔지."

준희는 궁금하다는 대목에 유독 힘을 주는 김 국장을 의심
스럽게 바라봤다.

"공동제작사 확정됐어요? 혹시 배우 옵션 조항 따져 가며 캐
스팅해야 하는 거예요?"

불안하게 진후의 눈치를 살피던 김 국장이 펄쩍 뛰기 시작했다.

"야, 서준희. 넌 내가 그런 불평등 조약에 동조할 사회악으로 보이냐? 그런 거 없어! 감독, 작가 생각으로 캐스팅 밀고 나가!"

딱 잡아떼는 모양새가 더 수상하다. 작가 앞이라 솔직하게 얘기를 못 했든, 저 말이 사실이든, 어쨌든 옵션으로 꽂힌 배우가 없다니 골 아플 일은 없을 것 같았다. 준희는 캐스팅 디렉터를 바라보았다.

"뽑아 오신 명단 보죠. 일단 여자 주인공 연서 역부터요."

말이 끝나기가 무섭게 캐스팅 디렉터와 종우가 가져온 배우들 사진을 테이블에 쭉 늘어놓았다. 유심히 배우들의 사진을 보는 준희와 진후 사이에서 종우가 황수민의 사진을 가리켰다.

"연서랑 이미지가 제일 비슷하지 않아요, 감독님?"

"너무 헤퍼 보여. 4부까지는 연서가 방실방실거려도 뒤엔 안 그럴 거야."

그런가? 아리송송한 표정을 짓던 종우가 이번엔 정은수의 사진을 가리켰다.

"걘 이미지가 너무 순수해. 어려서 밝고 순수해 보여도 서른세 살의 연서는 악착같고 어두운 면도 있어야 해."

종우는 무덤덤하게 대꾸하고 사진을 샅샅이 훑는 준희를 보며 영 이상하단 얼굴로 물었다.

"대본은 1, 2부가 단데 감독님은 어떻게 그렇게 잘 아세요? 작가님도 아무 말 없으신데."

준희의 시선이 사진과 사진 어느 사이에 불안하게 안착했다. 뻣뻣하게 고개를 든 준희는 그러게, 하는 눈빛으로 바라보고 있는 김 국장과 캐스팅 디렉터의 얼굴을 보고 눈을 질끈 감았다 떴다.

"그게……."

"서 감독님께 제가 말씀드렸습니다. 당연히 아셔야 하잖아요, 감독님이신데."

뜻하지 않은 구원투수의 도움에 김 국장과 종우, 캐스팅 디렉터는 아, 하고 고개를 끄덕였다. 준희는 진후를 곁눈질했다. 고마워하지 않아도 된다는 듯 씨익 웃는 진후를 무시한 준희는 다시 진지하게 사진을 훑기 시작했다. 시간이 한참 흘러도 작가, 감독 입에서 애 괜찮다는 소리가 나오지 않아 캐스팅 디렉터가 점점 불안해질 무렵이었다. 준희와 진후의 손가락이 동시에 이시은 사진을 가리켰다.

"이시은! 이미지 좋고, 페이스 좋고! 좋지, 좋아! 아주 좋아!"

"그렇죠? 저도 아까부터 이시은이 제일 좋아 보인다고 말씀드리려 했습니다. 실은 이시은 쪽엔 이미 1, 2부 대본 넘기기도 했구요. 긍정적인 반응입니다."

캐스팅 디렉터와 김 국장은 서로 시선을 마주하며 입이 찢어져라 웃었다. 준희는 어이없다는 표정으로 고개를 설레설레 저었다. 1, 2부 대본을 보고 역할을 분석했을 캐스팅 디렉터야 그렇다 치고, 기획안만 본 김 국장이 연서 역에 이시은이 제격인지 어떤지 알 리가. 그럼 그렇지. 옵션, 있었나 보다. 그게 운 좋게도 작가 감독 생각과 일치했고.

"확실히 할 건가 본격적으로 이시은 접촉해 보시고 남자 주인공 진현이 역 보죠."

준희의 말이 떨어지자마자 캐스팅 디렉터는 신 나게 테이블 위에서 여자 배우들의 사진을 거두기 시작했다. 그걸 거드는 종우를 바라보던 준희는 휴대폰을 꺼내 액정을 확인하고 구석에 내려놓았다.

"저 잠깐 화장실 좀요."

잠시 뒤, 준희가 돌아왔을 때 남자 배우들의 사진이 테이블을 메우고 있었다.

"연서 역보다 좀 적네요?"

"아, 네. 스케줄 겹치는 배우들이 좀 많더라고요."

고개를 끄덕이고 본격적으로 사진을 볼 참이었다. 그런데 종우가 구석에 두었던 휴대폰을 내밀었다.

"감독님 화장실 가시자마자 세 번이나 연달아 울리던데. 급한 건가 봐요. 확인해 보세요."

화장실 가기 전까지만 해도 부재중 전화는 없었다. 의아한 얼굴로 부재중 목록을 확인하던 준희의 얼굴이 곧 하얗게 질렸다.

"감독님?"

"서 감독님."

종우와 진후의 부름에 겨우 정신을 차린 준희는 멍한 얼굴로 캐스팅 디렉터를 바라봤다.

"죄송해요. 진현이 역은 다음에 다시 보죠. 연락드릴게요. 죄송합니다, 송 작가님. 종우 넌 내가 연락할 때까지 대기해."

빠르게 인사와 지시 사항을 건넨 준희는 그대로 회의실을 나가 달리기 시작했다. 바람같이 사라진 준희의 뒷모습을 허망하게 바라보던 김 국장이 황당하다는 얼굴로 소리쳤다.

"저거 왜 저래? 지금 캐스팅보다 더 중요한 게 어디 있다고! 야, 박종우. 쟤 뭐 잘못 먹었냐?"

아는 게 없으니 변호도 해 줄 수가 없어 종우는 그저 고개만 흔들었다.

"급한 일이 생긴 것 같은데 오늘은 이만 해산하죠. 어차피 감독님 없인 더 봐 봤자 무의미하니. 먼저 들어가 보겠습니다, 국장님."

캐스팅 디렉터에게도 목례를 건넨 진후는 곧장 회의실을 빠져나왔다. 로비까지 단숨에 내려와 준희를 찾았지만 그녀는 어디에서도 보이지 않았다. 방송국 밖으로 나가 주위를 두리번거리던 진후는 경비가 지키고 있는 방송국 입구 앞에서 택시를 잡고 있는 준희를 발견하고 소리쳤다.

"준희야! 서준희!"

듣지 못한 건지, 들었는데도 그냥 가 버린 건지는 알 수 없으나 준희는 그대로 택시를 타고 떠나 버렸다. 진후는 곧장 입구로 가서 뒤따라오는 택시를 잡아탔다.

"저 앞 택시 따라가 주세요."

영인대학병원.

택시가 서자마자 본관 건물 안으로 뛰어 들어간 준희는 엘리베이터를 기다릴 여유도 없이 비상계단으로 뛰어 올라갔다. 8층 비상구로 빠져나와 곧장 복도를 달린 준희는 숨을 헉헉대며 병실 문을 열어젖혔다.

"할……머니."

나지막한 부름을 들은 할머니의 시선이 곱게 간 사과를 받아먹다 말고 준희를 향했다.

"응? 우리 아가가 이 시간에 웬일이야? 땀까지 흘려 가며……. 무슨 일 있어?"

걱정스러운 기색인 할머니 옆으로 간병인이 당황한 얼굴로 버벅댔다.

"아이고 이를 어째……. 내가 실수를 했나 보네. 문자라도 남길걸. 내가 문자가 서툴러서……. 우리 딸이 산통이 와서 병원에 간다고 연락이 왔어요. 당장 오늘 밤부터 한 2주는 자리를 비워야 할 것 같아서 급한 마음에 그만. 미안해요, 준희 씨."

대장암 3기 진단을 받고 할머니가 병원 생활을 한 지 1년여. 두 번의 수술을 하고 항암 치료를 받으며 할머니는 수도 없이 생과 사의 문턱을 넘나들었다. 수술 후에는 마취가 깨지 않아, 항암 치료에 들어가서는 맞는 항암제를 찾지 못해. 일주일에 한 번, 2주에 한 번, 한 달에 한 번. 다행히 폭은 점차 늘어 갔지만 언제든 휴대폰에 간병인의 번호가 찍히면 준희는 늘 죽음의 공포와 맞서야 했다. 준희가 간병인에게 전화를 걸어 용건을 확인할 생각도 하지 못하고 무작정 병원으로 달려 온 건 반복된 기억이 가져온 습관 때문이었다.

준희는 다행이다 싶은 마음 반, 속상한 마음 반으로 할머니의 침대로 다가갔다.

"일은 무슨 일. 그냥 보고 싶어 왔지."

"입술에 침 바르고 거짓말해. 할미 그렇게 쉽게 안 죽어."

"알아, 나도. 나 드라마 들어가는데 죽긴 왜 죽어. 내용 궁금해서 어떻게 눈 감으려고."

"드라마 다시 찍어? 이번엔 대장이야?"

연출은 연출이나, 메인 감독과 B팀 감독을 구분하지 못하는 할머니는 늘 메인 감독을 대장이라고 부르곤 했다. 준희는 웃으며 고개를 끄덕였다.

"응. 이번엔 내가 대장이야."

할머니가 기분 좋게 웃으며 손과 등을 쓰다듬어 주는 사이, 간병인이 난감한 얼굴로 조심스럽게 끼어들었다.

"이를 어째……. 드라마 들어가면 바쁠 건데. 내일부턴 내가 좋은 사람에게 봐 달라고 부탁을 했는데 당장 오늘 밤은……."

"오늘은 제가 있을 테니까 걱정 마세요. 따님 산통 오셨다면서요. 얼른 가 보세요."

준희는 간병인이 들고 있던 사과 접시를 받아 들었다. 간병인은 미안하단 말을 몇 번이나 남기고 병실을 나갔다.

침대 맡에 앉아 할머니에게 갈은 사과를 먹여 주고 있을 때였다.

"근데 저기 저 잘생긴 총각은 누구신가? 우리 아가 애인이야?"

······잘생긴 총각? 의아한 얼굴로 뒤를 돌아본 준희는 병실 문에 반쯤 몸을 지탱하고 서 있는 진후의 모습을 발견하고 일순간 뻣뻣하게 굳었다. 하지만 준희는 이내 덤덤하게 고개를 돌리고 할머니에게 사과를 떠먹였다.

"······모르는 사람이야."

할머니는 준희만 바라보는 진후와 그녀를 번갈아 바라보며 이상하단 얼굴로 사과를 받아먹다 고개를 돌렸다.

"이제 그만 먹을려. 졸려."

"그래, 그럼 자자."

준희는 할머니를 눕혀 주고 이불을 목까지 끌어 올려 덮어 주었다. 할머니가 눈을 감은 채로 말했다.

"할미 잠들면 우리 아가 가서 일해. 하룻밤 정도는 할미도 혼자 있을 수 있어. 간호사들도 있고."

"안 바빠. 괜찮아."

미안한 기색을 감추지 못하며 희미하게 웃음 지은 할머니는 손을 더듬어 준희의 손을 꼭 잡았다.

"할미가 태어나서 제일 잘한 게 뭔지 알아? 우리 아가 대학교 졸업하고 아픈 거."

"무슨 말이 그래. 안 아프고 오래오래 건강했으면 더 좋았지."

"더 늦게 아퍼 우리 아가 하고 싶다던 영화도 했으면 좋았겠지만 더 일찍 아퍼 대학교도 졸업 못 했으면 어쨌을까, 생각하니 하나도 안 원망스러."

준희는 아무 말도 할 수가 없었다. 제 몸이 부스러지고 병들어도 손녀가 대학을 졸업했으니 그거면 됐다는 할머니한테 무슨 말을 더 할 수 있을까.

"엄마 너무 원망하지 말어. 그래도 지 배 아파 낳은 자식인데 세 번이나 떼 놓고 싶었겠어. 원망하지 말어. 누군가를 원망하면 아가 가슴에도 피멍이 져."

그 말을 끝으로 할머니는 깊은 잠에 빠졌다. 준희는 할머니의 팔을 이불 속으로 집어넣어 주고 빈 물병을 챙겨 병실을 나왔다. 병실 옆 의자에 진후가 혼란스러운 얼굴로 앉아 있었지만 준희는 모른 척 지나쳤다.

복도 끝에 있는 정수기에서 물을 채워 병실로 들어가려 할 때였다.

"서준희."

낮은 진후의 부름에 준희의 걸음이 멈췄다.

"스물세 살의 서준희에 대해 내가 알아야 하는 게 더 있어?"

준희는 천천히 등을 돌려 진후와 마주했다.

"네가 안 게 뭔데."

"……."

"송진후 앞에선 아무 걱정 없이 해맑게만 웃었던 서준희가 사실은 엄마에게 세 번이나 버림받은, 할머니를 책임져야 하는 불쌍하고 힘든 애였다는 거? 지기 싫어하는 성격이라 과 수석을 한 번도 놓치지 않았던 서준희가 사실은 등록금 걱정 때문에 아등바등했었다는 거? 네가 안 게 대체 뭔데."

"……."

"넌 아무것도 알지 못했어. 가. 그리고 다신 오지 마."

싸늘하게 등을 돌리던 때였다. 다급하게 팔을 잡은 진후가 빠르게 말을 쏟아 냈다.

"난 상관없었어. 무조건 해맑지 않아도, 등록금 걱정 때문에 죽어라 공부하는 너였어도 난 상관없었다고."

준희는 물병을 꽉 움켜쥐었다.

나는 정말이지, 엄마처럼 이렇게 잔인하고 싶진 않았다. 방송이 펑크 나 다신 PD질을 못 해 먹는 한이 있어도 우리의 지난날을 애틋하고 순수하기만 한 사랑이라 믿는 상대에게 배신감을 안겨 주고 싶진 않았다. 그런데 어떻게 돼먹은 인생이 뜻대로 되는 게 하나도 없다.

"내가 상관있었어. 스물세 살의 서준희는 송진후 앞에선 무조건 해맑고 무조건 예쁘고 그랬어야 했거든."

"무슨, 뜻이야?"

"그때의 서준희에게 송진후는 현실로부터의 도피처였다는 뜻."

나는…… 날 세 번이나 버렸다고 엄마를 원망할 자격이 없다.

닫힌 병실 창문에 비치는 진후의 슬픔과 아픔과 서글픔이 복합된 표정을 바라보던 준희는 병실 문을 열었다. 막 병실로 몸의 반을 옮겼을 때였다.

"……너만 그랬던 거 아니야. 스물세 살의 송진후에게도 서
준희가 도피처였다고 하면. 그래서 우리가 예쁠 수 있었던 거
라고 하면, 믿을래?"

하마터면 떨어뜨릴 뻔한 물병을 간신히 힘주어 잡은 준희는
멍한 얼굴로 돌아섰다.

"지금, 뭐라 그랬어?"

"도피처……라는 말, 먼저 했으면 알잖아. 듣기도 잔인하고
하기도 잔인한 말이라는 거. 두 번은 묻지 말지."

"…….''

"예쁘게 쓸게. 스물세 살의 서준희도 서른세 살의 서준희도.
내 눈에 예쁜 딱 그만큼만. 너도 내가 왜 널 버거워했는지 알게
되면 상관없다고 말해 주라……, 나처럼. 이불 잘 덮고 자. 감
기 안 걸리게. 간다."

진후는 그대로 등을 돌렸다. 준희는 진후의 뒷모습을 바라
보다 그가 걸어간 복도의 어딘가를 오래도록 바라봤다. 끊임없
이 귓가를 울리는 진후의 서글픈 목소리가 사라질 때까지.

#씬 5

"너 자꾸 눈앞에서 알짱댈래? 정신 산만하게. 가만 못 앉아?"

작가와 미팅을 하고 있던 우영이 핸드폰을 들고 온 드라마 국을 들쑤시고 다니는 종우를 못마땅하게 보다 기어이 소리를 질렀다. 하지만 종우는 아무것도 들리지 않는다는 듯, 초조하게 핸드폰을 들고 드라마국을 배회했다. 그때 드라마국에 들어선 준희가 종우의 어깨를 잡았다.

"아직도 먹통이야?"

절대로 멈추지 않을 것 같던 종우의 걸음이 멈췄다. 서서히 뒤를 돈 종우는 준희의 얼굴을 확인하자마자 잔뜩 풀이 죽었다.

"네……."

"작업실은."

"거기도요……."

벌써 닷새째였다. 병원에서 그렇게 헤어진 후, 진후와 연락이 두절된 것이.

"캐스팅 디렉터랑 약속 몇 시라고?"

"5시요."

시계를 보니 벌써 오후 3시가 넘어가고 있었다. 차가운 준희의 얼굴을 힐끔거리던 종우가 핸드폰을 다시 귀에 붙이며 초조하게 발을 동동 굴렀다.

"연락될 때까지 걸게요."

"됐어. 걸지 마."

"네?"

준희는 대답 없이 휴대폰과 가방을 챙겨 드라마국을 나섰다. 그리고 곧장 주차장으로 내려가 차에 시동을 걸었다.

방송국 옥상의 송전탑, 맛이 좋고 값도 싸 자주 찾는 순대국밥 집, 한 번도 가 보지는 않았지만 늘 사람이 북적거리는 어느 베이커리, 사거리, 사거리, 사거리. 그리고 스물세 살의 서준희와 송진후가 무던히도 좋아했던 단팥빙수 집.

그곳들을 지나 진후의 집 앞에 도착한 준희는 차의 시동을 끄며 쓴웃음을 지었다.

"이렇게 가까웠나. 근데 마음은 꼭 판문점 너머의 북한이네."

차에서 내린 준희는 아치 형태의 나무 문 위로 굳게 닫힌 현관을 바라보고 그 옆 넓은 창을 바라보았다. 그러나 암막 커튼이 처진 창은 안의 공간을 엿볼 수 있게 허락하지 않았다.

초인종 앞에서 망설이기를 여러 번, 결국 초인종을 누른 준희는 안의 동향을 다시 살폈지만 여전히 아무런 기척이 없었다.

딩동, 딩동, 딩동.

조금씩 빠르게, 신경질적으로 벨을 누르던 준희는 결국 아치문 앞에 달린 도어록에 손을 올리며 어이없다는 듯 피식 웃었다.

지금 상황에서 가질 생각은 아니지만 좀 우스웠다. 요즘 애들은 발육이 남달라 중학생 키만 돼도 아치문 안쪽으로 손을 넣을 수 있고, 그럼 금방 문을 열 수가 있는데 군이 도어록은 왜 달아 놨을까. 혹시 진후는 이미 10년 전에 이런 상황을 예상했을까. 약이 잔뜩 오르는데 그래도 머리는 도어록의 비밀번호를 알고 있다 외친다.

03…….

손에 힘을 꽉꽉 주어 세 번째 숫자를 누르려던 때였다. 찰칵, 소리가 들리며 굳게 닫혔던 현관이 입을 벌렸다. 준희는 도어록에 손을 댄 그 상태 그대로 굳어 고개만 들었다.

"나 예쁜 꿈 꾼다. 서준희가 내 앞에 있네. 이왕이면 누르려던 것도 계속 눌러. 비밀번호 그대로야."

문에 거의 몸을 지탱하다시피 한 진후가 생글생글 웃으며 시선을 마주쳐 왔다. 준희는 어색하게 도어록에서 손을 떼며 진후를 노려보았다.

"잘나가는 작가라고 대접받고 싶어? 집에 있으면서 전화는 왜 안 받아, 사람 신경질 나게. 대충 준비하고 나와. 5시, 캐스팅 디렉터랑 미팅 잡았어."

"누르고 들어오지?"

"싫어. 차에서 기다릴 테니까 빨리 나와."

"나 씻을 힘 없어."

차를 향해 몸을 돌리던 준희는 다시 진후를 향해 몸을 틀고 어이없다는 듯 바라봤다.

"남자 주인공 캐스팅 내 맘대로 해도 돼? 그럼 지금 전권 위임해. 나중에 딴말 하지 말⋯⋯."

말을 하다 보니 진후의 상태가 어딘가 이상했다. 피부가 유독 흰 편이긴 하지만 창백한 정도까진 아니었는데. 거뭇거뭇한 수염이 눈에 띄고 이마엔 식은땀도 보였다. 진후를 노려보던 눈에 힘을 푼 준희는 당혹스러운 얼굴로 물었다.

"너, 아파?"

"실은 서 있는 것도 힘들어."

힘겹게 웃음 지은 진후의 몸이 말이 끝나자마자 스르르 내려앉았다. 진후와 도어록을 번갈아 보던 준희는 신경질적으로 번호 두 개를 마저 누르고 현관으로 뛰어 들어갔다.

"감기 몸살이야? 아프면 병원을 가야지 왜 미련하게 이러고 있어. 유명 드라마 작가 송모 씨 고독사로 사망. 이런 기사 내는 게 일생의 소원이야?"

준희는 진후의 팔 한쪽을 들어 제 어깨에 둘렀다. 진후는 부축을 받아 안으로 들어가며 준희의 구겨진 미간을 바라보고 말했다.

"너 솔직히 말해 봐."

"뭘."

"권 작가. 오 작가. 이런 독설로 깡소주 까게 하고 병원에 입원 시켰지?"

준희는 소파 위에 진후를 내려 두고 어이없단 표정으로 바라봤다.

"작가들은 이상해. 맞는 말만 하면 다 독설이래. 너 쇼지. 아프다는 거 뻥이지?"

"난 감기 몸살이라고 한 적 없는데. 감기 몸살 아니면 쇼야? 잠을 못 자서 그래."

또 생각났다. 대학 때도 진후는 그랬다. 동아리에서 찍을 영화의 시나리오를 쓸 때도, 공모전에 낼 시나리오를 쓸 때도, 원하는 글이 나올 때까지 진후는 몇 날 며칠을 잠들지 못했었다.

준희는 주방에서 컵에 물을 따라 와 진후에게 건넸다.

"며칠이나 못 잤는데."

"5일."

"5일이나 못 잘 만큼 창작력 필요한 대본 아니잖아. 다 팩트로 가겠다며. 있는 사실 그대로 대본에 옮기기만 하면 되는데 뭘 5일씩이나 못 자?"

진후는 물을 받아 반쯤 들이켜고는 컵을 테이블에 내려놓으며 대답했다.

"예쁘게 써 주겠다고 했잖아. 내 눈에 예쁜 딱 그만큼. 내 눈에 넌 아직도 엄청 엄청 예쁜가 보다. 글이 따라가질 못하네."

울 수도 없고, 화를 낼 수도 없고, 그렇다고 웃을 수는 더더욱 없고. 아무것도 못 들었다는 듯 컵을 들고 주방으로 간 준희는 개수대에 컵을 내려놓고 휴대폰을 빼 들었다.

"나야. 오늘 캐스팅 디렉터랑 미팅 취소……, 아니다. 두 번씩이나 이건 예의가 아니다. 미팅은 나 혼자 할 테니까 넌 촬영, 조명, 소품, 어느 팀 비나 알아봐 봐. 의상, 미용, 편집, 스크립터는 내가 알아볼 테니까."

용건만 전달하고 통화를 끝낸 준희는 다시 거실로 나갔다. 진후는 피곤이 극에 달했는지 소파에 몸을 깊숙이 파묻은 채 한 팔로 눈을 가리고 있었다.

"잠이 필요한 상태인 건 알겠는데 캐스팅은 급해. 방송까지 석 달 조금 더 남았는데 주연 배우들은 빨리 잡아야지. 진현이 역 생각한 배우 있으면 말해 봐."

"최한빈 어때?"

최한빈. 10년 전 천만 관객을 불러 들였던 인기 영화에 당당히 주연을 꿰차며 혜성같이 등장해 지금은 충무로 거성으로 자리매김한 배우였다. 준희는 농담하냐는 표정으로 진후를 바라봤다.

"좋지. 인지도 훌륭하고 연기 잘하고. 좋은데, 최한빈 영화만 하고 드라만 안 하는 배우라는 거 몰라? 접촉해 보나 마나야. 딴 배우."

팔을 스르륵 내린 진후는 잠시 준희를 뚫어지게 바라보다 힘겹게 일어나 작업실로 들어갔다. 그런 진후의 뒷모습을 바라보던 준희는 혼자 있는 시간이 길어지자 책장으로 다가갔다.

수많은 영화 DVD, 서적들을 살펴보던 준희의 시선이 어느 한 부분에서 멈췄다.

최신판 시즌2 2004~2005, 프랑스.

최신판 시즌2 2004~2005, 이집트.

최신판 시즌2 2004~2005, 앙코르와트.

준희는 2004~2005 프랑스 여행 책을 꺼내 책의 모퉁이를 바라봤다.

SJH♡SJH

'진후야 이거 봐, 이거 봐. 우리 이니셜도 똑같다? 운명이야, 우리.'

'운명이란 말을 너무 아무 데나 갖다 붙인다? 이니셜 같다고 운명이면 세상에 대체 서준희랑 운명인 남자가 얼마나 많다는 거야.'

'으이그. 안 그런 척하면서 은근 질투 많아.'

'누가 은근히래? 대놓고 많아.'

별로 재밌지도 않은 얘기를 하면서도 뭐가 그리 즐거웠는지 깔깔거리며 웃기 바빴던 그 시절. 그 시절이 지금은 너무 아득하게만 느껴져 씁쓸하게 웃고는 책을 여는데, 사진 한 장이 툭 떨어졌다. 불어로 된 간판이 있는 허름하지만 운치 있는 어느 빵집의 사진이었다.

'그거 알아? 파리엔 100년 넘은 빵집이 있는데 아침 7시부터 그 집 바게트 빵을 사려는 사람들의 행렬이 50미터나 된대.'

'바게트 빵이 그냥 바게트 빵이지, 뭐가 특별해서 줄까지 서?'

'작가가 되겠다는 녀석이 이렇게 낭만이 없어요.'

'줄 서서 바게트 빵 사 먹으면 낭만 있는 거야? 무슨 논리가 그래.'

'눈 감고 떠올려 봐. 진한 빵 냄새, 투박하지만 전통이 배어 나오는 베이커리의 인테리어, 행복하게 빵을 기다리며 줄을 서 있는 사람들. 그림 죽이지?'

'음……. 안 떠올려진다.'

'메말랐어, 메말랐어.'

'가서 사 먹어 보자. 죽이나, 안 죽이나.'

'진짜?'

'진짜.'

스물세 살의 서준희와 송진후는 그 언젠가를 기약하며 부지런히 각 나라의 여행 책자를 모았었다. 당장 내일 떠날 것처럼 인터넷을 뒤져 가며 계획도 세워 보고. 하지만 두 사람이 함께한 것은 2004~2005시즌, 딱 한 해뿐이었다. 그런데 책장엔 2005~2006년부터 2013~2014년까지 매해 개정판으로 바뀌어 새로 발간된 여행 책들이 가득했다.

"그 빵집 없어졌다더라. 주인 죽고 뒤를 이을 후계자가 없어서."

소리 소문 없이 다가온 진후의 목소리에 정신을 차린 준희는 사진을 주워 책에 꽂아 넣고 덤덤하게 뒤돌았다.

"이 세상에 영원한 건 없다는 거지."

너랑 나처럼. 뒷말을 삼켰으나 진후의 표정은 썼다. 준희는 모른 척 진후의 손에 들린 종이쪽지를 턱짓으로 가리켰다.

"그건 뭔데."

"최한빈 연락처."

황당한 표정이던 준희는 지친다는 듯 한숨을 깊게 내쉬었다.

"오르지 못할 나무랬지. 너무 피곤해서 이해도 잘 안 돼?"

정말 이해가 안 되는 건지, 아님 무시를 하는 건지, 진후는 가만히 연락처가 적힌 쪽지를 내밀었다.

"해 봐. 한댔으니까 별말 없이 오케이 할 거야."

"한댔……다니?"

"얘기 끝났다고. 나랑."

준희의 얼굴이 볼썽사납게 구겨졌다.

"감독인 나도 모르게? 언제?"

"병원에서 나와 바로. 하고 싶다 그랬었어. 감독 의견도 들어 봐야 확답 줄 수 있다, 난 그랬었고. 근데 너 최한빈 좋아하잖아. 최한빈이랑 작품 한번 해 보는 게 소원이라며."

이것도 10년 전 얘기다. 천만 관객을 불러들였던 최한빈의 데뷔작을 보고 나서 한동안 장난처럼 했던 얘기. 과정이야 어쨌든 최한빈이면 다 덮어 두고 좋아해야 할 일인데 말이 삐딱하게 나갔다.

"다들 이래서 유명 작가랑 작업하고 싶어 하는구나. 몰랐네.

이런 좋은 점이 있을 줄. 그래서 진현이 역이 최한빈이면, 연서는 왜 이시은으로 가재? 넌 장소진이랑 일하고 싶어 했잖아. 장소진은 네 작품에 관심 없대?"

"장소진은 두 번째 드라마 할 때부터 불러 달라 그랬는데 사심이 섞여 있더라. 근데 난 장소진은 안 보이는데 어떡해. 이 얘기 들음 질투해 줬으면 좋겠다 싶은 서준희만 보이고."

한참 동안 진후의 얼굴을 바라보던 준희는 고저 없이 말했다.

"10년이 길긴 긴가 보다. 네가 낯선 거 보면. 그만해. 마주쳐 주지 않는 손뼉인데 나중에 지쳤다 원망 말고."

준희는 진후의 손에서 종이를 빼앗듯 낚아채고 그대로 몸을 돌려 현관으로 향했다. 신발에 발을 구겨 넣을 때였다.

"밥 먹고 가."

"싫어."

"혼자 먹기 싫어서 그래."

신발을 신고 현관에서 진후를 바라보던 준희는 휴대폰으로 배달이 되는 죽 집을 검색했다. 그리고 전화로 특 전복죽 두 개를 배달시켰다.

"하나는 배달이 안 되니까 두 개 시킨 거야. 먹어. 먹고 자고 일어나서 다시 써. 1분이라도 더 빨리 주면 좋고."

준희는 그대로 현관을 열고 밖으로 나왔다. 아치문을 열고 완전히 진후의 집에서 나와 차에 올라타려는데, 진후의 목소리가 발목을 잡았다.

"서준희! 넌 그거 모르지! 이런 나, 내가 10년이나 연습했다는 거! 안 지칠 거야! 절대로! 각오해, 서준희!"

테라스에서 고개를 빼고 온갖 힘을 다 짜내 소리치는 진후를 잠시 바라보던 준희는 차에 올라타 시동을 걸었다. 골목을 빠져나오는 내내 룸미러에 서 있기도 힘겨워 보이는 진후의 모습이 아른거렸다. 액셀러레이터 밟기를 주저하는 발, 룸미러에서 떨어지지 않는 시선. 한참 만에야 골목길을 빠져나온 준희는 참았던 숨을 내뱉었다.

말했어야 했는데. 네 지난 10년이, 너에게 난 왜 도피처였는지 조금도 궁금하지 않다고. 그런데 말하지 못했다. 진후는 분명 웃고 있었는데 웃는 것 같지가 않아서.

"인간미 없단 소리를 들어도 겨우 이 정도인 거지. 물러 터진 서준희."

"왔어요, 왔어! 최한빈!"

그러지 말라는데도 굳이 복도에 나가 서성이던 종우가 회의실 문을 열고 소리쳤다. 김 국장은 이게 꿈이냐, 생시냐 하는 표정으로 벌써부터 입이 귀에 걸려 있었다.

"안녕하세요. 처음 뵙겠습니다. 최한빈입니다."

톱스타답지 않게 최한빈은 의외로 예의 바르고 점잖았다. 톱스타의 거드름은 익히 들어 알고 있는지라, 줄줄이 소시지처럼 무리가 들어올 줄 알았는데 그가 대동한 사람이라고는 로드와 매니저, 딱 둘뿐이었다.

준희는 정중하게 최한빈이 내민 손을 잡았다 떼었다.

"안녕하세요. 〈그해 겨울〉 연출을 맡은 서…….."

"서준희, 감독님이시죠?"

되바라져 보이지 않게, 정중하게 말을 자른 최한빈은 특유
의 전매특허 미소로 생긋 웃었다.

"드라만 처음으로 아는데. 최한빈 씨가 우리 서 감독 이름은
어떻게…….."

궁금증을 풀어 놓은 건 김 국장이었다. 최한빈은 김 국장이
내민 손을 맞잡았다 떼며 그저 웃었다. 강한 거부가 느껴지는
웃음은 아니었지만 더 물어도 대답하지 않을 거라는 메시지 정
도는 담겨 있어 김 국장은 입을 다물었다.

"어쨌든 이렇게 최한빈 씨를 우리 방송국에서 처음 모시게
돼서 영광입니다."

"불러 주셔서 제가 영광이죠."

몇 마디의 인사치레가 더 오가고 분위기가 화기애애하게 무
르익어 갔다. 내친김에 계약서 도장까지 받아 오라는 눈빛의
압박을 가한 후 김 국장이 퇴장하고 나자 회의실엔 잠시간의
정적이 감돌았다.

"혹시 대본, 받으셨나요? 송 작가님께."

"아뇨. 안 주시던데요. 얼굴도장 찍고 감독님께 가서 받으라
구요. 뇌물로 술만 석 잔 얻어먹었습니다."

"뇌물……이요? 먼저 하고 싶어 하셨다고 들었는데."

살며시 미소 지은 최한빈이 뒤에 있는 매니저에게 눈짓을
했다. 매니저는 눈빛을 받자마자 들고 있던 쇼핑백을 최한빈에

게 건넸다. 쇼핑백을 건네받은 최한빈은 쇼핑백을 테이블 위에 올리고 준희 쪽으로 살짝 밀었다.

"뭐예요? 이게……?"

"술 석 잔 값이에요. 열어 보세요."

술 석 잔 값이 왜 자신에게 와야 하는지 모르겠지만, 준희는 일단 쇼핑백을 열었다. 안의 내용물을 꺼내 본 준희는 내용물과 최한빈을 번갈아 바라봤다.

"이건……."

"네. 맞아요. 제 데뷔작 〈내 이름은 JO〉 DVD."

10년 전, 이 영화가 처음 개봉을 했을 때만 해도 DVD가 귀하던 시절이었다. 워낙 인기가 많았던 작품이라 출시는 되었지만 금세 동이 나 구하지 못했던 작품이었다.

"이걸 왜 저에게."

"말씀드렸다시피 술 석 잔 값이에요. 배우한테 사실 처녀작은 감추고 싶은 존재거든요. 제 스스로도 별로 보고 싶지 않은데 다른 이에게 선물을 한다는 건 상상도 할 수 없구요. 그런데서 감독님이 그 영화 보고 제 팬이 되셨다고, 송 작가님께서 꼭 부탁한다고 하셔서요."

몇 날 며칠 중고 가게를 뒤지고 그래도 찾을 수가 없어, DVD방에 가서 제발 팔아 달라 사정도 했었다. 그런데 인기작이고 돈이 되는 작품이라 판다는 곳이 없어서 꽤 오랫동안 우울해했었다. 그걸 진후는 기억하고 있었나 보다.

진짜 독하게 연습했네, 송진후.

조금 아련한 마음으로, 조금 먹먹한 마음으로 DVD를 보던 준희는 조심스럽게 쇼핑백에 넣었다.

"이건…… 거절 못 하겠네요. 감사히 받겠습니다."

"만약 거절하셨으면 제가 곤란할 뻔했습니다."

준희는 쇼핑백을 내려두고 혹시 몰라 준비했던 1, 2부 대본을 한빈에게 내밀었다.

"1, 2부 초고예요. 들으셨는지 모르겠지만 초반은 10년 전 과거 얘기예요."

"네에."

"일단 송 작가님께선 4부까지 과거로 가신다 그러셨는데 아직 초고도 다 나온 게 아니라 몇 부까지나 이어질지 불확실하구요."

"네에."

한빈은 어떤 방향으로 갈 건지, 캐릭터는 어떤지, 전혀 묻지 않고 그저 고개만 끄덕였다. 정중하긴 한데, 송진후의 대본만 신뢰하는 듯하다면 지나친 생각일까.

"저, 궁금한 거 없으세요?"

말의 의미를 파악하려는 듯 가만히 눈길을 주던 한빈은 이내 알아들었다는 듯 부드럽게 미소 지었다.

"송 작가님께 어떻게 말씀을 전해 들으셨는지는 모르지만, 저 이 작품 송 작가님만 신뢰하고 고르지 않았어요."

"그럼……."

"서 감독님께 전화 받기 전에 감독님이 과거에 하셨던 작품들 봤습니다. 트렌디였어도 마냥 가볍지 않았고, 명확하게 전달하려는 메시지가 있어서 참 좋았습니다. 캐릭터 연구는 저도 열심히 해 보겠지만 아시다시피 드라마는 처음이라 부족한 면도 많을 거예요. 많이 도와주세요. 최선을 다해 따라가겠습니다."

모두 과거가 돼 버린 줄 알았다. 10년 전, 서준희와 송진후 사이에 존재하는 기억들은. 그런데 그건 아니었나 보다. 적어도 최한빈은 과거를 지나 현재가 되어 있었다.

편집실이 있는 6층의 자판기 앞, 네 여자가 동그랗게 모여 있었다.

"언니 대본 재밌다. 간만에 일할 맛 나겠네. 난 해요."

"민선이 가면 나도 세트지. 의상 가는 데 미용 안 가? 나도 합류."

남들이 보면 이상하다 싶을 방법이지만 어쨌든 저마다의 방법으로 나쁜 일을 극복해 낸 민선과 진영은 언제 자신들이 그랬냐는 듯, 프로의 모습으로 돌아와 있었다. 두 사람의 긍정에 고개를 끄덕인 준희는 경옥을 바라봤다.

"언니는? 할 거지?"

경옥은 설렁설렁 대본을 넘겨 보며 심드렁하게 대답했다.

"남자 주인공 최한빈이 한다며? 그래 봤자 난 코빼기도 못 보겠지. 편집실에만 틀어박혀 있느라."

"재밌게 잘 찍을게. 하자, 언니. 그림 좋으면 편집할 맛 난다며."

"그럼 뭐해. 그림의 떡, 최한빈. 영상으로만 봐야겠지."

단막 때부터 경옥과 일을 했지만 이런 적은 처음이었다. 종종 실수를 저지르긴 해도 일은 마다하지 않는 스타일인데. 뭘 어떻게 대처해야 할지 몰라 난감하기만 한데, 민선이 옆으로 와 속삭였다.

"경옥 언니가 최한빈 팬이에요. 데뷔 때부터. 실물 한 번 보는 게 소원이라고 그동안 그렇게 노랠 불렀는데 최한빈이 드라마를 안 했잖아요."

아. 준희는 민선에게 고맙단 뜻으로 눈을 찡긋했다.

"왜 영상으로만 봐. 언니도 우리 스태프인데. 야외는 무리더라도 세트 촬영 땐 와서 보면 되지."

민선의 조언은 적중했다. 실물을 볼 수 있다는 떡밥을 던지자마자 경옥이 언제 심드렁했냐는 듯 벌떡 일어나 눈을 빛냈다.

"정말? 정말 그래도 돼? 방해된다고 안 쫓아낼 거야?"

"쫓아내긴 왜 쫓아내. 언니도 우리 스태프라니까. 할 거지?"

"하지, 그럼. 당연히 하지!"

"조만간 첫 스태프 회의 소집할 거야. 그때 늦으면 안 된다. 너희들도."

고개를 끄덕이는 세 사람에게 등을 돌리자마자 복도 끝에서 종우가 뛰어왔다.

"감독님!"

"촬영, 조명, 소품, 섭외팀 어떻게 됐어?"

"국장님이 힘 좀 쓰셨나 봐요. 다들 우영 선배 꺼 하겠다 그러더니 저희 꺼 하겠대요."

준희는 한숨을 쉬며 고개를 끄덕였다. 스태프, 주연 배우들의 세팅이 끝났으니 이제 산 하나를 겨우 넘은 셈이었다.

"진짜는 이제부터야. 긴장해."

"네, 감독님."

기합이 바짝 들어간 종우와 나란히 드라마국으로 가며 준희는 휴대폰을 꺼내 진후에게 전화를 걸었다.

— 어, 준희야.

"이시연, 최한빈 오늘 계약서에 도장 찍는댔고, 스태프 세팅 끝났어요. 대본 빨리 나와야겠는데요, 작가님?"

— 그게 용건이야?

"네."

— 와, 치사하다 서준희. 그 DVD, 얼마나 비싼 DVD인 줄 알아?

"잘 모르겠는데요."

— 왜 자꾸 존댓말이야. 안 그래도 멀리 있는 서준희 더 멀게 느껴지게. 혹시 옆에 누구 있어? 조연출?

"네."

— 이봐, 이봐. 내가 맘에 안 든다니까.

"그래서 4, 5, 6부 대본은 언제 나와요, 작가님?"

— ……내일쯤.

"대본 재미없게 뽑혔어요? 대답이 영 시원하지가 않네."

— ……세 가지만 약속해. 울지 않는다고. 맘 아파하지 않는

다고. 미안해하지 않는다고.

"뭐?"

갑자기 튀어나온 반말에 종우의 시선이 준희를 향했다. 준희는 고개를 젓고, 먼저 들어가라고 턱으로 드라마국을 가리켰다. 종우가 이상한 눈초리로 바라보며 드라마국으로 먼저 사라지고, 준희는 다시 통화에 집중했다.

"무슨 말이야?"

— 난 그랬거든. 내가 너무 나만 생각하는 이기적인 놈이었던 거 같아서. 어렸다는 걸로는 변명이 안 돼서. 너도 내 상처 알고 나면 그럴까 봐. 그러지 말라고.

이럴 땐 어떤 말을 해야 할까 머리를 굴리고 있을 때였다. 갑자기 드라마국 내에서 커다란 고성이 들려왔다.

"서준희! 서준희 어디 있어! 이 계집애 어디 있어!"

준희는 휴대폰을 귀에 붙인 채 의아한 얼굴로 드라마국에 들어갔다.

"무슨 일이세요, 선배님?"

드라마국 중앙에 서서 잔뜩 열이 받은 얼굴로 서준희를 외치는 사람은 그녀보다 열 기수나 선배인 동찬이었다. 동찬은 준희를 발견하자마자 성큼성큼 다가가 다짜고짜 머리를 후려쳤다.

"감독님!"

"이동찬!"

종우와 김 국장이 준희와 동찬을 동시에 외쳤지만 너무 늦은 외침이었다. 너무도 갑작스럽게 일어난 일이라 미처 피하지 못한 준희의 몸이 책상에 부딪치며 한쪽으로 완전히 기울고 휴대폰이 바닥으로 곤두박질쳤다.

준희의 눈엔 전속력으로 달려오는 종우도, 김 국장의 움직임도 모두 슬로모션처럼 보였다. 그러다 순간적인 충격으로 이내 주위가 모두 까맣게 변하고 모든 소리가 차단됐다.

— 준희야. 서준희! 왜 그래. 무슨 일이야! 대답해, 준희야!

휴대폰 너머, 애타게 서준희를 부르는 진후의 목소리조차도.

"이동찬이 너 돌았어, 새끼야? 지금 시대가 어느 시댄데 어디서 손찌검이야! 감사실 불려가 감독질 못하게 돼야 정신 차릴래!"

"명퇴 따위 누가 겁내요! 손을 쓰나, 안 쓰나 감독질 못 해 먹는 건 매한가지잖아요!"

"이게 그래도 정신 못 차리고. 야 이 새끼야, 너 나와. 너 나와!"

김 국장이 기세를 꺾지 않는 동찬의 멱살을 잡아 질질 끄는 사이, 준희가 종우의 도움을 받아 책상에 의지하고 있던 몸을 일으켰다. 그것을 본 규동이 김 국장의 팔 한쪽을 끌어당겼다.

"뭘 나가서 해. 이미 일 벌어진 마당에. 나가서 하면 네가 저 자식을 팼는지, 달랬는지 알게 뭐야? 여기서 해, 여기서."

김 국장과 동찬을 멀찍이 떨어뜨려 놓은 규동은 문 앞쪽에 있는 조연출 두 명을 손가락으로 가리켰다.

"야, 너. 너. 지금 이 시간 이후로 드라마국엔 개미 새끼 한

마리도 못 들어오게 막아. 그리고 지금 여기 있는 놈들은 싹 다 얼음이다. 숨도 쉬지 마."

김 국장은 이게 뭐하는 짓이냐는 표정으로 규동을 쳐다봤다.

"왜. 감사실 끌려갈까 무서워 넌 못 패겠냐?"

심드렁한 얼굴로 피식 웃은 규동은 분하다는 듯 서 있는 동찬의 앞으로 다가갔다.

"이 악 물어, 개자식아."

피할 새도 없이 규동의 주먹이 동찬의 뺨을 향해 날아갔다. 한 번, 두 번. 바닥으로 나가떨어진 동찬의 멱살을 잡아 올려 세 번. 동찬의 입가가 터지고 나서야 몸을 일으킨 규동은 별거 아니란 얼굴로 손을 탁탁 털었다. 동찬은 터진 입가를 손등으로 거칠게 훔치고 몸을 일으키며 규동을 삐딱하게 바라봤다.

"왜, 나도 패게? 네 눈엔 나도 김 국장도 핫바지로 보이지? 방송국 밥 먹을 만큼 먹었다 인정 좀 해 줬더니 이게 아주 썩어도 제대로 썩어서는. 패 봐, 어디."

규동이 패면 얌전히 맞겠다는 듯 얼굴을 들이밀자 동찬이 억울하다는 얼굴로 뒷걸음질 치다 머리를 뜯었다.

"아으, 아으!"

"멍석 깔아 주면 패지도 못하는 게. 뭐해, 김 국장. 마른하늘에 날벼락 떨어진 서준희한테 상황 설명은 해 줘야 할 거 아냐."

준희는 규동과 동찬을 덤덤한 얼굴로 바라보다 진동이 세차게 울리고 있는 휴대폰을 바닥에서 주워 들었다. 김 국장은 규동과 동찬을 노려보다 국장실로 발길을 돌렸다.

"이동찬, 서준희 따라 들어와."

준희가 말없이 따라 들어가고 동찬이 마지못해 국장실로 들어가자, 규동이 드라마국 전체를 바라보며 차갑게 얼굴을 굳혔다.

"오늘 일 나불대고 싶으면 내가 이동찬이 팼다는 거까지 같이 나불대라. 이동찬이만 나불대서 쟤 혼자 짐 싸면 지금 이 자리에 있는 놈들, 싹 다 내 손에 아작 난다. 알아들었냐, 들?"

드라마국 내에 있던 사람들은 이게 무슨 상황이냐는 듯, 황당하다는 얼굴로 서로의 얼굴만 바라봤다.

"알아들었냐고 이 자식들아!"

규동이 다시 한 번 크게 소리치자 그제야 여기저기서 띄엄띄엄 네, 하는 대답이 튀어나왔다. 규동은 그제야 표정을 풀며 손뼉을 딱 쳤다.

"땡. 거기 문 앞 지키고 서 있던 놈들 들어오고 다들 업무로 복귀해."

규동은 느릿느릿 일거리를 찾아 나서는 후배들의 모습을 보다 국장실로 들어갔다. 국장실은 침묵만으로도 이미 살벌한 기운이 흐르고 있었다.

지잉, 지잉, 끊임없이 울리는 휴대폰을 바라보던 준희는 휴대폰 배터리를 분리해 주머니에 쑤셔 넣고 동찬을 바라봤다. 동찬은 한 대 팬 걸로는 분이 안 풀리는지 준희를 노려보며 연신 씩씩대고 있었다.

"너 혼자 다 해 처먹으니까 기분 째지냐?"

"너 이 자식 입 못 다물어!"

준희는 동찬을 무시하고 얼굴이 벌게져서 고래고래 소리를 지르는 김 국장을 바라봤다. 준희와 시선이 마주치자마자 기세가 수그러든 김 국장은 미치겠다는 듯 머리카락을 성마르게 쓸어 넘겼다.

"〈그해 겨울〉 공동제작사 위너프로덕션으로 확정됐다. 위너에서 이동찬이 꺼에 투자한댔다가 노선 바꾸는 바람에 이 자식은 물 먹었고."

이 바닥에선 흔하게 있는 일이다. 배우든 제작사든, 계약서에 도장을 찍기 전엔 추측 기사들이 아무리 난무해도 안면을 몰수하고 노선을 갈아타는 일쯤은 비일비재했다.

하지만 그건 감독 권한 밖의 일이다. 때때로 감독이 제작사와 의기투합해 투자 받기를 약속하고 작품에 들어가는 경우가 있긴 하지만 웬만한 인지도와 인맥이 없으면 힘든 일이었다. 이제 감독 3년차인 서준희도 아는 그 사실을 열 기수나 선배인 동찬이 모를 리가 없다. 준희는 덤덤하던 표정을 바꿔 차갑게 동찬을 바라봤다.

"다 위에서 한 일이니 너는 잘못 없다는 거냐?"

"네."

"그럼 이시은이는! 내가 이시은이한테 공들인다는 거 드라마국 내에 모르는 새끼 있어? 자그마치 반년을 공들였어. 찾아가서 설득하고, 빌고. 거의 다 왔었는데……. 위너도 너, 이시은이도 너! 돈 빠지고 배우 빠지면 그 작품은 엎어지기밖에 더 해!"

……몰랐다. 〈그 바람이 너에게 묻다〉를 끝내자마자 단막을 했고, 지금 방송되고 있는 정주의 드라마 B팀을 맡았다. 동료나 선배가 뭘 준비하고 있는지 알 시간도 없었지만 만약 한가했더라도 서준희는 몰랐을 거였다.

……아무도 서준희에게 그런 사사로운 이야기들을 해 주지 않으니까.

"송진후에 최한빈 세팅됐고 위너 돈까지 거기로 갔으면 이시은인 건들지 말았어야지! 네 배만 빵빵하게 부르면 다냐? 다른 사람도 아니고 같은 드라마국 후배 새끼가 선배 밥그릇을. 너 잘났다, 서준희. 부디 이번 거 대박 나서 너도 돈다발 왕창 안겨 준다는 외주로 빠지고, 영화로 빠지고, 한국 감독 왕 대접해 준다는 중국으로 진출해라."

후배 앞에서 눈물이 찔끔찔끔 나오는 게 쪽팔리는지 동찬은 고개를 숙였다. 김 국장과 규동은 그런 동찬의 모습에 아무 말도 하지 못하고 고개를 돌렸다. 그때, 갑자기 소란스러워진 드라마국 내의 소리가 국장실까지 새어 들어왔다.

"놔 봐. 서 감독님 어디 있어. 국장실이야? 이거 놓으라고!"

"이, 이러시면 안 됩니다, 작가님! 밖에서 기다리시면 감독님께……."

진후를 말리다 결국 국장실까지 밀려 들어온 종우가 준희와 눈이 마주치자마자 울상을 짓다 면목 없다는 듯 고개를 푹 숙였다. 준희는 주머니 속의 꺼 놓은 휴대폰을 바라보다 진후를 바라봤다. 얼마나 급하게 달려왔는지 진후는 집에서나 입을 법한 면 티와 추리닝 바지 차림에 슬리퍼를 신고 있었다.

"혹시 서 감독님 누구한테 맞았어요? 그렇습니까, 국장님?"

소리를…… 들었다. '무슨 일이세요, 선배님?'이라고 준희가 누군가에게 묻자마자 둔탁하게 울렸던 그 소리를. 그 순간부터 눈에 보이는 게 없었다. 고고한 작가의 체면이고 뭐고 무작정 차의 속도를 냈다.

"돈 없고 빽 없는 놈은 이 바닥에서 감독질도 못 해 먹지."

흥분해서 길길이 날뛰는 진후를 보며 서러운 마음을 토해 낸 동찬은 눈가를 거칠게 문지르며 국장실을 나가 버렸다. 진후는 정확한 상황을 파악하지 못해 동찬의 뒷모습을 바라보다 김 국장을 차갑게 노려봤다.

"국장님!"

김 국장은 당황한 얼굴로 종우에게 어찌 된 상황이냐고 묻는 눈짓을 했다.

"……감독님 송 작가님이랑 통화 중이셨습니다."

상황을 파악한 김 국장은 눈을 질끈 감았다 떴다.

"저기, 송 작가. 진정하고 일단 앉아서……."

그때 자리에서 일어난 준희가 진후에게 다가가 팔을 끌며 작게 속삭였다.

"나와."

진후는 준희의 팔을 뿌리쳤다. 준희는 다시 진후의 팔을 잡아당기며 속삭였다.

"나오라고. 나가서 얘기해. 죄송합니다, 국장님."

제 잘못을 대신 사과하는 준희의 정중한 태도에 진후는 화나고 분하단 얼굴로 김 국장을 노려보면서도 어쩌질 못하고 결국 질질 끌려 나갔다. 드라마국에서 로비를 거쳐 주차장까지 진후를 끌고 온 준희는 그의 차 앞에 멈춰 섰다.

"문 열어."

"대답 듣기 전엔 안 가. 너 맞았어? 그래?"

"박종우가 네 보조 작가고 국장님이 네 친구야? 반말에 국장실을 지 집마냥 멋대로 불쑥. 왜 자꾸 주제넘게 굴어, 너."

"서준희!"

"주연배우, 스태프 세팅 끝났댔지. 대본 빨리 나와야 한댔지? 너 여기서 이럴 시간 없어. 빨리 대본 내놔. 대본이 나와야 드라마를 찍지!"

진후는 아랑곳하지 않고 눈으로 빠르게 준희의 얼굴과 몸 곳곳을 살폈다. 다행인지 불행인지 특별한 상처는 없었다. 진후는 리모컨으로 차 문을 열어 조수석에 준희를 태우고 안전벨트까지 꽉꽉 동여맸다. 예상하지 못한 전개였던지라 두 눈 멀쩡히 뜨고 순식간에 당한 준희는 황당하다는 표정으로 진후를 바라봤다.

"뭐하는 짓이야? 대본 내가 써?"

"내리기만 해, 어디."

준희는 아랑곳 않고 안전벨트를 풀었다. 진후는 곧장 안전벨트를 다시 채웠다.

"작품 엎고 싶으면 또 풀어 보든가."

배우, 스태프, 제작사까지 세팅 다 끝났는데 이제 와서 어떻게……. 준희는 운전석에 올라타 어디론가 속도를 내며 달려가는 진후를 노려봤다.

"어디 가는 건데."

진후는 말없이 거칠게 핸들을 틀어 차선을 바꿔 가며 더욱 속도만 냈다. 가는 길이 진후의 작업실이 아니란 걸 알아차린 준희는 다시 진후를 노려보며 소리쳤다.

"어디 가는 거냐구!"

"……."

"사람 말이 말 같지 않아? 어디 가는 거냐……."

"병원! 병원! 병원!"

핸들을 내리치며 외친 진후의 고함이 차 안을 쩌렁쩌렁하게 울렸다. 준희는 입술을 깨물며 창가로 고개를 틀었다.

"보다시피 멀쩡해. 오버하지 말고 차 돌려."

진후는 정면을 주시하다 준희를 곁눈질했다. 준희는 표정 하나, 얼굴색 하나 바뀌지 않고 태연했다. 진후는 답답함에 창문을 활짝 열고 핸들을 쾅 내리쳤다.

"넌 무슨 여자가! 내가 고독사로 죽는 게 소원이면, 넌 맞아 죽는 게 소원이야? 맞는 게 우스워!"

"멀쩡해. 내가 멀쩡하다잖아! 차 돌리라구!"

"깨지고 찢어져서 피가 철철 흐르는 것보다 속에서 골병드는 게 더 무서운 거야. 난 서준희 골병드는 꼴 못 봐. 너, 나보다 오래 살게 할 거거든."

혹시 모를 사태를 대비해 뒷좌석의 문까지 수동으로 잠근 진후는 빠르게 병원으로 차를 몰았다. 가까운 종합병원 주차장에 차를 세운 진후는 제대로 주차도 하지 않고 차에서 내려 조수석 문을 열었다.

"내려."

준희는 고개를 운전석 쪽으로 틀며 안전벨트를 꽉 움켜쥐었다.

"내가 안고 가, 아님 네 발로 갈래."

"……."

"그래, 그럼. 내가 안고 가자. 사람들 이목 확 쏠리게."

힘으로 간단하게 안전벨트를 푼 진후는 준희의 다리 사이와 등 뒤로 손을 집어넣었다.

"가! 내 발로 간다고! 내려놔!"

막 시트에서 엉덩이가 떼어지려는 찰나, 준희가 소리쳤다. 진후는 손을 거두고 허리를 폈다.

"내려, 그럼. 서준희답지 않게 시간 끌지 말고."

준희는 차에서 내려 성큼성큼 병원 안으로 들어갔다. 외래엔 사람이 너무 많아 응급실로 향한 준희는 빈 베드 하나를 차지하고 털썩 앉았다. 곧, 한눈에 보기에도 인턴 티가 확 나는 의사 한 명이 다가왔다.

"어디가 불편해서 오셨어요?"

"맞았어요. 머리 한 대. 겉은 멀쩡해도 속은 골병들었을지도 모른다는데 수술이라도 할까요?"

생글생글 웃던 인턴의 얼굴이 애매하게 굳어 갔다. 인턴은 준희의 뒤를 따라 들어온 진후를 혹시, 하는 눈빛으로 바라봤다. 진후는 태연하게 준희의 옆에 섰다.

"때린 건 저 아니구요. 전 손 못 대요. 보는 것도 아까워서. 할 수 있는 검사는 다 해 주세요. 최소한으로 줄이지 마시고."

별 희한한 커플을 다 보겠다는 듯 인턴이 애매한 미소를 지었다.

"아, 네…… . 맞으신 부위가…… ."

"여기요. 오른쪽 윗머리."

준희는 빠르게 인턴에게 머리를 들이댔다. 인턴은 당혹스러운 표정으로 펜라이트를 꺼내 머리를 들여다보며 슬그머니 눌렀다.

"아프세요?"

"아니요."

인턴은 조금 더 세게 머리를 눌렀다.

"아프세요?"

"아니요."

"별 문제는 없어 보이는데 일단 접수 하시고 5층 방사선실로 가세요."

준희는 접수처로 가서 빠르게 접수를 하고 5층 방사선실로 향했다. 방사선실에서 엑스레이를 찍고 나오자마자 직원이 서쪽에 있는 CT실로 가라고 안내를 했다. CT까지 찍고 다시 응급실로 내려오자 판독기에 필름을 꽂아 그것을 보고 있던 인턴이 레지던트에게 물었다.

"이상 없죠?"

"어. 엑스레이 상에 이상 소견 없는데 CT는 왜 찍었어? 환자가 통증이 느껴진대?"

"아니요. 그게 아니라 보호자 분이 할 수 있는 검사는 다 해 달라셔서……."

부드러웠던 레지던트의 얼굴이 사납게 변했다.

"해 달란다고 무조건 다 해 줘? 나이롱환자나 받고 있을 만큼 너 한가해!"

레지던트에게 잔뜩 깨지고 있는 인턴을 바라보던 준희는 진후를 노려봤다.

"이제 속이 시원해?"

"어."

그때 울상이 된 인턴이 베드로 다가왔다.

"전혀 이상 없네요. 수납 창구 가서 병원비 지불하시고 조심히 돌아가세요."

준희는 베드에서 벌떡 일어나 응급실을 빠져나갔다. 그 뒤를 진후가 바싹 붙어 따랐다.

"네가 우긴 거니까 병원비는 돈 많은 네가 내."

"네가 낸다 그래도 내가 내. 차에 가서 기다려."

진후는 주머니에서 차 키를 꺼내 준희에게 내밀었다. 준희는 쳐다보지도 않고 쓰윽, 진후를 지나쳤다. 점점 멀어지는 준희와 수납 창구를 번갈아 바라보던 진후는 급하게 수납 창구로 뛰어 들어갔다. 수납 창구에 서 있던 20대 남성이 진후를 뭐냐는 듯 노려봤다.

"죄송합니다. 제가 좀 급해서요. 정말 죄송합니다. 여기요, 카드. 병원비 결제해주세요."

"네? 아, 네……."

당혹스러운 표정으로 카드를 받아 든 직원은 사인까지 받아내고서야 카드를 돌려주었다. 진후는 카드를 지갑에 넣을 새도 없이 준희가 빠져나간 입구 쪽을 향해 뛰었다.

"준희야, 서준희!"

빨리 한다고 했는데, 걸음이 어찌나 빠른지 준희는 이미 도로로 이어지는 내리막길 끄트머리를 걷고 있었다. 진후는 준희를 향해 달려가 어깨를 잡았다.

"왜 걸어가. 데려다줄게."

"왜. 또 협박하게? 이번엔 뭐로 협박할 건데. 검사 결과 이상한 거 같으니 입원해서 치료라도 받으라 그럴 거야? 냐, 이거. 하라는 대로 검사 다 받았으니까 4, 5, 6부 대본이나 가지고 와."

준희는 진후의 손을 차갑게 걷어 내고 다시 걷기 시작했다. 그 뒤를 진후가 조금 떨어져 따라 걸었다.

한참을 걸어 준희가 어느 시장 앞에 당도했을 때였다.

"감사실에 보고해. 경찰서에 폭행죄로 고소하면 더 좋고. 법이 강화돼서 한 대라도 구속하고 벌금 물릴 수 있어. 그러면 자연히 방송국에선 나가게 될……."

앞만 보고 걷던 준희가 불현듯 걸음을 멈추고 뒤를 홱 돌았다.

"스파이더맨, 슈퍼맨, 아이언맨, 배트맨 중에 하나만 골라 봐."

"뭐?"

"히어로들 중에 어느 히어로가 가장 마음에 드냐고."

"……아이언맨."

"3편까지 다 봤어?"

"3편은 아직. 2편까지만."

"그래서 넌 고소란 말이 그렇게 쉬운 거야."

"그건 또 무슨, 준희야! 서준희!"

준희는 들은 척도 않고 다시 몸을 돌려 시장 안으로 들어갔다. 한참을 걷다가 어느 떡볶이 집 앞에 멈춰 선 준희는 어묵 꼬치 하나를 집어 들었다.

"배고프면 말을 하지. 왜 이런 걸로 끼니를 때워."

말은 그렇게 하면서도 진후는 준희의 옆에 서서 어묵 꼬치 하나를 집어 들었다. 준희는 어묵을 먹으며 작은 텔레비전으로 드라마를 시청하고 있는 주인아주머니를 바라봤다.

"아이고, 저걸 어째. 저 불쌍한 것을. 쳐 죽여도 시원찮을 놈."

아주머니가 손님이 온 줄도 모르고 푹 빠져 보고 있는 드라마는 요즘 명작 특선으로 낮에 재방송을 해 주고 있는 동찬의 5년 전 드라마였다. 당시엔 톱 배우가 출연하는 사극과 맞편성이 붙어 시청률은 좋지 못했지만 대본이나 연출, 배우들의 연기는 훌륭한 드라마로 평가받고 있었다.

준희는 고개를 돌려 앞집 과일 가게를 바라봤다. 떡볶이집 주인아주머니와 마찬가지로 과일 가게 아주머니 역시 텔레비전 앞에 딱 붙어 동찬이 만들었던 드라마를 보고 있었다.

"아휴, 아휴. 거기 있으면 안 되는데……. 또 시엄니가 지랄지랄하겠네."

그때 과일 사이로 날아다니는 파리들을 총채로 쫓던 주인아저씨가 텔레비전을 확 끄며 아주머니에게 소리쳤다.

"이 여편네가 진짜. 드라마가 밥 먹여 줘! 장사 안 할 거야!"

"지금 이 시간엔 손님도 없는데 왜 난리예요! 당장 텔레비전 켜요! 요새 이거 보는 낙으로 사는구만!"

누구에게나 하나쯤은 히어로가 존재한다. 그게 누군가에겐 아이언맨 같은 로봇일 수도 있고, 또 누군가에겐 주위에 존재하는 누군가일 수도 있고, 또 다른 누군가에겐 일주일에 120분밖에 방송되지 않는 드라마가 될 수도 있다. 그러나 지금 이 순간, 적어도 두 주인아주머니의 히어로는 팍팍한 삶에 작은 활력소를 불어넣어 준 동찬이다.

준희는 꺼 두었던 휴대폰을 켜서 문자 메시지를 확인했다. 박종우, 박종우, 국장님, 규동 선배님, 박종우, 박종우……. 끊임없이 들어오는 캐치콜 목록을 보는데, 종우에게서 전화가 걸려 왔다.

"어."

— 어디세요, 감독님? 아직도 송 작가님이랑 얘기 중이세요?

준희는 진후를 힐끔 쳐다보고 다시 정면을 바라봤다.

"아니야. 괜찮아, 얘기해."

— 저…… 규동 선배님이 동찬 선배 데리고 방송국 앞 막창집에 가 계신다구요. 감사실에 보고해서 목 날아가게 할 마음 아니면 와서 한잔하시라고…….

"알았어."

통화를 마친 준희는 주머니에서 천 원짜리 두 장을 꺼내 아주머니 옆으로 밀어 넣어 두고 시장을 빠져나왔다. 그리고 대로변에 서서 택시를 향해 손을 흔들었다.

"어디 가는데. 응?"

준희는 손을 내리고 진후를 바라봤다.

"계속 따라올 거야?"

"어."

"대본 안 써?"

"지금 들어가 봤자 어차피 글 안 써져. 서준희 걱정돼서. 이왕 기다려 준 거 하루만 더 기다려 줘."

"기다리면. 모레는 확실히 나오긴 해?"

"……아마도."

내일은 조금 덜 걱정되면. 뒷말은 삼켰지만 준희는 알아들은 건지 별말 없이 택시를 잡았다. 진후는 준희가 택시에 올라타자마자 잽싸게 따라 올라탔다.

"아저씨, K국이요."

"다시 방송국으로 가게?"

"내가 너 일단은 내버려 두는데, 또 성질 못 이기고 주제넘

140

게 굴 거 같으면 지금 내려."

"……아깐 내가 실수했어. 국장님껜 따로 사과드릴게."

"내 스태프한테 반말한 건?"

"……이제 안 해. 실수했어, 내가."

K국 앞에 택시가 부드럽게 서자마자 택시비를 건넨 준희는 곧바로 막창 집으로 향했다. 아직 채 해가 지지 않은 이른 시각, 방송국 앞 막창 집엔 손님이라고는 규동과 동찬, 김 국장이 자리한 테이블이 전부였다. 입구에 들어선 준희는 찌그러진 알루미늄 테이블 위를 굴러다니는 다섯 개의 소주병을 바라봤다.

"선배님, 저 서운합니다. 선배님만큼은 제 맘을 알아주실 줄 알았는데."

동찬은 규동에게 터진 입술을 들이밀었다.

"이거, 이거 보십쇼. 우리 마누라가 내 얼굴 하나 때문에 지금까지 갖은 고생 다 참아 가며 산다 그랬는데."

규동이 미안한 기색을 감추며 동찬의 입에 막창 하나를 구겨 넣었다.

"네 얼굴이 잘생기긴 뭘 잘생겼어. 기분 좋으라고 제수씨가 해 주는 말을 곧이곧대로 믿냐, 넌?"

동찬은 씁쓸하게 웃고는 소주 한 잔을 비웠다.

"저도 인정하고 싶지 않은데 어쩝니까. 제 동기인 성배, 영훈이, 석필이 아시죠? 성배는 3년 전에 외주에서 콜 받아 나갔고, 영훈이는 줄줄이 대박만 터트리더니 사표 쓰고 나가 작년

에 영화감독으로 데뷔했고, 석필인 중국에서 돈다발 들이밀며
제발 드라마 좀 만들어 주십쇼, 해서 애들까지 데리고 중국 갔
고. 근데 우리 마누라는 아직도 전세 대출금 갚느라 변변한 옷
도 한 벌 못 사 입습니다.”

축 처진 동찬의 모습에 적잖이 당황한 규동이 그의 빈 잔에
술을 꽉꽉 눌러 따랐다.

“이 자식은 술맛 떨어지게 무슨 그런 꿀꿀한 얘길. 야, 마셔,
마셔.”

동찬은 단숨에 술을 비워 내고 이번엔 김 국장을 바라봤다.

“저요, 국장님. 이번 꺼 진짜 잘해서 상여금 좀 두둑이 받고
싶었습니다. 누구처럼 외주, 영화감독, 중국 진출, 이런 거 꿈
꾼 거 아니란 말입니다. 그냥 우리 마누라 대출금 걱정 좀 덜어
주고 싶었고, 우리 아이들 예쁜 옷 한 벌씩 해 주고 싶었고. 그
게 그렇게 잘못된 겁니까?”

하지만 히어로도 때론 외롭다. 정체가 밝혀지면 소중한 사람
들이 다칠까 두려워 자신을 숨기는 배트맨처럼. 웜홀에 다녀온
트라우마로 두려움을 느끼는 연약한 존재가 된 아이언맨 3의
토니 스타크처럼.

준희는 천천히 테이블로 다가가 규동과 김 국장 사이에 자
리를 잡고 앉았다.

“어, 서준희! 이 자식 내가 올 줄 알았다. 받아, 받아.”

반쯤 남아 있는 술을 들이켜고 규동이 잔을 내밀었다. 준희
는 술을 가득 받아 한 번에 들이켰다.

"그래, 그래. 내가 널 어떻게 키웠는데. 이 정도로 삐뚤어질 녀석이 아니지. 자, 내 잔도 한잔 받아라."

이번엔 김 국장이 제 잔을 내밀었다. 이번에도 준희는 한 번에 들이켰다. 잔을 내려놓자마자 시선을 살짝 피하고 있던 동찬이 제 잔을 만지작거리며 말했다.

"너…… 내가 술 주면 받을 거냐?"

"아니요. 저 뒤끝 있어요. 선배님이 싫어하시는 계집애라."

"야, 이게 또 사람 잡네. 내가 언제 너 계집애라고 싫어했어? 애초에 널 계집애라고 생각했으면 그렇게 손이 먼저 나가지도……."

그 말은 좀 아니라는 듯 규동이 동찬의 옆구리를 푹 치자, 동찬이 머쓱하게 머리를 벅벅 긁었다. 그 모습을 가만히 바라보고 있던 준희는 동찬의 잔을 가져와 쭉 팔을 뻗었다.

"주세요, 술."

"어? 어, 어."

동찬이 어색하게 술을 따르고 세 사람의 시선이 모두 준희를 향했다. 이 술을 마신다는 건, 오늘 일을 모두 잊겠다는 뜻이라는 듯이. 준희는 가만히 잔을 테이블에 내려놓고 동찬을 바라봤다.

"저 이번 드라마 할 거예요. 위너에서 투자 받고, 방송국 돈도 받고, 이시은도 데리구요."

"그래, 그래. 너 잘났다 그랬잖아."

"빵빵하게 투자 받아서 우리 스태프들 빵 우유 안 먹이고 밥차 불러 끼니 챙겨 줄 거고, 돈 천만 원 아끼려고 100명 넘는 우리 스태프들 3일 동안 세 시간 재우고 굴리는 짓, 안 할 거예요."

"……."

"대신 잘 찍을게요. 엎어진 선배님 드라마 몫까지. 시청률도 최대한 잘 뽑아 볼게요."

처음 방송국에 입사하던 날, 할머니가 말씀하셨다. 무슨 일을 하든 절대 남의 밥줄 끊어 먹을 일은 하지 말라고. 조금 화난다고, 조금 편하자고 남의 밥줄을 끊어 놓으면 절대로 두 발 뻗고 잘 수 없다고. 오늘에서야 할머니의 그 말을 이해했다.

준희는 동찬이 따라 준 잔을 들고 한 번에 들이켰다. 그리고 동찬에게 다시 잔을 내밀었다. 동찬은 살짝 물기가 들어찬 눈으로 술을 받았다.

"저쪽 분과 일행 아니세요? 의자 하나 더 놔 드릴까요?"

그 모습을 입구에 서서 바라보고 있던 진후는 조심히 다가와 말을 건네는 종업원에게 고개를 저었다.

"아닙니다. 제가 낄 자리가 아닌 것 같네요."

진후는 조용히 막창 집을 빠져나와 길 건너에 멈춰 섰다. 그리고 주거니 받거니 술을 마시는 준희를 물끄러미 바라보며 미소 지었다.

"예쁘다, 서준희. 더 욕심나게."

#씬 6

　"야, 서준희. 절대로 그냥 넘어가면 안 돼. 이건 고소 감이라 니까? 우리가 지지해 줄게."

　"어, 지지해 줄게. 이동찬 선배, 동기들은 다 잘 풀려서 방송 국 나갔는데 자기만 만날 죽 쑨다고 열등감 장난 아니잖아. 그 걸 왜 후배한테 풀어? 이건 아니지."

　드라마국이 있는 9층의 자판기 앞, 준희는 동전을 찾으려고 주머니에서 손을 넣다 갑자기 다가와 친근하게 말을 거는 박병 호와 구정식을 바라보며 인상을 썼다. 언제부터 그렇게 돈독한 사이였다고 이럴 때만 단합의 힘을 보여 주자는 박병호와 구정 식이 한심하게 느껴졌다. 준희는 박병호와 구정식을 무시하고 주머니 깊숙이 손을 넣어 돈을 꺼냈다.

　"우린 규동 선배 때문에 입 막혔어도 넌 아니잖아. 이번 기회에 그냥 질러."

"감독을 감독 대접 안 해 주는 선배는 그래도 싸다……, 헙."

그런데 동전이나 천 원짜리가 없었다. 오천 원짜리와 만 원
짜리 밖에 없어 발길을 돌리려던 차, 재잘재잘 떠들던 구정식
이 갑자기 제 입을 틀어막았다. 무슨 일인가 싶어 고개를 돌리
는 사이, 자판기 안으로 동전 두 개가 들어가는 소리가 들렸다.
준희는 자판기 레버에 들어온 빨간불과 입금액 천 원이라고 표
시된 곳을 바라보고 발소리가 나는 쪽으로 고개를 돌렸다.

……동찬이었다. 제가 한 일이 영 머쓱한지 동찬은 뒷머리
를 박박 긁으며 빠르게 복도를 벗어나고 있었다. 준희는 희미
하게 미소 지으며 소리쳤다.

"잘 마실게요, 선배님!"

그 외침을 들은 동찬의 걸음이 우뚝 멈췄다. 잠시 그렇게 서
있던 동찬은 작은 움직임으로 손을 들어 보이고 드라마국으로
사라졌다. 준희는 마시려던 음료수 칸의 레버를 누르고 반출구
에 손을 넣었다. 그때 얼빠진 표정으로 상황을 지켜보고 있던
박병호가 딴지를 걸었다.

"뭐냐, 이 상황은? 네가 언제부터 동찬 선배랑 그렇게 친
했어?"

"설마 그냥 넘어가기로 벌써 합의 본 거야?"

준희는 허리를 펴며 차갑게 박병호와 구정식을 바라보곤 발
길을 돌렸다. 드라마국으로 유유히 사라지는 준희를 보던 박병
호와 구정식은 서로의 얼굴을 보며 중얼거렸다.

"뭐야……. 다 지 걱정돼서 한 말인데 왜 한심하게 봐?"

"그보다…… 서준희 방금 웃지 않았냐? 동찬 선배한테 이렇게 이쁘게, 여자처럼."

구정식이 박병호에게 방금 준희의 미소를 흉내 내며 얼굴을 들이밀었다.

"어, 웃었어. 너처럼 징그럽게 안 웃고 이쁘게, 여자처럼."

구정식은 새빨갛게 달아오른 얼굴로 재빨리 표정을 풀며 물었다.

"근데 우리한텐 왜 안 웃어?"

"……동전을 안 줘서?"

아, 소리를 내며 구정식이 잔뜩 아쉬운 얼굴로 주머니에서 우르르 동전을 꺼냈다.

"나 동전 많은데."

그 모습을 보던 박병호도 제 주머니에서 동전을 우르르 꺼냈다.

"내가 더 많아."

박병호와 구정식이 드라마국의 덤앤더머라는 걸 인증하고 있는 사이, 드라마국으로 들어온 준희는 달려오는 종우를 발견하고 걸음을 멈췄다.

"오셨어요, 감독님?"

"어. 세트 담당자 분 오셨어?"

"네, 저기요. 기다리고 계세요."

준희를 발견한 담당자가 일어나서 인사를 건네 왔다. 준희도 고개를 숙여 미리 인사를 건네고 종우를 다시 바라봤다.

"송 작가님한테 연락 없지?"

"네. 아직요⋯⋯. 세트 지어지기 전에 4부까진 나오겠죠?"

모레면 나온다는 대본이 깜깜 무소식인지 벌써 나흘째였다. 준희의 입에서 절로 한숨이 쏟아졌다. 16부작 미니의 경우엔 1, 2부만 나와도 촬영에 들어가는 경우가 많지만 〈그해 겨울〉은 4부까지가 과거의 얘기고 5부부터 현재로 진행되는 만큼 되도록 현재의 대본까지 나온 후 촬영에 들어가고 싶었다. 그런데 아무래도 무리일 것 같았다. 준희는 종우를 뒤로하고 세트 담당자에게 다가갔다.

"〈그해 겨울〉 연출 서준희입니다."

"'공간'의 민영기입니다."

준희는 영기가 건넨 명함을 받고 악수를 한 후, 그와 마주하고 앉았다.

"1, 2부 대본은 받으셨죠? 오늘 도면 보여 주신다고 하셨는데. 가져오셨어요?"

"네, 여기요."

영기가 커다란 화구통에서 돌돌 말린 전지를 꺼내 건넸다. 준희는 일어나 두 장의 전지 중 첫 번째 전지를 쭉 폈다. 그 모습을 보던 영기가 같이 일어났다.

"1, 2부에선 세트가 진현이네 집, 영화 동아리 방이 일단 급하다고 하셔서 그것부터 만들어 왔습니다. 지금 펼치신 건 진현이네 집이구요."

준희는 찬찬히 도면을 살폈다. 천장이 유난히 높고 테라스가 유난히 넓은, 벽면을 전부 책장으로 채울 수 있을 만큼 넓은 거실. 진후의 집을 상상하며 도면을 살펴보던 준희는 고개를 끄덕였다.

"기본적으론 좋은데 테라스가 조금 더 컸으면 좋겠어요. 식물들이 많이 들어가야 하거든요. 테라스의 난간은 꼭 하얀 철제로 만들어 주시구요."

영기가 수첩을 꺼내 메모를 하며 고개를 끄덕였다.

"네, 알겠습니다."

준희는 전지를 돌돌 말아 옆에 두고 동아리 방의 도면을 폈다. 여기저기 페인트칠이 벗겨졌던 벽면, 숨이 푹 꺼져 있던 소파, 구석의 그 소파에서 늘 책을 읽고 있던 진후의 모습까지.

"동아리 방은 좋네요. 페인트칠만 조심해 주세요. 너무 완벽하게 하지 마시고 손때도 군데군데 넣어 주시구요."

영기가 다시 메모를 하곤 고개를 끄덕였다.

"알겠습니다."

"1차 미팅 때 말씀드렸지만, 시간이 많이 없어요. 야외촬영부터 들어가도 보름 안엔 지어 주셔야 해요."

"네. 저희 쪽에서도 이번 〈그해 겨울〉 세트에 총력을 기울이고 있습니다. 저희가 워낙 규모가 작아 이제껏 계속 물 먹었었는데 이번에 서 감독님이 저희를 믿고 맡겨 주셔서 얼마나 감사한지 몰라요. 실망시켜 드리지 않겠습니다."

"잘 부탁드릴게요. 3부 이후 대본은 책 뽑는 대로 바로 보내

드릴게요. 그때도 미리 잘 부탁드려요."

"네, 걱정하지 마세요."

영기가 전지를 접어 화구통에 넣으며 건너편 자리를 힐끔거렸다. 영기의 시선을 따라 준희의 시선도 건너편 자리로 향했다. 대본을 읽으며 눈물 콧물 다 짜내는 우영을 바라보던 준희는 그 옆에서 같이 눈물 콧물을 짜고 있는 종우에게 물었다.

"너 거기서 뭐해?"

종우가 눈물을 쓱쓱 닦다 말고 고개를 들었다.

"아, 감독님. 우영 선배님 1, 2부 대본 나왔는데요, 잠깐만 본다는 게 그만……. 일곱 살짜리 딸이랑 싱글맘 얘긴데 엄청 슬퍼요."

그때 지나가다 그 말을 들은 규동이 우영과 종우의 머리를 대본으로 밀며 혀를 찼다.

"아예 그 안으로 들어가라, 들어가. 찍는 사람이 감정에 휘둘려 그럼 안 된다고 골백번 얘기해도 들어 처먹질 않지. 감독은 객관적으로 보고 이게 시청자한테 먹힐지 안 먹힐지 계산해야 된다고 내가 그랬냐, 안 그랬냐? 뭐 좋은 거라고 그런 건 배워 가지고. 박종우 너도 성공하긴 글렀다."

감독이 대본을 대하는 자세에도 여러 가지가 있다. 일부는 규동처럼 절대 극의 상황에 빠지지 않고 계산을 하고, 또 일부는 우영과 종우처럼 현실과 극의 경계를 구분하지 못해 눈물을 흘리고 자지러지게 웃기도 한다.

어느 쪽이 더 성공을 할 수 있다 규동처럼 장담은 할 수 없지만 준희는 규동과 비슷한 전자 쪽이었다. 어떤 대본을 받든 현실과 극의 경계를 명확하게 구분 짓고 나의 모든 개인사는 철저히 배제한다.

준희는 두 사람을 이해할 수 없다는 눈빛으로 고개를 젓고 영기를 바라봤다.

"신경 안 쓰셔도 돼요."

"아, 네. 그럼 전 이만 가 보겠습니다."

영기는 전지가 든 화구통을 벽에 꼿꼿하게 세워 두고 허리를 폈다.

"조심히 돌아가세요."

영기가 드라마국을 빠져나가는 모습을 바라보는데, 주머니에서 휴대폰이 진동했다. 휴대폰을 꺼내 발신인을 확인하니 진후였다.

"일 이런 식으로 할 거야? 세트 도면까지 나왔어. 대본 빨리……."

— 지금 넣었어, 4, 5, 6부 대본. 예전에 네가 쓰던 메일로 넣었는데 아직 그거 쓰나 모르겠다. 확인……해 봐.

어쩐지 진후의 목소리가 잔뜩 가라앉아 있었다. 마치 꼭 운 사람처럼. 자초지종을 물어볼까 하다 일단 대본이 급해 준희는 얼른 컴퓨터 앞에 앉아 메일부터 확인했다.

"들어왔네. 읽어 보고 다시 걸게."

— 준희야.

전화를 막 끊으려는 참에 들려온 부름에 준희는 다시 휴대폰을 귀에 붙였다.

"왜."

— ……그래도 난 너랑 함께했던 시간이 있어서 덜 아팠어.

"무슨 말이야?"

— ……대본 읽어. 읽고 통화하자. 나 전화 기다린다.

준희는 휴대폰을 내려놓으며 바로 프린트 버튼을 누르고 복사기 앞으로 빠르게 다가갔다. 한 장, 한 장, 복사기에서 토해내는 종이의 속도가 더디게만 느껴지기를 수 분, 이윽고 복사기가 마지막 종이를 토해 내자마자 준희는 빠르게 집어 들고자리로 갔다. 4, 5, 6부 대본을 나눠 집게로 분류하고 4부의 중간 부분부터 펼친 준희는 본격적으로 대본을 읽어 내려가기 시작했다.

4부 38씬에서 진현과 연서가 헤어진 그 장면의 다음은 10년 후로 넘어가 서른세 살이 된 진현이 어느 영화 제작사의 사무실에 있는 씬부터 시작됐다.

두 개의 시나리오를 써서 8백 만과 천만 관객을 모은 진현은유명 제작사 오너에게 새 시나리오를 우리와 같이 작업했으면 좋겠다는 제의를 받고 있었다. 준희는 살짝 인상을 쓰다 피식웃어 버렸다.

"송진후가 무슨 시나리오작가가 됐어. 팩트로 가겠다더니, 하여간."

준희는 매몰차게 거절하고 나오는 진현의 모습이 그려진 씬을 읽어 내리고 다음 장으로 넘겼다.

#씬40. 산 속의 조용한 무덤가. 오후.

"……무덤?"

준희는 다시 대본을 읽어 내렸다.

진현, 무덤가에 소주 뿌려 주고, 털썩 주저앉아 무덤에 기대 소주
한 모금 마시고.

진현; 엄마, 나 왔어. 오랜만이지? 내가 좀 바빴어. 영화 두 개 잘됐
    다고 여기저기서 다들 오라고 난리네. 아들이 잘돼서 그런 거
    니까 별로 안 서운하지? (무덤 힐끗 바라보는데 대답 없어 서글픈,
    애써 씩씩하게) 오늘은 엄마한테 한 가지 보고할 게 있어. 엄마
    연서 알지? 내가 엄마한테 올 때마다 이쁜 연서, 이쁜 연서,
    그랬었잖아. 나, 이제 용기 내서 연서 앞으로 가려고. 근데 엄
    마……, (소주 한 모금 마시고) 나 사실 좀 겁나. 연서가 날 아직
    기억하고 있을까? 웃어…… 줄까?

……웃어 주지 않았다. 가라고, 작품은 딴 감독이랑 하라고
소리쳤었다. 준희는 입술을 깨물며 다음 장으로 넘겼다.

진현, 서글프게 소주 마시고 핸드폰 꺼내 어디론가 전화 거는.

진현; 저 김진현입니다. 다음 영화, 같이하겠습니다. 단, 조건이 있
　　　 습니다. 감독은 반드시 하연서 씨여야만 합니다.

　제법 큰 영화사에서 일을 하고 있는 서른세 살의 연서가 오
너에게 감독으로 데뷔시켜 주겠다는 이야기를 듣고 좋아하며
사장실을 나오고, 그 모습을 조금 먼발치에서 바라보는 진현의
모습에서 4부가 끝이 났다.
　준희는 빠르게 4부를 내려놓고 5부를 집어 들었다.
　서준희와 송진후가 그랬듯, 극중 진현과 연서는 영화사 오
너의 주제 하에 영화감독과 시나리오작가로 10년 만에 재회하
게 된다. 연서는 자신들의 지난 연애를 영화로 만들자는 진현
의 제의가 마음에 안 들지만 데뷔가 걸려 있어 어쩔 수 없이 제
의를 수락한다. 그리고 10년 전 두 사람이 헤어진 이유 중, 진
현이 먼저 연서의 사정을 알게 되는 부분까지가 5부의 내용이
었다.
　준희는 할머니가 입원한 병실 앞에 혼란스러운 얼굴로 앉아
있던 진후를 떠올리며 5부의 대본을 덮고 6부를 집어 들었다.

#씬12. 진현의 집 침실. 밤.

　넓은 침대에 누워 악몽을 꾸는 진현.
　땀 뻘뻘 흘리며 손을 허공에 휘젓는.

#씬13. 26년 전 과거 ─ 고급 주택, 진현의 방+거실. 밤.

진현 모, 동화책 읽어 주다 일곱 살의 진현 바라보면. 진현, 이미 깊게 잠들어 있고. 진현 모, 책 덮고 진현의 볼에 뽀뽀해 주고 불 끄고 거실로 나오면. 진현 부, 술에 잔뜩 취해 현관으로 들어오는.

진현 모; (진현 부 재빨리 부축하며, 여자 향수 냄새 진동하지만 모른 척하며 덤덤하게) 무슨 술을 이렇게 많이 마셨어요.

진현 부; 이거 놔! (진현 모 밀쳐 넘어뜨리고) 너 따위가 대체 집에서 하는 일이 뭐야! 내가 벌어다 준 돈으로 밥이나 축내고! 옷이나 사 입고! 지 서방은 강의실에 몇 시간을 서서 입이 부르트게 했던 말 또 하고, 또 하는데!

진현 부, 소파에 널브러진 진현 모 발로 걷어차고 뺨을 때리는. 그때 잠에서 깬 진현, 방문 살짝 열고 그 모습 보게 되는. 진현 모, 진현과 눈이 마주치자마자 맞다가 사색이 되는.

진현 모; 진현아 얼른 들어가! 얼른! 엄마 괜찮아!

진현 부, 때리던 거 멈추고 진현 노려보고.
진현, 겁에 질린 얼굴로 방문 닫고 침대에 이불 뒤집어쓰고 오들오들 떨며 우는.

#씬14. 26년 전 과거 ─ 진현의 집 거실. 다른 날 낮.

진현, 집 안으로 들어서자마자 유치원 가방 내려놓고 엄마의 얼굴, 팔, 다리부터 확인하는. 진현 모, 상처 없는.

진현 모; (맘 아프게 진현 보다, 진현과 눈 맞추고) 엄마 괜찮아. 그날은
　　　 아빠한테 잠깐 나쁜 악마가 씌어서 그런 거야. 악마 알지?
　　　 우리 진현인 똑똑하니까.
진현; (의심스러운 얼굴로 고개 끄덕이는)

#씬15. 26년 전 과거 ─ 진현의 집, 부엌. 밤.

만취한 진현 부, 진현 모 패고. 진현 모, 도망쳐 부엌으로 들어오는데 싱크대에 가로막힌. 진현 모, 오들오들 떨며 진현 부 바라보는. 진현 부, 손에 짚이는 대로 다 집어 던지다 개수대에 부엌칼 발견하고 집어 드는.

그때, 눈 비비며 진현 부엌으로 들어오는. 진현 모, 진현 발견하고 칼과 진현 번갈아 보다 진현 부 밀치고 진현에게 달려가는.

진현 모; (진현 현관 쪽으로 밀며) 도망가, 진현아! 경찰서든 어디든 가
　　　 있으면 엄마가, 엄마가 꼭 찾으러 갈게. 어서!
진현; (칼 들고 부엌에서 나오는 진현 부 발견하고 두려움에 차 엄마 손 잡
　　　 아끄는)

진현 모; (뒤돌아 거의 다 따라온 진현 부 발견하고, 진현 무조건 현관으로
    미는) 얼른 가! 얼른!

#씬16. 26년 전 과거 — **조용한 주택가 거리. 새벽.**

진현, 맨발로 정신없이 어디론가 뛰어가는.

#씬17. 26년 전 과거 — **파출소. 새벽.**

잠옷 차림의 진현, 안으로 뛰어 들어오고. 놀란 순경, 진현에게 다
가가.

순경; 꼬마야 무슨 일이니?
진현; (숨 헐떡이며) 엄마가, 엄마가 죽어요. 아빠한테 죽어요, 아저
    씨. 살려 주세요, 우리 엄마 살려 주세요!

(시간 경과)

진현 모, 진현 부, 경찰서에 와 있고. 진현 모, 머리가 조금 흐트러
진 거 외엔 멀쩡한.

진현 부; (차분하고 정중하게) 오햅니다. 칼이라뇨. (양복 안주머니에서
    명함 내밀며) 저 이런 사람입니다.

순경; (명함 받아 보면, OO대학교, 교수 김진석 쓰여 있는, 진현 부 여전히
　　　 의심스럽게 보고, 진현 모 보며) 아내 분이 말씀해 보세요. 정말
　　　 아드님의 오햅니까?
진현 모; (구석에 앉아 있는 진현 보고, 진현 부 한 번 보고, 고개 숙이고)
　　　 ……네. 오해예요. 그런 적, 없습니다…….

#씬18. 25년 전 과거 ─ 1인실 병실. 낮.

진현 모, 인공호흡기 낀 채 시름시름 앓고 있고. 살짝 말아 올라간 진
현 모 환자복 사이로 시퍼런 멍 보이는. 진현, 엄마 손 꼭 잡고 기도하는.

진현; (울며) 하느님. 우리 엄마 데려가지 마세요. 제가 조금만 더 클
　　　 때까지 우리 엄마 하느님이 지켜 주세요.
진현 모; (힘겹게 눈 떠, 진현을 위로하듯 머리 쓰다듬어 주고)

#씬19. 25년 전 과거 ─ 진현의 방. 밤.

진현, 엄마 영정 사진 붙들고 울고 있고. 진현 부, 문 벌컥 여는. 엄
마 영정 사진 빼앗으며.

진현 부; (짐짓 다정하게) 진현아, 이제 엄마는 하늘나라에 있어. 그래
　　　 서 아빠가 우리 진현이한테 엄마가 되어 주실 분을 데려왔
　　　 는데.

진현; (울며, 떨며 고개 들어 문 쪽 보면, 예쁘고 젊은 여자 서 있다. 진현,

　　　여자에게 달려가) 아줌마 도망가세요. 아빠한테서 도망가세요!

여자; (좀 정신이 이상한 애 아냐? 황당하게 진현 보는.)

#씬20. 24년 전 과거 — 진현의 집, 안방. 낮.

진현, 학교에서 막 돌아온. 집이 너무 조용해 살짝 열린 안방 엿보면. 여자, 허겁지겁 짐 가방 싸서 나오는. 여자 팔에 멍이 들어 있다. 여자, 진현 발견하고 아픈 눈빛으로 바라보다 미안하다, 하고 집 나가 버리는.

#씬21. 23년 전 과거 — 안방+진현의 방 낮.

진현, 안방 살짝 엿보면. 다른 여자, 또 허겁지겁 짐 싸고 있는. 1년 전 미안하다며 아픈 눈빛으로 바라보던 여자 생각나는. 진현, 조용히 방으로 들어가면, 곧 현관 문 닫히는 소리 들리고. 진현, 문에 등 기댄 채 웅크리는.

거기까지 읽은 준희는 4, 5, 6부를 끌어안고 천천히 일어 났다.

"어? 감독님, 어디 가세요?"

준희는 종우의 물음에 대답도 하지 않은 채 드라마국을 나 가 빈 회의실로 들어갔다.

'스물세 살의 송진후에게도 서준희가 도피처였다고 하면. 그

래서 우리가 예쁠 수 있었던 거라고 하면, 믿을래?'

'병원! 병원! 병원!'

'맞는 게 우스워!'

'깨지고 찢어져서 피가 철철 흐르는 것보다 속에서 골병드는 게 더 무서운 거야. 난 서준희 골병드는 꼴 못 봐. 너, 나보다 오래 살게 할 거거든.'

10년 전 서글프게 버겁다고 말하던 진후의 모습, 추리닝 바지에 슬리퍼를 신고 국장실로 달려왔던 진후의 모습, 병원으로 차를 몰며 핸들을 내리치던 진후의 모습이 차례대로 떠올랐다.

준희의 몸이 문을 타고 스르르 내려앉았다.

'진후야, 아파서 더 예쁠 수 있었던 우리의 지난 시간을 나는 이제 어떻게 기억해야 하는 걸까. 되돌릴 수도 없는 그 지난날을……'

따뜻한 햇살이 창가로 스며들어 오는 빈 회의실엔 스물세 살로 돌아간 준희의 서글픈 울음소리가 오랫동안 흘렀다.

머리가 지끈거렸다. 무릎에 묻었던 얼굴을 들자, 환하게 햇살이 내리쬐던 회의실은 어느새 어둠으로 덮여 있었다.

준희는 굳어 뻣뻣해진 다리를 천천히 일으켜 회의실 밖으로 나갔다. 환한 빛에 적응을 못 한 눈이 저절로 질끈 감겼다. 반쯤 눈을 감고 화장실로 들어간 준희는 찬물을 틀어 연거푸 세수를 하고 거울을 들여다봤다.

"꼴좋다, 서준희."

통통 부은 눈, 창백하다 못해 하얗게 질린 피부를 바라보며 준희는 자조했다. 그때 이번 〈그해 겨울〉의 미용을 담당하기로 한 진영이 화장실로 들어왔다.

"언니?"

준희는 빠르게 손등으로 물기를 훔치고 살짝 고개를 숙였다.

"어."

"혹시 울었어요? 얼굴이……."

미용을 담당하고 있는 스태프답게 눈썰미가 좋은 진영이 수상하다는 듯 고개를 숙여 얼굴을 들여다봤다. 준희는 고개를 돌렸다.

"아니야. 나한테 뭐 할 말 있어?"

"아니, 그런 건 아니고……. 아, 박 조감독이 언니 엄청 찾던데. 어디 있는지 아무리 찾아도 안 보인다고 경옥 언니 편집실까지 왔었어요."

"알았어. 고마워."

준희는 빠르게 화장실을 나왔다. 복도 끝을 돌자마자 주위를 두리번거리고 있는 종우가 보였다.

"박종우."

종우가 소리를 듣고 재빠르게 고개를 돌렸다.

"어, 감독님! 휴대폰도 놓고 어디 계셨어요."

"왜. 또 무슨 일 터졌어?"

"그게, 일이라면 일이고 아니라면 아니고……."

종우가 분간이 잘 안 된다는 듯 머리를 긁적였다. 준희는 인상을 쓰며 뭐냐는 얼굴로 종우를 바라봤다.

"송 작가님이요. 세 시간 전부터 10분 간격으로 전화를 하셔서 감독님 어디 계시냐고, 연락 안 된다고요. 한 시간 내에 감독님이랑 연락 안 닿으면 이후 대본은 한 글자도 안 쓰시겠다고……."

종우가 손에 쥐고 있던 휴대폰을 들기가 무섭게 휴대폰이 진동했다. 발신인에 진후의 휴대폰 번호가 뜨자, 종우가 사색이 된 얼굴로 휴대폰을 쭉 내밀었다. 밀려오는 두통에 인상을 찡그린 준희는 일단 휴대폰을 넘겨받아 통화를 연결했다.

— 서 감독님 아직도 연락 안 됩니까?

뭐라 입을 떼기도 전에 성급한 진후의 목소리가 먼저 터져 나왔다. 준희는 한숨을 쉬고 종우를 힐끔 쳐다보며 말했다.

"서준희예요. 대본 때문에 전화하신 거죠? 근데 저 아직 대본 못 봤어요. 내일 오전까진 읽고 전화 드릴게요. 이만 끊겠습니다."

— 준희야. 서준…….

진후의 외침을 무시하고 전화를 끊은 준희는 휴대폰 배터리를 빼 버렸다. 그 모습을 바라보던 종우가 불안한 얼굴로 물었다.

"이래도 될까요? 진짜 대본 안 나오면……."

"연락 안 닿으면 안 쓰겠다고 했다며. 닿았잖아. 이거 4부 대본이야. 3부는 내 책상 위에 있으니까 3, 4부 책 뽑아서 배우, 스태프들에게 나눠 주고 '공간'에도 보내 주고. 각 배우 매니저들한테 연락해서 첫 리딩 스케줄도 잡아 놔."

4부의 대본을 넘겨받은 종우는 이상하다는 눈으로 준희를 바라봤다.

"읽으셨어요? 방금 송 작가님껜 안 읽으셨다고."

"첫 리딩 스케줄에 대한 건 내일 들을게. 너도 내일 아침까진 나 찾지 마."

말을 자른 준희는 종우를 뒤로하고 엘리베이터 버튼을 눌렀다. 오늘만큼은 일이고 뭐고 방송국을 벗어나 있고 싶었다. 그런데 종우가 옆에 서서 자꾸 슬금슬금 눈치를 봤다.

"왜. 뭐 또 할 말 있어?"

"저기 감독님……. 아까 규동 선배님이 하신 말씀이요……."

"……?"

"찍는 사람이 감정에 휘둘리면 성공할 수 없단 말이요. 감독님도 그렇게 생각하세요?"

평균 4년인 조연출 기간 동안, 조연출들은 감독들의 시다바리 노릇만 하는 것은 아니다. 크게는 콘티를 짜는 법, 작품을 해석하는 법부터 자잘하게는 건방진 배우를 구워삶는 법, 스태프들을 한데 모이게 하는 법까지 여러 가지를 어깨너머로 훔친다. 그러다 조연출의 생활이 끝날 무렵이 되면 축적해 놓은 것들을 참고해 자신만의 스타일을 구축하여 드라마에 녹여 낸다. 조연출 3년차인 종우는 자기 스타일의 토대를 만들어야 할 때였다.

"왜. 넌 감정에 안 휘둘릴 자신은 없는데 성공은 하고 싶고. 그래서 고민돼?"

"성공을 하고 싶다기보다 이왕이면 많은 사람이 보는 드라마를 만들고는 싶어요."

준희는 가만히 종우를 바라보다 문이 열린 엘리베이터에 올라탔다. 1층의 버튼을 누른 뒤, 준희는 다시 종우를 바라봤다.

"울고 웃는 건 시청자의 몫. 감독은 냉정하게 분석부터. 난 그렇게 생각해."

종우는 울상이 된 얼굴로 고개를 푹 숙였다.

"넌 아직 안 늦었어. 지금부터라도 연습해. 대본은 대본일 뿐이다, 이렇게."

"연습한다고 될까요?"

천천히 닫히기 시작한 엘리베이터의 문 사이로 보이는 종우의 얼굴엔 막막함이 서려 있었다. 준희는 그저 희미하게 웃었다. 문이 완전히 닫히고, 엘리베이터가 1층을 향해 내려가기 시작했다. 준희는 벽에 몸을 기대고 눈을 감았다.

"……아무리 연습해도 안 될 때가 있는 것 같다, 종아."

10년 전 진후와의 연애가 끝났던 날 버겁다고 말하던 진후의 서글픈 눈빛, 진후의 집 앞 정거장 앞에 앉아 한참을 울었던 자신의 모습이 머릿속을 어지럽혔다. 준희는 입술을 꽉 깨물었다.

"대본은…… 대본일 뿐이다, 서준희……."

딩동 소리에 눈을 뜬 준희는 엘리베이터를 나와 주차장으로 갔다. 5, 6부 대본을 조수석에 던져 놓고 시계를 보니 10시에 가까운 시각이었다. 뻑뻑하고 따가워 자꾸만 감기려는 눈에 힘을 주고 영인대학병원으로 차를 몰았다.

병원 주차장에 도착한 준희는 백미러로 자신의 얼굴을 살폈다. 세수까지 했는데 별 소용이 없었는지 퉁퉁 부었던 눈이 거의 그대로였다. 이 얼굴을 보면 걱정할 할머니의 얼굴이 너무 뻔히 그려져 준희는 라디오를 켜 놓고 눈을 감았다.

— 그런 날이 있습니다. 현실에서 벗어나 어디론가 도망치고 싶은 날, 기억을 다 잊고 싶을 만큼 술에 취하고 싶은 날. 그런 날, 여러분의 휴대폰엔 함께 도망쳐 주고, 같이 술을 마셔 줄 사람의 번호가 저장되어 있으신가요? ……어서 오세요. 여기는 이윤서의 밤의 데이트입니다.

라디오국에 있는 현욱이 맡고 있는 프로그램이었다. A급 배우는 아니지만 제법 인지도가 탄탄한 여배우가 꽤 오랫동안 DJ를 맡고 있었다. 오프닝 멘트에 이어 어느 인디 밴드의 잔잔한 곡이 흐르고 DJ의 목소리가 다시 흘러나왔다.

— 오늘 오프닝은 내가 믿고 의지할 수 있는 단 한 사람에 대한 얘기였어요. 저에게도 그런 사람이 있습니다. 내가 힘들 때 달려와 줬으면 하는 사람, 힘들 때 제일 먼저 날 찾아 주었으면 하는 사람. 부스 밖에 계신 우리 PD님도 누군가를 생각하고 계시는 얼굴이네요. 나중에 그 사람이 누구냐고 물어보면 알려 주실까요? 밖에서 쓸데없는 소리 하지 말라고 PD님이 화를 내시네요. 광고 듣고 올게요.

연기할 땐 얌전한 이미지인데 라디오에선 천방지축에 가까웠다. 거의 도망치듯 광고로 돌리는 윤서의 멘트를 들으며 준희는 피식 웃어 버렸다.

믿고 의지할 수 있는 누군가라……. 스물세 살의 서준희에게 그 사람은 송진후였다. 하지만 그 예뻤던 파라다이스가 무너지고, 현실로 돌아온 서준희에게 믿고 의지할 수 있는 사람은 할머니로 바뀌었다. 비록 함께 도망쳐 주고, 같이 술을 마셔주진 못해도 옆에 있는 것만으로도 힘이 되는 그런 사람. 준희는 몸을 일으켜 어둠이 내려앉은 병원 본관을 바라봤다.

"나 지금 할머니 무지 보고 싶은데. 할머니도 나 보고 싶지? 그래도 우리 조금만 있다 만나자. 조금 있다가 예쁜 얼굴로 갈게. 잘 자, 할머니."

준희는 라디오를 켜 둔 채 의자에 푹 몸을 묻고 눈을 감았다. 그리고 얼마 지나지 않아 깊은 잠에 빠져들었다.

따뜻한 햇살, 푸른 하늘. 스물세 살의 서준희가 진후와 등을 맞대고 앉아 책을 보고 있었다. 한 줄 읽고 진후의 옆구리를 치고, 한 줄 읽으면 진후가 옆구리를 툭 치고. 결국 책을 내려놓은 준희는 등 뒤에서 진후를 끌어안고 그의 옆구리를 간질였다.

'해보자는 거야? 안 봐줄 건데.'

'이번엔 안 져.'

말이 끝나기가 무섭게 진후가 준희를 번쩍 안아 침대에 내려 두고 옆구리며 배며 사정없이 간지럼을 태웠다. 준희는 진후의 손이 옷 위에 닿을 때마다 자지러졌다.

166

'항복! 항복! 내가 졌어! 항복!'

'안 봐줄 거랬잖아.'

옷 속으로 들어온 진후의 손이 맨살 위를 빠르게 날아다녔다. 준희는 진후의 손을 때리고, 옷을 잡아 내리고, 웃고, 정신이 하나도 없었다. 그리고 마침내 실랑이가 끝났을 때, 두 사람은 침대에 널브러졌다. 준희는 진후의 옆구리를 팔꿈치로 툭 쳤다.

'나 물. 목말라.'

'힘없어. 아, 나 물.'

준희는 물을 달라는 듯 입을 벌리고 있는 진후를 흘겨보고 마지못해 몸을 일으켰다. 침대에서 바닥으로 한 걸음을 내딛는 그 순간, 준희는 얼음이 되어 굳어 버렸다.

'왜 그래?'

준희가 한참이나 움직이지 않자, 진후가 몸을 세우며 물었다. 준희는 침대에 앉아 있는 진후를 한 번 보고 현관 앞을 뚫어지게 바라봤다.

그곳에는…… 잠옷을 입은 채 맨발로 숨을 헐떡이고 있는 일곱 살의 진후와, 떠나는 엄마의 뒷모습을 보며 울고 있는 열두 살의 준희가 서 있었다.

"준희야. 서준희. 눈 떠 봐."

뺨을 톡톡 건드리는 감촉에 준희는 힘겹게 눈을 떴다. 차 안의 주황빛 불빛 아래로 걱정이 잔뜩 서린 진후의 얼굴이 보였다.

아, 아직 꿈인가.

준희는 사라지라는 듯 팔을 휘둘렀다.

"아!"

아? 준희는 눈을 감았다 떴다. 맞은 머리가 꽤나 아팠는지 진후가 조수석에 앉아 머리를 벅벅 문지르고 있었다.

"너……?"

"꿈을 험하게 꾸는 것 같아 걱정돼서 깨웠더니. 눈 뜨자마자 폭력 행사야?"

준희는 주위를 두리번거리고 몸을 한껏 뒤로 뺐다. 배 언저리 부분에서 검은색 카디건이 주르륵 흘러내렸다. 준희는 카디건을 바라보다 진후를 바라봤다.

"여긴 어떻게 들어왔어?"

진후는 어이없단 표정으로 차 문을 활짝 열었다 쿵 소리 나게 닫았다.

"여자가 겁도 없이. 이런 데서 문도 안 잠그고 자고."

"나 여기 있는 건 어떻게 알았는데? 종우한테도 말 안 했는데."

"누구랑 갖다 대, 지금. 공백이 10년이나 됐어도 조연출보다 내가 서준희를 더 잘 알지. 조연출이 방송국엔 없다 그랬고, 집 아님 여기일 거 같았는데 집은 모르니까 여기로 왔어. 병실 가기도 전에 주차하러 왔다가 간 큰 서준희 발견하고 난 쫄아 지키고 있었고."

"쫄아?"

168

"누가 서준희 잡아갈까 봐."

어이가 없어 잠시 멍한 표정을 짓던 준희는 카디건을 진후에게 넘겼다.

"목적 달성했으면 가. 말했다시피 대본 아직 안 읽어서 너랑 당장 할 얘기 없어."

"스물세 살 서준희는 거짓말 못 했는데. 많이 능숙해졌다?"

놀리는 것 같은 어투였다. 진후는 뒷좌석으로 팔을 뻗어 무언가를 가져와 내밀었다.

"울지 말랬잖아. 맘 아파하지 말랬잖아. 미안해하지 말랬잖아. 대본 보고 하지 말란 건 다 해 놓고 안 한 척은. 6부 대본 앞표지가 짜글짜글, 다 울었더라."

"억측하지 마. 무슨 표지가 울……."

반박을 하려던 준희는 진후가 내민 6부 대본의 앞표지를 보고 입을 다물었다. 아니라고 발뺌하기엔 표지가 너무 심하게 울어 있었다. 준희는 대본을 낚아채고는 창밖으로 고개를 돌렸다.

"이왕 들킨 거 대본 얘기나 해 봐."

준희는 창문에 비치는 진후를 노려보며 말했다.

"연서가 너무 캔디야. 10년 동안 영화사에서 죽어라 시다바리만 하다 진현이 덕에 감독 데뷔. 백마 탄 왕자 코스프레 해?"

"나 백마 탄 왕자 맞잖아. 서준희랑은 작업 못 한다 작가들 다 등 돌렸는데 내가 나타나서 짠. 나 아니면 미니 같이할 작가 있었어?"

"갖다 붙이지 마. 미니 안 하면 그뿐이었어."

"근데 지금 하잖아, 과정이야 어쨌든. 포커스 애먼 데 맞추지 마. 둘이 어떻게 다시 만나냐는 중요한 게 아니야. 서로 어떻게 다시 전부가 되냐가 중요한 거지. 하지 말란 거 다 한 거 확인하니까 맘은 아파도 좋다. 너, 나한테 한 발자국 다가온 거 같아서."

준희는 옅게 웃는 진후를 바라보다 몸을 돌렸다.

"멋대로 단정 짓지 마. 틀렸어, 너."

"뭘?"

"맘 안 아프고 안 미안해, 나."

"근데 울긴 왜 울어."

"억울해서. 분해서. 말 나온 김에 묻자. 넌 내 얘기 알고, 난 네 얘기 알고 나면. 넌 우리 사이가 뭐가 달라질 거라고 생각한 건데. 난 이렇게 힘든 시간 보냈다, 넌 이렇게 힘든 시간 보냈구나, 서로 부둥켜안고 울기라도 해? 사랑이, 넌 동정으로 되니?"

"난 너 동정 안 해. 사랑하지."

"미안한데, 너에 대한 내 사랑은 10년 전에 끝났어. 이거 알았다고 우리 다시 뭐 안 돼. 앞으로 나 만나러 올 땐 작가로만 와 주라. 이건 부탁이야."

진후의 얼굴이 씁쓸함으로 일렁였다. 준희는 차에서 내려 문에 등을 기댔다. 얼마 안 있어 조수석 문이 열리는 소리가 들렸다.

"10년 전에 말하지 못한 거, 비겁한 거 아니었다고 말해 주

라. 내 아픔, 상관없다고 말해 주라."

"비겁했단 말, 난 할 자격 없어. 너만 비겁했던 거 아니잖아. 근데 상관없단 말은 못 하겠다."

준희는 본관으로 걸음을 옮겼다. 뒤에서 일정한 거리를 두고 따라오는 진후의 그림자가 아스팔트 바닥에 짙게 드리웠다. 준희는 걸음을 멈추고 휙 돌아섰다.

"왜. 왜 따라와."

"할머니 주무시겠지? 오늘은 너무 늦었으니까 나만 잠깐 뵙고 갈게. 나중에 정식으로 소개시켜 주라. 나 외할머니 없거든. 우리 엄마 고아라."

"……하지 마, 그런 얘기."

"우리 엄마는 나 지키다 골병이 들었는데 난 다행히 안 맞고 컸어."

"하지 말랬지."

"아들은 아버지 닮는다는 말, 아니야. 틀려. 난 아버지처럼 너 안 때려. 다시 말하지만 너, 나보다 오래 살게 할 거거든."

"하지 말랬잖아!"

준희는 두 귀를 막고 그 자리에 쪼그려 앉아 결국 무릎에 얼굴을 묻고 말았다. 진후는 그런 준희에게 다가가 살포시 품에 안았다.

"너 다시 내 옆에 두려면 이거 말해야 하니까. 내 얘기, 네 얘기, 다 오픈하지 않으면 우리가 다시 만나도 넌 너대로 난 나대로 서로가 또 버거워지는 순간이 올 거잖아. 두 번은 그렇게 너 안 놓쳐, 나."

준희는 그런 진후를 힘껏 밀어냈다.

"오픈하면 안 버거워질 거라고 누가 그래? 난 아직도 엄마가 미치도록 싫어. 할머니가 아무리 미워하지 말라 그래도 난 그게 안 돼. 남자에 미쳐 세 번이나 자식 버린 여잘 내가 어떻게 이해해. 근데, 나 너한테 이런 말 그때도 못 했지만 앞으로는 더 못 해. 돌아가신 엄마 그리워하며 사는 너한테 차라리 내 엄마도 죽은 사람이었으면 좋겠다는 말을 어떻게 해!"

"……."

"남들은 네 아픔이 더 크다 할지 몰라도 나한텐 내 아픔이 제일 커. 그래서 난 지금도 네가 버거워."

진후는 충격에 휩싸인 듯, 창백한 얼굴로 침통하게 눈을 내리깔았다. 준희는 흘러내리려는 눈물을 손등으로 재빨리 훔치고 일어나 등을 돌렸다. 아스팔트에 비친 진후의 그림자는 낮아진 그 상태에서 커질 줄을 몰랐다. 준희는 느려지려는 걸음을 애써 빨리해 병원으로 들어갔다.

조용한 로비를 지나 엘리베이터를 타고 8층 일반외과 병동으로 올라간 준희는 조심히 할머니의 병실 문을 열었다. 그리고 창문으로 다가갔다.

……진후는 아직도 그 자리에 있었다. 낮은 그림자, 그대로. 도망치듯 침대로 다가간 준희는 할머니의 배에 머리를 묻었다.

"……아가?"

졸음이 묻어 나오는 할머니의 목소리에 준희는 고개를 들었다.

"깼어? 미안."

"이 시간에 무슨 일 있어?"

평소 같았으면 없다고 고개를 저었을 텐데 오늘은 그냥 보고 싶어 왔다는 너스레가 떨어지지 않았다.

"나 오늘은 할머니 옆에 누워 자면 안 돼?"

"왜 안 돼. 되지."

할머니는 링거 선을 베개 뒤로 보내며 힘겹게 몸을 옆으로 밀었다. 준희는 신발을 벗고 침대로 올라가 할머니가 내어준 공간에 몸을 뉘였다. 그리고 할머니 가슴 깊이 얼굴을 파묻었다.

"우리 아가가 또 마음을 다친 모양이네······. 할미 손은 약손. 할미 손은 약손."

아무도 없는 어두운 그 아스팔트 바닥에 홀로 앉아 있는 진후의 모습이 잔상처럼 남아 가슴을 때렸다. 부드럽게 머리를 쓸어 주는 할머니의 손길에 준희는 결국 와락 눈물을 쏟아 냈다.

#씬 7

이른 아침, 드라마국이 희한할 만큼 조용했다. 본격적인 촬영에 들어가기 전, 미리 콘티를 짜느라 1부 대본을 보며 드라마국에 들어서던 준희는 이상한 분위기를 감지하고 걸음을 멈췄다.

"야, 야. 밀지 좀 마."

"조용히 좀 못 해? 안 들리잖아."

파티션이 쳐진 국장실 앞에 박병호와 구정식, 한우영 선배가 귀를 대고 쭈그려 앉아 있었다. 그 광경을 바라보던 준희는 마침 뒤따라 들어온 종우에게 뭐냐는 눈짓을 했다.

"수, 목 욱이 선배 꺼요. 10부까지 나갔는데 계속 애국가 시청률이잖아요. 위에서 국장님 호출하셨대요. 욱이 선배 국장실 불려 들어갔으면 조기 종영 건 아니겠냐구요."

프로의 세계는 언제나 냉정하다. 다른 여타의 세계가 그렇듯, 이곳 또한 예외는 없다. 100명이 넘는 스태프들의 노고, 배우들의 열연, 작품의 깊이는 관계없이 방송은 언제나 광고 판매율과 시청률에 좌지우지된다.

"근데? 그게 저 셋과 무슨 상관이야?"

"욱이 선배 다다음 타자가 우영 선배잖아요. 병호 선배, 정식 선배는 원래 남 일에 관심 많은 타입이고."

준희는 한심하다는 얼굴로 병호와 정식을 바라보고 다시 대본으로 고개를 내렸다.

"넌 저런 거 배우지 마. 뒷말은, 안 해도 알지?"

종우가 병호와 정식을 힐끔 쳐다보고 준희를 보며 히죽 웃었다.

"네. 저럴 시간 있으면 영화, 드라마 한 편 더 볼게요."

고개를 끄덕이고 자리에 앉는데, 국장실 앞에 모여 있던 세 사람이 부산하게 자리로 돌아가는 소리가 들렸다. 그리고 곧 풀이 죽은 욱이 국장실에서 나와 드라마국을 나가 버렸고, 착잡한 얼굴의 김 국장이 뒤이어 나왔다.

"한우영이. 너 대본 몇 개나 나왔어."

우영이 1, 2부 대본을 들어 보였다.

"그게 다야?"

"아시잖아요. 홍 작가 손 느리기로 유명한 거."

"네가 달라붙어 같이 쓰는 한이 있어도 최소 두 개는 더 뽑아 놨어야지! 방송 두 달 남았는데 배우도 못 잡아 와, 대본도 두 개뿐이야. 언제 찍어 언제 내보낼래!"

우영이 짐짓 아무것도 못 들었다는 듯 태연하게 받아쳤다.

"왜 두 달이에요. 두 달 하고 한 주 더 있지. 다음 주엔 배우들 계약할 거고 다다음 주엔 첫 촬영 나갈 거예요. B팀 붙여 주시면 빵구는 안 내요."

"두 달이야. 욱이 꺼 조기 종영 확정 났다. 그래도 빵구 안 낼 자신 있어?"

우영이 그건 좀 곤란하다는 듯, 헤죽 웃으며 뒷목을 긁었다. 김 국장은 우영을 한 대 팰 듯 모션을 취하고 준희를 바라봤다.

"서준희."

낮게 부르는 김 국장의 목소리에 준희가 느릿하게 고개를 들었다.

"넌 대본 몇 개나 나왔어?"

등골이 서늘한 게 어째 예감이 좋지 않았다. 준희가 살포시 인상을 구기고 대답을 하지 않자, 김 국장이 미치겠다는 듯 머리를 헝클어뜨렸다.

"아으, 저 눈치 빠른 자식. 박종우, 몇 개나 나왔어?"

종우는 무슨 말인지 몰라 김 국장과 준희를 번갈아 바라보고 망설이다 손가락 네 개를 폈다.

"네 개요……. 곧 5, 6부도……."

"서준희. 한우영 자리에 네가 들어간다."

불길한 예감은 왜 항상 들어맞는지. 준희가 눈을 질끈 감았다 뜨며 고개를 틀었다.

"싫어요."

"그래, 알어, 알어. 당연히 싫겠지. 간만에 제대로 대박 냄새 풍기는데 준비 잘 해서 잘 찍고 싶은 네 심정은 아는데, 그럼 어떡하냐. 16부까지 다 찍겠다는 욱이 녀석은 위에서 그만 찍으라 그러고 한우영 이 새끼는 천하태평 세월아 네월안데."

그러나 이 세계가 다른 세계보다 조금 더 잔인한 건, 한 사람이 만들어 낸 원치 않은 결과가 도미노가 되어 다른 사람의 목을 죌 수도 있다는 사실이다.

"저희도 대본 네 개가 다예요. 첫 촬영은커녕 아직 첫 리딩도 못 했구요. 당장 배우들 스케줄은 또 어떻게 맞추라구요. 못해요, 저."

"이 자식은 왜 해 보지도 않고. 두 달이면 배우에게도 촉박한 시간 아니야. 이시은이랑 최한빈이 쪽은 위너 측에도 부탁해서 스케줄 조율 가능하게 할 테니까 넌 대본만 맡아, 응?"

"싫어요. 원래대로 12월에 갈 거예요."

"야, 서준희. 넌 내가 올해를 끝으로 국장직에서 내려오길 바라냐? 이 새파랗게 어린것들 앞에서 내가 무릎이라도 꿇어야 해? 그래, 그럼 내가 이렇게……."

김 국장이 정말 꿇을 모양새로 무릎을 구부렸다. 준희는 미치겠다는 듯 바라보다 고개를 돌려 버렸다. 그때 커피와 신문을 든 규동이 드라마국 내에 들어섰다.

"야, 야. 〈그해 겨울〉 벌써 기사 떴다? 조간 1면이야. 최한빈, 드디어 안방극장 상륙. 송진후 작가와의 케미, 시청자들 기대 만발. 12월 편성인데 어떻게 벌써 언론 플레이야?"

보란 듯이 신문 1면을 책상에 탁 내려놓은 규동을 바라보던 김 국장이 무릎을 세우며 제 가슴을 퍽퍽 쳤다. 이상한 분위기를 감지한 규동이 준희와 김 국장을 바라보다 우영을 쿡 찔렀다.

"뭐냐? 이 분위기는?"

우영이 키득거리며 고개를 설레설레 저었다.

"뭐긴 뭐예요. 국장님의 완벽한 시나리오를 방금 선배님이 다 초 치신 거지."

"응? 뭔 소리야."

"욱이 꺼 조기 종영 결정 났어요. M국은 20프로를 찍네, 마네 하는데 위에서 그냥 조기 종영 결정만 내렸겠어요? 열이 콱 받아 한우영 라인업 미루고 대박 냄새 나는 서준희 꺼부터 땡겨 내보내자 했겠죠. 근데 그거야 윗사람들 사정이고 우리한텐 안 통하는 얘기니까. 국장님도 그거 아시니까 머리 굴려 판 짰는데 선배님이 신문 들이미는 바람에 다 들통 났다, 이 말이죠."

"그러니까, 대체 뭐가 들통 났는데?"

"미리 일은 다 벌여 놓고 서준희한텐 안 그런 척, 빈 거요."

"비는 중이었어? 김 국장이?"

우영이 생글생글 웃으며 고개를 끄덕이자, 규동이 살짝 긴장된 얼굴로 김 국장을 바라봤다. 김 국장은 천하의 웬수를 바라보듯 규동을 노려보고 있었다. 규동은 머쓱한 얼굴로 머리를 긁적였다.

"내가 뭐 알았냐."

그때, 경옥이 요란하게 우당탕 소리를 내며 드라마국 안으로 뛰어 들어왔다.

"서 감독, 서 감독 있어?"

드라마국 내에 있던 모든 사람들의 시선이 경옥을 향했다. 일시에 쏠린 시선이 조금 민망한 듯, 경옥이 소심하게 종이를 흔들었다.

"최한빈, 두 달 뒤에 들어갈 드라마 때문에 요즘 캐릭터 분석에 열 올리고 있단 기사가 방금 떠서……. 우리 꺼 라인업 당겨졌나 하고……."

무거운 침묵이 흘렀다. 그 무거운 침묵을 깬 건 우영의 휘파람 소리였다.

"이건 결정타다. 빼도 박도 못 하게 와장창 깨졌네."

준희는 차가운 얼굴로 김 국장에게 시선을 돌렸다.

"배우 스케줄 이미 다 조정해 놓고, 홍보팀에서 이미 홍보 쾅쾅 다 때려 놓고. 전 그냥 시키는 대로 찍기만 하면 되는 찍사예요?"

"야야, 나라고 니들한테 이런 얘기 하기가 쉬웠겠냐? 안 쉬운 얘기니까 고민을 하다 보니 위에서 먼저……."

설득을 하다 열이 받아 버린 김 국장이 갑자기 태도를 바꿔 버럭 소리쳤다.

"근데 이 자식은 뭐 하나 고분고분 듣는 게 없어? 돈 붙었고, 배우 작가 세팅 잘됐는데 방송 못 당길 이유가 뭐야! 홈페이지 좀 일찍 오픈한다니까 첫 리딩 겸해서 단합대회나 갔다 와! 오픈 때 촬영 소식 게시판에 사진, 동영상 게재한다니까."

준희는 어이없다는 얼굴로 김 국장을 바라봤다.

"편성이 갑자기 당겨진 것도 황당한데 뭘 다녀오라고요?"

"아, 첫 리딩 겸 단합대회! 돈 준대. 위에서 너네 술 처먹고 째지게 놀다 오라고 돈 많이 준대! 그 대가로 사진 몇 장 찍어 오고 동영상 몇 개 찍어 오란 건데 그것도 못 해!"

준희가 황당하게 입을 벌리고 김 국장을 바라보고 있는 사이, 우영과 규동이 소리를 죽여 키득거렸다.

"저거 저거 또 성질 나왔다. 빌긴 뭘 빌어? 쟨 누구한테 빌 그릇이 못 돼."

"저게 또 우리 국장님 매력이잖아요. 서준희 얼굴 봐요. 아무 말도 못 하고 황당해서 버버버. 통했네, 통했어."

실컷 키득대던 규동은 불현듯 웃음을 멈추고 이상하다는 듯 우영을 바라봤다.

"근데 넌 뭐가 이렇게 태연해? 네 라인업이 밀렸는데 웃음이 나냐?"

"내가 손해 볼 게 뭐예요. 라인업을 내놓으라는 것도 아니고 서준희랑 순서만 바꾸라는 건데. 밀린 시간만큼 준비 잘해서 시청률 1프로라도 더 뽑으면 나야 좋지."

"잔머리, 잔머리. 어째 그런 뇌만 발달했나 몰라?"

규동이 웃으며 우영의 머리를 톡톡 치는 사이, 김 국장과 준희의 시선이 팽팽하게 맞섰다. 침묵을 먼저 깬 건 준희였다.

"술 먹고 놀 시간 없어요. 방송 당겨져서 찍기도 바쁜데 무슨 홈페이지에 들어갈 사진까지. 안 가요, 단합대회."

"그 말은, 10월에 방송은 간단 소리지?"

"절이 싫으면 중이 떠나야 하는데 저 사표는 못 써요. 한 푼이 아쉬워서."

더 안 우기고 따라 줘서 고마운 마음 반, 월급쟁이의 비애가 느껴져서 씁쓸한 마음 반으로 김 국장은 고개를 끄덕였다.

"그래, 그래. 단합대회는 사실 감독 권한이지. 그래, 가기 싫으면 가지 마."

인심 썼다는 듯 고개를 끄덕이는 김 국장을 바라보던 준희는 다시 자리에 앉아 대본을 훑었다.

"야, 서준희. 너 옆통수 안 따갑냐?"

앞에서 건네는 우영의 작은 속삭임에 준희는 고개를 들었다. 우영이 고갯짓으로 가리킨 쪽을 바라보니 종우는 불쌍한 눈길을 보내고 있었고, 경옥은 잔뜩 실망한 눈빛을 보내고 있었다.

"왜……?"

"저 단합대회 한 번도 못 가봤는데……."

"단합대회면 우리 한빈 씨도 올 건데……."

"돈 많이 주신다는데……. 삼겹살도 배 터지게 먹을 수 있는데……."

"1박 2일 동안 한빈 씨 얼굴 실컷 보는 게 내 소원인데……."

준희가 종우와 경옥을 황당하고 난감하게 바라보는 사이,

규동이 우영의 옆구리를 쿡 찔렀다.

"내기하자. 서준희가 단합대회 오케이 한다, 안 한다. 난 한다."

"나도 한단데 무슨 내기가 돼요."

준희는 키득거리며 웃고 있는 우영을 흘겨보고 다시 종우를 바라봤다.

"첫 리딩 스케줄 3일 뒤로 잡았다며. 이미 통보 다 했는데 이 제 와서 어떻게 바꿔. 바쁜 배우들 스케줄 조정 힘든 거 몰라?"

말이 떨어지기가 무섭게 경옥이 다시 눈을 빛내며 종우의 팔을 덥석 잡았다.

"바꿀 수 있지? 내가 인터넷으로 알아보니까 우리 한빈 씨는 드라마에 집중한다고 다른 스케줄 거의 없어. 이시은만 잘 조정하면 되는데. 박 조감독 능력 있잖아. 응?"

"네? 네! 그럼요, 할 수 있죠. 할 수 있습니다, 감독님!"

종우는 꼭 해내 보이겠다는 듯, 수화기를 들어 당장이라도 전화를 걸 태세로 준희를 바라봤다. 준희는 황당하게 종우와 경옥을 바라보다 한숨을 폭 내리쉬고 대본으로 시선을 내렸다.

"오늘 내로 오케이 받아 와. 안 그럼 단합대회는 취소야."

"짐도 없으니 빨리 빨리 타세요! 그래야 한 잔이라도 더 마십니다!"

이제 갓 동이 튼 아침 6시. 본관 앞에 늘어선 세 대의 고속버 스 안으로 들뜬 모습의 스태프들이 종우의 외침대로 빠르게 버스로 올라탔다. 그 모습을 계단에 걸터앉아 바라보던 준희는 일어나 종우의 옆으로 다가갔다.

"배우들 스케줄 확실히 체크했지?"

"그럼요. 각 배우 매니저들에게 펜션 주소 찍어 보냈어요. 10시까지 온댔으니까 걱정 마세요."

"다시 말하는데 우리 놀러 가는 거 아니야. 간 김에 4부까지 리딩 다 하고 와야 돼. 정신 똑바로 차려."

"걱정 마세요. 대본도 세 번이나 읽었어요."

그때, 캠코더와 카메라 가방을 챙겨 든 촬영감독 영민이 차에 올라타며 준희를 힐끔 바라봤다.

"야, 서 감독. 방송 두 달 앞당겨졌다고 서 감독 처음에 전화했을 때, 나 이 작품 안 한다고 소리칠라 그랬다. 도 감독 꺼 끝내 놓고 겨우 이틀 놀았는데 개도 이렇게는 안 부려먹지 싶어서. 근데, 술 준대서 군말 없이 하려고. 대신 나 오늘 술 많이 줘라, 서 감독."

영 쑥스러운 듯, 희미하게 웃는 영민의 너스레에 준희도 희미하게 웃었다.

"많이 안 드려도 많이 드실 거잖아요."

"무슨! 줘야 많이 먹지. 줘, 안 줘? 빨리 말해."

영민은 안 준다고 하면 당장이라도 철수할 태세로 방송국 쪽으로 한쪽 다리를 쭉 뻗었다. 준희는 못 말린다는 듯 고개를 설레설레 저으며 장난스럽게 종우에게 말했다.

"영민 선배님 앞엔 술 안 떨어지게 네가 책임지고 맡아."

"넵!"

이마에 손까지 붙여 가며 거수경례를 하는 종우를 보며 영민은 피식 웃고는 차에 올라탔다. 준희는 주변에 더 이상 스태프들이 없다는 걸 확인하고는 종우의 등을 떠밀었다.

"다 탔나 보다. 너도 타."

"아뇨. 아직 안 오신 분이⋯⋯."

"누구?"

"송 작가님이요."

"⋯⋯개인 차로 안 오시고?"

"네. 운전 오래 하기 싫으시다구요."

주위를 두리번거리던 종우가 어? 오셨다, 하며 눈을 크게 떴다. 종우가 바라보고 있는 방향으로 고개를 돌리자, 편한 옷차림의 진후가 작은 짐 가방을 들고 걸어오고 있었다. 준희는 모른 척 빠르게 차에 올라탔다. 커튼이 쳐진 맨 앞자리에 앉아 기다리길 수 분, 차에 올라탄 진후와 시선이 마주쳤다. 무표정한 얼굴로 목례를 한 진후는 아무렇지도 않게 옆을 지나쳐 갔다.

"감독님, 송 작가님도 오셨는데 이제 출발할까요?"

"⋯⋯."

"감독님?"

"어? 어. 출발해."

잠시 멍해진 정신을 추스른 준희는 대본을 펼쳤다. 종우는 이상하다는 듯, 고개를 갸웃거리고 기사 아저씨에게 출발해도 좋다는 사인을 보냈다.

버스가 방송국을 나오자마자 다들 발을 구르며 비명을 질렀다. 자유다, 이게 얼마 만이냐. 한껏 들뜬 민선과 경옥, 혜연과 진영의 여성 군단 비명 소리가 도드라지는 가운데, 그녀들만의 수다가 시작됐다.

"송진후 작가님이시죠? 소문대로 진짜 잘생기셨다. 작가 하긴 너무 아까운 외모세요. 그냥 배우 하시지."

"그리운…… 말이네요. 예전에 누군가도 작가 하긴 아까운 얼굴이라고, 배우로 진로 전향하라 그랬었는데."

대본 속의 글자가 뿌옇게 흐려졌다. 준희는 글자와 글자 여백 사이에 시선을 둔 채 멍하니 그곳만 응시했다.

"어머, 누가요? 혹시 여자 친구?"

"네."

"웬일이니, 웬일이니. 지금도 그분 만나세요?"

"아니요. 헤어……졌어요."

"근데 작가님은 아직 그분 못 잊으셨나 보다. 얼굴에 아련함이 흘러요. 어머, 나 지금 표현 되게 죽이지 않았어? 아련함이 흘러요. 그치? 그치?"

경옥의 자아도취에 그녀들의 야유가 시작됐다. 준희의 옆자리에 앉아 있는 종우도 그녀들의 대화를 듣고는 쿡쿡 웃음을 터트렸다. 모두들 설렘을 가슴 가득 안고 가는 버스 안, 그러나 준희는 웃을 수 없었다. 그리고 진후 또한. 하지만 그녀들의 수다는 계속됐다.

"나 걔랑 다시 만난다."

이번 이야기의 물꼬를 튼 건 진영이었다.

"너 가수 오디션 보고 다니는 거 맘에 안 들어 한다며. 대판 붙고 이번엔 진짜 헤어지겠다 그러더니 그새 또 붙었어?"

"응. 좋은데 어떡해."

"대기업 다닌다고 엄청 잰다며. 그래도 좋아?"

"응."

"그래서. 또 같이 잤어?"

이 차 안에 적어도 남자가 셋은 존재한다는 걸 잊었는지 민선이 과감하게 물었다.

"야, 넌 무슨 그런 걸 이런 데서 물어?"

"그러게 다시 만난단 얘길 왜 이런 데서 해?"

동갑내기인 진영과 민선이 투닥거리자, 경옥이 시끄럽다는 듯 인상을 쓰며 손뼉을 쳤다.

"야, 야. 조용, 조용. 그게 중요한 게 아니라 뭐라 타협은 했을 거 아냐. 오디션 보는 거에 터치 안 하겠다든지, 몇 번까지만 보고 그만 보겠다 했다든지."

"그런 거 없었어. 그냥 못 헤어지겠다, 우리 다시 보자 그랬어."

찬물을 끼얹은 듯 알싸한 정적이 흘렀다. 그러다 경옥의 입에서 걸죽한 욕설이 터졌다.

"미친년."

"원래 사랑이 그런 거야. 그럼에도 불구하고 나는 널 못 놓는다. 다들 알지도 못하면서."

드라마 속의 사랑엔 한 가지 불변의 공식이 있다. 해피엔딩 이든, 새드엔딩이든, 재벌과 신데렐라든, 불치병에 걸린 슬픈 사랑이든, 캔디와 백마 탄 왕자든, 어떤 시련이 와도 두 주인공 은 서로를 절대로 놓지 못한다는 것. 현실 속의 사랑 역시 이유 가 드라마보다 거창하지 않을 뿐, 결국엔 같다.

그럼에도 불구하고.

얼마나 시간이 흘렀을까. 읽히지 않는 대본의 같은 페이지 를 읽고 또 읽던 준희는 옆에서 꾸벅꾸벅 졸고 있는 종우를 툭 쳤다.

"네? 네, 감독님."

"얼마나 더 가?"

"아저씨가 세 시간 반 정도 걸릴 거라고 하셨으니까……."

종우가 손목에 찬 시계를 들여다봤다.

"반쯤 온 거 같은데요?"

"그럼 휴게소 좀 들르자. 멀미 나."

말이 떨어지기가 무섭게 종우가 벌떡 일어나 기사 아저씨께 다가갔다. 곧, 차가 휴게소에 들어서자 여성 군단이 우르르 앞 으로 몰려 나왔다. 문이 열리고 계단을 내려가며 민선이 준희 에게 엄지를 들어 보였다.

"나이스 타이밍. 나 방광 터지는 줄 알았어요, 감독님."

"얘는, 시집도 안 간 처녀가 말 좀 이쁘게 해."

뭐가 어떠냐며 투덕거리는 경옥과 민선을 보던 준희는 그녀 들을 따라 버스에 내렸다. 시원한 공기를 들이켜니 그나마 머리가 좀 상쾌해지는 기분이었다.

준희는 화장실에 들렀다 매점으로 향했다. 매점으로 가는 길에 자리한 각종 먹거리 좌판에서 여성 군단이 무조건 많이를 외치며 먹을거리를 사고 있었다. 그녀들을 지나 매점으로 들어선 준희는 냉장고에 가서 생수를 한 병 집어 들었다. 그리고 초콜릿 코너로 들어서다 그 앞에 서 있는 진후를 발견하고 걸음을 멈췄다. 진후는 초콜릿 하나를 집어 들고 몸을 틀다 준희를 발견하고 걸음을 멈췄다.

"이거 사러 온 거면 매진이야. 내가 집은 게 마지막이거든."

준희는 슬쩍 눈을 내려 케이스를 확인했다. 진후의 말대로 케이스는 비어 있었다. 몸을 돌려 계산을 하고 매점을 빠져나오는데 뒤에서 부드럽게 손목이 잡혔다. 그리고 손 안으로 무언가 들어왔다.

"받아. 처음부터 너 주려고 산거야."

"됐어. 너 먹어."

준희는 초콜릿을 다시 진후의 손 쪽으로 밀었다. 진후는 준희의 손목을 잡아 다시 초콜릿을 쥐여 주었다.

"나 인정했어. 10년 전이나 지금이나 서준희는 여전히 예쁘고, 여전히 아몬드 초콜릿만 먹지만, 네 마음은 10년 전과 다르다는 거. 너한텐 나 이제 죽을 만큼 사랑하는 상대 아니라는 거. 서글픈 내 짝사랑이라는 거."

준희는 뚫어지게 진후를 바라봤다. 진후는 인정하기까지 조금 힘들었지만 이젠 괜찮다는 듯 싱긋 웃었다.

"그래서 나, 너 다시 꼬시려고. 빨리 넘어와 주면 난 좋지만 서준희 입장 생각하면 최대한 버텨 보라고 말해야겠지?"

"……"

"버텨. 최선을 다해서 버텨 봐. 대신 너 이번에 나한테 넘어오면 어떤 변명도 안 통해. 내 상처 다 알면서 넌 그럼에도 불구하고 날 사랑하게 된 거니까."

사랑에 있어서 어떤 장애도 통하지 않는 절대적인 단 한마디.

그럼에도 불구하고.

"초콜릿 맛있게 먹어. 먹으면서 내 생각도 좀 하고. 먼저 간다."

버스로 돌아가는 진후의 뒷모습을 바라보던 준희의 시선이 손에 쥔 초콜릿에 머물렀다. 오래, 오래.

"와, 경치 좋고, 공기 좋고, 물 좋고. 여기가 무릉도원이구나."

버스에 내리자마자 기지개를 켜며 경옥이 숨을 깊게 들이마셨다. 준희는 그런 경옥을 희미하게 웃으며 바라보다 버스에서 박스를 내리고 있는 종우에게 다가갔다.

"장소는 좋은데 너무 외지다. 찾는 데 애먹을 수도 있겠어. 배우들 어디쯤 오고 있는지 확인해 봐."

휴대폰을 빼 드는 종우를 바라보는데, 누군가 뒤에서 톡톡 어깨를 두드렸다.

"전화 안 하셔도 돼요, 조감독님. 저희 여기 있습니다, 감독님."

익숙한 목소리에 놀라 고개를 돌려 보니 한빈과 시은이 서 있었다.

"저희 30분 전에 도착했어요. 시은 씨랑 대본 맞춰 보며 감독님 기다리고 있었구요."

준희는 조금 얼떨떨하게 한빈과 시은을 바라봤다. 단막 세 개, 미니 세 개를 하면서 배우가 먼저 와서 스태프를 기다리는 일은 처음이었다.

"그랬어요? 방에 들어가서 기다리지⋯⋯."

"어딜 쓰면 되는지 몰라서요. 조감독님 저희 방 안내 좀 해 주세요. 첫 리딩인데 짐 빨리 풀고 시작해야죠. 저 메이크업도 받고 왔어요. 공홈에 동영상 올라간대서."

수더분하게 웃는 한빈을 보며 준희도 희미하게 웃었다. 느낌이 좋았다. 아직 첫 테이프도 안 끊기는 했지만 어쩐지 좋은 작업이 될 것 같았다.

"박종우. 짐 두고 한빈 씨랑 시은 씨 방 안내부터 해 드려. 짐 풀고 한 시간 뒤에⋯⋯."

한빈에게 말하던 준희는 다시 종우를 바라봤다.

"우리 리딩 어디서 하니."

"1층 강당에 테이블이랑 의자 놓아 주신댔어요. 거기로 오시면 됩니다. 저 따라오세요. 방 가는 길에 강당 위치도 알려 드릴게요. 막내야, 짐 좀 내려라!"

부름을 들은 진행팀 막내가 달려오자 종우는 한빈과 시은을 뒤로하고 앞장섰다.

"그럼 감독님, 한 시간 뒤에 강당에서 뵙겠습니다."

한빈이 종우를 따라 등을 돌렸다. 그런데 시은이 주저주저하며 종우를 따라나서지 않았다.

"나한테 뭐 할 말 있어요, 시은 씨?"

"저……. 얘기 들었어요. 저 때문에 이동찬 감독님이랑 트러블 있으셨다고……. 죄송합니다. 정말 죄송합니다."

시은이 붉어진 얼굴로 연신 고개를 숙였다. 준희는 난감한 표정으로 몇 번이고 고개를 숙이는 시은의 어깨를 부드럽게 잡았다.

"어떻게 말을 해야 할지 모르겠는데, 오히려 난 시은 씨한테 고마워요. 동찬 선배한텐 미안하지만 나도, 작가님도 시은 씨가 연서를 꼭 해 줬으면 했거든요."

"저도 대본 1, 2부 받아 보고 너무 하고 싶었어요. 그래서 저희 대표님께 꼭 하게 해 달라고 말씀드렸고……. 열심히 하겠습니다. 정말 열심히 하겠습니다."

준희는 다시 고개를 숙이는 시은의 어깨를 부드럽게 잡았다 놓고 손을 내밀었다.

"우리 잘해 봐요."

시은이 수줍게 손을 잡았다 놓았다.

"어서 따라가요. 이러다 놓치겠다. 한 시간 뒤에 강당에서 봐요."

"네, 감독님."

정말 놓칠 새라 서둘러 종우를 향해 뛰어가는 시은의 뒷모습을 웃으며 바라보는데, 머리 위로 그늘이 졌다. 옆으로 고개를 돌려 보니 버스에서 막 내려온 진후가 짐 가방을 든 채 시은을 바라보고 있었다.

"연서 분량 확 줄여 버릴까."

"뭐?"

시은을 심각하게 바라보며 혼잣말처럼 중얼거리는 진후의 갈등 섞인 목소리에 준희는 놀라 눈을 동그랗게 떴다. 조연도 아니고 주연의 분량을 줄이겠다니, 갑자기 왜? 진후는 천천히 고개를 돌리며 심통 난 표정을 지었다.

"서준희가 너무 예쁘게 웃어 주잖아. 나한텐 입꼬리도 안 올려 주는데."

고작 그런 이유로……. 준희는 할 말을 잃고 그저 황당하게 진후를 바라봤다.

"하여간 이럴 땐 눈치도 없어요. 나 보고도 좀 웃어 달라는 뜻인데 웃는 척도 안 하지. 걱정 마. 공사 구분 못 할 만큼 팔푼이는 아니니까. 그렇다고 너무 긴장 풀고 있진 말고."

생긋 웃은 진후는 준희의 머리를 가볍게 흐트러뜨렸다. 습격 같은 스킨십에 조금 놀란 준희는 저도 모르게 뒤로 한 발자국 물러났다. 씁쓸하게 웃은 진후는 살포시 주먹을 쥐며 손을 내리고 펜션 쪽에서 달려오는 종우를 향해 걸어갔다.

"저도 방 안내 좀 해 주세요, 조감독님."

"네? 아, 네. 감독님. 감독님도 방 안내해 드릴게요."

준희는 멍해진 정신을 가다듬고 종우의 뒤를 따랐다. 종우는 3층의 제일 끝 방의 문을 열고 들어가 거실 한가운데 섰다.

"급하게 펜션 한 채를 빌리려다 보니 방이 모자라서……."

준희는 살짝 인상을 쓰고 종우를 바라봤다.

"그래서?"

"왼쪽 방은 작가님이 쓰시고 오른쪽 방은 감독님이……."

"작가님이랑 나만 여기야?"

"아뇨. 가운데 방은 촬영감독님이 쓰실 거예요. 세 분이서……."

그제야 표정을 푼 준희는 고개를 끄덕였다.

"알았어. 근데 넌?"

"전 강당에서 스태프들이랑 자든가, 아님 여기 소파에서 자야죠."

"소파에서 자."

단호하게 명령조로 말하고 방으로 걸어가는데 뒤에서 진후의 웃음소리가 들렸다. 준희는 걸음을 멈추고 뒤를 돌아 진후를 노려봤다. 진후는 어깨를 으쓱하고는 종우에게 말했다.

"감독님 걱정되시나 봐요. 내가 술 취해 방 잘못 찾아 들어갈까 봐. 혹시 모르니까 문은 잠그고 주무세요, 감독님."

진후는 자신과 준희를 번갈아 바라보는 종우를 뒤로하고 방으로 들어갔다. 닫힌 진후의 방문을 바라보던 준희도 자신의 방으로 들어갔다. 가방을 침대맡에 내려놓고 매트 위에 털썩 앉아 한숨을 내리쉬는데, 가방 앞쪽에 넣어 둔 초콜릿이 그물망 사이로 보였다. 준희는 초콜릿을 꺼내 포장을 뜯고 한 알을 입속에 넣고 굴렸다.

"⋯⋯쓰다. 두 개는 못 먹겠다."

준희는 초콜릿을 깨물어 삼키고 초콜릿을 다시 상자 속에 넣었다.

첫 리딩이 시작됐다. 스태프들과 배우들의 간단한 소개가 끝나고 본격적으로 들어간 리딩의 분위기는 그 어느 때보다 진지했다. 조용한 강당 안엔 촬영팀의 퍼스트가 카메라 셔터를 누르는 소리와 지문을 읽는 종우의 목소리만이 울려 퍼졌다.

"씬24. 독립영화관 앞. 밤. 상영관에서 먼저 나온 연서, 극장 나서려는데, 쏟아지는 폭우에 처마 밑에 멈춰 선. 진현, 조금 떨어져 연서 옆에 서면. 연서, 진현 보고. 진현, 연서 보면."

촬영감독 영민이 캠코더의 방향을 틀어 한빈에게 초점을 맞췄다.

"같이, 뛸래?"

"잠깐."

흐름을 끊은 건 진후였다. 강당 안에 있던 모든 이들이 시선이 진후를 향하고, 캠코더의 초점도 진후를 향했다.

"5, 6부 대본 받아 보면 알겠지만 이 씬은 처음으로 연서에게 동질감을 느낀 진현이 본격적으로 대시하는 씬이에요."

"동질감⋯⋯이요? 어떤⋯⋯?"

이해가 잘 가지 않는다는 듯, 한빈이 고개를 갸웃했다.

"어쩌면 연서에게도 나처럼 아직 극복하지 못한 오래된 상처가 있을지도 모르겠구나, 하는. 진현인 정확히 어떤 것인진 모르지만 어렴풋이 연서의 상처를 눈치챈 상태에서 연서에게 접근해요. 비겁한 거죠, 진현이가. 자신이 안고 있는 상처로부터 도망치려고 연서를 이용하는 거니까. 그리고 끝까지 연서의 상처를 모른 척했고, 자신의 상처도 말해 주지 않았으니까."

……처음 알았다. 그날, 끊임없이 보내오던 진후의 시선이 그런 의미였다는 걸. 어렴풋이나마 자신의 상처를 진후가 눈치채고 있었다는 걸. 준희는 멍한 얼굴로 진후를 바라봤다. 진후는 준희를 보며 씁쓸하게 웃고는 다시 한빈을 바라봤다.

"지금 한빈 씨가 연기하는 진현이는 너무 진지해요. 장난스럽게, 선수처럼. 시은 씨는 지금처럼 진지하게 가 주면 돼요. 다시 한 번 가 보죠."

대본에 메모를 하던 한빈이 고개를 끄덕이고 다시 리딩이 시작됐다. 준희는 자꾸만 멍해지는 정신을 애서 부여잡고 리딩에 집중했다. 두 시간이 더 흐르고 배우들도 지쳐 갈 때쯤 2부의 대본이 덮였다.

"10분만 쉬죠."

캠코더가 네 시간 만에 꺼지고 배우들과 스태프들이 우르르 강당을 빠져나갔다. 준희와 진후만이 남은 강당 안, 짧은 정적을 깨뜨린 사람은 준희였다.

"비겁했었다는 진짜 의미가 이거였어?"

"……응."

"그래도 너만 비겁했었단 말은 못 하겠다. 잘했어. 만약 그때 네가 내 상처를 알려 했었다면, 네 상처를 나에게 털어놨었다면 우리, 그렇게 예쁘지 못했을 거야. 지금의 너랑 나처럼."

준희는 빈 물병을 들고 일어났다. 하지만 발걸음을 채 떼기도 전에 진후에게 손목이 붙들리고 말았다. 준희는 손목을 바라보다 진후를 바라봤다.

"말했지. 이런 나, 10년 연습했다고. 이 정도로는 안 지쳐. 포기하라고 강요하지 마. 나도 강요 안 하잖아. 나한테 오라고."

준희는 희미하게 웃는 진후를 복잡한 얼굴로 바라봤다. 이게 강요가 아님 대체 뭘까. 잔잔한 강가에 자꾸만 돌을 던지고 돌아보게 만들면서.

밖으로 나갔던 배우들과 스태프들이 하나둘씩 들어오기 시작했다. 준희는 진후에게 잡힌 손목을 비틀었다. 진후는 저항 없이 쉽게 손목을 놓아주었다. 곧, 리딩이 다시 재개되고 캠코더에 다시 빨간 불이 들어왔다.

"씬17. 진현의 집, 낮. 연서, 테라스에 쭈그려 앉아 식물들 보고 있고, 진현, 연서 등 뒤에서 맘에 안 들게 보며."

"그러고 있음 다리 안 저려?"

"안 저려."

"저릴 텐데. 날 차가워. 감기 걸려 콜록대면 혼난다."

"응."

"끝까지 안 일어나지. 하나, 두울."

"진현, 셋과 동시에 연서 번쩍 들어 침대에 내려놓고, 간지럼 태우면, 연서, 자지러지게 웃고."

"그만, 그만해. 잘못했어. 항복. 항복."

"잠깐."

"잠깐."

이번엔 준희와 진후가 동시에 잠깐을 외쳤다. 그리고 배우와 스태프의 시선이 일제히 두 사람을 향했다. 진후는 준희에게 네가 하라는 뜻으로 고갯짓을 했다. 준희는 시은에게 시선을 주며 말했다.

"시은 씨, 스물세 살의 연서는 진현이가 그냥 무작정…… 좋았어요. 진현이 옆에만 있으면 자신의 상처도 모두 잊을 수 있었을 만큼 연서한테 진현인 절대적인 존재였죠. 조금만 더 해맑게, 사랑스럽게. 긴장 풀고 다시 한 번 가죠."

"네."

고개를 끄덕이며 메모를 한 시은이 진후를 바라봤다.

"작가님은……."

진후는 준희를 보고 웃다가 시은을 바라보며 고개를 저었다.

"내가 하려던 말도 같아요. 조금만 더 해맑게. 사랑스럽게."

리딩은 네 시간이 더 지나서야 끝이 났다. 수고하셨습니다, 서로 서로 인사를 건네며 스태프들과 배우들이 강당을 빠져나가고 준희도 대본을 챙겨 일어섰다. 그 옆에 진후가 바싹 붙어 속삭였다.

"너한테 나, 그랬어? 절대적인 존재?"

다 들었으면서 굳이 다시 확인하는 저의는 뭘까. 준희는 진후를 쏘아보았다.

"넌 왜 그렇게 너 듣고 싶은 것만 들어? 10년 전이랬잖아."

"너 그거 모르지."

"……?"

"회의실에서 10년 만에 우리 다시 만났던 그날, 네가 날 보고 반갑게 웃으면 어쩌나, 엄청 걱정했던 거."

준희는 걸음을 멈추고 이상하단 눈길로 진후를 바라봤다.

"웃었으면. 왜?"

"네가 웃는다는 건 너한테 나, 진짜 과거가 됐단 의미니까. 우리 아프게 헤어졌잖아. 근데 너 안 웃더라. 아, 포기 안 해도 되는 거구나, 다행이다 그랬어, 나."

준희는 진후를 어이없게 바라보다 허무하게 웃고는 걸음을 옮겼다. 펜션 밖으로 나가자 잔디가 깔린 마당엔 고기 냄새며 알코올 냄새가 이미 진동했다.

"와, 지들끼리만 술판 벌리고. 우리 팀 의리가 이것밖에 안 돼? 치사하다, 치사해."

"미리 세팅해 놓고 기다린 거죠. 빨리 오세요."

촬영감독 영민이 제일 먼저 술판으로 뛰어들고, 배우들과 진후가 뒤따라 합세했다. 한빈의 옆에 딱 달라붙어서 사진을 찍는 경옥을 바라보던 준희는 방향을 틀어 불판 앞에서 집게를 집어 드는 종우에게 다가갔다.

"내가 할 테니까 너도 껴서 놀아."

"네? 조연출이 어떻게 감독님께 고기를……."

절대 안 되는 일이라는 듯, 종우가 단호하게 고개를 흔들며 집게를 힘주어 잡았다.

"내년엔 너도 단막 하나 해야지. 미리 스태프들이랑 친분 쌓아 둬서 나쁠 거 없어. 이럴 때 가서 점수 좀 따. 애교도 피우고 술도 좀 따라 드리고."

"감독님……."

집게를 빼앗아 든 준희는 감동했다는 듯 바라보는 종우의 등을 떠밀었다.

"거기까지만 해. 너, 내 조연출 이번 작품까지만이야. 다음 작품부턴 진짜 내 조연출 해고야."

금세 풀이 죽은 종우는 어깨를 잔뜩 늘어뜨리고 영민의 옆에 자리를 텄다.

해가 지고 어둠이 깊어질수록 술판은 점점 무르익어 갔다. 불판 앞에 서서 직접 고기를 굽는 감독은 처음 본다는 우스갯소리가 오가고, 여성 군단이 돌아가며 술이며 고기를 부지런히 입으로 날라다 주어 준희 역시 배를 채웠다.

"야, 서 감독! 박 조가 내 앞에 술 떨어뜨린다!"

이미 얼큰하게 취한 영민이 빈 소주병을 흔들며 큰 소리로 외쳤다. 준희는 웃으며 종우를 불렀다. 종우는 외침을 듣자마자 부리나케 새 술병을 품에 한가득 챙겨 영민의 앞으로 날랐다. 영민은 새 소주병의 뚜껑을 경쾌하게 따며 준희를 향해 씨익 웃었다.

"아주 뽕 빠지게 놀고들 있구나. 우리 먹을 술이랑 고기는 남았나?"

잠시 집게를 내려놓고 어깨를 두드리던 준희는 우렁찬 외침에 고개를 돌렸다. 야외촬영 장소 섭외 문제로 뒤늦게 합류하게 된 섭외팀의 무리가 승합차에서 내리고 있었다. 그 우두머리인 섭외팀의 차 부장과 눈이 마주치자 준희는 고개를 숙여 인사부터 건넸다.

"어, 서 감독. 이 팀은 어떻게 감독이 고기를 직접 구워?"

손을 들어 보이는 것으로 대신 인사를 전한 차 부장이 씨익 웃으며 다가와 불판에 있는 고기를 한 점 주워 먹었다. 준희는 불판에 남은 고기를 접시에 담아 차 부장에게 건네며 물었다.

"어떻게 됐어요, 부장님?"

"광화문에 있는 시어터는 돈으로 발랐는데, 대한예술대학교는 힘들겠는데? 그 학교는 원래가 장소 협찬 안 하기로 유명하잖아. 건물이 예뻐서 청춘물 치고 안 노린 드라마가 없는데 한 곳도 성공한 곳이 없지, 아마? 어찌어찌 총장까진 만났는데 소귀에 경 읽기야. 꿈쩍도 안 해."

대한예술대학교는 준희와 진후의 모교였다. 두 사람이 처음 만난 곳이자, 극 중에서의 진현과 연서가 처음 만나는 장소로 점찍은 곳. 유명 배우들을 여럿 양성하고, 준희와 진후 같은 현역들도 여럿 양성한 곳인 만큼, 예술대학교로는 최고로 쳐주는 곳이라 총장의 자부심이 대단했다.

"단합대회 끝나면 바로 촬영 들어간다며. 어떻게, 딴 데로 틀어?"

스물세 살의 서준희와 송진후가 존재하는 그곳에서 진현과 연서를 만나게 하는 게 맘에 안 걸리는 건 아니지만, 나올 영상을 생각하면 쉽게 포기가 안 됐다.

준희가 고민을 하는 사이, 차 부장은 고기를 집어 먹으며 놀고 있는 무리들을 바라봤다.

"저것들 봐라. 잘들 논다."

얼큰하게 취한 배우들과 스태프들이 게임을 하다 벌칙으로 걸린 뽀뽀가 남자들 사이에서 릴레이처럼 이어지고 있었다. 진행팀의 막내에게 볼을 빼앗긴 종우가 이번엔 한빈 씨를 외치며 달려가고 있고, 한빈은 도망치기 바빴다. 한참의 실랑이 끝에 결국 종우는 한빈을 잡았고, 한빈은 볼을 빼앗겼다.

"여기 여자들도 많은데 왜 다들 남자에게만 뽀뽀를 하십니까."

한빈이 울상인 얼굴로 볼을 쓱쓱 닦았다.

"여자들한테 함부로 입술 들이밀면 우린 성추행으로 사표 써야 해. 한빈 씨한테 뽀뽀 당하고 고소하겠단 여자는 없을 테니 한빈 씨가 이 릴레이 좀 끊어 보든가."

"연기라면 모를까, 사적으로 여자에게 뽀뽀했단 소문나면 곤란하긴 저도 마찬가집니다. 작가님 죄송합니다."

한빈은 옆에서 조용히 술을 들이켜고 있던 진후의 뺨에 기습적으로 입술을 갖다 댔다. 그 모습에 여성 스태프들과 시은은 기절할 듯 자지러졌고, 남자 스태프들은 우우, 야유를 퍼부었다.

"송 작가님 차례네. 아직 볼 안 뺏긴 녀석들 얼른 도망가라!"

조명감독이 장난스럽게 외치자 진후는 마시던 술잔을 내려놓고는 주위를 둘러봤다. 그러다 몸을 일으켜 어디론가 터벅터벅, 걸어갔다. 차 부장은 점점 제 쪽으로 다가오는 진후를 불안하게 보다 슬슬 뒷걸음쳤다.

"나, 나는 아니지. 난 게임 안 했어. 오지 마."

차 부장을 바라보며 씨익 웃은 진후는 불시에 방향을 틀었다.

"어? 서 감독."

"네?"

골똘히 생각 중이던 준희는 차 부장의 외침에 고개를 들었다. 그때, 뺨에 촉촉한 감촉이 와 닿았다. 그 순간 시끌벅적했던 주위가 고요하게 잠들었다. 준희는 멍한 얼굴로 눈을 깜빡이다 느리게 고개를 돌렸다. 진후는 바지에 손을 꽂은 채 태연한 얼굴로 돌아섰다.

"전 배우도 방송국 소속도 아니라 이미지 타격 받을 일도 없고 사표 쓸 일도 없어서요."

조용했던 주위는 영민의 화통한 웃음으로 다시 깨어났다.

"그래, 그래. 맞다, 맞어. 야, 서 감독. 억울해도 지금은 참아. 감독이 작가를 고소하면 대본은 누가 쓰냐?"

영민의 너스레에 주위는 다시 웃음바다가 됐다. 준희는 진후를 노려보고는 민선이 주고 간 소주를 한 번에 들이켰다. 그리고 분위기는 다시 무르익었다.

"야, 경옥아. 이번엔 제발 편집 좀 잘해라. 내가 죽이게 찍어준 좋은 그림 다 잘라 먹고 왜 그렇게 배우들 얼굴만 큼지막하게 잘라?"

"감독님은 무슨 그런 서운한 소릴 하세요? 다들 내가 편집한 그림이 얼마나 좋다고 그러는데."

"누가. 누가 좋다 그래? 야, 너 안 되겠다. 우린 심도 있는 대화가 필요해. 너 내 방으로 따라와."

빈 소주병이 잔디밭 위를 구르고, 밤공기가 차가워지자 무리들이 하나둘 방 안으로 들어갔다. 준희는 주변을 정리하기 시작한 종우를 바라보다 몸을 일으켰다. 펜션에서 얼마 떨어지지 않은 강가로 향한 준희는 커다란 돌 위에 앉아 무릎에 얼굴을 묻고 진후의 입술이 닿았던 뺨을 손등으로 쓰윽쓰윽 문질렀다.

"그렇게 기분 나쁘면 아까 한 대 패지 그랬어?"

등 뒤에서 들려오는 진후의 목소리에 준희는 고개를 들었다.

"그 말, 지금도 유효해?"

진후는 장난스럽게 웃으며 준희의 옆에 털썩 주저앉았다.

"아니. 이미 버스 지나갔어."

"그럼 가. 보기 싫어."

준희가 다시 얼굴을 무릎에 묻으려 하자, 부드럽게 뒤통수를 잡은 진후가 물병을 흔들었다.

"이거 안 필요해? 필요할 건데."

술을 먹으면 그 양이 얼마든, 어떤 술을 마셨든 물을 들이켜는 게 준희의 습관이었다. 준희는 물병을 바라보다 창피하다는 듯 시선을 틀며 슬쩍 손을 내밀었다.

"줘, 그럼……."

진후는 내밀었던 물병을 빠르게 반대편으로 감췄다.

"싫어. 물 마시면 금방 술 깨잖아. 술김에라도 내 얼굴 좀만 더 봐. 나만 자꾸 보니 분해."

준희는 한쪽 무릎을 굽혀 턱을 괴고 강물을 바라보는 진후를 물끄러미 바라봤다.

"송 작가님."

"……"

"작가님."

"……"

"진후야."

진후는 그제야 고개를 돌려 눈을 맞췄다.

"왜."

"……너는 내가 왜 좋아?"

"너는 내가 왜 싫어?"

"……무거워서. 내 상처도 무거워서 버벅거리는 내 가슴에 누구 상처를 더 얹어. 나한텐 너무 무거워, 너."

"넌 나 안 사랑해서 그래. 사랑하면 하나도 안 무거워. 나도 내 상처 어쩌지 못해 버벅거려도 난 너 안 무겁거든. 그래서 난 다른 대안이 없었어. 서준희가 가벼워도, 무거워도."

"……억울하겠다, 너."

진후는 피식 웃었다.

"알면 맘 좀 주든가."

준희는 뒤로 몸을 쭉 뻗어 진후가 챙겨 온 물병을 가져와 깨끗하게 다 비웠다.

"그새를 못 참고. 밉다, 서준희."

밉지 않게 흘겨보는 진후와 태연히 눈맞춤을 하던 준희는 담담하게 말을 돌렸다.

"좀 도와주라."

"뭘?"

"대한예술대학교, 장소 섭외가 안 돼. 너 학교 관계자들이랑 친할 거 아냐, 잘나가는 작가님이라. 난 졸업하고 연락 딱 끊어서 부탁 못 해."

진후는 인상을 쓰며 답답하다는 듯 머리를 쓸어 넘겼다.

"거기서 찍고 싶어? 너랑 내가 처음 만났고, 예뻤던 우리 추억 다 있는 곳인데? 아무렇지도 않아?"

"나 이번 꺼 무조건 대박 나야 돼. 드라마국 선배 편성까지 엎게 하고 가는 거라. 거기보다 그림 잘 나올 곳 있으면 말해 봐."

물 한 잔에 술이 다 깼을 리가 없을 텐데 이런 상황에서조차 준희는 이성적이었다. 진후는 화가 나 소리쳤다.

"넌 무슨 여자가! 왜 이렇게 독해? 싫어. 안 도울 거야. 총장님한테 석고대죄라도 해서 허락을 받든, 무단 침입을 하든 재주껏 찍어."

"이 작품이 내 작품만 돼? 네 작품도 되잖아. 좀 도와줘."

진후는 한참 동안 준희를 노려보다 겨우 입을 열었다.

"내가 도와주면. 넌 뭐 해 줄 건데."

"진짜 치사하게 이럴 거야?"

"넌 계속 치사하잖아. 10년 전에도 나만 너 짝사랑한 것처럼."

서로를 노려보는 시선이 팽팽하게 오가는 가운데, 결국 준희가 두 손을 들고 일어섰다.

"됐어. 재주껏 해 볼게."

성큼성큼 강가를 빠져나가는 준희를 속 타는 얼굴로 바라보던 진후는 결국 일어나 달려갔다. 그리고 준희의 손목을 잡아 거칠게 돌려세웠다.

"해 줄게. 내가 부탁한다고 될지 모르겠지만 해 본다고. 거기서 예뻤던 너랑 나 떠올리며 힘들게 찍어 봐, 어디."

진후는 준희의 손목을 놓고 성큼성큼 앞질러 걸어갔다. 준희는 덤덤하게 진후의 뒤를 따랐다.

"고마워."

진후는 인사도 받지 않고 그저 걷기만 했다. 펜션으로 들어가 현관 안으로 들어선 두 사람은 거실의 풍경에 우뚝 멈춰 섰다. 감독과 작가의 공간이라는 사실이 무색하게 거실엔 빈 소주병이 난무하고 활짝 문이 열려 있는 영민의 방엔 이미 남자 스태프들이 여럿 엉켜 있었다.

소주병들을 대충 발로 치우며 방문을 연 준희는 침대와 바닥에 널브러져 있는 여성 군단을 보고 조용히 문을 닫았다. 그리고 거실 소파에 털썩 주저앉았다. 진후는 그런 준희를 화난 얼굴로 바라보곤 방으로 들어가 버렸다. 준희는 닫힌 진후의 방문을 바라보다 겉옷을 벗어 거실 한가운데 널브러져 있는 종우의 배 위에 덮어 주고 두루마리 휴지를 머리에 대 줬다.

잠깐 눈을 붙일 요량으로 눈을 감고 소파에 누워 있던 참이
었다. 갑자기 몸이 붕 들리더니 다리가 허공에 펄럭였다. 놀란
준희는 눈을 뜨고 입을 벌렸다.

"쉿."

쉿?

"스태프들 다 달려 나와 이 광경 보게 하고 싶으면 소리 지
르든가."

준희는 거실에서 자고 있는 몇몇 스태프들을 바라보곤 입을
다물었다. 진후는 조금 열어 둔 방문을 발로 마저 열고 침대에
준희를 내려놨다.

"진짜 고마우면 여기서 자. 신경 쓰여서 밤 꼴딱 새게 하지
말고."

밉게 준희를 바라보던 진후는 성마른 손길로 얼굴을 쓸었다.

"대체 난 이런 여자가 뭐가 좋아서."

그러고는 가방에서 세면도구와 옷을 챙겨 방을 나갔다. 준희
는 멍한 얼굴로 침대 헤드에 등을 기대고 몸을 둥글게 말았다.

문이 열리고 물이 흐르는 소리가 들렸다. 그러다 잠시 후,
문이 닫히는 소리가 났다. 침대에서 몸을 일으킨 준희는 제 방
으로 들어가 세면도구를 챙겨 욕실로 들어갔다. 씻고 나와 소
파 위를 바라보니 진후가 다리를 팔걸이에 올린 채, 팔을 베고
누워 있었다.

준희는 진후의 방으로 들어가 침대에 깔려 있는 매트와 베
개 하나를 챙겨 거실로 나왔다. 몸 위에 이불을 덮어 주고 조심

스럽게 머리를 들어 베개를 베어 주는데 손목이 잡혔다. 준희
는 그대로 굳어 있다 이내 슬며시 손목을 비틀었다.

"두 번은 나오지 마. 그땐 이 손 안 놔준다."

진후는 손목을 놓아줬고, 준희는 빠르게 방으로 들어와 문
을 닫았다.

잠이 잘 올 것 같지 않은 그 밤은 그렇게 흘러갔다.

"어우, 무슨 비가 이렇게 와. 아주 쏟아지네, 쏟아져. 래프팅
인지 뭔지는 못 하겠다?"

"못 하지. 이 날씨에 래프팅은 무슨. 누구 하나 죽일 일 있어?"

이른 아침부터 일찌감치 거실에 술판을 벌인 조명감독과 촬
영감독 영민이 우울한 얼굴로 창밖을 바라보는 종우에게 들으
라는 듯 비꼬았다. 종우는 원망스러운 얼굴로 두 사람을 바라
보았다.

"그러게, 왜 프로그램을 그렇게 짜? 늙은이들 데리고 래프팅
은 얼어 죽을."

"그래, 그래. 이런 데 와선 그냥 죽기 직전까지 마시고 노는
거야. 창밖 그만 보고 와서 술이나 마셔."

조명감독이 종우를 끌어다 기어이 제 옆에 앉히고는 소주를
가득 채운 종이컵을 건넸다. 종우는 창밖을 바라보며 눈을 질
끈 감고 원샷을 했다.

"어우, 우리 박 조 잘 마시네. 자자, 여기 안주."

조명감독이 라면 국물을 떠서 종우의 입에 갖다 댔다. 숟가

락에 있는 라면 국물을 받아 마시는데, 준희가 욕실에서 수건으로 머리를 털며 나왔다. 종우는 라면 국물을 재빨리 넘기고 울상인 얼굴로 준희를 불렀다.

"감독님."

준희는 방에 들어가려다 말고 종우를 바라봤다.

"어?"

"비…… 와요."

결국 지난 새벽엔 거의 잠을 자지 못했다. 5분 자고 일어나 한 시간을 멍하니 흘려보내고, 또 10분 자다 일어나 한 시간을 멍하니 흘려보내고. 촉박한 시간에 단합대회를 준비하면서 래프팅까지 예약하느라 고생했을 종우에게는 미안하지만 오히려 다행이다 싶었다. 준희는 희미하게 웃으며 고개를 끄덕였다.

"술이나 마셔."

"감독니임."

준희가 아쉬워해 주길 바랐던 종우는 더 울상이 되고 말았다. 조명감독과 촬영감독은 크게 웃으며 종우의 등을 두드렸다.

"박 조 네 눈엔 서 감독이 젊어 보이지? 드라마국 10년차면 현장에서 구르느라 골병이 들어도 단단히 들었을 연차야, 짜샤."

"그렇지, 그렇지. 래프팅은 너 같은 3년차나 하는 거야. 마셔, 마셔, 쭈욱 마셔."

원망스럽게 준희를 바라보던 종우는 촬영감독이 건넨 소주를 또 쭈욱 들이켰다. 준희는 그 모습을 바라보며 피식 웃고는 방 쪽으로 몸을 돌렸다. 그런데 그때, 방 안에서 억눌린 비명이 들려왔다.

"으아아악!"

놀란 준희는 방문을 벌컥 열며 외쳤다.

"무슨 일이야?"

비명을 지른 건 민선이었다. 민선은 머리에 베개를 감고 매트에 이마를 댄 채 엎드려 몸을 마구 비틀고 있었다. 그런데 경옥과 진영, 혜연은 별일 아니라는 얼굴로 화장을 하고, 짐을 챙기고, 과자를 먹고 있었다. 설명 좀 해 보라는 듯 혜연을 바라보자, 그녀가 심드렁한 얼굴로 과자를 오물거리며 대답했다.

"늘 있는 일이요. 모친께서 방금 백화점으로 향하셨다고 동생님께 문자 보고가 왔어요. 이번엔 샤넬 가을 신상이래요."

혜연의 보고가 끝나자마자 벌떡 일어난 민선이 제 가방을 뒤졌다.

"없어, 없어. 누구『수학의 정석』없어? 응?『수학의 정석』!"

"너 말고 누가 이 나이 먹어서 수학 문제를 푸냐? 먹고사는 것도 머리가 아파 죽겠는데. 온 방을 다 돌아다녀 봐라. 그거 가지고 있는 사람 있나."

제 짐을 다 챙기고 지퍼를 닫던 진영이 퉁명스럽게 말을 하면서도 민선이 어지른 짐을 주워 담기 시작했다. 민선은 그러거나 말거나 머리를 부여잡고 절규했다.

"지옥이야. 사는 게 진짜 지옥이야."

세상이 끝난 것 같은 얼굴인 민선을 힐끔 바라본 경옥이 비비크림을 마저 바르며 딱하다는 듯 혀를 찼다.

"그러지 말고 어머니랑 얘기를 해, 얘기를. 100만 원을 긁든, 천만 원을 긁든, 네가 무시를 하니까 어머니가 더 독이 올라 그러시는 거 아냐."

작든 크든 누구에게나 직면해 있는 문제가 있고, 자신만의 도피처가 있기 마련이다. 하지만 도피처란 일시적인 방편밖엔 되어 주지 못한다. 그 문제를 해결하기 위해선 결국 정면 돌파밖에 없다는 걸 우린 알고 있지만, 도저히 넘을 수 없을 것 같은 두려움에 늘 용기를 내지 못한다. 어머니와의 오랜 골 앞에 민선이 그렇듯, 10년 만에 나타난 옛 사랑이자 도피처 앞에 선 준희가 그렇듯.

준희는 열려 있는 방문을 노크하는 소리에 뒤를 돌았다.

"라면 끓일 건데. 같이 먹어요, 감독님."

"저 라면 싫어해요."

준희는 진후를 지나쳐 거실로 나갔다.

"좋아. 즉석밥 남은 거 있어?"

"네. 있어요."

얼마나 술을 받아먹었는지 벌겋게 달아오른 얼굴로 즉석밥을 찾아 전자레인지에 데워 온 종우가 식탁에 내려놓았다. 그리고 어제저녁에 먹다 남은 고기로 재빠르게 제육볶음을 해서 밥 옆에 내려놓았다.

"별로 맛은 없겠지만 그래도 많이 드세요."

헤죽헤죽 웃은 종우가 다시 술자리로 돌아가고, 준희는 식탁에 앉아 숟가락을 들었다. 종우가 제육볶음을 만드는 동안 그 옆에서 라면을 끓이던 진후가 맞은편에 냄비를 내려두고 앉으며 혼잣말처럼 중얼거렸다.

"미워하려면 나만 미워하지 라면이 무슨 죄야."

준희는 밥 한술을 뜨다 말고 진후를 바라봤다.

"라면 귀신 서준희가 라면이 싫다니까. 라면은 죄 없다고."

"이제 아니야."

이번엔 면발을 들어 올리던 진후가 밥을 입에 떠 넣는 준희를 바라봤다.

"진짜 싫어한다고, 라면. 조연출 1년차 때, 추운 날 현장에서 라면 들이마시다가 체한 이후엔 냄새도 싫어."

아몬드 초콜릿은 여전히 좋아하지만 그렇게 좋아했던 라면은 싫어졌다. 함께하지 못했던 10년의 공백 동안 작게 크게 변한 것들이 이것뿐만은 아닐 거였다. 그 사실을 진후도 인지한 듯, 씁쓸하게 웃은 그는 말없이 라면을 먹었다. 그 앞에서 묵묵히 그릇을 다 비운 준희는 쓰레기봉투에 그릇을 버리고 설거지를 하고 있는 진후의 옆에 가서 섰다.

"설거지 끝내 놓고 잠깐 봐. 뒤뜰 정자에서 기다릴게."

조금 놀란 듯한 진후의 시선이 느껴졌지만 준희는 그대로 등을 돌려 종우를 바라봤다.

"버스 몇 시쯤 도착하는지 알아봐. 도착하는 대로 서울로 올라갈 거니까 시간 맞춰 준비하고."

"네."

준희는 우산을 들고 펜션을 나섰다. 뒤뜰 정자에 도착해 우산을 접고 기다리길 수 분, 꺾어지는 곳 끝에서 손으로 머리를 가리고 뛰어오는 진후가 보였다. 준희는 처마 밑에 도착해서 젖은 어깨를 터는 진후를 바라봤다.

"왜 우산도 없이 와. 펜션 앞에 우산 있는 거 못 봤어?"

"봤어. 봤는데, 서준희가 챙겼겠다 싶어서."

아무 말도 없이 그저 빤히 바라보던 준희가 입을 열려고 하자 진후가 급하게 입을 막았다.

"다시 만나고 처음이잖아. 서준희가 단둘이 보자는 거. 나 지금 무지 설레. 초 치지 마."

진후는 제 카디건을 벗어 준희와 제 머리 위에 씌웠다.

"뛸까? 10년 전 광화문 시어터에서 만났던 그날처럼?"

준희는 물끄러미 진후를 바라봤다. 당연히 준희가 거부할 줄 알았던 진후는 웃음기를 거두고 어색하게 카디건을 내렸다.

"왜 그래? 무섭게."

준희는 진후를 한참이나 바라보다 담담하게 입을 뗐다.

"너 그랬지. 너한테 나, 도피처였다고."

"……어."

"나 다시 꼬시겠다 그랬지. 내가 가벼워도, 무거워도 넌 다른 대안이 없었다고. 맘 좀 달라고."

"……어."

"내가 맘 주면."

"다시 만나야지. 그때처럼 예쁘……."

불현듯 이상함을 느낀 진후는 말을 멈추고 준희를 바라봤다. 그러다 초조한 얼굴로 머리카락을 쓸어 넘겼다.

"그러니까 내 말은, 그때처럼 널 도피처로 삼겠다는 게 아니라……."

"내가 지금부터 뭐 하나 더 물을 건데 대답하기 어려우면 안 해도 돼."

"……?"

"교수님이셨던 그 잘난 네 아버지, 지금 어디서 뭐하시니?"

그러나 두려움을 이기고 정면 돌파를 한다고 해서 반드시 좋은 결말이 나오는 것은 아니다. 내 안을 갉아먹는 어떠한 문제가 과거의 오래된 상처가 아니라 현재 진행형인 바로 지금 같은 순간엔.

달콤한 꿈에서 깨어나 암담한 현실과 맞닥뜨린 진후는 괴로운 얼굴만 지을 뿐, 아무 말도 하지 못했다. 준희는 우산을 펴고 빗속으로 나갔다. 그리고 한 걸음 떨어져서 진후와 마주했다.

"시작이 나빴어. 이상하게 길들여진 거야, 너랑 난. 우리, 두 번은 비겁하지 말자."

#씬 8

복사기가 종이 한 장을 뱉어 내자마자 종우는 종이를 낚아 채듯 집어 들고 준희에게 가져갔다. 대본을 보던 준희는 빠르게 스케줄 표를 훑고는 종우의 가슴팍에 종이를 집어 던졌다.

"너 대체 몇 년차야! 정신이 있어, 없어! 밤 씬, 밤 씬, 밤 씬으로만 스케줄 잡으면 낮엔 놀아? 야외 씬, 세트 씬 분리해서 각각 몰아 짜라고 몇 번을 말해! 이동만 하다 도로 위에서 시간 다 보낼 거야!"

종우는 바닥으로 떨어진 종이를 주워 들고 고개를 푹 숙였다.

"죄송합니다. 다시 짜겠습니다."

"다섯 시간 줄게. 스태프 회의 전까지 다시 짜 와."

"네."

자리로 뛰어가 대본을 펼치는 종우를 바라보던 준희는 다시 대본을 읽으며 콘티를 짰다. 그 모습을 바라보던 앞자리의 우영이 피식 웃으며 준희를 살살 긁었다.

"적당히 잡아라, 서준희. 박종우만큼 너한테 충성하는 애가 어디 있다고."

준희는 고개를 들고 우영을 노려봤다. 우영은 지레 겁먹은 얼굴로 어깨를 들썩였다.

"어우, 무서."

우영은 능청스럽게 생글생글 웃음 지으며 모니터로 시선을 돌렸다. 준희는 우영을 밉게 쏘아보고는 다시 대본으로 시선을 내렸다.

2자를 가리키고 있던 시침이 빠르게 흘러 7자를 가리켰다. 준희는 배우 매니저들과의 통화를 끝내고 빠르게 스케줄 표를 다시 작성하는 종우를 바라보다 다이어리를 들고 자리에서 일어났다.

그로부터 40분 후, 스케줄 표 작성을 끝낸 종우는 비어 있는 준희의 자리를 보고 의자에서 엉덩이를 뗀 채로 매수를 설정하고 프린트 버튼을 눌렀다.

지잉. 복사기가 마지막 종이를 토해 내자마자 낚아채듯 집어 든 종우가 뛰기 시작했다.

"비켜 주세요, 비켜 주세요!"

복도 벽에 기대 대본을 외우는데 열중하는 중년 배우, 둥글게 만 큐시트로 조연출의 가슴을 신경질적으로 쿡쿡 찌르는 예능 PD, 거지 분장을 하고 녹화장으로 들어가는 어느 개그우먼

을 지나쳐 회의실로 뛰어 들어간 종우는 준희의 앞에 스케줄
표를 내려놓았다.

촬영감독과 조명감독, 섭외부장, 여성 군단, 진행의 막내까
지 모든 스태프들이 자리한 가운데 스태프 회의를 진행 중이
던 준희는 빠르게 종이 한 장을 들어 읽어 보고는 고개를 끄덕
였다.

"앞으로도 이렇게 짜. 알았어?"

"네!"

"스태프들에게 빨리 나눠 줘."

스태프들이 종우가 나눠 준 스케줄 표를 보는 사이, 섭외팀
차 부장의 휴대폰 벨 소리가 회의실에 울려 퍼졌다. 모든 이의
시선이 스케줄 표에서 차 부장을 향했다.

"어떻게 됐어?"

침 넘어가는 소리조차 들리지 않는 회의실 안, 알았다는 말
을 끝으로 차 부장이 덤덤하게 전화를 끊었다.

"어떻게 됐어요? 허가 떨어졌대요?"

준희의 물음에 차 부장은 침통하게 한숨을 내리쉬고 고개
를 숙였다. 갑갑한 마음으로 준희가 거칠게 머리카락을 쓸어
넘기며 눈을 질끈 감으려는 순간, 차 부장이 고개를 들며 씨익
웃었다.

"났어! 내준대! 대한예술대학교!"

모든 스태프들이 일제히 발을 구르고 서로를 얼싸안으며 환
호성을 질렀다. 준희도 그제야 희미하게 웃다 휴대폰을 꺼냈

다. 송 작가님이라고 저장된 진후의 번호를 문자 창에 띄워 놓고 손끝으로 매만지기를 한참, 준희는 조용히 창을 닫았다.

그토록 도도하게 굴었던 대한예술대학교의 촬영 허가가 떨어진 데에는 진후가 약속을 지켜 줬기 때문이겠지만 고맙다는 말 한마디도 망설여졌다. 단합대회의 마지막 날, 스스로는 인지하지 못하고 있던 사실을 깨닫고 괴로워하던 진후의 얼굴이 떠올라서.

그날 정자 밑에서 진후는 끝끝내 부인을 하지 못했다. 우리의 시작이 나빴다는 말에도, 10년이 흘렀지만 여전히 도피처가 필요한 네 사랑이 진짜 사랑이냐는 에둘린 표현에도.

진후가 그런 반응일 줄 예상하고 정면 돌파를 시도했다. 잔인하다고는 생각했지만 그것밖에는 방법이 없었다. 서른세 살이 된 너와 나의 시작이 스물세 살의 시작과 다르지 않다는 걸 깨닫게 해 줄 방법이.

다행스럽게도 똑똑한 송진후는 서준희가 두 번 잔인해지도록 만들지 않았다. 단합대회 날 이후, 진후는 공적인 연락조차 모두 종우를 통해 하고 있었다.

"서 감독."

왼쪽에 서 있던 촬영감독 영민이 어깨를 툭 쳤다. 그제야 상념에서 헤어 나온 준희가 얼이 빠진 얼굴로 영민을 바라봤다.

"네?"

"뭘 그렇게 넋 놓고 있어. 이제 진짜 시작인데 한마디 해야지."

준희는 천천히 고개를 돌려 정면을 바라봤다. 환호성을 지르던 스태프들의 시선이 어느새 모두 그녀를 향해 있었다.

"부족한 감독 만나 갖은 고생 다 하겠지만 마지막 회가 방송 나가는 그날까지, 모두들 힘내 주세요."

준희는 진행의 막내부터 한 명 한 명 시선을 맞췄다. 어떤 이는 비장한 표정으로, 어떤 이는 장난스럽게 웃으며, 어떤 이는 엄지를 치켜들며 준희의 시선에 화답했다. 준희는 마지막으로 스태프들 중 최고참인 차 부장까지 시선을 맞췄다. 차 부장은 씨익 웃고는 스태프들을 바라보며 손뼉을 쳤다.

"자자, 어느 감독을 만나든 방송국에 들어온 이상 개고생하는 게 우리 운명이야. 어차피 고생하는 거 사고 한번 제대로 쳐 보자고."

"〈그해 겨울〉 대박!"

조명팀 막내의 호기로운 외침으로 〈그해 겨울〉은 시작되었다. 서준희와 송진후만의 〈그해 겨울〉이 아닌 그들의 〈그해 겨울〉이.

첫 촬영 날이었다. 아직 종우에게 출발 준비 완료라는 전갈이 오지 않았지만 준희는 일치감치 대본을 챙겨 드라마국을 나섰다. 복도 끝에서 왼쪽으로 방향을 틀어 엘리베이터 앞으로 가려던 준희는 벽에 기대 있는 현욱을 발견하고 다시 뒷걸음질 쳤다.

"나 보러 왔으면 들어오지 왜 여기 이러고 있어?"

현욱은 말없이 준희만 바라봤다. 준희는 대수롭지 않게 현욱에 손에 들린 작은 선인장 화분을 손가락으로 가리켰다.

"이거 내 꺼지? 아무튼, 첫 촬영 나가는 날은 귀신같이 알지. 선인장 들고 있는 너 보면 아, 진짜 시작이구나, 실감 나."

단막 때부터 현욱은 첫 촬영 날이면 늘 이렇게 작은 선인장 화분을 하나씩 선물했다. 식물이라면 자다가도 벌떡 일어나는 서준희지만 꽃은 낯간지럽고, 또 워낙 바빠 다른 식물은 죽이기 십상이니 선인장이 딱이라며.

선인장을 받으려고 손을 뻗자, 현욱이 선인장을 든 손을 확 위로 올렸다. 준희는 높이 있는 선인장을 바라보곤 현욱을 바라봤다.

"내 꺼 아냐? 내 꺼잖아. 곱게 주지?"

"뭐가 예뻐서."

평소와는 다르게 현욱의 말투가 퉁명스러웠다. 준희는 선인장을 향해 뻗었던 손을 내리며 물었다.

"최현욱 골났네. 왜 골났어?"

"날 잡아 제대로 보자며. 송진후랑 드라마 안 한다며. 결국엔 또 송진후야?"

"둘 중 뭐에 골이 난 건데. 날 잡아 제대로 보자 해 놓고 연락 못 해서? 아니면, 진후랑 드라마 해서? 전자면 미안하고 후자면, 그렇게 됐어."

"그렇게 됐어가 다야? 송진후에서 진후가 된 거 보니 둘 사이 벌써 가까워졌나 보다? 혹시 송진후 다시 만나?"

준희는 씁쓸하게 웃고는 현욱의 옆에 벽을 기대고 섰다.

"얼마 전에 방송 들었어. 이윤서, 오래하더라? 내가 힘들 때 달려와 줬으면 하는 사람, 힘들 때 제일 먼저 날 찾아 주었으면 하는 사람. 이윤서가 너도 누군갈 생각하는 얼굴이라던데. 너 여자 생겼어?"

현욱은 당황한 표정으로 준희를 바라보다 한숨을 폭 내리쉬었다.

"하여간 말 돌리는 데는 선수지. 내 여자 얘긴 나중에 듣고 지금은 네 얘기나 해. 정말 송진후랑 다시 만나?"

"무슨 대답이 듣고 싶은데."

"안 만난다는 대답. 앞으로도 안 만날 거라는 대답. 송진후, 네가 두 번이나 마음 줄 만큼의 가치 없어."

좋은 게 좋은 거 아니겠냐는 현욱의 둥근 성격 상, 누군가를 이렇게나 오래 싫어하는 건 정말 드문 일이었다. 준희는 벽에서 등을 떼고 정말 궁금하다는 표정으로 현욱을 바라봤다.

"진지하게 묻는 건데, 넌 걔가 정말 왜 그렇게 싫어?"

현욱은 말을 할지 말지 한참이나 고민하다 겨우 말을 꺼냈다.

"……나 봤어. 10년 전에 우연히 정류장에 앉아 펑펑 우는 너. 그땐 몰랐는데 나중에 알고 보니 송진후 집 앞 정류장이더라."

진후와 헤어졌던 그날은 눈이 아주 많이 왔던 겨울이었다. 눈이 아주 많이 쌓여 거리엔 사람도 드물었고 도로의 차는 움직이질 못하고 기어 다녔다. 그런 날 나를 아는 누군가가 막 닥쳐 온 시련에 힘들어하는 모습을 봤을 거라고는 조금도 생각지 못했다.

"마음 주지 마. 너랑 송진후가 뭐 때문에 헤어졌는지 모르겠지만 한 번 헤어진 연인은 두 번째도 같은 이유로 헤어져."

한 번 헤어진 연인은 두 번째도 같은 이유로 헤어진다, 라.

사람과 사람 사이의 관계가 그런 것이라는 건 안다. 연인이든, 친구든, 가족이든, 받기만 하던 사람은 그것에 익숙해 받기만 하고, 주기만 하던 사람은 또 그것에 익숙해 주기만 한다. 그리고 한 번 확립된 관계를 바꾸는 건 육식주의자가 채식주의자가 되는 것만큼이나 어려운 일이다.

10년 전, 도피처로 시작한 서준희와 송진후의 관계가 10년이 흐른 뒤에도 비슷하게 시작하려 했듯이.

암담한 현실과 맞닥뜨린 뒤, 아무런 반항도 못 하고 허물어져 갔던 진후의 모습이 생각나 입안이 썼다. 그날의 송진후가 그랬듯, 지금의 서준희 역시 우린 다르다고, 만약 우리가 다시 만나도 10년 전처럼 서로를 감추다 결국 버거워져 헤어지진 않을 거라고 부정할 수가 없었다.

"혹시 나 지금 주제넘었어? 서준희의 13년 지기로서 이 정도 얘기할 자격은 된다고 생각하는데."

침묵이 길어지자 현욱이 조심스레 안색을 살피며 물었다. 준희는 씁쓸함을 누르고 희미하게 웃었다.

"주제 안 넘었어. 무슨 말인지도 알아들었고. 그러니까 이제 주지?"

손을 내밀자 현욱은 그제야 선인장을 넘겨주었다. 비록 못 미덥다는 얼굴이었지만.

"터널 속으로 들어가는 서준희. 끝이 보이지 않아 막막해도 씩씩하게 달려. 달리다 보면 이 선인장처럼 예쁜 꽃 피울 거야. 힘내라."

첫 촬영에 들어갈 때면 언제나 이 선인장을 주며 현욱이 해 주는 말이었다. 준희는 선인장의 가시를 손끝으로 톡톡 건드리다 현욱을 바라봤다.

"고마워. 꼭 예쁜 꽃 피울게."

두 대의 전세 버스와 발전 차, 크레인 차, 카메라와 조명 외의 각종 장비들을 실은 승합차 세 대가 줄줄이 대한예술대학교로 들어섰다. 준희가 탄 1호차 전세 버스가 막 정문을 통과하는데, 갑자기 버스가 끼익 소리를 내며 정지했다. 대본을 보다 몸이 앞으로 쏠린 준희는 급하게 손잡이를 잡았다. 동시에 버스 기사가 난감한 얼굴로 뒤를 돌아 말했다.

"앞이 꽉꽉 막혔어요. 그냥 뚫고 들어가다간 사고 나겠는데 어쩌죠?"

준희는 인상을 쓰며 차창 유리 너머를 바라봤다. 버스 앞에는 플래카드를 흔들며 배우의 이름을 외치고 있는 이시은과 최한빈의 팬들이 가득했다. 준희는 한숨을 내리쉬고 무전기를 들었다.

"진행팀 다 내려."

— 네.

진행팀 누군가의 간결한 대답이 들려오고 무전기를 내리는데, 맞은편 자리에 앉아 있던 섭외팀의 차 부장이 상체를 쭉 뻗어 손잡이를 두드렸다.

"진행팀 가지고는 어림도 없어. 커튼 열어 봐."

의아한 얼굴로 준희가 커튼을 열려는데, 창문을 두드리는 소리가 났다. 커튼을 열자, 앞에 있는 것보다 몇 배는 많은 인파가 첫 촬영을 취재 나온 기자들과 엉겨 붙어 버스를 포위하고 있었다.

"아, 글쎄. 여기 최한빈, 이시은 없대도. 고만 두드려."

거세게 창문을 두드리는 팬들의 행동에 결국 차 부장의 입에서 볼멘소리가 터졌다. 이 사태를 어떻게 해야 하나 잠시 고민하던 준희는 다시 무전기를 들었다.

"각 차에 계시는 감독님들 죄송합니다. 애들 좀 쓰겠습니다."

— 죄송은 뭐가 죄송이야. 우리가 남이야? 빨리 앞이나 뚫어 봐. 시끄러워 죽겠어.

1호 승합차에 타고 있던 촬영감독 영민의 심드렁한 목소리가 무전기를 타고 흘렀다. 준희는 옅게 웃고는 다시 무전기를 들었다.

"각 팀의 원, 투까지만 남고 모두 내려. 10분 안에 정리해서 길 뚫는다."

— 아우.

— 아우? 이 자식은 감독이 내리라는데 뭐가 아우야. 그럼 다 늙은 내가 내리냐!

— 가요, 갑니다. 감독님, 조명팀 셋이요.

— 촬영팀도 셋이요.

— 음향팀, 미술팀, 합이 일곱이요.

— 팬들 다치지 않게 조심해서 막아!

무전기를 통해 각 팀에서 보고가 흘러 들어오고 영민의 당부가 이어졌다. 버스에서 내린 스태프들이 밖으로 나가 인간 펜스를 치고 있는 사이, 차 부장과 종우가 동시에 일어섰다. 준희는 황당한 얼굴로 종우를 바라봤다.

"넌 왜 일어나?"

"같이 뚫어야죠. 조연출인데."

"넌 좀 전에 내 얘기 코로 들었어? 각 팀의 원, 투 남고 내리랬잖아. 연출부 원, 투가 너랑 난데 가긴 어딜 가?"

종우는 당황한 얼굴로 차 부장을 바라보았고, 차 부장은 너 아직 멀었단 얼굴로 고개를 젓고는 섭외팀의 둘을 지명했다.

"너, 너. 니네도 서 감독 얘기 코로 들었냐? 니네가 우리 팀 원, 투야? 빨리 안 내려!"

차 부장의 불호령이 떨어지기가 무섭게 졸고 있던 섭외팀의 두 사람이 벌떡 일어나 앞문을 두드렸다.

"아저씨 문 열어 주세요. 섭외팀 둘, 출동합니다!"

섭외팀의 두 사람까지 합세해 인산인해를 이루고 있던 팬들이 옆으로 빠지고 점점 길이 트였다. 멈췄던 버스가 느릿하게 움직여 겨우 주차장에 도착했을 때, 팬들에게 밀려 올라온 스태프들은 머리가 헝클어지고, 옷이 뜯기고, 얼굴에 흙이 묻은 채 반 거지가 된 상태였다. 인원을 빼앗긴 상태라 감독들까지

나서 장비를 내리며 스태프들의 모습을 보곤 몇몇이 웃음을 터트렸다.

"하여간 우리나라는 인터넷이 너무 발달했어. 검색 몇 번이면 어느 배우가 언제, 어디에 나타난다더라가 다 나오니 이거야 원."

조명감독의 볼멘소리를 듣던 준희는 장비를 내리는 종우를 불렀다.

"최한빈, 이시은 매니저한테 연락해서 정문으로 들어오지 말라 그래. 까딱하다간 해 떨어지기 전에 못 찍겠다."

"그럼 어디로 오라 그래요?"

해맑은 종우의 대답에 준희의 표정이 험악하게 굳었다.

"그걸 왜 나한테 물어! 넌 야외촬영 나오면서 학교 구조도 파악 안 하고 나와?"

움찔한 종우는 주머니에서 꾸깃꾸깃한 종이 뭉치를 꺼내 학교 도면을 펼쳤다.

"어……, 음악원 뒤쪽에 후문이…….”

"정문이 이 상태면 거기도 적지 않을 거야. ……영상원이랑 미술원 사이 길에 쪽문 있어. 거기로 들어오라 그래."

그걸 감독님이 어떻게 아시냐는 눈길로 종우가 바라봤지만 준희는 모른 척 말을 이었다.

"잠겨 있을 테니까 차 부장님께 학교 측에 열어 달라 요청해 달라 그리고."

핸드폰을 꺼내던 종우가 결국 못 참고 조심스레 궁금증을 풀어 놓았다.

"감독님 혹시 이 학교 나오셨어요?"

"어."

"네?"

"너 시간 남아돌아? 빨리 안 움직여!"

준희의 불호령에 종우가 종이를 막 구겨 대충 주머니에 넣고 차 부장에게 튀어 갔다. 종우의 전언을 들은 차 부장이 본관 건물로 향하고, 핸드폰을 꺼내 매니저에게 전화를 하는 종우를 바라보던 준희는 첫 씬을 찍을 중앙 도서관으로 향했다. 10년의 세월이 이곳만은 비켜 간 듯, 하얀 벽돌로 쌓은 고딕 양식의 웅장한 건물은 때만 조금 탄 채 그대로였다.

건물들을 눈에 담는 준희의 시선이 조금 먹먹했다가 이내 덤덤해졌다. 촬영 준비를 하며 스물세 살의 서준희와 송진후를 수도 없이 머릿속에 그리고 또 그린 만큼 실전에서의 동요는 적었다. 건물 전체를 시야에 담던 준희는 계단 중앙에 시선을 고정했다.

그곳은 연서와 진현이 처음으로 만나게 되는 곳이었다. 정확히는 진현만 기억하는 처음.

대본을 읽기 전에 서준희는 진후와의 처음이 영화 동아리에서인 줄 알았다. 그런데 이곳이 처음이었다. 하지만 서준희의 머릿속에 있는 이곳에서의 진후는 얼굴도 없이 그저 하얀색 운동화가 전부였다.

진현과 연서의 씬을 상상으로 되새겨 보던 준희는 피식 웃었다.

"어렸다, 서준희."

"서 감독! 크레인 위치 잡았는데 와서 그림 좀 봐 줘!"

영민의 외침에 준희가 뒤를 돌아보았다. 분주하게 움직이고 있는 스태프들 사이로 영민이 이미 안전띠를 메고 크레인에 올라가 손짓을 하고 있었다.

"지금 가요!"

준희는 종우가 재빠르게 가져다 놓은 의자에 앉아 모니터를 바라보다 고개를 치켜들었다.

"너무 정면이에요. 조금만 더 대각선으로요! 비스듬히!"

"마지막은 진현이 시야에서 연서 쪽으로 쭉 훑을 거지?"

"네! 사이즈는 인물 반 배경 반이요!"

"오케이!"

손으로 동그라미를 만들며 소리친 영민이 다시 방향을 잡았다. 그 모습을 모니터로 보던 준희는 부지런히 움직이는 종우를 불렀다.

"최한빈, 이시은 아직이야?"

"도착했대요. 지금 쪽문으로 넘어오고 있는 중이랍니다."

"펜스로는 안 돼. 진행팀 애들 세워서 팬들 잘 막아."

"네."

종우는 말이 끝나기가 무섭게 촬영장 주위를 빙 두른 팬들 앞으로 펜스를 세우는 진행팀에게 달려갔다. 그로부터 5분 뒤, 시은이 촬영장에 도착하고 남자 팬들의 함성 소리가 도드라졌다.

"안녕하세요. 이시은입니다. 잘 부탁드립니다, 감독님."

시은이 스태프들을 찾아다니며 일일이 인사를 건네는 사이, 음향감독이 인상을 찌푸리며 다가왔다.

"서 감독. 몸들만 막지 말고 입들도 좀 막아 봐. 마이크에 이 시은 짱, 누나 완전 예뻐요. 이런 소리 들어가게 할 거야? 대사 라고는 연서가 하는 '어?'랑, '씨'가 단데 이걸 나중에 녹음 뜰 순 없잖아."

그러나 준희와 음향감독의 고충은 시작에 불과했다. 한빈 이 도착하기 전, 시은과 먼저 리허설을 하고 있는데 갑자기 시 은 때보다 몇 배는 더 큰 여자들의 고함이 시작됐다. 엄청난 고 함 소리에 무슨 말들을 하고 있는 건지 정체도 불분명했다. 현 장에 능숙한 촬영감독과 조명감독은 결국 귀마개를 찾아 귀에 꽂았고, 그마저도 없는 스태프들은 맨손으로 귀를 틀어막았다. 준희는 리허설을 중지하고 확성기에 대고 고래고래 소리를 지 르는 종우를 째렸다. 눈빛을 받은 종우는 더욱 힘차게 소리 질 렀다.

"조용! 조용히들 하세요! 구경하시는 건 좋으나 이러시면 촬 영에 방해가 됩니다!"

그러나 팬들은 너는 떠들어라, 나는 한빈 오빠만 보련다 모 드였다. 조금도 기세가 수그러들지 않는 가운데, 결국 준희가 종우에게 명령했다.

"다 쫓아."

"네? 이 많은 인원들을 다요?"

"어. 한 명도 빠짐없이."

상황을 지켜보고 있던 차 부장이 머쓱한 표정으로 뒷목을 긁으며 다가왔다.

"이 인원 다 쫓아내려면 해 떨어지기 전에 못 찍을 건데? 그리고 이 학콘 도서관 말고는 자유 출입이 원칙이라."

"기자들도 많이 왔는데……."

첫 촬영이라 동행한 홍보팀 직원과 차 부장은 쫓아내는 건 곤란하다는 얼굴이었다. 시간은 자꾸만 흐르는데, 이러지도 저러지도 못하는 상황에 준희가 인상을 쓰고 있던 참이었다. 한빈이 스태프들에게 다가오면서 팬들과 가까워지자 함성 소리가 더 커졌다. 이번엔 준희도 저도 모르게 한쪽 귀를 막아 버렸다.

"죄송합니다, 감독님. 드라마는 처음이다 보니 팬들이 응원 차 좀 많이 왔네요. 제가 수습하겠습니다."

"뭐요?"

팬들의 고함 소리에 묻혀 한빈의 말이 중간 중간 끊겼다. 무슨 소리인지 알아듣지 못하고 다시 되묻는 사이, 한빈이 종우에게 확성기를 넘겨받아 소리쳤다.

"안녕하세요! 최한빈입니다!"

또 엄청난 고함 소리.

"부족한 저를 이렇게나 많이 응원하러 와 주셔서 감사합니다."

준희는 아예 두 귀를 다 막아 버렸다.

"저를 응원해 주시는 팬 분들의 마음은 정말 감사하지만 이렇게 크게 소리를 내시면 촬영에 많은 지장이 있습니다. 드라마가 처음이라 지금도 많은 분들께 폐를 끼치고 있는데 저 때문에 촬영이 딜레이 되면 안 되잖아요. 저에게 보내시는 응원은 마음속으로 해 주시면 더 감사하게 받겠습니다."

한빈이 팬들을 향해 정중히 고개를 숙이고 확성기를 종우에게 다시 넘겨주자 주위는 거짓말처럼 조용해졌다. 기자들은 한빈의 모습과 팬들의 모습을 사진으로 남기기 바빴다. 준희는 귀를 막았던 손을 천천히 내렸다. 모두가 얼떨떨한 얼굴로 한빈을 바라보는 사이, 앞서 가던 그가 뒤를 돌아 준희를 바라봤다.

"리허설 가시죠, 감독님?"

조연출로 6년, 감독으로 3년 동안 현장에서 구르며 배우가 직접 나서서 팬들을 잠재우는 이런 일은 또 처음이었다. 어쨌든 한빈의 도움으로 무사히 리허설을 마친 준희는 모니터 앞 의자에 앉았다. 그리고 촬영감독, 시은, 한빈과 눈을 맞추었다. 그들은 준비됐다는 듯 고개를 끄덕였다. 그리고 마지막으로 조명감독과 눈을 맞추는데 고개를 끄덕인 조명감독이 불쑥 크게 소리쳤다.

"첫 씬이다! 첫 씬부터 엔지 나면 시청률 안 나오는 거 알지? 엔지 없이 가자고!"

준희로선 금시초문인 얘기였지만 드라마가 처음인 한빈은 믿은 모양이었다. 한빈은 잔뜩 긴장한 얼굴로 연거푸 숨을 내쉬었다.

"한빈 씨! 너무 긴장하지 말고 리허설 때처럼만 해요."

"네, 감독님!"

"레디."

준희는 모니터를 바라보며 외쳤다.

"액션!"

주위가 모두 고요하게 잠들었다. 액션 소리에 맞춰 계단 끝에서 기다리고 있던 진현이 서서히 계단을 밟아 올라가고, 여러 권의 책을 든 연서가 유리문을 열고 나왔다. 계단의 중간, 스쳐 지나가는 연서의 어깨를 진현이 건드렸고 책이 와르르 쏟아졌다.

"어?"

당황한 연서는 주저앉아 책을 줍다 사과도 없이 계단을 밟아 올라가는 진현의 하얀 운동화를 노려보았다.

"씨."

책을 다 주워 바쁘게 연서가 계단을 내려가기 시작하자 도서관 문 앞에 도착한 진현이 연서를 돌아봤다. 생기 없고 웃음기 없는 얼굴로 무심하게. 그러다 진현이 옅게 웃으면 진현의 시선을 따라 카메라가 청바지에 하얀 면 티를 입은 연서의 뒷모습을 잡았다. 연서가 계단을 다 내려가 코너를 돌아 사라지고 나서야 진현이 도서관 문을 열고 들어갔다.

"컷! 오케이!"

경쾌하게 떨어진 오케이 소리에 팬들에게 엄청난 박수 세례가 쏟아졌고 스태프들도 서로의 등을 두드렸다.

"다음 씬은 1부 14씬 학교 운동장 씬입니다! 이동해 주세요!"

"엔지 없이 갔으니 시청률 30은 기본이고 40은 기분이다!"

장비들을 바삐 챙기던 스태프들이 조명감독의 너스레에 웃음을 터트렸다. 한빈도 내심 좋은지 히죽 웃으며 운동장으로 이동했고, 팬들도 우르르 그를 따라 이동했다.

스태프들의 행렬 맨 뒤에서 준희가 1부의 14씬을 보고 있을 때였다.

"'동감'의 자랑 서준희, 송진후 선배님의 〈그해 겨울〉 대박을 기원합니다!"

최한빈과 이시은의 이름만 난무하던 곳에서 처음으로 그녀와 진후의 이름을 외치는 예닐곱 명의 목소리가 등 뒤에서 들려왔다.

소나기를 만난 듯, 불시에 '동감'이라는 그리운 이름과 마주한 준희는 먹먹한 얼굴로 느릿하게 고개를 돌렸다. 그 시선 끝에는 '동감의 자랑, 서준희, 송진후 선배님!', 〈그해 겨울〉 대박!', '힘내세요, 파이팅!'이라고 쓰인 하얀 도화지를 높이 흔들고 있는 앳된 동아리 후배들이 있었다. 그리고 잠시 후, 그들의 사이를 가르고 검은색 뿔테 안경을 쓴 중년 남자가 앞으로 나왔다.

"준희야."

'……진후야, 이곳엔 지금은 다 자라 버린 너와 나만 있는 게 아니었어. 이미 지나가 버린 스물세 살의 너와 나보다 더 견디기 힘든 건 예뻤던 우리를 기억하는 사람들이라는 걸……, 너

는 알고 있었니?'

동아리 지도 교수로서 함께 영화를 보고, 토론을 하며 청춘을 함께했던 40대의 스승은 어느덧 환갑을 바라보는 나이가 되어 백발이 성성했다. 준희는 와락 눈물이 나오려는 걸 애써 참아 넘기며 먹먹한 시선으로 스승을 바라봤다.

"너희들의 '동감' 선배가 드라마 작가와 감독이 되어 작품을 같이한다고 말해 줬더니 꼭 응원을 하고 싶다고 해서 말이야. 너와 진후와 함께 영화를 봤던 그곳에서 지금은 이 아이들과 함께하고 있단다."

입을 열면 눈가에 차오른 물기가 떨어질까 준희는 그저 고개만 살짝 끄덕였다. 스승은 준희를 따스하게 바라보다 조금 안타까움이 묻어 있는 목소리로 물었다.

"행복……한 거지?"

세상에서 제일 불행할 것 같은 영화 속의 그들을 보면서도 스승은 언제나 행복을 강조하셨었다. 가진 것이 없어서, 몸이 성하지 못해서, 남들이 보기엔 저들이 세상에서 제일 불행한 것 같아도 꿈이 있고, 목표가 있는 저들은 행복한 사람이라고. 그러니 너희들도 꼭 행복하라고. 행복해지라고.

그래서 행복했었다. 영화감독이 되고 싶었고, 시나리오작가가 되고 싶어 그 길만 보고 달렸던 스물세 살의 서준희와 송진후는.

영화감독이 되진 못했지만, 총성 없는 전쟁터에서 매일같이 피 말리는 전쟁을 치르고 있지만, 행복하진 않아도 불행하진 않노라고 준희는 고개를 끄덕였다.

"그래. 그럼 되었다. 얼마 전에 아주 귀한 차를 선물 받았어. 운이 좋아 촬영장에서 널 만나게 되면 함께 마시려고 아껴 두었지. 차 한잔 같이 마시련?"

준희가 고개를 끄덕이려는 참이었다.

"감독님! 카메라 감독님이 찾으세요!"

팬들과 함께 운동장으로 이동했던 진행팀 중 한 명이 등 뒤에서 크게 외쳤다. 다급해 보이는 진행팀 스태프를 바라보던 준희는 안타까운 시선으로 다시 스승을 바라봤다.

"괜찮다. 어서 가 봐."

아쉬움을 애써 감추며 손을 젓는 스승을 바라보던 준희는 진행 스태프에게 달려가다 중간 지점에서 걸음을 멈추고 다시 돌아섰다.

"기다려 주세요! 꼭 찾아뵐게요!"

스승은 환한 웃음으로 고개를 끄덕였다.

"기다리마."

준희는 진행 스태프를 따라 운동장으로 뛰기 시작했다. 운동장 주위를 빙 두르고 있는 계단까지만 접근이 허용이 된 팬들을 뚫고 안으로 들어가자 카메라 장비를 확인하던 촬영감독이 빨리 오라고 손짓을 했다. 준희는 곧장 영민에게 다가갔다.

"어떻게 찍을 건지 말을 해 줘야 움직이지? 뛰는 씬이니까 레일은 깔아야지?"

"네. 배우들 뛸 동선 안쪽으로 빙 둘러야죠."

"뙤약볕 아래 죽어라 뛰는 씬 찍으려면 흙먼지 다 맞겠네. 둘째야! 레일 깔고 마스크 준비해라!"

스태프들이 움직이는 발 아래로 폴폴 날아다니는 흙먼지를 바라보던 영민이 인상을 구기며 소리쳤다. 준희는 바쁘게 움직이기 시작한 촬영팀 스태프들을 바라보다 다시 영민을 바라봤다.

"준비 시간 얼마나 걸리겠어요?"

"차에 있는 레일 날라다 깔고 카메라 설치하고. 30분은 줘야지?"

고개를 끄덕인 준희는 종우를 불렀다.

"30분 후에 숏 들어갈 거야. 나 근처 있을 테니까 그 전에라도 준비되면 전화해."

"알겠습니다."

촬영팀을 도와 레일을 깔러 가는 종우를 바라보던 준희는 팬들의 인파를 헤치고 본관 건물로 향했다. 교수실이 있는 엘리베이터 옆에서 스승의 이름을 확인한 준희는 9층으로 올라갔다. 엘리베이터에서 내린 준희는 교수실이 시작되는 복도 끝에서 잠시 멈춰 섰다 천천히 걸음을 옮겼다.

'진후야, 우리 진짜 이래도 될까? 너무 늦어서 교수님도 안 계실 텐데.'

'괜찮아, 괜찮아. 교수님은 마음이 넓으셔서 다 이해하실 거야.'

'난 불안한데. 그러지 말고 내일 다시 오자. 응?'

'영화 결말이 궁금해서 잠도 안 온다며. 이건 교수님이 잘못하신 거야. 뜨거운 영화 예비인인 우리에게 반만 보여 주고 반은 다음 이 시간에라니. 말이 돼?'

'안 되지. 안 되긴 하는데…… 어떻게 들어가려고?'

'짜잔. 혹시 몰라 교수님 책상 서랍에 있는 스페어 키 슬쩍 챙겨 놨지.'

'야, 이거 범죄야. 절도에 무단 가택 침입……은 아니고. 무단 교수실 침입……? 그런 거 있나?'

'그런 게 어디 있어. 걱정 말고 나만 믿어. 혹시 쇠고랑 차게 되면 이쁜 내 애인은 죄 없다. 다 내가 꼬신 거다. 모든 죄는 나에게 물어 다오, 그럴게.'

깊은 밤, 몰래 교수실로 숨어 들어가며 작게 소근대던 스물세 살의 서준희와 송진후를 지나쳐 914호 앞에 선 준희는 잠시 멍하니 서 있다 손을 들어 노크를 했다. 잠시 후, 들어오라는 말 대신 안에서 문이 열렸다.

"어서 오너라, 준희야."

준희는 환하게 웃으며 맞아 준 스승이 터 준 길로 교수실에 들어섰다. 스승은 언제 올지도 장담할 수 없는 제자를 위해 이미 다기와 찻잎, 뜨거운 물까지 모두 준비해 놓고 계셨다.

"오죽잎이라는 건데, 귀한 만큼 우리는 데 제법 시간이 걸리는 녀석이야. 우려질 동안 책장 구경이라도 하고 있으련?"

고개를 끄덕인 준희는 책장 앞으로 다가갔다. 오동나무로 만들어 교수 생활이 끝날 때까진 끄떡없을 거라던 책장은 10년이 지나도 여전히 많은 책과 DVD들을 든든히 지켜 주고 있었다. 책장의 선반을 손으로 가만히 쓸어 보던 준희는 익숙한 사진을 발견하고 시선을 고정했다.

사진 밑에 작게 새겨진 글씨, 2003년 '동감' 1기 졸업 엠티.

00학번이었던 준희와 진후의 입학과 동시에 창립된 영화 동아리 '동감'이 첫 번째 기수의 졸업을 앞두고 있던 가을, 설악산으로 여행을 가서 찍은 사진이었다. 무르익은 가을비가 내려 산엔 올라가지도 못하고 우비를 입은 채 초입에서 겨우 찍었던 사진. 뭐가 그렇게 즐거웠는지 어깨동무를 하고 환하게 웃고 있는 진후와 자신을 조금 그리운 마음으로 바라보던 준희는 옆 사진으로 시선을 옮겼다.

2기, 3기, 차례대로 기수를 지나니 13기 사진에는 방금 전 응원의 말이 적힌 도화지를 들고 있던 학생들이 있었다. 이름은 모르지만 얼굴이라도 기억하고 싶어, 유심히 사진을 보던 준희는 다음 책장으로 넘어갔다. 무심결에 시선을 돌려 중간 칸을 바라보는데, 낯익은 시나리오 대본집들이 보였다.

'이 녀석들! 공강이라고 또 여기서 대본집 보고 있구나!'

교수님이 계시든 안 계시든 공강 때면 스물세 살의 서준희와 송진후는 도서관보다 이곳으로 먼저 달려왔다. 각종 시나리오와 책이 가득해 보물 창고라고 불렀던 이곳으로. 바닥에 주저앉아 등을 맞대고 시간이 가는 줄도 모르고 시나리오 대본집을 읽고 또 읽었다.

세월의 흔적이 고스란히 묻어 있는 시나리오집의 겉표지를 손으로 쓸어 보는데 은은한 향기가 코끝으로 스며들어 왔다.

"향이 좋지? 와서 마셔 보거라."

준희는 스승이 찻잔을 놓아 준 곳에 앉아 향을 음미하며 천천히 한 모금 머금었다.

"어때?"

입에 맞았으면 좋겠다는 기대감이 어린 스승의 표정에 준희는 고개를 끄덕였다.

"좋아요, 아주."

그제야 찻잔을 들어 한 모금 들이켠 스승이 잔을 내려놓으며 나지막이 물었다.

"그동안 네 얘기는 진후에게 들었다. 진후 녀석은 잘하고 있니?"

찻잔을 입에 대던 준희는 고개를 들고 조금 멍하니 스승을 바라봤다.

"진후를 통해서…… 제 얘기를요?"

스승은 고개를 끄덕였다.

"네가 찍었던 단막극들. 방송국에 입사하고 6년 동안 조연출이던 네가 7년째 되던 해에 입봉을 한다는 얘기. 네 작품이 언제 시작되고 언제 끝난다는 얘기. 모두 진후를 통해 들었지."

"진후가…… 여길 자주 왔나요?"

스승은 말없이 준희를 바라보다 한참 만에 입을 뗐다.

"준희야. 실은 너에게 해 줄 얘기가 있단다."

"무슨…….'

스승은 눈을 감고 천천히 입을 열었다.

"준희 네가 졸업한 2004년 봄이었다. 아주 비가 많이 오던 날이었어."

스승은 그날 막 시작한 새 학기의 강의 준비를 위해 늦게까지 교수실에 남아 있었다. 스탠드 불빛만 켜진 교수실 안, 똑똑 노크 소리가 들렸다.

'들어오세요.'

하지만 한참을 기다려도 문은 열리지 않았고, 이상하다고 생각한 스승은 하던 일을 멈추고 일어나 문을 열었다.

'지, 진후야!'

진후의 머리카락과 옷에서 뚝뚝 떨어지는 빗물에 놀란 스승은 급하게 안으로 들여 수건으로 그의 머리와 얼굴을 닦아 주었다. 하지만 진후는 고개를 숙인 채 아무런 말도 하지 않았다. 몸은 살아 있지만 영혼은 죽어 있는 듯한 모습이었다.

'무슨 일이니, 응?'

천천히 고개를 든 진후는 교수실 구석구석을 두리번거렸다. 그러다 서글프고 막막한 시선으로 스승을 바라보았다.

'교수님……'

'그래. 대체 뭘 찾는 게야?'

'어디에도…… 어디에도 없어요……. 준희가…… 준희가 정말 날 떠났나 봐요…….'

준희는 성적 우수 장학생으로 4년간의 학업을 무사히 마치고 졸업을 한 상태였기에 그녀가 여기에 없는 건 당연했다. 스승은 언제나 붙어 있던 두 사람 중 한 사람이 처참하게 망가진 모습에 그들의 헤어짐을 직감했다.

"예뻤던 너희들이라 헤어짐이 안타깝긴 했지만 나는 그 녀석이 왜 그렇게 세상이 끝난 것 같은 얼굴을 하는지 이해할 수가 없었다. 그런데 며칠 뒤에 네 담당 교수님으로부터 네 소식을 전해 들었다. 네가 K국에 차석으로 입사했다고. 영화의 길을 가겠다던 네가 말이야. 진후에게 영화는 꿈이자, 너와 자신을 이어 줄 마지막 동아줄이었으니 절망스러웠겠지."

잠시 말을 멈춘 스승은 다시 이야기를 시작했다.

"여름방학이 끝나고 2학기가 시작될 무렵이었지, 아마. 진후가 날 다시 찾아왔어."

스승은 방금 전, 자신이 들은 얘기를 도저히 믿을 수 없다는 얼굴로 물었다.

'지금…… 뭐라고 했니?'

'드라마 작가가 되고 싶다고 했습니다. 도와주세요, 교수님.'

'준희…… 때문이냐?'

진후는 고개를 숙인 채, 아무 말도 하지 못했다. 스승은 매몰차게 진후의 애절한 시선을 피했다.

'안 된다. 준희 녀석은 영화를 포기했어도 넌 안 돼! 넌 재능이 있다. 시나리오작가로서의 충분한 재능이 네겐 있어!'

아직 부족하지만 최고가 되기 위해 노력 중이라며 진후는 시나리오가 완성될 때면 제일 먼저 스승에게 글을 보였다. 스승은 혼자서도 점점 발전하는 진후를 보며 내심 욕심을 냈었다. 그가 졸업하기까지 2년 남짓한 기간, 제대로 가르쳐 주기만 하면 그는 분명 훌륭한 시나리오작가가 될 거라고. 그런 제자가 영화를 포기하겠다는데 그걸 도울 수는 없었다.

'도와주세요, 교수님. 영화와 드라마는 틀부터가 너무 달라요. 120분짜리의 스토리를 만드는 것과 60분짜리 열여섯 개를 만들어야 하는 건……. 혼자서는 도저히 안 돼요…….'

이미 시나리오 대신 드라마를 공부하고 있다는 소리였다. 이제까지 시나리오만 팠던 진후는 영화와 드라마의 갭에 한계를 느끼고 결국 자신을 찾은 것이고. 어떤 반대도 통하지 않을 거라는 걸 직감한 스승은 두 눈을 질끈 감고 말았다.

"드라마라곤 전혀 보지 않던 진후 녀석이 공모전에 당선될 때까지 꼬박 4년이 걸렸어. 졸업을 한 뒤 낮엔 공사장 아르바이트를 하고 저녁엔 호프집 아르바이트를 하면서도 그 녀석은 포기하지 않았지. 네 번 만에 M국 공모전에 당선되던 날, 그 녀석이 나를 찾아와 제일 먼저 했던 말이 뭐였는지 아니?"

스승을 향해 진후는 환하게 웃었다. 준희와 함께 캠퍼스에서 시간을 보냈던 그 시절처럼. 그리고 이렇게 말했다.

'교수님, 저도 이제 드디어 방송국으로 가요. 방송사는 다르지만 준희와 가까운 곳으로요.'

스승의 입이 닫히고 준희는 눈을 질끈 감았다. 진후와 헤어지고 아팠지만 금세 잊었다. 할머니의 병원비, 하루 두 시간도 자기 힘든 조연출의 생활, 당장 눈앞에 닥친 현실을 헤쳐 가기도 버거워서.

진후의 당선작이 단막극으로 전파를 탔던 다음 날, 큰 주목을 받기 어려운 단막극의 특성 상 이례적이었던 몇 개의 기사가 떴지만, 작가 송진후라는 이름을 보고도 모른 척 외면했었다. 진후가 영화 대신 드라마를 선택한 게 나 때문은 아닐 거라고. 그렇지 않아도 힘든 내 인생에 너라는 짐까지 짊어지고 싶지 않다고.

'넌 계속 여기 있었는데 내가 너무 오래 걸렸다. 미안해.'

10년 만에 다시 만난 옛 연인에게 그래도 진후는 미안하다고 말했다. 진후를 피해 과거에서 도망만 치고 있던 서준희에게, 날 잊은 건 너의 잘못이 아니라고. 모자란 내 능력 탓이라고.

스승 앞에서 눈물을 보이지 않기 위해 준희는 고개를 숙이고 입술을 꽉 깨물었다. 그런 준희를 가만히 바라보던 스승은 따뜻한 목소리로 말했다.

"준희야, 너만큼은 진후 마음을 알아주렴. 진후에게 준희 넌 꿈보다도 소중했던, 과거였고 현재였고 또 미래라는 걸 말이다."

같은 시각, 진후는 공기가 청량한 산 아래 있는 어느 건물 근처에 있었다. 건물은 세련된 옅은 갈색에 넓은 운동장까지 갖추고 있어서 누군가 지나가다 보게 되더라도 이곳이 정신병원이라고 의심하지 않을 모양새였다. 차에 기대서서 전혀 감흥 없는 얼굴로 건물을 보던 진후는 미간에 주름을 잡고 안으로 천천히 걸음을 옮겼다. 어느 유명 기업 소속의 재단에서 사

회복지 차원으로 건립한 병원이라는 병원장의 인사말 게시물을 지나 카운터에 서니 30대 중반의 여자가 웃으며 응대에 나섰다.

"어떻게 오셨어요?"

"면회가 가능하다고 연락을 받았습니다."

"환자분 성함이?"

"……송우재."

키보드를 두드려 환자의 세부 사항을 알아내던 직원은 고개를 들다 누군가를 발견하고 소리쳤다.

"이 선생님!"

이 선생이라고 불린 사람이 멈춰 서서 여자를 보자, 여자가 진후를 가리켰다.

"송우재 환자 분 면회 오셨대요."

진후는 천천히 뒤를 돌았다. 눈이 마주치자 하얀 가운을 입은 남자가 진후를 알아보곤 고개를 숙였다.

"오셨어요."

진후와 이 선생은 말없이 복도를 걸었다. 병실 입구라고 써진 유리문 앞에서 멈춰 선 이 선생이 무거운 표정으로 말했다.

"상태가 호전 되신 건 아니라 직접적인 면회는 불가능하세요. 밖에서 15분 정도만 보셔야 하는데 괜찮으시겠어요?"

진후가 고개를 끄덕이자 이 선생은 말없이 병실 앞으로 안내했다.

"15분 뒤에 다시 오겠습니다."

이 선생이 사라지고, 문 앞에 걸린 호수를 바라보던 진후는 유리문 앞으로 갔다. 그 유리문 너머, 바닥에 발을 내리고 침대에 앉아 있는 우재가 보였다. 병원에서 끼니는 제때 챙겨 줄 테지만 통 밥을 먹지 않는지 우재는 몇 달 전보다 훨씬 말라 있었다. 그런 우재를 일말의 동정도 없이 바라보던 진후는 유리문을 톡톡 두드렸다.

소리에 반응한 우재가 진후를 알아보고 천천히 문으로 다가왔다. 진후는 덜덜 떨리기 시작한 우재의 손을 바라보았다.

"진후야……. 내 아들 진후야……."

유리문을 통해 우재의 목소리가 작은 속삭임처럼 전해졌다. 진후는 고개를 들어 우재를 바라봤다.

"날 좀 여기서 꺼내 다오. 나는 멀쩡해. 대학교수인 내가 어떻게 정신병자가 될 수가 있겠니, 응?"

11년에 걸쳐 세 번 반복된 아버지의 입원과 퇴원.

한 명의 여자를 육체적, 정신적으로 멍들게 해 죽이고 두 명의 여자를 도망가게 한 아버지는 네 번째 여자를 집에 들여 또다시 반복된 고통을 주려다 결국 경찰에 신고를 당했다. 그러나 아버지는 운 좋게도 무엇을 해 보기도 전에 신고를 당했고 증거 불충분으로 풀려났다. 하지만 작은 소문도 허락하지 않는 보수적인 교육계에 있던 아버지는 대학교수라는 명예는 잃었다. 그 충격으로 술독에 빠져 살던 아버지는 알코올중독이란 병을 얻고 만 것이다.

하지만 그는 대학교수였다는 과거의 명성에 걸맞게 똑똑했고 영악했다. 첫 번째 입원 기간은 2년. 반년간은 아예 면회도 불가능할 만큼 난폭하게 굴더니 그 후에는 의사들의 말을 착하게 따르며 병이 나아 가는 것처럼 1년 6개월 동안을 연기했다. 그러다 2년째 완치 판정을 받고 다시 세상으로 나오던 그날, 아버지는 곧바로 술에 손을 댔다. 그리고 아들의 독립을 인정하는 척, 존중하는 척하며 혼자인 집에서 맘껏 술을 마셨다. 그러나 그의 자유는 오래가지 않았다.

술을 먹고 동네에서 행패를 부리다 경찰에 신고를 당해 6개월 만에 다시 병원으로 끌려 들어간 아버지의 두 번째 병원 생활은 4년.

의사들은 아버지를 쉽게 믿지 않았고, 아버지는 그만큼 더 치밀하게 연기했다. 같은 수법으로 다시 세상에 나온 아버지는 겨우 3개월 만에 다시 정신병 환자 신세가 되었다.

아버지가 병원에 세 번째로 입원하던 날, 의사는 사회적 기능을 상실한 아버지를 이곳을 요양원처럼 생각하고 맡기라고 권유했다. 진후는 망설임 없이 의사의 제안을 받아들였다. 할 수만 있다면 몸에 흐르고 있는 피의 절반을 뽑아내서라도 연을 끊고 싶은 아버지를 돈만 주면 누군가 대신 돌봐 주겠다는데 거절할 이유가 없었다.

불쌍한 표정으로 애원을 하던 우재는 진후에게서 아무런 반응이 없자 곧바로 표정을 바꾸고 돌변했다. 우재는 침대로 뛰어가 베개를 유리문으로 던지며 악을 썼다.

"내가 널 어떻게 키웠는데! 교수 아들이라는 타이틀까지 주며 키웠는데! 술 내놔! 술 내놓으란 말이야!"

무표정한 얼굴로 아버지의 발악을 바라보던 진후는 의사가 오기 전에 등을 돌렸다. 아버지는 유리문에 달라붙어 문을 마구 두드리며 소리쳤다.

"죽을 거야! 죽어 버릴 거야! 혀를 깨물어서라도 죽을 거야!"

진후는 걸음을 멈추고 뒤를 돌았다. 그리고 아버지를 싸늘하게 바라보았다.

"그렇게는 안 해 드려요. 사세요. 고통스럽게, 괴롭게."

문을 두드리는 소리를 듣고 달려온 의사들이 빠르게 병실로 들어가 아버지에게 안정제를 투여했다. 약 기운에 잠이 든 아버지를 침대에 눕혀 주고 의사들이 나오자마자 이 선생이 다가와 난감하단 표정으로 인상을 썼다.

"못 당하겠네요, 정말……. 실은 많이 호전되신 것 같았거든요. 꽤 오래 술도 안 찾으셨고."

의사들은, 동네 사람들은 아버지가 술 때문에 망가졌다고 말하지만 아버지가 정말 끊지 못하는 건 술이 아니라 여자와 폭력이다. 명예를 잃어 여자를 쉽게 부릴 수 없게 되고, 여자를 부릴 수 없으니 폭력도 더 이상 쓸 수 없게 됐다. 그 대체 방안으로 아버지는 술을 선택했을 뿐이었다.

병원을 완전히 빠져나와 차로 돌아온 진후는 휴대폰을 찾았다. 준희의 번호를 액정에 띄운 진후는 통화 버튼을 누르기 직전, 손을 멈췄다.

'시작이 나빴어.'

11년 전, 군대에서 제대하던 그날, 영화 상영 내내 울고 있는 준희를 보며 자신과 같은 부류라고 확신했다. 드러내고 싶지 않은, 아직 치유되지 못한 상처를 가진. 그리고 내가 타인에게 그렇듯 이 아이도 내가 누구의 아들인지, 어떻게 자라 왔는지 궁금해하지 않을 거라고. 이 아이라면 인위적으로 만들어 낸 파라다이스에서 내 고통을 잊게 해 줄 거라고 믿었다.

예상은 적중했다. 준희는 아무것도 묻지 않았고, 자신의 얘기도 들려주지 않았다.

그렇게 시작해서 결국 그로 인해 헤어졌다. 하지만 인위적으로 만들어 낸 그 시간 속에서 행복했고, 사랑에 빠졌다. 아픔을 말하지 못해서 사랑을 놓치고 괴로워하던 10년의 시간, 두 번은 반복하지 않는다고, 그렇게 준희를 놓친 건 한 번이면 충분하다고 생각했는데…….

'교수님이셨던 그 잘난 네 아버지, 지금 어디서 뭐하시니.'

그녀가 그때의 네 상처는 정말 과거가 된 거냐고, 너의 현재는 지금 어떠냐고 물었을 때, 말이 나오지 않았다. 내 아버지는 교수직을 잃고 여자와 폭력을 끊지 못해 알코올중독자가 되어 있다고, 이런 나라도 받아 달라는 말이.

'이상하게 길들여진 거야, 너랑 난. 우리, 두 번은 비겁하지 말자.'

그리고 어쩌면 준희의 말이 맞을지도 모른다는 생각이 들었다. 각자에게 도피처로 길들여졌다는 말을 들었던 그 순간에, 아버지를 보고 나와 준희에게 전화를 걸려 했던 지금 이

순간에.

괴로운 표정으로 휴대폰 액정에 이마를 맞대고 있던 진후는 휴대폰에서 준희의 번호를 지우고 종우의 번호를 띄웠다.

— 네, 박종웁니다.

"송진홉니다. 옆에 서 감독님 계십니까?"

— 감독님 지금 현장에 안 계시는데. 근처에 계시겠다고……, 아! 지금 오시네요! 바꿔 드릴…….

"아니요! ……아니요. 지금 어디서 촬영 중인지 그것만 알려 주세요."

— 여기 대한예술대학교예요. 오시게요?

"서 감독님껜 제가 촬영 장소 물어봤다는 얘긴 하지 말아 주세요. 부탁드립니다."

— 알겠습니다.

전화를 끊은 진후는 곧바로 시동을 걸고 속도를 냈다. 병원이 서울에서 얼마 멀지 않은 곳에 자리해 한 시간도 안 걸려 대한예술대학교에 도착한 진후는 시동을 끄고 뒷좌석에서 모자를 찾아 눌러썼다. 그리고 차에서 내려 주위를 두리번거렸다. 촬영 때문인지 유난히 조용한 학교 안, 운동장 쪽에서 최한빈을 외치는 커다란 고함이 들려왔다.

진후는 준희가 있을 운동장 쪽으로 향했다. 천천히로 시작한 걸음은 조금 빠르게, 빠르게, 점점 빠르게 변했다. 팬들이 모인 수많은 인파를 헤치고 중간쯤에 자리한 진후의 눈이 준희를 찾아 헤맸다.

"연서, 진현이 바스트 씬 한 번 더 갑니다!"

찾았다…….

"레디, 액션!

레일 위에 올라탄 영민이 흙먼지 날리며 열심히 달리는 진현과 연서를 찍고, 준희가 모니터를 집중해서 보고 있었다. 입으로 뭐라 뭐라 중얼거리던 준희는 땀이 흐를 만큼 열심히 뛰는 진현과 연서를 향해 외쳤다.

"컷! 오케이!"

준희야…… 준희야…….

그때 자리에서 일어난 준희가 천천히 고개를 돌렸다. 슬로모션으로 그 모습이 눈에 박혀 들어오고, 준희와 시선이 마주치기 직전, 진후는 고개를 숙이고 모자를 꾹 당기며 재빨리 돌아섰다.

팬들의 인파 속에 묻힌 채 고개를 숙이고 있는 진후의 볼에선 한 줄기의 눈물이 흘러내렸다.

#씬 9

활기를 띄던 세상이 서서히 어두워지는 시각, 막간을 이용해 여자 스태프들이 쪽잠을 자고 있는 방송국 수면실 구석에 작은 불빛이 비췄다. 그 작은 불빛에 의지해 오전에 도착한 5, 6부의 수정본을 읽어 내리던 준희는 느릿한 손길로 대본을 덮었다.

교수님의 말대로 이해해 보고자 했다. 서준희가 꿈보다도 소중했고, 과거였고 현재였고 또 미래라던 진후의 마음을……. 그러나 5, 6부 대본 어디에도 서준희와 송진후의 현재와 미래는 없었다. 5, 6부 대본엔 여자를 잃고 힘들었던 남자의 지난 10년은 모두 삭제된 채, 영화감독과 시나리오작가라는 꿈을 이룬 그의 이상만이 있을 뿐이었다.

진후는 여전히 우리가 만들어 냈던 10년 선의 파라다이스에서 살고 있는 걸까? 아니면…… 여느 드라마 속의 남자 주인공

들이 그렇듯 멋진 남자가 되고 싶은 것뿐일까.

갑갑한 마음으로 대본을 내려놓고 불을 끄려는데 작게 노크하는 소리가 들렸다. 곤히 잠들어 있는 여자 스태프들을 보던 준희는 최대한 소리를 죽이며 문을 열었다.

"어, 감독님. 아, 안 주무셨어요?"

어딘가 불안해 보이는 종우를 바라보던 준희는 슬쩍 고개를 돌려 시간을 확인했다. 집합시간까진 아직 30분이 남아 있었다.

"뭐야?"

"그게…… 사고가 났어요. 진현이네 집 테라스에 놓을 화분들을 싣고 오던 소품팀 트럭이……. 3중 추돌이요."

"뭐? 언제!"

준희의 고함에 놀라 잠이 깬 여자 스태프들이 벌떡 일어나 우왕좌왕하며 불을 켰다.

"뭐야, 무슨 일이야?"

"감독님 무슨 일이에요?"

제일 먼저 달려온 민선과 혜연이 놀란 얼굴로 물었지만 준희는 애타는 얼굴로 종우만 바라봤다.

"언제냐고 묻잖아!"

"사, 삼십분 전에요."

"근데 넌 이걸 왜 이제 보고해!"

"소품팀에서 차질 없이 도착할 수 있대서……."

준희는 화가 난 얼굴로 종우의 정강이를 차 버렸다.

"넌 지금 그게 중요해? 사람은! 사람은 안 다쳤대?"

종우는 정강이를 부여잡고 낑낑거리면서도 얼른 대답했다.

"사, 사람은 안 다쳤어요. 그런데 화분들이 반은 깨져서……."

준희는 거칠게 머리카락을 쓸어 넘기며 종우의 어깨를 밀치고 곧장 엘리베이터 앞으로 갔다. 종우는 절뚝거리는 걸음으로 재빨리 쫓아와 엘리베이터의 버튼을 눌렀다. 초조하게 엘리베이터의 숫자를 바라보던 준희는 문이 열리자마자 빠르게 올라타며 말했다.

"너 이딴 식으로 할 거면 방송국 때려치우고 다른 일 알아봐. 제 스태프가 탄 차가 사고가 났다는데 다쳤든 말든 물건 걱정부터 하는 연출부, 감독 될 자격 없어."

곧장 준희를 따라 엘리베이터에 올라탄 종우는 고개를 푹 숙였다.

"잘못했습니다, 감독님."

엘리베이터가 인부들이 드나드는 화물차 전용 지하 주차장에 내려 주자마자 밖으로 튀어 나간 준희는 소품팀을 찾아 두리번거렸다.

"서 감독! 여기!"

먼저 연락을 받았는지 주차장으로 내려와 있던 소품팀 선배가 준희를 발견하고 소리쳤다. 준희는 빠르게 그쪽으로 다가갔다. 화원에서 물건을 받아 싣고 왔던 소품팀 스태프가 면목 없다는 얼굴로 고개를 푹 숙였나.

"죄송합니다, 감독님. 묶는다고 묶었는데 뒤에서 좀 세게 받히는 바람에⋯⋯."

"고개 들어봐."

소품팀 스태프가 천천히 고개를 들었다. 다치지 않았다는 소품팀 스태프는 팔다리는 괜찮아 보였으나 얼굴에 자잘한 상처가 있었고, 오른쪽 갈비뼈 부근이 불편한지 옆구리를 꼭 움켜쥐고 있었다. 준희는 하얗게 질린 얼굴로 서 있는 종우를 노려보고 다시 소품팀 스태프를 바라봤다.

"왜 너 혼자야? 기사 아저씬?"

"목을 조금 다치셔서 병원에⋯⋯."

"그럼 여기까지 너 혼자 운전해서 왔어?"

"네⋯⋯."

준희는 참담한 얼굴로 눈을 질끈 감고 고개를 돌려 버렸다.

"미안해, 서 감독. 멀쩡한 화분 반은 애들 시켜 세트장으로 옮겼는데 테라스 채우기엔 좀 부족하더라. 화원에 다시 연락해 봤는데 당장은 물량도 없고 내일은 하필 일요일이라⋯⋯. 우리 팀 전원 소집해서 꽃집을 다 돌아다녀서라도⋯⋯."

"일단 애 병원부터 보내세요."

"어? 곧 배우들 도착할 텐데 한 명이라도 더 뛰어야⋯⋯."

"저 괜찮습니다, 감독님."

준희는 그 얼굴을 해 가지고서도 괜찮다는 소품팀 스태프를 차갑게 바라봤다.

"내가 감독인 줄 알면 감독 말에 토 달지 마. 선배님, 저 대신 병원까지 좀 부탁드릴게요."

254

"내가? 그래도…… 될까?"

제 밑에 있는 후배가 다친 것이 속상하면서도 소품팀의 수장이기에 티를 못 냈던 선배가 조심스레 물었다. 준희는 고개를 끄덕였다.

"네. 여긴 제가 알아서 할게요."

"우리 애들 세트장에 있을 거야. 걔네들만으로는 부족하겠지만 부탁해, 서 감독. 그리고…… 고마워."

소품팀 선배는 쑥스러운지 중얼거리다시피 작게 속삭이고는 다친 스태프를 차에 태웠다. 차가 주차장을 빠져나가고 나서야 등을 돌린 준희는 엘리베이터로 걸으며 뒤에서 따라오고 있는 종우에게 말했다.

"스태프들 한 시간 더 재우고 배우들한텐 촬영 밀렸다고 한 시간 늦게 출발하라 그래. 스태프들, 배우들 움직이기 전에 빨리 빨리 움직여."

"네!"

잽싸게 뛰어간 종우가 엘리베이터의 버튼을 눌러 놓고 비상계단으로 사라졌다. 엘리베이터를 기다리며 휴대폰을 꺼내 든 준희는 진후의 번호를 띄워 놓고 잠시 망설이다 통화 버튼을 눌렀다.

"나야."

— …….

"듣고 있어?"

— ……무슨 일이야?

휴대폰 너머에서 들리는 차 소리와 부스럭거리는 작은 소음에 준희는 인상을 썼다.

"지금 어디 있어? 집, 아니야?"

— 뿌리가 완전히……. 이 녀석은 제명 다 살고…….

진후의 목소리가 아니라 묵직한 남자의 목소리가 뜨문뜨문 끊겨서 들려왔다. 그런데 어쩐지 남자의 목소리가 낯설지가 않았다. 어디서 들었…….

'테라스에 그렇게 많은데 또 사려고?'

'여름이잖아. 여름엔 또 여름 식물이 있어.'

'너 저번 주엔 7월이라 사야 된다 그랬거든?'

'물 내가 주잖아. 귀찮게 안 해. 진짜야.'

'분갈이도 서준희가 하고?'

'아니, 그건 같이. 아저씨! 얘 주세요!'

'아이고, 이쁜 아가씨 또 왔네. 잠깐 기다려요.'

토요일이면 토요일이라고, 새 달이 시작되면 새 달이 시작됐다고 말도 안 되는 핑계를 대 가며 식물들을 사느라 제집처럼 드나들었던 곳. 하얀색 아치문의 입구가 예뻤던 골목길 초입의 꽃집. 그 꽃집의 주인아저씨 목소리였다. 준희는 멍해진 얼굴로 물었다.

"꽃집엔 왜 갔는데."

— ……전화 걸었으면 하려던 말 해. 무슨 일…… 있어?

엘리베이터의 문이 열렸다 닫혔다. 작게 쿵, 하고 나는 소리에 정신을 차린 준희는 엘리베이터의 버튼을 다시 누르며 말했다.

"이런 것까지 부탁해서 미안한데 사고가 났어."

— 사고? 너 다쳤어? 얼마나!

엘리베이터에 올라타던 준희는 다급한 진후의 목소리에 우뚝 걸음을 멈췄다. 작게 차 소리만 나던 휴대폰 너머로는 진후가 빠르게 뛰는 소리가 들려왔다.

— 어느 병원인데!

"말해 주면. 오게?"

휴대폰 너머의 주위가 순식간에 조용해졌다. 거칠었던 진후의 숨소리조차 들려오지 않았다. 한참이나 이어진 정적을 깨뜨린 건 준희였다.

"무슨 고민이 이렇게 길어. 안 간다 그러고 몰래 병원 알아내야지, 이 생각해?"

— 아니.

"그럼?"

— 솔직하게?

"어."

— 좋은 핑계 생겼다, 이 생각. 너 다쳤다는데, 가서 보고 나면 분명 맘도 아플 건데, 너 본다니까 좋은 게 먼저다, 난.

엘리베이터에 올라타 버튼을 누르던 준희의 손이 멈칫했다.

"확인해야 할 타이밍인 거 같아 묻는데, 두 번은 비겁하지 말잔 내 말에 암묵적으로 동의한 거 아니었어?"

— 머리로는. ……머리로만.

멍해지려는 순간 엘리베이터의 문이 열렸다. 복도를 걷던 준희는 세트장 옆 벽에 기대섰다.

"나 신 교수님 뵀어. 며칠 전에."

— …….

"나한테 뭐 할 말 없어?"

— 어디까지 들었는데.

"어디까지 들었다고 말하면. 그게 다라고 하려고? 나는 있지, 꽤 괜찮은 감독이고 좋은 손녀인데, 너랑만 있으면 이상하게 자꾸 못된 애가 돼."

이게 아닌데……. 사실은 우리 둘의 지난 10년은 왜 이렇게 다를까 화도 나고, 속상하기도 하고. 그래도 제일 큰 건 미안한 마음인데……. 대체 생겨 먹은 게 왜 이 모양이니, 서준희.

마음과는 다르게 말은 뾰족하게 하고 있는 자신이 마음에 들지 않았다. 준희는 깊게 숨을 들이쉬고 내쉬고를 반복했다.

"후, 방금 한 말은 잊어. 잊어 주라. 진심 아니야. 그리고 사고는 내가 난 게 아니라 소품팀 스태프가 났어."

휴대폰을 통해 기운 빠진 진후의 웃음소리가 들려왔다.

— 다행이고 아쉬운데 둘 다 하면 안 되는 말이네. 많이 다쳤어?

"많이는 아닌데 병원은 가야 할 정도. 그 사고 덕에 진현이네 집 테라스에 놓을 식물들이 부족해. 이런 것까지 신경 쓰게 해서 미안한데, 니네 집 테라스에 있는 식물들 며칠만 빌려주라."

— 우리 집에 있는 식물은 맞는데 서준희 꺼 내가 맡아 둔

거야. 이건 머리로 안 것과 상관없는 팩트고. 미안할 일도, 빌려 달라고 부탁할 일도 아니니까 차 보내.

"……고마워."

전화를 끊은 준희는 세트장 안으로 들어갔다. 불이 환하게 켜진 세트장 안엔 소품팀의 스태프 두 명이 있는 화분으로라도 어떻게든 테라스를 메워 보려고 배치를 이리저리 바꿔 보고 있었다.

"그만들 하고 나와."

소리를 들은 스태프들이 면목 없다는 듯 고개를 푹 숙이고 걸어 나왔다.

"감독님……."

"죽을죄 지었어? 고개 들고 어깨 펴."

"공간이 너무 많이 비어요. 그림 예쁘게 안 나올 거 같아요……."

"당연히 예쁘게 안 나오지, 저 상태로는."

살짝 들렸던 스태프들의 고개가 다시 숙여졌다. 준희는 한숨을 내쉬곤 물었다.

"둘 중 1톤 차량 운전할 수 있는 사람 있어?"

고개를 들고 서로서로 의아한 눈빛을 주고받던 두 사람이 쭈뼛쭈뼛 손을 들었다.

"저희 둘 다 할 수 있어요."

불행 중 다행이었다. 준희는 문자 창을 띄워 스태프 한 명의 휴대폰으로 진후의 집 주소를 찍어 보냈다. 문자를 확인한 스태프의 눈에 의아함이 스몄다.

"송 작가님 댁이야. 가면 화분들 내어주실 거야. 넘칠 만큼 많다니까 부족한 만큼 받아 와."

그제야 환하게 웃음 지은 두 사람이 하이파이브를 하고는 고개를 꾸벅 숙였다.

"다녀오겠습니다."

"운전 조심해."

"네!"

소품팀 스태프들이 나가고 혼자 남은 세트장 안, 준희는 천천히 세트 안으로 들어가 소파에 앉았다. 그렇게 시간을 얼마간 흘려보내던 준희는 나무 탁자를 살포시 쓸어 보았다. 그리고는 신발을 벗고 소파에 누웠다.

여기저기 생채기가 난 투박한 나무 탁자, 책 냄새와 은은한 식물들의 잎 냄새……. 진현이네 집이었던 세트장은 어느새 진후의 집이 되어 있었다.

'준희야, 서준희. 자?'

'응…….'

'분갈이해야 한다며. 하나도 아니고 두 개도 아니고 세 개나 해야 한다며.'

'나 자.'

'순 거짓말쟁이. 분갈이를 같이 하긴 뭘 같이 해.'

'졸린데. 나 일어나?'

토닥토닥.

'자. 푹 자고 일어나서 이쁘게 웃어. 분갈이도 내가 하고, 물도 내가 주고. 서준희가 힘든 건 내가 다 해.'

……멋진 남자가 되려 했었다. 우리가 어떻게 만났고, 어떤 이유로 사랑을 시작했는지는 상관없이 진후는 한 여자에게만은 멋진 남자가 되고 싶어 했다.

나는, 나는 진후에게 예쁜 여자가 되려고 했던가?

생각해 봐야 하는데, 떠올려 봐야 하는데. 만약 아니라면 내가 나빴었다고, 미안하다고 말해야 하는데 자꾸만 눈이 감겨 왔다.

일주일 동안 열 시간도 못 잤으니까 조금만, 아주 조금만…….

진후의 집이 된 소파 위에서, 어디선가 툭 튀어나온 진후의 손이 가슴을 토닥여 주는 작은 반동을 자장가 삼아 준희는 선잠에 빠졌다.

새근새근 내쉬는 준희의 숨소리만이 작게 울려 퍼지는 세트장 안, 철문이 열리고 하얀 운동화가 뚜벅뚜벅 세트 안으로 올라갔다.

나무 탁자 위에 살짝 걸터앉아 손에 들고 있던 작은 화분을 바라보던 진후는 소파 밑으로 축 처져 있는 준희의 가는 팔을 바라보았다. 그러다 조심히 손을 들어 소파 위에 올려 주고는 가슴을 살살 토닥였다.

"푹 자고 일어나서 이쁘게 웃게 드라마도 내가 대신 찍고 현장 점검도 내가 대신하고. 서준희 힘든 건 내가 다 할 수 있었으면 좋겠다."

토닥토닥, 토닥토닥.

정말로 가슴이 따뜻했다. 어디선가 불어오는 레몬밤의 향기가 코끝을 간질이기도 했다. 천천히 눈을 뜬 준희는 주위가 뿌옇게 보이자 눈을 깜빡였다.

"어······?"

제 입에서 터진 말이라고 믿기 싫을 만큼 듣기 싫게 톤이 높았다. 저절로 인상이 써지고, 구겨진 미간에 진후의 검지가 닿았다.

"푹 자고 일어나 웃었으면 좋겠다 그랬더니 인상이나 쓰고. 보기 싫어."

우연이라면 기막히고 운명이라면 눈을 질끈 감고 싶어지는 순간, 준희는 진후의 손을 떼어 낼 생각도 못 하고 멍하니 그를 바라보다 겨우 입을 뗐다.

"······애들은?"

"주차장에. 트럭에서 화분 내리고 있어."

준희는 고개를 끄덕이고 진후의 손을 밀어내는 대신 일어나 바로 앉았다. 목적지를 잃고 허공에 붕 떠 버린 진후의 손이 천천히 밑으로 내려갔다.

"왜 왔냐고 안 물어?"

"좋은 핑계 생겼다 그러고 온 거 아는데 뭘 물어. 근데 이래 놓고 대본 늦게 주면 그땐 화낸다."

소파에서 일어나 테라스의 상태를 보려던 준희는 몇 걸음

못 가 다시 뒤를 돌았다. 그리고 진후의 손에 들려 있는 화분을 바라봤다.

"갠 또 뭐야. 뭔데 걔만 고이고이 품에 안고 왔어? 잎도 다 말라 버석버석해진 걸."

빤히 바라만 보던 진후는 레몬밤을 씁쓸하게 바라보며 이르 듯 말했다.

"엄마가 널 못 알아본다, 26호야. 저런 엄마가 어디 있어, 그치?"

26호…….

몇 호까지나 존재했는지는 기억나지 않지만 꽃집에서 자그마한 화분을 하나씩 사 올 때면 이름 대신 1호, 2호, 이렇게 불렀다. 이름을 붙여 자꾸 부르다 보면 정이 너무 담뿍 들 거고 그럼 흙으로 되돌려 줄 때 가슴 아파 싫다는 이유에서였다. 준희는 멍하니 레몬밤을 바라봤다.

"그게 아직도…… 살아 있었어?"

"죽었어. 한 시간 전에. 꽃집 아저씨가 뿌리가 죽었다고 못 살린다더라. 이제 21호, 25호, 28호만 남았어. 많이 못 살려서 미안."

모두 다 기억이 났다. 나는 예쁜 여자가 되려 하지 않았다. 시장에서 장을 봐 오면 언제나 작은 콩나물 봉지 하나까지도 진후의 차지였고, 설거지도 거의 하지 않았다. 하다못해 진후와 만나는 동안은 강의 시간표도 외우지 않았다. 서준희한텐 반드시 송진후가 있어야 하는 것처럼.

그렇게 많은 역할을 주어 놓고 우리의 연애가 서로의 동의 하에 끝났다는 사실 하나로 너도 나를 잊고 잘 살고 있을 거라 편한 대로 생각해 버렸다. ……이래 놓고 난 어떻게 예쁜 여자 가 되려 했었는지를 떠올려 보려 했을까.

"미안해."

진후는 말라비틀어진 잎사귀를 조심스레 어루만지며 말했다.

"괜찮다 그럴 거야. 26호는 착했거든. 드라마 때문에 바빠서 분갈이를 한 달씩 늦게 해 줘도 이 녀석은 씩씩……."

"걔 말고 너한테. 너한테……. 너무 많은 걸 맡겼어. 네 지난 10년, 내 탓 같아. ……미안해."

호선을 그리고 있던 진후의 입매가 서서히 일직선으로 돌아 왔다. 진후는 화분을 내려놓고 일어나 준희의 앞에 섰다. 준희 는 살짝 고개를 돌렸다.

"나 봐, 준희야."

준희는 천천히 고개를 들어 진후를 바라봤다. 슬픈 듯 덤덤 한 듯, 진후의 눈동자가 찰랑거리며 부딪쳐 왔다.

"네 말이 맞아. 우린 시작이 나빴고, 이상하게 길들여졌고, 다시 시작한다고 해도 우린 또 비겁해질지도 몰라. 나로 인해 너는 더 못된 애가 될지도 모르고 각자의 상처 또한 어쩌면 더 깊어질지도 모르지. 사랑이, 모든 걸 치유해 주진 않으니까. 그 런데……."

잠시 말을 멈춘 진후는 준희의 머리카락을 쓰다듬다 손등으 로 볼을 쓰다듬었다.

"머리로는 이해하는 이 모든 것들이 너만 보면 허물어지는데 그런 게 다 무슨 소용이야. 우리가 다시 만남으로 해서 올 수 있는 최악의 결과가 지금보다 더 아플지도 모른다는 거라면, 난 그냥 아프고 말래."

공간이 이렇게나 넓은데 사방이 막혀 있는 것 같았다. 꼼짝도 할 수가 없어 준희는 눈을 내리깔고 볼을 부드럽게 쓰다듬는 진후의 손가락만 바라봤다.

"그래도 서준희가 죽어도 싫다면, 그땐 날 패서라도 마음도 움직여 볼게. 너 아픈 건 싫으니까. 근데 죽기보다 싫지 않으면, 나한테 와 주라."

그때 조용했던 세트장 안에 철문 열리는 소리가 났다. 순간적으로 놀란 진후는 볼에서 화들짝 손을 뗐고, 준희는 동그랗게 뜬 눈으로 문 쪽을 응시했다.

"저…… 여기가 〈그해 겨울〉 세트장 맞아요?"

당연히 소품팀 스태프일 줄 알았는데 들려온 목소린 여자의 것이었다. 사람을 발견한 여자는 성큼성큼 다가와 세트장 앞에 서서 꾸벅 인사를 했다.

"서준희 감독님이시죠? 안녕하세요, 유선혜라고 합니다."

진후가 준희에게 눈짓으로 누구냐고 물었다. 준희는 고개를 젓다 여자를 바라보았다.

"누구……?"

"아, 미용팀의 진영 언니 후배예요. 이거 진영 언니가 감독님께 전해 드리라고."

선혜가 가방에서 꺼내 건넨 쪽지를 의아한 얼굴로 받아 든 준희는 안의 내용을 읽고는 황당한 얼굴로 이마를 잡았다.

"뭔데 그래, 요?"

스태프 앞이라면 당연히 존댓말을 할 테지만 스태프라 하기에도 뭐하고 아니라고 하기에도 뭐한 선혜 앞이라 말이 더듬어졌다. 진후는 준희의 손에서 쪽지를 슬그머니 빼냈다.

언니, 미안해요. 밤에 세트 촬영 있는 거 아는데 오늘 진짜 진짜
중요한 오디션이 있어서 제일 아끼는 후배 대신 보내요.
실력 좋은 아이니까 오늘 하루만 봐주세요. 사랑해요, 언니.

낮 촬영 때부터 낌새가 이상하긴 했었다. 자꾸 시계만 쳐다보는 게 시간에 쫓기는 사람처럼 불안불안. 하지만 설마 작품 중에 이런 일을 벌일 거라고는 생각도 못 했다.

어이가 없어 헛웃음을 뱉던 준희는 머리카락을 거칠게 쓸어 올리며 휴대폰을 꺼내 진영에게 전화를 걸었다. 그러나 이런 상황이면 으레 그렇듯 당연하게 진영의 전화는 꺼져 있었다.

"타이밍 한번 기막히네."

다시 전화를 걸려고 통화 버튼을 누르던 준희는 손을 멈추고 힐끔 진후를 바라봤다. 진후는 허탈하다는 듯 웃더니 선혜의 눈치를 보며 작게 속삭였다.

"상황이 좀 웃기게 됐는데 나는 다 진심이었어. 너도 네 마음 잘 들여다봐."

진후는 그대로 등을 돌렸다. 준희는 세트장을 빠져나가는 진후의 뒷모습을 복잡한 눈으로 바라봤다.

내 마음…….

사람들에겐 누구나 개인의 역사가 존재한다. 고등학교 졸업식, 설렘과 두려움이 공존했던 사회인으로서의 첫 발걸음, 타인이었던 누군가를 만나 사랑했던 기억, 오랜 시간 함께 웃고 울었던 누군가와의 이별.

그렇게 과거라는 시간을 거쳐 현재를 살다 보면 우린 때때로 너무도 아파 도려내고 싶은 역사의 잔해와 마주하는 순간을 경험하기도 한다. 하지만 아픔에 아무리 몸부림을 쳐도 역사를 바꾸는 힘은 누구에게도 존재하지 않는다. 그저 오늘보단 내일이 나을 거라는 희망으로 현재의 아픔을 견뎌 낼 수밖에.

열두 살, 처음으로 엄마와의 이별을 경험했던 서준희 역시 그렇게 견디며 서른세 살의 현재에 도달했다. 깊숙이 묻어 두었던 과거의 잔해가 불쑥불쑥 수면 위로 떠올라 삶을 갉아먹을 때면 이 순간이 어서 지나가길 이를 악물고 견디며.

하지만 과거가 현재가 되어 내 앞에 닥친 이런 순간엔 어떻게 대처해야 하는지 서른세 살의 서준희는 알지 못한다.

진후가 세트장 밖으로 사라지고 나자 비로소 선혜의 시선이 느껴졌다. 준희는 다시 휴대폰을 들었다.

"나야. 화분 도착했다니까 10분만 일찍 움직이자."

전화를 끊고 얼마 지나지 않아 종우의 전언을 들은 스태프들이 줄줄이 세트장에 들어섰다. 진후의 집에서 공수해 온 화분들로 테라스가 꽉꽉 채워졌고, 이윽고 배우들까지 도착하자 세트장은 한층 더 분주해졌다.

"야, 야. 선 밟지 마! 선!"

"탁자 위에 바구니 그림자 진다. 위치 좀 바꿔 봐!"

촬영팀, 조명팀이 세트장 위아래에서 분주히 움직이고, 스크립터인 혜연이 대본을 보며 액션을 체크하는 사이, 준희는 세트장 위에서 시은과 한빈을 데리고 리허설을 진행 중이었다.

"아직 두 사람 말도 못 텄는데 연인 연기 힘들 거 알아요. 그래도 자연스럽게 해야 해요. 그래야 이 씬이 살아요. 리허설 가 보죠."

준희가 액션을 외치는 대신 손으로 시은을 가리켰다. 시은은 대본을 침대 위에 올려 두고 일자로 누워 있는 한빈의 옆구리를 콕콕 찔렀다.

"일어나라. 일어나라, 잠꾸러기. 나 배고프다. 배고파 죽을 거 같⋯⋯. 죄송해요, 감독님. 너무 감정이 안 실렸죠. 다시 할게요."

입을 풀고 얼굴 근육을 이리저리 움직이던 시은이 다시 대사를 읊었다. 준희는 고개를 끄덕였다.

"좋아요. 본방 때도 그렇게요. 진현, 깼지만 계속 자는 척하고. 연서, 아예 작정하고 진현 마구 흔들며."

"배고파. 배고프단 말이야. 나 굶어 죽어? 응?"

"진현, 한쪽 눈 살짝 뜨고 갑자기 연서 안아 침대 위로 눕히며."

"굶어 죽긴 왜 굶어 죽어. 내 사랑만 먹어도 하연서는 이미 고도비만인데?"

"진현, 연서 마구 간질이고, 연서 자지러진다."

"그만, 그만해!"

"컷. 느낌은 나쁘지 않은데 1년 사귄 연인 아니고 한 달 된 연인 같아요."

세트 위에서 조명을 설치하던 조명감독이 시은과 한빈을 힐끔 보며 준희에게 말했다.

"초반부터 찐한 연인이어야 할 땐 키스 씬부터 가는 게 빠르지. 서 감독, 골 아프게 그러지 말고 키스 씬부터 찍어."

"어우, 감독니임."

시은이 조명감독에게 달려가 그러지 마시라며 앙탈을 부렸고, 한빈은 이 상황이 영 어색한지 뒷목을 매만졌다. 조명감독과 투닥거리는 시은을 보며 옅게 웃던 준희는 다시 대본을 펴는 한빈의 옆에 조용히 앉았다.

"쉽지 않죠? 영화도 멜로는 안 찍어 봐서."

"네, 조금 힘드네요. 죄송해요, 감독님."

"진짜 키스 씬부터 찍을래요?"

"어우, 감독님까지 진짜 왜 그러세요."

농담 반 진담 반으로 한빈에게 묻자 시은이 발개진 얼굴로 잽싸게 달려와 몸을 배배 꽜다. 그런 시은의 모습에 촬영장은 웃음바다가 됐다.

"진짜 키스 씬부터 찍기 싫으면 1년 된 연인처럼 자연스럽게 해 봐요."

시은과 한빈에게 마지막 지령을 전달한 준희는 세트장에서 내려오며 종우를 향해 손가락 열 개를 펴보였다. 그 뜻을 알아들은 종우가 고개를 끄덕이고 세트장 전체에 울려 퍼지도록 '10분 후에 숏 들어갑니다!' 하고 크게 소리쳤다.

세트 위에 있던 스태프들이 마무리를 하고 모두 밑으로 내려와 뒤로 빠졌고, 한빈과 시은의 코디가 세트로 올라가 잽싸게 대본을 들고 사라졌다. 준희가 카메라 포커스를 맞추는 영민을 바라보자 그가 고개를 끄덕였다.

"레디, 액션!"

1년 된 연인 같지 않으면 키스 씬부터 시킨다는 엄포가 효과가 있긴 했는지 두 사람은 모든 걸 다 내려놓고 작정하고 덤볐다. 서로를 바라보는 눈빛, 터치하는 부위, 대사의 감질 맛. 모든 것을 모니터를 통해 꼼꼼히 체크하던 준희는 기분 좋게 웃으며 고개를 들었다.

"컷! 오케이!"

사인이 떨어지자마자 시은은 살짝 말려 올라간 티셔츠부터 내렸고, 한빈은 무서운 속도로 벌떡 일어나 침대 밑으로 내려왔다. 그 모습을 유심히 보던 민선이 준희 옆으로 바싹 다가가 속삭였다.

"연기의 프로들이 베드 씬도 아니고 장난치는 씬에 귀까지 벌게져서는. 저 둘 좀 수상하지 않아요? 작품 하다 눈 맞는 경우 종종 있잖아요, 왜."

준희는 웃음기를 거두고 차갑게 민선을 바라봤다.

"사실이든 아니든 배우들한텐 그런 얘기 치명타가 될 수 있다는 거 몰라? 입 조심해."

따끔한 지적에 민선이 입을 오므리고 자리로 돌아갈 때였다. 철문이 벌컥 열리더니 복도의 형광등 불빛이 세트장 안으로 새어 들어왔다.

"서준희!"

오늘따라 왜 이렇게 부르지도 않은 손님이 많이 오는 건지. 인상을 쓴 준희는 뒤를 돌았다. 그런데 뜻밖에도 세트장을 찾은 사람이 우영이었다.

"선배?"

"어, 서준희!"

웬만한 일에는 서두르는 일이 없는 우영이 급하게 달려왔다.

"너는 왜 전화가 먹통이야!"

준희는 황당한 얼굴로 우영을 바라봤다.

"보다시피 촬영 중이니까, 무슨 일이에요?"

"긴급 상황이니까 요점만 하자. 미용 담당 진영이 지금 이 팀에 있어?"

"네. 왜요?"

우영이 눈을 질끈 감고 손으로 이마를 짚으며 말했다.

"예능국에서 드라마국에선 스태프 관리를 어떻게 하는 거냐고 난리가 났다. 지금 국장님 멱살 잡히기 일보 직전이야. 빨리 별관 공개홀로 가 봐."

의아한 얼굴로 우영을 바라보던 준희는 상황의 심각성을 인지하고 별관 공개홀로 달렸다. 그 뒤를 혜연과 종우가 함께 달렸다.

별관 공개홀에 도착한 준희는 중앙에 있는 문을 열어젖혔다. 이곳에서 오늘 몇몇의 뮤지션이 나와 라이브를 하는 음악 프로그램 녹화가 있는지 현란한 조명들과 커다란 음향 조정기가 눈에 띄었다.

"제발 좀 나가세요! 여기서 이러시면 안 된다고 몇 번을 말씀드려요!"

"한 번만요. 딱 한 번만 노래하게 해 주세요. 한 곡 전부가 안 되면 1절만이라도요. 네?"

세트 밑에 동그랗게 모여 있는 곳에서 많이 듣던 여자 목소리가 들렸다.

"이거…… 진영 언니 목소리 아니에요?"

촬영장에 대타까지 박아 놓고 오디션 간다던 애가 대체 여긴 왜.

준희는 밑으로 뛰어 내려갔다. 사람들을 헤집고 안으로 들어가자 진영이 조연출로 보이는 남자의 바짓가랑이를 붙잡고 눈물을 쏟으며 애원하고 있었다.

"관객들 들어오기 전에 딱 한 곡만 부르고 나갈게요. 부탁드려요. 네?"

"진영 언니!"

뒤따라 사람들을 헤집고 안으로 들어온 혜연이 진영의 모습을 보고 소리쳤다. 그제야 준희를 발견한 진영의 얼굴이 창백하게 질렸다.

"감독님······."

준희가 기가 찬 얼굴로 진영을 바라보고 있는데, 그 앞을 예능국 조연출이 막아섰다.

"그쪽이 이 여자 데리고 있는 드라마국 감독이에요?"

"네."

"드라마국은 대체 스태프 관리를 어떻게 하는 거예요! 다짜고짜 남의 세트장에 쳐들어와 노래 한 곡만 하게 해 달라는 이 여자 때문에 녹화가 코앞인데 한 시간째 일도 못 하고 있다구요!"

"죄송합니다. 정말 죄송합니다."

후배일지도 모르는 조연출에게 고개를 숙인 준희는 차갑게 진영을 바라봤다.

"일어나."

떨리는 눈동자로 준희를 바라보면서도 진영은 고개를 저으며 고집을 부렸다.

"일어나라고!"

어깨가 들썩일 만큼 진영은 동요하고 있었지만 끝끝내 고집은 꺾지 않았다. 차갑게 진영을 바라보던 준희는 종우에게 턱짓을 했다.

"끌어내."

"네? 하지만······."

"빨리!"

준희의 단호한 불호령에 종우가 내키지 않은 얼굴로 진영의 겨드랑이에 손을 넣었다.

"놔, 이거 놔! 감독님! 언니! 한 번만요! 나 노래 못하는 거 알아요. 나이도 많고 노래도 못하는 애를 왜 자꾸 오디션 장에 들여보내 시간 낭비 시키냐 욕 들어도 쌀 만큼 내 실력 형편없다는 거 안다구요! 근데 내 꿈이야. 무대에서 딱 한 번만! 이대로 접으면 그동안의 내 노력이 뭐가 돼!"

서럽게 울며 악을 쓰는 진영의 외침에 종우의 걸음이 우뚝 멈췄다. 혜연은 차마 못 보겠다는 듯 시선을 돌려 버렸고 욕을 하던 예능국의 스태프들마저 입을 다물었다. 그렇게 침묵이 이어지는 사이, 누군가가 계단을 밟는 발자국 소리가 들렸다.

"오랜만이다, 김 감독."

"어? 이게 누구야. 고영민이."

꽤나 친분이 두터운 사이인지 이 상황에서도 제법 반갑게 인사를 나누는 영민과 예능국 촬영감독을 바라보던 준희는 고개를 돌렸다. 영민이 내려왔던 공개홀 문 앞엔 언제 다들 왔는지 배우들부터 각 팀의 막내까지 모두 총출동한 상태였다.

"진영이 쟤 우리 팀 스태프야. 어떻게, 한 번만 노래하게 해 주면 안 되겠냐?"

준희는 다시 영민에게 고개를 돌렸다. 예능국 촬영감독은 맘은 이해하나 곤란하다는 얼굴이었다. 영민은 아랑곳 않고 준희를 바라보며 눈을 찡긋했다. 어떻게든 권진영이 소원 한번 이뤄 주자는 듯이. 내키지 않았지만 이 바닥에서 잔뼈가 굵은 선배의 의견을 많은 스태프들 앞에서 무시하는 것도 상도에 어긋나는 일이었다. 한숨을 내쉰 준희는 어쩔 수 없이 예능국 조연출을 바라봤다.

"무리한 부탁이라는 거 알아요. 하지만 부탁드립니다. 촬영 협조라고 생각하시고 한 번만 부탁드려요."

준희가 정중하게 고개를 숙이자 예능국 조연출은 난감하다는 얼굴로 머리를 긁적였다.

"나 이거 참. 감독님까지 왜 그러세요. 알 만큼 아시는 분이. 감독님께서 부탁하셔도 이건 곤란합니다. 조금 있으면 관객들도 입장할 거고 저희 감독님 허락 없이는……."

"뭐야? 무슨 일이야?"

눈을 질끈 감고 머리를 더 조아리는데 무대 뒤편에서 묵직한 남자의 목소리가 들려왔다. 준희는 고개를 들고 소리가 난 방향을 바라보았다.

"감독님. 그게. 저……."

감독은 험악한 인상으로 조연출을 찢어 죽일 듯 노려보았고, 조연출의 얼굴은 하얗게 질렸다. 상황이 점점 나빠지고 있다는 걸 감지한 영민과 준희의 얼굴에 낭패감이 서리던 그때, 예능국 감독이 나온 곳에서 익숙한 얼굴이 고개를 내밀었다.

"어, 서 감독님!"

준희는 반갑게 웃으며 달려오는 찬미를 바라봤다.

"찬미 씨. 오랜만이에요."

찬미는 준희의 세 번째 미니였던 〈그 바람이 너에게 묻다〉 때 조연으로 출연해 연기돌로 데뷔한 아이돌이었다. 본업은 가수지만 제법 안정적인 연기를 선보였고, 배우려는 자세도 되어 있어 준희도 예쁘게 봤던 아이였다.

"잘 지내셨죠? 새 드라마 들어가신다는 얘긴 들었는데. 그동안 인사도 못 드리고 죄송해요."

"아니에요. 새 앨범 내고 활동하느라 요새 바쁘죠?"

"그렇죠, 뭐. 근데 감독님이 여긴 어쩐 일이세요?"

"그게……."

의아한 얼굴로 상황을 지켜보는 예능 감독과 바닥에 앉아 여전히 울고 있는 진영을 번갈아 보던 준희는 주저하다 마음을 굳히고 입을 뗐다.

"찬미 씨, 오랜만에 만났는데 염치없지만 부탁 하나 할게요."

"부탁이요? 말씀하세요."

준희는 찬미를 구석으로 데리고 가서 차분하게 자초지종을 애기했고, 찬미는 다행히 흥미로운 얼굴로 고개를 끄덕였다.

"도움이 될 진 모르겠지만 해 볼게요. 잠시만요."

찬미는 곧장 인상 나쁜 감독에게 달려가 귓속말을 했다. 찬미의 말을 듣던 예능 감독은 점점 얼굴이 환해지더니 크게 고개를 끄덕였다.

"앵콜송, 약속한 거예요?"

"네. 그러니까 꼭 좀 부탁드려요."

"야! 드라마국 스태프 무대 세워 줘! 대신 딱 한 곡만입니다!"

기분이 좋아 보이는 감독의 외침에 예능국 스태프들이 얼떨떨한 얼굴로 움직이기 시작했다. 준희는 여전히 바닥에 주저앉아 훌쩍이고 있는 진영에게 다가갔다.

"뭐해. 무대에서 노래 한번 하는 게 소원이라며. 무대 서게 해 준다잖아."

"언니……."

진영이 먹먹한 얼굴로 준희를 바라보는 사이, 민선과 시은이 다가와 진영을 일으켜 세웠다.

"이 상태로 무대 설 거야? 옷 꼴 하고는."

"제 밴에 화보 촬영 때 입을 드레스 있어요. 빌려 드릴게요."

"그래도 되겠어요?"

"그럼요. 아직 사이즈 줄이지 않아서 맞을 거예요."

시은과 민선이 진영을 데리고 대기실로 사라지고, 준희는 한숨을 내쉬며 의자에 털썩 주저앉았다. 그 옆에 영민이 자리를 텄다.

"감독 노릇 힘들지? 근데 이게 팀이야. 오늘 서 감독 멋지다."

엄지를 세워 드는 영민의 뒤로 언제 내려왔는지 스태프들이 모두 내려와 엄지를 치켜들었다. 얼떨떨한 얼굴로 스태프들을 바라보던 준희도 피식 웃어 버렸다.

밝았던 공개홀에 전등이 모두 꺼지고 스탠드 마이크가 세워진 무대 가운데에만 조명이 켜졌다. 예쁘게 화장도 하고 드레스도 갖춰 입은 진영이 천천히 무대 뒤에서 등장했다. 진영은 상기된 표정으로 마이크를 잡고 노래를 시작했다.

난, 난 꿈이 있었죠.

버려지고 찢겨 남루하여도.

내 가슴 깊숙이 보물과 같이 간직했던 꿈…….

반주도 없이 오직 진영의 목소리만이 공개홀을 물들였다. 음정도, 박자도 노래 잘하는 일반인들보다도 못했지만 주위는 숨소리조차 잦아들었다.

늘 걱정하듯 말하죠.

헛된 꿈은 독이라고…….

'진후야.'

'응.'

'너랑 난 언제까지 함께할 수 있을까?'

'서준희만 변하지 않으면 평생.'

'멋진 영화감독과 시나리오작가가 되어서?'

'응.'

스물세 살의 서준희는 도피처인 이 사랑이 언젠가는 끝이 날 걸 알면서도, 헛된 꿈인 줄 알면서도 용감하게 맞섰다. 영원을 바라며, 해피엔딩을 바라며.

'우리가 다시 만남으로 해서 올 수 있는 최악의 결과가 지금보다 더 아플지도 모른다는 거라면, 난 그냥 아프고 말래.'

그리고 진후는 아픔이 겹겹이 쌓였던 지난 10년의 세월을 넘어 서른세 살이 되어서도 용감했다. 아무리 몸부림쳐도 되돌릴 수 없는 과거를 거슬러 올라와 서른세 살의 서준희 앞에 선 그는 상처를 두려워하지 않았다.

반주 없이 시작됐던 노래는 누군가 틀어준 MR 파일과 함께 멋지게 끝이 났다. 잠시간의 정적 끝에 우렁찬 박수가 터져 나왔다. 〈그해 겨울〉 팀뿐만 아니라 공개홀에 있던 예능국의 스태프들까지 힘차게 박수를 쳤다. 준희의 오른쪽에 앉아 손등으로 눈물을 훔치던 민선은 휴대폰을 꺼내 전화를 걸었다.

"엄마 미안해. 엄만 내가 꼭 판검사가 되길 바랐던 건 아니라는 거, 그저 남들보다 조금 더 넉넉하게 살길 바랐던 거라는 거 알아. 근데 엄마, 나 후회 안 해. 이곳에는 엄마, 내가 아무리 상처받아도 같이 울어 줄 동료들이 있어."

드라마와는 전혀 상관없는 이곳에서 누군가는 자신이 가진 모든 걸 걸고 무대에 섰고, 또 누군가는 그 무대를 보며 용기를 얻어 묵힌 숙제와도 같았던 엄마에게 속마음을 털어놨다.

아픈 어제보다 더 나은 오늘과 내일을 살기 위해선 그 자리에 멈춰 있어선 안 된다. 상처를 끌어안고 웅크리고 있는 시간 동안은 아무것도 변하지 않으니까.

준희는 자리에서 일어나 뒤에 있는 종우를 바라봤다.

"담당 감독님께 감사하다고 인사드리고 스태프들 챙겨 세트장 가 있어."

"어디 가시게요?"

"어. 앞으로 두 시간은 네가 감독이야. 전화하지 마."

"네? 가, 감독님!"

마음이 급해졌다. 준희는 당황한 얼굴로 애타게 부르는 종우를 뒤로하고 뛰기 시작했다. 공개홀을 나와 주차장으로 뛴 준희는 차에 올라타 시동을 걸고 진후의 집으로 향했다.

주말이라 주차장에 가까운 도로에서 샛길로 빠져 골목을 돌고 돌아 진후의 집 근처까지 도착한 준희는 꽃집과 나란히 있는 단팥빙수 가게 앞에 차를 세웠다.

"어서……, 아이고 이게 누구야. 준희, 맞지?"

스물세 살의 서준희와 송진후가 한겨울에도 이불을 뒤집어쓰고 먹었을 만큼 좋아했던 허름한 단팥빙수 집. 10년의 세월이 지났어도 준희를 알아본 주인아주머니가 테이블을 닦다 말고 달려왔다.

"안녕, 하셨어요?"

"그럼. 나야 보다시피. 왜 그동안 통 안 왔어. 빙수 사러 왔어?"

"네. 포장해 주세요."

"연유는 빼고 줘야지?"

"아니요. 넣어 주세요."

"응? 세월이 많이 흐르긴 흘렀나 봐. 입맛이 변했네. 잠깐만 기다려."

아주머니가 주방으로 들어가고 준희는 가게 내부를 둘러보았다. 기왓장으로 만든 각 테이블의 메뉴판, 주방 문틈 사이로 보이는 커다란 가마솥, 낙서가 여기저기 겹쳐 있는 나무 테이블. 테이블에 낙서를 하고, 한 숟갈이라도 더 먹으려고 머리를 맞대고 열심히 숟가락질을 하던 스물세 살의 서준희와 송진후가 곳곳에서 보였다.

좋았던 그 시절을 떠올리며 피식 웃는데, 주방에서 쇼핑백을 든 아주머니가 나왔다. 준희는 주머니에서 만 원짜리 한 장을 꺼내 아주머니에게 내밀었다.

"앞으론 자주 좀 와. 또 올 거지?"

"네. 또 올게요."

"다음에 올 땐 진후랑 같이 와."

말을 던져 놓고도 혹시 실수하는 건 아닌지 눈치를 보는 아주머니에게 준희는 웃으며 고개를 끄덕였다.

"네. 그럴게요."

빙수 집을 나와 다시 차에 올라탄 준희는 진후의 집 앞에 차를 세웠다. 그리고 빙수가 든 쇼핑백을 들고 차에서 내렸다.

"후."

초인종 앞에서 손을 쥐었다 펴기를 여러 번, 눈을 질끈 감았다 뜬 준희는 마침내 초인종을 눌렀다. 초인종에 달려 있는 인터폰에서 곧 달각거리는 소리가 들리더니, 진후의 목소리가 흘러나왔다.

— 누구, 서준희?

잠시 후 문이 열리는 기계음 대신 현관문 사이로 진후가 얼굴을 내밀었다. 어색하게 진후를 바라보던 준희는 쇼핑백을 들어 보였다. 진후는 쇼핑백과 준희를 번갈아 바라보다 얼떨떨한 얼굴로 걸어 나와 대문을 열었다.

집 안으로 들어선 준희는 테이블에 포장된 빙수의 뚜껑을 열고 뒤로 고개를 돌렸다. 진후는 현관 앞에서 이게 무슨 상황인지 감이 영 안 잡힌다는 얼굴로 서 있었다. 준희는 천장을 바라보고 숟가락을 내밀었다.

"금방 지붕이 무너질 만큼 이 집이 부실해 보이진 않는데. 앉아서 빙수 먹어."

"왜 그래, 너. 이번엔 뭔데."

"이번엔 뭐냐니?"

"단합대회 갔을 때, 따로 불러내기에 좋다고 나갔더니 거기다 대고 너 가시만 잔뜩 박았잖아. 이번엔 또 뭔 가시를 박으려고 빙수까지 사서 여길 왔냐고."

준희의 입가에 씁쓸한 웃음이 걸렸다.

"그때…… 많이 아팠어?"

"아프라고 작정하고 박아 놓고 뭘 물어."

"……오늘은 안 그래. 와서 앉아. 같이 먹자."

진후는 의심스럽다는 얼굴로 한참이나 서서 바라만 보다 자리에 앉아 숟가락을 받았다. 한 숟갈을 떠서 맛을 본 진후는 준희가 빙수를 떠 입술에 대자 급하게 팔을 잡았다.

"너 빙수에 연유 빼 달란 말 또 안 했지? 잠깐 기다려. 다시 사 올……."

준희는 일어서려는 진후의 팔을 잡아 다시 앉혔다.

"잊어 버려서 안 한 거 아니야. 넌 연유 들어간 빙수 좋아하잖아. 알레르기 있는 것도 아닌데 괜찮아. 그냥 먹자."

진후는 인상을 쓰고 준희를 빤히 바라보다 신경질적으로 빙수를 입에 넣었다. 얼굴엔 대체 왜 이러는 건지 답답하고 겁난다고 쓰여 있는데 진후는 쉽게 말을 꺼내지 못했다. 준희는 담담하게 빙수를 먹다 불쑥 말했다.

"내 마음 들여다보래서 들여다봤어. 결론도 냈고."

진후는 빙수를 먹으려다 말고 그대로 굳어 고개만 들었다.

"내 결론은……."

"잠깐. 잠깐만."

급하게 손을 내민 진후는 미치겠단 얼굴로 머리카락을 쓸어넘기다 초조한 눈으로 준희를 바라봤다.

"마음 들여다보라고 말한 지 아직 반나절도 안 지났어. 고작 몇 시간 만에 나는 싫다, 겁난다 말하는 건 너무하다고 생각 안 해?"

진후를 빤히 바라보던 준희는 숟가락을 내려놨다.

"그럼 나 아무 말도 하지 말고 그냥 가?"

"어. 생각 더 해. 더 하고 와."

"그러다 내 맘이 바뀌면?"

"나야 좋지."

진후는 긍정의 답변이 나올지도 모른다는 생각은 조금도 하지 않는 것 같았다. 씁쓸하게 웃은 준희는 자리에서 일어나 진후가 서 있었던 현관 앞에 섰다.

"너랑 나, 안 쉽겠다."

"하지 말랬지. 생각 더 하랬잖아."

"나 사랑한다며. 더 아파져도 그냥 아프고 말겠다며. 그렇게 사랑하는 여자에 대한 믿음이 너는 고작 이 정도야?"

"사랑하니까. 사랑하니까 서준희 떠나보낼 준비는 1분이라도 늦게⋯⋯."

빙수 그릇을 정리하던 진후는 불현듯 손을 멈추고 준희를 바라봤다.

"방금⋯⋯ 뭐라 그랬어? 믿음?"

준희는 진후를 등진 채 현관을 보며 나지막이 말했다.

"⋯⋯나는 겁나. 마음 다칠까 겁나고, 내 치부를 얼마나 더 너한테 보이게 될까 겁나고, 한 번 헤어진 연인은 같은 이유로 헤어진다는데 또 헤어지면 어쩌나 겁나고. 근데⋯⋯."

"근데?"

"겁이 나서 제자리에 멈춰 있으면 아무것도 가질 수 없다는 걸 알았어⋯⋯."

나무 바닥이 밟히며 끼익, 끼익 소리가 났다. 준희는 현관 앞으로 한 발자국 옮겨 가며 급하게 말했다.

"오지 마. 아직 오지 마. 할 말 더 있어. 다 듣고 와⋯⋯."

나무 바닥이 토해 내는 울음 같은 소리가 멎어들었다. 잠시 간의 정적이 지나고 준희는 다시 입을 열었다.

"나는 죽었다 깨나도 엄마 이해 못 할 거야. 10년 전 우리가 헤어지던 날처럼 영화를 보다 그럴 수도 있고, 밥을 먹다, 길을 가다, 어디에서든 엄마가 보이면 황당하게 짜증내고 화내고 욕할지도 몰라. 혼자서도 씩씩하게 자식 지키다 가신 착한 니네 엄마랑은 너무 달라서 이해 안 되겠지만 버겁다고 하지 마. 아니, 어떤 이유에서건 나한테 버겁다는 말 하지 마. 너한테 두 번 버겁단 말 들으면 그땐, 진짜 회복 불능일 거 같아."

준희는 뒤쪽으로 슬며시 손을 내밀었다.

"그거 약속할 수 있으면……."

이 손 잡아, 라고 말하기도 전에 진후가 손을 잡고 힘주어 끌어 당겼다.

"약속해. 안 할게, 절대. 너 잃는 짓 두 번은 안 해, 나."

준희는 진후의 품에 안긴 채 눈물이 나오려는 걸 꾸욱 참았다.

"송진후."

"응?"

"목적 이뤘다고 대본 재미없게 대충 쓰면 알지?"

유난히 달이 밝은 9월의 어느 날이었다.

#씬 10

광화문의 독립영화 전용 상영관 앞, 어둠이 짙게 깔린 새벽. 진현과 연서가 처음으로 서로를 의식하게 되는 씬을 찍기 위해 70여 명의 스태프, 배우들이 영화관 앞에 집결해 있었다. 시은과 한빈을 데리고 리허설을 마친 준희는 하늘을 올려다봤다. 그런 준희를 바라보고 있던 영민이 농담 반 진담 반으로 말했다.

"오지 말랄 땐 징그럽게 내리더니 오라고 빌 땐 또 안 와요. 말도 드럽게 안 듣는 게 꼭 권진영이 같네. 그치, 서 감독?"

버스 앞에 간이 테이블을 만들어 보조 출연자들의 머리를 만져 주고 있던 진영이 놀라 보조 출연자의 머리를 저도 모르게 잡아당겨 버렸다.

"아, 아! 아파요. 머리카락 다 뽑히겠네."

"어, 미, 미안해요."

진영이 빠르게 머리카락을 놓아주자 보조 출연자가 세팅된 머리가 망가질까 조심스레 머리를 매만지며 진영을 원망스럽게 바라봤다. 그 모습을 보고 있던 스태프들이 웃음을 터트리고, 준희도 작게 웃다 종우를 바라봤다.

"비는 그른 거 같은데 살수차 준비시키자."

종우가 재빠르게 살수차 기사에게 달려가고 곧 기사가 오케이 사인을 보내왔다.

"물 뿌려 봐!"

준희의 말이 떨어지기가 무섭게 시은과 한빈이 영화관 안으로 대피를 하고 물줄기가 쏟아졌다. 모니터를 통해 물줄기를 유심히 보던 준희는 뒤를 돌아 종우를 노려봤다.

"폭우야, 폭우! 네 눈엔 이게 폭우야! 가랑비지!"

비를 바라보며 당황한 종우가 다시 기사에게 달려갔다. 잠시 후, 물줄기가 점점 거세지기 시작하더니 정말 폭우처럼 쏟아졌다. 그때 카메라 포커스를 세세하게 조정하던 영민이 옆에 있던 팀 막내에게 턱짓을 했다.

"너 저기 가서 좀 서 있어 봐. 초점 좀 제대로 맞추게."

"네? 저더러 이 물 속으로 들어가라고요?"

"그럼 내가 들어가랴? 카메라 네가 잡을래?"

"아, 아닙니다!"

군기가 바싹 들어간 막내는 주저하다 심호흡을 크게 하고 빗속으로 들어가 진현의 위치에 섰다.

"카메라가 잡아야 할 건 둘인데 하나만 있으니 영 느낌이 안 산다. 누구 하나 더 들어가 봐. 여자로다가!"

모니터를 통해 보이는 카메라 초점은 좀 전과 다를 게 없었다. 애초에 베테랑 촬영감독인 영민이 비가 오는 씬이라고 초점을 못 잡을 리가. 준희가 의아한 표정으로 '여자'에 유독 힘을 주는 영민에게 고개를 돌리자, 영민은 가만있어 보라는 듯 준희에게 눈을 찡긋하고는 진영을 바라봤다. 동시에 물벼락을 맞기 싫어 뒷걸음질 치던 스태프들의 시선이 모두 진영을 향했다. 진영은 당황해 눈을 동그랗게 뜨고 손가락으로 자신을 가리켰다.

"나, 나? 저, 저요?"

"눈치 살살 보면서 피해만 다니면 다야? 첫방 나가기도 전에 사고 쳐서 서 감독 국장님한테 깨지게 한 벌은 받아야지?"

며칠 전 진영이 사고 아닌 사고를 친 이후, 준희는 촬영이 끝나자마자 국장님께 불려 가서 한 시간이나 깨졌다. 그 한 시간이 유일하게 잠을 잘 수 있었던 시간이었다는 걸 감안하면 진영의 죄명은 무거울 수밖에 없었다.

준희는 무지막지하게 깨졌던 그날을 떠올리며 피식 웃었다. 정확히는 잠이 너무 간절해 차라리 시말서를 쓰는 게 낫다고 생각했던 자신을 떠올리며. 준희의 웃음을 보고 무슨 폭탄이 떨어질까 지레 겁을 먹은 진영이 벌떡 일어났다.

"가, 가요. 들어가면 되잖아요."

어깨에 대충 걸치고 있던 카디건의 단추를 꼼꼼하게 채운 진영은 크게 심호흡을 하고 물 속으로 뛰어 들어갔다.

"앗! 따거, 따거! 따거!"

온몸을 두드리는 물줄기에 온갖 호들갑을 다 떨며 겨우 겨우 촬영팀 막내 스태프 옆에 선 진영이 울상인 얼굴로 영민을 바라봤다. 영민은 웨이브 졌던 진영의 단발머리가 미역 수준으로 꼬불꼬불 대는 걸 보며 화통하게 웃음을 터트렸다.

"걸작이다, 걸작이야. 야, 누가 사진 좀 남겨라."

스태프들이 기다렸다는 듯 휴대폰을 꺼내 진영을 찍기 시작했다. 진영은 얼굴과 머리를 작은 손바닥으로 가리며 발을 동동 굴렀다.

"아, 진짜 감독님! 벌 받을 만큼 받은 것 같은데 이제 내보내 주세요!"

"내보내 달란 말은 내가 아니라 서 감독한테 해야지. 어떻게, 이쯤에서 용서해 줄 거야, 서 감독?"

엄마 잃은 강아지 같은 눈으로 진영이 준희를 바라봤다. 준희는 표정 없이 모니터를 바라보며 말했다.

"옷만 적시고 나오면 그게 무슨 벌이야. 물 빵빵하게 준비됐지? 노래 한 곡 틀어. 긴 걸로다."

의상을 체크하던 민선이 재빨리 준희의 옆으로 다가와 휴대폰으로 노래를 틀었다. Steel heart의 〈she's gone〉이었다. 물을 맞으며 노래가 끝나가기를 기다리던 진영은 4분여가 넘어가자 민선을 째려보며 소리쳤다.

"야! 이 노래 몇 분짜리야! 무슨 노래가 이렇게 길어!"

"6분 30초짜리. 2분 15초 더 남았어."

"저건, 저건 친구도 아니야. 이씨."

진영은 울상이 됐고 스태프들은 웃음을 터트렸다. 길고 긴 〈she's gone〉이 끝나자 진영이 도망치듯 물 밖으로 나왔다. 준희는 휴대폰을 주머니에 넣는 민선을 바라봤다.

"새벽 공기 차. 감기 안 걸리게 머리 말려 주고 옷 갈아입혀."

"몸뻬 같은 거 입혀야지."

민선이 왠지 신이 난 얼굴로 진영을 데리고 의상 차로 들어갔다. 준희가 못 말린다는 듯 고개를 젓는데 영민이 외쳤다.

"자, 자. 실컷 웃었으니까 빨리 찍고 들어가자! 졸리다!"

스태프들이 동의한다는 듯 고개를 끄덕였고 영화관 안으로 들어가 있던 시은과 한빈이 입구로 나왔다. 준희는 모니터를 통해 두 사람의 모습을 확인하고는 고개를 들었다.

"이번 씬은 되도록 엔지 없이 가야 하는 거 알죠? 젖고 나면 최소 한 시간 딜레이예요! 신중하게 갑시다! 준비되면 사인 줘요!"

대사를 다시 점검하고 감정을 잡던 시은과 한빈이 준비됐다는 사인을 보내왔다. 한빈이 영화관 안으로 사라지고, 시은이 입구의 유리문 안에 혼자 남자 준희는 진지한 표정으로 모니터를 바라봤다.

"레디……."

말과 동시에 모니터 옆에 두었던 휴대폰이 진동했다. 인상을 쓰며 발신인을 확인하니 진후였다. 오늘 대체 몇 번째 전화더라. 희미하게 웃은 준희는 통화 거절을 누르고 다시 모니터를 바라봤다.

"액션!"

서둘러 입구에서 나오던 연서가 쏟아지는 비를 만나고 당황한 표정으로 멈춰 섰다. 하늘을 원망스럽게 바라보며 입술을 깨무는데, 느릿한 걸음으로 진현이 나와 연서와 조금 떨어진 곳에 섰다. 비를 바라보던 진현은 초조한 기색의 연서를 바라보곤 군복의 윗도리를 벗어 연서의 옆으로 다가갔다. 진현은 군 모자를 벗어 불쑥 연서의 머리 위에 씌워 주고 윗도리를 연서와 자신의 머리 위로 올렸다. 당황스러운 눈으로 연서가 진현을 바라보았다.

"뛰자."

초고에서 한 번 수정을 한 씬이었다. 그런데 초고보다 더 판박이다. 스물세 살의 서준희와 송진후의 모습 그대로.

팔로 진현이 살짝 떠밀자 얼떨결에 연서의 한 발이 앞으로 나와 버리고, 두 사람은 그 길로 뛰기 시작했다. 어색했던 연서의 표정에도 어느새 웃음이 생기고, 레일에 올라탄 영민이 그 얼굴을 놓치지 않고 잡아냈다. 모니터를 바라보던 준희는 웃으며 기분 좋게 외쳤다.

"컷! 오케이!"

다행이라고 생각했다. 이 씬을 찍으면서 웃을 수 있어서.

촬영은 바스트 샷과 빗물을 튀기며 경쾌하게 뛰는 두 사람의 발, 멀리서 두 사람이 뛰는 모습까지 담아내고서야 끝이 났다. 시은과 한빈이 코디들이 얹어 주는 수건으로 재빨리 몸을 감싸며 인사를 건넸다.

"수고하셨습니다."

"수고했어요. 오늘 촬영은 이게 끝이니까 들어가서 따뜻한 물에 씻고 좀 자요."

시은과 한빈이 제일 먼저 촬영장을 떠나고 나자 장비를 챙기는 스태프들의 손길이 한층 더 바빠졌다. 1분이라도 더 자기 위한 필사의 몸부림이었다. 이렇게 고생시키고 싶지 않았는데……. 방송이 당겨지는 바람에 혹독한 스케줄을 피해 갈 수가 없었다. 씁쓸한 마음 반, 안쓰러운 마음 반으로 스태프들을 바라보던 준희는 조명팀에게 다가가 선을 잡았다.

"두세요, 감독님. 저희가 할게요."

"같이 하자."

희미하게 웃고 준희가 선을 끌어당기기 시작하자 어쩔 줄 몰라 하던 조명팀 막내가 환하게 웃고는 선의 끝으로 달려가 돌돌 말기 시작했다.

먼저 정리가 끝난 팀이 덜 끝난 팀에게 다가와 손을 빌려주어 평소보다 훨씬 일찍 마무리가 되고, 피곤에 찌든 스태프들이 모두 촬영 버스에 올라탔다. 차 안의 불이 꺼지고 간간히 코고는 소리가 들려오는 촬영 버스 안, 준희도 잠에 빠져들었다.

얼마나 단잠을 잤을까. 주머니에서 휴대폰이 다시 진동했다. 추라도 매달아 놓은 것처럼 떠지지 않는 눈을 겨우 반쯤 뜨며 더듬더듬 휴대폰을 꺼냈다. 발신인을 확인하니 진후였다. 준희는 슬며시 일어나 곤히 잠들어 있는 스태프들을 바라보고 창문 밖으로 위치를 가늠했다. 다행히 버스는 방송국에 거의 다다라 있었다. 준희는 짐을 챙겨 슬그머니 일어나 버스 기사 아저씨에게 다가가 속삭였다.

"아저씨, 저 요 앞에 먼저 내려 주세요."

"방송국까지 안 가시구요? 피곤할 건데."

"새벽 공기가 좋아 보여서요. 좀 걸으려구요."

"부지런도 하시지."

기사 아저씨가 도보 옆으로 버스를 붙였다. 문이 열리고 버스에서 내린 준희는 버스가 출발하자 통화 버튼을 눌렀다.

"응."

— 응? 으응? 그게 다야?

삐친 목소리다.

"삐치지 마. 달래 줄 기운 없어."

— 기운 없어도 달래 줘. 새로 시작한 지 얼마나 됐다고 벌써 권태기 모드야? 내가 전화를 몇 통이나 한 줄 알아? 얼굴 맘껏 보겠다, 목소리 맘껏 듣겠다 좋아했더니 이건 뭐 또 짝사랑이야.

투덜투덜. 이 새벽에 기운도 좋지, 송진후. 준희는 옅게 웃고 방송국을 향해 걸으며 말했다.

"자업자득이지. 그러게 왜 드라말 하재. 작품 들어가면 먹고 죽을래도 시간 없어 못 하는 거 몰라 하재."

— 알아. 아는데 서준희 얻고 싶어 그랬지. 사랑해, 이 말 하고 싶어서.

걸음을 멈춘 준희는 난감한 표정으로 이마를 매만졌다. 너무 오래 사랑이라는 감정을 잊고 산 탓일까. 진후의 이런 솔직한 말과 애정 표현들이 아직은 어색하고 낯설었다. 그러지 말아야지 하면서도 이렇게 불쑥불쑥 진후가 온 마음을 부딪쳐 올 때면 저도 모르게 당황하고 만다.

— 준희야, 듣고 있어?

"듣고 있어."

겨우 마음을 가다듬은 준희는 다시 방송국을 향해 걸었다.

— 요령이 없어도 서준희는 너무 없는 거지. 사랑한다는 한마디면 삐친 거 다 풀릴 텐데.

10년 전보다 더 능글능글해졌다. 드라마 작가가 되기 위해 피 쏟을 만큼 노력하고, 매년 한 개씩 꼬박꼬박 작품 하고, 사랑이 어쩌구 하는 소재는 하지도 않고 어려운 전문 드라마만 했으면서 뭐가 이렇게 능숙해. 따라가기 벅차게.

"너 거울 보면서 연습했지? 전화하면 서준희 이렇게 녹여야지, 하면서."

— 뭐야, 그게. 근데, 녹았어? 내 말에?

말이 그렇게 되나? 괜히 열이 올랐다. 어떡하지…… 괜히 애꿎은 길가의 돌멩이만 발로 툭툭 차던 준희는 대뜸 말했다.

"야, 너 7, 8부 대본 다 썼어? 5, 6부 대본 준 지가 언젠데 아직도 깜깜무소식이야?"

— 이건 반칙이지. 나는 지금 남자 송진후로 전화했는데, 감독 서준희로 받아치면 어떡해?

"뭘 어떡해. 빨리 대본 내놓으면 되지."

정적이 흘렀다. 화, 났나……? 귀에서 휴대폰을 떼고 바라보던 준희는 다시 휴대폰을 귀에 붙였다. 여전히 묵묵부답. 진후야, 하고 부를 참이었다.

— 큰일 났다.

대뜸 뭐가?

— 나 이제 밥도 못 먹고 잠도 못 자. 대본 다 못 써서 감독 서준희 화낼까 조마조마해서. 책임져.

준희는 황당한 얼굴로 휴대폰을 멍하니 바라보다 말했다.

"뭘 어떻게 책임을 져?"

— 오늘 촬영 끝났지? 나 지금 방송국으로 가면 같이 밥도 먹고 차 안에서라도 잠깐 잘 수 있지 않나?

어이가 없어 피식 웃음이 나왔다. 하여간, 잔머리는.

"감독 일이 찍는 게 다야? 아마추어같이 이러지 말지. 1, 2부 편집하러 가야 돼."

거리가 너무 가까웠나 보다. 천천히 걷는다고 걸었는데 벌써 방송국 앞이었다. 눈이 마주친 경비 아저씨께 살짝 목례를 하고 방송국 안으로 들어가자 본관 앞에 도착한 버스에서 스태프들이 짐을 내리고 있었다.

"어, 감독님. 왜 먼저 내리셨어요?"

— 먼저 내려? 혹시 내 전화 때문이야? 내 목소리 들으려고?

귀도 밝지. 양쪽 얘기를 다 들으려니 정신이 없었다. 준희는 일단 종우부터 정리했다.

"1, 2부 편집하자. 정리 끝나면 테이프 가지고 편집실로 와."

피곤에 절은 종우의 어깨가 이건 너무한 처사라는 듯이 한껏 좁아졌다. 피식 웃은 준희는 방송국 안으로 들어가 엘리베이터에 오르며 진후에게 말했다.

"너도 잔머리나 굴리며 여유 부릴 시간 없어. 첫방까지 3주도 안 남았고 3, 4부 거의 다 찍어 가. 5, 6부 다 찍어야 7, 8부 줄 거야?"

— 이럴 줄 알았으면 미니 말고 그냥 4부작, 아니지. 그것도 길다. 2부작이나 하자 그럴걸.

엘리베이터는 금방 편집실이 있는 6층에 도착했다. 준희는 편집실로 걸어가며 옅게 웃었다.

"하자 그랬으면 순순히 했을 거 같아? 물은 이미 엎질러졌는데 투정 그만 부리고 써. 한 시간에 한 번씩 전화해대면 대본은 대체 언제 써? 안 되겠다. 7, 8부 나올 때까진 전화도 금지. 끊는다."

— 준희야! 서준희!

진후의 목소리를 외면하고 전화를 뚝 끊은 준희는 빠르게 편집실로 들어갔다. 추리닝 차림으로 졸린 눈을 비비고 조그셔틀을 만지던 경옥이 뒤를 돌았다.

"어, 왔……, 잠깐. 설마 지금 이 시간에 일하자고 들이닥친 거야?"

"오후까진 언니 꼼짝 마야. 우리 꺼 해야 돼."

"날 죽여라, 죽여."

한숨을 내쉰 경옥이 모니터를 바라보다 다시 힐끔 쳐다봤다.

"근데 너 얼굴이 왜 이렇게 빨개? 누가 보면 애인이랑 밀회라도 즐기다 온 줄 알겠네."

밀회는 아니지만 밀담을 나누기는 했지. 도둑이 제 발 저리다고 의자에 앉던 준희의 움직임이 부자연스럽게 딱딱 꺾였다. 그러나 다행히 경옥은 그냥 해 본 말인지 별 의심 없이 조그셔틀을 만지며 모니터만 바라봤다. 긴장했던 게 괜히 오버였다는 생각이 드니 괜스레 몸에 힘이 빠졌다. 후, 하고 한숨을 내뱉는데 휴대폰이 짧게 한 번 진동했다. 진후에게서 온 문자였다.

후회할 거야, 서준희. 기대해. 내 복수.

뭔 복수를 기대씩이나. 어이없게 휴대폰을 바라보다 피식 웃는데 종우가 테이프 든 상자를 들고 편집실로 들어왔다. 뒤를 돌아 힐끔 바구니 안을 바라 본 경옥이 질린다는 얼굴로 두 손을 들어 보였다.

"항복. 살려 줘."

경옥의 오른쪽에 떡하니 테이프가 가득한 상자가 놓인 시각, 새벽 5시 30분이었다.

오전 8시 30분. 상자에 담겨 있던 테이프의 3분의 1이 밖으로 나와 오른편에 놓였다. 준희는 샌드위치를 입에 물고 경옥에게 이런저런 주문을 하며 편집에 열을 올렸다.

오전 10시. 진후는 연서가 진현에게 바쁘다며 전화를 뚝 끊는 씬을 쓰다 벌떡 일어나 테라스로 나갔다. 그리고 화분 앞에 쭈그려 앉았다.

"보고 싶다는 말도 안 하고, 사랑한다는 말도 안 하고, 당최 애교라고는 눈 씻고 찾아봐도 없고. 그뿐인 줄 알아? 얼굴도 비싸, 목소리도 비싸."

진후는 입을 비죽 내밀고 괜스레 식물의 잎만 톡톡 건드리다 갑자기 히죽 웃었다.

"근데 난 네 엄마가 왜 이리 좋으냐. 좋아 죽겠다, 아주. 28호, 네가 꼭 좀 엄마한테 전해 줘라. 아빠가 좋아 죽겠다 그런다고."

대답 없는 식물에게 한참을 중얼거린 진후는 다시 작업실로 들어가서 노트북 자판을 두드렸다.

오전 11시. 국장 회의에 참석했던 김 국장이 규동과 함께 중간 점검을 하러 편집실을 찾았다. 상자 속엔 서너 개의 테이프만이 남아 있고, 테이블 위에 테이프들이 가지런히 일렬로 놓여 있었다. 책상에 엎어진 준희와 경옥을 바라보던 김 국장은 의자를 침대 삼아 엎어져서 자고 있는 종우의 등짝을 짝 소리 나게 때렸다.

"네, 네! 감독님!"

"감독님 아니고 국장님이다, 이 자식아."

"아, 네. 국장님."

서준희인 줄 알 때는 잽싸게 눈을 뜨더니 국장님이라니 일어나는 게 영 굼떴다. 허, 참. 국장님보다 감독님이 중하다 이 거지?

"감독은 책상에 엎드려 자고 있는데 조연출이라는 게 두 다리 쭉 뻗고 자고 있고. 잘한다, 잘해."

책상에 불편하게 엎드려 자고 있는 준희를 본 종우가 그제 야 잽싸게 몸을 일으켰다.

"너무 피곤해 가지고……."

"감독보다 조연출이 더 피곤하냐, 더 피곤해?"

종우는 변명을 못 찾고 중죄라도 지은 사람마냥 고개를 푹 숙였다.

"멀뚱히 앉아 있지 말고 1, 2부 그림이나 틀어 봐. 애들은 깨 우지 말고."

종우는 조심조심 준희의 손에서 테이프를 빼내 영상을 틀었 다. 한 컷, 한 컷 세세하게 보던 김 국장과 규동의 입가에 점점 미소가 진해졌다.

오후 3시. 김밥으로 대충 늦은 점심을 때우며 1, 2부 편집을 마친 준희는 시간을 확인하고 세트장으로 내려갔다. 1시부터 나와 촬영 준비를 했을 스태프들의 얼굴엔 짙은 피로감이 보 였다.

저녁 7시 30분. 세트 촬영을 마친 스태프들이 짐을 꾸려 야 외촬영 장소로 출발했다. 앞두고 있는 씬은 진현의 어린 시절 중 한 씬이었다. 준희가 촬영 버스 맨 앞자리에서 신경질적으 로 대본을 넘기는데 옆에서 같이 대본을 보던 종우가 눈치도 없이 한마디 던졌다.

"저는 이런 씬 찍을 때면 정말 미칠 것 같습니다. 애가 무슨 죄야."

대본에서 눈을 뗀 준희가 종우를 째리며 버럭 소리쳤다.

"그러게 너는 왜 3, 4부 다 찍지도 않았는데 5, 6부 스케줄을 벌써 잡아!"

종우가 억울하다는 표정으로 대답했다.

"이시은 씨 매니저가 광고 촬영 때문에 하루만 빼달라고 해서……. 감독님도 그러라고 하셨잖아요."

그랬다. 분명히 며칠 전에 종우가 어찌하면 좋겠냐, 물어 왔을 때 그러라고 말했었다. 언제 찍든 한 번은 찍어야 할 씬이니 매도 먼저 맞는 게 낫다 싶어서. 그래서 미리 마음의 준비를 한다고 했는데 막상 닥치니 전혀 괜찮지가 않았다. 이제 시작인데, 벌써 이러면 안 되는데.

준희는 신경질적으로 대본을 덮고 창가만 바라봤다. 버스는, 준희의 마음과 전혀 상관없이 야속하게 잘도 달리고 있었다.

저녁 8시. 섭외해 놓은 장소에 도착해 스태프들이 분주하게 짐을 내리고 장비 세팅을 시작했다. 준희는 현장에서 조금 비켜서서 순찰차 두 대를 바라보았다.

"몇 시까지 허가받았대?"

"11시까지요."

옆에 서 있던 종우가 재빠르게 대답했다. 서울의 고급 주택가에서 이뤄지는 촬영이라 주민들은 물론 경찰의 협조까지 받아 이뤄지는 촬영이었다. 드라마 속에선 10초나 될까 말까한 씬이지만 쉽게 지나칠 수 없는 씬이다. 이러한 아픔 때문에 연서와 진현이는, 서준희와 송진후는 헤어진 거니까. 그런 중요한 씬을 찍기에 세 시간은 결코 넉넉한 시간이 아니었다. 조급하게 현장 진행 상황을 지켜 보는데, 누군가 어깨를 톡톡 두드렸다.

"저…… 감독님."

뒤를 돌아보니 진현이의 어린 시절을 연기할 아역 배우의 엄마였다.

"네, 말씀하세요."

"대본 보니까 우리 아이가 맨발로 뛰어야 하던데……. 혹시 유리 조각 같은 거라도 밟게 될까 걱정이 돼서요. 양말이라도 신기면 안 될까요?"

현장에서 아이는 어려도 배우다. 평소라면 단호하게 대본대로 가야 한다고 단칼에 잘랐을 텐데 이번엔 쉽지가 않았다. 대본은 대본일 뿐이어야 하는데. 현실과 허구의 경계에서 망설이는 자신에게 화가 났다. 한참 동안 인상을 찡그리고 있던 준희는 겨우 감독의 마음가짐을 되찾았다.

"그렇게 되면 풀 샷은 못 잡고 바스트 샷만 가야 하는데 그럼 이 씬을 찍을 필요가 없어요."

아이의 엄마를 보기가 괴로워 고개를 돌려 버리자 곧 아이의 엄마는 풀이 죽어 등을 돌렸다. 아이 엄마의 걱정 어린 등과 천진난만한 얼굴로 민선과 장난을 치고 있는 아이를 보던 준희는 손짓으로 진행팀 스태프를 불렀다.

"촬영 전에 아이가 뛰어야 할 동선 따라 돌멩이, 유리 조각, 기타 등등. 아이 발 다칠 수 있는 건 죄다 치워."

"네? 해 다 졌는데요?"

황당한 얼굴인 진행팀 스태프를 바라보던 준희는 인상을 쓰며 소리쳤다.

"네 눈은 장식이야? 저기 조명들 안 보여? 빨리 움직여!"

소리에 놀란 스태프가 조명감독에게 부리나케 뛰어갔다. 촬영에 필요하지 않은 조명들을 빌린 진행팀이 곧 허리를 숙이고 졸지에 돌멩이, 유리 조각 찾기에 들어갔다.

빠짐없이 찾아야 할 텐데. 조마조마해서 대본이 눈에 들어오지 않았다. 후, 거친 숨을 연달아 내뱉는데, 종우가 다가와 스케줄 표를 내밀었다. 그것을 받아 확인하던 준희는 날카롭게 종우를 바라봤다.

"뭐야. 내일 낮은 왜 비어 있어? 또 누가 광고 촬영 있대?"

"아니요. 그게 아니라…… 3, 4부도 거의 다 찍었고 1, 2부 편집도 끝났잖아요. 감독님 피곤해 보이셔서 좀 쉬시라고……."

최악이다. 스태프들이 다 쓰러져 백기를 들어도 꿋꿋하게 살아 청기를 흔들어야 하는 감독이 조연출의 걱정을 받고 있다니. 허탈하게 웃은 준희는 종우에게 스케줄 표를 내밀었다.

"괜찮아. 괜찮으니까 내일 낮 촬영 스케줄 잡아."

스케줄 표를 받아 들고 염려 섞인 표정으로 바라보던 종우는 더 설득을 못 하고 입을 다물었다. 조명 기구를 만지며 옆에서 보고 있던 조명감독이 마른세수를 하는 준희를 힐끔 쳐다봤다.

"너무 꼿꼿하면 부러진다."

혼잣말 같기도 하고 아닌 것 같기도 하고. 준희는 힐끔 조명감독을 쳐다봤다. 그러나 조명감독은 아무 말도 하지 않은 사람처럼 태연하게 조명 기구를 만지고 있었다.

꼿꼿하면 부러진다……. 서준희와 송진후는 10년 전 그해, 이미 한 번씩 부러졌다. 아주 처참하게 부러져 다시 붙이기까지 10년이나 걸렸다. 이번에 또 부러지면 20년이 걸릴지도 모르는데, 좀 유해져야 하나.

"렉카 준비됐어요. 촬영감독님은 벌써 올라가셨구요."

연애와 일은 별개의 세곈데 하나의 맥락으로 결부시키고 있는 자신이 낯설었다. 피식 웃던 준희는 방금 온 무전 내용을 전달하는 종우의 말에 상념을 털어 내고 일어났다.

"나도 들었어."

촬영장의 분위기가 평소보다 더 묵직했다. 씬이 씬이니만큼, 연기하는 배우가 어린아이이니만큼 가벼울 수가 없었다. 렉카에 올라 어느 주택 대문 안에서 대기 중인 아이를 보던 준희는 영민을 바라봤다. 영민 역시 그다지 밝지 못한 얼굴로 고개를 끄덕였다.

"슛 가자. 신발……, 벗겨."

언제나 시킨 일은 빠릿빠릿하게 움직이던 종우의 걸음이 느렸다. 종우의 주문을 들은 아이 엄마가 어두운 얼굴로 아이의 잠바를 벗기고 신발을 벗겨 옆으로 빠졌다.

"레디, 액션!"

소리와 동시에 표정을 바꾼 아이가 있는 힘껏 대문을 밀고 나와 무섭고 겁나고 다급한 얼굴로 허겁지겁 정신없이 뛰기 시작했다. 렉카차가 아이의 속도에 맞춰 움직이고 카메라가 아이의 모습을 담았다. 바람이 아이의 머리카락을 할퀴고 옷을 쓸고 지나가며 잠옷의 단추 하나가 톡 하고 떨어졌다. 그리고 준희의 눈에 아이는 어느새 진후가 되어 있었다.

모니터를 통해 정신없이 뛰는 아이를 바라보고 있는 준희의 입술이 짓이겨지고, 손톱에 눌린 살이 깊게 파였다. 눈을 감으면 안 된다고, 고개를 돌리면 안 된다고 스스로를 다독였다. 입을 벌리면 조급하게 컷 소리가 튀어나올 것 같아 숨도 집어 삼켰다.

하나, 둘, 셋, 넷, 다섯.

준희는 속으로 느리게 숫자를 세고 나서야 외쳤다.

"컷! 오케이!"

열심히 뛰던 아이의 속도가 점점 느려졌다. 그런데 중력 때문에 한 번에 멈추지 못한 아이가 진행팀이 미리 점검했던 길 너머까지 가 버렸다.

"아앗!"

아이가 비명을 지르며 풀썩 주저앉았다. 아이의 엄마가 달려갔고 곁에 있던 진행팀이 달려갔다. 준희도 차가 서자마자 뛰어 내려갔다. 뾰족한 돌멩이를 밟았는지 아이의 발 중앙에서 희미하게 피가 새어 나오고 있었다. 조금 더 빨리 컷을 외쳤어야 했는데.

구급상자를 찾아 준희가 다급하게 뛰어가려는데, 제일 먼저 달려와 상처를 확인한 아이 엄마에게서 원망이 쏟아졌다.

"그러게 양말이라도 신게 해 달라고 부탁드렸잖아요! 아이가 다치면 엄마 맘이 어떤지 감독님이 아세요!"

준희는 피하지 않고 그 자리에 우뚝 서서 아이 엄마의 원망을 다 받아 냈다. 아이 엄마는 욕 빼고 할 수 있는 독한 말은 모두 뱉고는 아이를 데리고 사라졌다.

"괜찮으세요, 감독님?"

아이 엄마를 말리면 더 역효과가 날까 성급하게 끼어들지 못했던 종우가 초조하게 준희의 안색을 살폈다.

괜찮지가, 않다. 아이 엄마의 독설 때문이 아니라 가슴을 헤집는 어린 진후 때문에.

"스케줄 고치지 마. 내일 오전엔 쉬자. 정리해."

보기 드물게 지친 기색인 준희의 모습에 스태프들이 어두운 얼굴로 정리를 시작했다.

구경하던 주민들이 집으로 들어갔고, 순찰차가 떠났다. 점점 휑하게 비어 가는 한밤의 주택가 속에서 아이가 나왔던 대문 너머를 바라보던 준희는 대본을 꽉 움켜쥐고 종우에게 다가갔다.

"미안한데 오늘은 나 먼저 들어갈게. 정리 끝나면 스태프들 간식 먹이고 내일 저녁까진 푹 쉬라 그래."

종우의 대답을 듣지도 않고 준희는 몸을 돌렸다. 대로변으로 나가 택시를 잡아탄 준희는 몇 번이고 핸드폰에 진후의 번호를 띄웠다가 지우기를 반복했다. 당장 소리를 지르면 마음은 조금 편해지겠지만 전화로 이 복잡한 마음을 터트리기엔 성에 차지 않았다.

가만 안 둬, 송진후.

택시가 진후의 동네에 근접하자 더 이상 참을 수가 없어 전화를 걸어 버렸다.

— 전화 금지라며. 그래서 안 걸었는데…….

"나한테 사과해."

— 뭐야, 대뜸. 뭘?

택시가 부드럽게 진후의 집 앞에 정지하고 나자 후회가 밀려들었다. 조금만 더 참을걸. 준희는 전화를 뚝 끊고 초인종 대신 도어록의 비밀번호를 눌렀다. 작은 정원을 지나는 내내 휴대폰이 계속 진동했다. 준희는 통화 거부 버튼을 누르고 현관문을 활짝 열어젖혔다. 진후는 소파에 다리를 뻗고 노트북을 무릎에 둔 채 휴대폰을 귀에 붙이고 있었다.

"너……."

왜 안으로 들어오자마자 제일 먼저 보이는 게 하필이면 진후의 발바닥일까. 10년 전엔 보이지 않았던, 아니 보려 하지 않았던, 희미한 상처가 여기저기 남아 있는 진후의 발바닥이. 진짜…… 미치겠다.

"사랑한다며. 사랑한다면서 나한테 이렇게 잔인해도 돼?"

영문을 모르겠다는 얼굴로 진후가 노트북을 탁자 위에 내려

놓으며 일어섰다. 진후가 다가오기 전에 성큼성큼 앞으로 걸어
간 준희는 손에 꼭 쥐고 있던 대본을 그의 가슴에 힘껏 던졌다.

6부의 대본이 바닥으로 툭 떨어지며 입을 벌렸다. 과거의 어
린 진현이 나오는 부분이었다. 물끄러미 대본을 보던 진후는
톡 건드리기만 해도 금방 눈물이 주룩 쏟아질 것 같은 준희를
조심히 품에 안았다.

"미안. 미안해."

진즉부터 나오고 싶어 안달이 났었던 눈물이 쉴 새 없이 쏟
아졌다.

"신발을, 신발을 신겨 주고 싶었는데, 그럴 수가, 그럴 수가
없었어. 나는, 나는 감독이니까."

울음에 섞여 말이 또박또박 들려오지 않았지만 알 것 같았
다. 서준희가 어떤 마음으로 그 씬을 찍었을지. 얼마나 마음이
갈가리 찢어졌을지.

"미안. 미안해. 내가 잘못했다. 근데 준희야, 네가 마음으로
신겨 준 그 신발, 나 마음으로 이미 신었어."

준희의 눈물이 더욱 거세졌다. 뒷머리와 등을 쓰다듬어 주
는 진후의 손길에 아이처럼 울던 준희는 탱탱하게 눈이 부어올
라서야 울음을 멈췄다.

"다 울었어?"

살짝 진후를 밀어낸 준희는 얄밉게 흘겨보고는 재빨리 두
손으로 얼굴을 가렸다.

"보지 마. 쪽팔려."

그러고는 쏜살같이 욕실로 들어갔다. 한참 동안 물소리가 들리더니 준희가 수건으로 얼굴을 닦으며 거실로 나왔다.

"속이 후련해?"

준희는 대답 없이 진후를 빤히 바라만 봤다.

"내 맘은 잔뜩 무겁게 해 놓고 혼자만 후련해지고. 얄밉다, 서준희."

진후의 입가엔 씁쓸한 웃음이 걸렸다. 미안한 짓을 한 것 같았다. 그것도 엄청.

"……이제 안 그래. 같은 일로 두 번은 안 와."

"와."

"미안해서 싫어."

"그래도 와. 너 혼자 우는 것보다 이게 덜 무거우니까. 와."

가슴이 아파야 하는데 왜 두근거리는지. 가만히 소파에 앉은 준희는 노트북만 뚫어지게 바라봤다. 하얀 화면 위에 검정색 커서가 깜빡거렸다. 길어지는 침묵이 어색해서 준희는 괜히 노트북으로 손을 뻗었다.

"7, 8부는 좀 썼어?"

무릎에 막 노트북이 안착하기 직전, 진후가 재빠르게 노트북을 빼앗아 갔다. 준희는 어이없는 표정으로 진후를 바라봤다.

"왜. 어차피 보게 될 건데."

진후는 노트북을 들고 작업하는 방으로 들어가 하얀 종이 뭉치 두 개를 들고 나와 하나를 준희에게 건넸다.

"7부야."

준희는 진후가 옆으로 숨긴 종이 뭉치를 바라봤다.

"그거 8부 아냐? 다 나왔으면 주지. 한 번에 읽는 게 흐름 잡기도 편한데."

"안 돼."

이상한 고집이야, 라고 생각하며 준희는 일단 7부의 대본을 읽기 시작했다. 한 장, 한 장 종이를 넘길수록 준희의 얼굴이 일그러져 가기 시작했다. 이게 뭐야. 결국 3분의 2쯤 읽고 준희가 고개를 들었다.

"장난해, 지금?"

진후는 대수롭지 않은 얼굴로 어깨를 으쓱하곤 웃었다.

"웃음이 나? 대본을 이렇게 써 놓고? 6부까지의 진현인 그토록 그리워했던 연서를 곁에 두었지만 고민하고 있어. 내가 옆에 있어도 될까, 더 아프게 하는 건 아닐까. 그런데 갑자기 진현이가 한 씬 건너 한 번씩 사랑한단 말을 남발하는 게 말이돼? 스토커도 아니고 집 앞에서 불쑥, 한밤중에 전화 걸어 불쑥, 촬영장에 찾아와서 불쑥."

"이상해?"

"네 눈엔 이 대본이 안 이상해? 절대 픽스 못 해. 수정해."

진후는 선선히 고개를 끄덕였다. 뭐지?

"대신 조건이 있어."

"……?"

"가지 마. 다음 촬영 시간 전까지 여기 있어. 그럼 수정할게."

이씨.

"대본 가지고 이런 딜, 치사하다고 생각 안 해? 공과 사 좀 구분하지?"

"반칙은 네가 먼저 했어."

"내가 언제……."

'이건 반칙이지. 나는 지금 남자 송진후로 전화했는데, 감독 서준희로 받아치면 어떡해?'

하루가 채 지나지 않은 일이었다. 복수를 하겠다더니 이게 복수인가. 허탈하게 웃던 준희는 이내 덤덤한 얼굴로 돌아와 고개를 끄덕였다.

"좋아. 그 딜 받을 테니까 수정해."

진후는 씨익 웃고는 옆에 두었던 종이 뭉치를 건넸다.

"자, 수정고."

준희는 종이 뭉치와 진후를 황당한 얼굴로 바라보다 허탈하게 웃어 버렸다. 이 엉터리 대본 쓸 시간이면 8부 대본까지 썼겠네. 노력이 가상하다 해야 할지, 애먼 짓을 했다고 화를 내야 할지. 이렇게 나왔단 말이지. 준희는 대본을 받아 진짜 7부의 첫 장을 열며 덤덤하게 말했다.

"나 내일 오후까지 촬영 없어."

"정말?"

"어."

진후가 한껏 들뜬 얼굴로 물었다.

"뭐 하고 싶은 거 없어? 어렵게 찾아온 첫 데이트의 기회인데."

대본을 향해 있던 준희의 고개가 들린 건 그때였다. 입가에 자리한 준희의 사악한 웃음에 진후는 저도 모르게 움찔했다.

"하긴 뭘 해. 넌 대본 써야지. 8부 나오기 전엔 우리의 사적인 그 어떤 것도 없으니까 그런 줄 알아."

새벽을 향해 달려가는 밤, 남자와 여자는 등을 맞대고 앉아 한 사람은 타자를 두드리고 한 사람은 대본을 읽었다. 그러다 어느 순간 여자의 고개가 톡 하고 옆으로 꺾였다. 타자를 치던 손을 멈춘 남자는 잠이 든 여자를 확인하고 노트북을 내려놨다. 그리고 조심히 여자를 안아 침실로 데려가 침대 위에 눕혔다.

여자는 알까. 때론 좀 싸우기도 하고, 때론 이러다 행복해서 죽지 싶을 만큼 웃어 보기도 하고, 같이 작품도 하며 투닥거리는 일상을 매일같이 상상하며 10년을 버텨온 걸.

잠이 든 여자의 얼굴은 평온했다. 말해 주지 않은 남자의 마음은 알 길이 없다는 듯이. 머리카락을 쓰다듬어 보고, 뽀얀 볼도 만져 보고, 울어서 부은 눈을 안쓰럽게 매만지다 이불을 꼼꼼히 덮어 준 남자는 여자의 이마에 살짝 입을 맞췄다.

"이걸로는 절대 만족 못 하는데 너무 빨리 가면 겁 많은 서준희가 놀라 도망갈지도 모르니까. 굿나잇."

남자는 떨어지지 않는 발걸음을 애써 돌려 불을 끄고 침실을 나왔다.

몸이 밑으로 한도 끝도 없이 꺼지는 기분이었다. 폭신하고 안락한 생소한 감촉에 준희는 눈을 떴다.

아이보리색의 커튼, 찌를 듯한 가을 햇살, 푸른색의 벽.

여긴…… 아.

몸을 일으킨 준희는 비어 있는 침대의 나머지 공간을 바라보다 완전히 침대에서 내려왔다. 부엌으로 가서 컵에 물을 따라 반쯤 마시고 거실의 소파를 바라봤다. 그곳에서 자고 있을 줄 알았는데 진후는 없었다. 집을 두리번거리던 준희는 살짝 문이 열린 작업실에서 새어 나오는 미세한 기계음을 듣고 방향을 틀었다.

똑똑.

한쪽 손을 허리에 올린 채 책상에 삐딱하게 기대서서 뒷목을 주무르던 진후가 노크 소리를 듣고 고개를 돌렸다.

"들어가도 돼?"

"뭐야, 남처럼. 들어와."

맘에 안 든다는 진후의 얼굴을 마주하다 안으로 들어선 준희는 프린터가 토해 내는 종이들을 바라보았다.

"8부?"

"어. 난 대본 쓴다고 밤을 꼴딱 샜는데. 혼자만 푹 자니까 좋아?"

"……한숨도 안 잤어?"

"안 잔 게 아니라 못 잤지. 누구 덕분에."

말은 질책의 어투인데 진후의 입가엔 미소가 감돌았다. 진후가 준희의 손에 들린 컵을 가져가 남아 있던 물을 비우는 사이, 준희는 잠잠해진 프린터가 토해 낸 종이를 집어 들었다.

지문 하나하나, 대사 하나하나를 꼼꼼하게 읽어 내리는 준희를 책상에 기대 뚫어지게 바라보던 진후는 슬며시 고개를 저었다.

책을 볼 때, 영화를 볼 때와 마찬가지로 살짝 구겨지는 미간을 보며 입을 맞추고 싶다고 생각하다니.

너 이거 중증이야, 송진후.

"칭찬받고 싶어 열심히 썼는데 잘했다고 안 해 줘?"

"잘했어."

대본에 열중해 있는 탓인지 준희의 대답에 성의가 없었다. 마음 없이 입만 움직이는 느낌. 불쑥 심술이 돋았다. 진후는 책상에서 몸을 떼고 준희에게 한 발자국 다가갔다.

"수고했단 말은?"

"수고했어."

"사랑한단 말은?"

"사랑……."

아니나 다를까 기계처럼 움직이던 준희의 입술이 이상함을 감지하고 뒤늦게 멈췄다. 준희가 눈을 흘기며 고개를 드는 순간, 재빨리 고개를 숙인 진후의 입술이 그녀의 입술을 간질이듯 스치고 지나갔다. 당혹스러움 반 놀란 마음 반으로 준희가 멍한 얼굴로 서 있는 사이, 진후는 대본을 빼앗아 뒤로 숨겼다.

"줘. 아직 반도 못 읽었어."

뒤늦게 정신을 차리고 항변했지만 진후는 대본을 줄 생각이 없어 보였다.

"황금 같은 이 기회를 집에서만 보내려고 밤새 쓴 줄 알아? 대본은 차에서 읽어."

대본을 책상 위로 던져 버린 진후는 준희가 움직이기 전에 팔을 잡아끌어 욕실에 집어넣고 문을 닫았다.

"새 칫솔 어디 있는지 알지? 예쁘게 씻고 나와!"

허망하게 문을 바라보던 준희는 피식 웃고는 수납장을 열었다. 첫 번째, 두 번째 칸엔 곱게 갠 수건, 세 번째 칸엔 비누와 치약, 칫솔.

하나도 안 변했네.

노란색의 새 칫솔을 꺼내고 좋아하는 민트향의 치약도 꺼내고 나니 어쩐지 기분이 이상했다. 10년이나 멈춰졌던, 10년 만에 다시 하게 되는 일인데 낯설지가 않아서.

그건 아마도 이곳이 10년 전과 크게 바뀐 것이 없기 때문에……. 그런데 이 익숙함이, 설렘이, 마냥 기쁘지만은 않은 건 왜일까.

머리를 감고 물기를 터는데 노크 소리가 들렸다.

"멀었어?"

급하기로는 둘째가라면 서러울 송진후도 여전하다. 준희는 머리끝의 물기를 수건으로 꼭꼭 눌러 짜며 욕실 문을 열었다. 방에 딸린 욕실에서 씻고 나왔는지 머리가 젖어 있는 진후는 이미 옷도 다 차려입은 상태였다.

"하여튼 느리지, 서준희. 드라이기는 뒀다 국 끓여 먹으려고?"

진후의 손에 이끌려 소파로 가는 동안 현관이 자꾸만 눈에 밟혔다.

'가려면 지금 가. 이 문 나서면 너랑 난 끝인 거야. 그거 똑똑히 기억하고 가.'

헤어졌다 다시 만나는 연인의 부작용, 하나.

한 번의 끝을 경험한 우리는 익숙함과 설렘이 공존하는 그 속에서도 첫 번째 헤어짐을 잊기 위한 사투를 벌여야만 한다.

진후는 소파에 준희를 앉혀 놓고 욕실로 들어가 드라이기를 가지고 나왔다. 지잉, 지잉. 드라이기가 미세한 소음을 낼 때마다 머리카락이 뽀송뽀송해져 갔다.

"한숨도 못 잤다며. 좀 자야 하는 거 아니야?"

"잠보다 서준희. 기특하지? 감동이지?"

드라마로도 각색되었던 만화 제목을 멋대로 바꾼 진후는 얼굴을 들이밀며 씨익 웃었다. 준희는 황당해하면서도 같이 웃어 버렸다.

"됐다. 가자."

두피 부분부터 머리카락 끝까지 손을 넣어 만져 보던 진후는 드라이기를 끄고 옆으로 와서 손을 잡았다. 손가락끼리 얽히고설켜 살이 맞닿았다. 피식 웃은 준희는 현관을 향하다 문득 걸음을 멈췄다.

"8부, 8부."

"그런 건 까먹지도 않아, 일중독."

진후는 손을 놓고 작업 공간으로 들어가 아무렇게나 던져놓았던 8부를 챙겨 나왔다. 준희의 손에 8부를 들려 준 진후는 다시 깍지 껴 손을 잡았다.

"진짜 가자."

준희는 차에 올라타 시동을 거는 진후를 보며 물었다.

"근데 우리 뭐 하러 가?"

"맛있는 밥 먹고, 분위기 좋은 데서 차 마시고, 시간이 맞으면 영화도 보고."

준희는 부드럽게 차를 출발시키는 진후를 어이없게 바라봤다.

"밤까지 샜다더니 겨우 그거야?"

진후는 김빠진 탄산음료 같은 얼굴을 하고 있는 준희를 힐끔 쳐다보고 다시 정면을 바라봤다.

"나한텐 겨우 아니야. 흔한 일상 같은 이걸 난 매일을 꿈꿨으니까. 나 오늘 소원 성취한다."

제법 묵직한 돌멩이가 내려앉은 것처럼 명치가 아릿했다. 무슨 말을 해 줘야만 할 것 같아 이 단어 저 단어를 막 입속에 굴려 보지만 막상 입 밖으로 나오는 말은 아무것도 없었다. 덤덤한 얼굴로 운전을 하는 진후를 한참이나 바라보던 준희는 조용히 대본을 폈다. 진후도 차에서 보라고 했던 말을 지킬 생각인지 별다른 말이 없었다. 간간히 덜컹거리는 차 안, 대본을 읽어 내리던 준희의 시선이 어느 씬에 고정되었다.

#씬37. 진현의 집. 밤.

불이 다 꺼져 있는 진현의 작업실. 노트북 불빛만 새어 나오는 가운데 진현, 착잡한 얼굴로 어느 씬 바라보면. 연서; 이상하게 길들여진 거야, 너랑 난. 우리, 두 번은 비겁해지지 말자, 대사 부분 보이는.

회상1. (6부 19씬)

엄마의 영정 사진 끌어안고 울고 있는 어린 진현의 모습.

진현; (N) 엄마를 잃은 여덟 살, 엄마를 잃지 않게 해 달라는 유일한 내 소원이 처참히 짓뭉개진 이후 나는 무서운 것이 없었다. 세상에서 제일 커 보였던 내 상처, 그 상처 덕에 종잇장보다도 얇았던 나의 인간관계.

회상2. (5부 40씬)

야윈 손으로 연서의 손 꼭 잡아 주는 할머니. 연서, 그런 할머니 애써 덤덤하게 보며 웃고 있는. 진현, 조금 떨어진 곳에서 그런 연서 아프게 보고 있는.

진현; (N) 그랬던 내가 처음으로 타인의 상처가 아팠다. ……무서웠다. 힘겨워 보이는 연서의 웃음조차 눈물이 되어 버릴까 봐.

회상3. (새로 찍어야 함)

연서, 영화사에서 스태프들과 회의를 하고 있는. 진현, 그 모습 창문으로 보고 있는. 씩씩해 보이는 연서가 더 마음 아픈.

진현; (N) 엉터리 하연서.

4. 현재.

진현, 복잡한 얼굴로 모니터 바라보고 있는.

진현; ……젠장. 사랑, 맞잖아.

왜 생각하지 못했을까. 내가 어린 진현이를 찍으며 힘겨웠듯, 진후 역시 서준희의 상처를 쓰며 힘겨워했을 거라는 걸.

헤어졌다 다시 만나는 연인의 부작용, 둘.

첫 번째 연애에서 몰랐던 상대의 아픔을 두 번째의 연애에서 알게 되고 이해했을 때 아픔은 배가 된다.

대본을 힘주어 잡았던 손에 힘이 풀렸다. 준희는 넋이 나간 얼굴로 고개를 돌렸다. 신이 난 듯, 핸들 위를 통통 두드리는 진후의 손가락이 흥겨워 보였다.

"화, 내도 돼."

"어?"

부드럽게 액셀러레이터를 밟던 진후는 의아한 얼굴로 준희를 바라봤다. 준희는 눈을 내리깔고 대본만 바라보고 있었다.

"나만 아프다고 소리쳤던 거, 왜 그렇게 이기적이냐고 화내도 된다고."

진후는 준희의 얼굴을 보다 대본으로 시선을 내렸다.

#씬37.

그제야 준희의 말을 이해한 진후는 씁쓸하게 웃었다.

"과거를 보지 말고 현재를 봐. 난 지금 웃음이 실실 날 만큼 좋은데 넌 자꾸 과거 보며 맘 아파하면 나 대본 못 써. 그래도 괜찮아? 이번 작품 시청률 잘 뽑아야 한다며."

과거를 거쳐 현재로 온 우리의 연애, 진후는 정말로 과거는 아프지 않은 걸까. 다 떨쳐 버린 걸까. 시시때때로 아무 때나 불쑥 튀어 나와 머릿속을 어지럽히는 우리의 지난 연애사까지도?

"안 괜찮아. 아파도 괜찮으니까 더 재밌게 써."

"난 너 아픈 거 안 괜찮은데. 대충 설렁설렁 써야겠다."

이씨.

"그러기만 해, 어디."

"그럼 약속해. 힘들겠지만 최대한 안 아프도록 노력은 하겠다고."

그러나 아직 보이지 않는, 도달하지 않는 미래는 아무것도 장담할 수가 없다. 그저 현재에 충실하며 최선을 다할 수밖에.

"……알았어."

진후는 웃으며 손을 내밀었다. 그 손을 물끄러미 바라보던 준희는 진후의 손 위에 자신의 손을 포갰다. 맞잡은 손으로 온기가 퍼져 가슴까지 도달했다.

신호가 바뀌고, 기어 위에 올려 둔 준희의 손에 자신의 손을 포갠 채로 운전을 하던 진후는 부드럽게 차를 세웠다. 준희는 창문 밖으로 주변을 둘러보았다. 음식점이 밀집되어 있는 골목 길, 어느 파스타 집 앞에 유난히 사람들이 길게 줄을 서 있었 다. 준희는 진후를 바라봤다.

"혹시 저 집?"

"어."

"느끼한 거 싫어하잖아."

진후는 운전석 옆에서 다이어리를 꺼내 어느 페이지를 펼쳐 내밀었다. 잡지에서 오린 듯한 음식 사진 옆으로 상세한 음식 설명까지 덧붙여 있었다. 이 파스타 집이라면 느끼한 맛을 좋아하는 서준희의 취향과 담백한 맛을 좋아하는 송진후의 취향을 모두 아우를 수 있을 거라는 설명이었다. 준희는 다이어리를 쭉 훑어보고 아리송송한 표정을 지었다.

"뭐야, 너랑 안 어울리는 이 다이어리는?"

"그냥. 작품 안 할 땐 시간이 너무 안 가서."

무슨 시간을 말하는 건지는 묻지 않아도 알 것 같았다.

"또. 또. 그런 얼굴. 재미없게 쓴다, 나."

뒷골목에서 삥을 뜯는 삼류 건달처럼 겁을 주는 진후의 목소리에 준희는 웃어 버렸다.

"봐, 웃으니까 더 예쁘잖아. 가자. 제때 점심 먹으려면 얼른 줄 서야 돼."

두 사람은 차에서 내려 줄을 섰다. 오픈은 한 것 같은데 줄이 생각보다 길어 한참 걸릴 것 같았다. 손을 잡고 서로의 얼굴을 보며, 주위의 풍경을 보며, 사람들을 보며, 두 사람은 자연스럽게 시간을 흘려보냈다.

점점 줄어드는 줄을 따라 메뉴판 앞까지 왔을 때였다. 파스타 집에서 마론 인형을 안고 혼자 뛰어나오던 여자아이가 준희의 앞에서 풀썩 넘어지고 말았다. 너무 순식간에 일어난 일이라 준희는 반사적으로 허리부터 숙였다. 아이는 울음 대신 튕겨져 나간 인형부터 챙겼다.

"미안해, 미미야. 많이 아팠지?"

노란 긴 머리카락에 묻은 모래들을 털어 주는 아이의 모습에 아이를 일으켜 주려던 준희의 손이 우뚝 멈췄다.

'안녕, 미미야. 내 이름은 서준희야. 만나서 반가워. 엄마가 사 주신 거라 나는 네가 정말 좋아. 우리 앞으로 잘 지내자.'

아이가 넘어진 모습을 보고 뒤따라 나온 아이의 엄마가 상처를 살뜰히 살피며 볼멘소리를 냈다.

"내가 못 살아. 이깟 인형이 대체 뭐라고. 안 아파?"

'네가 어린애야! 이런 인형은 왜 자꾸 끼고 있어!'

화가 난 어투는 같지만 다른 느낌의 말. 미미는 열한 살이 되던 해, 엄마의 손에 의해 쓰레기봉투에 처박혀 버려졌다. 그밤, 쓰레기봉투에 버려진 미미를 보며 엄마의 사랑도 같이 떠나 버린 것 같아 펑펑 울던 열한 살의 서준희가 머릿속을 헤집었다.

"왜 그래?"

내 안엔 존재하지만 진후와는 공유하고 있지 않은 상처.

……더 아프게 하고 싶진 않아.

"아니야, 아무것도. 배고프다. 뭐가 맛있으려나."

진후는 메뉴판을 살펴보는 준희를 빤히 바라봤다. 이상했다. 미세하지만 평소보다 조금 하이 톤이 된 어투가, 메뉴판을 보는 척 자연스럽게 돌리는 시선이, 결정적으로 배고프다는 말이.

죽지 않을 정도로 새 모이만큼 음식을 먹는 준희의 입에서 배고프다는 말이 나올 때는 경험에 의하면 딱 한 순간뿐이었다. 드러내고 싶지 않은 어떠한 순간을 피하고 싶을 때.

진후는 메뉴판을 외울 기세로 뚫어지게 쳐다보다는 준희의 손을 잡아챘다.

"가자."

"어? 왜. 조금만 더 기다리면 우리 차례인데."

진후가 연 조수석 문 안으로 떠밀리듯 들어간 준희는 보닛을 돌아 운전석에 앉는 그를 이해할 수 없다는 시선으로 바라봤다.

"화났어?"

"아니."

"근데 왜. 그냥 먹자. 맛있어 보였……."

조수석 문을 열고 밖으로 나가려는데 커다란 진후의 손이 머리 위에 얹어졌다.

"괜찮아. 미안해하지 않아도 되니까. 응?"

흔들림 없는 진후의 깊은 눈과 눈이 마주치는 순간 마음이 덜컹 내려앉았다.

……들켰다. 안 들키고 싶었는데…….

머리를 만져 주는 손길이 꼭 마음을 만져 주는 것 같아서 와락 눈물이 쏟아질 것 같았다. 준희는 눈물을 꾹 참고 고개를 끄덕였다.

"고집 안 부려 예쁘다. 대신 차는 좋은 데 가서 마시자. 케이크도 먹고."

다시 달리기 시작한 차는 금세 멈춰 섰다. 파스타 집과 멀리 떨어지지 않은 주택가 한가운데에 자리한 분홍빛의 아기자기한 예쁜 카페 앞이었다. 창문 사이사이 걸려 있는 마리오네트 인형을 바라보던 준희는 피식 웃고 말았다.

"이런 취향이었어?"

"어. 몰랐지? 내리자."

차에서 내려 카페로 들어가려던 때였다.

"이 미친 여편네 같으니라고! 대체 어떤 놈이랑 토꼈어! 나와! 나오라고!"

4층짜리 빌라 건물에서 나온 40대의 남자가 소주병을 움켜쥔 채로 고래고래 소리를 지르며 온 동네를 쑤시고 있었다. 흔한 풍경은 아니지만 낯설지도 않은 풍경. 씁쓸한 웃음을 지은 준희는 차에서 내려 등을 지고 서 있는 진후를 바라봤다.

"들어가자."

진후는 미동이 없었다.

"안 들어가?"

여전히 미동이 없는 진후를 이상하게 여긴 준희는 보닛을 돌아 옆으로 다가갔다.

"가자니까 왜……."

말을 걸다 진후의 눈빛을 보는 순간, 가슴이 철렁 내려앉으며 말문이 막혔다.

혹시 저 남자와 아는 사이일까. 하지만 남자를 바라보는 진후의 눈엔 낯섦이 담겨 있었다.

왜…… 모르는 사람을 그런 눈으로 바라보고 있는 거야?

술에 잔뜩 취한 남자가 진후와 눈이 마주치자 시비 걸 상대를 찾았다는 듯 비틀비틀 걸어왔다.

"네가 내 여편네랑 바람난 놈팽이야? 내 마누라 어디다 숨겼어!"

진후는 남자를 싸늘하게 바라만 봤다. 남자는 그 눈길에 더약이 올랐는지 술병을 아스팔트에 집어 던졌다. 와장창 병이 깨지는 소리가 나는 순간, 남자가 진후의 멱살을 잡았다.

"얼굴만 반반한 젊은 놈의 새끼. 내 마누라 어디다 숨겼냐고!"

차갑게 남자를 응시하던 진후는 간단하게 남자를 떨어뜨려 놓았다. 술에 취해 중심을 잡지 못한 남자가 비틀거리다 결국 바닥으로 엎어졌다.

"아이고, 이 새끼가 사람 치네. 동네 사람들! 내 여편네랑 바람난 새끼가 날 쳐요!"

슈퍼, 세탁소, 카페에서 사람들이 나왔다. 하지만 사람들은 이내 별스럽지도 않은 일이라는 듯, 혀를 차며 고개를 젓고는 다시 들어가 버렸다. 남자는 악에 받친 듯 벌떡 일어나 진후를 노려봤다.

"서방 있는 여편네랑 붙어먹으니까 좋냐? 붙어먹었음 대가를 치러야지! 대가도 안 치르고 낼름 남의 여편네 따먹은 도둑놈의 새끼. 내 여편네랑 술값이나 토해 놓고 썩 꺼져!"

남자의 시비가 너무 터무니가 없다고 느낀 준희가 진후의 소매를 잡아끌려던 순간이었다. 비릿하게 웃는 진후의 얼굴에서 섬뜩함을 느낀 준희의 손이 우뚝 멈췄다.

"너 같은 개자식한테 줄 돈 따위 없어."

순찰을 돌다 발견한 건지 누군가 신고를 해서 출동을 한 건지는 알 수 없으나, 다시 달려드려는 남자를 경찰이 다가와 막았다. 이거 놓으라며 한참이나 실랑이를 벌이던 남자가 결국 경찰에게 끌려가고 나자 주위가 고요히 잠들었다.

진후는 동행이 있다는 사실도 까맣게 잊은 채 남자가 있던 자리를 막막하고 괴로운 얼굴로 바라만 보고 있었다. 준희는 조심히 진후의 손을 잡았다. 그제야 진후의 시선이 준희를 향했다. 아무것도 담겨 있지 않았던 진후의 얼굴이 곧 당혹감으로 얼룩져 갔다.

"가자."

준희는 진후를 끌어 조수석에 밀어 넣고 운전석에 올랐다.

"나 운전 잘해. 사고 안 낼게. 걱정 말고 한숨 자."

"준희야 있지, 좀 전엔……."

방금 전 자신의 행동을 되짚을수록 말이 질서 없이 어지럽게 흘러나왔다. 그런 진후를 가만히 보던 준희는 좀 전 그가 했던 것처럼 가만히 머리에 손을 올렸다.

"나도 괜찮아. 미안해하지 않아도 되니까. 응?"

멍한 진후의 얼굴이 쓸쓸함으로, 아픈 웃음으로 변해 가는 걸 바라보던 준희는 시동을 걸었다. 카페가 자리한 골목을 빠져나오자마자 신호에 걸렸다. 준희는 횡단보도 바로 앞에 차를 세웠다.

우는 아이를 달래며 길을 재촉하는 젊은 엄마, 손에 든 묵직한 서류만큼이나 고단해 보이는 샐러리맨, 손을 잡고 다정히 걸어가는 젊은 연인…….

'진후와 다시 만나게 된 현재가 운명이든, 우연이든 이미 시작된 인연이라면 최선을 다하고 싶었다. 밝게, 예쁘게. 웃을 수 있는 미래가 그려지도록.'

시트에 반쯤 몸을 묻은 진후는 준희가 보는 광경을 같이 눈에 담았다.

'하지만 서로의 아픔을 한 자락씩 내보인 지금 이 순간, 내가 나에게 묻는다. 지금 내가 하고 있는 이 행동이 과연 최선일까? 내가 모르고 있는 준희의 아픈 상처를 눈감아 주는 것, 정말 이게 최선이 맞는 걸까? 아니면.'

'과거의 진후의 상처가 현재엔 어떻게 남아 있는 건지 파헤치는 게 최선일까.'

신호가 노란불로 바뀌고 파란불이 되자 준희는 속도를 냈고 진후는 눈을 감았다.

'나는, 어떤 게 최선인지 아직 잘 모르겠다.'
'나는, 어떤 게 최선인지 아직 잘 모르겠다.'
헤어졌다 다시 만나는 연인의 부작용, 셋.
두 번째이기에 더 신중해지는 갈팡질팡.

#씬 11

첫방이 3일 앞으로 다가왔다. 우영은 도깨비같이 나타나 준희의 책상 위에 무언가를 놓고 사라진 종우의 잔상을 뭐가 지나갔냐는 듯 바라보았다. 그러다 준희의 책상으로 다가가 착착 쌓여 있는 6부까지의 대본을 뒤적거렸다. 얼마나 펴 보았는지 너덜너덜한 대본 곳곳엔 콘티들이 빼곡하게 적혀 있었다. 우영은 감탄스럽다는 표정으로 휘파람을 불었다.

"오우, 첫방 전에 여섯 개나 찍어 놓은 거야? 역시 빨라, 서준희. 순항일 것인가. 예상외의 난항일 것인가. 기대하시라, 개봉 박두."

우영은 장난스럽게 웃으며 국장실을 바라봤다.

"아, 선수끼리 이거 왜 이러시나? 내가 어제저녁 5시부터 체크했는데 예고편 두 번밖에 안 나오드만! 다음 주에 새로 시작

하는 11시 예능은 세 번이나 때려 주고. 후속작으로 예고편 나
간 거 빼면 우리 껀 한 번밖에 안 때려 준 거잖아요."

김 국장은 수화기를 들지 않은 손을 더듬거려 컵을 들었다.
물을 벌컥벌컥 들이켜던 김 국장은 물 삼키는 것도 잊고 급하
게 말을 쏟아 냈다.

"뭐? 아침 드라마 끝나고 때렸어? 에씨, 옷 다 젖었네."

휴지를 찾아 바지를 닦는 김 국장을 바라보던 규동은 고개
를 저으며 혀를 찼다.

"으 드러, 드러. 데스크 앉으면 나도 쟤처럼 추접스러워지
려나."

규동이 그러거나 말거나 김 국장은 전화 통화에 열을 올
렸다.

"아니, 그러니까 내말은 저녁 10시 드라마 예고를 왜 아침에
트냐고. 지금 나더러 엿 먹으라는 거야?"

엿 소리에 화가 난 상대방의 목소리가 쩌렁쩌렁 수화기를
뚫고 새어 나왔다. 김 국장은 인상을 찡그리며 수화기를 멀찌
감치 떨어뜨렸다.

"그래요, 그래. 엿 발언은 내 실수. 그니까 저녁에, 저녁에
몰아 틀어 줘요, 응? 거하게 밥 한 끼 살게요."

밥 발언이 먹혔는지 김 국장의 표정이 한층 밝아졌다.

"그래요, 그래. 내가 아주 등심 풀코스로다가. 네, 네. 부탁
해요."

전화기를 내려놓은 김 국장은 한숨을 쉬며 넥타이를 느슨하

게 풀었다.

"첫방이 잘 나와야 30까지 찍을 건데."

혼잣말처럼 중얼거리는 소리를 들은 규동이 신문을 보다 고개를 들었다.

"30 같은 소리 하네. 요새 케이블이다 뭐다 해서 평일 10시 드라마 죽은 거 몰라? 10 넘으면 본전이고 20만 넘어도 아이고, 대박입니다야."

"최한빈 이시은에 송진후야. 30은 나와야지."

"엊그제 끝난 옆 동네 수, 목 10시는 주아린에 신성혁, 공수정 작가 데리고도 12에 끝났어."

"걔넨 걔네고 우린 우리지. 옆 동네 망한다고 우리도 망해? 사장님, 본부장님 나만 보면 기대하겠다 그러시는데 죽겠다, 아주."

"데스크에 앉더니 엄살만 늘어 가지고. 네가 아무리 죽겠어도 서준희만 할까."

스태프들은 말한다. 드라마를 제작하는 일이란 오늘이 몇월 며칠인지도 모르게 하는 '디졸브'의 연속이라고. 7, 8부의 대본은 그야말로 디졸브, 디졸브의 향연이었다. 극중 연서와 진현, 스태프들이 영화 촬영을 위해 헌팅을 가는 씬을 찍기 위해 설악산으로 온 지금이 디졸브의 시작이었다.

새벽에 방송국에서 출발해 아침 무렵 설악산에 도착한 스태프들은 오전 오후 내내 무거운 장비를 이고, 들고 산을 왕복했다. 그리고 지금은 과거의 진현과 시은이 정상까지 올라갔다 하산하는 부분을 찍기 위해 해가 질 무렵까지 산 아래에서 대기 중이었다.

그런데 오늘따라 해가 짓궂었다. 떨어질 듯 말 듯 산 중턱에서 약을 올리는 해를 바라보는 스태프들의 얼굴에 하나같이 '젠장'이란 글자가 드리워졌다. 살을 에는 추위까지는 아니더라도 가을 산도 제법 차가운데, 거기다 찬 캔 커피까지 마시려니 영 곤욕스러운 모양이었다. 예외 없이 준희도 찬 캔 커피를 홀짝이고 있는데, 섭외팀의 차 부장이 미안한 기색으로 다가왔다.

"미안해, 서 감독. 설악산 씬들을 종합편집 이후로 뺐어야 하는데, 그땐 단풍이 절정이라 등산객들 몰려온다고 오늘내일 아니면 안 내주겠다잖아."

"어쩔 수 없죠, 뭐."

괜찮다는 말은 안 나왔다. 드라마를 종합예술이라고 부르는 건 절대로 혼자서는 완성할 수 없기 때문이었다. 대본이 있어야 하고, 지휘를 할 사람이 있어야 하고, 찍을 사람이 있어야 하고, 장소 섭외, 조명……. 이 중에 누구 하나라도 발을 제대로 맞춰 주지 않으면 도미노처럼 100여 명의 사람들이 우르르 무너지고 만다. 바로 지금처럼.

차 부장은 머쓱하게 머리를 긁으며 눈치를 보다 물었다.

"내일 새벽에 진현이 연서 과거 씬 마저 찍고 속초 시내로 이동하면 모레 오후나 돼야 서울 도착할 건데. 종편은 괜찮겠어?"

아. 잠시 잊고 있던 일이 떠올랐다. 준희는 지끈거리기 시작

한 머리를 부여잡으며 종우를 불렀다.

"편집실에 전화해서 빼도 되는 씬 미리 체크해 놓으라 그래."

스태프들을 태운 버스가 끼익 소리를 내며 방송국 앞에 정
차했다. 문 앞에서 미리 대기하고 있던 준희와 종우는 문이 열
리자마자 뛰어나갔다. 버스 안에서 창문으로 두 사람이 뛰는
모습을 지켜보던 스태프들이 창문을 열고 외쳤다.

"힘내라, 서 감독!"

"부탁해요, 감독님!"

"아자아자!"

그러나 두 사람은 스태프들의 응원에 화답해 줄 새가 없었
다. 준희는 엘리베이터를 기다리는 시간도 아까워 비상계단으
로 곧장 몸을 틀었다. 계단을 밟아 올라가는 동안 숨이 턱 끝까
지 차올랐지만 멈출 시간이 없었다.

첫방까지 남은 시간은 단 세 시간뿐.

준희는 종편실의 문을 벌컥 열어젖혔다. 미리 대기하고 있
던 경옥과 음악감독이 깜짝 놀라 물부터 건넸다. 준희는 물을
살짝 치우며 경옥에게 물었다.

"체크했어? 어디 어디 자를 건지."

경옥은 독하단 얼굴로 고개를 젓고 모니터 앞 의자에 앉으
며 대답했다.

"찾아 놓긴 했는데, 언젠 1분이라도 늘리라고 지랄이더니 이
젠 줄이라고 지랄이네. 음악까지 완벽하게 끝내 놓은 걸 꼴랑

2분 오버 가지고 이래야 한대?"

1년 전 이맘때, 점점 늘어 가는 드라마 시간을 잡기 위해 지상파 3사는 80분에 고정되어 버린 드라마 타임을 67분을 넘기지 않기로 합의했다. 하루를 꼬박 찍어도 10분 분량을 뽑아내기 힘들다는 걸 감안하면 스태프들의 근무 여건 개선을 위해 필요한 협의였지만 그게 준희의 발목을 잡았다. 광고가 앞뒤로 꽉꽉 붙어 62분에 맞춘 본편이 시간 오버가 되고 만 것이다. 그렇다고 이미 붙은 광고를 뺄 수는 없는 노릇이라 송출실에서 본편을 줄이라는 지시가 내려왔다. 이걸 해 놓고 지방 촬영을 갔어야 하는데 시간에 쫓겨 그러질 못한 게 지금의 화근이었다.

준희는 음악감독과 경옥이 앉아 있는 종편실 뒤에 서서 초조하게 모니터를 바라봤다. 마침 경옥이 조그셔틀을 눌러 장면을 멈췄다.

"여기, 이 씬 어때?"

동아리 방에서 시나리오집을 읽던 진현이 일어서서 나가다가 괜히 연서의 머리카락을 잡아당기는 씬이었다. 30대를 훌쩍 넘긴 경옥에겐 귀찮게 느껴질 수도 있는 일명 '썸 타는 씬'. 과정을 보여 주지 않으면 사랑하다 헤어질 때 무슨 데미지가 있단 말인가. 예뻤기에 더욱 이별이 아린 법인데.

"기껏 찾은 게 이거야? 알콩달콩은 그냥 다 흘러가는 씬이라고 누가 그래? 현장 스태프 아니라고 대본 설렁설렁 읽을 거야?"

날 선 준희의 지적에 경옥이 입술을 오므리며 다시 조그셔틀을 만졌다. 경옥에게 온전히 맡길 수 없다는 걸 파악한 준희는 결국 대본을 펼쳐 버스 안에서 표시해 놓은 부분을 읊었다.

"14씬, 23씬 잘라."

동아리 학생들과 단편영화를 만들기 위해 회의를 하고, 카메라를 빌리러 다니는 씬이었다. 바쁘게 대본을 넘겨 보던 종우가 급하게 준희를 바라보며 말했다.

"이 씬 자르려면 음악, 몽타주 다 다시 만들어야 하는데요?"

"어."

방송을 세 시간 앞둔 지금, 몽타주와 음악을 다시? 종우와 경옥은 진심인 건가 싶은 얼굴로 준희를 바라보았다. 빈말이 아님을 먼저 알아챈 음악감독이 날 선 손짓으로 OST를 뒤졌다.

"첫방부터 방송 펑크 낼 거예요? 얼른얼른 합시다!"

경옥과 음악감독의 손이 바빠졌다. 시간이 지날수록 '씬 바뀌었잖아! 아무리 급해도 이런 거 놓치면 안 되지!', '음악 소리가 너무 작잖아. 더 키워!', '그림이 너무 급하잖아! 텀 주면서 부드럽게 늘려!'를 외치는 준희의 목소리가 커졌다.

마침내 완료된 테이프가 데크에서 빠져나왔을 땐, 종편실의 붉은 디지털시계는 방송 20분 전을 가리키고 있었다. 종우가 데크에서 거칠게 테이프를 꺼내 송출실로 뛰었다. 준희는 그대로 소파에 늘어졌다. 아마도 송출실에선 늦었다고 노발대발하며 종우에게 욕을 퍼붓겠지만 그런 것까지 신경 쓸 여력이 없었다. 경옥은 준희를 힐끔 보고는 종편실 모니터에 방송을 띄웠다.

1회.

연출 서준희

극본 송진후

뜨거웠던 그들의 청춘 이야기가 비로소 시작을 알렸다.

아침 7시.

따리리링.

남자 수면실, 투박한 알림음이 들려오자마자 종우가 눈을 뜸과 동시에 벌떡 일어났다. 까치가 된 머리를 정리할 새도 없이 침대 밑으로 내려온 종우는 바닥을 더듬어 신발부터 찾았다. 그런데 이놈의 신발이 어디 숨은 건지 아무리 더듬어도 발에 걸리지가 않았다. 신경질적으로 머리를 벅벅 긁는데 천장에 환한 불이 들어왔다.

"알람 울렸을 때 이미 다 깼어. 빨리 신발 신고 튀어 갔다 와."

까치집이 된 머리를 벅벅 긁으며 서 있는 조명감독을 향해 씨익 웃은 종우는 서둘러 신발을 찾아 신고 남자 수면실을 나섰다. 그런 종우의 등을 보며 영민이 소리쳤다.

"세트장! 세트장으로 와!"

종우는 대충 손을 들어 알았다는 표시를 하고 죽어라 드라마국으로 뛰었다. 밤과 새벽을 잃고 언제나 환하게 불이 켜져 있는 드라마국. 종우가 허겁지겁 뛰어 들어와 컴퓨터 앞에 앉는 모습을 보던 박병호가 의자를 찌익 끌어 옆으로 다가갔다.

"조연출들은 왜 첫방 나간 다음 날만 부지런하냐? 평소에도 이렇게 부지런하면 좀 좋아?"

평소 같았으면 소심한 반항이라도 해 줬겠지만 지금은 그럴 여유가 없었다. 시청률을 조사하는 기관의 홈페이지를 접속하는 종우의 손이 바들바들 떨렸다. 화면이 뜨기 시작하자 종우는 재빠르게 최소화 버튼을 눌러 창을 내렸다. 후우, 후우. 숨을 연달아 내뱉는 종우를 보며 박병호가 피식 웃었다.

"똥줄이 타나 보다? 내가 너 오기 전에 슬쩍 봤는데……."

"말하지 마십쇼!"

종우가 갑자기 벌떡 일어나 대뜸 소리쳤다.

"제, 제가 볼 겁니다."

박병호는 멍한 표정을 짓다 이내 피식 웃으며 의자를 찌익 끌어 제자리로 돌아가며 말했다.

"그러던가, 그럼. 어차피 10분 안에 알게 될 건데."

종우는 기획안을 다시 정리하기 시작한 병호를 바라보다 다시 자리에 앉았다. 그리고 파일 하나를 들어 모니터의 4분의 3을 가리고 상태 표시줄에서 인쇄 버튼만 눌렀다.

덜컹, 소리를 내며 복사기가 종이를 토해 냈다. 종우는 엉거주춤 일어나 한 손으로 두 눈을 가리고 종이를 들었다. 그리고 안이 안 보이게 종이를 반으로 살짝 접고 드라마국을 나섰다.

세트장이 있는 10층. 혜연이 치약이 묻은 칫솔을 들고 팔로 뻥튀기 봉투를 안은 채 한 움큼 입에 집어넣으며 복도를 걷고 있을 때였다. 쌩, 바람이 일더니 다다다 복도를 울리는 소리가 들렸다. 혜연은 발에 모터를 단 듯 세트장을 향해 달리는 종우를 멍하니 바라봤다. 그러다 종우의 손에 들린 종이를 발견한 혜연이 입에 넣었던 뻥튀기를 다급하게 봉투 안에 뱉고 휴대폰을 꺼냈다.

"떴어요, 떴어! 세트장, 세트장!"

암호 같은 단어 몇 개를 외치고 통화 종료 버튼을 누른 혜연은 곧장 세트장으로 뛰었다. 문을 열고 들어가니 이미 세트장엔 남자 스태프들이 대부분 집결해 있었다. 정확히는 종이를 들고 부들부들 손을 떨고 있는 종우의 주위에.

"아 자식, 되게 뜸 들이네. 빨리 빨리 펴 봐!"

"그, 그럼 펴, 폅니다."

종우가 막 종이를 펴려던 순간이었다. 세트장 문이 벌컥 열렸다.

"으으으으으으!"

입에 가글을 문 채로 경옥이 정체를 알 수 없는 외계어를 외쳤다. 그런 경옥의 뒤로 얼굴 둘레에 폼 클렌징을 묻힌 진영이 들어오고, 물이 뚝뚝 떨어지는 머리카락을 대충 수건으로 감싸 쥔 민선이 들어왔다. 종우의 주위에 몰려 있던 스태프들이 여성 군단을 바라보며 고개를 저었다.

"가관이다, 가관이야. 근데 경옥이 쟤 뭐라는 거야?"

"으으으으으으으!"

"의리 없이 우리만 빼고 보지 말래요."

하나도 알아듣지 못한 조명감독을 배려해 민선이 해석을 하자 경옥이 고개를 세차게 끄덕였다. 조명감독은 황당한 얼굴로 두 사람을 바라봤다.

"그게 넌 해석이 되냐? 별 희한한 재주가 다 있네. 아, 빨리 붙어!"

혜연을 포함한 네 여자가 다다다 달려가 종우의 옆에 바싹 달라붙었다. 종우는 불안한 시선으로 스태프들을 바라보다 다시 종이를 꽉 움켜잡았다.

"지, 진짜 펴, 폅니다."

"아, 뜸 그만 들이고!"

민선의 볼멘소리에 종우는 눈을 질끈 감았다. 그리고 종이를 쭈욱 폈다. 스태프들이 너도나도 종이로 머리를 들이밀었다. 1초, 2초, 3초. 제일 먼저 시청률을 확인한 경옥은 저도 모르게 가글을 꿀꺽해 버렸고, 민선은 수건을 떨어뜨렸다. 그리고 뒤이어 시청률을 확인한 스태프들이 무표정한 얼굴로 하나둘 돌아섰다. 스태프들이 모두 등을 돌리고 혜연이 제일 마지막으로 종이에 머리를 들이밀었다. 다시 1초, 2초, 3초. 혜연의 손이 바닥으로 추락하고, 봉지가 뒤집힌 뻥튀기가 세트장 바닥을 덮었다.

아침 8시.

뻐근한 목을 주무르며 세트장에 들어서다 준희는 걸음을 멈쳤다. 피곤에 절어 있어도 서로 농담을 주고받으며 힘을 내려 했던 스태프들의 얼굴에 오늘따라 생기가 없었다. 말도 없었다. 그저 묵묵히 몸만 움직이는 스태프들을 보던 준희는 고개를 돌렸다.

"쫑아."

쫑이라고 불러 주면 두 배는 더 활짝 웃으며 달려왔던 종우조차 오늘은 힘이 없었다. 준희는 어깨를 축 늘어뜨리고 느릿느릿한 걸음으로 다가오는 종우를 바라보다 물었다.

"첫방 시청률, 나왔어?"

종우가 힘없이 고개를 끄덕였다. 예감이 좋지 않았다.

"……얼만데?"

종우가 푸욱 한숨을 쉬었다. 입이 바싹 말라 갔다.

"얼마냐니까?"

"……7이요."

종우가 얼버무린 앞 숫자를 어렴풋이 들었지만 준희는 모른 척했다. 잘못, 들었을 거야.

"어, 얼마?"

"……8.7이요."

같은 시각, 노트북 모니터를 바라보던 진후는 깊게 한숨을 내쉬며 의자에 몸을 푹 묻고 팔로 두 눈을 가렸다.

'스토리만 이어지면 드라말 다 해? 재미, 시청률 다 상관없이?'

'그저 그랬던 지나간 연애 이야기, 전파 낭비야.'

'우리의 지난 연애가 남들에겐 아무리 대단해 봤자 드라마더라. 트렌디고, 신파가 될 수도 있고, 재밌다, 재미없다밖에 안 되는.'

가능성이 있다고 믿었다. 나에게 아프고 절절한 이야기는 남에게도 아프고 절절할 거라고. 감성을 건드리면 충분히 승산이 있다고. 그러나 첫 시청률을 가지고 기자들이 써 놓은 기사는 준희의 판단이 옳았다고 말해 주고 있었다.

최한빈의 초라한 신고식
충무로에선 천 만, 브라운관에선 8.7
송진후 작가의 변신은 유죄.
〈그해 겨울〉, 한물간 트렌디의 재현. 빈 수레가 요란했다.

스포트라이트가 배우보다 작가에게 쏠렸다. 물론 그만한 이유가 있었다. 10퍼센트대 후반으로 수목극 1위를 찍고 내려온 〈그해 겨울〉의 전작이 끝나고 시청자들은 기업의 비리를 밝히느라 고군분투하는 남녀의 이야기를 그린 M국의 수목극을 선택했다. 이 드라마는 러브 라인에 초점을 둔 드라마가 아니라 기업 비리에 더 초점을 뒀다는 점에서 지난날, 작가 송진후가 썼던 드라마와 비슷한 성향을 띄고 있었다. 게다가 3년 전 송진후의 입봉작이 그랬듯, 배우와 작가의 이름값 대신 오직 스토리만으로 승부를 보고 있는 작품이기도 했다.

"큰일 났네……."
중얼거리며 힘없이 웃은 진후는 팔을 내리고 휴대폰을 만지작거렸다. 전화를 걸어 뭐라고 해야 하나. 괜찮냐고? 오를 거니 걱정 말라고? 그걸 어떻게 장담해서. 어느 기자가 써 놓은 대로 높아진 시청자의 안목을 가볍게 본 것인지도 몰랐다. 결국 미련 어린 손길로 휴대폰을 내려놓는데, 휴대폰이 부르르 몸을 떨었다.

니 탓 아니야. 대본 재밌어. 기죽지 마.

처음으로 감독 서준희가 아니라 여자 서준희였다. 무뚝뚝하지만 진심이 느껴지는. 진후는 준희를 어루만지듯 글자 하나하나를 어루만지다 키패드를 눌렀다.

보고 싶다.

금방 휴대폰이 다시 진동했다.

보러 와. 여기 10층 세트장. 같이 벌서자.

진후는 고개를 갸웃하며 다시 키패드를 눌렀다.

벌?

그러나 더 이상 준희에게선 답장이 없었다. 문자를 한참 동안 뚫어지게 바라보던 진후는 겉옷을 챙겨 집을 나섰다.

"진짜 똑바로 안 할래? 나사 딜 조였잖아!"

"반사판 턱 밑까지 끌어 올리라고 내가 몇 번을 말하냐! 7, 8부 정도 되면 배우들 다크서클 짙어지는 거 몰라 그래!"

"아직 리허설도 안 했는데 라면은 왜 벌써 끓여대! 막 끓인 라면이 퉁퉁 불어 있으면 사실감이 없잖아!"

그야말로 난장판, 고성은 기본 발길질은 옵션이었다. 시청률이 안 나온 드라마의 현장 분위기는 날이 서 있기 마련이지만 예상보다 더 심각했다. 스태프들끼리의 분위기도 좋았고, 아무리 안 나와도 10퍼센트대 중반은 할 거라고 여기저기서 기대가 너무 컸던 탓이었다.

준희는 휴대폰을 주머니에 집어넣고 라면 두 개를 좀 일찍 끓였단 죄로 와장창 깨지고 있는 소품팀에게 다가갔다.

"겨우 라면 가지고 왜 그렇게 애들을 잡으세요. 시청률 안 나온 게 애네 탓도 아닌데."

태연한 준희의 목소리에 소품팀 선배가 놀란 시선을 던졌다. 준희는 그저 웃었다. 저조한 시청률이 괜찮아서가 아니었다. 감독이니까. 감독이기 때문에.

"버리긴 아깝고. 배고픈데 잘됐다. 먹자. 젓가락 줘 봐."

소품팀 막내가 얼떨떨한 얼굴로 젓가락을 내밀었다. 준희는 냄비를 들고 바닥에 털썩 주저앉아 라면을 먹기 시작했다. 국물까지 마셔 가며 맛있게 먹는 모습에 스태프들이 하던 일을 멈추고 준희를 바라봤다. 그때 구석에서 연결 씬을 체크하던 혜연이 소리 없이 준희의 앞에 앉아 소품팀 막내에게 손을 내밀었다.

"젓가락."

소품팀 막내가 우물쭈물 혜연에게 젓가락을 건네자, 혜연은 곧바로 냄비에 머리를 들이밀었다. 준희는 슬쩍 머리를 뒤로 빼 주었다.

"맛있지?"

혜연은 라면 면발을 입에 문 채로 고개를 끄덕이며 해맑게 웃었다. 준희는 혜연의 머리를 쓰다듬어 주고 소품팀 막내를 바라봤다.

"맛있다. 이따 본방 때도 이렇게 부탁해."

팀의 막내는 뭘 해도 깨지는 게 거의 운명인 법이다. 소품팀 막내는 별건 아니지만 칭찬을 받고 나니 좋은지 쑥스럽다는 얼굴로 배시시 웃었다. 그때, 방금 전까지 고래고래 소리를 지르던 영민이 혜연의 옆으로 털썩 주저앉았다.

"그렇게 맛있는 걸 왜 둘만 먹어? 여기도 하나 끓여 와 봐."

영민이 준희의 젓가락을 빼앗아 혜연이 막 내려놓은 빈 냄비를 통통 두드렸다. 주춤거리며 서 있던 스태프들이 하나둘, 바닥에 주저앉았다. 여기저기서 여기도 하나 부탁한다는 요청이 쇄도했다. 소품팀의 가장 고참인 선배까지도.

"그래, 먹고 죽은 귀신 때깔도 좋다는데. 드라마가 어제로 끝이냐? 먹어야 힘내서 또 찍을 거 아냐. 먹자, 먹어."

소품팀 선배가 호기롭게 외치자 영민이 빈 냄비를 들이밀었다.

"뭐가 있어야 먹지. 너는 소품팀 아니야? 이게 어디 은근슬쩍 엉덩이 비비려고. 너도 가서 끓여!"

오늘 처음으로 스태프들에게서 웃음이 터진 그때, 세트장 문이 열렸다. 작가가 현장에 오는데 빈손으로 오기가 미안했는지 진후의 양손엔 각종 분식이 들려 있었다.

"어, 또 먹을 거다. 난 이제 저거."

혜연이 제일 먼저 달려가 진후를 반겼다. 아니, 진후의 손에 들린 떡볶이와 순대를 반겼다. 혜연의 엉뚱함에 또 한 번 웃음이 터지고, 스태프들이 목례로 진후를 반겼다. 진후는 어색하게 준희 옆에 앉아 작게 속삭였다.

"뭐야. 벌써자며? 겁나서 뇌물도 가져왔는데."

진후가 턱짓으로 슬쩍 혜연이 개봉하고 있는 떡볶이를 가리켰다. 진후가 사 온 분식과 소품팀에서 끓여 온 라면을 먹기 위해 스태프들은 몸을 겹치며 뒹굴고, 젓가락을 뺏고, 옆 사람의 입으로 들어가려는 먹거리에 제 입을 들이밀었다. 분장실에 있던 시은과 한빈이 소란스러움에 세트장으로 나왔다가 합세하며 먹거리 쟁탈전은 더욱 치열해졌다.

"시은 씨는 이런 거 먹으면 안 되지! 여배우가 몸매 관리 안 해?"

"감독님!"

준희는 조금 떨어진 곳에서 그들을 바라보며 희미하게 웃었다. 진후는 그런 준희의 옆모습을 바라보다 스태프들에게 고개를 돌렸다. 한참 동안 그들을 바라보던 진후가 혼잣말을 하듯 말했다.

"이제 알겠다."

준희는 고개를 돌려 진후를 바라봤다.

"뭘?"

"서준희의 지난 10년. 저렇게 스태프들이랑 현장에서 엉키고 투닥거리며……. 힘든 시간 혼자 버틴 게 아니라 다행이다 싶어."

스태프들을 바라보는 진후의 눈이 따뜻했다. 피식 웃은 준희도 스태프들을 바라보며 말했다.

"맞아. 죽어도 같이 죽고, 살아도 같이 살고. 미우나 고우나 그래도 동지들이니까."

동지라는 말에 진후는 홀린 듯 준희를 바라봤다. 기대치보다 저조한 시청률이라 누구보다 마음이 쓰일 텐데, 준희는 어쩐지 평온한 얼굴이었다. 진후는 옅게 웃으며 준희를 머리를 손으로 가볍게 흩뜨렸다.

"동지라는 말도 할 줄 알고. 많이 컸다, 서준희. 그런 건 빨리 좀 말해 주지."

"빨리 말했으면?"

"1, 2부도 시청률 잘 나왔었을 거 아냐."

"어?"

준희는 다시 진후를 바라보았다. 진후는 가만히 스태프들을 바라봤다.

"찾은 거 같다. 우리 드라마에 부족한 거."

"정말? 그게 뭔데?"

"따뜻한 감동."

준희는 다시 스태프들을 바라보며 고개를 갸웃했다. 뭔가 알 것도 같고 모를 것도 같았다.

"촬영 어디까지 했어?"

"6부까진 다 찍었고 7부는 절반. 8부는 설악산, 속초 씬만."

"찍은 씬 표시해서 넘겨. 안 찍은 씬부터 수정할 거야. 9부 10부도 엎고 다시 쓸 거고. 당분간은 쪽대본 가도 참아 주라. 배우들 스태프들 동요하겠지만 그것도 감독 서준희한테 맡길게."

이튿날, 편집실 앞. 준희는 음악감독이 내미는 CD 뭉치를 멍한 얼굴로 바라봤다.

"이게, 다 뭐예요?"

"뭐긴 뭐야. 보다시피 OST CD들이지."

"OST 여섯 개는 이미 다 나온 거 아니었어요?"

"내가 픽스하지 않은 추가 음악들. 무조건 드라마에 바르래. 목요일 방송 끝나면 금요일에 이미 나온 음악들이랑 같이 순차적으로 음원 푼다고. 내 참 기막혀서. 아니, 드라마가 무슨 장난도 아니고 음악을 아무 데나 깔아? 이럴 거면 음악감독이 왜 필요해?"

원인은 역시나 지지부진한 시청률이었다. 오르기는커녕 2화가 8.1로 떨어지자 돈을 투자한 제작사 측에서 작품이 망할 수도 있겠다는 불안을 가진 것이다. 작품이 방송을 탄 이상, 시간은 한정되어 있기에 제작사는 투자금 회수를 위한 칼을 빼 들었다. 그 첫 번째가 바로 OST였다. 드라마는 망해도 잘만 터트리면 어마어마한 수익을 낼 수 있는 게 OST가 가진 힘이니 제작사에서 그걸 놓칠 리 없었다.

화가 난 얼굴이던 음악감독은 너무 황당하고 어이가 없어 이젠 말도 안 나온다는 얼굴이었다. 준희는 CD를 받아 살펴보았다. 정확히 여섯 장이었다.

"들어 보셨어요?"

"어."

"어때요?"

"두 개는 괜찮고 네 개는 형편없고 그래."

"그럼 두 개만 쓰고 네 개는 쓰지 마세요."

거칠게 머리카락을 쓸어 넘기던 음악감독이 덤덤한 준희의 얼굴을 바라보며 놀란 표정을 지었다.

"진심이야? 까딱 하다간 서 감독 양복 입어야 할 건데?"

준희는 피식 웃었다. 이미 3연타석 스리런인데, 4연타석 포런 되는 게 뭐 어때서.

"드라마 감독이 인사위원회 무서우면 사표 써야죠. 힘들어도 몇 주만 프로덕션 피해 다니세요. 한 달 안에 해결할게요."

"어, 어……."

"고생해요, 선배."

음악감독에게 다시 CD를 넘겨주고 등을 돌리는데 휴대폰이 울렸다. 번호가 국장실이었다.

"여기저기서 골고루 하네."

고개를 내저은 준희는 전화를 받았다.

"네, 국장님."

— 너 당장 내 방으로 와!

전화는 그대로 뚝 끊겼다. 한숨을 쉰 준희는 로비로 내려가려던 방향을 틀어 국장실로 향했다.

드라마국에 들어서자 일제히 시선이 쏠렸다. 동정, 그럴 줄 알았다는 비난, 눈빛에 담고 있는 뜻들도 가지각색이었다. 준희는 모든 시선을 무시하고 국장실로 들어섰다. 불안하게 국장실을 이리저리 횡보하던 김 국장이 준희를 발견하고 우뚝 멈췄다.

"앉아."

준희가 자리에 앉자마자 김 국장은 종이 한 장을 들이밀었다. 이미 뻔히 알고 있는 1, 2부 시청률 표였다.

"최한빈에 이시은, 송진후 데리고 이게 뭐야, 이게?"

"그러게요. 저도 이 정도일 줄은 몰랐어요."

덤덤한 준희의 대답에 김 국장은 기가 막힌다는 듯 헛웃음을 뱉었다.

"지금 이게 남의 작품 시청률 표냐? 니네 꺼야, 니네 꺼!"

굳이 강조하지 않아도 그 정도는 안다. 그런데 사실이 그랬다. 진후가 지나간 우리의 이야기를 드라마로 만들자고 했을 때부터 대단한 시청률이 나올 거란 기대는 하지 않았지만 작가, 배우발이라는 게 있는데 이 정도로 형편없게 나올 줄은 몰랐다. 그래서 어젠 충격이 더 컸다.

김 국장은 눈 하나 꿈쩍하지 않는 준희를 보며 연신 콧김을 내뿜었다. 그러다 준희의 얼굴 앞에 종이를 거세게 흔들었다.

"이렇게 계속 한 자릿수로 드라마 말아먹을 거야? 제작사, 본부장님, 노발대발 난리다, 난리. 기사대로 스토리가 문제면 작가를 족쳐서라도 수를 내야 할 거 아냐!"

"그렇게 했어요, 이미."

덤덤한 준희의 대답에 공기를 어지럽히던 김 국장의 콧김이 우뚝 멈췄다.

"그, 그렇게 해? 뭐, 뭘?"

"대본 수정하라고 작가 족쳤다구요."

방금 전까진 분명 작가를 족치라던 김 국장의 얼굴이 파리하게 질렸다. 준희는 속으로 웃음을 깨물었다.

"야! 아무리 그래도 송 작가를 족치면 어떡해? 그러다 앞으로 우리랑 작품 안 한다 그럼 어쩌려고! 오 작가, 권 작가 거품 물게 한 걸로는 부족하냐!"

감독이든 작가든 배우든 이 바닥에선 모든 게 시청률로 통한다. 과거의 전적이 어땠든 상관없이 한 작품이 무너지면 그야말로 공든 탑이 순식간에 우르르 무너지고 마는 게 이 바닥의 생리였다. 하지만 반대로 시청률이 잘 나오면 실수도 대부분 덮어지는 게 이 바닥이다. 음악감독에게 한 달만 버티라고 한 것도 그런 맥락이었다. 시청률만 오르면 음원을 풀지 못해 줄어든 수익 부분은 덮어질 테니까.

진후는 우리 드라마에 부족한 게 무엇인지 분명 찾았다고 했다. 그렇게 확신을 가지고 말했을 때, 진후는 한 번도 성과를 내지 못한 적이 없었다.

믿는다, 작가 송진후를.

그리고 김 국장에게도 아직 작가 송진후에 대한 믿음이 남아 있는 모양이었다.

"아시다시피 전 작가 족치는 재주는 있어도 달래는 재주는 없어서요. 그니까 국장님은 송 작가 잡지 마세요. 국장님까지 잡으시면 진짜 두 번 다시 K국이랑 안 한다고 할지도 모르잖아요. 그리고 방송 절반 나갈 때까진 저도 좀 봐주시구요. 프로덕션도 좀 막아 주세요."

김 국장은 기가 막힌단 얼굴로 헛웃음을 내뱉었다. 시청률 거지같이 내, 작가 족쳐, 뭘 잘했다고 요구도 많다. 김 국장이 벌게진 얼굴로 버럭 소리를 지르려던 순간, 종우가 조심스럽게 파티션에 노크를 하고 국장실로 들어왔다.

"죄송합니다, 국장님. 급한 일이라서요. 7, 8부 수정고 왔는데요, 감독님."

"그래?"

준희는 벌떡 일어나 종우가 내민 종이를 받아 급하게 내용을 훑었다.

"수정한 씬이 한두 씬이 아니네. 그럼 나가 보겠습니다, 국장님."

목례를 하고 종우와 준희가 순식간에 국장실에서 사라졌다. 준희가 서 있던 자리를 허망하게 바라보던 김 국장은 허허, 웃고 말았다.

"저거, 저거 하는 짓 하고는. 그래도 뭐, 그냥 주저앉진 않겠네."

국장실을 나온 준희는 자리에 앉아 7, 8부 수정고 첫 장을 열었다. 그 모습을 앞자리에서 바라보던 우영이 불쑥 고개를 내밀었다.

"야, 서준희. 네 다음 타자가 난 거 알지? 반전 드라마 좀 써 봐. 덕 좀 보자."

준희는 시선만 올려 황당하단 표정으로 우영을 바라봤다.

"광고 끼워 팔 궁리 할 시간에 작가랑 심도 있게 이야기를 하든가, 콘티를 짜요."

"음, 그게 더 나을라나? 그럼 후배님의 조언을 받아들여 작가랑 회의나 하러 가야지."

우영은 어깨를 으쓱하며 피식 웃곤 다이어리를 챙겨 들고 드라마국을 나갔다. 준희는 못 말린다는 듯 고개를 젓고 본격적으로 수정고를 읽기 시작했다. 한 씬, 한 씬 읽어 내려갈수록 종이를 넘기는 준희의 손이 빨라지고 7부가 금세 끝이 났다. 준희는 빠르게 8부를 집어 들었다. 8부도 금세 읽어 내리고 마지막 장을 덮은 준희는 의자에 몸을 깊게 묻고 눈을 감았다.

초고가 진현이와 연서의 멜로 위주로 갔다면 수정고는 연서를 위주로 같이 영화를 하게 된 스태프들과의 갈등이 추가됐

다. 어떤 연유에선지 연서가 사장이 밀어주고 있는 낙하산이라
는 소문이 돌면서 겪게 되는 감독의 고충, 낙하산이 된 초짜 감
독과 베테랑인 스태프들과의 갈등을 통해 서서히 간격이 좁아
지며 하나의 팀이 되는 과정. 10년 전엔 오직 서로뿐이었던 진
현과 연서가 팀을 만나 자신들의 세계를 넓혀 가는 모습을 보
여 주고 있었다.

희미하게 미소 지은 준희는 눈을 뜨고 휴대폰을 꺼내 진후
에게 전화를 걸었다.

— 어.

"밤샜겠다?"

— 말해 뭐해. 어때?

진후의 목소리가 지난밤 고충을 대신 말해 주듯 잔뜩 잠겨
있었다.

"희망은 보이는데 뚜껑은 열어 봐야 알지. 근데 10년 뒤 이
야기가 5부부터고 연서가 스태프들이랑 만나게 되는 건 6부부
턴데 6부에선 스태프들과의 갈등이 전혀 예고되지 않았잖아.
이렇게 가면 7부 스토리가 좀 뛰지 않을까?"

— 절대 대본 좋다는 말은 안 하지. 안 그래도 그것 때문에
너랑 상의하려고 했어. 가능하면 6부도 좀 손댔으면 하는데.
많이는 아니고 세 씬 정도만. 가능해?

"수정할 씬은. 다 썼어?"

— 어. 혹시 가능할까 싶어서 네 메일로 보내 놨어.

준희는 휴대폰을 어깨에 끼고 메일함을 열었다. 당분간은

쪽대본이라도 참아 달라더니, 정말 쪽대본이었다. 영화사 스태프 중 한 명이 사장과 연서가 친근하게 얘기를 나누는 모습을 보게 되는 씬. 연서가 낙하산이라고 스태프들이 떠드는 걸 그녀가 듣게 되는 씬. 스태프들의 반발로 촬영이 지연되고 있어 연서가 곤란한 처지라는 걸 진현이 전해 듣게 되는 씬이었다. 준희는 고개를 끄덕였다.

"이 정도만 고쳐도 훨씬 자연스럽다."

— 가능하겠어?

"찍는 것보다 편집이랑 믹싱이 더 문젠데 어떻게든 해 봐야지."

— 이러다 우리 리딩 때 외엔 일절 얼굴 못 보는 거 아닌가 모르겠다. 이럴 줄 알았으면 작가 말고 스태프 할걸. 후회 돼.

송진후다운 말이다 싶었다. 준희는 피식 웃고는 쪽대본 인쇄 버튼을 누르며 말했다.

"이제라도 작가 관두고 팀 막내로 들어오든지. 소개장 써 줄게. 어느 팀이 맘에 들어? 조명? 카메라?"

휴대폰을 통해 진후의 웃음소리가 전해졌다.

— 이왕이면 서준희 밑으로 들어가고 싶은데. 소개장 정도로는 어림도 없겠지? 내가 대신 찍어 주지 못하니까 아프지 마.

마음을 드러내는 진후가 처음으로 불편하지 않았다. 서로의 상처는 묻어 둔 채 이렇게 앞으로만 가도 되는 걸까 하는 불안감이 갈비뼈를 미약하게 쑤셨지만 신경 쓰지 않기로 했다. 조바심은 아무것도 도움이 되지 않는다는 걸 이제는 아니까. 적어도 10년 전보단 잘 이겨 낼 테니까.

"너도 아프지 마."

전화를 끊은 준희는 종우를 바라봤다. 텔레비전 앞 소파에 앉아 수정고를 읽던 종우는 마침 다 읽었는지 종이를 덮으며 흥분된 얼굴로 시선을 마주쳐 왔다. 준희는 희미하게 웃었다.

"더 바빠지겠다. 오늘 촬영 접고 수정고랑 씬 리스트 같이 왔지? 두 개 다 스태프 수대로 뽑고 각 팀 감독님들, 혜연이, 진영이, 민선이 연락해서 5층 회의실로 지금 오라 그래. 아, 진현이랑 연서도. 빨리 빨리 움직이자."

"네!"

종우가 서둘러 전화기를 잡으며 동시에 수정고와 씬 리스트를 뽑기 시작했다. 준희는 인쇄 버튼을 눌러 두었던 6부 쪽대본과 종우가 출력한 씬 리스트, 7, 8부 수정고를 챙겨 들었다.

"전화 다 돌리면 회의실로 와."

통화 중이라 작게 고개만 끄덕이는 종우를 뒤로하고 준희는 5층 회의실로 내려갔다. 5층 회의실엔 먼저 연락을 받은 영민과 조명감독, 차 부장이 이미 와 있었고 곧 소품팀과 경옥을 제외한 여성 군단도 합류했다.

"뭐야? 무슨 일인데 촬영도 접고 갑자기 회의 소집이야?"

회의실에 각 팀의 수장들이 모두 모이자 영민이 의아한 얼굴로 물었다. 준희는 대답 없이 7, 8부 수정고와 씬 리스트, 6부 쪽대본을 돌렸다. 그것들을 받아 살펴보던 조명감독이 제일 먼저 머리를 부여잡으며 골치 아픈 표정을 지었다.

"일복이 아주 제대로 터졌네. 대체 이게 몇 씬이 바뀐 거야? 씬 리스트만 얼핏 봐도 반 가까이 되는 거 같은데."

"힘드실 거 알아요. 그래도 제 결정은 수정고로 가야 한다예요."

뒷목을 잡은 채 눈을 감고 있던 조명감독이 눈을 뜨며 직설적으로 물었다.

"개고생하면. 시청률은 오를 것 같고?"

"뚜껑은 열어 봐야 알죠."

정확히 대답은 하지 않았지만 씨익 웃는 준희의 얼굴을 보며 조명감독은 피식 웃고는 고개를 끄덕였다.

"그래, 해 보자. 정확한 지시를 줘야 움직이지?"

준희는 먼저 영민을 바라봤다.

"촬영 장비요. 콘티를 짜 봐야 알겠지만 아마 달라질 거예요. 헬리캠이든 스테디캠이든 크레인이든 언제든 동원될 수 있게 해 주세요."

"어. 준비시킬게."

"조명팀두요. 장소랑 낮 씬, 밤 씬 체크해서 조명 어떤 거 쓸지 다시 체크하셔야 할 거예요."

"거야 기본이지. 걱정 마."

이번엔 준희가 소품팀 선배를 바라봤다.

"연서와 스태프들의 갈등이 수정고에 추가되면서 스태프들 비중이 커졌어요. 극중에서 스태프들이 쓸 장비 장난감으로는 티 나요. 카메라, 조명, 마이크 기타 등등 전부 다 실제 장비들로 세팅해 주세요."

"전부 다? 발바닥에 불나겠구만. 알았어."

준희는 혜연을 바라봤다.

"6, 7부 이미 찍어 놓은 것들이랑 수정고랑 연결되는 씬들 신경 써서 체크해. 배우들 액션 튀면 편집으로 커버해야 하고 그러다 보면 그림 망가져."

"네."

준희는 민선과 진영을 바라봤다.

"비중 늘어난 배우들 중에 코디나 메이크업 없는 분들 계실 거야. 의상, 분장 신경 써서 준비해."

진영과 민선이 동시에 고개를 끄덕였다. 준희는 고개를 돌려 섭외팀 차 부장을 바라봤다.

"이게 가장 문젠데, 세트 씬은 스케줄 조정하면 될 테지만 야외 씬이요. 장소 섭외……."

뻔한 얘기 그만하자는 듯 차 부장이 손을 내저으며 부드럽게 말을 끊었다.

"말 안 해도 알아. 걱정하지 마. 설악산 촬영 때 제 몫 못한 거 이번에 만회할 테니까. 우리 팀 풀가동해서 촬영 딜레이 안 되게 할게."

준희는 차 부장에게 고개를 끄덕이고 전체를 바라봤다.

"힘드시겠지만 시간이 많이 없어요. 내일 당장 6부 수정된 씬부터 찍어야 해요."

"그래, 알아들었어. 촬영 스케줄 나오면 연락이나 바로 때려 줘."

한시가 급하다는 듯 차 부장이 전화를 걸며 제일 먼저 회의실을 나갔다. 나머지 감독들과 여성 군단이 뒤이어 나가고 나자 종우가 들어왔다.

"진현이, 연서 연락됐어?"

"진현이랑 연서 여기 있습니다, 감독님."

종우의 목소리 대신 한빈의 목소리가 들렸다. 고개를 돌리자 문 쪽에서 한빈이 시은과 함께 서서 커피를 흔들고 있었다. 준희는 희미하게 웃으며 두 사람을 반겼다.

"들어와요."

한빈이 먼저 들어와 커피 한 잔을 준희 앞에 내려놓고 자리에 앉았다.

"갑자기 촬영 취소라니. 무슨 일이에요?"

준희는 시은과 한빈에게 수정본과 6부 쪽대본을 같이 내밀었다.

"수정고예요. 6부 세 씬은 이미 찍은 씬인데 다시 찍어야 하구요. 이미 여섯 개나 찍었는데 초고랑 방향이 달라져서 좀 혼란스럽겠지만 부탁할게요."

드라마를 여러 작품 경험했던 여배우답게 시은은 덤덤하게 고개를 끄덕였다. 하지만 한빈은 드라마가 처음이라 쪽대본도 처음 받아 봐 당황스러운 모양이었다. 잠시 멍한 얼굴이었던 한빈은 이내 고개를 끄덕였다.

"작품을 위해서라면 해야죠. 알겠습니다."

"오늘 하루라도 집중해서 캐릭터 분석하고 내일 촬영장에서 봐요. 시간은 매니저 통해 알릴게요."

"네, 감독님. 내일 뵙겠습니다."

한빈과 시은이 수정고를 읽으며 회의실을 나가고, 준희는 종우를 바라봤다.

"7, 8부 수정고 책 대본 뽑고, 6부 세 씬 전부 영화사 세트 씬이니까 내일 오전으로 다 몰아. 오전에 다 끝내고 오후부턴 7부 찍을 거야. 스케줄 빨리 짜서 해당 배우들, 스태프들한테 알려 주고."

"네."

날이 밝자마자 촬영이 재개됐다. 종우가 짠 스케줄 표에 맞춰 새벽부터 촬영 준비를 하러 세트장에 들어선 스태프들은 모두 어제와 같은 옷차림이었다. 준희 역시 어제와 같은 옷차림으로 영민과 머리를 맞대고 있었다.

"그니까 서 감독은 뒷담화하는 스태프들부터 문 뒤에서 듣고 있는 연서까지 원컷으로 가고 싶다는 거지?"

"네."

"오케이. 막내야! 선 더 늘려라!"

다시 카메라를 만지러 가는 영민을 보던 준희는 세트 위로 올라갔다. 극 중에서 촬영감독과 미술감독 역을 맡은 중견 배우 두 명과, 촬영팀원 역을 맡은 30대 초반의 배우, 시은이 준희를 바라봤다. 준희는 네 사람 손에 들린 6부 쪽대본을 바라봤다. 하루 사이에 두 장짜리 쪽대본을 얼마나 읽었는지 배우들의 손에 들린 종이가 다 너덜너덜했다.

"동선만 다시 한 번 체크하죠. 선배님 두 분이랑 성진 씬 문 쪽 보지 마시고 가운데 모여 있다 대사 하시면 되구요. 액션은 너무 크게 하지 마세요. 시선 분산되니까. 시은 씨는 저기 문 옆 벽에 기대고 있다가 복도 걸어 나가면 돼요."

"어디로 나가요? 오른쪽? 왼쪽?"

"얼굴 안 잡고 등 잡을 거니까 왼쪽이요. 질문 더 있어요?"

배우들이 모두 고개를 젓자 준희는 세트장을 내려오며 외쳤다.

"10분 뒤 슛 들어갑니다! 사무실 컷부터요!"

준희가 의자에 앉아 모니터를 뚫어지게 바라보자 영민은 세트 위에 카메라를 들고 올라갔다. 그리고 배우들이 마지막까지 입으로 대사를 중얼거리며 각자의 위치에 자리를 잡았다.

"레디, 액션!"

큐 사인이 떨어지자마자 촬영감독 역을 맡은 중견 배우는 곧바로 매우 화가 난 표정으로 얼굴을 바꿨다.

"그게 정말이야?"

"네, 감독님. 사장님이랑 하연서, 보통 사이가 아닌 것 같았다니까요? 제 이 두 눈으로 똑똑히 봤어요."

촬영팀원 역할을 맡은 성진이 우스꽝스러운 표정으로 핏발이 서릴 만큼 두 눈을 부릅뜨고 제 눈을 검지로 가리키다 찔러 버렸다. 그냥 가리키기만 했어도 됐을 텐데, 정말 제 눈을 찌르는 성진의 모습에 스태프들은 입을 틀어막으며 웃음을 참았다. 그러나 미세하게 흔들리는 영민의 손은 어쩔 수가 없었다. 전투 씬도 아닌데 카메라의 초점이 위아래로 살짝 흔들리자, 준희는 모니터에서 시선을 떼며 '엔지!'하고 외쳤다. 동시에 참고 있던 스태프들, 배우들의 웃음이 한꺼번에 터졌다. 그런데 정작 연기를 한 성진은 왜 웃냐는 얼굴이었다. 촬영감독 역을 맡은 중견 배우가 성진의 어깨를 두드리며 말했다.

"네가 연기를 너무 잘해서 그래."

"뭐 특별히 한 것도 없는데……. 대본에 써 있어요. 눈 부릅 뜨고 제 눈을 검지로 찌르며, 이렇게."

성진이 태연한 얼굴로 방금 전 한 연기를 똑같이 하자 스태프들이 더 크게 웃음을 터트렸다. 두 번째 연기에선 작게 소리 내어 웃던 준희도 다시 모니터를 바라보며 손뼉을 쳤다.

"자, 자. 다시 갑니다!"

프로들답게 스태프들과 배우들은 금세 어수선한 분위기를 정리했다. 준희는 모니터를 진지하게 바라보며 외쳤다.

"레디, 액션!"

조금 전과 마찬가지로 성진이 능청스럽게 연기를 해내고, 촬영감독 옆에 있던 미술감독이 화나고 허탈하단 얼굴로 받아쳤다.

"그럼 진짜 하연서가 사장 낙하산이란 말이야? 이야, 영화판도 썩을 대로 썩었구나. 초짜 낙하산한테 메가폰을 다 쥐어 주고. 어쩔 거야, 박 감독. 이대로 가만있을 거야?"

화난 얼굴로 깊게 생각하는 촬영감독의 얼굴을 클로즈업한 카메라는 뒤로 빠져 문 옆 벽에 기대 서 있는 연서의 모습을 잡았다. 표정은 덤덤한 듯하지만 막막함과 슬픔이 서린 연서의 눈이 모니터에 비치고, 미리 입을 맞췄던 대로 그녀가 천천히 복도 왼쪽으로 걸어 나갔다. 모니터에 비치는 연서의 힘없는 뒷모습을 바라보던 준희는 속으로 다섯을 세고 고개를 들었다.

"컷! 오케이! 뒤집어서 한 번 더 갑니다!"

스태프들이 빠르게 움직이는 사이, 준희는 종우를 불렀다.

"차 부장님 아직 연락 없어?"

"네, 아직요. 서울역은 시간 두고 공문 안 띄우면 어려운 곳인데. 이러다 스케줄 또 펑크 나면 어쩌죠."

종우가 초조하게 휴대폰을 바라보며 액정을 켰다 껐다를 반복했다.

"전화해 볼까요? 안 될 거 같으면 빨리 스케줄 조정하는 게⋯⋯."

수정고가 나오면서 촬영이 지체되었고 편집까지 새로 하게 됐다. 1분도 허투루 흘려보낼 수 없는 게 사실이라 준희는 잠시 생각에 빠졌다. 촬영 딜레이 되지 않게 하겠다고 제일 먼저 회의실을 나갔던 차 부장을 떠올리던 준희는 이내 고개를 저었다.

"오겠지. 아직 시간 있잖아. 7부 남은 세트 씬부터 쳐내야 하니까 넌 배우들 스케줄 더 신경 쓰고."

"네."

준희는 영민과 음향감독을 바라봤다. 두 사람은 준비 다 됐다는 듯 고개를 끄덕였다. 일어서서 다시 위치를 정비하는 배우들을 바라보던 준희는 혜연을 바라봤다.

"배우들 더블 액션 없나 잘 봐."

혜연은 방금 전 성진이 연기했던 것처럼 눈을 크게 뜨고 검지로 제 두 눈을 가리켰다.

"잘 보고 있어요. 이 두 눈으로 똑똑히."

방금 전 성진의 연기를 곧바로 패러디하는 혜연의 엉뚱함에 세트장은 다시 웃음바다가 되었다. 하지만 시간이 점점 흐를수록 세트장은 점점 고요해져 갔다. 장비를 끌고 세트를 옮겨 다니고, 앉지도 못하고 서서 김밥 서너 개를 한꺼번에 입에 집어넣고 다시 일을 하고. 웃음과 대화가 사라진 세트장엔 배우들이 하는 대사와 '컷, 오케이, 엔지' 소리만 반복됐다. 시간은 그렇게 흘러 아침부터 시작됐던 촬영은 다음 날 새벽을 맞았다. 이제 오늘 남은 촬영 분량은 단 한 씬.

준희는 모니터에서 시선을 떼고 세트장을 한 바퀴 둘러보았다. 지친 얼굴로 테이프를 갈아 끼우는 영민, 말할 힘도 없는지 손짓으로만 겨우 반사판을 더 올리라고 지시하는 조명감독, 하루 종일 들고 있던 붐 마이크를 잠시 내려 두고 천근만근이 된 어깨를 힘없이 주무르고 있는 음향팀의 붐맨까지. 한 명 한 명을 눈에, 마음에 새기던 준희는 다시 모니터를 바라보며 그 어느 때보다 힘차게 외쳤다.

"레디, 액션!"

배다리 헌책방 거리로 이어지는 배다리삼거리. 평일 오전 시간임에도 도로가 주차장이나 다름없었다.

"대체 사람이 얼마나 몰린 거야."

원래대로라면 스태프들과 같이 움직여 촬영장에 있었겠지만 6부 수정 씬을 편집하고 종편까지 하느라 늦게 움직이게 된 게 지금의 화근이었다. 시간을 보고 초조하게 핸들을 톡톡 내리치던 준희는 라디오를 켰다. 뭐가 그렇게 즐거운지 깔깔거리는 DJ와 패널들의 웃음소리가 들려오다 DJ 목소리가 흘러나왔다.

— 웃음도 진정시킬 겸 노래 한 곡 듣고 다시 사연 이어 갈게요. 스크린의 황제 최한빈 씨의 브라운관 데뷔작으로 요즘 장안의 화제가 되고 있는! 어제 4회가 나가고 초록창이 한바탕 난리가 났던 <그해 겨울>의 OST, 에피톤 프로젝트가 부릅니다. <나는 그 사람이 아프다>

꿈보다 해몽이 더 좋았다. 장안의 화제, 초록창이 들썩들썩은 무슨. 8.7로 시작했던 시청률은 2부에선 8.1로 떨어졌다 3부에선 9.2로 소폭 상승했다. 그리고 4부에선 그보다 조금 더 상승해 9.7이 나왔다. 기자들은 두 주인공의 첫 번째 연애가 파경을 맞고 10년 후가 되어 두 사람의 새로운 시작을 예고했다며 시청률의 반전을 이끌어 낼 수 있을지 귀추가 주목된다고 떠들어 댔다.

준희는 핸들에 얼굴을 묻었다. 스물세 살 그해 겨울, 서툴렀던 사랑만큼이나 서툴렀던 이별. 불이 꺼진 방 안에서 앉아 괴롭게 시간을 흘려보내던 진현과, 버스 정류장에 앉아 하염없이 울던 연서의 부분에서 흘러나왔던 노래. 절정으로 치달은 보컬의 노랫소리가 마음을 긁었다.

노래가 끝날 때쯤, 뒤에서 클랙슨이 울렸다. 준희는 고개를 들고 뚫린 길만큼 전진해 갔다. 그리고 얼마 가지 않아 그렇게 찾아 헤맸던 갓길이 보였다. 준희는 갓길에 차를 세우고 곧장 현장으로 달려갔다. 하지만 골목 진입로에서부터 몰려 있는 인파 덕에 걸음이 묶이고 말았다. 후, 숨을 크게 내쉰 준희는 최대한 몸을 낮추고 인파를 뚫고 들어갔다. 노란 바리케이드가 보이는 것을 보니 거의 다 온 것 같아 돌진하려는데, 덩치 큰 진행팀원이 앞을 떡하니 가로막았다.

"아, 진짜! 아줌마! 이러시면 안 된다고 몇 번을 말씀드려요! 관계자 외 출입 금지라는 말 모르세요? 선 밖에서 보세요, 선 밖에서!"

피식 웃은 준희는 숙였던 허리를 천천히 폈다.

"난 아줌마 아니고 관계자니까 들여보내 주지?"

"가, 감독님."

진행팀원은 눈이 마주치자마자 입을 떡 벌렸다.

"죄, 죄송합니다."

그리고 서둘러 길을 텄다. 준희가 재빠르게 바리케이드 안으로 들어가고 나자 뒤에선 한바탕 소란이 일었다.

"이 총각이 사람 차별하나! 저 아가씨는 되고 왜 난 안 돼! 나도 들여보내 줘!"

"아, 저 분은 아가씨가 아니라 감독님이세요!"

"감독? 저 아가씨가? 지금 나 아줌마라고 우습게 보는 거야? 여자가 무슨 감독을 해!"

"요즘 세상에 남자, 여자가 어디 있어요? 큰일 날 소리 하시네. 자꾸 말 안 들으시면 아예 구경도 못 하시게 합니다!"

근처에 사는 동네 주민들인지 편한 복장으로 나온 아줌마들과 한바탕 씨름을 하는 진행팀원을 바라보던 준희는 피식 웃으며 스태프들과 합류했다. 먼저 현장으로 오기 전에 준희가 일러 준 대로 시은에게 디렉션을 전달하던 종우가 그녀를 발견하고 달려갔다.

"오셨어요, 감독님?"

"어. 준비 어디까지 됐어?"

"시은 씨 한빈 씨한테 디렉션 다 전달했고, 책방 주인 분들한테는 진행팀이 디렉션 전달하고 있어요."

이번 촬영에선 대사가 있는 책방 주인만 보조 출연을 쓰고 나머지는 실제 주인을 쓰기로 했기 때문에 어느 때보다 세세한 디렉션 전달이 필요했다. 준희는 골목길 중간에 길게 깔리고 있는 레일을 바라보다 영민을 찾았다. 그런데 어디에서도 영민이 보이지 않았다.

"카메라감독님은?"

"헌책방 안에요. 감기 기운이 있으신가 봐요. 잠깐 앉아 계시겠대요."

고개를 끄덕인 준희는 아담하고 세월의 흔적이 느껴지는 헌책방 안으로 들어갔다. 영민은 헌책방의 주인장으로 보이는 남자와 커피를 마시고 있었다.

"선배님."

준희는 주인장에게 살짝 고개를 숙이고 영민을 바라보았다. 영민은 그제야 고개를 돌려 준희를 바라봤다.

"왔어? 종편은 잘 했고?"

"그렇죠, 뭐. 감기 기운 있으시다면서요."

"현장 하루 이틀 나와. 그것보다 서울역은 장소 섭외됐대? 애들만 돌아가면서 하나씩 보이고 차 부장님은 계속 현장에 안 보이잖아. 크레인 대기시켜 놨는데 이러다 공치는 거 아냐?"

회의 때 촬영 딜레이시키지 않겠다고 하고 나갔던 차 부장은 그날 이후로 연락도 안 되고 현장에도 나타나지 않았다. 차 부장님의 소식에 대해 섭외팀 애를 붙잡고 물어봐도 서울역에 계시다는 얘기만 할 뿐, 자세한 얘기는 피하기 일쑤였다. 작게 한숨을 쉰 준희는 영민을 뒤로하고 종우를 불렀다.

"섭외팀 여기 한 명 와 있지? 누가 와 있어?"

"주호요."

다행히 잘 걸렸다. 퍼스트보단 막내가 겁주기도 달래기도 편한 법이었다.

"당장 찾아서 데려와."

"네."

종우가 서둘러 어디론가 뛰어가더니 곧 주호와 함께 돌아왔다. 주호는 준희를 보자마자 난감한 표정으로 슬금슬금 시선을 피했다. 준희는 주호의 얼굴을 양손으로 잡아 자신과 마주보게 만들었다.

"나 똑바로 보고 대답해. 차 부장님 지금 어디 계셔?"

"그게 그러니까요, 감독님……."

주호는 울상인 얼굴로 시선을 내리깔았다. 하지만 이번엔 준희도 얼렁뚱땅 넘어가지 않을 작정이었다.

"문자 넣어."

"네?"

"차 부장님께 문자 넣으라고. 배다리 헌책방 골목, 주인들이 장사 방해된다고 이제 와서 촬영 협조 못 하겠대요, 이렇게."

주호가 현장에 와 있는 걸 차 부장이 아는 이상 전화는 안 받을 게 뻔했다. 그래서 내린 특단의 결정이었다. 황당하고 혼란스러운 얼굴이던 주호는 단호한 준희의 얼굴을 보고 마지못해 휴대폰을 꺼냈다. 준희가 느릿느릿 문자를 쓰는 주호를 바라보는데, 옆에 서 있던 종우의 무전기가 지지직거렸다.

— 여기 A구역입니다. 디렉션 전달 끝났습니다.

— B구역도 끝났습니다.

— 박 조야, 서 감독 도착했냐? 조명 세팅 끝났다.

각 팀에서 촬영 준비 완료 보고가 들어오고, 헌책방 안에 들어가 있던 영민도 밖으로 나와 어느새 레일 위에 올라타 있었다.

"서 감독, 숏 가자!"

타이밍도 정말……. 한숨을 폭 내리쉰 준희는 주호의 얼굴을 잡았던 손을 내렸다.

"얼렁뚱땅 넘어갈 생각 말고 촬영 끝날 때까지 대기해."

알아들은 건지 만 건지. 슬금슬금 뒷걸음치는 주호가 영 불안하긴 했지만 그래도 촬영이 먼저라 준희는 대기 중인 시은과 한빈에게 달려갔다.

"디렉션 전달받았죠? 처음과 끝 빼고는 몽타주라 오디오는 안 들어갈 거라도 대사는 쳐 줘요. 그래야 책방 주인 분들이 리액션을 하니까."

"네."

"한빈 씨는 디렉션 전달 받은 대로만 하면 돼요."

"네, 감독님."

준희는 모니터 앞으로 가며 종우에게 무전기를 건네받았다.

"3분 후에 숏 들어갑니다. 각자 위치에서 준비해 주세요."

준희는 의자에 앉아 종우를 바라봤다.

"진행팀 애들 반만 시장으로 먼저 보내. 가자마자 준비 들어갈 수 있게 미리 자리 잡아 놓으라 그러고."

"네."

종우가 진행팀에게 뛰어가고, 준희는 무전기에 대고 외쳤다.

"레디, 액션!"

액션 소리와 함께 헌책방 거리가 끝나는 지점에서 대기하던 시은이 힘차게 달려 첫 번째 헌책방으로 들어갔다.

"아저씨, 진기성 시나리오집을 찾고 있는데요. 혹시 구할 수 있을까요?"

"진기성 시나리오집? 그거 절판되고 프리미엄 붙어 엄청 비싸게 팔리는 책이잖아. 어떤 팔푼이가 그런 걸 헌책방에 내다 팔겠어?"

책방 주인 역으로 섭외한 보조 출연이 짜증 섞인 표정으로 손을 젓자 연서가 실망한 표정으로 책방을 나왔다. 그러다 이내 마음을 다잡고 다시 뛰어 이 책방, 저 책방을 돌아다녔다. 하지만 주인들은 손을 내저으며 없다는 표시를 하고 연서는 번번이 빈손으로 나왔다.

"컷!"

헌책방 거리의 중간쯤에 서 있는 시은과 영민을 바라보던 준희는 무전기를 들었다.

"진영아, 연서 얼굴에 땀 좀 내. 아직 반밖에 안 왔으니까 너무 많이 내지 말고."

미리 약속한 지점에서 대기하고 있던 진영이 분무기와 스펀지를 들고 빠르게 연서에게 다가갔다. 진영은 연서의 이마에 빠르게 땀을 내고 뒤로 빠지며 머리 위로 크게 원을 그렸다. 준희는 다시 모니터를 보며 무전기에 대고 '액션!'을 외쳤다.

헌책방에 들어가는 횟수가 늘어날수록 점점 더 어두워지는 연서의 얼굴, 아기자기한 헌책방 거리의 배경까지. 영민은 세세한 것 하나도 놓치지 않았다.

"컷! 진영아, 땀 더 내."

무전기에 대고 외친 준희는 앞을 바라봤다. 영민과 시은이 어느새 모니터가 있는 곳 근처까지 와 있었다. 진영은 다시 분무기와 스펀지를 들고 시은에게 다가가 땀을 냈다. 그러고는 준희를 보며 고개를 끄덕였다. 준희는 무전기를 들지 않고 외쳤다.

"바로 이어 갈게요!"

연서가 헌책방 안으로 들어가고 영민이 다시 카메라의 초점을 잡았다.

"레디, 액션!"

연서가 천천히 마지막 헌책방에서 나오고 잔뜩 실망한 표정으로 한숨을 내쉬었다. 그때, 뒤에서 뛰어온 진현이 연서의 손을 잡아챘다. 놀란 연서의 눈이 진현을 향하고, 진현은 연서가 손을 비틀어 빼려고 하자 손에 더 꽉 힘을 주며 그녀가 그토록 찾던 진기성 시나리오집을 눈앞에 흔들었다.

"어, 이거."

"영화 혼자 찍을 거야? 무슨 감독이 이런 걸 직접 구하러 다녀?"

낙하산 초짜 감독이라는 이유로 스태프들과 불화를 겪고 있어 연서 혼자 소품을 구하러 나선 참이었다. 연서는 사실을 말할 수 없어 입을 다물고, 이미 사실을 알고 있는 진현은 고민을 나누지 않으려는 연서가 속상하고 씁쓸하면서도 모른 척 애써 밝은 표정을 지었다.

"이런 소품은 내가 가지고 있을 거란 생각 못 했어? 아무튼 하연서. 뭐든 혼자 다 하려는 그 버릇은 좀 고쳐."

연서는 어두운 얼굴로 입술만 깨물다가 스리슬쩍 진현에게 손을 내밀었다.

"촬영 끝나면 돌려줄 테니까 좀 빌려줘."

진현은 줄 것처럼 연서의 손 위에 시나리오집을 살짝 올렸다가 그녀가 손을 오므리자 재빨리 뒤로 감췄다.

"나랑 밥 먹으면. 밥 먹으면 빌려줄게."

그러고는 연서가 뭐라 말을 하기도 전에 빠르게 손을 끌어당겨 뛰기 시작했다. 카메라는 마냥 밝게 웃는 진현의 얼굴을 잡다 그런 그를 흔들리는 눈빛으로 물끄러미 바라보는 연서의 얼굴을 잡아냈다. 그때, 모니터를 뚫어지게 바라보며 타이밍을 재고 있던 혜연이 영상 위에 겹칠 연서의 나레이션을 작게 읽었다.

"요즘 들어 나는 내 나이를 자주 잊는다."

"컷! 오케이!"

"다음은 8부 36씬 신포시장 연결 씬입니다! 이동해 주세요!"

스태프들이 장비를 철수시키는 모습을 보던 준희는 주호를 찾아 현장 주위를 두리번거렸다. 그런데 어디에서도 주호가 보이지 않았다. 준희는 어디론가 전화를 거는 종우의 어깨를 두드렸다.

"주호 어디 갔어?"

"주호요? 섭외팀 대표라 아까 선발대랑 같이 이동했는데."

이 미꾸라지 같은 자식. 꼼짝 말고 대기하라니까 핑계 좋게 잘도 빠져나갔다. 준희는 시장에 도착하면 주호부터 만나리라 다짐했다.

하지만 다짐은 쉽게 이루어지지 않았다. 다음 촬영 장소인 신포국제시장에 도착한 준희는 헌책방 거리보다 훨씬 더 북적이는 인파에 인상을 쓰고는 영민을 바라봤다.

"길이 너무 좁아요. 스테디캠밖에 방법 없겠는데요. 준비됐어요?"

"시장에서 스테디캠은 필순데 당근 챙겼지."

"몽타주라 한두 씬 찍어야 하는 게 아닌데, 괜찮으시겠어요?"

상체에 부착하는 형태의 카메라인 스테디캠은 협소한 공간에선 아주 유용하지만 30킬로그램이 넘는 무게를 자랑한다. 그걸 몸에 메고 배우들과 함께 뛰며 흔들림 없는 영상을 만들어 낸다는 건 엄청난 체력을 요하는 일이었다.

"한여름이 아닌 게 어디야. 몸이 고돼서 그렇지 시간 단축에도 스테디캠만 한 게 없어. 한 컷 끝나면 또 한 컷 가고, 바로바로 이어 가자고. 쉬면 더 힘들어."

영민은 질질 끌지 말고 후딱후딱 해치워 버리자는 얼굴이었다. 준희는 희미하게 웃으며 고개를 끄덕였다.

"둘째야! 스테디캠 가져와라!"

촬영팀 둘째가 가져온 스테디캠을 상체에 고정시키는 영민을 바라보던 준희는 조명감독에게 다가갔다.

"백열등 전구만 있어서 온통 주황빛이에요. 톤 좀 죽여야 될 것 같은데."

372

"너무 죽이면 시장이 시장 같지가 않으니까 보조등 세워 반만 죽이자. 배우들 얼굴엔 반사판 바짝 들이대고."

"네."

장 보러 왔다가 촬영 구경을 하게 된 사람들과 소문을 듣고 달려온 사람들을 진행팀이 통제하고 스태프들이 바쁘게 움직이며 세팅을 시작했다. 스테디캠을 상체에 고정하고 영민이 포커스를 맞추기 시작했다. 한빈, 시은과 리허설을 끝낸 준희는 모니터로 포커스를 확인하고는 손을 들어 오케이 사인을 보냈다.

"레디, 액션!"

진현이 수제 어묵을 하나만 구입해 한 입 먹고 연서의 입에 꼬치를 들이댔다. 연서는 관심 없다는 얼굴로 고개를 돌리고 진현에게 잡힌 손목을 비틀었다. 진현은 아랑곳하지 않고 오색 찐빵 집으로 이동해 또 하나만 사서 한 입 먹고 다시 연서의 입에 들이댔다. 연서는 진현을 노려보다가 새침한 얼굴로 마지못해 한 입 베어 물었다. 진현이 웃으며 연서의 손을 잡아끌어 공갈빵 집으로 이동하자 영민도 재빠르게 달라붙었다. 가게와 가게 사이가 제법 거리가 있어 손님들로 세워 놓은 보조 출연자들을 피해 무거운 스테디캠을 메고 같이 뛰는 영민의 얼굴에 땀이 줄줄 흘렀다. 진현은 공갈빵 하나를 구입해 연서에게 들이밀었다. 어이없게 진현을 바라보던 연서는 피식 웃으며 공갈빵을 마구 먹어 버렸다. 반 이상 사라진 공갈빵에 진현이 짐짓 억울한 표정으로 연서를 바라보았다. 그러자 환하게 웃는 연서의 얼굴 위로 깔릴 내레이션을 옆에 앉아 있는 혜연이 작게 읊었다.

"진현이의 손이 무척이나 따뜻하게 느껴지는 지금 같은 순간, 나는 서른세 살이 아닌 스물세 살이 되어 버린다."

"컷! 오케이!"

긴장으로 잔뜩 경직되어 있던 시장 상인들이 그제야 수더분하게 웃으며 박수를 쳤다. 그러고는 인심 좋게도 여기저기 서 있는 스태프들의 입에 먹거리를 넣어 줬다. 스태프들은 좋아 죽겠다는 얼굴로 넙죽넙죽 잘도 받아먹었다. 종우도 공갈빵 하나를 입에 물고는 준희에게도 하나 내밀었다.

"다음 스케줄은 서울역인데, 이동하라고 지시할까요?"

공갈빵을 받던 준희의 손이 우뚝 공중에 멈췄다.

"주호 찾아 와."

싸늘한 준희의 어투에 지레 놀란 종우가 재빠르게 등을 돌리던 때였다. 어디 숨어 있었는지 보이지 않던 주호가 달려와 휴대폰을 내밀었다.

"전화 좀 받아 보세요, 감독님."

주호의 얼굴을 빤히 바라보던 준희는 휴대폰을 받았다.

"여보세요."

— 어, 서 감독.

일주일간 연락이 닿지 않아 애를 태웠던 차 부장이었다.

"대체 지금 어디 계세요!"

— 그게 설명하자면 기니까 지금은 본론만 하자고. 오후 4시부터 밤 10시까지 촬영 허가 받았으니까, 아! 아! 좀 살살해요!

어디서 대체 뭘 하고 있는지 차 부장이 느닷없이 소리를 질렀다. 어딘가 부산한 느낌에 준희의 얼굴이 미세하게 찌푸려졌다.

"부장님?"

— 어, 어. 미안. 어디까지 얘기했지? 아, 서울역 허가받았으니까 스케줄 진행하라고. 얼른 와! 끊는다.

"여, 여보세요? 부장님!"

하지만 이미 전화는 끊겨 있었다. 대체 뭐가 어떻게 된 건지. 통화가 끊긴 휴대폰을 바라보며 한숨을 내쉰 준희는 주호에게 휴대폰을 넘겨주며 종우를 바라봤다.

"이동하자. 서울역 허가 떨어졌대."

"정말요? 이용객들이 많은 금요일이고 시간이 너무 촉박해서 못 받을 줄 알았는데."

중얼거리듯 말한 종우는 신기하다는 듯 고개를 갸웃하고 스태프들을 향해 서울역으로 이동한다고 소리쳤다. 준희는 인상을 쓰고 공갈빵을 우득, 소리 나게 씹으며 등을 돌렸다.

서울역에 도착하자마자 차 부장이 있다는 역무실부터 찾은 준희와 종우, 영민과 주호는 그를 발견하자마자 멍한 얼굴로 얼음이 되어 버렸다. 그중 제일 먼저 정신을 차린 주호가 하얗게 질린 얼굴로 차 부장에게 달려갔다.

"부장님!"

구석에 놓인 의자에 앉아 벽에 몸을 기대고 눈을 감고 있던 차 부장이 그제야 눈을 떴다.

"왔어?"

주호를 힐끔 바라본 차 부장이 뒤에 병풍처럼 서 있는 세 사람을 발견하고 붕대가 둘둘 감긴 손을 들어 알은척을 했다. 세 사람은 그제야 차 부장에게 다가갔다.

"팔이 왜 그래요? 꼴은 또 그게 뭐고. 일주일 동안 현장엔 코빼기도 안 보이더니 서울역에서 노숙 체험 했어요?"

턱을 뒤덮은 지저분한 수염, 기름기가 잘잘 흐르는 떡 진 머리, 꼬질꼬질한 옷을 차례로 훑은 영민이 차 부장의 점퍼 주머니에 툭 삐져나온 칫솔을 가리키며 물었다. 차 부장은 굳어 있는 세 사람의 얼굴에도 아랑곳 않고 씨익 웃었다.

"어허. 노숙 체험이라니. 장소 섭외에 성공한 월급쟁이의 영광스러운 모습이지. 서 감독, 나 약속 지켰다. 네 씬이나 찍긴 시간이 좀 촉박하긴 한데, 그건 서 감독 능력으로 커버 좀 해 줘."

종우의 말대로 서울역은 시간을 두고 공문을 넣지 않으면 섭외가 어려운 곳이라 힘겨운 싸움을 하고 있을 줄은 알았지만 이 정도일 줄은 몰랐다. 준희는 인상을 쓰고 차 부장의 붕대 감긴 오른팔을 바라봤다.

"팔은 어쩌다……."

"계단에서 구르셨습니다."

소리 소문 없이 다가와 불쑥 끼어든 낯선 이의 목소리에 네 사람의 시선이 남자를 향했다.

"금요일 촬영은 이용객들이 많아 허가 나기도 힘들지만 일주일로는 공문 검토할 시간도 부족하다고 누차 말씀드렸는데 차 부장님이 어떻게든 부탁한다며 저를 닷새나 스토킹하셨어요. 집 앞에서 기다리시고, 사무실 앞에서 기다리시고. 하다못해 식당, 화장실까지."

남자는 차 부장의 끈질김에 질릴 대로 질렸단 얼굴로 고개를 젓고는 다시 말을 이었다.

"닷새간 저도 사는 게 사는 것 같지가 않아 일단 해 보자고 두 손 들었는데 일이 터진 거죠. 뭐라도 도와주시겠다며 저랑 같이 뛰어다니시다가 계단에서요. 병원 모시고 가려고 했는데 촬영 끝날 때까지는 안 가시겠다고 버티셔서 부목으로 응급조치만 했습니다. 감독님도 오셨으니까 이제 병원 가서 제대로 치료 받으세요, 네?"

그동안 어지간히도 쌓여 있었던 듯, 속사포로 말을 쏟아 내던 남자는 결국 차 부장을 달래고 나서야 입을 닫았다. 그 모습을 얼떨떨한 얼굴로 바라보던 종우가 조심스레 물었다.

"그런데 누구……."

남자는 그제야 아, 하고 소리를 내며 양복 주머니에서 명함 한 장을 꺼내 내밀었다.

"인사가 늦었습니다. 이번 〈그해 겨울〉 서울역 촬영을 담당하게 된 코레일 홍보부장 김광덕이라고 합니다."

준희는 명함을 받아 주머니에 넣고 광덕이 내민 손을 잡았다 놓으며 차 부장을 바라봤다.

"병원 가세요, 지금."

"응? 아니야, 괜찮아. 그냥 살짝 삐끗한 건데 이 사람이 괜히 오버하는 거야. 무사히 촬영 끝나는 거 보고 가도……."

"여기 계셔도 부장님 더 하실 일 없어요. 가세요."

싸늘한 준희의 어투에 영민이 놀란 얼굴로 그녀의 팔을 툭 쳤다. 영민은 장소 섭외한다고 온갖 고생 다한 사람에게 그렇게까지 냉정하게 말할 거 있냐는 듯한 얼굴이었다. 준희는 아랑곳 않고 강경하게 말했다.

"가세요, 지금 당장."

차 부장은 머쓱해진 얼굴로 머리만 벅벅 긁었다. 준희는 주호를 바라봤다.

"모시고 병원으로 가."

심상치 않은 분위기에 긴장하고 서 있던 주호는 차 부장과 준희의 얼굴을 번갈아 보다 차 부장을 일으켜 역무실을 나갔다. 그리고 잠시간 정적이 이어졌다. 그 정적을 깨뜨린 건 영민이었다.

"걱정한 만큼 화가 난 건 알겠는데 좀 부드럽게 말할 수도 있었잖아."

"그래서 들을 분이면 저 꼴로 여기 안 계셨죠."

현장에서는 스태프 한 명의 작은 실수에도 커다란 데미지가 온다. 설악산 촬영 때의 차 부장이 그랬다. 원래 계획했던 스케줄에서 나흘이 당겨진 것뿐이었지만 그것이 가져다준 손실은 엄청났다. 배우들의 스케줄을 조정하기 위해 종우가 매니저를 만나 통사정을 해야 했고, 첫방 종편을 세 시간 전에야 하게 되었다. 그리고 스태프들은 두세 시간 겨우 자는 쪽잠을 원래 잡아 두었던 모텔이 아니라 좁디좁은 여관방에 남녀가 엉켜 잤다. 차 부장은 그때의 실수를 만회하기 위해 이를 악물고 노력한 것이었다.

그걸 알기에 준희는 더 차갑게 차 부장을 대했다. 현장에서 섭외의 달인으로 통하며 인정을 받고 있는 차 부장이지만 그의 나이도 어느덧 50이었다. 팔이 정말 부러지기라도 한 거라면 회복이 더뎌지는 나이. 치료가 늦을수록 회복은 더딜 게 자명했다.

준희의 말에 미묘한 표정을 짓던 영민은 이내 이해했다는 듯 그녀의 어깨를 툭 쳤다.

"가자. 가서 이번 씬 최고로 멋지게 찍어 보자."

서울역 앞, 역사 밖에서의 밤 촬영이 시작됐다. 몇 시간 전 낮의 서울역 전경을 찍기 위해 크레인에 올랐던 영민이 이번 엔 밤의 서울역 전경을 찍기 위해 다시 안전벨트를 동여매고 있었다.

"서 감독은 땅에만 있으니까 모르지? 위에 올라가서 보면 세상이 달라 보인다. 기분 죽여."

영민은 이 맛에 카메라를 못 놓는다는 얼굴을 하고 있었지만 준희는 현장에서 카메라를 돌린다는 게 그렇게 환상적인 일만은 아니라는 것을 알고 있었다. 어떤 극한의 상황에서도 흔들림 없는 영상을 만들어 내기 위해 두 다리에 힘을 주고 카메라를 잡아야 하는 것이 쉽지 않은 일임을.

"내가 올라가서 그림 죽이게 찍을 테니까 서 감독은 모니터로 보며 만족하라고. 이제 올려요!"

영민의 외침을 들은 크레인 기사가 그를 서서히 공중으로 띄웠다. 여러 각도에서 잡히는 서울역을 모니터를 통해 바라보던 준희는 고개를 끄덕이고 무전기를 들었다.

"이 정도면 됐어요. 내려오세요."

"어. 정면에서 한 컷만 더 잡고."

영민은 기어이 한 컷을 더 잡고 크레인에서 내려왔다. 준희는 영민이 무사히 땅을 밟는 걸 확인하고 나서 종우를 바라봤다.

"숏 가자. 배우들 대기시켜."

"네, 감독님."

종우가 무전기로 각 배우 매니저들에게 촬영 시작을 알리고 이내 배우들이 중앙으로 모였다. 준희는 땅으로 내려오자마자 팀원들이 미리 세팅해 놓은 카메라 앞에 선 영민을 바라봤다. 찍을 동선대로 쭉 카메라를 돌려 보던 영민은 손으로 오케이 사인을 보냈다. 준희는 무전기를 들었다.

"준비 됐어요?"

— 네, 감독님.

시은이 무전기를 매니저에게 넘기고는 미리 약속했던 서울역 중앙 앞에 자리를 잡고 서자 소품팀이 기차표를 시은에게 건넸다. 시은은 그것을 받아 감정을 잡고는 카메라를 바라보며 고개를 끄덕였다.

"레디, 액션!"

까만 어둠이 내려앉은 밤, 낮부터 그 자리에 서 있던 연서는 이미 시간이 지나 쓸모없어진 스무 장의 기차표를 물끄러미 바라보았다. 각 팀의 감독, 퍼스트들과 장소 헌팅을 가기 위해 끊은 표였다. 그러나 서울역엔 아무도 나타나지 않았다. 연서는 덤덤하게 표를 주머니에 집어넣고 디카를 꺼내 전원을 켜 보고는 서울역으로 들어갔다.

거기서 카메라는 옆으로 쭉 방향을 틀어 숨어서 연서를 지켜보던 촬영감독을 잡았다. 미혼부인 촬영감독은 도와 달라는 부탁을 하러 자신의 집까지 찾아왔다가 혼자 집을 보던 아이와 놀아 주던 연서가 생각나 이 상황이 착잡하다. 촬영감독은 카메라 가방을 매만지며 서울역을 바라보다 이내 역사 반대 방향으로 몸을 돌렸다.

"컷! 오케이!"

"다음은 8부 26씬 플랫폼, 선내 씬입니다! 이동해 주세요!"

차 부장이 허가받았다는 10시에서 남은 시간은 겨우 두 시간 남짓이었다. 코레일 책임자의 도움을 받아 플랫폼의 일정 구역을 독점한 촬영팀은 빠르게 장비를 세팅하고 완료 신호를 보냈다. 촬영이 재개됐다.

의자에 앉아 새로 끊은 자신의 티켓 한 장을 물끄러미 바라보는 연서의 앞으로 부산행 기차가 도착하고, 그녀는 천천히 일어나 탑승구 앞으로 간다. 탑승구 앞에서 혹시나 싶은 마음에 플랫폼으로 들어서는 입구 쪽을 바라보지만 스태프의 모습은 보이지 않는다. 쓸쓸한 표정의 연서는 결국 홀로 기차에 올랐다.

"컷! 오케이!"

"감독님 한 시간 남았어요."

"입보다 몸을 움직여!"

종우가 시계를 보며 초조하게 말하자 영민이 카메라를 들고 기차 안으로 뛰어 들어가며 버럭 소리를 질렀다. 지레 놀란 종우는 서둘러 대기 중인 배우들에게 달려갔다. 준희도 조명감독과 오디오 붐맨의 뒤를 이어 기차에 올라 시은에게 디렉션을 빠르게 전달하고 내려왔다.

"레디, 액션!"

창가 자리에 홀로 앉아 고개를 숙이고 있는 연서의 모습을 모니터를 통해 바라보던 준희는 무전기를 들었다.

"안내 방송 내보내."

기관실에서 미리 대기 중이던 스태프가 코레일의 김 부장에게 전달했고 이내 기차 안에 안내 방송이 울려 퍼졌다.

— 우리 열차는 서울역을 출발하여 부산역까지 가는 KTX⋯⋯.

안내 멘트가 끝나고 막 열차의 문이 닫히려는 순간, 준희의 손짓에 종우가 대기 중이던 촬영감독에게 신호를 보냈다. 촬영

감독은 아슬아슬하게 기차에 오르고 비어 있던 연서의 맞은편에 털썩 앉았다. 연서는 아무 생각 없이 고개를 들다 촬영감독을 발견하고 놀란 표정을 지었다. 빤히 바라보는 연서의 시선에 촬영감독의 얼굴이 점점 벌겋게 달아올랐다.

"하 감독 예뻐서 온 거 아니야. 카메라도 없을 것 같고, 우리 지아도 혼자 있을 수 있대고. 표도 내 돈 주고 끊어 왔는데, 왜! 불만이야!"

퉁명스러운 어투로 소리를 질렀지만 처음으로 감독이라고 불러 주었다. 세차게 고개를 젓던 연서는 붉어진 눈가를 들키지 않으려 고개를 푹 숙였다. 하지만 이미 연서의 붉어진 눈을 본 촬영감독은 연서가 안쓰럽고 속상하다.

"컷! 오케이!"

시간도 촉박한데 엔지가 날까 맘을 졸이던 스태프들이 일제히 한숨을 내뱉었다. 배우들과 영민, 조명팀, 붐맨이 차례대로 기차에서 내려오는데 갑자기 어디선가 박수 소리가 들렸다. 준희가 뒤를 돌아보자 병원으로 갔던 차 부장이 깔끔해진 모습으로 오른팔에 깁스를 한 채 열심히 박수를 치고 있었다.

"부장님 이러시면 안 돼요! 병원에서 뼈 붙을 때까진 조심해야 한댔잖아요!"

주호가 서둘러 차 부장의 오른팔을 끌어안으며 말렸지만 차 부장은 싱글벙글이었다.

"수고했어, 서 감독. 시간이 촉박해도 해낼 줄 알았어!"

"이거 왜 이러세요? 내가 그림 죽이게 찍었으니까 시간 맞쳤죠."

"저도 엔지 안 냈어요, 부장님!"

차 부장이 준희만 치켜세우자 영민과 시은이 억울하단 얼굴로 항변했다. 차 부장은 소리 내어 웃으며 엄지를 치켜들었다.

"그래, 그래. 다 잘했어. 장해, 아주!"

걱정스럽게 차 부장의 팔을 바라보던 준희도 이내 옅게 웃었다. 각자의 위치에서 최선을 다해 주는, 매 순간순간을 함께 싸워 주는 팀이 있기에 외롭지 않은 밤이었다.

똑똑.

노크 소리가 들려왔다. 경옥은 조그셔틀에 손을 올린 채로 고개를 돌렸다. 열린 문 안으로 들어온 사람은 진후였다.

"요즘 자주 오시네요?"

진후는 옅게 웃으며 사 온 머핀을 경옥의 옆에 올렸다. 경옥은 익숙하게 상자를 열어 머핀을 한 입 베어 물었다. 진후는 조용히 경옥의 뒤에 앉아 들고 온 노트북을 열었다.

"먹을 거 앞에 내숭은 없다가 신조라 이번에도 감사히 받긴 하겠는데, 혹시 제 밥그릇 넘보시려는 거면 정중히 사양합니다."

떠보듯 장난 식으로 툭 던져 봐도 진후는 반응이 없었다. 그저 의미를 알 수 없는 웃음으로 대답을 대신하고 묵묵히 키보드를 누를 뿐.

한 나흘쯤 되었나. 그림이 궁금해서 왔다며 진후가 처음 편집실을 찾은 게. 경옥은 그때 굳이 편집실까지 찾아와 영상을 미리 확인하겠다는 진후가 꽤 까다로운 타입이라고 생각했다. 감독을 믿지 못해 검수를 하러 왔다는 뜻으로 들렸기 때문이었다. 하지만 지금은 생각이 다르다. 나흘 정도를 지켜본 결과, 진후의 목적은 영상이 아니었다. 영상을 확인한 건 첫날뿐이었고 그 이후부턴 저렇게 말없이 노트북을 열고 작업에만 몰두했다.

대체 목적이 뭐야.

힐끔힐끔 진후를 쳐다보는데 편집실의 문이 열렸다. 노트북 모니터만 바라보던 진후가 경옥보다 먼저 소리에 반응하고 고개를 돌렸다. 방문객은 종우였다.

"왔어?"

경옥의 인사에 힘없이 고개를 끄덕이며 테이프를 건네던 종우의 눈이 머핀을 발견하자마자 생기가 돌았다.

"어, 머핀이다! 누나, 저 하나 먹어도 돼요?"

"나도 받은 거라. 사 오신 분 옆에 계시잖아. 여쭤 봐."

그제야 종우의 시선이 진후를 향했다.

"어? 작가님. 여긴 웬일이세요?"

종우의 의문 어린 시선에도 진후는 완전히 닫히지 않은 편집실의 문만 뚫어져라 바라봤다. 하지만 기다리는 이의 얼굴은 보이지 않았다. 진후는 작게 한숨을 내쉬며 노트북으로 시선을 돌렸다.

"드세요."

화가 난 것 같기도 하고 뭔가 실망한 것 같기도 한 진후의 어투에 종우는 머핀을 집으며 얼떨떨한 얼굴로 경옥을 바라봤다. 경옥은 나도 궁금하다는 표정으로 고개를 젓고는 종우가 가져온 테이프를 데크에 넣었다.

"10부 12, 13씬이네."

"오. 대본도 안 보고 어떻게 아셨어요?"

"편집은 대본을 외울 만큼 봐야 한다. 그래야 좋은 그림을 뽑는다. 내가 아주 서 감독 잔소리에 노이로제 걸릴 지경이다."

종우는 알 만하다는 듯 웃으며 고개를 끄덕였다.

"그래도 5, 6부 시청률 올랐잖아요. 5부 10.8, 6부 12.4요. 이제 두 자리예요."

묵묵히 타자를 치던 진후의 손이 우뚝 멈췄다. 이틀 전 6부 방송이 나가고 다행스럽게도 〈그해 겨울〉은 수목극 꼴찌에서 2위 자리로 올라섰다. 거의 20퍼센트에 육박한 시청률을 내고 있는 M국을 따라가기는 한참 모자란 수치였지만 그래도 기사는 긍정적이었다.

〈그해 겨울〉, 3주 만에 시청률 4% 상승. 반전의 포석 될 것인가.

초반보다 쫀쫀해진 전개, 청춘과 열정, 감동 코드 보인다.

하지만 그건 어디까지나 기자들의 분석이고 제작사와 방송국은 입장이 달랐다. 투자한 돈이 얼마고 기대치가 얼마였는데 이 정도의 시청률로는 만족 못 한다는 의견이 지배적이었다. 그리고 그것은 작가 송진후와 감독 서준희도 마찬가지였다. 작가, 감독에게 시청률은 곧 자존심이니까.

그래서 참았다. 방송이 시작된 이상 기다림은 길지 않을 것이기에 목소리 듣고 싶어도 참고, 보고 싶은 것도 참았다. 하지만 안타깝게도 인내심이 그리 길게 가지 못했다. 작가 송진후가 아무리 남자 송진후를 윽박질러 봐도 소용이 없었다. 잠깐 목소리를 들으면 얼굴이 보고 싶고, 리딩을 이용해 잠깐 얼굴을 보면 체온을 느끼고 싶었다.

그 욕심을 누르지 못하고 나흘 전부터 편집실을 찾았다. 작가가 촬영장에 자주 드나드는 건 보기 좋은 그림이 아니라 촬영장 대신 선택한 곳이었다. 그러나 현실은 나흘째 허탕만 치고 있는 자신의 모습이었다.

모니터를 보며 머핀을 먹던 종우가 마지막 조각을 아쉬운 얼굴로 입속에 넣고 경옥을 바라봤다.

"하나 남았는데, 더 드실 거예요?"

경옥이 고개를 저었다.

"너 먹어."

종우가 히죽 웃으며 머핀 상자를 여미자 경옥이 왜 안 먹냐는 얼굴로 종우를 쳐다봤다.

"초코 머핀이잖아요. 감독님 초코 좋아하시거든요. 감독님 깨시면 드려야지."

깨시면? 상념에서 헤어 나온 진후의 시선이 날카롭게 빛나며 종우를 향했다.

"서 감독님 지금 방송국에 계십니까?"

"네. 두 시간 전에 야외촬영 끝내고 방송국 들어오셔서 지금 옆 편집실에서 잠깐 눈 붙이고 계시는데."

뒤통수를 한 대 얻어맞은 것 같았다. 그렇게 가까이 있었는데 대체 여기서 뭐하고 있었던 걸까. 더 이상 이곳에 있을 이유가 사라진 진후는 노트북을 닫고 벌떡 일어났다. 그 행동이 얼마나 빨랐는지, 경옥과 종우가 놀란 눈으로 진후를 응시했다.

"가, 가시게요?"

진후는 대답도 없이 빠르게 목례를 하고 편집실을 나왔다. 그러고는 불빛이 일절 새어 나오지 않는 오른쪽 편집실로 들어갔다. 그토록 찾았던 준희는 모니터가 있는 뒤편 의자에 누운 채 곤히 잠들어 있었다. 저도 모르게 멈췄던 숨이 다시 쉬어지고 피가 빠르게 돌았다.

진후는 조용히 의자 하나를 끌어 와 준희의 앞에 앉았다. 잠이 깨지 않게 조심조심 볼을 어루만지던 진후는 의자 밑으로 툭 떨어진 손을 들어 올려 살살 쓰다듬다 배 위에 올려 주었다. 고개를 숙여 준희의 이마에 살짝 입술을 대던 순간이었다. 몰래한 뽀뽀를 질책이라도 하듯 어디선가 시끄럽게 벨 소리가 울렸다. 그 소리에 잠에서 깬 준희는 눈을 감은 채 몸을 일으키고 휴대폰 알람을 껐다. 그리고 겨우 눈을 뜨는 순간…….

"으아, 읍!"

어둠 속에 얼핏 보이는 사람 형체에 놀란 준희가 소리를 지르려하자 진후가 재빨리 입을 막았다.

"쉿. 나야."

익숙한 체취와 목소리. 준희가 버둥거리던 몸짓을 멈추자 진후는 그제야 손을 내리며 인상을 썼다.

"위험하게 왜 잠을 이런 데서 자."

"너, 너 왜 여기 있어?"

잠에서 막 깨어나 정신이 없는지 두 눈을 깜빡이며 삿대질을 하는 준희를 보며 진후는 피식 웃고 말았다.

"서준희 보고 싶어서."

진후는 뭐가 어떻게 된 건지 모르겠다는 얼굴인 준희를 품 안으로 끌어당겼다. 언제 누가 들어올지 모르는 공간이라 준희는 벗어나려고 몸을 바르작댔다. 진후는 준희를 끌어안은 팔에 더 힘을 주었다.

"5분만. 이럴 시간 없다는 거 아는데 딱 5분만 내 여자 서준희로 있어 주라."

진후의 목소리에 그동안 참았던 그리움이 묻어 나왔다. 준희는 편집실 문 쪽을 불안하게 바라보다 천천히 손을 올려 진후를 끌어안았다.

"말랐다."

"너야 말로."

"밥은 제대로 먹어?"

"내가 묻고 싶은 말이야."

준희는 옅게 웃으며 진후의 가슴에 얼굴을 파묻었다.

"그래도 시간이 가긴 간다. 동동거리는 새에 반이나 왔네. 대본 네 개 남았는데 다 털면 뭐하고 싶어?"

"서준희가 하고 싶다는 거. 촬영 다 끝나면 뭐하고 싶어?"

"나는, 음…… 지금 이런 거."

"이런 거? 너…… 응큼해졌다?"

준희는 살짝 고개를 들어 어이없다는 얼굴로 진후를 바라봤다. 진후는 장난스럽게 웃었다.

"19금, 아니야?"

준희는 다시 진후의 가슴에 얼굴을 묻었다.

"아니야. 그냥 이런 포옹. 따뜻해. 좋아."

혼자만 그리워했던 건 아니었구나. 다행이다 싶고 행복하기도 했다. 진후는 가만히 준희의 등을 쓰다듬었다.

"이 온기 잃으면 무지 추울 거야. 꼭 붙들어."

"이번엔 정말 그러고 싶다……."

작게 중얼거리듯 한숨처럼 내뱉은 준희의 말에 진후는 천천히 그녀를 떼어 놓고 편집실의 불을 켰다. 그러고는 다시 의자에 앉아 의아한 표정의 준희를 가만히 바라봤다.

"죽이자."

"……?"

"진현이. 죽이자고."

한 번에 이해를 하지 못해 속으로 말을 곱씹던 준희의 눈이 이내 커다랗게 부풀었다.

"진심, 아니지?"

"진심이야."

몸은 떨어져 있어도 언제나 같이 있는 것 같았다. 진현이의 지문 하나하나, 대사 한마디 한마디에 진후의 마음이 보여서. 그래서 다른 드라마보다 촬영이 몇 배는 더 힘들었다. 그런데 뭘 하자고……?

"말 안 돼. 어떻게 엔딩이 그렇게 나? 진현인 연서를 10년이나 그리워했어. 연서도 이제야 서서히 마음 열어 가고 있는데. 어떤 이유로 죽든 그렇게 죽어 버릴 거면 뭐하러 다시 찾았어? 힘은 들어도 그럭저럭 잘 살고 있었는데 그냥 두지!"

쉴 새 없이 원망이 쏟아졌다. 머리로는 절대 말 안 되는 엔딩이라고, 진정하라고 외치는데 마음이 말을 듣지 않았다. 순식간에 눈물이 차올랐다. 준희는 붉어진 눈가를 다정하게 쓸어 주는 진후의 손길을 매몰차게 쳐 냈다. 진후는 옅게 웃으며 다시 준희의 눈가에 손가락을 댔다.

"우리가 두 번 헤어지는 건 그 결말뿐이야. 내가 죽거나, 서준희가 죽거나."

"뭐?"

"말했잖아. 이번 드라마는 스물세 살 서준희와 송진후의 이야기이자 서른세 살 서준희와 송진후의 이야기라고. 내가 죽기 전엔 난 너 절대 안 놔. 널 못 믿겠으면 날 믿어 봐."

그러니까 말인 즉, 처음부터 진현이를 죽일 생각 같은 건 없었던 거다. 준희는 방금 전 자신이 한 말들과 행동들이 떠올라 얼굴이 붉어졌다.

"서준희가 아직 날 다 몰라서 그렇지, 나 믿을 만한 남자야."

이미 알아 버렸다. 다시 시작한 우리 사이가 언제 깨질까 불안해하면서도 생각보다 훨씬 더 많이 진후를 믿고 있었다는 걸. 흔들려도 잡아 줄 거란 믿음이 있었기에 진후가 내민 손을 잡을 수 있었던 거라는 걸. 얄밉게 진후를 노려보던 준희는 이내 피식 웃어 버렸다.

"졌다, 송진후."

"어. 앞으로도 계속 이기려고. 서준희 평생 도망 못 가게. 그러니까 더 많은 걸 생각해 봐. 작품이 끝나면 우리가 함께할 것들. 천천히 하나씩 하자."

진후가 살며시 손을 내밀었다. 그 손을 물끄러미 바라보던 준희는 천천히 자신의 손을 포갰다.

그래.

어떤 슬픔도 이 온기를 잃는 것보다는 나을 테니까.

믿어, 널. 그리고 나 또한 이제 조금은.

#씬 12

이른 아침, 세트장 안에서 분주히 촬영 준비를 하던 스태프들이 7시를 기해 일제히 휴대폰을 꺼냈다. 휴대폰 액정을 뚫어지게 보던 진영과 민선은 눈을 맞췄다.

'떴어?'

'아니.'

모니터 앞에 앉아 콘티를 짜고 있던 준희는 왼쪽에서 힐끔거리는 혜연의 시선을 느끼고 고개를 돌렸다. 혜연은 쳐다본 적 없다는 듯 재빨리 시선을 돌렸다. 준희는 고개를 갸웃하고 다시 콘티를 짜기 시작했다. 그런데 이번엔 오른쪽에서 시선이 느껴졌다. 이상한 분위기를 감지한 준희는 불시에 고개를 틀었다. 눈이 딱 마주친 소품팀 막내가 화들짝 놀라며 시선을 피했다. 준희는 종우를 바라봤다.

"뭐야? 분위기가 왜 이래?"

"그게……."

종우가 쉽사리 말을 꺼내지 못하고 얼버무리자 결국 보다 못한 영민이 나섰다.

"아, 어제 8부 나갔잖아. 우리 7부는 6부보다 시청률이 2프로나 올랐고 M국 껀 2프로 떨어졌다며. 오늘은 M국 꺼 잡나 다들 기대가 돼서 그렇지. 지금쯤 드라마국엔 시청률 나왔을 거 아냐. 시청률 좀 보고 일하자, 응?"

힘은 들었지만 고생해서 수정고대로 찍은 보람은 있었다. 결과가 기대한 것보다 훨씬 더 좋았다. 6부에서 12.4였던 〈그해 겨울〉은 거기서 멈추지 않고 7부에서 14.5까지 올랐다. 7부까지 수, 목 1위인 M국 드라마와의 시청률 차이는 3퍼센트. 8부는 거의 전체가 수정고였고, 스태프들이 고생도 많이 한 만큼 기대가 되는 모양이었다. 천천히 스태프들의 기대에 찬 얼굴을 바라보는데, 세트장 문이 벌컥 열리며 경옥과 차 부장이 들어왔다.

"시청률 나왔냐? 어떻게 됐……."

차 부장은 준희와 눈이 마주치자 재빨리 입을 오므리고 머쓱한 얼굴로 머리를 긁적였다.

"벌써 나와 있었어? 아니, 감독이 뭘 촬영 준비도 되기 전에 와 있어. 조금이라도 더 자지……."

그 말은 차 부장에게 해 주고 싶은 말이었다. 팔 부상도 있고 해서 세트 촬영이니 편히 주무시라고 집으로 들여보낸 지 열두 시간도 되지 않았는데 그새를 못 참고 또 현장으로 왔다.

한숨을 폭 내쉰 준희는 종우를 바라봤다.

"빨리 뛰어갔다 와."

종우가 히죽 웃으며 뛰어가려던 순간이었다.

"갈 필요 없어. 8부 시청률 여기 있다."

모두의 시선이 목소리가 난 쪽으로 향했다. 언제 왔는지 차 부장 뒤에서 김 국장이 하얀 종이를 팔랑팔랑 흔들며 서 있었다. 종이를 들고 있다는 건 이미 시청률을 확인했다는 건데, 김 국장의 표정으로는 시청률이 어떻게 나온 건지 감을 잡을 수가 없었다. 스태프들이 긴장한 모습으로 종이를 응시했다. 준희는 천천히 일어나 김 국장에게 다가갔다. 그리고 종이를 받아 시청률을 확인했다.

"며, 몇이야?"

차 부장이 깁스 한 팔을 만지작거리며 물었다. 준희는 무표정한 얼굴로 차 부장에게 종이를 넘겼다. 차 부장은 침을 꿀꺽 삼키고는 천천히 종이를 들여다봤다.

"17.2! 우리가 1등이다!"

1등이라고 하기엔 어딘가 민망한 0.2퍼센트 차이였다. 그래도 스태프들은 서로서로 얼싸안고 진심으로 기뻐했다. 8.7로 시작해 4주 만에 시청률을 2배 넘게 끌어올리고 1위 자리를 탈환했으니 기쁨은 두 배였다. 희미하게 미소 지으며 스태프들을 바라보는데 휴대폰이 진동했다. 진후인가 싶어 주머니에서 휴대폰을 꺼내던 준희의 얼굴은 발신인을 확인하고 서서히 웃음을 잃었다. 준희는 미세하게 떨리기 시작한 손으로 전화를 받았다.

"여보세요……."

— 임순옥 씨 보호자 분 되시죠? 여긴 영인대학병원이고 저는 임순옥 씨 주치의 김하성입니다. 바쁘신 줄은 알지만 빠른 시일 안에 병원에 방문해 주십사 전화 드렸습니다.

피곤에 젖은 사무적인 남자의 목소리에 휴대폰을 든 준희의 팔이 힘없이 밑으로 추락했다.

별이 좋은 오후였다. 이곳이 병원만 아니라면 더 없이 좋을 그런 오후. 준희는 핏기 없는 얼굴로 본관 안으로 들어갔다. 엘리베이터를 타고 일반외과 병동인 8층에 내리자, 스테이션을 지키고 있던 수간호사가 준희를 발견하고 목례를 했다.

"오셨어요."

"연락을, 받았어요. 김하성 선생님께."

미리 전갈을 받았는지 수간호사는 조금 어두운 얼굴로 고개를 끄덕이고는 전화기를 들었다. 임순옥 씨 보호자 분이 오셨다는 간단한 통화를 끝내고 얼마 지나지 않아 왼쪽 가슴에 김하성이라고 쓰인 명찰을 단 주치의가 등장했다.

"교수님께서 기다리고 계세요. 저 따라오세요."

준희는 몇 발자국 앞장서 걷는 주치의 뒤를 따랐다. 환자들과 의료진들이 북적이는 병동 복도를 지나 외래 진료실로 들어서자 주위는 더 부산스러워졌다. 하지만 준희의 귀엔 아무것도 들리지 않았다. 어떤 것도 묻지 않고 어떤 것도 말해 주지 않는 시간이 그저 무겁게 마음을 짓눌렀다. 주치의는 곧 어느 문 앞에 멈춰 서 노크를 하고는 문을 열었다.

"교수님, 임순옥 씨 보호자 분 오셨습니다."

주치의가 교수라고 부르는 40대 중반의 남자는 이미 여러 번 얼굴을 본 적이 있는 의사였다. 할머니가 대장암 3기라는 것을 설명해 주고, 두 번의 수술 과정과 경과를 말해 주고, 할머니의 상태가 나빠질 때면 급하게 달려와 중환자실로 들어갔던 의사.

준희는 주치의가 열어 준 문 안으로 들어가 교수가 권하는 의자에 앉았다.

"이렇게 오시라고 한 건⋯⋯."

교수는 무거운 표정으로 필름 몇 장을 판독기에 끼웠다. 준희는 일반인은 봐도 알 수 없는 기하학적인 형태의 무늬를 멍하니 바라봤다. 교수는 동그란 무늬의 위쪽을 넓게 가리켰다.

"이 부분이 임순옥 환자 분의 폐입니다."

암세포가 존재하고 있다는 할머니의 장이나 간이 아닌 폐⋯⋯. 의사가 이번엔 폐의 위쪽 중에서도 오른쪽 부위를 가리켰다.

"유독 하얀 이 부분 보이시죠. 이 부분이 며칠 전 임순옥 씨의 폐에서 발견한 새로운 암 조직입니다. 최선을 다했습니다만, ⋯⋯유감입니다."

언제나 긍정적으로 노력해 보자고 말해 주었던 의사가 어두운 얼굴로 고개를 숙였다. 그리고 진료실엔 침묵이 흘렀다. 멍하니 필름을 바라보던 준희는 한참 만에야 입을 열었다.

"······죽나요?"

"······."

"죽어요, 우리 할머니? 완치까진 바라지 않아요. 병원에서 그냥 이렇게, 그것도······ 안 되나요?"

"현재 환자 분의 몸 상태는 면역 기능이 저하되어 더 이상의 항암 치료는 어려울 것 같습니다. 죄송합니다."

의사가······ 환자를 포기했다. 과학적으로 설명되지 않는 기적을 제외하고는 더 이상 어떠한 방법도 없다는 절망스러운 얼굴이었다. 준희는 조용히 일어나 진료실을 나왔다. 문을 닫자마자 다리에 힘이 풀려 바닥으로 몸이 주저앉았다. 어떠한 생각도 행동도 할 수가 없어 바닥에 주저앉은 채로 시간을 흘려보내던 준희는 천천히 일어나 병실로 향했다.

살짝 열린 병실문 안으로 할머니가 보였다. 작품을 찍는 동안 많이 수척해진 할머니는 코에 산소호흡기를 낀 채로 침대에 기대 앉아 핸드폰을 뚫어지게 바라보고 있었다. 준희는 병실 안으로 들어가 할머니를 꼭 끌어안았다.

"뭘 그렇게 보고 있어? 내가 온 줄도 모르고."

할머니는 그제야 휴대폰 액정에서 시선을 떼고 고개를 들었다. 준희는 보조 침대에 걸터앉아 할머니의 배에 얼굴을 묻었다. 할머니는 자연스레 준희의 머리를 쓰다듬으며 다시 액정을 바라봤다.

"우리 아가가 찍은 드라마 보고 있지."

고개를 돌려 화면을 바라보니 가장 최근에 방송된 8부가 아니었다.

"뭐야. 이거 2부잖아. 손녀가 만든 드라마를 이제야 보는 거야?"

"우리 아가가 찍은 드라만데 할미가 그럴 리가 있어? 요즘엔 천 원인가 주면 다운인가 뭔가를 할 수 있다면서? 일주일이 너무 길다고 했더니 간호사가 다운 해 줘서 세 번째 보는 거야."

"세 번씩이나? 우리 할머니가 최고네. 그렇게 재밌어?"

"재밌지, 그럼. 누가 찍은 건데."

그때, 자리를 비웠던 간병인이 물병을 들고 병실로 들어왔다.

"왔어요?"

"네. 고생 많으시죠."

"고생은 무슨. 할머니가 까다로우신 분이 아니시라, 아이고, 근데 요즘 왜 이리 말을 안 들으실까. 또 손전화 보고 계시네. 의사 선생님이 손전화 너무 오래 보고 있으면 몸에 안 좋다고 했잖아요. 손전화 이리, 이리 주세요."

물병을 탁자 위에 내려놓은 간병인이 반 억지로 휴대폰을 빼앗아 가고, 할머니의 얼굴은 울상이 되고 말았다.

"아가, 할미 건강해. 손전화 좀 달라 그래. 보던 것만 마저 본다고, 응?"

1년 전 할머니가 처음 대장암 판정을 받고 입원하던 날, 할머니는 말했다. 불행이란 놈은 이제 좀 살 만하다고, 조금은 행복도 한 것 같다고 안심한 순간 찾아온다고. 하지만 이 불행도 결국엔 다 지나가니 세상이 무너진 것 같은 얼굴 할 거 없다고.

돌아보면 80 인생을 산 할머니의 말이 옳았다. 할머니가 허리디스크로 처음 쓰러진 순간도, 암세포를 걷어 내기 위해 할머니를 수술장에 들여보내던 그 순간도 결국 다 지나갔다. 그리고 할머니는 견뎌 주었다. 이승과 저승 사이를 몇 번이나 넘나들면서도 옆에 남아 주었다. 그랬던 할머니가 이제 와서 날 혼자 둘 리가 없다.

준희는 따뜻하게 웃으며 할머니의 옆머리를 귀 뒤로 다정스레 넘겨 주었다.

"건강해지면. 지금보다 조금만 더 건강해지면 그때 내가 실컷 보게 해 줄게."

할머니는 못내 서운한 얼굴로 고개를 돌려 창밖을 바라봤다.

"가을이 다 가네……. 벌써 추우면 안 되는데. 날 추워지면 우리 아가 드라마 찍을 때 힘들 건데……."

할머니는 창밖을 보면서도 앙상한 손으로 준희의 손이며 팔이며 등을 쓸어 주었다. 준희는 할머니의 손을 살며시 끌어와 꼭 잡았다.

"괜찮아. 딱 한 달만 더 찍으면 곧 끝나는데 뭐. 드라마 끝나면 한동안은 아무것도 안 하고 할머니 옆에 딱 달라붙어 있으려고. 그러다 봄 되면 벚꽃 구경 가자."

"여의도로?"

할머니는 여의도를 유난히 좋아했다. 손녀가 일하는 방송국이 여의도에 있다는 단 하나의 이유만으로. 휴대폰을 뺏기고 의기소침해졌던 할머니의 눈에 어느새 생기가 돌았다. 준희는 고개를 끄덕였다.

"응. 여의도로. 방송국 구경시켜 줄게. 할머니 좋아하는 최불암 선생님도 뵈러 가자."

"정말?"

"내가 언제 거짓말해? 할머니 손녀가 드라마 감독이야. 그 정도 힘은 있지. 그러려면 지금보다 건강해져야 돼. 코에 단 이 것도 떼고. 그래야 의사 선생님이 외출 허가 내 주시지."

할머니는 생각만 해도 좋다는 얼굴로 고개를 끄덕이고 준희의 손을 어루만졌다.

창밖으로 노을이 지기 시작했다. 뉘엿뉘엿 해가 지고 어느 덧 달에게 자리를 내어줄 시간. 할머니는 석식으로 나온 미음을 절반쯤 겨우 비우고 일찍 깊은 잠에 빠졌다. 곤히 자는 할머니를 멍하니 바라보는데 간병인이 조심스럽게 어깨를 잡았다.

"괜찮을 거예요. 괜찮을 거야……."

의사가 실질적 보호자도 아닌 간병인에게 할머니의 상태를 말했을 리는 없다. 하지만 거의 24시간 수족처럼 할머니의 곁에 붙어 있는 자이니 직감으로 느끼는 공포. 준희는 평온하게 잠들어 있는 할머니를 보며 속으로 되뇌었다.

괜찮아. 별일 아니야. 중환자실에서 보름이나 눈도 못 떴던 적도 있었고, 맞는 항암제를 못 찾아 사경을 헤매던 때도 있었 잖아. 괜찮아. 괜찮을 거야. 이 순간도 다 지나갈 거야.

불빛이라고는 모니터에서 새어 나오는 빛이 유일한 작업방 안. 검은 커서가 깜빡거리는 화면을 노려보던 진후는 후, 숨을 내뱉고 키보드에 손을 올렸다.

#씬23. 병원 중환자실 앞, 오후.

'GS 코드블루 ICU, GS 코드블루 ICU' 반복해서 안내 방송 흐르고, 중환자실로 의사들 여럿 급하게 뛰어 들어가는.

의사1; (의사 2에게) 환자 보호자한테 연락해. 빨리!
의사2; 네! (중환자실 스테이션에서 전화기 들고, 다급하게) 하연서 씨 되시죠? 여기 경인대학병원입니다.

#씬24. 편집실, 오후.

연서, 휴대폰 떨어뜨리고 눈물 툭,

"젠장."

진후는 거칠게 백스페이스를 눌러 23씬과 24씬을 모조리 지워 버리고 의자에 몸을 깊숙이 묻었다. 거의 24시간째였다. 계속 이어 쓰지도 못하고 그렇다고 완전히 포기도 못 하고 썼다 지웠다를 반복만 하고 있는 것이.

극의 흐름을 생각하면 연서의 할머니는 죽어야 하는 것이 맞았다. 아픈 연서의 할머니를 극에 등장시킨 이상 살리든 죽이든 어떻게든 마무리를 지어 주어야 하고, 다른 장기에까지 암이 전이된 말기 암 환자가 갑자기 건강해진다는 건 현실과 너무 동떨어진 이야기니까. 그런데 죽이는 게 쉽지가 않다.

'사랑한다며. 사랑한다면서 나한테 이렇게 잔인해도 돼?'

어린 송진후를 찍고 와서는 눈이 붓도록 펑펑 울던 준희가 머릿속을 떠나지 않았다. 그녀의 눈물이 가시가 되어 자꾸만 가슴을 콕콕 찔렀다. 하얀 화면을 바라보던 진후는 지친 얼굴로 눈을 감았다.

널 울리고 싶지 않은데, 우는 널 두 번 볼 자신도 없는데 난 어쩌면 좋을까.

방문이 열린 건 그때였다. 눈을 뜬 진후는 불도 켜지 않은 채 발소리를 죽이고 다가오는 준희를 바라봤다. 준희는 말없이 무릎에 올라앉아 진후의 목을 끌어안고 얼굴을 묻었다.

"촬영은 어쩌고 이 시간에, 무슨 일 있어?"

"……"

"준희야."

"……"

예감이 좋지 않았다. 진후는 본능적으로 준희의 허리를 꽉 끌어안았다.

"너 보면 좋아야 하는데 나 지금 엄청 불안해. 뭔데. 무슨 일 인데 안 하던 짓까지 하는 건데."

"……머리가 뽀개질 것 같고 눈은 침침하고 몸은 무거워 죽 겠는데 잠이, 잠이 안 와. 좀 재워 주라."

드라마도 잘되고 있고, 울리기 싫어서 할머니에 대한 고민도 나 혼자 하고 있는데 왜 잠을 못 자냐고 물을 수가 없었다. 이유를 밀해 달라고 보채기엔 준희의 목소리가 너무 지쳐 보여서. 정말 힘들어 보여서.

"얼마나 잘 수 있어?"

"두 시간."

진후는 준희를 안은 채 침실로 갔다. 그리고 침대 위에 같이 누워 이불을 덮었다. 숨 쉴 구멍을 찾듯 품으로 파고드는 준희의 등을 달래듯 토닥였다.

"자. 아무 생각도 하지 말고 그냥 자."

자는 건지, 그냥 눈만 감고 있는 건지는 알 수 없었다. 말없이 숨만 고르게 내쉬는 준희의 머리카락을 조심스레 넘겨 주며 진후는 힘겹게 한숨을 삼켰다.

이건, 나쁜 징조다.

어째서 그렇게 생각하냐고 물으면 논리적으로 설명은 할 수 없었다. 각자의 상처를 보호하기에만 급급했던 10년 전엔 경험해 보지 못한 느낌이다. 뭐랄까, 어딘가 위태위태했다. 혼자서 삭이는 일엔 도가 튼 서준희가 타인에게 손을 내민 것 자체가. 그래도 다른 이가 아닌 날 찾아왔으니 다행인 건가.

진후는 달빛에 의지해 준희의 안색을 살폈다. 떨림 없는 속눈썹 아래의 피부가 창백했다.

젠장, 다행은 뭐가 다행이야.

어떻게든 이 불쾌한 기분을 떨쳐 버리고 싶지만 원인을 모르니 해결책도 찾을 수가 없다. 불안함에 진후의 미간에 금이 갔다.

진후는 힘주어 준희를 끌어안았다. 준희는 미동이 없었다. 정말로 잠이 든 것 같았다. 목 언저리를 간질이는 고운 숨소리가 쉴 새 없이 뛰는 맥을 잦아들게 한다. 같은 장면을 쓰고 지우기를 반복하며 소모된 정신이 방전을 알리며 급격하게 피로가 몰려왔다. 진후는 준희의 정수리에 입술을 대고 눈을 감았다.

어둠에 또 한 겹의 어둠이 덮일 무렵, 준희는 눈을 떴다. 다 풀리지 않은 피로가 머리를 무겁게 해 저도 모르게 인상이 써졌다. 준희는 천천히 눈을 깜빡이며 어둠에 눈을 적응 시키고 진후를 바라봤다. 대본이 쉽게 풀리지 않는지 잠든 진후의 얼굴이 평온해 보이지가 않았다.

준희는 앞으로 흘러 내려온 진후의 머리를 정리해 주고 허리에 감긴 그의 팔을 조심스레 풀었다. 그리고 침대를 내려와 최대한 소리를 죽여 문을 여닫고 작업방으로 들어갔다. 진후가 깨기 전에 막힌 부분이 어딘지 파악해서 같이 고민해 주고 싶었다. 의자에 앉아 13부의 대본을 처음부터 읽어 내려가던 준희는 고개를 갸웃했다.

"뭐야. 막힐 부분이 어디 있어서……."

혹시 몰라 되돌리기 키를 눌러보던 준희는 씬 23과 24를 보고 입을 다물었다.

그렇구나…….

드라마는 8부까지 방송이 나갔고, 진후는 지금 13부의 대본을 쓰고 있다. 처음부터 서준희와 송진후의 과거와 현재의 얘기였던 만큼 필연적으로 등장한 할머니의 이야기 역시 어떻게든 끝을 맺어야 하는 거였다.

되돌리기를 눌러도 눌러도 같은 씬만 사라졌다 나왔다 반복되는 화면을 물끄러미 바라보는데, 침실 문 열리는 소리가 들렸다.

"준희야. 서준희. 있으면 대답해."

준희는 잠긴 목을 가다듬었다.

"나 여기 있어."

목을 가다듬는 소리에 이미 작업방의 문을 연 진후는 머리카락을 쓸어 넘기며 깊게 숨을 내뱉었다.

"말도 없이 간 줄 알았잖아. 일어났으면 깨웠어야지."

"뭐하러."

진후는 얄밉다는 얼굴로 눈을 흘겼다.

"얼굴 한 번 더 보고 싶어 하는 기 알면서 꼭 말을 밉게 해. 여긴 왜 들어왔어? 나 몰래 원고 보러 왔……."

천천히 걸어가 모니터를 바라보니 지웠던 씬 23과 24가 화면에 띄워져 있었다. 진후는 인상을 쓰고 준희의 팔목을 잡아끌었다.

"나와."

준희는 몸에 힘을 주어 버티며 가만히 진후의 팔목을 잡아세웠다. 문 쪽으로 돌아섰던 진후의 몸이 다시 준희를 향했다.

"고민하지 마. 나 상관 말고 쓰려는 방향대로 가."

"⋯⋯."

"나 괜찮아. 상처 안 받아."

담담한 준희의 모습에 오히려 철렁한 건 진후였다. 상대는 다르지만 아주 오래전 그 역시 아주 소중했던 사람을 잃은 경험이 있었다. 여덟 살과 서른세 살은 죽음을 받아들이는 자세는 다를 수 있지만, 소중한 사람을 잃을지도 모른다는 가정에서 오는 두려움의 데미지는 같다. 아니, 오히려 죽음에 대한 공포는 죽음이 어떤 건지 잘 모르는 어린아이보다 성인인 그녀쪽이 훨씬 더할 터였다. 진후는 답답한 얼굴로 머리카락을 쓸어 넘겼다.

"차라리 그때처럼 왜 이렇게 잔인하냐고 소리 지르면서 울어. 왜 내 앞에서까지 삭혀. 말했지. 너 혼자 우는 것보단 그편이 덜 무겁다고."

"왜, 그래야 하는데?"

"뭐?"

"나 할머니 믿어. 믿는데 왜 울어. 내가 가기만 하면 언제든 볼 수 있고 만질 수 있을 건데 왜 울어. 우리 할머니 나 두고 가실 분 아니야, 절대."

다른 장기로 암이 전이된 말기 환자에게 절대라는 신뢰가 가능한가⋯⋯?

"너⋯⋯, 진심으로 그렇게 생각해?"

"무슨 질문이 그래? 그럼 내가 맘에도 없는 말 해?"

옅게 웃는 준희의 얼굴을 멍하니 바라보는데, 그녀의 휴대폰이 울렸다.

"어. 촬영 준비 다 됐어? 알았어, 20분이면 가."

전화를 끊은 준희는 진후의 입술에 가볍게 입을 맞췄다.

"더 자. 많이 피곤해 보여. 13부, 14부 나오면 연락 줘. 갈게."

손만 닿으면 닿을 거리에 있는 준희가 멀게 느껴졌다. 10년 전 처음 준희와 헤어지던 그날보다 더, 밀어내기만 하는 준희의 등을 바라보던 때보다 더.

준희가 필사적으로 도망치고 있는 아픈 현실이 그녀를 삼킬까 두려웠다. 그걸 뻔히 눈으로 보면서도 아무것도 할 수 없을까 봐 겁이 났다.

준희가 집을 나가고 다시 혼자가 된 작업방 안, 진후는 꼼짝도 못 하고 그 자리에 서 있었다. 오래, 오래……

"기다리고 기다리던 피자가 왔습니다! 피자 먹고 하세요!"

피자 냄새에 스태프들이 우르르 달려가 피자 박스를 전투적으로 열어젖혔다. 한 조각을 들어 빵 부분을 유심히 살펴보던 영민이 인상을 쓰고 옆 피자를 힐끔 거렸다.

"야, 그거 치즈크러스트지. 이리 내."

"그런 게 어디 있어요. 먼저 집은 사람이 임자지."

영민이 피자를 바꾸려 하자 종우가 재빨리 상체로 피자 판을 가렸다. 영민은 종우의 뒤통수를 가볍게 한 대 쳤다.

"넌 위아래도 없어? 젊은것들은 팬피자나 먹어."

결국 치즈크러스트를 빼앗긴 종우는 울상인 얼굴로 영민이 입에 물려 준 팬피자를 한 입 베어 물고 두 손을 가지런히 모아 내밀었다.

"두 조각만 주세요."

"어쭈. 사내놈이 고작 피자 하나를 깔끔하게 포기 못 하겠다는 거냐?"

"아, 진짜 감독님 절 어떻게 보시고. 그런 게 아니라 서 감독님 오늘 하루 종일 아무것도 안 드셨단 말이에요."

영민은 세트장을 두리번거리다 준희를 발견하고 시선을 멈췄다. 스태프들은 물론이고 배우들까지 피자에 달라붙어 있는데 준희는 구석에 앉아 대본만 보고 있었다. 영민은 피자 판 껍데기를 뜯어 그 위에 세 조각을 올리고 종우에게 건네줬다.

"감사합니다, 감독님."

영민을 보며 히죽 웃은 종우는 그대로 쪼르르 달려가 준희에게 피자를 내밀었다.

"좀 드시면서 보세요. 되게 맛있어요."

준희는 피자를 바라보다 살짝 고개를 들어 옅게 웃었다.

"되게 맛있는 걸 왜 날 줘. 애들이나 줘."

"배 안 고프세요? 잠도 못 주무시는데 먹는 것도 안 챙겨 드시면 쓰러지세요."

"그렇게 안 부실하니까 걱정 말고 가져가서 애들이랑 먹어."

준희는 더 말하기 싫다는 듯 피자를 종우 쪽으로 살짝 밀고 대본으로 시선을 내렸다. 그런 준희를 가만히 바라보던 종우는 한숨을 쉬고 영민에게 가 다시 피자를 내밀었다. 영민은 피자를 입에 물다 상심한 표정인 종우를 바라보고 준희를 바라봤다.

"어째 좀 으스스하다."

"뭐가요?"

디졸브의 연속인 나날이었다. 10회에선 시청률이 20 가까이까지 올라 현장 분위기는 밝았지만 바닥난 체력 대신 다들 정신력으로 버티고 있는 상태였다. 하지만 그중에서 제일 힘든 건 누가 뭐래도 현장 전체를 통솔해야 하는 감독이다.

첫방 전에 방송을 여섯 개나 찍어 놓고도 대본을 중간에 갈아엎으면서 스케줄이 밀리는 바람에 당일 찍어 당일 방송을 내보내는 아슬아슬한 줄타기를 하고 있었다. B팀을 돌려야 맞는 상황이지만 준희는 이 팀 그대로 끝을 맺고 싶다며 스태프들을 설득했다. 힘들게 잘 차려 놓은 밥상에 누군가 뒤늦게 숟가락을 얹는 건 스태프들 입장에서도 썩 기분 좋은 일은 아니기에 영민은 준희도 그런가 보다 했었다. 그런데 그게 다가 아닌 것 같았다.

요 근래의 준희는 폭풍 전야의 하늘처럼 어딘가 으스스했다. 몰려오는 먹구름으로부터 도망치고 있는 사람처럼 어딘가 불안정해 보였다. 그런데 그걸 눈치채는 사람이 아무도 없었다. 하루 24시간 중 20시간 이상을 수족처럼 들러붙어 있는 종우조차도.

영민은 종우의 입에 피자 한 조각을 구겨 넣었다.

"말로만 감독님 감독님하고 따르지, 너 아직 멀었다. 먹기나 해."

쿵, 소리가 난 건 그때였다. 바닥을 울리는 둔탁한 소리에 피자 앞에 들떠 있던 스태프들의 모든 소리가 멈췄다. 영민이 천천히 고개를 돌려 소리가 난 쪽을 바라보자, 있는 듯 없는 듯 구석에서 조용히 대본을 읽던 준희가 어느새 일어나 하얗게 질린 얼굴로 서 있었다. 그리고 그 아래엔 소리를 만든 준희의 휴대폰이 뒹굴고 있었다.

영민은 의아한 표정의 종우에게 눈치를 줬다. 종우는 그제야 정신을 차리고 준희에게 다가갔다.

"감독님?"

초점 없는 준희의 눈동자가 종우를 향했다. 두어 번 눈을 깜빡인 준희는 주머니를 뒤져 차키를 확인하더니 그대로 달리기 시작했다.

"가, 감독님! 어디 가세요!"

하지만 이미 준희는 세트장을 나간 뒤였다. 벌떡 일어난 영민이 준희가 떨어뜨리고 간 휴대폰을 주워 종우에게 쥐여 주었다.

"서 감독 따라가 봐. 아무래도 이거 보통 일 아니지 싶다."

종우는 아직도 뭐가 뭔지 모르겠다는 어리바리한 얼굴이었다.

"그럼 촬영은……."

"야 이 덜떨어진 놈아! 감독이 없는데 촬영은 무슨 촬영! 네가 서 감독 대신 찍을 거야? 빨리 따라가!"

고함 소리에 놀란 종우가 얼떨결에 고개를 끄덕이고 뛰기 시작했다. 영민은 거칠게 머리를 쓸어 넘기며 소리쳤다.

"무슨 일 생기면 바로 전화 때려, 어?"

종우는 손을 들어 대충 알았다는 표시를 하고 뛰었다. 그런데 대체 어디까지 간 건지 복도 어디에도 준희가 보이지 않았다. 고개를 숙이고 멍하니 서 있던 종우는 불현듯 고개를 들었다.

"맞다. 차 키! 주차장, 주차장."

엘리베이터를 지나쳐 비상계단으로 무작정 뛰어 내려갔다. 주차장에 도착하자 다행히도 차 앞에 준희가 서 있었다. 준희는 열리지 않는 차 문 손잡이를 계속해서 잡아당기고 있었다. 그런데 가까이 가서 보니 차 문이 열리지 않은 상태였다.

"운전 제가 할게요. 키 저 주세요."

대답도 듣지 않고 준희의 손에서 부드럽게 차 키를 빼냈으나, 그녀는 미약한 반항조차 없었다. 종우는 조수석에 준희를 태우고 운전석에 올라탔다.

"어디로 가요, 감독님?"

"여, 영인대학병원."

준희의 손이 바들바들 떨리고 있었다. 하지만 본인은 그것조차 인지를 하지 못하는 상태였다. 지난 3년 동안 준희의 옆을 그림자처럼 지켰지만 이렇게 무너지는 그녀를 보는 건 처음이었다.

종우는 말없이 운전을 했다. 느리게 가는 차는 추월하고, 노란불의 신호 앞에선 최대한 속력을 내다 보니 금세 병원 앞에 도착했다. 멍하니 앞을 보고 있던 준희는 병원 건물을 확인하고는 차에서 내려 뛰었다. 종우도 차를 버리다시피 건물 앞에 그대로 세워 두고 준희의 뒤를 따랐다.

"아이고, 준희 씨. 왜 이제 와요!"

중환자실 앞에 당도하자 의자에 두 손을 모으고 앉아 있던 50대 중반의 여자가 벌떡 일어났다. 여자의 얼굴은 이미 눈물범벅이었다.

"하, 할머니는요?"

"나도 뭐가 어떻게 된 건지 잘 모르겠어요. 어젯밤까지만 해도 정신은 있으셨는데 갑자기 열이 오르더니……."

할머니가 처음 수술장에 들어가기 전, 의사는 수술 후에 올 수 있는 합병증에 대해 설명했었다. 의사는 수많은 합병증 중 제일 흔하게 올 수 있고 무서운 합병증은 폐렴과 같은 심각한 감염이라고 했다. 그리고 열이 오르는 건 폐렴의 증상 중 하나다.

죽음이라는 두 글자가 목을 죄는 느낌이었다. 준희는 창백하게 질린 자신의 두 손을 꽉 맞잡았다. 중환자실의 문이 열린 건 그때였다. 급하게 문 밖으로 나온 의사는 교수도 아니고 주치의도 아니었다. 어딘가 앳된, 주치의와 교수의 중간쯤 정도 되어 보이는 남자가 입은 얇은 상의가 땀으로 흠뻑 젖어 있었다.

"임순옥 씨 보호자 분, 임순옥 씨 보호자 분 계십니까?"

준희와 간병인이 동시에 손을 들었다.

"따라 들어오세요."

남자는 중환자실 내부에서도 커튼으로 따로 분리되어 있는 깊숙한 곳으로 두 사람을 데리고 들어갔다.

심정지를 알리는 괴로운 기계음 위로 심장마사지를 하느라 베드에 올라타 있던 의사가 침통한 얼굴로 내려왔다. 주치의가 시계를 보며 말했다.

"사망 시각 오후 10시 23분. 임순옥 환자 사망했습니다."

간병인은 그 자리에 주저앉아 오열했고, 혼이 나간 얼굴로 서 있던 준희는 의사가 할머니의 입과 연결된 엠브를 뽑으려 하자 급하게 막아섰다.

"안 돼요! 안 죽었어요, 우리 할머니. 그럴 리가…… 없어."

의사가 놓아 버린 엠브를 제 손으로 짜는 준희를 한 걸음 떨어져 지켜보던 종우는 붉게 물든 눈으로 중환자실 밖으로 나와 휴대폰을 꺼냈다.

"저예요, 감독님. 스태프들한테 상복…… 준비하라고 전달해 주세요."

새벽과 아침의 경계선, 영인대학병원 장례식장에 마련된 빈소엔 비보를 전해 들은 방송국 관계자들의 조문 행렬이 이어졌다. 구석에 앉아 소리 없이 눈물을 흘리며 영정 사진만 바라보는 상주 덕에 맞절이 생략된 채 분향이 끝나고 조문객들이 접견실로 모여들었다. 막 분향을 마치고 나온 박병호와 구정식이 우영이 있는 테이블에 자리를 잡고 앉았다.

"야, 근데 돌아가신 분이 서준희 어머니야?"

구정식이 빈소에 있는 영정 사진을 보며 묻자, 박병호가 소주병을 따다 한심하단 눈빛으로 바라봤다.

"아까 도 선배가 조모상이라고 얘기할 때 넌 딴 나라 갔다 왔냐? 뭔 헛소리야."

"아니, 좀 이상하잖아. 외가 쪽인지 친가 쪽인지는 몰라도 상주를 왜 서준희가 해? 부모님, 친척들은 다 어디 가고?"

제 잔에 술을 따르던 박병호는 웬일로 네가 머리를 다 굴렸냐는 얼굴로 고개를 끄덕였다.

"듣고 보니 그러네."

박병호의 시선이 우영을 향했다.

"한 선배 뭐 아는 거 없어요?"

우영은 벽에 기대 앉아 한쪽 무릎을 세우고 귤을 까먹다 어깨를 으쓱했다.

"둘로 압축은 되는데 하나가 콕 집히진 않네. 개인의 가정사는 나보다 저분들이 더 잘 아시지 않겠냐?"

우영이 턱으로 뒤 테이블을 가리켰다. 박병호와 구정식의 고개가 우영의 턱을 따라 돌아갔다. 뒤 테이블에는 K국의 인사부장과 김 국장, 규동이 앉아 술잔을 기울이고 있었다. 규동은 답답한 얼굴로 소주를 단숨에 비웠다.

"넌 서준희가 실질적 가장이라는 걸 언제부터 알았는데?"

"3년 전에 국장으로 처음 취임했을 때. 이이가 우리 애들 신상명세서를 넘겨줬는데……."

"서준희의 신상명세서 가족 사항에 부모는 없었다?"

김 국장은 씁쓸한 얼굴로 소주를 들이켜고 고개를 끄덕였다. 규동은 인사부장에게 고개를 돌렸다.

"등본엔 어머니 밑으로 되어 있다며?"

"우리 방송국 소속 직원이 몇 명인 줄 알아? 어머니만 계시다는 것도 이번에 알았는데 자세한 속사정까지 내가 어떻게 알아."

"가족, 의리 어쩌구저쩌구. 말로만 떠들지, 말로만 떠들어. 어떻게 서준희의 속사정을 아는 놈이 단 한 놈도 없어?"

인사부장이나 김 국장을 질타하는 어투는 아니었다. 준희가 조연출이었던 시절, 제 밑에 3년이나 두고 있었는데 아무것도 몰랐던 자신을 질타하듯 규동은 제 가슴을 퍽퍽 쳤다. 김 국장은 그런 규동을 바라보다 조용히 술잔을 기울이고 무겁게 입을 뗐다.

"우리가 안다고 뭐 달라져. 어쨌거나 부모 노릇 못 하는 작자들이란 건 확실한데."

"그걸 누가 몰라. 속이 터져 그렇지, 속이 터져."

김 국장은 시선을 틀어 분향실을 지키고 있는 준희를 바라봤다. 처음 준희가 드라마국에 들어왔던 날부터 어제까지, 단 한 번도 그녀가 치마를 입은 걸 본 적이 없었다. 그랬던 그녀가 처음 치마를 입었다. 예쁘고 화사한 색상의 옷이 아닌 검은색의 상복이었다. 옷 색깔에 대비되어 더 창백해 보이는 준희의 얼굴을 참담한 얼굴로 바라보던 김 국장은 소주를 들이켜고 종우를 불렀다. 혜연을 제외한 여성 군단과 함께 식탁을 치우고 음식을 나르던 종우가 김 국장 앞에서 걸음을 멈췄다.

"네, 국장님."

"드라마 남은 분량 얼마나 되냐."

"다 찍은 건 12부까지고 13부 찍어 놓은 건 대여섯 씬밖에 안 돼요."

현재 10부까지 방송이 나갔고, 며칠 뒤면 11, 12부가 나가야 한다. 어쩐지 B팀 감독 세워 달라는 요청이 없다 했더니 디졸브로 아슬아슬하게 버티고 있던 모양이었다.

"대본은."

"14부까지 나왔어요."

"알았어. 가 봐."

종우가 다음 테이블로 걸음을 옮기고, 김 국장은 주머니에서 담배 케이스를 꺼내며 일어섰다.

"연출 3년차 이상 되는 놈들 싹 다 밖으로 나오라 그래."

"다른 애 박게?"

김 국장은 담배 한 개비를 꺼내 입에 물며 턱짓으로 준희를 가리켰다.

"그럼 저러고 있는 애더러 당장 현장 복귀하라 그래?"

규동의 시선이 준희를 향했다. 혜연이 죽 그릇을 들고 준희 옆에 달라붙어 한 숟갈이라도 먹이려고 안간힘을 쓰고 있었지만 그녀의 입으로 흘러 들어가는 건 한 톨도 없었다.

"빌어먹을. 뭔 놈의 인생이 이렇게 지랄 맞어. 돌아가신 분 위로하는 자리에 와서는 산 사람들 웃고 즐길 드라마 제때 내보낼 궁리나 해 대야 하고."

감정 실린 김 국장의 푸념에 규동이 자리를 털고 일어나 위로하듯 어깨를 툭 쳤다.

"이 바닥에서 구를 만큼 굴러 놓고 왜 새삼스레 앓는 소리야. 이렇게 안 하면. 감독이 조모상 당해 그림 못 찍어 결방한다 자막 내보내고 방송 쉬어? 씨도 안 먹힐 소리지. 나가. 나가서 지랄 같은 일 빨리빨리 해치우자."

규동은 침통한 얼굴로 서 있는 김 국장을 다독여 밖으로 나가며 우영에게 말했다.

"연출 3년 차 이상 밖으로 싹 다 집합이다."

우영이 허탈하게 웃고는 자리를 털고 일어났다.

"내가 왜 그 말 안 나오나 했다. 야, 니들 들었지. 집합이란다, 얼른얼른 나가."

우영은 박병호와 구정식의 엉덩이를 신경질적으로 차며 둘을 밖으로 내보내고 연출부들이 자리한 테이블을 돌아다녔다.

우영의 전갈을 받은 연출부들이 밖으로 나가고 나자 북적였던 접견실이 한결 조용해졌다. 조명감독, 차 부장과 한 테이블에 앉아 술을 마시던 영민이 주변을 돌아보고는 고개를 갸웃했다.

"어째 누가 빠진 것 같지 않냐?"

육개장에 만 밥을 숟가락으로 떠먹던 조명감독이 주위를 둘러보며 대답했다.

"연출들이 빠졌네."

"아니. 연출들 말고 우리 팀 중에."

"감독이 작품 중에 상을 당했는데 빠지긴 누가 빠져? 그딴

싹퉁머리 없는 새끼가 우리 팀에 어디 있다고."

그런가, 중얼거리면서도 영민은 접견실을 계속 두리번거렸다. 분명 누가 빠졌는데, 누구지……?

"송 작가! 송 작가가 없잖아."

탄성같이 터진 그 말에 조명감독은 입에 고사리를 문 채 접견실을 둘러보았다. 정말 송 작가가 없었다. 조명감독은 마침 쟁반을 들고 지나가는 종우의 바짓자락을 잡아 세웠다.

"너 혹시 송 작가한테 연락 안 했냐? 왜 안 보여?"

의아한 얼굴로 조명감독을 바라보던 종우가 그제야 아차 싶은 표정을 짓더니 급하게 쟁반을 내려놨다. 그리고 주머니에서 휴대폰을 꺼냈다.

"작가님, 아침 일찍 죄송합니다. 저 조연출 박종웁니다. 어젯밤 서 감독님께서 조모상을 당하셨습니다."

하얀 입김이 흔적도 없이 사라질 만큼 바람이 세차게 부는 아침이었다. 김 국장과 규동의 주위에 동그랗게 모인 연출들은 땅을 보고, 하늘을 보며 은근슬쩍 김 국장의 시선을 피했다. 답답한 얼굴로 연출들 한 명 한 명의 얼굴을 바라보던 김 국장이 버럭 소리쳤다.

"야 이 자식들아! 누가 드라마 끝날 때까지 책임지래? 상 치르고 며칠만 더. 서준희 복귀할 때까지만 임시로 들어가란 건데 그것도 못 하겠다 이 지랄들이냐? 장례식장 앞에서, 서준희 꼴을 보고도 꼭 이딴 식으로 굴어야겠어?"

연출들의 얼굴에 어려 있던 곤란의 빛이 더 짙어졌다. 하지만 땜빵으로 들어가겠다고 나서는 연출은 여전히 아무도 없었다. 그때, 준희의 바로 다음 타자라 이 불편한 안건에서 예외가 되는 우영이 벽에 기대 있다 몸을 떼며 중얼거리듯 툭 던졌다.

"이게 연출들만 지랄 맞다고 몰아세울 상황은 아니지 싶은데."

김 국장의 매서운 눈빛과 연출들의 시선이 일제히 우영을 향했다. 우영은 별거 아니란 듯 가볍게 어깨를 으쓱했다.

"입은 삐뚤어졌어도 말은 바로 하랬다고 땜빵이 보통 땜빵이 아니잖아요. 서준희 꺼 지금 막 시청률 치고 올라가고 있는데 땜빵으로 들어갔다 시청률 떨어지면요. 방송 여섯 개밖에 안 남았는데 떨어지면 복구도 못 시킬 그 박을 누가 쓰겠다 그래요? 안된 건 안된 거고 일은 일이지. 나 같아도 안 쓰겠네."

분위기에 눌려 말을 못 했을 뿐, 우영의 말이 솔직한 연출들의 심정이었다. 보일 듯 말 듯 다들 작게 고개를 끄덕이자 김 국장이 답답하다는 얼굴로 연달아 한숨만 쉬었다. 조용히 상황을 지켜만 보던 규동이 나선 건 그때였다.

"내가 들어간다."

휘둥그레진 연출들의 눈이 일제히 규동을 향했다. 규동은 담담하게 담배에 불을 붙이고 연출들을 바라봤다.

"그래, 니들 입장 알어. 한우영 말 다 맞지. 근데 자식들아, 설령 땜빵으로 들어갔다 시청률 말아먹고 나와도, 그래서 편성 받는 데 타격이 좀 생기더라도 감수하고 갈 순 없는 거냐? 이렇게 꼭 살벌하게 이기적으로 니들 밥그릇만 생각해야겠어? 맘 같아선 감독이기 이전에 인간이 먼저 되라고 한 대 패 주고 싶은데, 니들 입장 이해하니까 내가 들어가겠다고."

규동은 필터를 빨아들여 허공에 연기를 후 내뱉고는 김 국장을 바라봤다.

"나 어차피 내년엔 99퍼센트 데스크 확정이라며. 데스크 앉기 전에 현장 은퇴식 해 준다 생각하고 그냥 나 꽂아라, 김 국장."

인상을 쓰고 규동을 바라보던 김 국장은 한참이 지나서야 입을 열었다.

"너 하나 가지고는 안 돼."

김 국장은 연출들을 바라봤다.

"총대는 하늘 같은 선배가 멨으니까 그 밑에서 방패 들고 서 있을 놈, 한 놈만 자원해서 나와라. B팀 감독으로 자원한 놈한텐 어떤 책임도 묻지 않는다고 약속한다."

연출들이 서로서로 얼굴들을 보며 눈치를 보기 시작했다. 그때, 우영이 구석에서 걸어 나와 박병호와 구정식의 엉덩이를 발로 찼다.

"야, 드라마국 덤앤더머 니들 둘. 니들은 내년 상반기까지 편성도 없잖아. 노는 거 안 지겹냐? 이럴 때 월급 값 좀 하지?"

박병호와 구정식이 짜증스러운 얼굴로 우영을 바라보곤 서로의 옆구리를 쿡 찔렀다.

"네가 해."

"이씨. 싫어. 네가 해."

투닥거리는 박병호와 구정식을 어이없이 바라보던 김 국장이 결국 버럭 소리를 질렀다.

"아, 어떤 놈이 할 거야!"

고함에 놀란 두 사람이 어깨를 크게 들썩이며 동시에 손을 번쩍 들며 외쳤다.

"제, 제가 하겠습니다!"

"제, 제가 하겠습니다!"

우영은 피식 웃으며 두 사람의 엉덩이를 한 대씩 더 찼다.

"누가 덤앤더머 아니랄까 봐 꼭 세트로 놀라 그래요. 한 놈만 필요하대잖냐, 한 놈만."

박병호와 구정식이 이번엔 서로 손을 내리라며 투닥거렸다. 장례식장 입구 쪽에서 목소리가 들려온 건 그때였다.

"잘 가고 있는 작품에 무슨 저런 고약한 재를 뿌려요? 저 덜 떨어진 것들보다 내가 백배는 낫지."

규동과 김 국장의 고개가 동시에 뒤쪽으로 돌아가고 연출들의 시선도 그쪽을 향했다. 남자는 천천히 걸어와 김 국장을 보며 씨익 웃었다.

"처웃기만 하면 다야? 넌 어디 숨어 있다 이제 기어 나와?"

"숨어 있긴 누가 숨어 있어요. 변비라 화장실에 좀 오래 앉아 있느라 늦었지."

남자는 심드렁하게 대답하고는 규동을 향해 손바닥을 내밀었다.

"나랑 해요. 서준희 인생은 우리가 못 지켜도 드라마는 우리가 지켜 줍시다.”

규동은 웃으며 남자가 내민 손바닥에 자신의 손을 부딪쳤다. 김 국장도 그제야 웃으며 연출들을 향해 소리쳤다.

“도움 안 되는 것들. 해산!”

박병호와 구정식이 머쓱하게 머리를 긁적이며 장례식장 안으로 들어가던 순간이었다. 입구 앞으로 돌진하듯 달려온 차가 끼익, 소리를 내며 정차했다. 굉음이 가시기도 전에 운전석에서 튀어나와 장례식장으로 뛰어 들어가는 남자의 뒷모습을 바라보며 박병호가 구정식의 옆구리를 찔렀다.

“저거 송진후 작가 아냐?”

“네가 보기에도 그런 거 같지?”

“이번 꺼 끝나면 어떤 작품 쓰려나?”

“뭘 쓰든 송진후 꺼면 무조건 대박 아니겠어? 〈그해 겨울〉 시청률 오르는 거 봐.”

서로의 얼굴을 바라보던 두 사람은 경쟁하듯 어깨를 밀치며 장례식장 안으로 뛰어 들어갔다. 조의금 접수처를 지나 빈소 입구로 들어서던 두 사람은 정면으로 보이는 분향실의 광경에 비명이 나오려는 입을 두 손으로 틀어막았다.

“왜 앞을 가로막고 있어. 비켜, 비켜.”

바로 뒤에 붙은 김 국장과 규동이 짜증스럽게 재촉했지만 두 사람은 너무 놀라 꼼짝도 못 했다.

“왜, 뭔데.”

김 국장과 규동은 얼어 있는 두 사람의 시선을 따라 고개를 돌렸다.

준희였다. 그리고 그 옆에 진후가 있었다. 제법 날이 찬데도 하얀 셔츠 하나만 걸친 진후가 준희를 꼭 끌어안고 있었다. 준희가 그 품에 안겨 처음으로 소리 내어 울고 있었다.

"내가 뭐랬어. 저 둘 뭐 있댔지? 여자 감독 찾을 때부터 수상하다 했지."

심드렁한 규동의 표정과는 달리 김 국장의 얼굴엔 박병호와 구정식 못지않게 놀라움이 가득했다. 그래도 설마 작가 감독이 저런 사이가 됐을 줄 몰랐다는 듯이. 그리고 접견실 한쪽엔 또 다른 규동과 김 국장이 있었다.

심드렁하게 준희와 진후를 바라보는 〈그해 겨울〉의 남자 스태프들과는 달리 여자 스태프들은 상을 치우다, 이야기를 나누다, 놀라서는 입을 벌리고 멍하니 두 사람을 바라보고 있었다.

"뭘 그렇게들 놀라. 남자 품에 안겨 우는 여자 처음 봐?"

영민이 진영이 들고 있던 접시에서 떡을 하나 집어 먹으며 말했다. 진영은 뻣뻣하게 고개를 저었다.

"처음은 아니죠. 드라마에서도 보고 드물게 길거리 같은 데서도 보고…… 근데 작가 감독이 저러고 있는 건 처음 봐서요. 언닌 봤어?"

진영이 경옥의 옆구리를 살짝 툭 치자 경옥도 고개를 저었다.

"아니…… 나도 처음 봐. 근데, 감독님은 왜 안 놀라세요?"

경옥이 고개를 홱 틀며 영민에게 따지듯 물었다. 영민은 이상하다는 얼굴이었다.

"왜 놀라야 하는데? 작가 감독은 연애하면 안 된다는 사내 규칙이라도 있어?"

"그런 게 아니라, 다른 사람도 아니고 우리 작가 감독님이잖아요. 스태프들도 모르게 언제 저런 사이가⋯⋯."

"모르긴 누가 몰라. 눈 있으면 좀 봐라. 우리 스태프들 중에 니들 여자 넷 말고 놀라는 사람 있나."

경옥은 스태프들을 쭉 둘러보았다. 영민의 말대로 두 사람 사이에 놀란 건 민선과 혜연, 진영을 포함한 여자 넷뿐이고 남자들은 태연했다.

"여자의 감이 다 얼어 죽었다. 이렇게들 둔해서야."

영민의 중얼거림에 남자들이 서로서로 얼굴을 보며 '너도 그때?', '당근이지.' 등등의 알 수 없는 밀어들을 나누었다. 멀뚱히 그 모습을 바라보던 진영이 불쑥 물었다.

"그럼 감독님은 언제 두 분 사이 눈치채셨는데요?"

"단합대회 때."

대답을 한 건 조명감독이었다.

"단합대회 때요? 뭐가 있었나?"

"술 먹으면서 벌칙으로 남자들끼리 볼에 뽀뽀하고 그랬을 때. 서 감독이랑 송 작가는 한참 떨어져 있었잖아. 취중 진담이란 말이 괜히 있는 게 아니거든. 남잔 맘에 둔 여자가 있으면 주위에 아무리 여자가 많아도 그 여자만 보여. 안 보이면 찾게 되고. 한눈에 딱 알았지. 아, 송 작가한테 서 감독은 여자구나."

일목요연한 조명감독의 정리에 여자들은 얼이 빠졌다. 평소엔 둔감해 보이던 남자들이 이렇게 예리하다니.

"다, 다들 그때 아셨어요? 차 부장님도요? 차 부장님은 그날 늦게 오셨잖아요."

진영이 더듬더듬 묻자, 차 부장이 씨익 웃었다.

"중요한 건 그런 나도 알았는데 니들은 몰랐다는 거지."

조용했던 주변이 시끄러워진 건 그때였다. 전화를 받으러 밖으로 나갔던 종우가 빈소로 뛰어 들어오는 소리가 접견실까지 새어 들어왔다.

"최한빈, 이시은 씨 곧 도착하신대요. 기자들도 몇……."

김 국장과 규동에게 가로막혀 입구에 서서 통화 내용을 전달하던 종우는 김 국장의 어깨너머로 준희와 진후를 보고는 제 입을 틀어막았다. 그런 종우를 바라보던 경옥이 영민을 흘겼다.

"여자들의 감이 뭐 어쩌고저쩌째요?"

영민은 슬쩍 시선을 피하며 괜히 종우를 노려봤다.

"저건 조연출 1년차 때부터 서 감독만 졸졸 쫓아다녔다며 눈치도 드럽게 없어요."

영민이 그러거나 말거나 종우는 여전히 충격의 도가니에서 헤어 나오지 못하고 있었다. 그런 종우의 앞에서 규동이 투덜거렸다.

"배우들은 상갓집도 안 다니나. 조문 오는 게 뭐 특별한 일이라고 기자들까지 달라붙어, 달라붙길."

규동은 종우에게 고개를 돌렸다.

"넌 언제까지 멀뚱히 서 있을 거야? 침통한 배우 얼굴 한 방

426

찍겠다고 온 기자들한테 작가 감독 연애한단 기삿거리 줄 일
있어? 기자들 들이닥치기 전에 분향실 문이나 닫아."

"네? 아, 네."

종우가 그제야 안으로 들어가 주춤거리며 분향실의 문을 닫
았다. 나무 미닫이문에 가로막혀 더 이상 두 사람이 보이지 않
게 되자 빈소는 다시 본래의 모습으로 돌아갔다. 술을 마시고,
음식을 나르고, 오랜만에 얼굴을 본 사람들끼리 정답게 이야기
를 나누고.

닫아 두었던 분향실의 문이 벌컥 열린 건 복도 중간쯤에서
기자들이 한빈과 시은을 향해 카메라 셔터를 열심히 눌러 대던
무렵이었다. 하고 있던 모든 행동과 대화를 중단시킬 만큼 커
다란 소리에 접견실 안에 있던 이들의 시선이 일제히 분향실을
향했다. 몸이 축 늘어져 눈을 감고 있는 준희를 안아 든 진후가
접견실을 지나 다급하게 빈소를 빠져나가고 있었다.

"에으, 진짜."

제일 먼저 정신을 차린 건 규동이었다. 급하게 밖으로 나가
복도를 살피던 규동은 한빈과 시은의 주위에 몰려 있는 기자들
위치를 확인하고 준희를 안아 든 진후의 위치를 확인했다. 다
행스럽게도 진후가 달리고 있는 복도는 기자들이 있는 곳과는
반대편 방향이었다. 규동은 몸은 복도에 둔 채 얼굴만 빈소 안
으로 들이밀었다.

"김 국장, 김 국장. 꼬리 잡히기 일보 직전이다. 카메라 든
놈들이 여섯이나 돼."

김 국장은 급하게 복도로 나가 널찍한 풍채로 규동과 나란히 서서 기자들의 시야를 차단했다. 한빈과 시은을 놓쳐 버린 기자들의 짜증스러운 눈길이 쏟아졌다.

"에헤, 여기까지 오면서 찍었으면 충분하잖아. 고인이 잠들어 계시는 곳까지 꼭 카메라를 들이밀어야겠어?"

"왜 이러세요, 국장님. 우리 일 이런 거 뻔히 다 아시는 분이. 빈소 안까지는 안 들어갈게요. 밖에서만 살짝 찍을 테니까 길 좀 터 줘요."

김 국장은 힐끔 규동을 쳐다봤다. 규동은 뒤쪽을 슬쩍 살피고 아직 안 된다는 듯 작게 고개를 흔들었다.

"못 터 주지. 지금 서준희 다 죽어 가. 그런 앨 기삿거리로 만들면 돼? 우리 인간으로 태어났으면 인간답게 좀 살자."

"우리를 대체 뭐로 보시고. 서 감독님 가지고 기사 쓸 생각 없어요. 배우들 사진만 몇 장 더 찍을 거예요."

김 국장은 다시 규동을 바라봤다. 규동은 슬쩍 뒤를 살피고 고개를 끄덕였다.

"그 말 진짜지? 서준희 가지고는 기사 안 쓸 거지?"

"아, 그렇다니까요. 우리도 사람이에요."

"나 그 말 믿는다."

김 국장과 규동이 길을 트자 기자들이 빈소 안으로 너도나도 앞다퉈 카메라를 들이밀었다. 그러다 텅텅 비어 있는 분향실을 바라보고는 어이없는 얼굴로 김 국장을 바라봤다.

"서 감독님 다 죽어 간다면서요?"

"그러게. 방금 전까진 다 죽어 갔는데. 밤 꼴딱 새고 잠깐 자러 갔나?"

김 국장은 태연하게 어깨를 으쓱하고는 접견실로 들어갔다. 김 국장의 뒤를 따르던 규동은 울 것 같은 얼굴로 서 있는 종우에게 다가가 작게 속삭였다.

"응급실로 갔을 거야. 가서 서준희 상태 좀 보고 와. 기자들 눈치 못 채게 조심하고."

종우는 조용히 장례식장을 빠져나와 뒤를 살피고 응급실로 달려갔다. 낮이고 밤이고 상관없이 항상 붐비는 대학병원 응급실의 베드를 한참이나 훑은 끝에 겨우 준희를 발견했다. 눈을 굳게 감고 있는 준희의 상태를 체크하던 의사가 진후에게 과로와 스트레스가 겹쳐 일어난 일시적인 쇼크라고 설명하고 있었다.

의사가 베드를 떠나고 간호사가 와서 수액을 달아 주는 사이, 준희를 바라보는 진후의 얼굴엔 속상하고, 화나고, 안타까운 모든 감정이 얽히고설켰다. 간호사가 수액을 달아 주고 사라지고 난 후, 진후는 준희의 곁에 앉아 그녀의 손을 잡고 기도하듯 눈을 감았다.

그런 두 사람을 지켜보던 종우는 착잡한 얼굴로 돌아섰다. 다시 빈소로 돌아가는 길, 머릿속에 준희의 여러 모습들이 떠올랐다.

'기죽지 마라, 신입.'

'조연출 3년차가 미니 놔두고 단막에 왜 달라붙어. 너도 나

처럼 6년 동안 단막 하나 못 해 보고 조연출만 줄창 하고 싶어?'

'울고 웃는 건 시청자의 몫. 감독은 냉정하게 분석부터. 난 그렇게 생각해.'

'너 이딴 식으로 할 거면 방송국 때려치우고 다른 일 알아봐. 제 스태프가 탄 차가 사고가 났다는데 다쳤든 말든 물건 걱정부터 하는 연출부, 감독 될 자격 없어.'

'레디, 액션!'

처음 만난 순간부터 어제까지, 그녀는 여자의 몸으로도 늘 당당했다. 미운 오리 새끼 취급을 받으면서도 주눅 들지 않고 현장을 통솔하는 모습을 지켜보면서 성별을 떠나 그녀 같은 감독이 되고 싶다고 생각했다. 겉은 차가워도 마음은 따뜻한, 자신보다 스태프들과 배우들을 먼저 생각하는 그런 감독이.

그런 그녀가 한순간에 무너졌다. 다시 일어설 수 있게 한쪽 팔이라도 지탱해 주고 싶은데 할 수 있는 일이 없었다. 그저 무너지는 그녀를 지켜보는 일밖에는.

"조감독님. 박종우 조감독님 맞으시죠?"

넘실대는 감정을 주체하지 못해 차오르는 눈물을 손등으로 문지르는데 누군가 앞을 가로막았다. 고개를 들고 상대를 바라보니 몇 번 본 적 있는 얼굴이었다.

"아, 네. 라디오국 최현욱 PD님이시죠?"

"기억하시네요. 저, 혹시 준희 어디 있는지 아십니까? 빈소에 안 보여서요."

"……좀 전에 쓰러지셔서 응급실에 계세요."

현욱의 얼굴이 일순간 굳어졌다. 발이 묶인 듯 그 자리에 미동 없이 서 있던 현욱은 이내 걸음을 돌려 응급실을 향해 뛰었다.

현욱은 검은 상복을 입은 준희를 금세 찾아냈다. 그리고 그 옆을 지키고 있는 진후도. 대학을 졸업하고 8년 만에 마주하는 얼굴이지만 한 번에 알아봤다. 세월이 흘러도 어딘가 다가가기 힘든 특유의 오로라는 여전했다. 마주 잡고 있는 두 사람의 손을 굳은 얼굴로 바라보던 현욱은 빠르게 베드로 다가갔다.

"네가 왜 여기 있어."

손에 이마를 대고 눈을 감고 있던 진후는 천천히 고개를 들었다.

10년 전, 준희와 처음 연애를 시작하던 그 시절부터 현욱과는 앙숙이었다. 준희를 바라보는 현욱의 시선에서 친구 이상의 특별한 감정을 느낀 건 아니었지만, 서로에 대해 이해하고 있다는 유대감이 그들에게 있었다. 이제 갓 시작한 연인보다 훨씬 돈독해 보이는 그런 유대감.

그래서였을 것이다. 둘이 붙어 앉아 웃고 있는 모습만 봐도 심사가 뒤틀렸던 건. 하지만 차마 잘라 낼 수는 없었다. 유치하지만 누가 먼저냐를 따진다면 애인 송진후보다 친구 최현욱이 그녀에겐 더 오래된 사이였기에. 현욱은 서준희의 애인 송진후가 이성 친구인 자신을 눈엣가시처럼 여긴다는 것을 시선에서 쉽게 간파했고, 호의적으로 나오지 않는 상대에게 그 역시 날을 세웠다.

그런데 10년의 세월이 지났어도 그건 마찬가지인 모양이다. 10년 전과 마찬가지로 현욱의 눈빛이 날카로웠다. 아니, 단지 날카로운 것뿐만이 아니라 현욱의 눈엔 경계의 빛까지 어려 있었다. …… 왜? 현욱의 눈을 가만히 바라보며 경계의 의미를 잠시 유추하던 진후는 이내 준희와 마주 잡은 손에 이마를 대고 다시 눈을 감았다.

　"가라. 지금은 너 상대해 줄 여유 없다."

　"네가 왜 준희 옆에 있냐고 물었잖아!"

　"말소리 줄여. 여기 응급실이야."

　현욱은 일순간 집중된 의료진들과 환자들의 시선에 깊게 한숨을 내쉬고 진후의 팔을 잡아끌었다.

　"나와. 나가서 얘기해."

　진후는 짜증과 피곤이 섞인 눈빛으로 현욱을 바라봤다. 현욱은 전혀 물러설 생각이 없어 보였다. 깊게 한숨을 토해 낸 진후는 준희의 팔을 이불 속에 넣어 주고 마지못해 몸을 일으켰다. 그리고 준희의 이마에 살며시 입을 맞췄다.

　"금방 올게."

　꽉 쥐어진 현욱의 주먹에서 힘줄이 터지는 순간 몸을 돌린 진후가 먼저 응급실을 나갔다. 잠시 준희를 바라보던 현욱도 이내 응급실을 나섰다. 진후는 응급실 입구 바로 옆 벽에 생각이 많은 얼굴로 기대서 있었다.

　"뭐야, 너."

　현욱이 따지듯 물었다.

"알고 싶은 게 정확히 뭐야."

"그렇지 않아도 힘든 애야. 왜 자꾸 흔들어. 이번엔 또 얼마나 울게 하려고!"

진후는 피식 웃었다.

"예나 지금이나 우린 절대 친해질 수 없는 사인가 보다."

"뭐?"

"이미 오래전에 흔들었고, 흔들렸고. 그래서 서준희 다시 내 여자야."

현욱의 눈빛에 설마 하는 불안함과 사실일지도 모른다는 절망이 반반씩 섞였다. 진후는 차분하게 현욱을 바라봤다.

"이제 나도 하나 묻자. 너 지금 그 눈빛, 기분 나빠. 이런 네 태도 역시 월권이고. 너한테 준희……."

이제 여자가 된 거냐고 물을 작정이었다. 그런데 이미 질문을 간파한 현욱이 거칠게 말을 잘랐다.

"너랑 같은 부류로 매도하지 마. 너한텐 준희가 언제든 끝내 버리면 그만인 여자에 불과한지 몰라도 나한텐 아니야. 내 가족, 내 여자, 나한텐 준희가 딱 그만큼의 존재야."

강경하게 비꼬는 현욱을 염탐하듯 살폈으나 그의 말에 거짓은 없어 보였다. 진후는 눈을 감았다. 남녀 사이에 친구가 가능하다는 것을 10년 전에도 지금도 인정하고 싶지 않았다. 어떤 형태로든 자신 외에 다른 남자가 준희의 옆에 들러붙어 있는 게 싫었으니까. 하지만 이쯤 되니 인정해야겠다. 준희의 곁을 떠나 있던 지난 10년 간, 그녀를 지탱해 준 것들에 최현욱이라는 친구가 포함되어 있음을. 진후는 천천히 눈을 떴다.

"나한테 준희, 언제든 끝나 버리면 그만인 그런 여자 아냐. 세상에 하나밖에 없는 그런 여자야. 두 번은 안 울려. 안 울릴 거다. 나, 그럴 작정으로 준희 앞에 왔거든."

조금 수그러들었던 현욱의 시선에 다시 날이 섰다.

"그 말을 나더러 믿으라고? 한 번 울려 본 놈이 두 번은 안 울릴까."

"너한테 인정받으려고 하는 말 아니야. 그럴 필요도 없고. 다만 예의다. 서준희의 오랜 친구에게 내가 차릴 수 있는 최대한의 예의. 믿건 안 믿건 네 자유야."

현욱의 눈이 미약하게 흔들렸다. 적이 되겠다는 건지, 아군이 되겠다는 건지 영 분간이 안 선다는 얼굴로 서 있는 현욱을 차분하게 바라보던 진후는 벽에서 몸을 떼고 응급실 안으로 한 발자국 걸음을 옮겼다. 현욱의 목소리가 들려온 건 응급실의 문을 막 열어젖히려던 무렵이었다.

"이번엔 또 울리면 그땐 정말 가만 안 둬. 이건 경고야. 명심해."

진후는 문고리를 잡은 채 고개만 현욱에게 돌렸다.

"새겨 둘게."

진후는 그대로 응급실 문을 열고 안으로 들어갔다.

그곳엔 힘든 잠을 청하고 있는 그녀가 있었다.

돌고 돌아 다시 찾은 단 하나의 사랑.

지켜 내야 할 단 한 명의 여자가.

#씬 13

"야야, 촬영 준비만 하다 날 샐 거야? 여배우 불러 놓고 대체 스탠바이만 몇 시간째야?"

세트장 정중앙, 준희가 앉아 '액션'과 '컷'을 외쳤던 그 자리에서 대본을 보고 있던 규동이 스태프들의 굼뜬 움직임을 보다 못해 소리쳤다. 스태프들은 규동을 힐끔 쳐다보고는 대꾸 없이 각자의 일로 돌아갔다.

"하, 참. 이것들 봐라."

현장에서 감독의 말은 절대적이다. 그 절대적인 엄포를 듣고도 심드렁한 스태프들의 반응에 약이 오른 규동은 대본을 탁 소리 나게 덮고 벌떡 일어났다.

"야, 니들 지금 나 굴러 들어온 돌이라고 무시하냐? 슬쩍만 따져도 내가 서준희보다 한참 위야, 자식들아!"

스태프들의 시선이 다시 규동을 향했다. 규동의 바로 옆에서 카메라 세팅을 하던 영민이 어이없다는 얼굴로 말했다.

"거참, 억지도 때 봐 가면서 씁시다. 우리가 지금 선배 무시해서 이래요? 오늘이 발인 날인데 드라마가 다 뭐라고 들여다보지도 못하는 게 다들 속상해 이러잖아요."

사실은 알고 있었다. 오늘이 발인 날이라는 것도, 스태프들이 유난히 축 처져 있는 이유도. 하지만 현장에 나온 이상 그들은 프로다. 그 프로들이 흔들릴 때 채찍질하는 것 역시 감독의 역할이었다.

"서준희가 어떤 녀석인지 니들 다 잊었어? 겉은 여리여리해도 속은 단단한 녀석이잖아. 이번에도 잘 이겨 내고 금방 다시 돌아올 텐데 속상하긴 뭐가 속상해? 니들이 진짜 속상해야 할 건 발인 날 현장에 있어야 하는 처지가 아니라 떨어진 시청률에 낙담할 서준희야."

무거운 침묵이 내려앉았다. 스태프들은 규동의 말에 동의를 하면서도 속상함을 완전히 지우지는 못했다. 그 무거운 정적을 깬 건 종우였다. 어제 낮 장례식장에서 나온 이후 줄곧 처져 있던 종우가 대본을 들고 배우들이 움직여야 할 동선을 체크했다. 스태프들은 그런 종우의 모습을 조금 놀란 얼굴로 쳐다봤다. 종우는 하던 일을 멈추고 고개를 숙인 채로 말했다.

"네가 그러고도 조연출이야? 연출이 자리를 비우면 조연출이 연출 대신이라고 몇 번을 말 해! 사적인 감정 현장까지 들고 올 만큼 자기 컨트롤 못 하는 조연출은 필요 없어."

스태프들이 '쟤 지금 뭐라는 거냐?' 하는 얼굴로 종우를 바라봤다.

"지난 3년간 저는 감독님께 이렇게 배웠습니다. 그래서 일, 할 겁니다. 속상하고 맘 아파도 일할 겁니다. 시청률, 안 떨어뜨릴 겁니다."

세트 바닥으로 종우의 굵은 눈물이 툭 떨어졌다. 손등으로 거칠게 눈물을 훔치는 종우를 유심히 지켜보던 혜연이 주머니에서 다 녹은 초코바 하나를 꺼내 입에 물고 세트 위로 성큼 올라갔다. 대본과 세트 위를 비교하며 살펴보던 혜연이 책상 위를 가리키며 소품팀 선배를 바라봤다.

"스탠드 세팅 잘못하셨어요. 이건 영화사 연서 자리에 있는 스탠드고 진현이 책상에 있는 스탠드는 검은색이에요. 기다란 거."

"어? 어."

멍하니 혜연과 종우를 바라보던 소품팀 선배가 막내의 등을 툭 쳤다.

"뭐해. 스탠드 바뀌었대잖냐. 빨리 가서 바꿔 줘."

"네? 아, 네!"

소품팀 막내의 움직임을 시작으로 스태프들은 다시 자신의 일로 돌아갔다. 좀 전보다는 확실히 빠른 움직임이었다. 세트장 전체를 훑은 규동은 한숨 돌렸다는 얼굴로 세트장 구석으로 가서 조용히 휴대폰을 꺼냈다.

"나다. 서준희는 괜찮냐?"

경기도 외곽의 연화장에 막 버스가 도착했다. 버스에서 내리며 전화를 받은 김 국장은 진후의 부축을 받아 간신히 서 있는 준희를 바라보며 짙은 한숨을 내쉬었다.

"괜찮겠냐? 저러다 또 쓰러지는 거 아닌가 아슬아슬해 죽겠다. 끊어, 자식아."

상을 치르는 3일 내내 북적였던 빈소와는 달리 이곳까지 동행한 인원은 조촐했다. 준희와 진후를 필두로 그 뒤에 선 간병인과 현욱이 전부였다. 전화를 끊은 김 국장은 현욱의 뒤로 조용히 대열에 합류했다.

미리 마중을 나온 연화장 관계자들이 고인의 위패와 시신을 확인하고 잠깐의 고별 시간이 주어졌다. 더 이상은 나올 눈물도 없는지 넋을 잃고 시신과 마주하던 준희는 직원들이 관棺을 거둬 가기 직전 벌떡 일어났다.

"잠깐만! 잠깐만요……."

마른 것 같았던 준희의 눈물이 다시 쏟아졌다. 준희는 주저앉은 채로 관을 끌어안고 볼을 맞댔다.

나는, 나는 있지 할머니.

엄마 딸이 아니라 할머니 손녀로 살아서 참 좋았어.

행복했었어…….

"사랑해……. 사랑해, 할머니……."

준희의 눈물이 눈가를 타고 흘러 관을 적셨다. 그런 두 사람의 마지막을 보는 이들의 눈시울에도 어느새 촉촉한 물기가 어렸다. 연화장 직원이 어두운 얼굴로 그녀 곁에 있는 진후를 바라봤다. 이제는 정말 가야 할 시간이라는 듯이. 진후는 눈을 질 끈 감고 준희를 안아 관에서 떨어뜨렸다. 준희는 멀어지는 관을 향해 나아가려 발버둥 쳤다.

"놔! 이거 놔! 우리 할머니 외로울 거야. 나 없이 혼자 외로울 거야."

진후는 준희를 더욱 힘주어 끌어안았다.

"준희야, 제발. 제발……."

관이 시야에서 완전히 사라졌다. 준희의 오열은 할머니가 한 줌의 재가 되어 봉안당에 안치될 때까지 이어졌다. 준희를 품에서 놓아 버리면 사라져 버릴까 진후는 내내 그녀만 붙들고 있었다.

중천에 있던 해가 서서히 서쪽으로 기울 무렵, 그녀의 울음이 서서히 잦아들었다. 진후는 환히 웃고 있는 사진 속의 할머니를 멍하니 바라보고 있는 준희를 천천히 일으켜 세웠다.

"오늘은 이만 가고 다음에 또 오자."

준희의 시선이 처음으로 진후를 향했다. 초점 없는 준희의 눈에 반항조차 할 의지가 없어 보였다. 안쓰러운 시선으로 준희를 바라보던 김 국장이 먼저 봉안당을 나서고, 씁쓸한 시선으로 두 사람을 바라보던 현욱이 이어 나갔다. 진후는 눈이 퉁퉁 부어 있는 간병인을 바라봤다.

"그동안 수고하셨어요."

간병인은 소맷자락으로 눈물을 훔치며 조용히 고개를 저었다.

"좋으신 분이었어요. 앞으로 그 이상 좋은 분은 못 만나지 싶어요."

축 늘어져 있는 준희의 손을 힘주어 잡았다 놓은 간병인이 하루 종일 들고 다녔던 쇼핑백을 그녀의 손에 쥐어 주었다. 준희의 초점 없는 시선이 쇼핑백을 향했다.

"돌아가시기 이틀 전까지 짜셨어요. 잔병치레는 잘 안 하는 편인데 찬바람 불 때쯤이면 늘 호되게 앓는다고."

준희는 천천히 쇼핑백을 열었다. 쇼핑백 안에는 화사한 노란색의 목도리가 들어 있었다.

"그거 두른 준희 씨랑 손 붙잡고 여의도 가실 거라고 내내 들떠 계셨는데…….."

노란 목도리 위로 소리 없는 준희의 눈물이 툭 떨어졌다. 간병인은 차마 못 보겠다는 듯 서둘러 봉안당을 나섰다. 준희는 쇼핑백을 품에 꼭 끌어안았다.

"어, 저기 누나다. 누……."

봉안당 모퉁이에서 준희를 꼭 끌어안는 진후를 보던 여자는 열 살 난 사내아이의 입을 급하게 틀어막았다. 누나에게 달려가려던 사내아이는 동그랗게 뜬 눈으로 우는 엄마의 모습을 바라봤다.

"손 놔줄 테니까 조용히 해야 해. 알았지?"

아이는 고개를 끄덕였다. 우리 누나가 아닌가? 맞는데. 사진이랑 똑같이 예쁜데. 아이는 먹먹한 시선으로 누나를 바라보는 엄마와 누나를 번갈아 바라봤다. 그러다 엄마 귀에 작게 속삭였다.

"엄마, 우리 누나 아니야?"

여자는 두 사람에게 시선을 떼지 않은 채로 아이의 머리를 쓰다듬었다.

"맞아⋯⋯. 누나야⋯⋯."

"근데 왜 숨어 있어? 누나한테 가면 안 돼?"

"안 돼⋯⋯. 엄마가, 엄마가 누나한테 너무 많은 잘못을 해서 갈 수가 없어."

준희는 어미는 분명하지만 아비는 불분명한 자식이었다. 젊었던 시절, 젊음이 큰 무기인 것 마냥 흥청망청 세상을 살았던 대가로 얻은 주홍글씨. 술을 먹고, 배를 때리고, 계단을 굴러도 질기게 살아남은 생명이라 버리지도 못하고 아이를 키우다 재취 자리에 시집을 갔었다.

그 집에서 처음 몇 년간은 모두가 행복했다. 재롱을 떨며 어른들의 마음을 녹이던 딸. 하루가 다르게 커가는 아이를 바라보며 같이 좋아해주던 남편과 시댁. 하지만 몇 년이 지나도 그 집안의 핏줄이 생기지 않자 시댁과 남편은 며느리와 부인을 홀대하기 시작했고, 어미는 그 집을 나와 딸을 데리고 친정으로 갔다.

'준희야, 엄마가 좀 길게 여행을 가. 그동안 할머니 말씀 잘 듣고 밥 잘 먹고. 우리 준희, 착한 아이는 이럴 때 엄마를 어떻게 보내줘야 하는지 알지?'

'응⋯⋯. 엄마, 여행 잘 다녀오세요.'

그렇게 같은 절차를 두 번, 세 번.

차라리 처음 널 친정에 버렸을 때 가는 엄마를 잡지도 못하고 눈물만 흘리던 널, 손을 흔들어 주던 널 내가 끝까지 모른 척했더라면. 그래서 널 세 번이나 버리는 일이 없었더라면 지금 내가 네 이름 정도는 부를 수 있었을까.

젊음을 잃고 네 번째 집에 시집을 가서 기적처럼 얻은 아이는 엄마를 이해하지 못하겠다는 얼굴이었다.

"잘못했으면 미안해, 하고 사과하면 되잖아."

여자는 아이를 토닥이며 남자에게 부축을 받아 멀어져 가는 딸의 등을 물끄러미 바라봤다.

'미안하단 말 한마디로 용서 안 되는 거 알아서 나 그 말 안해. 이제 네 인생 살아. 널 세 번이나 버린 나 같은 년도, 끝까지 옆에 남아 주지 못한 할머니도 다 잊고 잘 살아. 그렇게 잘 살다가 혹시 길에서 마주치더라도 아는 척 마. 울지도 마. 그냥 재수 없는 년, 하고 침 한번 뱉고 말아. ……잘 가라, 내 딸.'

진후는 봉안당 밖으로 나와 대기하고 있던 택시에 준희를 먼저 태우고 김 국장을 바라봤다.

"부탁해요, 송 작가."

진후는 고개를 끄덕이고 현욱을 바라봤다. 현욱은 진후를 믿어도 될는지 모르겠다는 표정으로 바라보다 한숨을 쉬고 돌아섰다. 진후는 간병인에게 눈인사를 하고 택시에 올랐다.

집으로 향하는 길, 쇼핑백을 끌어안고 창밖만 바라보던 준희는 어느새 창문에 기댄 채로 잠이 들어 있었다. 진후는 잠이 깨지 않게 조심히 어깨에 준희의 머리를 대 주었다. 이마에 깊게 입을 맞추고 시선을 내리는데 살짝 올라간 소맷자락 아래로 주삿바늘에 멍이 든 준희의 손등이 보였다. 상을 치르는 사흘간 응급실과 빈소를 세 번 왕복한 결과물이었다. 진후는 조심스레 멍을 어루만졌다.

"사랑이, 참 별거 아니다. 대신 해 줄 수 있는 게 아무것도 없네. 근데 서준희 사랑은 별거야. 사람 하나 죽일 수도 있고, 살릴 수도 있어. 살자, 준희야. 살아…… 주라."

애절한 남자의 목소리에 택시 기사는 저도 모르게 룸미러로 뒷좌석을 힐끔거렸다.

……남자의 얼굴에서 뜨거운 눈물이 볼을 타고 흘러내리고 있었다.

"송 작가 그렇게 안 봤는데 사람이 참 그러네."

"그러니까요. 우린 몰랐어도 송 작가님은 아셨을 거 아니에요. 서 감독님 할머니가 암이셨다는 거. 어떻게 연서 할머니까지 이렇게 설정하고 죽이냐. 애인이 감독인데 이 씬 찍으면서 얼마나 가슴이 찢어질지 생각 못 하나?"

발인이 끝나고 이틀이 흘렀다. B팀까지 투입이 되면서 촬영은 순조로웠다. 어제 나간 11부도 준희가 찍어 놓은 씬들로 종편만 규동이 맡아 시청률 20의 고지를 넘기며 상승을 이어 갔다. 하지만 현장 분위기는 시청률만큼 좋지 못했다. 13, 14부 대본을 검토한 규동이 준희가 복귀하기 전에 연서 할머니의 장례식 씬부터 찍어 놓자고 한 게 발단이 되었다.

"독하다는 말로는 부족해요. 이건 잔인한 거지."

할머니의 영정 사신 앞에서 오열하는 씬을 리허설로 맞춰 보던 시은이 감정을 주체 못 하고 펑펑 눈물을 쏟았다. 스태프들은 시은의 얼굴에서 준희의 모습이 겹쳐 보여 시선을 피했다.

"나는 우리 감독님만큼이나 송 작가님도 안쓰러운데."

뻥튀기를 봉지째로 들고 먹으며 혜연이 중얼거렸다. 스태프들의 시선이 그건 또 무슨 헛소리냐는 듯 혜연을 향했다. 혜연은 별거 아니라는 듯 어깨를 으쓱했다.

"다들 뒷내용은 안 보셨나 봐요? 장례식이 끝나고 진현이가 어떤 마음으로 연서 옆에 있는지."

문 밖으로 희미하게 준희의 울음소리가 새어 나왔다. 눈은 노트북 화면에 두고 있었어도 준희에게 온통 신경이 쏠려 있던 귀가 그 울음소리를 잡아냈다. 문에 바짝 기대 15부 대본 끄트머리를 쓰던 진후는 던지듯 노트북을 내려놓고 방으로 뛰어 들어갔다. 잠에서 깬 준희가 목도리를 끌어안고 소리 죽여 울고 있었다. 진후는 준희를 끌어안으며 작게 속삭였다.

"소리 내 울어도 괜찮아. 괜찮아, 준희야."

준희는 소리를 더 죽였다. 그제보단 어제가, 어제보단 오늘이, 준희의 눈에 진후가 어리는 횟수가 잦아질수록 그녀의 울음소리는 점점 더 작아져만 갔다.

그 의미가 내 슬픔으로 너까지 아프게 하고 싶지 않다라는 뜻이라는 걸 저절로 알아 버렸다. 그래서 더 속이 아렸다. 그래서 더 준희의 곁을 떠날 수가 없었다. 작가 송진후로서 마지막 대본 두 부를 쳐 내야 하는 순간조차. 진후는 눈을 질끈 감고 준희의 머리를 가만히 쓰다듬었다.

"준희야."

"……."

"대답해 봐. 준희야."

"……응."

"어, 해야지. 너 나한테 응, 이라고 살갑게 대답 안 하잖아."

"……."

"우는 건 얼마든지 해도 괜찮은데 안 하던 짓은 하지 마. 나 괜히 별생각 다 한다. 넌 안 그럴 건데, 내가 그런 생각 하는 거 싫지?"

진후는 말없이 눈물만 삼키는 준희와 같이 침대에 누웠다. 그리고 준희의 목에 입술을 댔다.

"팔딱팔딱, 잘 뛴다. 잘 하고 있어. 그래서 예뻐."

진후는 한참 동안 입술을 댄 채로 준희의 맥박을 느꼈다. 셔츠가 흥건하게 젖을 만큼 소리 없이 눈물을 흘리던 준희는 다시 지쳐 잠이 들었다. 지난 이틀간 끊임없이 이어진 반복이었다. 진후는 조심스럽게 팔을 빼고 침대에서 내려왔다. 이불을 덮어 주고, 부은 눈에 입을 맞추고. 다시 밖으로 나온 진후의 몸이 문을 타고 흘러내렸다. 노트북을 끌어와 다시 무릎 위에 올려 두고 화면을 보는데, 글자가 뿌옇게 흐려져 제대로 보이지 않았다. 진후는 문에 머리를 기댄 채로 눈을 감았다.

괜찮아, 송진후. 초라한 사랑만 무기로 들고 있는 너도 그런 대로 잘 하고 있어. 잘 버티고 있잖아, 준희가. 그럼 된 거야.

이틀이 더 흘렀다. 진후는 어젯밤 가까스로 15부를 넘겼다. 그리고 하루가 다르게 말라 가는 준희의 등뼈를 하나하나 쓸어내리다 잠이 들었었다.

진후는 반쯤 깨어난 정신으로 품에서 느껴지지 않는 준희를 찾아 매트를 더듬었다. 그런데 한참을 더듬어도 준희가 잡히지 않았다. 저절로 눈이 번쩍 뜨였다. 없었다. 준희가. 이 방 어디에도. 진후는 허겁지겁 일어나 방문을 열며 소리쳤다.

"준희야! 서준……."

텅 빈 거실 너머 테라스 창문으로 준희의 굽은 등이 보였다. 하, 안도의 숨을 내쉰 진후는 테라스로 넘어가는 창을 열고 문가에 삐딱하게 기대섰다.

"서준희."

선인장의 가시를 톡톡 건드리고 있던 준희가 고개를 돌렸다.

"나 화났어."

말간 눈동자로 굳은 진후의 얼굴을 가만히 바라만 보던 준희가 아, 하고 소리를 냈다.

"이러고 있는 거 싫어했지. 미안. 들어가. 지금 들어가려고 그랬어."

테라스에 나와 있을 땐 매번 고집을 부려 사람을 애먹이는 그녀가 순순히 사과를 한다. 평소와 다른 준희의 모습에 진후의 미간이 더욱 좁아졌다. 준희는 난간을 잡고 몸을 일으켰다. 일어서며 비틀거리는 준희를 재빨리 팔로 받치는데, 살에 한기가 스며들었다.

"너 대체 얼마나 이러고 있었던 거야! 나 말려 죽이고 싶어 이래?"

"미안해……."

고개를 푹 숙이는 준희를 바라보던 진후는 일단 그녀를 끌어 소파에 앉혔다. 그러고는 침실에서 이불을 가지고 나와 준희의 몸을 꽁꽁 감쌌다. 준희는 고개를 숙인 채 눈도 마주치지 못했다. 진후는 답답한 한숨을 내쉬고 준희를 끌어안았다.

"미안. 화내서 미안해. 눈 떴는데 네가 없으니까 불안해서 그랬어. 너 몸도 안 좋은데 찬 데서 그러고 있는 게 속상해서."

"내가…… 불안해?"

"불안해. 불안해 죽겠어. 물가에 내놓은 애도 너보단……."

"그러지마……."

준희의 목소리에 떨림이 느껴졌다. 진후는 준희를 살짝 품에서 떼어 내고 두 손으로 얼굴을 잡아 눈을 맞췄다. 준희의 동공이 한 곳에 정착하지 못하고 쉴 새 없이 흔들렸다.

"준희야."

"그러지 마. 불안해하지 마. 나는 너마저 잃게 되면 어쩌나 두렵고, 무섭고 그런데 네가 날 불안하다고 하면 어떡해. 그럼 나는 이런 나 감당 못 하겠다 그럼 어쩌나, 버겁다 그럼 어쩌나, 더 겁나고 더 무섭고……."

진후는 준희의 어깨를 당겨 힘주어 끌어안았다.

"누가 놔주기나 한데? 웃기지 마, 서준희. 간대도 안 놔줘. 절대로 안 놔줘. 내가 네 옆에 있는 거 너 때문 아니야. 너 없는 시간을 내가 두 번 견딜 자신이 없어서. 나 때문이야, 준희야."

품에 안겨 가만히 시간을 흘려보내던 준희는 진후의 목에 얼굴을 묻었다.

"이제 나한텐 너 하나야. 아무 데도 가지 마. 아무 데도……."

"안 가. 안 가."

준희는 진후의 가슴에 얼굴을 묻으며 그를 꽉 끌어안았다.

가지 마, 가지 마.

진후는 준희의 머리를 쓰다듬었다.

안 가, 안 가.

차가웠던 몸에 따뜻한 온기가 돌 무렵, 준희는 다시 잠이 들었다. 상을 치르는 사흘, 그리고 나흘. 준희는 제일 평온한 얼굴로 곤히 잠을 잤다.

그날 오후, 잠에서 깬 준희는 비어 있는 침대를 확인하고 방문을 열었다. 노트북을 무릎에 올린 채 문에 기대서 있던 진후는 노트북을 덮으며 고개를 돌렸다.

"일어났어?"

준희는 노트북을 바라보다 물끄러미 진후를 바라봤다.

"나 배고파."

"지금…… 뭐라 그랬어?"

"배고파. 밥 먹자."

처음이었다. 할머니가 돌아가시고 준희의 입에서 밥이란 단어가 나온 것이. 얼떨떨한 얼굴로 준희를 바라보던 진후는 웃으며 일어나 준희의 입에 가볍게 입을 맞췄다.

"늘 예쁘지만 오늘은 더 예쁘다. 밥은 아직 안 돼. 속에서 안 받을 거야. 죽 먹자."

"죽 싫은데. 밥이 좋은데."

"말 들어."

진후는 준희의 입술에 다시 입을 맞추고 주방으로 갔다. 당근, 버섯, 소고기, 양파……. 준희는 냉장고 안에서 끊임없이 나오는 갖가지 재료들을 신기하다는 듯 바라보며 물었다.

"뭐가 되게 많다? 재료들도 다 싱싱하고. 나 몰래 우렁각시 들였어?"

진후는 갖가지 재료들을 품에 안고 싱크대로 가며 대답했다.

"재료만 주고 가는 우렁각시가 어디 있어? 말을 하기 시작했으니 혹시 밥도 찾을까 싶어서. 너 자는 사이에 사다 놓은 거야."

허밍까지 흥얼거리며 당근의 랩을 벗기는 진후를 먹먹한 눈으로 바라보던 준희는 팔을 걷어붙였다.

"나도 도울게. 뭐할까?"

물을 틀던 진후는 다시 물을 잠그고 준희의 등을 밀어 거실 소파에 앉혔다.

"앉아 있어. 넌 그냥 맛있게 먹고 탈 안 나면 돼."

준희는 소파에 몸을 동글게 말고 분주하게 움직이는 진후의 등을 물끄러미 바라봤다.

"더 말랐네."

"어?"

작은 속삭임이었는데 진후가 등을 돌리며 물었다. 준희는 옅게 웃으며 아무것도 아니라는 듯 고개를 저었다. 진후는 환하게 웃었다.

"조금만 기다려. 한 번 맛보면 절대 못 잊을 그런 죽, 만들어 줄 테니까."

"어."

"이제야 서준희 같네."

잠시 끊어졌던 진후의 허밍이 다시 이어졌다. 준희는 그런 진후의 등을 물끄러미 바라보다 한 손으로는 진후의 머리를, 또 다른 한 손으로는 진후의 다리를 가렸다. 그러다 진후의 몸통과 다리를, 머리와 몸통을 각각 가려 봤다.

다 잘 보여. 다 선명해.

죽을 것 같은 그 시간을 견디다 보니 아무것도 보이지 않던 시야가 서서히 트이기 시작했다. 그제엔 진후의 얼굴만큼, 어제엔 진후의 몸통만큼, 오늘은 진후의 모든 것이. 그리고 지금은 거실 바닥에 아무렇게나 널브러져 있는 노트북까지.

한참 동안 노트북을 바라보던 준희는 천천히 일어나 책장으로 갔다. 진후가 모아 두었던 여행 서적을 훑어보던 준희는 작년도 프랑스 여행 개정판을 뽑아 들었다. 그리고 책을 펼치는데 잡지에서 오린 듯한 종이가 툭 떨어졌다. 준희는 종이를 들어 펼쳤다.

마레지구의 100년 전통 베이커리 '오 마레 블랑' 8년 만에 다시 개장.

뒤를 이을 후계자가 없어 문을 닫았던 베이커리는 딸이 아버지가 남기고 간 비법을 8년간 공부해 다시 열었다고 적혀 있었다. 준희는 사진 속의 베이커리를 바라봤다. 긴 줄의 행렬, 그 앞을 지나가기만 해도 빵 냄새가 솔솔 날 것 같은 허름한 외관, 먹음직스러워 보이는 바게트의 모양새. 10년 전 처음 사진에서 보았던 것과 모든 것이 똑같았다.

"뭐 봐?"

가스레인지 앞에서 진후가 고개만 돌려 물었다. 준희는 잡지를 들어 보였다.

"나도 얼마 전에 잡지에서 보고 알았어. 누군가에게 소중한 건 어떻게든 돌아오게 되어 있어. 너랑 나처럼."

어서 동의하라는 듯 진후가 턱을 조금 높게 치켜들었다. 준희는 옅게 웃으며 고개를 끄덕였다.

"그러게. 영원한 건 없을 줄 알았는데. 내가 틀렸네."

진후는 이가 드러날 정도로 환하게 웃으며 다시 고개를 돌렸다. 그때, 방에서 벨 소리가 새어 나왔다.

"전화 오는데?"

"그래? 내가 지금 여길 떠날 수가 없는데. 좀 가져다줄래?"

준희는 벨 소리를 따라 방으로 들어갔다. 침대 부근인 거 같은데 휴대폰이 보이지 않았다. 여기 있나? 혹시나 하고 베개를 들어 올리자 거기에 있었다. 휴대폰을 집는데, 액정에 종우의 이름이 보였다. 그 자리에 멈춰 선 채로 종우의 이름을 바라보던 준희는 밖으로 나가 진후에게 휴대폰을 내밀었다. 진후는 발신인을 확인하고 준희를 바라봤다.

"받아 보지, 왜. 다들 걱정 많이 했어. 목소리 들려주면 좋아할 텐데."

"……너한테 온 전화잖아. 내가 왜."

준희의 목소리가 어쩐지 싸늘했다. 어두워지는 준희의 얼굴을 가만히 바라보던 진후는 말없이 휴대폰을 건네받았다.

"네, 조감독님."

준희는 몸을 돌려 주방을 나왔다. 소파에 앉아 여행 책자를 의미 없이 뒤적이는 사이, 진후는 '네'와 '아니오'로만 대답하고 통화를 끝냈다.

"다 됐다. 와서 먹어."

멍하니 같은 페이지만 바라보던 준희는 여행 책을 들고 일어나 식탁에 내려놓고 앉았다.

"짜잔. 송진후 표 소고기야채죽."

준희는 숟가락을 들다 진후의 밥그릇을 바라봤다.

"넌 왜 죽이야. 밥 먹어."

"너 밥 먹을 수 있게 되면 그때. 그때 같이 먹자. 배고프다며. 얼른 먹어."

진후의 얼굴을 한참 동안 바라보던 준희는 죽을 떠 한 숟갈

입에 넣었다.

"맛있지?"

"맛있어. 죽 집 내도 되겠다."

"작가 못 하게 되면 고려해 보지, 뭐."

두 사람은 말없이 죽을 먹었다. 그러는 동안 준희가 얼마나 잘 먹고 있나, 혹시 안 먹히는데 억지로 구겨 넣고 있는 건 아닌가 확인하는 진후의 눈은 바쁘게 돌아갔다. 준희의 앞에 놓인 그릇의 죽이 절반쯤 비워졌을 때, 숟가락을 움직이는 그녀의 속도가 서서히 느려졌다. 살짝 찡그려지는 준희의 표정을 잡아낸 진후는 숟가락을 든 그녀의 손으로 팔을 뻗었다.

"그만. 그만 먹어. 체하면 안 먹은 것만 못 해."

진후는 준희의 손에서 천천히 숟가락을 빼냈다. 그리고 물을 건넸다.

"물도 체해. 천천히, 조금씩 나눠 마셔."

준희는 진후의 말대로 천천히 조금씩 물을 나눠 마시고 잔을 내려놨다. 그 모습을 지켜보고 있던 진후는 상체를 세워 고개를 뻗고 준희의 이마에 입을 맞췄다.

"잘했어."

준희는 진후의 밥그릇을 바라봤다. 반의반도 못 비워진 채였다.

"나 앉아 있을 거야. 넌 다 먹을 수 있잖아. 더 먹어."

진후는 순순히 고개를 끄덕이고 죽을 먹기 시작했다. 진후의 밥그릇이 거의 다 비어 가던 무렵이었다.

"11부, 12부 시청률 잘 나왔대. 11부는 20.4, 12부는 22.3. 그리고 현장엔 지금 너 대신……."

준희는 말을 자르듯 프랑스 여행 책자를 진후 쪽으로 밀었다.

"여행 가자. 10년 전에 못 갔던 거, 이번에 가자."

할머니를 보낸 아픔에서 서서히 벗어나기 시작하면 현장 상황부터 챙길 줄 알았다. 눈앞에서 안절부절못하는 내가 있어도 서준희는 그런 여자니까. 그런데 종우의 전화도 그렇고, 지금도 그렇고, 준희는 오히려 현장을 피하고 있었다.

여행 책자를 물끄러미 바라보던 진후는 숟가락을 내려놓고 식탁에 팔을 기댔다. 그리고 준희를 뚫어지게 바라봤다.

"네 안에서 지금 무슨 일이 일어나고 있는지, 나에겐 말해 줘도 되지 않아? 나 더 기다려야 할까?"

살짝 시선을 내리깔고 있던 준희의 입이 열린 건 한참의 시간이 흐른 뒤였다.

"내가 영화 하고 싶다는 꿈 접고 방송국으로 들어간 거 할머니 때문이었어. 너랑 처음 헤어지던 그날 내가 받았던 전화, 할머니가 쓰러졌다는 전화였거든. 돈이 필요했어. 나 아니면 할머니 치료비를 댈 사람이 없으니까."

준희의 과거에 대해 전부 알았다고 생각했는데 아직도 몰랐던 게 있었다. 진후는 복잡한 마음을 꾹 누르고 부드러운 목소리로 물었다.

"그런데?"

"내내 괴로워했었어, 우리 할머니. 내가 영화 포기한 게 본인

탓이라고. 그러면서도 또 내가 찍은 드라마는 엄청 좋아했어. 보고, 또 보고, 또 보고. 대사를 다 외울 만큼. ……이번 드라마 끝나고 봄 되면 여의도 구경시켜 주겠다고 약속했는데…….”

담담하게 시작했던 준희의 목소리가 점점 흐느낌으로 바뀌었다. 진후는 일어나 준희를 꼭 안았다. 준희는 진후의 품에 안겨 울음을 토해 내며 말했다.

“나 그만 찍고 싶어. 안 찍고 싶어. 어딜 가든 할머니가 보일 것 같아서 가기 싫어. 가기 싫어…….”

진후는 준희의 등을 토닥였다.

“그래. 알았어. 그만 찍어. 그만 찍자.”

하늘이 유독 흐린 그 오후, 두 사람은 오래도록 슬픔을 토해 내고 삼켰다.

“정말 혼자 가게?”

진후는 침대에 걸터앉아 하얀 편지 봉투를 가방에 넣는 준희를 맘에 안 든다는 표정으로 바라보고 있었다. 준희는 할머니가 마지막으로 남기고 간 노란 목도리를 두르고 나서야 진후를 바라봤다.

“너 아직 대본 다 못 털었잖아.”

“그걸 왜 네가 걱정 해. 이제 감독도 아니면서. 그러지 말고 같이 가.”

도저히 안 되겠다는 얼굴로 진후가 일어서려 하자, 준희는 가만히 그의 어깨를 눌러 앉혔다.

"나 혼자 가. 그래야 하는 일이야."

이번엔 절대 물러서지 않겠다는 듯 준희의 눈에 고집이 서려 있었다. 이럴 때의 서준희는 절대 막을 수 없다는 걸 진후는 경험으로 알고 있었다. 진후는 한참의 침묵 끝에 단념하듯 낮게 한숨을 토해 냈다.

"택시 타고 가. 택시 타고 오고."

"알았어."

"휴대폰 손에 꼭 쥐고 있어. 울리면 재깍 받고."

"알았어."

준희는 이제 어서 보내 달라는 듯 진후의 입을 뚫어지게 바라보았다. 진후는 마지못해 입을 뗐다.

"……다녀와."

준희는 담담하게 집을 나섰고 진후는 테라스로 나갔다. 오랜만에 마주한 초겨울의 햇살이 낯선 듯, 준희는 이마에 손을 대고 한참을 서 있었다.

"현기증 나. 저러다 길거리에서 쓰러지면……."

준희를 바라보는 진후의 얼굴엔 초조함이 가득했다. 준희가 겨우 움직이기 시작했을 때, 진후는 결국 방으로 들어와 겉옷을 챙겨 들었다.

그러나 진후의 염려가 무색하게도 준희는 무사히 방송국에 도착했다. 택시에서 내린 준희는 낯설지 않은 방송국의 로고를 바라보다 목에 맨 목도리를 꼭 움켜쥐고 걸음을 뗐다. 신기하게도 드라마국까지 가는 동안 아는 사람을 한 명도 만나지 않

상상의 경계를 허문다
이야기의 힘을 믿는다

파란미디어
도서목록

파란   **cafe** cafe.naver.com/paranmedia **e-mail** paranbook@gmail.com
twitter @paranmedia **tel** 02, 3141, 5589 **fax** 02, 3141, 5590

매혹적인 오리엔탈 판타지로맨스의 대가!

비연 작가시리즈

『기란』이후
4년 만에 선보이는
비연 작가의 새로운 소설!

암향暗香
각 권 11,000원(전 2권)

영원한 숙적 조趙와 순順
화친이라는 미명하에
친왕과 황녀가 맺은 위험한 정략혼!

아수청라사륜 조의 예친왕, 출정하는 전투마다 대승을 거두는 피에 굶주린 야차
　　　　어머신가, 고귀하신 황녀의 몸으로 나잘이 천하고 비열한 야만족과 혼인하게 된 심정이?

하문예아 순을 위해 기꺼이 야만족의 나라로 떠나는 고귀한 황녀
　　　나는 이 혼인에 목숨을 걸었습니다. 당신을 알기 위해 노력할 겁니다.
　　　비록 당신이 날 필요로 하지 않더라도.

사랑하지 마라,
네 것이 될 수 없다!

기란奇蘭(개정판)
각 권 11,000원(전 3권)

권력 다툼이 극에 달한 진眞의 황궁에
서촉의 기란이
황제의 후궁으로 입궁한다.

평범한 남자로는 살 수도,
살아서도 안 되는 황제를
한 사람의 남자로 만들어 버린 기란.
황제가 아닌 윤을 사랑한 것이
모든 비극의 시작이었다!

매력적인 캐릭터, 깊은 여운!

파란 로맨스

인형의 집으로 오세요
이서정 지음 | 값 13,000원

**스릴러 로맨스의 새로운 장이 열린다.
지금까지 볼 수 없었던,
등골에 소름이 돋는 로맨스!**

흉흉한 동네의 무당집을 물려받은 어린 유부녀 은아와
그 집 2층에 빨간 가마를 놓고서 인형을 만드는
친절한 미남 세입자 준환의 기묘한 동거 생활.
그리고 서서히 드러나는 충격적 비밀들!

라떼와 첫 키스
석우주 지음 | 값 13,000원

지독한 첫사랑을 앓는 남자 최율
"저런 눈으로 날 쳐다보면
내 심장이 어떻게 뛰는지 알기나 할까?"

부서지는 햇살 같은 미소를 가진 여자 이보은
"사랑이란 내 모든 것을 주어 당신을 행복하게 해 주는 것
이라 믿어요. 그런데 난 가진 것이 없어요."

성공 지향적인 성격에
오만함과 결벽증으로 똘똘 뭉친 최율.
그런 그가 서른세 살 인생 처음으로
왼쪽 가슴을 뻐근하게 하는,
심장을 불규칙하게 뛰게 하는 여자를 만났다.

낭만의 경계선
조부경 지음 | 값 13,000원

**청춘 드라마보다 발칙하고
순정만화보다 달달한 로맨스!
오늘도 낭만을 꿈꾸며
현실의 경계에 선 솔로부대를 위하여!**

4학년 개강 첫날부터 예상치 못한 사건에
휘말리게 된 모쏠녀 고민아,
낭만과 현실의 경계에서 사는
평범한 그녀의 사랑 성공기! 인생 성장기!

두근두근 당신의 가슴을 뛰게 할 로맨스!

류다현 작가시리즈

두 개의 심장
값 13,000원

프렌치 러브 박스
값 13,000원

서로의 세렌디피티, 너무나 멋진 우연!
그러나……그는 결혼을 앞두고 있고,
그녀의 시간은 정해져 있다.

다시 시작된 100일의 계약연애
사랑을 정리하고, 이 삶을 정리하기 위한.

사랑을 담은 채 잠겨 버린 프렌치 러브 박스
잊지 못하는 여자와 기억하지 못하는 남자는
기억과 망각, 운명과 우연 사이에서 길을 잃는다

딸칵, 프렌치 러브 박스가 열리면
잊었던 기억 속 진실이 드러날까

역사판타지 로맨스 **신부시리즈**

첫 번째 이야기
그림자 신부
각 권 13,000원(전2권)

두 번째 이야기
맹월 : 눈먼 달
각 권 13,000원(전2권)

사랑해선 안 될 상대를 깊이 사랑하게 되었다
독이 될지도 몰랐다
모든 것의 주인인 황제일지라도 절대 가질 수
없는 가져선 안 되는 유일한 한 가지
그것은 바로 그림자 신부였다!

이토록 아름다운 빛을 내지만
정작 자신은 그 빛을 보지 못하는
죽음보다 더 가혹한 삶을 사는 그녀
손을 잡아도, 품에 안아도, 입을 맞춰도
하늘에 뜬 달처럼 아득한 신부
그녀는 슬프면서도 기이한 나의 달,
나의 눈먼 달

세 번째 이야기
칸이 가장 사랑한 딸(출간 준비 중)

패배한 나라의 태자 진, 적국의 공주를 여왕으로 받들어야 하는 남편이 된다.
이오르의 속국으로 전락한 풍요의 나라 란.
그러나 여왕 이아사와 진 사이에는 사랑이 싹터 오르고……
나라를 위해서 이아사를 버릴 것인가, 사랑을 위해서 백성들을 외면할 것인가.

최고의 밀리언셀러 작가!

정은궐 작가시리즈

★ 교보문고, 예스24, 인터파크, 알라딘 베스트셀러 종합 1위!
★ 일본, 중국, 태국, 베트남, 대만, 인도네시아 6개국 번역 출판
★ 독자들이 뽑은 가장 재미있는 소설!

성균관 유생들의 나날
개정판/각 권 11,000원(전 2권)
금녀의 반궁, 성균관에 입성한
남장 유생 김 낭자의
파란만장한 나날들!

규장각 각신들의 나날
각 권 11,000원(전 2권)

『성균관 유생들의 나날』 시즌2, 잘금 4인방의 귀환!
'공부가 가장 쉬웠던' 성균관은 아무것도 아니었다!
'피똥 싸는 건 예사고, 없던 다한증까지 생긴다는'
무시무시한 규장각 나날이 잘금 4인방을 기다린다!

조선의 젊은 태양이 훤

달과 비가 함께하는 밤, 신비로운 무녀를 만난다.
왕과 무녀는 절대 이루어질 수 없지만 그녀를 향한 그리움은 점점 깊어진다.

넌 무엇이냐? 네게서 나는 그 향이 나를 미치게 만든다.
가까이 오지 마라! 내게서 떨어져라.
멀어지지 마라! ……내게서 멀어지지도 마라.

왕의 액받이 무녀월

이름조차 가질 수 없는 존재, 훤을 만나고 월이 된다.
실타래처럼 엉켜 버린 운명, 비밀스러운 과거를 숨긴 여인.

매일을 울었다 발하오리까. 기나긴 그리움을 어찌 다 발할 수 있으리까.
소녀가 무엇을 말할 수 있으리까.
그것은 이미 전생이 되어 버렸을 만큼 먼 이야기인지라 소녀, 기억치 못하옵니다.

았다. 하긴, 다들 현장에서 바쁠 테니까.

엘리베이터에서 내려 드라마국에 들어서자 숨 가쁜 아침 풍경이 들어왔다. 작가에게서 도착한 대본을 인쇄하느라 바쁜 조연출, 머리를 부여잡고 콘티를 짜는 감독들, 현장에 나가기 전 짐을 챙기느라 분주한 손놀림. 그 풍경 하나하나를 눈에 담는데, 막 현장으로 나가려던 우영이 걸음을 멈추고 시선을 맞춰왔다.

"왔으면 들어가지 왜 남의 집에 온 것처럼 데면데면 서 있어? 오빠 바쁘다. 비켜라."

준희가 살짝 옆으로 비켜서자 우영이 드라마국을 나서며 고개만 돌려 외쳤다.

"국장님! 서준희 왔어요!"

드라마국 내에 있던 이들의 시선이 준희를 향했다. 하지만 그것도 잠시, '왔냐' 하는 눈빛을 보내던 이들은 이내 자신들의 일로 돌아갔다.

"서준희? 어디, 어디."

김 국장이 국장실 안에서 급하게 모습을 보였지만 이미 우영은 드라마국을 나가고 없었다. 준희는 김 국장에게 목례를 했다. 살짝 고개를 끄덕인 김 국장은 준희를 살폈다. 살은 좀 빠졌어도 다행히 며칠 전보다 감정은 많이 추스른 것 같았다.

"따라 들어와."

준희는 조용히 국장실로 들어가 김 국장 앞에 섰다. 김 국장은 책상에 앉아 검토하던 서류를 보며 말했다.

"긴 말 할 거 없고 언제 현장 복귀할 건지 그것만 말해."

준희는 조용히 가방에서 봉투를 꺼내 김 국장의 책상 위에 올렸다.

"뭐야?"

서류에 사인을 하던 김 국장은 살짝 고개를 들어 준희가 내려놓은 봉투를 봤다. 휴직계라고 적힌 글자를 읽어 내린 김 국장은 고개를 번쩍 들었다.

"야 이 자식아! 너 이렇게 사람 실망시킬래!"

쩌렁쩌렁한 김 국장의 고함에 밖에 있던 직원들이 하던 일을 멈추고 국장실을 쳐다보았다. 준희는 고개를 숙인 채로 가만히 서 있었다.

"……죄송합니다."

"죄송한 거 알면 봉투 도로 넣어. 못 본 걸로 할 테니까."

김 국장은 봉투를 들어 준희에게 내밀었다.

"……수리해 주세요."

봉투를 받지 않고 버티는 준희를 바라보던 김 국장은 미치겠다는 얼굴로 일어나 물을 들이켰다.

"그래, 알어. 너 힘든 거 맘고생 한 거 다 아는데 그래도 자식아. 이건 아니지. 부하들은 전쟁터에서 열심히 싸우고 있는데 먼저 내빼는 장군이 어디 있냐? 죽이 되든 밥이 되든 같이 싸워야지. 그게 팀 아니야?"

반박할 말이 없었다. 하지만 그렇다고 해도 현장 복귀는 할 수 없었다. 준희의 고개가 더 바닥으로 내려갔다. 그런 준희를 가만히 바라보던 김 국장은 휴직계를 들고 책상을 돌아 나왔다.

"따라와."

준희가 고개를 들었을 땐 김 국장은 이미 국장실을 나가고 없었다. 준희는 한숨을 내쉬고 국장실을 나섰다. 드라마국 입구에 버티고 서 있던 김 국장은 준희가 따라오는 걸 확인하고 나서야 걸음을 옮겼다.

김 국장은 엘리베이터에 올라 10층 버튼을 눌렀다. 세트장이 있는 층이었다. 어차피 한 번은 겪어야 할 일이라 준희는 담담히 김 국장의 뒤를 따랐다. 숏 들어가기 전인지 살짝 열려 있는 세트장 안으로 조용히 들어가자 세팅을 하느라 바쁜 스태프들의 모습이 보였다.

"조 감독님."

"어, 어, 왜."

"네."

목 베개를 걸고 의자에 앉아 졸고 있던 규동과 그 옆에서 대본을 체크하던 종우가 동시에 대답했다. 규동은 침을 쓰윽 닦은 손으로 종우의 머리를 쳤다.

"넌 그냥 조감독이고 조 감독님은 나지, 나. 누가 너한테 '님' 자를 붙여?"

종우는 뒤통수를 손바닥으로 벅벅 문지르며 규동을 원망스러운 눈으로 바라봤다.

"아 감독님, 진짜! 저한테도 '님'자 붙이는 스태프들 많아요!"

"이게 어디서 하늘 같은 선배한테 빠락빠락, 서준희가 그렇게 가르치디?"

"우리 서 감독님은 이런 일로 뒤통수 안 때리십니다! 그리고 서 감독님 계실 때는 이런 호칭 문제도 없었습니다!"

"우리 서 감독니임? 그럼 난 뭐 니네 조 감독님이시냐?"

스태프들은 투닥거리는 두 사람을 또 시작했다는 듯 심드렁하게 바라보고는 각자의 일로 돌아갔다. 그러다 보다 못한 영민이 중간에 끼어들었다.

"애 그만 잡고 포커스 좀 봐 줘요, 선배."

심통 난 아이 마냥 입을 불쑥 내민 규동의 새치름한 시선이 영민을 향했다.

"이봐, 이봐. 굴러 들어온 돌 취급을 안 하긴 뭘 안 해? 감독이 조감독한테 몇 마디 했다고 그게 보기 싫어서는. 니들은 처음부터 한 팀이었다 이거지?"

투덜거리며 모니터를 확인한 규동이 오케이 사인을 보냈다. 영민은 못 말린다는 듯 피식 웃고는 진지하게 물었다.

"그나저나 진짜 서 감독은 언제 복귀하는 거예요? 발인 치르고 벌써 5일쨌데…… 이러다 영영 복귀 안 하는 거 아니에요?"

"지가 안 오긴 어딜 안 와. 월급쟁이 주제에. 와. 올 거야. 기다려 보자고."

"밥은 제대로 먹고 잠은 제대로 자고 있는지, 이거 원. 괜히 부담 될까 봐 연락을 해 볼 수가 있어야지."

겉으로 티는 못 냈지만 하루하루 시간이 흐를수록 혹시 이러다 정말 준희가 돌아오지 않는 건 아닐까 스태프들의 불안이 점점 커져 가고 있던 차였다. 그 불안이 터져, 세트장의 분위기가 다시 무거워졌다. 감독인 규동조차 이번엔 별말을 못 하고 머리만 긁었다.

준희는 구석에 오도카니 서서 그런 스태프들의 얼굴을 먹먹한 눈으로 바라봤다. 조용히 지켜보던 김 국장이 소리를 낸 건 그때였다.

"니들이 그렇게 찾는 서준희 여기 있다."

묵직한 세트장의 울림에 스태프들의 시선이 일제히 준희를 향했다. 종우를 필두로 곧 스태프들 전원이 준희를 향해 뛰기 시작했다.

"감독님!"

"왔으면 기척을 내야지! 우리가 얼마나 기다린 줄 알아?"

"잘 왔다, 서준희. 하늘 같은 선배를 뺑이 치게 한 벌은 이걸로 모두 제해 주마."

종우, 영민, 규동의 들뜬 인사에 김 국장이 보란 듯이 휴직계를 바닥으로 내던지며 찬물을 끼얹었다.

"기뻐할 거 없어. 이 자식 10분 전에 니들 다 버리고 혼자 떠나겠다고 휴직계 던졌다."

환하게 웃던 스태프들의 얼굴이 휴직계를 보고 순식간에 굳어지고, 주머니에서 초코바를 꺼내 준희에게 내밀던 혜연의 손이 힘없이 밑으로 떨어졌다.

통. 통. 통.

초코바가 바닥을 구르는 소리가 여운을 남기며 울려 퍼지고 세트장은 쥐 죽은 듯 조용해졌다. 그 어두운 적막을 깬 건 종우였다.

"아……니죠? 아니죠, 감독님?"

믿을 수 없다는 듯 휴직계를 바라보는 종우의 눈동자가 거세게 흔들렸다. 준희는 차마 종우의 얼굴을 똑바로 바라보지 못하고 고개를 돌렸다.

"이게 잘한다, 잘한다 예뻐해 주니까! 너 나한테 또 맞아 볼래?"

세트장 문 쪽에서 묵직한 남자의 목소리가 들려오고, 대본을 던지는 소리가 이어 들려왔다. 김 국장과 준희를 비롯한 스태프들의 시선이 일제히 입구 쪽을 향했다. 촬영 장비를 들고 서 있는 낯선 스태프들의 필두에 유일하게 낯익은 얼굴, 동찬이 있었다.

동찬은 성큼성큼 다가와 준희의 앞에 섰다. 벌겋게 달아오른 얼굴로 몇 번이나 입을 떼려던 동찬은 결국 아무 말도 못 하고 입을 닫았다. 그러고는 고개를 숙이고 눈가를 문질렀다.

"선배님……."

"내가, 내가, 인마. 딴 건 못해 줘도 네 드라마는 지켜 주려고 이 추운 날 뺑이를 쳤는데, 실망을 시켜도 정도가 있지……."

어깨를 들썩이는 동찬의 등을 규동이 머쓱한 얼굴로 두드렸다.

"이 자식은 생긴 건 그렇게 안 생겨 가지고 참 아무 때나 울어. 야, 여기서 네가 왜 울어. 그림 이상해지게."

동찬은 민망함에 괜히 규동의 손을 쳐 냈다. 규동은 당혹스러운 얼굴로 서 있는 준희를 바라봤다.

"나는 세트, 이 자식은 야외. 힘든 건 이 자식이 다 했어. 너한테 서운해할 자격 있는 놈이야."

규동의 바통을 이어 김 국장이 덧붙였다.

"너한텐 하늘 같은 선배인 조규동, 이동찬이 둘 다 내가 꽂은 거 아니고 자원이다."

준희는 난감하고 먹먹한 눈으로 규동과 동찬을 바라봤다.

할머니가 돌아가신 지 8일이 흘렀다. 그동안에도 현장은 돌아갔고, 자리를 비운 감독의 공백을 메우기 위해 수많은 사람들이 움직였다. 촬영이 막바지에 접어든 드라마에 투입이 된 스태프들은 체력적으로 조금 덜 힘들지 몰라도 작품의 흐름을 단시간에 파악해야 하기에 정신적으로는 배로 힘든 법이었다. 그걸 누구보다 잘 아는 선배들이 후배의 자리를 메워 보겠다고 팀을 꾸리고 움직였다.

"이래도 휴직계 내겠다 우길래? 어?"

김 국장의 물음에 할 수 있는 말이 없었다. 가겠다는 말도, 남겠다는 말도. 그때, 혜연이 준희의 소맷자락을 붙들었다. 준희는 점점 더 힘을 주는 혜연의 손을 바라보다 그녀를 바라봤다.

"가지…… 마세요. 이 팀에 저 부르신 거 감독님이시잖아요."

민선과 진영도 앞으로 나와 준희의 팔을 붙드는 사이, 종우가 말했다.

"잘 짜겠습니다. A팀 B팀 나눠 감독님 힘드시지 않게 스케줄 잘 짜겠습니다. 가지 마세요, 감독님."

준희는 고개를 들고 스태프들 한 명, 한 명을 바라봤다. 짙은 피로가 쌓여 있는 그들의 눈동자가 겹겹이 마음을 옭아맸다. 준희는 고개를 내려 노란 목도리를 바라봤다.

할머니, 나는 이곳이 참 괴로웠는데 혼자는…… 아니었나 봐.

할머니 말고도, 진후 말고도, 내 편이 이렇게나 많았어.

준희는 안쓰러운 얼굴로 혜연의 머리를 쓰다듬어 주고 이내 결심한 듯 종우를 바라봤다.

"촬영 어디까지 했니."

"13부 끝났고 14부 한 씬 남았어요."

준희는 고개를 끄덕이고 규동과 동찬을 바라봤다.

"13부, 14부 크레딧엔 제 이름 빼고 두 분 이름으로만 가겠습니다. 한 씬 남은 거 선배님들께서 마저 찍으시고 그다음 제가……."

"아 싫어, 싫어. 못 해, 못 해."

만사가 다 귀찮다는 얼굴로 규동이 손을 내저으며 돌아섰다. 그리고 목 베개를 빼서 진영에게 휙 던졌다.

"하늘 같은 선배를 일주일이나 부려먹었으면 됐지, 뭘 더 부려먹을라 그래? 네가 해, 네가. 이 팀 감독은 서준희 너잖아?"

규동은 손에 들고 있던 대본을 준희의 품에 안겼다.

"네 대본 가지고 네가 짜 놓은 콘티 그대로 찍었어. 난 입만 움직였고. 그래도 뭐 정 내 도움이 필요하다면 편집 정도는 해 주고. 박종우, 편집할 때 서준희 수면실로 내쫓고 나 불러라."

"네! 감사했습니다, 감독님!"

손을 슬쩍 들어 보이고 유유히 세트장을 나가는 규동을 황당하게 보는데, 동찬이 종우의 옆구리를 찔렀다.

"바뀐 거 없어. 세트는 서준희가, 야외는 내가. 스케줄 그렇게 짜."

당황한 준희의 시선이 동찬을 향했다.

"선배님, 저 괜찮……."

"아, 졸려. 세 시간 뒤 다시 집합이다! 아무 데나 빨리 처박혀서 1분이라도 더 자! 박종우, 알았어? 몰랐어?"

"네, 그렇게 짜겠습니다!"

동찬은 괜스레 뒷목을 주무르며 B팀을 이끌고 세트장을 나가 버렸다. 김 국장은 휴직계를 들어 갈기갈기 찢고는 종우의 손에 쥐여 주었다.

"다시 주워다 못 붙이게 확실히 버려라."

"네, 국장님."

정리가 되어 이제 마음이 편하다는 얼굴로 김 국장마저 나가 버리고 나자, 혜연이 준희에게 폭 안겼다.

"나 감독님 진짜 좋아요. 사랑해요, 감독님."

혜연이 발갛게 달아오른 얼굴로 초코바를 주워 손에 쥐여 주고는 서둘러 위치로 돌아갔다. 준희는 순식간에 종료된 상황에 조금 얼떨떨한 얼굴로 초코바만 바라봤다. 그때, 누군가 휘파람을 불었다. 고개를 들자, 활짝 웃는 얼굴로 스태프들이 각

자의 위치로 돌아가며 손으로 하트를 만들어 보내고, 총알을
쏴 댔다. 애매한 얼굴로 스태프들을 바라보던 준희는 이내 웃
어 버렸다. 주머니에서 휴대폰이 진동한 건 그때였다.

사랑해. 세상에서 제일, 송진후가 서준희를. 잊지 마.

준희는 휴대폰을 든 채로 세트장 주변을 두리번거렸다. 언
제 왔는지 진후가 세트장 문 앞에 기대서 있었다. 준희는 활짝
웃으며 고개를 끄덕였다.
사랑해. 세상에서 제일, 서준희가 송진후를. 너도 잊지 마.

#씬 14

퇴근 시간과 겹쳐 만원인 지하철, 두꺼운 전공 서적을 끌어 안은 여대생 두 명이 막 전철에 올랐다. 긴 머리의 여대생은 잠시 친구에게 책을 맡기고 휴대폰을 꺼내 이어폰을 연결했다. 단발머리의 여대생이 친구의 휴대폰 액정을 슬쩍 보며 물었다.

"너 이거 저번 주에 안 봤어?"

"봤어. 봤는데 5일이 너무 길어서."

단발머리 여자는 동의한다는 듯 고개를 끄덕였다.

"근데 결말은 어떻게 나는 걸까? 이번 주가 마지막인데."

긴 머리의 여학생은 대답 없이 이어폰 한쪽을 친구에게 내밀었다. 단발머리의 친구는 이어폰 한쪽을 받아 귀에 꽂았다. 두 여학생의 뒤에 손잡이를 잡고 서서 〈그해 겨울〉의 OST를 듣던 30대 남자와 아주머니의 시선이 은근슬쩍 휴대폰을 향했다.

14회.

연출 서준희, 조규동, 이동찬.

극본 송진후.

달이 유난히 밝은 밤이었다. 테라스에 나와 달을 보던 진후는 거실로 들어가 새삼스레 주위를 두리번거리다 씁쓸하게 피식 웃었다.

"며칠 같이 있었다고 너 없으니 외롭다, 나."

준희는 휴직계를 내려 간 그날 바로 현장에 복귀했다. 14부 마지막 씬만을 남겨 놓고 도망치듯 내뺀 규동 대신 급하게 콘티를 맞추고 그녀답게 '레디, 액션!'을 외쳤다.

진후는 소파에 다리를 늘어뜨리고 앉아 눈을 감았다. 진지하게 모니터를 바라보다 생기 넘치는 얼굴로 경쾌하게 '컷!'을 외치는 그녀의 모습이 아른거렸다. 오래오래, 기억 속에 있는 준희의 얼굴을 더듬던 진후는 천천히 눈을 뜨고 16부 대본을 집어 들었다. 그리고 중간 부분을 펼쳐 연서의 이름을 준희를 쓰다듬듯 그립게 매만졌다.

"잘하고 있는 거지?"

세트장 안이 고요히 잠들었다. 각자의 위치에서 숨소리도 죽이고 세트 안을 바라보는 스태프들 사이, 준희는 모니터를 통해 침대에 반듯하게 누워 잠이 들어 있는 진현을 바라봤다.

진현은 시끄럽게 울리는 휴대폰 소리에 손만 더듬어 전화를 받았다. 할머니의 장례식이 끝나고 영화 막바지 촬영을 하던 연서가 쓰러져 병원으로 이송 중이라는 전화였다. 눈을 번쩍 뜬 진현은 휴대폰을 던지고 정신없이 옷을 입기 시작했다. 바지를 입고, 셔츠를 팔에 꿰며 침실을 나선 진현은 밑에 단추 몇 개만 겨우 잠그고 현관을 나섰다.

"컷! 오케이!"

스태프들의 입에서 일제히 한숨이 토해지고 준희는 뻐근한 목을 주물렀다. 그때, 옆에 있던 혜연이 무릎을 톡톡 쳤다.

"왜?"

고개를 돌리자마자 입속으로 무언가 쏙 들어왔다. 뭐냐는 얼굴로 혜연을 바라보던 준희는 혀에서 느껴지는 신맛에 저도 모르게 인상을 찌푸렸다. 혜연은 히죽 웃으며 점퍼 주머니에서 통 하나를 꺼내 흔들었다.

"비타민 C. 감독님 전용이에요. 제가 감독님 제일 가까이에 있으니까 꼭꼭 챙겨 드릴게요. 연서처럼 쓰러지지 않게."

"이야, 서 감독은 좋겠네. 혜연아, 내 껀 없냐?"

세트 위에서 카메라를 들고 내려오던 영민이 짓궂게 웃으며 묻자, 혜연이 새침하게 고개를 팽 돌렸다.

"감독님 껀 없어요."

짐짓 서운하다는 기색인 영민을 바라보던 준희는 옅게 웃으며 종우를 불렀다.

"15부 이게 마지막 씬이지?"

"네."

"저쪽 팀 분량 얼마나 남았대?"

"다 찍으셨대요. 지금 방송국 들어오시는 중이라고 숏 들어가기 전에 연락 받았어요."

준희는 고개를 끄덕이며 자리에서 일어났다.

"스태프들 뭐 좀 먹이고 좀 재워. 넌 저쪽 팀 들어오면 15분 분 테이프 다 챙겨서 편집실로 오고."

"편집은 규동 선배님이랑 제가 할게요. 감독님도 좀 들어가 주무세요. 일주일간 스무 시간도 못 주무셨잖아요."

"내가 해. 선배님께 전화 드리지 마."

작지만 고집이 서려 있는 목소리였다. 종우는 도와 달라는 듯 울상인 얼굴로 영민을 바라봤다. 혀를 찬 영민은 카메라를 내려놓고 준희에게 다가갔다.

"그러지 말고 편집은 조 선배한테 맡기고 좀 자. 안색이 별로 안 좋아."

"괜찮아요. 죽을 정도 아니에요."

힘든 일을 겪고 돌아왔으니 조금은 자신을 풀어 줘도 될 텐데 준희는 고집을 꺾지 않았다. 한 번 더 만류를 하기도 전에 세트장을 나서는 준희의 등을 보며 영민은 한숨을 내쉬고 종우의 옆구리를 툭 쳤다.

"옆에서 잘 챙겨. 좀 불안불안하니까."

"네……."

준희는 세트장을 나와 바로 편집실로 내려갔다. 문을 열자 쿠션을 끌어안고 졸고 있던 경옥이 화들짝 놀라며 고개를 돌렸다. 준희는 경옥의 옆에 털썩 앉아 목을 돌렸다.

"왜 여기 앉아?"

준희는 행동을 멈추고 무슨 질문이 그러냐는 얼굴로 경옥을 바라봤다.

"일하러 온 거야? 자러 온 거 아니고? 편집은 조 감독님이 하신다고……."

"〈그해 겨울〉 편집은 조 선배 담당이라고 어디 대자보 붙었어? 내가 할 거야."

대본을 펼치는 준희를 경옥이 걱정스러운 눈빛으로 바라보는데, 문이 열리며 음악감독이 들어왔다. 음악감독은 준희의 굽은 등을 발견하고 멈춰 서서 왜 서 감독이 여기 있냐는 눈빛으로 경옥을 바라봤다. 경옥은 나도 잘 모르겠다는 얼굴로 고개만 흔들었다. 준희는 힐끔 뒤를 보고는 다시 대본을 보며 말했다.

"14부 엔딩에 깔린 음악 좀 에러였어요. 2번 트랙이나 5번 트랙이 더 나았을 텐데."

"어? 어, 그러게. 시간에 쫓기다 보니……."

"종편 전쟁 하루 이틀 아니잖아요. 미리 체크하셨어야죠."

음악감독은 머쓱한 표정으로 의자를 끌어와 조용히 앉았다. 얼마 지나지 않아 종우가 테이프를 들고 편집실로 들어왔다. 준희는 영 안 내킨다는 얼굴로 서 있는 종우의 손에서 테이프 상자를 가져왔다.

"일할 맘 없으면 나가. 멀뚱히 서 있는 조연출은 필요 없으니까."

준희는 속상하다는 표정의 종우를 뒤로하고 경옥에게 상자를 넘겼다.

"첫 씬부터 보자."

괜스레 걱정하는 걸 티 냈다가는 종우처럼 한소리 들을 것 같아 경옥은 얼른 테이프를 찾아 데크에 넣었다. 모니터를 바라보는 경옥과 음악감독, 준희와 종우의 눈이 진지하게 빛나기 시작했다.

상자 안에 들어 있던 테이프가 반 정도로 줄고, 데크에 들어갔다 나온 테이프가 준희의 옆으로 차곡차곡 늘어섰다. 대본 안에 음악이 들어갈 부분을 미리 체크하는 음악감독의 손놀림이 더뎌지고, 뻑뻑한 눈을 깜박이는 횟수가 잦아졌다. 경옥이 늘어지게 하품을 하며 또 다른 테이프 하나를 데크 안으로 밀어 넣을 때였다.

"서 감독, 이 씬은……."

"쉿."

테이프를 넣고 자리에 다시 앉던 경옥이 준희를 보고 급하게 뒤돌아서 음악감독의 입을 막았다. 음악감독은 입모양으로 '왜?' 하고 물었다. 경옥은 준희를 손가락으로 가리켰다. 음악감독이 슬쩍 고개를 돌리자, 손에 볼펜을 쥔 채로 준희가 잠들어 있었다. 음악감독은 희미하게 웃으며 겉옷을 벗어 경옥에게 건넸다. 경옥은 안고 있던 쿠션을 준희의 의자 머리 부분에 갖다 대고 조심히 머리를 뉘였다. 그리고 음악감독이 건넨 옷으로 상체를 덮어 주었다.

"조 감독님 부르자."

경옥이 뒤를 돌아 종우를 보며 작게 속삭였다. 종우가 환하게 웃으며 고개를 끄덕이는데, 규동이 문을 벌컥 열고 들어왔다.

"15부 테이프 아직 안 넘어왔냐? 왜 연락이 없……."

세 사람은 규동과 눈이 마주치자마자 검지를 입술에 대고 턱짓으로 준희를 가리켰다. 얼떨떨한 규동의 시선이 그들의 턱을 따라 준희를 향했다. 규동은 잠든 준희를 확인하자마자 입술을 오므리고 조심히 의자를 끌어와 경옥의 왼편에 앉았다. 그러고는 이미 편집이 끝난 테이프들을 바라봤다.

"제 고집 하나를 못 꺾어 몸이 사서 고생이지. 하여간 말도 징그럽게 안 들어요. 얘 누가 가르쳤냐?"

경옥과 음악감독, 종우의 시선이 동시에 규동을 향했다. 어이없다는 그들의 표정에 규동이 머쓱하게 머리를 긁었다.

"나도 알아, 자식들아. 3년이나 내가 가르친 거. 일하자, 고집불통 깨기 전에."

규동은 준희 앞에 있는 대본을 제 앞으로 끌어오며 모니터를 바라봤다.

세찬 초겨울의 바람에 창문이 덜컹거렸다. 번쩍 눈을 뜬 준희는 벽에 머리를 기대고 잠든 종우, 책상에 엎드려 잠든 경옥, 상자 밖으로 다 빠져나온 테이프들을 차례대로 훑고 눈을 질끈 감았다. 미치겠네, 진짜. 어떻게 일을 하는 도중에 잠이 들 수가 있었을까. 마른세수를 하고 신경질적으로 점퍼를 잡아 내리는데 책상에 붙어 있는 노란 포스트잇이 시선을 잡아끌었다.

피식 웃은 준희는 경옥의 등 위에 점퍼를 덮어 주었다. 그리고 음악감독과 경옥이 적어 놓은 씬들의 테이프를 찾아 데크에 넣었다. 그림을 꼼꼼히 확인한 준희는 경옥의 포스트잇 내용 중 디졸브 부분에 동그라미를 치고 다시 책상에 붙였다.

"깨셨어요?"

늘어진 하품 소리 뒤에 종우의 목소리가 들려왔다. 뒤를 돌아보자, 종우가 바로 뒤에 서서 다리 한쪽을 내밀고 있었다. 의아한 눈으로 바라보자 종우가 눈을 질끈 감았다.

"자진 납세요. 조연출로서 감독님을 깨웠어야 했는데 그러지 못했습니다."

"말 똑바로 해. 못 한 거야? 안 한 거야?"

"······안 한 거요."

준희는 종우가 내민 다리를 바라보다 천천히 일어섰다. 자진 납세 중이라더니, 맞는 건 무서운지 종우의 다리가 움찔했다. 준희는 피식 웃고 손을 내밀었다.

"스케줄 표."

"네?"

"16부 남은 씬 스케줄 표 달라고."

종우가 슬그머니 눈을 떴다.

"아, 안 때리실 기예요?"

"왜. 아쉬워? 까 줘?"

"아, 아닙니다!"

종우는 서둘러 다리를 원상 복귀 시키고는 주머니에서 스케줄 표를 꺼내 내밀었다. 준희는 스케줄 표를 확인하다 제대로 짠 거 맞냐는 얼굴로 종우를 바라봤다. 종우는 슬쩍 스케줄 표를 확인하고 씨익 웃었다.

"라스트 씬이잖아요. 동찬 선배가 야외라도 마지막은 감독님께 드리라고 그러셔서요."

준희는 한동안 물끄러미 스케줄 표를 바라보다 고개를 들었다.

"B팀도 한 팀이야. 모레 저쪽 팀 마지막 촬영 끝나면 신사동으로 넘어오라 그래. 같이 찍게."

"그럼 종편 시간 아슬아슬한데요?"

"오토바이 대기시켜 놔. 테이프 들고 달리자."

얼떨떨한 얼굴로 서 있던 종우는 히죽 웃으며 볼펜을 꺼내 스케줄 표를 바로 조정했다. 대본을 챙겨 편집실을 나오는 준희의 얼굴에도 미소가 자리했다.

TR(전화나 TV 등을 통해 나오는 음성)을 따느라 부조종실에 있던 종우는 한빈이 부스 밖으로 나오자 전달 사항을 쏟아 냈다.

"옷 갈아입으시고 분장실에서 대기해 주세요. 촬영 준비 끝나면 연락드릴게요."

"네."

종우는 음향감독에게 인사를 하고 빠르게 부조정실을 나섰다. 막 세트장 안으로 들어서려는데, 문 앞에 기대서서 한 곳을 뚫어지게 바라보고 있는 진후가 보였다. 종우는 진후의 시선을 따라 고개를 돌렸다. 시선 끝에는 세트 위에 올라가 스태프들에게 이것저것 지시를 하고 있는 준희가 있었다. 종우는 히죽 웃으며 슬쩍 알은체를 했다.

"오셨어요?"

진후가 그제야 종우를 발견하고는 눈인사를 했다.

"감독님 걱정돼서 오신 거죠?"

진후는 옅게 웃으며 고개를 끄덕였다.

"스케줄 표 보니까 오늘 오후에 야외촬영 있던데. 밥은 잘 먹어요?"

"아니요. 잠은 그럭저럭 잘 주무시는데, 입이 껄끄러우신지 밥은 영 못 드시네요. 추운데 서 계시려면 속이 든든해야 할 텐데."

한층 더 걱정이 짙어진 진후의 눈이 준희를 향했다. 얼굴색이라도 확인하면 좋을 텐데, 거리가 너무 멀어 보이지가 않았다. 진후는 한숨을 속으로 삼키며 들고 있던 쇼핑백을 종우에게 건넸다.

"죽이에요. 밖으로 나가기 전에 좀 먹게 해 주세요."

"그냥 가시게요? 숏 들어가려면 시간 좀 있는데 감독님 만나고 가세요."

진후는 씁쓸한 표정으로 가만히 고개를 저었다.

"곤란해할 거예요. 저 왔었단 얘기 준희한텐 하지 마세요."

말은 그렇게 하면서도 준희를 바라보는 진후의 눈엔 그녀가 먼저 알아봐 주었으면 하는 아쉬움 한 자락이 스며 있었다. 종우는 진후의 옆모습을 보며 슬쩍 입을 내밀었다. 잘생겼어, 글 잘 써, 제 여자라면 끔찍하기까지. 대체 모자란 게 뭐야? 같은 남자로서 좀 심술이 났다.

에이, 이 말을 해, 말어?

잠시 고민하던 종우는 준희의 후환이 두려워 입을 뗐다.

"마지막 촬영 신사동 가로수길이에요. 2시부터 스탠바이구요. 감독님이 작가님도 시간 되시면 현장으로 나오시래요."

진후는 살짝 인상을 찡그리며 준희를 믿게 흘겼다. 그런 얘 길 왜 직접 안 하고 조감독더러 하래? 그 핑계로 목소리나 한 번 더 들려주지.

"그런 전달은 제 일이거든요, 작가님."

얼굴에 다 드러난다는 듯, 정확히 집은 종우의 답변에 뜨끔 한 진후는 머쓱하게 제 얼굴을 쓰다듬었다. 종우는 히죽 웃으 며 세트장 안으로 한 걸음 들어가 진후와 마주했다.

"마지막 촬영 끝나고 종편 끝날 때까지 감독님 제가 잘 보필 할 테니까 걱정 마세요."

"부탁할게요."

"그럼 이따 뵙겠습니다."

종우가 고개를 꾸벅 숙이고 스태프들에게 달려가고, 진후는 시은과 이야기를 나누고 있는 준희를 바라봤다.

거의 다 왔어. 조금만 더 힘내.

그녀의 귀엔 닿지 않을 바람을 홀로 속으로 읊조린 진후는 떨어지지 않는 발걸음을 애써 돌렸다.

준희는 종우가 갑자기 내민 죽 집 쇼핑백을 황당하게 응시하다 세트장 문 쪽을 바라봤다.

진후일 줄 알았는데……, 아닌가?

"이거 진짜 네가 사 왔어?"

"네. TR 따고 전력질주해서요."

"너는 왜 시키지도 않은 짓을 해? 시간이 남아돌아?"

"죄송합니다, 감독님. 욕하시면 듣고 때리시면 맞을게요. 근데 성의를 봐서라도 이 죽은 좀 드세요. 드시는 동안 촬영 준비는 제가 할게요."

준희는 맘에 안 들게 종우를 보다 하는 수 없이 쇼핑백을 받아 들고 세트장 주변을 두리번거렸다. 그런데 아무리 둘러봐도 먹을 공간이 없었다. 스태프들은 일하느라 바쁜데 감독이 세트 위에 떡하니 앉아 혼자만 먹을 수도 없는 노릇이고……. 준희는 결국 세트장과 연결된 분장실로 갔다. 똑똑, 노크를 하자 네, 하는 한빈의 목소리가 들려왔다. 준희는 살포시 문을 열고 몸을 반만 들이밀었다.

"한빈 씨, 미안한데 나 공간 조금만 빌려줄래요? 갑자기 이런 숙제가 생겨서요."

코디에게 옷을 받아 탈의실로 들어가려던 한빈은 준희가 들어 보인 쇼핑백을 보고는 웃으며 소파를 권했다.

"안 그래도 점점 더 마르시는 것 같아 좀 걱정스러웠는데. 반가운 숙제네요. 얼마든지 편하게 드세요."

준희는 멋쩍은 얼굴로 조용히 소파 구석 자리에 앉아 그릇을 꺼냈다. 뚜껑을 열고 한술 떠 입에 넣는데, 뜨끈함이 속까지 가득 퍼졌다. 그 느낌이 어쩐지 진후가 만들어 주었던 죽을 먹을 때와 같아 준희의 입에 작은 미소가 어렸다. 그런데 한 술, 두 술 먹다 보니 느낌뿐만이 아닌 것 같았다. 맛도 같은 거 같은데? 준희는 숟가락질을 멈추고 뚜껑에 새겨진 로고와 쇼핑백을 다시 살폈다. 고개를 갸웃한 준희는 곧 허탈하게 웃었다.

"그럼 그렇지."

머리 썼네, 송진후.

생각에 빠져 있다 머리를 쓸어 올리는데, 한빈과 시선이 딱 마주쳤다. 다채로운 표정 구경 잘 했다는 듯한 한빈의 얼굴 옆으로 그의 코디, 매니저의 시선도 따르고 있었다. 준희는 발갛게 달아오른 얼굴로 죽 그릇을 슬쩍 한빈 쪽으로 밀었다.

"식사했어요? 안 했으면 같이……."

"전 먹었으니까 신경 쓰지 마시고 감독님 많이 드세요."

한빈은 그만 보라는 듯 서둘러 코디와 매니저를 데리고 구석으로 갔다. 그런 한빈의 배려 덕에 준희는 머쓱함을 털어 내고 끝까지 식사를 마무리 지었다. 조용히 그릇들을 정리해 밖으로 나온 준희는 세트장 구석으로 가서 휴대폰을 꺼냈다.

— 웬일이야? 전화를 다 하고?

"웬일은 무슨. 방금 나 보고 갔잖아. 쇼핑백이랑 그릇만 죽 집 거면 내가 송진후 표 소고기야채죽인 거 모를까 봐?"

— 들켰네. 그래도 먹었다는 얘기니까 기분 좋다.

능청스러운 진후의 웃음소리 뒤로 세찬 바람 소리가 들렸다.

"지금 어디야? 바람 소리 들려."

— 잠깐 볼일이 있어서. 촬영 얼마 안 남았다고 무리하지 말고. 야외촬영 나갈 때 옷 든든히 입고 가. 시간 맞춰 가로수 길로 갈게. 마지막 촬영 때 봐.

전화를 끊은 진후는 15부의 대본을 펼쳤다.

#씬42. 진현 부의 무덤. 오후.

진현, 아버지의 무덤 무표정하게 보다 소주 따서 부어 주고, 절 올리고, 반듯하게 서서.

……아버지를 죽였다. 아주 오래전, 이미 이 세상을 떠난 사람이라고 대본으로 준희에게 거짓을 말했다. 준희가 할머니를 보내고 아파하는 동안 꾸역꾸역 15부를 써 내려가며 내린 결정이었다.

'아무 데도 가지 마. 아무 데도……'

지금도 귓가에 쟁쟁한 준희의 눈물 섞인 그 말을 되새기던 진후는 조수석에 대본을 놓고 병원을 향해 걸음을 옮겼다. 건물에 막 들어서기 직전, 퇴원하는 환자를 배웅 중이었는지 젊은 여자에게 손을 흔들어 주던 우재의 주치의가 진후를 발견하고 목례를 했다. 진후도 목례로 답했다.

"면회를 좀 했으면 합니다."

"네. 저번처럼 밖에서 얼굴만……."

"아니요. 꼭 해야 할 말이 있습니다. 직접 대면하게 해주세요. ……이번이 마지막입니다."

주치의의 눈에 무슨 뜻이냐는 물음이 담겼다.

"두 번 다시 안 올 생각입니다. 부탁 드릴게요."

조금 놀란 얼굴로 진후를 바라보던 주치의는 이내 먼저 걸음을 뗐다. 진후는 조용히 주치의의 뒤를 따랐다. 주치의는 우재의 병실 문 앞에 서서 조용히 읊조렸다.

"오른쪽 침대 밑 중앙에 비상벨이 있습니다. 혹시 무슨 일이 생기면 즉시 눌러 주세요."

진후가 고개를 끄덕이자, 주치의는 지문으로 병실 문을 열었다. 안으로 들어선 진후는 한동안 멍하니 앉아 창밖을 바라보는 우재를 지켜봤다.

"아버지."

기운 없는 몸짓으로 천천히 돌아선 우재는 한참이나 진후를 바라보다 이내 포악한 표정으로 베개를 집어 던졌다. 진후는 피하지 않았다. 우재는 눈 하나 깜빡이지 않는 진후를 두려운 표정으로 바라보며 테이블 위에 있던 책까지 집어 던졌다. 이마에 책의 모서리가 닿으며 상처가 났지만 진후는 아랑곳 않고 아버지를 바라보다 나직이 말했다.

"궁금했습니다. 내 아버지는 왜 매번 당신이 피해자인 듯 굴까. 아버지가 죽인 어머니에게, 당신 피를 물려받은 나에게 정말 조금도 미안하지 않은 걸까."

진후는 천천히 한 걸음 한 걸음 베드로 다가갔다. 던질 것 찾아 헤매던 우재는 초조한 몸짓으로 벌떡 일어나 그가 다가오는 만큼 뒷걸음질을 쳤다.

"그런데 문득 이런 생각이 들었습니다. 내 아버지도 사람인데 어떻게 안 미안할 수가 있을까. 미안하니 내가 무섭고, 내가 무서우니 술로 도망을 치다 여기까지 온 게 아닐까."

진후가 코앞까지 다가오자 사색이 된 우재는 책상 위를 마구 더듬었다. 그런데 아무것도 손에 짚이는 것이 없자, 결국 책상 밑으로 숨어 들어갔다. 그런 아버지를 슬픈 눈으로 바라보던 진후는 몸을 숙였다.

"저, 저리가. 가, 가까이 오지 마!"

진후는 허공에 마구 손을 휘젓는 아버지의 팔을 붙잡았다. 그렇게 억센 손길로 어머니를 패서 마음까지 병들게 한 아버지의 손은 이미 늙어 아들의 힘을 감당해내지 못했다.

"아버지는 아주 오래전부터 알고 있었어. 내가 아버지보다 몸이 더 커져서 아버지가 날 당해 내지 못할 거라는 걸. 그래서 여기가 싫은 거야. 나는 이렇게 쉽게 아버지를 찾아오고, 아버지는 도망가지 못하니까."

하얗게 얼굴이 질린 우재는 어떠한 말도 하지 못했다. 그저 아들이 이끄는 대로 책상 밑에서 나와 침대에 털썩 주저앉았다. 진후는 침대에 걸터앉아 씁쓸하게 웃었다.

"만일 그게 아니래도, 나 혼자만의 착각이라도 어쩔 수 없어요. 이렇게라도 이해해야 내가 아버지를 조금 편하게 버릴 수 있을 것 같으니까."

"……."

"사랑하는 여자가 있어요. 아주 예뻐요. 어머니만큼 고운 여자예요. 그런 여자가 나 때문에 참 많이 울었어요. 이제는 그만 울게 하고 싶은데, 아버지 얘길 하면 그 여자가 또 울게 될 것 같아서 나 못했어요. 사랑하는 사람의 마음이 썩어 들어가는데 할 수 있는 일이 아무것도 없다는 게 얼마나 미치는 일인지 이젠 알거든요."

"……."

"그런데 아버지. 나는요, 그 여자만 있으면 행복할 것 같아요. 아버지를 버려도…… 그 여자의 남자로만 남은 인생 살 수 있으면 행복할 것 같아요……. 그래서 아버지, 나 이제 여기 안 와요. 아버지가 나를 잡아도, 나는…… 가요……."

우재는 천천히 맨바닥에 무릎을 꿇는 아들을 말없이 지켜봤다. 고개를 숙인 아들의 얼굴에선 눈물이 흐르고 있었다. 굳은 얼굴로 한참 시간을 흘려보내던 우재는 어느 순간 벌떡 일어나 침대맡에 있는 비상벨을 눌렀다. 등을 돌린 채로 서 있던 우재는 의사들이 뛰어오는 소리가 들리자 이불을 집어 던졌다.

"꺼져! 당장 내 눈앞에서 꺼져 버려!"

때마침 문을 열고 들어온 의사들은 우재의 양팔을 잡아 눕히고 곧바로 진정제를 투여했다. 약의 힘으로 우재가 잠이 들자 주치의가 진후의 팔을 잡아 일으켰다.

"괜찮으세요?"

진후는 주치의의 팔을 걷어 내고 천천히 병원을 빠져나왔다. 등을 꼿꼿이 펴고 걸으며 울렁이는 마음을 잠재워 보려 했지만 쉽지가 않았다. 진후는 차에 기대 눈을 감았다.

12월의 어느 낮, 차가운 바람이 뜨거운 그의 눈물을 대신 앗아가 주고 있었다.

준희는 현장 한가운데 서서 주위를 두리번거렸다. 평일 오후 시간이라 구경을 나온 직장인들, 그런 직장인들과 차를 통제하느라 정신이 없는 스태프들. 그 사이를 샅샅이 훑었지만 어디에도 진후의 모습이 보이지 않았다.

"서 감독, 회의하자."

휴대폰을 꺼내 진후에게 전화를 걸어 보려는데 뒤에서 동찬과 양 팀의 촬영감독, 조명감독이 손짓까지 하며 재촉했다. 준희는 하는 수 없이 휴대폰을 주머니에 구겨 넣고 등을 돌렸다.

"마지막답게 아주 징글징글한 인파다. 키스 씬이니까 네가 앞에서 타이트 바스트샷 잡고, 내가 옆에서 풀샷 잡고. 시간도 없는데 한 번에 끝내자."

동찬이 꺅꺅거리는 인파들을 질린다는 얼굴로 바라보며 빠르게 말했다.

"레일 깔 거예요?"

"깔아야지."

준희는 고개를 끄덕이고 영민을 바라봤다.

"그럼 우린 스테디캠 써요."

"어, 그러자."

"사인 안 맞으면 나눠 찍는 것만 못 하니까 동선 정확히 맞춰 가야 해요."

준희의 말에 고개를 끄덕인 스태프들이 빠르게 현장으로 돌아갔다. 준희는 종우에게 가면서 인파 속을 다시 훑었다. 하지만 진후는 여전히 보이지 않았다.

"감독님?"

"어? 어."

뒤를 돌아보니 종우가 바로 코앞에 있었다. 준희는 거의 세팅이 다 된 모니터를 바라보며 말했다.

"우린 스테디캠 쓸 거야. 저쪽은 레일 깐다니까 이쪽 일 마무리되면 저쪽 팀 넘어가서 도와줘."

"네."

슬쩍 뒤를 돌아보던 준희는 미련을 끊어 내듯 의자에 앉아 대본을 펼쳤다. 한참 대본을 들여다보던 준희는 인상을 쓰고 결국 휴대폰을 꺼냈다. 길게 이어지는 통화음에 볼멘소리가 절로 터져 나오려 할 무렵쯤 전화가 연결됐다.

"온댔잖아. 왜 안 보여?"

— 난 너 보이는데.

준희는 오른쪽으로 고개를 돌리며 '어디?' 하고 물었다.

"여기."

왼쪽에서 진후의 목소리가 소리가 들렸다. 재빨리 고개를 돌리자 진후가 휴대폰을 주머니에 넣으며 혜연의 자리에 털썩 앉았다. 준희는 휴대폰을 내리고 스태프들의 눈치를 살피다 조용히 속삭였다.

"야, 여길 앉으면 어떡해. 스태프들 눈도 있는데 뒤에서 봐야지."

"옆에서 너 보게 해 주려고 나 부른 거 아니야? 난 그런 줄 알고 온 건데. 뒤에서 볼 거면 내가 뭐하러 여기 있어. 구경꾼들이랑 뭐가 달라서. 나 갈래."

진후는 토라진 듯 진짜로 일어나 등을 돌렸다. 준희는 소심하게 진후의 옷깃을 잡으며 스태프들의 눈치를 살폈다. 스태프들은 이미 다 아는데 뭘 감추려 그러냐는 표정으로 키득거리고 있었다. 준희는 눈을 질끈 감았다 뜨며 한숨을 내쉬고 진후의 옷을 세게 잡아당겼다.

"앉아. 여기 말고 오른쪽에."

진후는 고개를 내려 준희의 손을 바라보며 말했다.

"옷을 놔줘야 오른쪽으로 가지."

아. 준희가 벌게진 얼굴로 손을 놓았다. 진후는 피식 웃으며 오른쪽으로 자리를 옮겨 털썩 앉았다. 대본을 보는 척 고개를 숙이고 슬쩍 진후의 옆모습을 보던 준희는 이마에 붙은 밴드를 보고 놀라 고개를 번쩍 들었다.

"이마 왜 그래?"

진후는 조금 당황한 얼굴로 느릿하게 밴드가 붙은 부분을 매만졌다.

"별거 아니야. 그냥 좀 부딪쳤어."

"조심하지. 많이 다쳤어? 좀 봐."

준희가 이마로 손을 뻗자, 진후는 급하게 상체를 뒤로 뺐다. 만일 상처를 준희가 보게 된다면 단순히 부딪친 게 아니라는 걸 알게 될 상처였다.

"스태프들 봐."

진후는 최대한 표정을 감추며 턱짓으로 뒤에 있는 종우를 가리켰다. 뒤로 고개를 돌린 준희는 종우와 눈이 마주치자마자 팔을 내리고 대본으로 고개를 내렸다. 진후는 붉게 물든 준희의 볼을 보며 짓궂게 웃었다.

"계속 그렇게 티 내도 되는데. 벌써 그만두는 거야?"

밉지 않게 진후를 흘긴 준희는 다시 대본에 푹 고개를 숙였다.

"촬영 끝날 때까지 말 시키지 마."

진후는 준희의 부탁대로 말없이 지켜만 봤다. 볼펜을 들고 콘티를 짜고, 현장을 보며 동선 체크를 하던 준희는 한빈과 시은을 데리고 리허설을 시작했다. 대사는 물론이고 세세한 동작 하나하나까지 지시를 하며 그들과 호흡을 같이 하고 있었다.

준희는 리허설을 마치고 다시 자리에 앉아 동찬, 영민, B팀 촬영감독과 차례대로 눈빛을 주고받았다. 그들에게서 오케이 사인이 떨어지자 준희가 모니터를 보며 무전기에 대고 외쳤다.

"레디, 액션!"

극 중에서는 여름 설정이라 이 추운 날 하늘색의 반팔 원피스를 입은 연서가 홀로 길을 걷기 시작했다. 얼마 못가 어느 DVD방 앞에 걸려 있는 〈그해 겨울〉의 포스터를 발견한 연서는 그 앞에 멈춰 섰다. 한참 포스터를 바라보던 연서가 웃으며 다시 걷기 시작하고, 곧 준희가 무전기로 큐 사인을 주었다. 사인을 받은 진현이 이내 모니터 안으로 들어와 연서의 허리를 꽉 끌어안았다. 놀란 연서가 뒤를 돌아보고, 진현은 그런 연서의 입에 살짝 입을 맞췄다. 그때, 보조출연으로 섭외한 젊은 여대생이 진현을 힐끔거리며 잘생겼다, 중얼거리자 연서가 여자를 노려봤다.

"기분 나빠."

입술을 떼던 진현은 뾰로통한 연서의 반응을 보고 영문을 몰라 눈을 동그랗게 떴다. 연서는 여자가 사라질 때까지 흘겨보다 홱 뒤돌아 진현의 목을 끌어안고 입술을 붙였다. 놀라 허공에 뜬 팔을 어정쩡하게 들고 있던 진현은 이내 연서의 허리를 끌어안으며 깊게 키스했다. 그런 그들의 모습을 레일에 올라탄 B팀 촬영감독이 풀샷을 잡고, 영민이 정면 타이트바스트로 잡았다. 깊게 입을 맞추고 이마를 맞댄 두 사람이 잠시 후, 환하게 웃는 모습을 모니터 안으로 바라보던 준희가 무전기를 들고 환하게 웃으며 외쳤다.

"컷! 오케이! 수고하셨습니다!"

그녀의 모습 하나하나를 눈에, 마음에 새기던 진후의 얼굴에도 미소가 자리했다.

멋져졌네, 서준희.

주위에 몰려든 구경꾼들이 박수를 치는 사이, 스태프들 중의 누군가는 환호를 지르고, 누군가는 옆 스태프를 격려하고, 또 누군가는 눈물을 흘렸다. 그런 그들을 지나 종우가 테이프를 받아 급하게 뛰어왔다.

"감독님!"

준희는 진후가 옆에 있다는 것도 잊고 벌떡 자리에서 일어났다.

"오토바이는?"

오토바이?

"이 인파 뚫고 나가면 바로 대기 중이요!"

놀란 진후가 벌떡 일어나 준희의 어깨를 잡았다. 그제야 진후를 기억해 낸 준희는 미안한 표정을 지었다.

"집에 가 있어. 종편 끝내고 바로 갈게."

진후는 돌아서려는 준희의 어깨를 더욱 힘주어 잡았다.

"오토바이는 안 돼. 찬바람 맞아야 하고 위험해."

"시간 맞추려면 어쩔 수 없어."

준희는 진후의 손을 뿌리치고 종우의 뒤를 따라 달렸다. 미치겠다는 표정으로 서 있던 진후는 준희가 인파에 가려 보이지 않게 되자 달리기 시작했다. 오토바이에 올라타 헬멧을 쓰는 준희를 가까스로 잡은 진후는 입고 있던 점퍼를 벗어 그녀의 몸을 꽁꽁 감쌌다.

"감기만 걸려 봐. 가만 안 둬."

준희는 헬멧을 벗고 주위를 살피다 진후의 입술에 살짝 입을 맞췄다. 그리고 다시 헬멧을 눌러쓰고 오토바이 운전자에게 출발하라는 신호를 보냈다.

"스톱, 스톱! 시간 없다고 자꾸 대충대충 넘길 거예요? 벨 소리 하나도 안 들리잖아요! 소리 더 키워요. 종우 넌 시계 볼 시간 있으면 놓치는 거 없나 모니터나 잘 봐!"

손톱을 잘근잘근 씹으며 초조하게 종편실 시계를 바라보던 종우는 준희의 불호령에 고개를 잽싸게 모니터로 돌렸다.

"엔딩 음악 어떤 거 입힐까? 난 1번 트랙이 좋은데."

"1번 트랙 후렴구부터 가지 말고 초반부부터 가요. 씬 길어요."

고개를 끄덕인 음악감독은 서둘러 대본에 체크를 하고 다음으로 넘어갔다. 그때, 오디오에 잡음이 들어간 씬이 있어서 급하게 배우들을 불러 더빙실에 갔던 동찬이 숨을 헉헉거리며 들어와 테이프를 내밀었다. 준희는 테이프를 받아 종편감독에게 넘겼다.

"에으, 이놈의 드라마 종편 진짜 못 해 먹겠네. 쉽게 곱게 가는 법이 없어."

종편감독이 신경질적으로 말하며 영상을 붙이기 시작하고, 종우의 주머니에서 휴대폰이 울렸다. 종우는 휴대폰을 꺼내 발신인을 확인하고 울상인 얼굴로 준희를 바라봤다.

"감독님······."

"누군지 안 들어도 뻔하다. 시간은 가지, 테이프는 안 오지. 드라마 편성 시간만 되면 송출실에서도 똥줄이 타지, 타."

왜 매번 드라마국만 이런 식이냐는 듯 종편감독이 준희를 향해 비꼬았다. 그러나 다들 이런 소리 듣는 게 하루 이틀도 아니니 새삼 별스러울 것도 없다는 표정들이었다. 준희는 종우의 손에서 휴대폰을 빼앗아 수신 거부 버튼을 누르고 돌려줬다.

"경옥 언니 얼마나 남았어?"

"엔딩 음악 붙이고 종영 자막만 붙이면 끝나."

음악감독은 서둘러 1번 트랙 CD를 종편감독에게 건넸고, 그 사이 경옥은 엔딩 끝에 종영 자막을 붙였다. 영상이 하나로 이어진 테이프가 데크를 빠져나오자 종편감독이 거칠게 빼서 종우에게 넘겼다.

"뛰어!"

종우는 말이 끝나기도 전에 테이프를 들고 뛰기 시작했다. 종우의 발소리가 완전히 사라지고 나자 다들 약속이나 한 듯 의자에 축 늘어졌다.

"끝······났다."

경옥이 못 믿겠다는 듯 중얼거리고, 동찬이 준희의 어깨를 툭 두드렸다.

"15부 시청률 27 나왔으니까 막방은 30 찍을 거야. 고생했다."

준희는 옅게 웃었다.

"고생하셨어요, 선배님."

경옥이 의자에 앉은 채로 고개를 젖히며 물었다.

"근데 우리 종방연은 언제 어디서 해?"

"내일 저녁 6시, 여의도 한우촌 가든."

"오, 한우. 한빈 씨 얼굴 반쪽 됐던데 몸보신 시켜 줘야지."

하여간, 최한빈 타령은 어지간히도 한다. 피식 웃은 준희는 의자에 걸쳐 두었던 진후의 점퍼를 챙기고 인사를 건넸다.

"다들 그동안 수고하셨어요. 오늘은 푹 주무시고 내일 봬요."

"가려고? 방송 안 보고?"

준희는 경옥을 향해 엷게 웃고는 종편실을 나섰다. 비상계단으로 1층으로 내려가 방송국 앞에서 택시를 잡으려는데, 진후의 차가 앞에 부드럽게 섰다. 창문이 지익 소리를 내며 내려갔다.

"모니터 안 해? 방송 15분 뒤면 시작하는데?"

"마지막인데 같이 봐야지. 빨리 타."

준희는 웃으며 얼른 조수석에 올라탔다.

"1분이라도 놓치면 안 돼. 밟아."

진후는 준희의 손을 끌어 기어 위에 올려놓고 속도를 냈다. 초조하게 시계를 바라보던 준희는 차가 집 앞에 서자 잽싸게 튀어 나가 먼저 도어록 비밀번호를 누르고 안으로 뛰어 들어갔다. 그리고 곧바로 텔레비전을 켰다. 막 CF가 끝나고 마지막 회가 시작되려는 참이었다. 뒤따라온 진후는 뒤에서 준희를 끌어안고 텔레비전에 시선을 고정했다.

마지막 회.

연출 서준희, 이동찬

극본 송진후.

    이름 없는 초짜 감독이 찍었다는 이유로 상영관을 많이 확보하지 못한 〈그해 겨울〉. 전국 75개의 상영관으로 초라하게 시작했지만 SNS를 통해 영화에 대한 호평이 이어지면서 관객 수가 늘고, 개봉 8일 만에 120개까지 상영관이 늘어난다. 연서 할머니의 장례식을 정점으로 극중 미혼부로 분한 촬영감독을 필두로 하여 진정한 한 팀이 된 스태프들은 서로 얼싸안고 기뻐하고, 행복해하는 그녀를 바라보는 진현 역시 기쁘다.

    개봉 보름, 상영관은 147개까지 늘어나고 누적 관객 수 450만. 대박까지는 아니지만 영화는 흑자로 전환이 되었고 한 달이나 극장에 포스터가 걸리며 롱런한 〈그해 겨울〉은 700만이라는 관객 수를 기록한다. 제일 늦게까지 포스터가 걸려 있던 경기도의 어느 영화관에서 마침내 포스터가 내려가고, 진정한 안녕을 위해 스태프들이 한데 모인 자리. 그들은 다음 영화에서도 함께할 수 있길 바라며 헤어진다.

    그 이듬해 여름. 연서는 다른 영화사와 일을 할 기회를 얻게 되고, 시나리오를 가지고 영화사를 나온 그녀는 진현에게 전화를 한다. 그리고 혼자서 가로수길을 걷다 〈그해 겨울〉 영화 포스터를 발견한 연서의 그림 위로 그녀의 내레이션이 겹쳤다.

"그해 겨울, 우린 서툴고 아픈 사랑을 했다. 하지만 끝이라고 생각했던 그 사랑이 훗날을 위한 아픔이었다는 걸 이제는 안다."

가로수길에서 뜨겁게 키스를 나눈 연서와 진현이 이마를 맞대는 장면 위로 연서와 진현의 내레이션이 흘렀다.

"행복할까?"

"행복할 거야, 분명히."

환하게 웃는 두 사람의 그림 아래 종영을 알리는 자막을 먹먹하게 바라보는데, 귓가에 따뜻한 진후의 목소리가 내려앉았다.

"행복할 거야, 분명히."

테이블 위에서 휴대폰이 울렸다. 한 시간 전부터 전화와 문자가 번갈아 가며 울려 대는 통에 도저히 잠을 깊게 이룰 수가 없었다. 준희는 짜증스럽게 몸을 뒤척이며 옆자리로 손을 뻗었다.

"네 꺼야. 받든지, *끄든지.*"

그런데 한참 손을 더듬거려 봐도 진후가 만져지지 않았다. 결국 눈을 뜨고 몸을 일으킨 준희는 텅텅 비어 있는 옆자리를 바라보다 테이블 위에서 거칠게 휴대폰을 집어 들었다.

부재중 전화 8통.

메시지 6통.

부재중 전화는 위너프로덕션 이외에는 전부 저장되지 않은 번호였다. 고개를 갸웃한 준희는 문자 메시지를 확인했다.

송진후 작가님, 저는 로얄프로덕션의 주경원 실장이라고 합니다. 긴히 드릴 말씀이 있어서 전화 드렸는데, 메시지 확인하시면 꼭 연락 좀 부탁드립니다. 기다리고 있겠습니다.

준희는 짜증스러운 손길로 메시지들을 쭉 확인했다. 작품 하느라 수고했다는 김 국장의 문자 한 통을 제외하고 나머지 다섯 통이 전부 회사명만 다른 외주 제작사로부터 온 메시지였다.

"하나같이 긴히 할 말은 무슨 긴히 할 말?"

사실 어떤 얘기인지 차고 넘치도록 짐작이 갔다. 외주 제작사가 프리 작가에게 긴히 할 말은 전속 계약 얘기일 가능성이 90퍼센트니까. 쟁쟁한 외주 제작사의 이름들을 뚫어지게 바라보던 준희는 제 핸드폰을 열었다.

부재중 전화 1통.

메시지 1통.

전화 한 통은 방송국 번호고 메시지 한 통은 종우였다.

마지막 회 시청률 30.30이에요! 대박입니다, 감독님!

"대박……? 대박 좋아하시네."

준희는 제 핸드폰을 테이블 위에 던져 버리고 진후의 휴대폰만 가지고 침대 밑으로 내려왔다. 침실을 나서자마자 작업방 쪽에서 부스럭거리는 소리가 들려왔다. 준희는 부루퉁한 얼굴로 작업방 문간에 삐딱하게 기대섰다. 작품 하느라 찾아보았던 자료들과 각종 서적들, 대본을 상자 안에 넣고 있던 진후가 준희의 기척을 느끼고 고개를 들었다.

"안 행복해, 하나도."

미간이 좁아진 채로 진후의 눈썹이 의문스럽게 올라갔다. 준희는 휴대폰을 쭉 앞으로 내밀었다. 진후는 손에 든 서적을 내려 두고 앞으로 다가와 메시지를 읽고 피식 웃었다.

"난 또 뭐라고."

그렇게 말하며 진후는 휴대폰을 던지듯 책상 위에 올려 두고 준희의 허리를 끌어안았다.

"관심 없어. 계약 안 할……."

"시청률은 같이 냈는데 외주 콜은 왜 너만 받아?"

어떤 의미인지 한 번에 이해가 가지 않아 잠시 준희의 말을 곱씹던 진후의 눈이 이내 부풀어 올랐다.

"외주, 욕심 있어?"

"월급쟁이 PD치고 외주 욕심 없는 사람 있어? 돈 많이 주지, B팀 안 나가도 되지, 제작비 걱정 덜 해도 되지. 그 외에도 기타 등등."

틀린 말이 아닌데 말문이 막혔다. 그녀가 프리를 선언하고 방송국을 나간다는 가정은 한 번도 해 본 적이 없었다. 이번 드라마를 같이하고 여러 일을 겪으면서 그녀와 스태프들의 케미, 끈끈함을 확실히 느꼈기 때문에 더더욱. 그래서 외주 계약 건은 아예 접어 둔 참이었다. 진후는 곤란한 표정으로 이마를 매만지다 진지하게 준희와 시선을 마주했다.

"정말 외주 욕심 있어?"

"그렇다 그럼, 나 옵션으로 제시하고 오케이 하는 곳으로 가려고?"

네 생각은 이제 나도 꿰뚫어 볼 수 있다는 듯 준희의 어투에 날이 서 있었다. 정곡을 찔린 진후는 더욱 더 난감해졌다. 준희는 대수롭지 않은 얼굴로 벽에 걸린 시계를 바라봤다. 어느덧 시간이 5시, 슬슬 종방연에 갈 준비를 해야 할 시간이었다.

"너도 준비해. 다음 작품에선 적으로 만날지도 모르지만 우리 아직은 한편이잖아?"

씨익 웃고 욕실로 들어가는 준희를 멍한 얼굴로 바라보던 진후는 영 감이 안 잡힌다는 얼굴로 문간을 집었다.

"진심인 거야, 괜히 저러는 거야."

그리고 진후의 혼란은 종방연에서도 계속 이어졌다. 30을 넘기고 종영한 기쁨을 맘껏 누리려는 듯 왁자지껄한 분위기 속에 준희가 마이크를 잡자, 주위가 고요히 잠들었다.

"못난 감독 만나 갖은 고생 다 하신 여기 계신 모든 분들, 그동안 수고 많이 하셨고 진심으로 감사했습니다. 앞으로 더 많은 작품을 하고 수많은 분들과 일하게 되겠지만, 저는 지금의 이 팀을 평생 베스트로 기억하며 살겠습니다."

준희는 마이크를 내리고 정중하게 고개를 숙였다. 스태프들과 배우들은 그런 준희를 먹먹한 눈으로 바라봤고, 진후는 복잡한 눈으로 바라봤다. 진후는 당장 준희에게 '그럼 외주 욕심 있다던 말은?' 하고 묻고 싶었다. 준희가 조금 붉어진 눈으로 자리에 앉자, 옆에 있던 차 부장이 진후를 찔렀다.

"이런 날 감독이 한마디 했으면 작가도 한마디 해야죠."

배우, 스태프들의 시선이 진후에게 집중됐다. 생각에 빠져 있다 뒤늦게 그들의 시선을 눈치챈 진후는 난감한 표정으로 고개를 저었다. 생략해 달라는 의미라는 걸 알아챈 누군가 독려하듯 젓가락으로 테이블을 두드리기 시작했다. 그 행동이 전염되듯 빠르게 스태프들 사이로 번졌다. 소리가 길어지자 마지못해 자리에서 일어난 진후는 앞으로 나가 마이크를 잡았다. 머리를 맴도는 말들을 잠시 정리하는데, 테이블에 턱을 괴고 빤히 바라보고 있는 준희와 시선이 마주쳤다. 그 시선이 어쩐지 얄미워 진후는 하려던 말의 노선을 급히 변경했다.

"〈그해 겨울〉은 제가 했던 작품들 중 가장 많이 힘들었던 작품이었습니다. 대본을 써야 했고, 또 누군가의 마음을 얻어야 했고."

멈췄던 젓가락의 두드림이 다시 시작됐다. 개중에는 준희를 향해 휘파람을 부는 이도 있었다. 진후를 향한 준희의 매서운 눈초리가 지금 무슨 말을 하는 거냐는 듯, 당황으로 요동쳤다. 진후는 옅게 웃으며 어깨를 으쓱하고는 말을 이었다.

"배우 분들과 스태프 분들의 노고로 여기까지 왔습니다. 모든 공은 감독님을 제외한 그분들께 돌리겠습니다. 고생하셨고, 감사했습니다."

마이크를 내려놓고 자리로 돌아가려 하자, 맨 앞자리에 있던 영민이 다리를 쭉 뻗어 길목을 막아섰다.

"화끈하게 고백까지 해 놓고 왜 따로 앉아요?"

그러고는 곧바로 시선을 튼 영민이 준희의 옆에 앉아 있는 혜연에게 손짓하며 말했다.

"넌 눈치도 없이. 나와, 나와."

"치. 나도 감독님 좋은데."

혜연이 볼에 바람을 넣어 뾰로통한 얼굴로 자리에서 일어섰다. 준희는 영민에게 왜 그러냐고 타박을 주고는 급하게 혜연의 팔을 잡았다.

"괜찮아, 앉아 있어."

"아니에요. 감독님 행복을 위해 제가 양보할게요."

혜연이 술잔과 젓가락을 챙겨 옆 테이블로 자리를 옮기자, 영민이 진후의 등을 밀어 기어이 준희의 옆에 앉혀 놓았다. 스태프들은 은근한 긴장감이 감도는 두 사람 사이를 유심히 지켜봤다. 곤란한 내색도 없이 태연하게 술잔을 기울이는 진후를 노려보던 준희는 잔을 들었다. 그 모습을 보고 술잔을 내려놓은 진후가 준희의 손목을 부드럽게 잡았다.

"마시지 마. 술 마실 만큼 네 몸 상태 아직 회복 안 됐어."

스태프들의 입에서 기이한 환호성이 터졌다. 준희는 발갛게 달아오른 얼굴로 급히 잔을 내려놓으며 작게 속삭였다.

"갑자기 왜 그래, 너?"

"뭐가. 어차피 이미 다 알았는데, 내 여자 챙기는 게 잘못이야?"

스태프들이 불어 대는 휘파람에 귀가 먹먹하고, 시선에 머리가 찌르르 울릴 지경이었다. 준희는 고집스럽게 진후의 손을 걷어 내고 다시 술잔을 들었다. 하지만 입술에 대자마자 또다시 진후에게 가로막히고 말았다. 진후는 준희의 귀에 대고 작게 속삭였다.

"나 어젯밤 너 곱게 재웠다. 이 고집, 오늘 밤은 안 그래도 된다는 의미야?"

준희의 얼굴이 당황으로 물들었다.

"왜 말이 거기로 새?"

"술은 마시는데 사랑은 왜 못 나눠?"

말문이 막혔다. 진후는 어떤 대답을 들려줄 거냐는 듯, 손목을 풀어 주고 테이블에 턱을 괬다. 빙긋 웃는 진후를 멍한 얼굴로 바라보던 준희는 천천히 잔을 내려놨다.

얄미워, 송진후.

내부는 금세 다시 왁자지껄해졌다. 스태프들은 내일 하루는 없어져도 좋다는 기세로 술을 마셨고, 배우들도 며칠간은 쉴 수 있다는 안도감으로 마음껏 음식을 먹었다. 다들 신 나 보이는 그 속에서 종우만이 유일하게 우울한 얼굴로 조용히 술잔을 기울이고 있었다.

한 잔, 두 잔. 주량을 이미 훨씬 넘긴 종우가 또 한 잔을 비우고는 비장한 얼굴로 테이블을 탁 치며 일어섰다. 힘 조절을 잘못한 건지, 일부러 그런 건지, 어쨌든 엄청난 소리에 모든 이들의 시선이 종우를 향했다. 종우는 반쯤 풀린 눈으로 준희를 바라봤다.

"감독님."

준희는 의아한 눈으로 종우를 바라봤다.

"그동안 진심으로 감사했습니다."

살짝 비틀거리며 꾸벅 인사를 하는 종우를 모두 황당한 시선으로 바라봤다. 종우의 옆에 있던 조명감독이 일어나 그의 뒤통수를 살짝 쳤다.

"서 감독이랑 영영 헤어지냐? 드라마국에서 매일같이 볼 텐데 왜 오버야? 취했으면 곱게 자."

자리에 앉으려는 조명감독의 손을 뿌리친 종우가 버럭 소리쳤다.

"그런 게 아닙니다!"

조명감독의 얼굴에 어린 당황의 빛이 한층 더 짙어졌다.

"아니긴 뭐가 아닌데?"

종우는 준희만 뚫어지게 바라보다 다시 고개를 꾸벅 숙였다.

"오늘부로 감독님 붙박이 조연출 자리 반납하고 다른 선배님 밑으로 가겠습니다. 가서, 더 많이 배우고 익히겠습니다. 그래서 감독님께서 도움이 필요한 순간에 손을 내밀 수 있는 어엿한 감독이 되겠습니다."

종우가 물기 어린 눈을 거칠게 닦으며 주저앉듯 자리에 앉았다. 내부엔 침묵이 감돌았다. 차가움과 당당함은 온데간데없고 한없이 무너져 오열하던 준희의 모습이 스태프들의 기억 속에도 또렷이 자리하고 있었다. 준희는 술잔 둘레를 손으로 만지작거리다 종우를 바라보며 환하게 웃었다.

"어디 가서든 넌 잘할 거야. 기대할게."

이 팀과 함께하는 건 오늘이 마지막. 내일이 되면 배우들과 스태프들은 또 다른 작품을 위해 저마다 전쟁터로 떠나게 된다. 준희는 배우들, 스태프들 한 명 한 명을 마음에 새겼다. 많이 의지했던, 많이 힘이 되었던 그들을.

3일 후, 준희는 방송국에 와 있었다. 드라마국에 들르지 않고 곧장 편집실로 온 준희는 추리닝 차림으로 조그셔틀을 만지고 있는 경옥의 옆에 커피와 도넛이 든 상자를 올렸다.

"왔어?"

준희는 살짝 고개를 끄덕이며 모니터를 바라봤다.

"그새 작품 들어갔어? 이번엔 뭐야?"

"50부작 주말드라마."

준희는 질린다는 얼굴로 고개를 저었다.

"일만 하다 늙을 거야?"

"놀면 뭐해. 서방이 있나, 자식이 있나. 내 노후 자금은 내가 벌어야지. 일전에 부탁한 거 받으러 온 거지?"

준희가 고개를 끄덕이자 경옥이 서랍에서 〈그해 겨울〉 카피본 DVD를 꺼내 내밀었다.

"서 감독 부탁이라 내가 하긴 했는데, 이거 들통 나면 나 징계야. 불법 복제에 외부 반출로. 알지?"

"걱정 마. 그럴 일 없어."

"내가 서 감독은 믿는데, 대체 어디다 쓰려고?"

"……할머니 봉안당에. 이렇게라도 보여 드리고 싶어서."

아, 작게 탄성을 지른 경옥은 뭐라 할 말을 못 찾고 눈만 데구르르 굴렸다.

"혼자 다녀오려고?"

"아니. ……밑에서 기다려."

그제야 표정이 풀린 경옥이 히죽 웃으며 일어나 준희의 등을 문으로 밀었다.

"우린 연애도 시간 있을 때 몰아 해야 해. 얼른 가."

문 밖까지 내몰린 준희는 민망한 얼굴로 작게 고개를 끄덕이며 DVD를 들어 보였다.

"이거 고마워."

봉안당으로 가는 길, DVD를 손에 꼭 쥐고 준희는 말없이 창밖만 응시했다. 여름에 진후를 다시 만나, 가을에 작품을 찍고, 그 작품을 끝내고 나니 어느새 겨울이었다. 준희는 창문을 조금 열고 그 안으로 살짝 코를 내밀었다. 바람 냄새, 삭막한 겨울 들판의 흙냄새가 콧속 깊이 스며 들어왔다.

"바람 차. 감기 들어."

따뜻한 진후의 손이 손을 덮었다. 찬 공기를 머금은 채 축 늘어져 있는 헐벗은 나무들을 바라보던 준희는 천천히 고개를 돌렸다. 동시에 창문이 지익 소리를 내며 올라갔다. 운전을 하며 힐끔 시선을 던진 진후는 바람에 흩날린 준희의 머리를 더듬더듬 정리해 주었다. 준희는 진후의 손을 깍지 껴 잡으며 정면을 바라봤다. 차는 어느새 봉안당 초입으로 들어서 있었다.

故 임순옥.

1934. 03. 27~2014. 11. 29

시간이 오래 지나도 도통 익숙해지지 않을 것 같은 위패를 바라보던 준희는 할머니의 사진을 바라보았다. 병색은 온데간데 없고 환하게 웃고 있는 할머니의 얼굴에 눈물이 핑 돌았다. 준희는 목에 멘 목도리를 꼭 움켜잡으며 애써 눈물을 참아 냈다.

"……나 왔어, 할머니. 잘……, 지냈어?"

아직은 대답 없는 할머니가 낯설었다. 할머니, 하고 부르면 우리 아가 왔어? 하며 꼭 머리를 쓰다듬어 줄 것 같은데……. 준희는 한참 동안 먹먹하게 사진을 바라보며 시간을 흘려보냈다. 그런 준희를 지켜보던 진후는 그녀의 뒤로 조용히 자리를 옮겨 뒤를 받쳐 주었다.

탁했던 하늘이 서서히 어두워질 무렵, 준희가 봉안당 문을 천천히 열었다. 그리고 〈그해 겨울〉 카피본을 할머니의 사진 옆에 놓았다.

"……미안해. 건강해지면 내가 보여 주겠다는 약속, 이렇게밖에 못 지켜서. 봄 되면 여의도 가자는 약속도 못 지켜서……."

꾹꾹 눌러 담았던 눈물이 더 이상은 채워 둘 곳이 없다는 듯 야속하게 흘러내렸다. 한동안 눈물을 흘려보내던 준희는 야무지게 눈물을 닦아 내고 활짝 웃었다.

"잘 살게. 할머니가 이만큼 열심히 키워 준 것 그렇게 보답할게. 그래서 할머니, 나 당분간 못 와. 조금 오래 못 볼 테지만, 많이 보고 싶겠지만, 참아 줄 수 있지?"

등 뒤에 선 진후가 조금 경직된 얼굴로 준희의 뒤통수를 응시했다. 옅게 흔들리는 그의 눈엔 물음이 가득 담겨 있었다. 못 온다니, 왜? 조금 오래라니, 얼마나? 하지만 준희는 진후를 돌아보지 않고 마저 말을 이었다.

"그때까지 잘 있어야 해. 많이 사랑해, 할머니."

그제야 할머니를 등진 준희는 진후의 손을 꼭 잡았다.

"가자."

"어딜?"

의미를 이해하지 못한 그녀의 말에 집이라는 당연한 목적지를 잃은 진후의 목소리에 동요가 서렸다. 준희는 울어서 발갛게 달아오른 얼굴로 환하게 웃었다.

"행복해지러."

준희는 진후의 손을 당겨 봉안당을 빠져나와 조수석에 그를 밀어 넣었다. 얼떨결에 떠밀리듯 조수석에 올라탄 진후의 얼굴에 혼란이 여실히 떠올랐다. 준희는 운전석에 올라타 기어를 넣고 경쾌하게 차를 출발시켰다.

진후가 행복해지러 가자는 말의 의미를 유추하는 사이, 차는 어느새 반포대로를 거쳐 남산3호터널 요금소에 도착해 있었다. 창문을 열고 통행료를 지불하는 준희를 바라보는 진후의 눈이 옅게 흔들렸다. 묻지 않고 유추해 보려고 했는데 아무리 생각해 봐도 뜻을 알 수가 없었다.

"지금 어디 가는 건데."

거스름돈을 받아 창문을 닫은 준희는 다시 차를 출발시키며 대답했다.

"좀 있으면 알게 돼. 다 와 가."

옅은 준희의 웃음에 긍정의 가정 속에 간혹 섞여 있던 불안의 가정들이 거짓말처럼 몽땅 사그라졌다. 퇴근 시간이 겹친 저녁, 도로는 강렬한 주황색의 등 아래로 라이트를 밝힌 차들이 일렬로 줄지어 있었다. 차가 지독히도 막혔지만 조바심은 나지 않았다.

그래, 어디면 어때. 행복해지러 가는 그 길에 나도 함께 데려가겠다는데. 그거면 충분하지.

진후는 한결 느긋해진 얼굴로 시트에 깊이 몸을 묻었다. 차는 엉금엉금 기어가, 녹사평대로를 지나 세종대로 20길에 접어들었다. 세종로 사거리에서 직진을 하던 차가 어느 건물 지하 안으로 빨려 들어갔다. 준희가 주차를 하는 사이, 곳곳에 새겨진 대형 서점의 안내판을 발견한 진후가 피식 웃었다.

"엄청 비장하더니, 겨우 여기야?"

"드라마로 치면 이건 예고편. 본방은 따로 있어."

안전벨트를 푼 준희가 먼저 밖으로 나가고, 진후가 이어 나갔다. 준희는 진후의 손을 잡고 성큼성큼 걸음을 옮겼다. 그 손에 끌려가듯 걷다 보니 책 특유의 냄새가 진하게 맡아졌다. 저녁 시간이라 바글거리는 사람들 사이를 한참 헤치고 걷던 준희는 걸음을 멈추고 진열장을 턱짓으로 가리켰다. 인파에 살짝 혼이 나가 있던 진후는 천천히 고개를 돌렸다. 평평한 넓은 진열대 가운데, 세계 여행이라고 써진 푯말이 세워져 있고 그 주위에 세계 각국의 여행 책자들이 촘촘하게 어깨를 나란히 하고 있었다. 준희는 2014~2015 최신 정보 수록이라고 쓰인 책들을 톡톡 가리켰다.

"마음껏 골라 봐."

책들을 쭉 눈으로 훑어보던 진후는 준희의 허리에 손을 감았다.

"넌? 어디가 맘에 들어?"

"고를 수 있는 기회 준 건데. 내가 골라도 돼?"

"나더러 고르라면 한 3년 꼬박 세계 일주 하게 될 텐데? 그러자 그럼 나야 좋고."

진후의 옆구리를 툭 치며 밉지 않게 눈을 흘긴 준희는 천천히 책들을 훑다 프랑스라고 적힌 책 한 권을 들어 보였다.

"달랑 여기 한 곳? 좀 더 쓰지? 그동안 내가 사 모은 여행 책 값이 얼만데."

"패키지로 가면 10박 11일에도 5개국을 돌 수 있다는 건 모르지?"

혹시 그럴 생각이냐는 듯 진후의 눈썹이 매섭게 올라갔다. 작게 웃던 준희는 프랑스 여행 책자를 한 권 더 집고, 옆 진열대로 넘어가 프랑스 여행을 하면서 쓴 어느 작가의 에세이도 두 권 집었다.

"진짜 프랑스만 갈 거야? 10박 11일로?"

"너 하는 거 봐서. 잘만 하면 바게트 빵이 물릴 때까지 한 몇 개월 푹 눌러앉을 수도 있고."

붉은 혀를 살짝 입 밖으로 빼낸 준희는 진후가 팔을 뻗는 순간, 도망치듯 계산대로 갔다.

네 권의 책이 담긴 봉투를 들고 두 사람은 거리로 나왔다. 크리스마스가 다가오고 있어 상점 곳곳엔 파랗고 붉은 전구가 불을 밝히고 있었고, 청계광장 입구엔 커다란 대형 트리가 웅장한 몸짓을 뽐내며 서 있었다. 그 트리를 조금 막막하게 바라보며 준희가 중얼거렸다.

"이 트리, 눈보라 치면 버티고 서 있을 수 있을까? 쓰러질까 좀 무섭다."

진후는 옅게 웃으며 타박하듯 말했다.

"하여간, 생각하는 것도 서준희답지. 예쁜 걸 보면서 왜 그런 생각을 해?"

"그러게. 습관이 돼서…… 그런가 봐."

진후는 목소리만큼이나 쓸쓸함이 묻어나는 준희의 옆모습을 가만히 바라보았다. 어떤 습관이냐고 꼬집어 묻지 않아도 알 것 같았다. 하루하루를 전쟁같이 살아온 그녀가 그동안 얼마나 치열하게 싸워 그 시간들을 견뎌 냈었는지를. 진후는 준희의 등 뒤로 자리를 옮겨 허리를 끌어안으며 그녀의 어깨에 살포시 턱을 기댔다.

"만약 정말로 이 트리가 쓰러지면 이대로 널 안고 저 위로 도망쳐 줄게. 걱정하지 마."

준희는 신후의 시선을 따라 높게 솟아 있는 타워의 끝을 바라보다 허탈한 표정을 지었다.

"슈퍼맨도 아니고 그게 뭐야. 차라리 내 몸을 바쳐서라도 너만큼은 구해 주겠다고 말하는 게 현실성 있지 않아?"

경쾌하게 웃음을 터트린 신후는 허리를 바로 세우고 준희의 뒤통수에 콩, 이마를 갖다 댔다.

"그만큼 네가 한 생각이 현실성 없다는 소리야. 그리고 난, 널 구하고 죽는 짓 같은 건 안 해."

그렇게 하겠대도 강경하게 사양할 판이지만 막상 안 한다고 저렇게 딱 단정 지어 말하니 속에서 심술이 꼬물꼬물 피어 올랐다.

"나 없는 시간을 두 번은 견딜 자신이 없다더니 순 뻥이었어. 그래?"

"안 그래. 구해 주면 뭐해. 나 그렇게 죽고 나면 네가 온전히 잘 먹고 잘 살아? 난 네가 행복하게 살았으면 좋겠어. 나랑, 이왕이면 오래오래."

신후에게 보일 듯 말 듯 웃던 준희는 허리에 감긴 그의 팔을 떼어내고 손을 맞잡았다.

"도망가자! 이 트리 쓰러지기 전에."

준희는 무작정 신후의 손을 잡고 뛰기 시작했다. 청계광장을 나와 마침 초록불이 들어온 신호등을 건너 광화문역 5번 출구 안으로 들어갔다. 걸음을 멈추고 천장을 바라보던 준희는 무릎을 굽혀 숨을 고르는 진후의 손을 다시 끌어당겼다. 진후가 뛰며 '왜?' 하고 물었다.

"지하잖아. 무너지면 어떡해!"

준희의 얼굴에 웃음이 만개했다. 불안이 서린 웃음이 아니라 지금 이 순간이 진심으로 즐거운 그런 웃음이. 진후는 보폭을 넓혀 준희의 앞으로 나가 그녀의 팔을 끌었다. 복잡한 인파 사이를 헤치고 7번 출구로 빠져나가자, 분수 뒤로 이순신 장군의 동상이 보였다. 준희는 그 바로 앞에 도착해 진후의 팔을 잡아 세웠다. 두 사람은 뛰느라 거칠어진 숨을 가다듬으면서도 웃었다.

"이순신 동상이 쓰러지면?"

준희보다 조금 먼저 여유가 생긴 진후가 짓궂게 물었다.

"칼 차고 계신 거 안 보여? 지켜 주실 거야."

"절대 안전지대?"

"어. 그거."

두 사람은 동상을 등지고 높이 솟은 돌담 아래 나란히 털썩 주저앉았다. 바람이 제법 세차게 불었지만 춥지 않았다. 서로의 가슴에 온기를 불어넣어 주는 이 손이 있어서.

저 멀리 개미 떼처럼 줄지어 빠르게 지나가는 자동차들, 높게 솟은 건물들, 그 건물에 갇혀 좁게만 느껴지는 하늘을 바라보는데 휴대폰이 울렸다. 네 꺼라는 듯, 준희가 슬그머니 눈치를 주자 진후가 주머니에서 휴대폰을 꺼냈다. 메시지의 발신인은 위너프로덕션이었고, 내용은 역시나 전속 계약에 관한 것이었다. 진후는 망설임 없이 메시지를 삭제하고 휴대폰을 다시 주머니에 집어넣었다.

"정말 계약 안 할 거야? 어떤 곳 하고도?"

"난 외주 욕심 안 나. 돈 많이 줘도 너랑 적 되긴 싫어."

진후가 웃으며 준희의 허리를 바싹 당겨 끌어안는데, 이번엔 그녀의 휴대폰이 울려 댔다. 준희가 주머니에서 휴대폰을 꺼내 보니 발신인도 메시지 내용도 진후에게 온 것과 같았다. 두 사람은 잠시 멍하니 액정을 바라보다 시선을 교환했다. 먼저 자리를 털고 일어선 건 준희였다.

"뭐야, 지금 이 뜻은?"

준희는 생긋 웃더니, 계단을 성큼성큼 내려가 10미터쯤 떨어진 곳에서 다시 진후를 향해 돌아섰다.

"난 널 많이 많이 사랑해! 진짜야!"

몸을 일으키던 진후가 엉거주춤한 자세로 멈춰 섰다. 삐딱하게 올라간 진후의 눈썹을 바라보던 준희는 씨익 웃으며 외쳤다.

"근데 난 너랑 적이 될 수 있어!"

"빅뉴스, 빅뉴스!"

늦은 오후, 몸 풀러 사우나에 간다며 은근슬쩍 자리를 비웠던 구정식이 온갖 요란 법석을 다 떨며 드라마국으로 뛰어 들어왔다. 구정식을 바라보던 드라마국 내의 직원들이 네가 물어 온 뉴스가 무슨 빅뉴스겠냐는 듯 이내 각자의 업무로 돌아갔다.

"아, 진짜 빅뉴스라니까!"

구정식이 억울한 표정으로 항변했지만 아무도 그를 돌아봐 주는 이가 없었다. 무관심을 벗어나 무시 같은 그들의 태도에 열이 받은 구정식이 버럭 소리쳤다.

"서준희가 방송국 때려치우고 위너로 간대요!"

부산하게 움직이던 직원들의 손이 일순간 멈추고 시선이 다시 구정식을 향했다. 하지만 드라마국 PD들의 최대 관심 주제이자, 또 민감하기도 한 주제라 섣불리 나서서 입을 여는 이가 없었다. 서로서로 눈치만 보는 사이, 결국 그 총대를 우영이 멨다.

"뭔 헛소리야. 꿈꿨냐? 이제 3년차 햇병아리 감독한테 어떤 외주에서 콜을 해. 시청률 30 한 번 넘겼다고 다 콜 받냐?"

"아, 진짜라니까요! 내가 방금 사우나에서 위너 관계자를 만났는데, 아!"

침을 튀기며 열변을 토하고 있는데, 누군가 뒤통수를 세차게 휘갈겼다. 험악하게 인상을 구긴 구정식은 뒤통수를 감싸며 휙 뒤를 째렸다. 그런데 뒤에 있는 사람이 규동과 김 국장이었다.

"너 솔직히 말해 봐. 방송국 시험 치기 전에 어디서 학력 위조해 왔지?"

"아, 선배님!"

"거기 되게 완벽한 곳인가 보다. 아직도 안 들키고 네가 살아남은 거 보면. 어딘지 알아내서 위에 보고해야 하는 거 아니야, 김 국장?"

김 국장은 대꾸할 가치도 없다는 듯, 혀만 찼다. 자존심이 잔

뚝 상한 구정식이 눈을 질끈 감고 쏘아붙이듯 말을 쏟아 냈다.

"위너 공 실장님한테 직접 들은 정봅니다! 어제저녁 위너에서 서준희에게 계약 건으로 만나고 싶다 콜했고, 서준희는 만나자고 했고! 전화로 이미 계약 조건 다 설명하고 오늘 3시에 만난다고 했으니까 이미 도장 찍었을 겁니다!"

그제야 규동과 김 국장을 비롯한 직원들의 표정이 심상치 않게 변했다. 슬그머니 눈을 뜨고 표정을 확인한 구정식은 그럴 줄 알았다는 듯 의기양양하게 어깨를 쭉 폈다.

"그, 그 말 사실이에요?"

떨리는 목소리로 물은 사람은 있는지도 몰랐던 종우였다. 사흘간의 짧은 휴가를 끝내고 돌아와 복사기 앞에 서 있던 종우는 거의 혼이 나가 있었다.

"사실이라니까. 송 작가도 위너랑 도장 찍는대요. 바늘 가는데 실 안 가겠어요?"

구정식이 뛰어 들어왔던 그 바로 뒤로 편집 테이프를 들고 드라마국에 들어섰던 경옥이 뜻밖의 소식을 접하고 멍하니 서 있었다. 그러다 급하게 돌아서서 문자를 치기 시작했다.

비상! 비상! 방금 드라마국에 왔다 들었는데, 서 감독 위너에서 콜 받아 송 작가랑 같이 외주로 나간대요!

문자는 빠르게 통신망을 타고 민선, 진영, 혜연을 비롯한 〈그해 겨울〉 전 스태프에게 전송되었다.

규동은 어째 사태가 웃고 넘길 만큼 가볍진 않은 거 같다는 얼굴로 김 국장을 바라봤다. 잠시 생각하는 듯하던 김 국장은 이내 고개를 저었다.

"도장 찍을 생각이었으면 진즉 와서 사표 내밀었겠지. 나 아직 아무것도 못 받았⋯⋯."

"서, 서준희."

귀신을 본 듯 하얗게 질린 얼굴로 입구 쪽을 바라보며 구정식이 중얼거렸다. 준희는 규동과 김 국장에게 목례를 했다. 준희가 어쩐지 안색이 좋지 않은 그들을 의아한 얼굴로 바라보는데, 대본을 챙겨 든 우영이 툭 던졌다.

"서준희, 너 외주 콜 받았다는 거 진짜냐?"

그제야 이 어두운 분위기를 이해한 준희는 담담하게 대답했다.

"네."

규동과 김 국장을 비롯한 직원들의 얼굴이 급격하게 당황으로 물들었다. 아무도 말을 못 꺼내고 있지만 그들의 표정이 '사표 내러 온 건가 봐'라고 이미 말해 주고 있었다. 준희는 그들을 뒤로하고 김 국장과 마주섰다.

"드릴 말씀이 있습니다, 국장님."

험악한 얼굴로 준희를 노려보던 김 국장은 거칠게 바닥을 차며 국장실로 들어갔다. 그 뒤를 묵묵히 따른 준희는 김 국장이 앉은 맞은편 소파에 앉았다. 이윽고 규동이 눈치를 보며 들어와 소파 끄트머리에 엉덩이만 살포시 붙였다.

꽤 오랜 시간 정적이 흘렀다. 김 국장은 할 말이 많아 보이는 듯한 얼굴이었지만 섣불리 뭐라 입을 떼지 못하고 있었다. 준희는 조용히 가방에서 하얀 봉투를 꺼내 테이블 위에 올리고 김 국장 쪽으로 밀었다. 김 국장은 힐끗 봉투를 보고 이마를 짚었다.

"야, 서준희 너……!"

같은 시각, 방송국 로비에 앉아 준희를 기다리며 책을 읽던 진후는 갑자기 소란스러워진 주위에 고개를 들었다. 약 스무 명이 줄지어 비상계단으로 달려가는데, 좀 특이한 광경이었다. 이 겨울에 슬리퍼 차림인 사람도 있고, 원단 뭉치를 통째로 들고 달리는 이도 있고, 카메라 삼각대를 들고 달리는 이도 있었다. 가만히 그들의 얼굴을 살피던 진후는 그들이 〈그해 겨울〉의 스태프들이라는 걸 파악하고 피식 웃었다.

"벌써 거기까지 들어간 거야? 일 났네."

우당탕탕, 드라마국 앞까지 단숨에 온 그들은 입구 앞에 멈춰 서서 숨을 골랐다. 그리고 조용히 발소리를 죽이고 안으로 들어갔다. 파티션이 쳐져 있는 국장실 앞엔 이미 종우와 경옥, 구정식이 바싹 달라붙어 안을 엿보고 있었다. 스태프들은 빠르게 그들의 뒤로 달라붙었다.

김 국장은 애써 봉투를 외면하며 끓어오르는 절망을 삼켰다. 이 짓도 정말 그만할 때가 된 건가. 이놈은 정말 믿을 만하다 싶어 마음을 주면 돈과 명예 앞에 그들은 쉽게 사람을 등지고 떠나 버렸다. 정이나 의리 같은 건 살아가는 데 있어서 아무런 가치가 없다는 듯이 차갑게, 아프게. 국장으로 부임하고 3년간 그렇게 벌써 여러 명의 부하들을 떠나보냈지만 이런 이별에 도무지 익숙해지질 않았다.

"그래도 자식아, 도장 찍기 전에 나한테 먼저 왔어야지. 도장 다 찍고 뒤늦게 통보하듯 사표 던지러 왔어야 했냐? 철썩같이 널 믿은 나한테 어떻게……."

버럭버럭 소리만 지를 줄 알던 김 국장이 아니었다. 슬픔과 절망, 약간의 분노가 한데 섞여 일렁이는 김 국장을 바라보는데, 뒤에서 부스럭거리는 소리가 들렸다. 준희가 슬쩍 고개를 돌리는 그 순간, 염탐이라고 하기엔 지나치게 과감하게 고개를 빼고 있던 구정식과 정면으로 눈이 마주쳤다. 화들짝 놀란 구정식은 파티션을 건드렸고, 그 바람에 스태프들이 우르르 요란하게 넘어졌다. 정말 못 봐 주겠다는 얼굴로 작게 한숨을 내쉰 준희는 다시 김 국장을 바라봤다.

"국장님 저한테 사표 받고 싶으세요?"

나지막한 그 물음에 김 국장이 천천히 고개를 들었다. 준희는 조용히 엎어져 있는 봉투를 뒤집었다. 그러자 숨어 있던 휴직계라는 글씨가 빼꼼 모습을 드러냈다.

"휴직계 낸 지 한 달도 안 돼서 다시 내미는 게 죄송해서 좀 망설였어요."

급격히 당황한 김 국장이 벌게진 얼굴로 입만 뻐끔거렸다. 결국 아무 말도 못 하고 벌떡 일어나 물을 벌컥벌컥 들이켠 김 국장이 불쑥 뒤돌아 소리쳤다.

"얼마나 쉴 건데!"

"1년 생각하고 있어요."

"세상이 얼마나 빠르게 돌아가는데 1년은 무슨. 감 떨어진 놈한테 편성을 어떻게 줘? 반년만 쉬고 여름엔 복귀해!"

옅게 웃으며 준희가 고개를 끄덕이자 김 국장이 컵을 소리 나게 내려놓으며 밖을 노려봤다.

"구정식, 내 이 자식을 그냥!"

성난 김 국장이 성큼성큼 발걸음을 옮기자 질겁한 구정식은 걸음아 나 살려라 잽싸게 도망을 쳤다. 구정식을 코앞에서 놓친 김 국장은 바닥에 널브러져 있는 〈그해 겨울〉 스태프들을 노려봤다.

"여기가 니들 안방이야!"

풍채에서 흘러나오는 어마어마한 오로라에 스태프들 역시 찍소리도 못 내고 후다닥 드라마국을 빠져나갔다. 국장실에서 나온 준희는 책상 밑에 두었던 작은 상자를 꺼내 중요한 몇 가지 물건들을 챙겨 담았다. 그리고 현욱이 선물한 선인장들을 바라보다 종우에게 시선을 옮겼다.

"나 없는 동안 얘네들 말라 죽지 않게 관리 좀 해 줄래? 믿고 부탁할 사람이 너뿐이라."

휴직도 서운하다는 얼굴로 축 처져 있던 종우가 힘없이 고개를 끄덕였다. 준희는 그런 종우의 어깨를 살짝 잡아다 놓고 상자를 들고는 드라마국을 나섰다. 엘리베이터로 향하는 복도를 걷는데, 중간 지점쯤에 벽에 기대서 있는 현욱이 보였다. 준희는 걸음을 잠시 멈췄다가 조용히 현욱의 옆에 기대섰다.

"여기 최현욱 지정석이야? 아무튼, 나 방송국 뜬 건 귀신같이 알지. 누구야, 최현욱 정보통?"

그제야 현욱이 옆을 돌아보았다. 시선이 얽힌 것도 잠시, 현욱의 눈이 상자를 향했다.

"드라마도 관두고 송진후한테 올인하기로 한 거야?"

현욱의 목소리에 섭섭함이 묻어나 있었다. 준희는 가만히 고개를 저었다.

"그런 거 아니야. 나, 지난 10년간 뒤도 옆도 한번 안 돌아보고 달리기만 했잖아. 내가 나한테 주는 선물. 잠시간의 휴식."

"물론 그 휴식은 그 녀석이랑 같이일 테고."

"응......."

빤히 얼굴만 바라보던 현욱은 눈을 감고는 나지막하게 말했다.

"나 송진후 협박했다. 너 두 번 울리면 가만 안 두겠다고. 경고니까 명심하라고."

현욱을 놀란 눈으로 바라보던 준희는 이내 옅게 웃고는 고개를 끄덕였다.

"잘했어. 나도 가만 안 둘 생각이야, 날 두 번 울리면."

그 말에 현욱이 눈을 떴다. 준희는 괜히 상자 귀퉁이를 매만지며 마저 말을 이었다.

"너한텐…… 미안해. 미안한 게 너무 많지만 진후랑 만난다는 거, 내가 아닌 다른 통로로 알게 한 게 제일. 그런데 있지,

현욱아. 나 이번엔 정말 행복해지고 싶어. 그럴 수 있을 것도 같고. ……응원해 주라."

현욱은 짐짓 부루퉁하게 쏘았다.

"내 응원이 새삼스레 뭐 필요 있나?"

"필요해, 네 응원은. 그러니까 응원해 주라."

아주 오래전 인디언의 말로 친구란, 내 슬픔을 자기 등에 지고 가는 자라던 글귀를 어느 책에서 읽은 적이 있다. 지난 13년 간 준희가 그랬다. 대학을 졸업하고 첫 번째 방송 고시에 낙방했을 때, 연출로 처음 맡았던 프로그램이 반년 만에 개편을 당했을 때, 옆에 있어 주었던 건 살가운 말 한마디 없이 그저 술잔을 기울여 주는 게 다였던 준희였다. 그런데 이젠 그 역할을 자신이 해 줄 차례인가 보다. 고집스레 입을 다물고 있던 현욱은 이내 졌다는 얼굴로 한숨을 푹 쉬었다.

"이번에도 울게 되면 가만 안 두겠다는 말, 너라고 예외 아냐. 이번에는 울지 말고 꼭 행복해져. 안 그럼 정말 가만 안 둘테니까."

"응. 꼭 행복해질게."

약간의 앙금이 남아 있다는 표정이었지만 현욱의 눈엔 어쩔 수 없는 다정함이 배어 있었다.

"가끔 살아 있다는 안부 정도는 해."

"그럴게."

"기다린다, 나."

두 사람은 서로를 마주하고 따스하게 웃었다. 행복해지러

가는 그 길에 축복이 따르길 바라며. 이곳에 홀로 남게 된 현욱에게도 언제나 평온이 함께하길 바라며.

현욱과의 짧은 인사를 마치고 로비로 내려가자 진후가 곧바로 여행 에세이를 탁 소리 나게 덮고 다가와 짐을 받았다.

"한바탕 곤혹 치렀지?"

준희는 고개를 끄덕였다.

"나도 속았는데 다른 사람들은 오죽했을까. 왜 그랬어? 사표 쓸 마음도 없으면서 정말 외주로 나갈 것처럼."

"콜 받았는데 내가 거절하는 거랑, 아예 콜도 없는 거랑 같아?"

진후는 그것도 몰랐냐는 얼굴로 쳐다보고는 앞서 걷는 준희를 허탈하고 어이없게 바라보다 피식 웃었다.

"같이 가!"

나란히 서서 두 사람이 본관 계단을 다 내려왔을 때였다.

"감독님!"

뒤에서 종우의 부름이 들려왔다. 준희는 천천히 뒤를 돌았다. 첫 번째 계단에 여성 군단과 영민, 차 부장, 조명감독을 비롯한 20여 명의 스태프들이 일렬로 서 있었다.

혜연이 소리쳤다.

"다음 작품 스크립터 자리 미리 예약이요! 감독님 전용 비타민 아직 많이 남아 있으니까 저 꼭 불러 주셔야 해요!"

"나 아직 현장에서 더 뛸 수 있어! 늙었다고 무시하지 말고 다음 작품 때 꼭 나도 불러라, 서 감독!"

그리고 차 부장.

"카메라 앵글은 내가 최고인 거 알지?"

영민.

"톤 죽으면 카메라 아무리 좋아도 소용없어!"

조명감독.

"또 같이 일하자! 한빈 씨 없어도 더 즐겁게!"

경옥.

"기다릴게요!"

민선.

"건강하게, 더 많이 행복해져서 돌아오세요!"

진영.

눈가는 붉어졌지만 준희는 환하게 웃으며 높이 손을 들고 힘껏 흔들었다.

내가 지켜야 했던 사람들, 나를 지켜줬던 사람들.

끝이 아닌 걸 알기에 슬프지 않은 이별.

더 단단해진 모습으로 그들의 곁으로 돌아올 그날을 기약합니다.

내가 없어도 그들이 대신 지켜줄 나의 자리로.

에필로그

2015. 5. 12.
k국 드라마 제작국.

아침 9시부터 조규동 부장에게 소집을 당한 연출들이 일렬로 서서 고개를 숙이고 있었다. 규동은 매서운 눈빛으로 연출들을 쏘아보다 종이 뭉치를 들어 연출들의 가슴팍에 흩뿌리듯 던졌다.

"입 붙어 있으면 말들을 좀 해! 잘하던 놈들이 왜 내가 데스크에 앉자마자 시청률을 죽 쑤는 건지! 원인을 알아야 해결책도 찾을 거 아냐! 니네들 내 밑에 있는 게 싫으냐? 나 그냥 짐 싸서 나가? 말들을 하라고, 말들을!"

규동이 연출에서 데스크 자리로 올라와 후배들을 통솔하게 된 것은 3개월 전이었다. 3개월 동안 새로 작품에 들어간 연출은 저녁 일일드라마를 맡은 12년차 감독 황근혁과 월화 10시를 책임지는 5년차 감독 민수호, 금요일 9시를 책임지는 7년차 감독 한상철이 전부였으나, 문제는 시청률이었다. 그래도 편성을 받으면 안타는 치는 녀석들을 나름 선별해서 편성을 줬는데, 세 작품 다 시청률 부진을 면치 못하고 있었다.

"황근혁이, 네가 말해 봐. 일일드라마는 경쟁하는 드라마도 없는 시간댄데 시청률이 왜 이 모양이냐고! 엄연히 시청 층이 다른데, 이젠 밀리다 밀리다 8시뉴스한테도 밀리냐!"

매서운 규동의 외침에 근혁을 비롯한 연출들의 시선이 바닥으로 더 내려가고, 드라마국에 있던 사람들은 모두 숨까지 죽여 가며 그 상황을 엿보고 있었다. 그때, 기분 좋은 휘파람 소리를 내며 김 국장이 드라마국으로 들어왔다.

"다들 좋은 아침……. 뭐냐, 분위기가 왜 이리 살벌해?"

드라마국 전체를 살펴보던 김 국장은 슬그머니 일렬로 서 있는 무리로 다가가 바닥에 떨어져 있는 종이를 주워 살펴보았다. 종이는 지난 일주일간 K국의 시청률 표였다. 그제야 분위기를 파악한 김 국장은 붉게 달아오른 규동의 얼굴을 바라보곤 새어 나오려는 웃음을 깨물었다. 불과 반년 전까지만 해도 시청률보단 작품의 질이 우선이라더니.

사실, 평소답지 않은 규동의 이런 행동엔 다 원인이 있었다. 데스크에 앉게 된 걸 축하한다는 명목으로 어젯밤, 뒤늦게나마 본부장의 저녁 식사 초대가 있었다. 그런데 그 자리에 초대된 건 김 국장과 규동뿐만이 아니었다. 규동과 마찬가지로 현역에서 은퇴를 하고 예능국 데스크에 앉게 된 이 부장과 한 국장도 함께였다. 본부장은 식사 내내 봄 개편 때 새로 시작한 화요일 11시 예능을 시청률 1위 자리에 올린 예능국을 칭찬하기 바빴고, 지지부진한 시청률을 내는 드라마국은 돈만 쓰는 식충이들로 깎아내리기 바빴다. 규동은 잠 못 자고, 밥 못 먹어 가며 누구보다 현장에서 고생하는 후배들이 그런 취급을 받는 것이 분하고 억울한 기색이었다.

김 국장은 연달아 한숨을 내쉬는 규동을 뒤로하고 연출들의 등을 두드렸다.

"언제까지 시간 축내고들 있을 거야? 현장 가야 할 놈들은 빨리 준비해서 가고, 나머지 놈들도 가서 할 일들 해."

슬금슬금 눈치를 보며 연출들이 하나둘 흩어지자 규동은 넥타이를 거칠게 끌어내렸다. 그런 규동의 옆으로 슬그머니 다가간 김 국장이 책상 위에 살짝 엉덩이를 대고 그의 어깨에 팔을 둘렀다.

"어때? 데스크 앉아 시청률 가지고 애들 족쳐 보니 기분 째지냐?"

넥타이를 벗어 책상 위에 던지던 규동의 매서운 눈이 김 국장을 향했다.

"불난 집에 기름 붓냐? 팔 못 치워?"

김 국장은 아랑곳하지 않고 더욱 규동의 옆에 찰싹 달라붙어 속삭였다.

"너 언젠가 나한테 그랬지? 애들 사이에서 난 채찍 전문이고 넌 당근 전문이라고 소문 나 있으니 적당히 좀 하라고. 난 뭐 그동안 애들한테 애정이 없어서 소리만 빽빽 질렀는지 아냐? 데스크 앞으면 당근 전문이 채찍 전문 되는 거 순식간이야, 짜샤."

드라마국에 있던 직원들이 규동을 힐끔거렸다. 김 국장과 절친이지만 언제나 연출들의 편에 서 주던 규동이 불과 3개월 만에 김 국장과 똑같이 시청률 타령이나 하는 사람으로 변할 줄 몰랐다는 듯 실망 어린 눈초리들이었다. 그 시선을 눈치챈 규동이 드라마국 전체를 둘러보다 김 국장의 손을 치워 내고 벌떡 일어났다.

"끔찍하게 사랑해서, 사랑해서 이런다! 니들이 이런 내 맘을 알아? 웬수 같은 것들! 에으, 에으!"

땅을 발로 거세게 차고 규동이 자리에 털썩 주저앉자 김 국장이 웃으며 다시 고개를 숙였다.

"지랄도 아무튼. 사랑한다고 외치면 저것들이 몰라서 죄송합니다, 하냐?"

"깐족대지 말고 네 방으로 가. 아님 내가 나가랴?"

규동이 정말 자리를 뜰 듯 엉덩이를 들썩이자, 김 국장은 잽싸게 그의 어깨를 눌러 앉히며 툭 던졌다.

"10월 중순 수, 목 미니 편성 비었다. 와일드카드 쓰자."

"여기가 무슨 축구장이야? 와일드카드는 무슨. 쓸 와일드카드가 있었으면 진즉에 내가 먼저……."

연출들이 제출한 기획안을 들추며 신경질적으로 중얼거리

던 규동은 불현듯 고개를 치켜들고 김 국장을 바라보았다. 그러다 미니 선인장 화분이 놓여 있는 빈 책상 하나를 턱짓으로 가리키며 '으?' 하고 물었다. 그러자 김 국장도 똑같이 턱짓으로 빈 책상을 가리키며 '으.' 하고 대답했다.

"협조해, 안 해?"

"벌써 오려고 하겠어? 반년 채우려면 두 달이나 남았는데? 그러게 너는 뭐한다고 휴가를 반년이나……."

"그러니까 와일드카드지, 달리 와일드카드야? 보통 때 같았으면 무조건 주전으로 뛰어야 할 판국에. 노선 확실히 해, 너. 가재는 게 편 어쩌고저쩌고하면서 또 초 치지 말고."

고개를 숙이고 잠시 고민을 하던 규동은 이내 다시 고개를 들며 씨익 웃었다.

"가재가 바뀌었는데 게도 바뀌었지. 나 이제 조 부장이야, 조 부장. 데스크는 데스크 편이지."

김 국장은 규동을 향해 두 손을 내밀었고, 규동은 의미심장한 미소를 지으며 김 국장의 두 손에 손을 부딪쳤다.

2015. 5. 14.
프랑스 파리.

띠리리리링. 15평 남짓한 레지던스에 오전 7시를 알리는 모닝콜이 울려 퍼졌다. 손을 더듬어 휴대폰의 알람을 끈 진후는 마른세수를 하며 슬그머니 눈을 뜨고는 옆자리를 바라봤다. 베개에 얼굴 반을 폭 묻고 있는 준희는 세상이 무너져도 모를 만큼 곤히 자고 있었다.

"이렇게 아침잠이 많은데 드라마는 어떻게 찍나 몰라."

고의적으로 런던행 티켓을 끊어 그곳에서 두 달을 머물고 파리로 넘어온 지 두 달이 지났다. 파리로 들어오자마자 운 좋게도 마레지구에 썩 괜찮은 레지던스를 얻어 이곳에서 생활한 이래로, 그들의 아침은 늘 '오 마레 블랑'의 바게트 빵과 신선한 우유로 시작되고 있었다. 이 알람은 빵을 사러 가기 위한 것이었는데, 대부분은 아침잠이 많은 그녀 대신 그 혼자 길을 나섰다.

피식 웃은 진후는 준희의 입에 입을 맞추고 침대를 내려와 욕실로 들어갔다. 가벼운 세안과 양치질을 하고 나와 옷을 챙겨 입는데, 침대 위에서 부스럭거리는 소리가 들렸다.

"가?"

"응. 깼어? 같이 갈래?"

"안 깼어. 졸려……."

잔뜩 잠에 잠겨 있는 목소리, 그녀는 자신이 지금 무슨 말을 하고 있는지도 모르는 것 같았다. 진후는 옷을 마저 입고 침대 맡에 살짝 걸터앉아 준희의 볼을 쓰다듬었다.

"더 자. 키 가지고 가니까 누가 문 두드려도 열어 주지 말고."

"응……. 예쁜 여자가 빵 같이 먹자고 꼬셔도 넘어가지 말고 맛있는 빵 사서 빨리 와……."

무슨 말인지 알아듣지도 못할 만큼 웅얼거린 준희는 옅게 웃으며 손대신 머리를 작게 흔들었다. 진후는 부드럽게 준희의 머리를 잡았다.

"어지러워. 잘 다녀올 테니까 그만 흔들어. 금방 갔다 올게."

진후는 준희의 이마에 가볍게 입을 맞추고 이불을 끌어 그녀의 어깨를 단단히 여몄다. 그리고 어쩐지 아쉬운 발걸음을 돌려 레지던스를 나섰다.

건물 1층으로 내려와 오른쪽으로 살짝 돌면 작은 공원이 있다. 사실 공원이라기보다 놀이터에 가까운 곳인데, 탁구대가 설치되어 있어 오후가 되면 부모의 손을 잡고 나온 아이들이 바글거리는 곳이었다. 그 공원 모퉁이를 돌면 플라워 숍, 편집 숍, 파리에서 가장 맛있다는 팔라펠 집이 늘어서 있는 거리가 나온다. '오 마레 블랑'은 그 길의 가장 깊숙한 곳에 있었다. 그런데 아무래도 오늘은 운이 좋은 날인가 보다. 평소보다 조금 늦게 집을 나섰는데도 줄이 짧았다. 그 줄에 끝에 서서 기다리길 잠시, 오픈 푯말이 걸린 가게 문 밖으로 진한 바게트 빵 냄새가 풍겨 왔다. 진후는 서서히 줄어드는 줄을 따라 바게트 빵 하나를 사서 가게 밖을 나왔다.

노란 봉투에 담긴 바게트 빵을 흡족한 얼굴로 바라보며 다시 레지던스로 돌아가는 길. 어느 보석 숍 앞에 멈춰 선 진후는 쇼윈도에 디스플레이 되어 있는 영롱한 다이아몬드 반지를 바라보다 제 손가락의 새끼를 만져 보며 고개를 갸웃했다.

"감이 영 안 오네……."

그녀는 손가락이 가는 편이었다. 뼈대 자체도 얇은데, 살이

528

많이 붙어 있지 않아 더 가는. 보통은 11호, 12호를 많이 낀다는데 한 8호 정도면 될까. 사이즈를 가늠해 보지만 한 번도 여자 반지를 사 본 적이 없어서 이런 건 역시 어렵다. 피식 웃은 진후는 다시 레지던스를 향해 발걸음을 옮겼다. 오늘은 꼭 반지 사이즈를 물어봐야지, 생각하면서.

빵이 식을 세라 품에 안고 레지던스까지 달려온 진후는 문을 열었다. 가쁜 숨을 조금 진정시키고 방으로 들어가자, 뜻밖에도 준희가 침대에 기대 노트북을 들여다보고 있었다. 진한 빵 냄새에 이끌려 고개를 든 준희가 눈 끝을 예쁘게 휘었다.

"왔어?"

"뭐 봐?"

"메일. 빨리 확인하라고 문자가 와서. 중요한 거래."

의아한 얼굴로 준희의 옆으로 다가간 진후는 빵 봉투를 그녀에게 넘겼다. 그리고 그녀의 허리를 끌어안으며 노트북을 들여다봤다. 메일의 발신인은 규동이었다. 그런데 이건 메일이 아니라 거의 논문 수준이다. 서론, 본론, 결론으로 나뉜 메일은 현재 K국 드라마의 저조한 시청률 표로부터 시작하여 저조한 광고 판매율로 드라마국의 위기라는 장황한 본론이 들어 있었다. 노트북에 달려 있는 마우스 패드를 내려 협박성이라고 해도 좋을 마지막 결론까지 읽어 내린 진후는 황당한 눈으로 준희를 바라봤다.

"어떻게 하면 결론이 이렇게 나?"

"왜, 난 감탄했는데. 저조한 시청률과 광고 판매율, 이 위기를 살릴 건 나밖에 없다, 그러니 돌아와라. 감동이지 않아?"

준희는 심드렁한 얼굴로 썰지도 않은 바게트 빵을 한 입 베어 물었다. 그러고는 역시 맛있어, 하며 히죽 웃었다. 진후는 더욱 황당해졌다.

"너 한글 못 읽어? 여기 어디 이 위기를 살릴 건 너밖에 없다고 적혀 있냐? 드라마국의 자존심이 위태로우니 혼자 농땡이 그만 부리고 복귀하라고 적혀 있지."

"작가가 글 속에 담긴 속뜻을 이렇게 못 읽어서야. 드라마국의 자존심이 위태로운데 날 찾는다는 게 무슨 뜻이겠어? 날 그만큼 믿는다는 거지."

진후는 입을 뻐끔 거리다 헛웃음만 내뱉었다.

"그, 그래서. 지금 이 말도 안 되는 협박에 넘어가서 휴가 반납하고 돌아가겠다는 건 아니지?"

"아니지. 아직 2퍼센트쯤 부족해."

겨, 겨우 2퍼센트? 경악스러운 표정으로 뭐라 입을 떼려는데 준희의 휴대폰이 울렸다. 준희는 좀 이따 하라는 듯, 진후의 입을 손으로 틀어막고 휴대폰을 들어 올렸다. 그런데 발신인이 종우였다. 곁눈질로 그것을 확인한 진후는 급하게 준희의 손을 떼어 내고 휴대폰을 빼앗아 뒤로 감췄다.

"받지 마. 반년은 그냥 내 여자만 해, 어?"

"언젠 내가 남의 여자였어?"

침대 위에 무릎을 꿇고 앉은 준희는 진후의 입에 진하게 입을 맞췄다. 흐물흐물 녹아내린 진후가 준희의 옷 속으로 손을

집어넣는 사이, 씨익 웃은 그녀는 잽싸게 휴대폰을 낚아채 침
대 밖으로 내려갔다.

"야, 서준희!"

"졌잖아. 인정하는 의미로다가 쉿."

어이가 없어 진후가 뻣뻣하게 군은 사이, 준희는 전화를 받
았다.

"여보……"

준희가 말을 다 마치기도 전에 전화기 안이 소란스러워졌
다. 조금 떨어져 있는 진후에게 그 소란스러움이 전해질 정도
라 그는 슬금슬금 침대 밑으로 내려가 조심히 준희의 옆에 달
라붙었다.

— 어, 연결됐다, 연결됐어! 감독님, 저 박종웁니다!

— 연결됐어? 서 감독, 지금 어디에 있어? 거기 좋아?

— 너무 오래 계시는 거 아니에요? 언제 오세요, 감독님?

— 보고 싶어요, 감독님!

4개월 넘게 듣지 못한 목소리지만 한 번에 알아챈 목소리들.
경옥, 민선, 혜연이었다. 준희의 얼굴에 그리움이 섞인 웃음이
감돌았다.

"한 명씩 말해. 나 대답하다 숨넘어가겠다."

— 아, 네. 죄송합니다, 감독님.

— 나, 나부터 통화할래요.

— 어디 막내가, 찬물도 위아래가 있어. 나부터지!

— 그러지 말고, 딱 중간인 나부터.

휴대폰 너머로 한참 동안 부산스러운 분위기가 이어졌다. 눈을 감고 그들의 모습을 그려 보던 준희의 얼굴엔 더욱 짙은 웃음기가 감돌았고, 그런 그녀를 보는 진후의 얼굴은 더욱 험상궂게 변했다. 한창 실랑이를 벌이는 그녀들 사이로 김 국장의 목소리가 끼어든 건 그때였다.

― 야, 그 전화 서준희냐? 다 비켜. 나부터다.

그런 게 어디 있냐는 항의가 들려오고, 이내 주위가 조용해졌다. 아무래도 풍채가 막강한 김 국장에게 다들 제압당한 모양이었다.

― 서준희냐?

"네, 국장님."

― 조 부장이 보낸 메일은 읽었냐?

"네."

― 근데 왜 대답이 없어? 와, 안 와?

"생각 중이에요."

― 월급쟁이가 생각은 무슨! 오라면 오는 거지!

해가 바뀌었어도 살가운 말 못 하는 걸로 둘째가라면 서러울 김 국장은 여전했다. 피식 웃은 준희는 천천히 입을 열었다.

"근데요, 국장님. 절 원하시는 거예요, 아니면 송 작가를 원하시는 거예요?"

휴대폰을 타고 어이가 없다는 김 국장의 헛웃음 소리가 들려왔다.

― 무슨 그런 질문 같지도 않은 질문을, 송 작가가 내 새끼

냐? 내 새끼도 아닌 사람을 내가 왜 오라 가라 해? 송 작가 안 온다 그러면 그냥 두고 너만 와.

"그래도 돼요? 송 작가 아니면 저랑 작품 하겠다는 작가 없잖아요. 작가 엿 먹이기로 유명한 연출이라."

— 그거야 시청률 30 나오기 전의 얘기지. 있어. 있으니까 잔말 말고 최대한 빠른 티켓 끊어 와. 나 그럼 그렇게 알고 끊는다.

대답도 하기 전에 끊어진 전화를 조금 황당한 얼굴로 바라보다 피식 웃는데, 진후가 불안한 어투로 물었다.

"안 갈 거지? 안 간다고 네가 말하기 좀 그러면 내가 너 안 보낸다고 국장님께 대신……."

진후는 부산하게 침대 위로 올라가 노트북을 잡았다. 메일 창을 여는 진후를 가만히 바라보던 준희는 그의 팔을 부드럽게 잡았다.

"진후야."

"하지 마. 말하지 마."

진후는 이미 무슨 말을 할지 알고 있다는 듯이 고개를 푹 숙였다. 준희는 노트북을 바닥에 내려 두고 진후의 머리를 안았다.

"안 돼?"

"싫어."

"정말 안 돼?"

"싫어."

"알았어. 너 싫으면 나도 싫어."

준희는 그대로 진후와 침대에 누웠다. 진후의 머리카락을 만지고, 얼굴을 만져 보던 준희는 그의 얼굴 곳곳에 자잘하게 입을 맞췄다. 막 입술에 입을 맞추려는데, 진후가 불쑥 말했다.

"너 지금 수 쓰지, 나 미안해지라고?"

"아닌데."

"정말 아니야?"

"어. 근데 너 지금 나한테 미안해?"

"어."

"왜 미안할까."

잘 생각해 보라는 듯 얄밉게 생글거리는 준희를 바라보던 진후는 벌떡 일어나 마른세수를 하며 중얼거렸다.

"암만 생각해도 내가 구미호한테 홀렸지. 이런 여자한테 반지는 무슨."

그러고는 구석에 두었던 노트북을 들어 무릎에 올렸다.

"티켓은 내가 알아볼 테니까 넌 짐 싸!"

성공이라는 듯 히죽 웃은 준희는 벌떡 일어나 노트북을 빼앗아 다시 구석에 두었다. 그러고는 진후의 손을 잡아 옷 속에 넣어 주었다.

"왜, 왜 이래?"

"왜 이러긴. 다 알면서."

장난스럽게 음흉한 웃음을 흘린 준희는 이불을 들어 머리끝까지 덮고는 그대로 진후를 안고 침대에 쓰러졌다.

2015. 5. 22

대한민국 인천공항.

　넉 달 하고 보름 국외에 있었을 뿐인데, 그사이에 짐이 많이
도 늘었다. 이민이나 유학용으로 쓰이는 캐리어 두 개를 힘겹
게 끌던 진후는 한참을 앞서 걷고 있는 준희를 얄밉게 흘기다
우뚝 멈춰 섰다. 하지만 그러거나 말거나 준희는 여전히 직진
이었다.

　"서준희!"

　그제야 준희가 뒤를 돌아보았다.

　"양심 있으면 네 껀 네가 좀 끌지?"

　미안한 기색을 지은 준희는 진후에게 되돌아갔다. 그런데
반쯤 되돌아오던 준희가 갑자기 사람들이 모여 있는 텔레비전
앞에 우뚝 멈춰 섰다. 한참이 지나도 준희가 그 자리에서 움직
이지 않자, 결국 진후가 움직였다.

　"왜 그……."

　그러나 텔레비전을 보는 순간, 진후도 얼음이 되고 말았다.

　— 최한빈 씨와 이시은 씨의 소속사 측은 작년 10월, 드라마 <그해
겨울>에서 처음 만난 이후 서로 호감을 키워 왔다며 두 사람이 예쁜
사랑을 할 수 있도록 응원해 달라는 공식 입장을 밝혔는데요, 2015년
탄생한 톱 배우 커플이 예쁜 결실을 맺을 수 있도록 저희 <연예 시대>

에서도 응원하겠습니다.

　지나치게 발랄한 리포터의 목소리 들으며 〈그해 겨울〉에서
의 다정한 연서와 진현이의 모습을 화면으로 바라보는데, 두
사람의 휴대폰이 동시에 소리를 냈다. 진후와 준희는 각자 휴
대폰을 꺼내 메시지를 확인했다. 진후의 메시지는 한빈으로부
터, 준희의 메시지는 시은으로부터 온 것이었다.

　감독님, 작가님. 미리 말씀드리지 못해서 죄송합니다. 두 분처럼
저희도 예쁜 사랑 하겠습니다. 두 분도 오래오래 행복하세요.

　메시지와 함께 한빈이 시은의 볼에 뽀뽀를 하고 있는 사진
이 첨부되어 있었다. 준희는 피식 웃다 진후를 바라봤다.
　"괘씸한데 이 사진 신문사나 잡지사에 팔아 버릴까? 돈 많이
줄 텐데."
　"찬성."
　서로의 얼굴을 바라보며 장난스럽게 웃던 두 사람은 이내
다정하게 손을 잡고 공항을 빠져나왔다. 리무진 버스 정류장
앞에 선 진후는 준희가 끌었던 캐리어를 제 앞으로 가져오며
물었다.
　"꼭 오늘 가야 해? 오늘은 쉬고 내일 가지."
　"오늘 오후 도착이라고 이미 말씀드렸어. 인사만 하고 들어
갈게."

진후는 아쉽다는 듯 준희의 이마에 가볍게 입을 맞췄다.

"빨리 와. 맛있는 거 해 놓고 기다릴게."

준희는 고개를 끄덕이고 리무진에 올라타 창문 밖으로 손을 흔들었다.

40분 후, 여의도 K국 앞에 도착한 준희는 한동안 방송국 로고를 조금 낯선 기분으로 바라보았다. 변함없이 정문을 지키고 있는 경비 아저씨께 목례를 하고 안으로 들어가자, 입구 앞에 대기 중인 촬영 버스가 보였다. 촬영 버스 앞에는 〈꽃피는 날에〉라는 드라마 타이틀이 걸려 있었다.

"야, 너는 조연출 2년차씩이나 돼서 정신이 있어, 없어! 내가 야외 씬, 세트 씬 분리해서 각각 몰아 짜라고 몇 번을 말해! 이동만 하다 도로 위에서 시간 다 보낼 거야?"

준희는 굉장히 익숙한 목소리에 걸음을 멈추고 고개를 돌렸다. 문이 열려 있는 버스 앞에서 고래고래 소리를 지르고 있는 건 종우였고, 그 앞에서 세컨드 조연출이 고개를 숙이고 죄송합니다, 다시 짜겠습니다를 연발하고 있었다. 그때, 구석에서 음료수를 마시며 그 광경을 보고 있던 우영이 막 종우에게 다가가려는 동찬을 잡아 세웠다.

"선배는 모르죠? 저거 서준희가 박종우에게 했던 레퍼토리라는 거."

"그래?"

"쟤 암만 해도 잘못 걸렸지 싶네. 하필 서준희 붙박이였던 박종우를 사수로 둬서는. 배운 게 독설인데 독설밖에 더 쏟아 내?"

우영은 안됐다는 얼굴로 혀를 찼고, 동찬은 재밌다는 듯 웃으며 종우에게 다가갔다.

"야, 애를 왜 그렇게 잡아?"

종우는 그제야 시선을 돌렸고, 줄곧 종우의 따가운 시선을 받던 세컨드 조연출은 살았다는 듯 나지막이 한숨을 내뱉었다.

"오셨어요, 감독님?"

"나는 왔는데, 애를 왜 그렇게 잡냐고? 누가 보면 네가 감독인 줄 알겠다?"

머쓱하게 히죽 웃은 종우는 다시 세컨드 조연출을 바라보며 차갑게 말했다.

"다섯 시간 줄게. 해지기 전까지 다시 짜 와."

더 많이 배워 어엿한 감독이 되겠다더니 동찬의 밑으로 들어간 모양이었다. 열을 식히느라 손부채질을 하고 있는 종우와 부리나케 어디론가 뛰어가는 세컨드 조연출을 웃으며 바라보던 준희는 조용히 발걸음을 돌렸다. 로비 안으로 들어서자, 이번엔 로비 오른편에서 익숙한 여자의 목소리가 들려왔다.

"엄마, 재미없었어? 재밌었지? 그치? 딸 일하는 데 와 보니까 좋지?"

민선이었다. 그리고 그 옆엔 구찌 백을 든 그녀의 모친이 심드렁한 얼굴로 콧방귀를 뀌고 있었다.

"재미는 무슨. 의상실인가 뭔가에서 천 쪼가리 만지는 꼴을 보는 게 너 같으면 좋겠냐?"

제법 차가운 목소리였는데도 민선은 전혀 기죽지 않고 말했다.

"우리 엄마 또 맘에도 없는 말 한다. 그 천 쪼가리가 그냥 천 쪼가리가 아니거든. 엄마가 좋아하는 〈태무〉의 강지찬 옷도 다 내가 챙겨 주는 거거든요."

"그, 그래?"

"어. 엄마 딸 대단하지?"

잠시 눈을 빛내던 그녀의 모친은 좋은 기색을 감추고 몇 걸음 앞서 걸었다. 그런 엄마를 바라보던 민선은 웃으며 달려가 살갑게 팔짱을 꼈다.

"저녁 먹고 들어가. 맛있는 거 사 줄게. 뭐 먹을까? 우리 엄마 좋아하는 우아한 스테이크?"

"저녁 말고 백화점 쇼핑이나……."

"엄마!"

투닥거리며 로비를 나서는 두 사람을 바라보는 준희의 입가에 옅은 웃음이 자리했다.

『수학의 정석』, 이젠 좀 덜 찾겠네.

준희는 걸음을 옮겨 엘리베이터에 올라탔다. 엘리베이터를 기다릴 때만 해도 한산했는데, 엘리베이터가 도착하자마자 갑자기 로비 쪽에서 우르르 사람들이 몰려들었다. 벽에 딱 달라붙어 거의 끼어 가다시피 가고 있는데, 6층에서 엘리베이터가 멈춰 서고 문이 열렸다.

"아, 진짜 말 안 통하네. 이 씬은 디졸브로 빼면 늘어진다니까요! 나 믿고 감독님께 이 그림부터 보여 드려요."

"아, 글쎄 감독님이 이 씬은 디졸브로 빼라셨고, 저는 디졸브 그림 가져가야 한다니까요!"

엘리베이터 바로 앞에서 경옥과 드라마국의 조연출이 투닥거리고 있었다. 그리고 경옥의 옆에서 혜연이 뻥튀기를 봉지째로 먹으며 심드렁한 얼굴로 그들의 싸움을 구경하고 있었다. 준희는 저도 모르게 피식 웃었다.

"정 조, 일 참 잘하네. 감독님 말만 말이고 내 말은 말도 아니다? 오케이, 알았어요. 박 감독님께 전화해서 내가 설명하고 오케이 받으면 되죠? 보자구, 누구 그림이 오케이 받나."

자존심이 상한 경옥은 휴대폰을 꺼내 들었고, 정 조감독은 새하얗게 질린 얼굴로 그제야 기세를 수그리고 버벅댔다. 그때, 싸움 구경이 이젠 지루해진 건지 혜연이 불쑥 끼어들었다.

"근데, 언니. 우리 진영 언니한테 언제 가요? 진영 언니 노래 연습 6시까지라 그랬는데. 오늘은 꼭 와서 들어 달라 그랬는데."

"넌 좀 조용히 해. 지금 개 노래 듣는 게 중요해?"

"나는 그게 중요한데."

박 감독이 전화를 받지 않는 모양이었다. 신경질적으로 손톱을 물어뜯는 경옥 옆으로 혜연이 심통 난 얼굴로 뻥튀기를 한 움큼 집어 입안에 넣었다. 그때, 기다리다 못한 엘리베이터 안의 누군가가 버럭 소리쳤다.

"아, 탈 거야, 말 거야?"

이름도 성도 모르는 누군가의 반말에 욱한 경옥과 혜연이 동시에 정면을 바라보며 소리쳤다.

"저 아세요?"

움찔한 누군가의 얼굴이 하얗게 변해 갈 때쯤, 서서히 엘리베이터의 문이 닫혔다. 엘리베이터 안이라 크게 웃지는 못하고 애써 속으로 삼키는데, 엘리베이터가 8층에 멈춰 섰다. 사람의 절반이 내리고 준희도 따라 내려섰다.

복도로 연결되는 끄트머리에 잠시 서자, 여러 군상의 사람들이 보였다. 대본을 들고 어디론가 뛰어가는 스태프, 머리에 3킬로그램이 넘는 대수머리 가발을 쓰고 대본을 외우는 중년 여배우, CD를 품에 가득 안고 심드렁한 예능 PD에게 헤실헤실 웃으며 음반 한 장을 건네는 어느 이름 모를 가수의 매니저. 그들을 스쳐 지나 준희는 힘차게 드라마국으로 들어갔다.

넉 달 보름 만에 마주하는 드라마국 역시 변한 것이 없었다. 작가와 미팅을 하는 연출들, 사수들에게 지시를 받고 있는 조연출들, 열심히 종이를 토해 내는 복사기. 주인이 없는 동안에도 죽지 않고 따끔한 가시를 우람하게 뽐내고 있는 선인장을 바라보던 준희는 웃으며 경쾌하게 소리쳤다.

"다녀왔습니다!"

〈#씬/fin〉

작가 후기

날이 무척 더웠습니다. 개도 안 걸린다는 여름 감기에 걸린 상태로 맥주를 한 캔 마시고 누워 천장을 바라보다 문득 고개를 돌렸습니다. 달력이 보였습니다. 칠월의 마지막 날이었습니다. 한 해의 절반이 넘게 가는 동안 뭘 한 건가, 충격이었습니다. 그리고 시간이 거꾸로 흐르기 시작했습니다.

2014년의 6월, 5월, 4월……. 거꾸로 가기 시작한 시간은 점점 더 오래 전 시간까지 거슬러 내려갔습니다. 기억에서 많이 흐려진 20대 초반 무렵의 나를 오랜 시간 만나고 나서 떠오른 이야기가 지금의 〈#씬〉이 되었습니다. 한 글자도 쓰지 못한 지, 근 석 달 만에 새로 써내려간 이야기였습니다.

〈#씬〉에서는 인물들이 참 많이 나왔습니다. 조금 두꺼운 책 분량 치고는 일일이 열거하기가 힘이 들만큼 각기의 사연을 가진 주인공 이외의 그들이요. 사람이 많이 필요한 '드라마'라는 특성 때문에도 그렇지만 더 큰 이유는 '사람에게 받은 상처는 결국 사람으로 극복하는 것.'이라는 메시지를 넣고 싶었기 때문입니다. 어떻게 보면 흔한 설정이지만, 언제 어디서나 내 편이 되어 주는 부모는 고사하고 항상 마음에 칼만 댔던 그의 아버지, 그녀의 어머니. 그로 인해 20대 초반엔 서로에게 위로 받는 방법밖엔 몰랐던 준희와 진후가 뒤늦게나마 세상으로, 사람들 속으로 용기 내어 한 걸음 나아가는 그런 이야기를요. 그런데 원고를 넘긴 지금 생각해보면 그들의 청춘은 내가 생각했던 것보다 처참하지 않았을지도 모른다는 생각이 듭니다. 꺾이고 휘청이며 지금 그 자리에 섰을지라도 그들은 일단 걸어왔으니까요. 앞으로 나아가고 있으니까요. 그게 비록 누군가의 어깨에, 등에, 손에 아이처럼 의지해 왔더라도요.

저 역시, 이 글을 쓰는 중간 중간, 이 글을 끝낸 지금까지 수많은 분들의 어깨에, 등에, 손에 의지해 여기까지 왔습니다. 내가 말하고 싶은 이 수많은 메시지들, 내 가슴 속에만 있고 글 속엔 하나도 녹아 있지 않은 것 아닐까? 불안해 할 때마다 제대로 전달되고 있어요. 잘 느끼며 따라가고 있습니다. 하며 손을 흔들어 주셨던 수많은 독자님들. 글 쓴다고 방 안에 틀어 박혀 반송장이 된 나를 주기적으로 꺼내 위안을 줬던 현주언니. 스토리가 안 풀릴 때마다 징징거렸던 나를 토닥여준 강애진 작가님, 붉은새 작가님, 아드소 작가님. 장점은 한 가지라면 단점이 백 가지는 될 부족한 글을 어여삐 봐주시고 이런 저런 조언을 더해 여기까지 오게 도와주신 이문영 주간님, 임유리 팀장님. 지면을 빌려 다시 한 번 감사드립니다.

거의 매일 듣는 라디오 프로그램의 DJ가 끝인사를 이렇게 해요.

'내일도 쉬러 와요.'

잠시나마 〈#씬〉이 읽어주신 분들의 쉼이 되었으면, 조금 더 나아가 단 한 순간이라도 거의 잊힌 아득한 어느 때를 떠올리셨다면 참 행복할 것 같습니다.

꺾이고 휘청이더라도 조금 더 나은 글로 다음 이야기에서 또 만날 수 있길 바라겠습니다.

2015년 2월
정지민 드림